*Das Lächeln der Unendlichkeit*

Felix Gronau
Das Lächeln der Unendlichkeit

Lektorat: Dr. Richard Reschika
Gestaltung Umschlag: Gesine Beran
Coverillustration: unter Verwendung eines Motivs von shutterstock/Valenty
Innenlayout/Satz: Wilfried Klei
Autorenfoto: © S. Grunwald
Druck & Verarbeitung: druckhaus köthen in Köthen


info@kamphausen.media | www.kamphausen.media

ISBN Printausgabe: 978-3-95883-344-9
ISBN E-Book: 978-3-95883-345-6

1. Auflage 2019

Bibliografische Information der Deutschen Nationalbibliothek
Die Deutsche Nationalbibliothek verzeichnet diese Publikation in der Deutschen Nationalbibliografie; detaillierte bibliografische Daten sind im Internet über **http://dnb.d-nb.de** abrufbar.

*Dieses Buch wurde auf 100% Altpapier gedruckt und ist alterungsbeständig. Weitere Informationen hierzu finden Sie* unter www.weltinnenraum.de

FELIX GRONAU

# *Das Lächeln der Unendlichkeit*

Ein Roman
über Selbsterkenntnis und
die Kraft der Liebe

*Zeit*
*habe ich*
*nirgendwo*
*gefunden*

# 1

Es ist kein Zufall, dass ich hier bin.

Gewiss, ich träumte schon als Kind von Landschaften wie dieser. Deshalb scheint es folgerichtig, dass ich nun hier meine Zeit ausklingen lassen möchte. Aber das meine ich nicht. Selbstverständlich habe ich dieses Land, diese Schlucht und dieses Haus bewusst gewählt, um hier zu sterben. Aber auch das meine ich nicht.

Wenn ich über die siebzig Lebensjahre zurückschaue, die hinter mir liegen, weiß ich, dass ich nirgendwo zufällig war, gleichgültig, ob ich aus bewusstem Entschluss oder aus unbewusster Neigung dort gewesen bin. Es sollte mich deshalb wundern, wenn ich meine Erdenreise ausnahmsweise zufällig an meinem Geburtsort in Norddeutschland begonnen hätte ~ oder eben jetzt im tiefen Süden Spaniens zu Ende bringe.

Ich hatte anfangs nicht geplant, in diesem Haus am Hang zu bleiben, sondern war vorerst nur der freundlichen Einladung gefolgt, mich in den Schatten unter das Vordach zu setzen. Später merkte ich dann, dass ich hier sein wollte, und nun weiß ich, dass ich hier sterben möchte.

Dieses einsame Haus am Südhang ist weiß getüncht wie die wenigen anderen am Nordhang auch. Das Flachdach ruht, leicht geneigt und mit Stroh unterlegt, auf alten Holzbalken. Die Fensteröffnungen sind klein, von innen mit Fliegengittern und von außen mit Holzläden geschützt. Drinnen ist es angenehm kühl, auch wenn um die Mittagszeit die Sonne über der Schlucht steht und die Luft ringsum zu flimmern beginnt.

Conchita hat mir eines der beiden Zimmer überlassen, das seit Jahren nur noch als Abstellkammer benutzte Schlafzimmer. Der Mann, mit dem sie dort die Nächte verbracht hatte, war auf der Suche nach Arbeit in den Norden gegangen, wo die großen Städte liegen. Anfangs hatte er ihr regelmäßig geschrieben, im Laufe der Jahre aber waren seine Briefe seltener und knapper geworden. Sein letztes Lebenszeichen erhielt sie nach ihrem vierzigsten Geburtstag in Form einer Ansichtskarte aus dem fernen Argentinien. Da wusste sie, dass sie ihn endgültig verloren hatte, und hörte auf, Jesus um seine wohlbehaltene Rückkehr zu bitten. Seitdem schliefe sie im Wohnraum, sagte sie achselzuckend, ich könnte die Kammer haben, wir müssten sie nur aufräumen.

An der Vorderseite des Hauses, rechts neben der Eingangstür, befindet sich unter dem überstehenden Dach eine weiß getünchte Steinbank. Davor steht ein grober, weiß gestrichener Holztisch.

Seit geraumer Zeit tippelt ein mutiger Spatz am Ende der Tischplatte umher. Er fliegt auf, wenn ich ihm mit dem Zeigefinger Brotkrumen zuschnippe, und lässt sich wieder nieder, sobald ich mich zurücklehne, um meinen Blick schweifen zu lassen. Ich schaue über die Schlucht, die unseren Südhang vom Nordhang trennt, und sie kommt mir bekannt vor, als hätte ich sie vor vielen Jahren tatsächlich schon einmal durchwandert. Unregelmäßig klopfen die Schafsglocken, deren dumpfer Klang vom erhöhten Plateau in Richtung Schlucht geweht wird.

Unter der Bank liegt Nano auf der Seite, der schwarze Riese, und hechelt im Schlaf mit heraushängender Zunge. Ich kenne ihn seit fünfunddreißig Jahren, seit ich mich damals an der Ostsee auf die Todesangst einließ, die nach mir griff. Während ich mich meinen ahnungsvollen Visionen hingab, zeigte sich nicht nur diese Schlucht, auch einige der Menschen tauchten auf, die ich jetzt hier wiedergetroffen habe, und ebenfalls Nano, der große Hund mit dem langen schwarzen Fell. Bei meiner Ankunft, etliche Schritte vor Conchitas Haus, saß er dann tatsächlich auf dem Weg, den ich emporstieg ~ wundervolles Wiedersehen! Während ich näher kam, streckte er sich, legte den Kopf auf die Vorderpfoten und peitschte den ockerfarbenen Sand mit dem Schwanz. Seine Augen verfolgten mich aufmerksam, als ich freundlich grüßend um ihn herum ging. Dann erhob er sich und schritt mit mir zum Haus, wo die Besitzerin unter dem Vordach stand und meine Ankunft beobachtete, eine Spanierin mit leicht dunkler Hautfarbe.

Ich nickte ihr zu.

„Mein Hund lässt keine Fremden vorbei", sprach sie mich an, „also müssen Sie ein Freund sein. Wollen Sie ein Glas Wasser?"

„Ja, gerne. Vielen Dank!"

Vor fünfunddreißig Jahren hatte ich meine visionären Eindrücke im Tagebuch festgehalten, aber heute weiß ich nicht mehr im Detail, wie ich damals in tranceähnlichen Zuständen die erste Begegnung mit dieser Frau und ihrem Hund erlebt hatte. Allerdings erinnere ich mich, dass das Niederschreiben dieser Eindrücke einem weichen Fließen zwischen unterschiedlichen Zeitformen glich, obwohl es lediglich ein zukünftiges Geschehen beschrieb. Die Gleichzeitigkeit von Gestern, Heute und Morgen war mir bereits bekannt ~ mehr noch: Sie war mir vertraut, und bewusst wechselte ich immer wieder die Ebenen, die Gebilde von Zeit und Raum, um Teile der

Vergangenheit zu verändern oder die Zukunft nach meinen schönsten Vorstellungen zu erschaffen.

∞

Ich liebe es, in Nanos Augen zu schauen.

Wenn ich Menschen in die Augen schaue, dann ahnt meine Seele die ihre und mein innerstes Wesen grüßt ihr innerstes Wesen. Gleichzeitig vollzieht sich ein respektvolles gegenseitiges Erkennen von Mensch zu Mensch, von Eigenart zu Eigenart, von Person zu Person. Beim Blickkontakt mit meinesgleichen schaue ich gern in die Persönlichkeit des anderen hinein, falls er oder sie es geschehen lässt. Trotz aller offensichtlichen Unterschiedlichkeit fühle ich mich den Menschen, denen ich begegne, sehr verwandt ~ eigentlich allen Menschen. Niemand kann dermaßen anders sein als ich, dass ich in Bezug auf ihn oder sie ein Gefühl von Fremdheit hätte.

Auch in Tieraugen ahne und grüße ich zuerst das Seelenhafte, das eine Selbe in jedem Geschöpf. Dann verändert sich jedoch meine Wahrnehmung. Es ist nicht der vielschichtige Charakter, der sich mir offenbart, sondern eine stille Weite. Ich liebe es, mich darin zu vertiefen, ohne zu denken.

Als ich vor einer halben Ewigkeit einem spirituellen Meister begegnete, der sich meiner annahm, bestand meine alltägliche Übung darin, durch Konzentration auf den Atem den Kopf von Gedanken zu befreien und die Welt um mich herum ohne jedes innere Wort zu betrachten. Dies verändert die Wahrnehmung aller äußeren Dinge und Ereignisse, und sogleich schimmert das Leben in einer wundersamen kristallenen Klarheit. Mein Lehrer erklärte mir damals, dass die Bewusstseins-Erweiterung, die sich während des geübten Nicht-Denkens einstellt, keinerlei Nutzen für die Einsicht in die Wahrheit des Lebens hätte. Ich wagte nicht, ihm zu widersprechen, hatte aber immerhin die Erfahrung gemacht, dass sich im Zustand der gedankenleeren Bewusstheit das eigene Tun ohne mentale Abwägungen vollzieht. Die Handlungen entstehen dann aus einer weitgehend von persönlichen Vorlieben und Abneigungen befreiten Stille, entsprechen genau den äußeren Umständen und zeichnen sich durch eine intuitive Intelligenz aus, die allen Beteiligten Nutzen und niemandem Schaden bringt.

Ganz ähnlich schauen und handeln Tiere: aus stillen Bewusstseinsweiten nach außen, auch wenn Friedfertigkeit nicht in ihrer Natur liegt. Dennoch entspricht ihre Art, wahrzunehmen und zu sein, meiner damaligen Übung ~ mentale Reflexion ist ihnen nicht eigen. Auch Nano ist auf diese Weise bewusst und gegenwärtig, aus den ungestörten Weiten der Gedankenleere. Wenn wir uns einen gegenseitigen Blick in die Augen gönnen, verstummen meine inneren Monologe unwillkürlich und ich nehme spontan an seiner Art zu sehen teil. Unmittelbarkeit entsteht. Da ist ein Schauen ohne das Gefühl, der Schauende zu sein. Da sind Steine, die plötzlich scharfkantig oder rund geschliffen aus dem Sand hervorstechen, der genauso plötzlich klar umrissen körnig ist. Da sind das verdorrte Gras und das gezackte Kraut, einzeln verstreut über den Weg und flächenweise an seinen Rändern. Da ist die flirrende Luft über der Schlucht, sind die Farben und Formen der Häuser am gegenüberliegenden Hang, ist das eindringliche Zirpen der Zikaden, das schrille Weinen eines Kindes, das Pochen der Schafsglocken und die barschen Rufe einer Frau. Über all dem dehnt sich der hellblaue Himmel, und das alles ist durchwoben von geradezu handfester Räumlichkeit, die gleichzeitig manifestierte Realität und unbegreifliche Bewusstseinsweite ist.

∞

Einige Wochen nach unserer ersten Begegnung hatte jener Lehrer meine Übung der Gedankenleere um seine Praxis des Selbst-Gewahrseins erweitert und damit vervollkommnet. Ich verehre ihn bis heute in Liebe und Dankbarkeit. Höchstwahrscheinlich hat er die Erde längst verlassen.

∞

Der Perlenvorhang, der im Sommer die Haustür ersetzt, klimpert. Conchitas Erscheinen ruft mich in mein Ich zurück und damit auf eine alltäglichere Ebene des Bewusstseins. Sie stellt den Krug mit Eiswasser und zwei Becher auf den Tisch, reckt die Schultern, die bei stundenlanger Arbeit an der Nähmaschine ermüden, und gähnt herzhaft. Nano wedelt heftig mit dem Schwanz. Als ich meiner Gastgeberin vor ein paar Tagen eröffnete, dass ich beabsichtige, hier zu sterben, nickte sie und sagte:

„Das ist sehr kostbar."

Ich bin zutiefst berührt von der Seelenschönheit dieser besonderen Frau.

Sie liebt es, Blusen zu entwerfen und zu schneidern, damit verdient sie ihren Unterhalt. Die Stoffe kauft sie in Almeria, der großen Stadt, eine knappe Autostunde von unserer Schlucht entfernt. Es war für mich ein Erlebnis, sie dabei zu begleiten, denn Conchita hat Zeit. Abwechselnd konzentriert, dann wieder verträumt prüft sie Farben, Muster und Qualität der Stoffe, mal mit kritischem Blick und gerunzelter Stirn, mal mit halbgeschlossenen oder gar abgewandten Augen. Mal legt sie die Probe achtlos beiseite, mal tut sie es in echter Empörung, mal trägt sie den Ballen mit zärtlicher Entschlossenheit zur Ladentheke, in stiller Freude über ihren Fund oder leuchtend vor Begeisterung. Gegenüber dem Verkäufer verändert sie sich schlagartig, setzt die Brille auf und versteckt hinter ihr jedes Zeichen von Zustimmung oder Missfallen. Knapp gibt sie die gewünschten Maße an, argwöhnisch blickt sie auf Meterstock und Schere des jungen Mannes, beugt sich dann zurück, stemmt eine Faust in die Hüfte und beginnt, über den

Preis zu verhandeln. Selbstverständlich haben alle Stoffe feste Preise, nicht aber für Conchita.

Von dem plötzlich lauten Feilschen ebenso aufgeschreckt wie ich, blickt Nano zu mir empor. Mit stummem, aber gleichlautendem Entschluss verlassen wir beide den Laden. Draußen bleiben wir unter der Markise stehen, Hund und Mensch einvernehmlich.

Die Stadt ist von hektischer Betriebsamkeit erfüllt, und ich liebe ihren Rhythmus, solange ich meinen eigenen dem ihren nicht anpassen muss, und das muss ich ja auch nicht. Ich genieße es, aus meiner Verzögerung heraus, die bald in Stillstand münden wird, dem beschleunigten Fluss der Menschen zuzusehen, dem drängenden Hin und Her. Ich liebe die Menschen ~ auch diese hier, die auf dem gesellschaftlichen Karussell scheinbar den Kontakt zu sich selbst verloren haben und doch ganz sie selbst sind. Ihr zielstrebiges Interesse schließt das Geheimnis des Lebens und des eigenen Wesens weitgehend aus, aber auch in ihren weltlichen Bestrebungen finden sie wichtige Aspekte persönlicher Erfahrung.

Etwa zwanzig Kilometer westlich von Almeria liegt beiderseits der langgezogenen Küstenstraße das Dorf. Zur südlichen Hälfte grenzt es an das Meer, mit Bars, Kneipen, Imbissbuden, Souvenirläden und dem vielstöckigen Hotel. Zur nördlichen Hälfte grenzt es an das sanft ansteigende Gebirge, mit einfachen Häusern, einer kleinen Kirche, einem Bäcker, der ein winziges Stehcafé in seinem Laden betreibt und Trinkwasser in großen Kanistern verkauft, mit einem Schlachter, der neben Fleischwaren auch Käse, frisches Obst und Gemüse anbietet, einem Kramladen für Haushaltswaren und Werkzeug sowie einer kleinen Apotheke, in der man außer Medikamenten auch Konserven kaufen kann. Folgt man der Küstenstraße in westlicher Richtung weiter und findet die rechts abzweigende schmale Landstraße, dann gelangt man in die Schlucht, an deren Südhang ich nun mit Conchita wohne.

Nur in großen zeitlichen Abständen führe sie nach Almeria, um Besorgungen zu machen, erklärte sie mir, die feinen Stoffe mit den farbenprächtigen Mustern gäbe es nur in speziellen Geschäften der Innenstadt. Ansonsten genüge ihr das Dorf mit seinen Angeboten vollkommen. Samstags verwandelt sich dort der Platz um die Kirche herum in einen Markt, wo sie auf einem Tapeziertisch ihre Blusen zum Verkauf ausbreitet. Und im Hotel hat sie eine Vitrine gemietet, in der sie ihre Kreationen präsentiert. Donnerstags an den Nachmittagen stellt sie ihren Tapeziertisch neben der Vitrine auf und verlangt dreimal so viel wie auf dem Marktplatz. Gelegentlich wird sie von wohlhabenden Damen ins Hotelzimmer oder in deren Stadtwohnung gebeten, um Maßanfertigungen zu erstellen. Diese kosten dann wiederum das Dreifache wie die aus der Vitrine. Unterschiede in Qualität oder Verarbeitung gibt es kaum, denn Conchita schneidert jedes Stück mit beeindruckender Kunstfertigkeit und liebevoller Hingabe. Ich kenne inzwischen ihre leuchtenden Augen an der Nähmaschine und den innigen Klang ihrer Stimme, wenn sie während der Arbeit vor sich hinsummt.

∞

„Dieses multidimensionale Leben, das dir so bedeutsam erscheint", sprach mein verehrter Lehrer damals, „ist alles ein und dasselbe: eine Welt der Phänomene. Ein gigantisches Universum unterschiedlichster Erscheinungen ~ duale Vorstellungswelten, keinesfalls jedoch Realität."

„Was muss ich tun, um die Wahrheit des Lebens zu erkennen?", wollte ich wissen.

Umständlich löste er das gelbe Tuch, strich es glatt und faltete es sorgfältig.

„Solange du glaubst, etwas tun zu müssen, bist du für die Wahrheit verloren."

Mit einem dicken Stoffballen unter dem Arm erscheint Conchita in der Ladentür, die der beflissene und sicher nicht übervorteilte Verkäufer aufhält. Jetzt funkeln ihre Augen vor Freude über die getroffene Auswahl und sie triumphiert über das Ergebnis ihrer Verhandlungskunst.

„Wir haben uns einen Kaffee verdient!", verkündet sie, hält jedoch inne, als sie Mitfreude in meinen Augen erkennt. Sie sieht mich einen Moment lang an und öffnet sich für meinen Blick. In grundloser Offenheit stehen wir voreinander, während Nano zu uns emporschaut, und sind beide auch in dieser unverhüllten Tiefe nicht verschieden von denen, die sich um uns herum eher an der weltlichen Oberfläche tummeln, nur jetzt gerade ein wenig anders.

Conchita trägt Jeans und blaue Sandaletten zu einer ihrer besonders geliebten Blusen. Sie hat sich für diesen Stadtgang sorgfältig geschminkt und mit der Rosenquarzkette geschmückt, die sich geschmeidig um ihren Hals legt. Meine Gastgeberin ist schön und lebendig und Frau. Ich weiß das zu schätzen. Ihre Gegenwart ist ein Geschenk für mich, aber sie ist viel mehr: Conchita ist ein Geschenk, das das Universum sich selbst macht.

Da ich noch nie erlebt hatte, dass sie Nano an die Leine legte, war ich erstaunt, als sie für den Ausflug in die Stadt das abgewetzte braune Lederteil von der Wand nahm. Auf meine Frage, warum sie dies täte, antwortete sie, dass der Hund ihr zwar stets aufs Wort folge, sie jedoch seiner freiwilligen Folgsamkeit im unübersichtlichen Durcheinander Almerias nicht vertraue. Ich verstand und nickte.

„Ist es für dich in Ordnung", fragte ich sie, „wenn du die Leine nimmst und ich den Hund nehme? So habt ihr beide die Sicherheit, die ihr braucht."

Verblüfft schaute Conchita mich an, und dann lachte sie. Ihr Lachen kommt nicht nur aus dem Mund. Es schießt von ihren

Fußsohlen durch den gesamten Leib und versprüht eine Lichtkaskade über die Welt. Es ist wie eine ekstatische Lebensumarmung und Ausdruck spontaner Bejahung menschlicher Eigenarten. Nun trägt die Leine die Verantwortung dafür, dass Conchita sich sicher fühlt, Conchita trägt die Verantwortung dafür, dass die Leine nirgendwo vergessen wird, und ich trage die Verantwortung dafür, dass der Hund nicht unter die Räder kommt. Nano trägt die Verantwortung für sich selbst und läuft einfach unangeleint neben mir her. Dass wir uns vor Zeiten an der Ostsee kennengelernt hatten, wollte Conchita nicht als Grund dafür akzeptieren, dass er und ich uns so gut verstehen.

„Du sprichst mit ihm, laut oder innerlich“, entgegnete sie, „ich habe euch beobachtet. Und du gibst ihm kleine Zeichen mit der Hand, mit dem Kopf oder auch nur mit deinen Augen. Er schaut zu dir auf und hängt an deinem Herzen und wartet auf deine Weisung.“

„Ja“, antwortete ich, „auch das ist wahr.“

Sogar schwanzwedelnden Hundedamen, die uns entgegenkommen, oder herausfordernd bellenden Rivalen schenkt der leinenlose Nano jetzt nur zurückhaltende Beachtung. Mein fast unmerkliches Kopfnicken, das ihm wichtiger zu sein scheint als alles andere, bestätigt ihn darin, jeder Verlockung widerstehen zu können. In uneingeschränkter Freiheit bewegt er sich durch die Straßen, wie sich wohl ein Asket durch die Angebote eines Warenhauses bewegen würde: beeindruckt von den unendlichen Möglichkeiten und berauscht von der eigenen Genügsamkeit. Freiwillige Enthaltsamkeit, das weiß ich aus Erfahrung, gebiert wahre innere Stärke.

Später wird Nano in der lauen Abendluft über den steilen Berghang hinauf zum Haus jagen, ganz Bewegungsfreude und Kraft, und sich schließlich, nachdem er gefressen hat, müde unter die Steinbank legen. Und er wird im Halbschlaf von Hundedamen träumen, denen er sich interessiert zuwendet.

Vielleicht wird er auch von neidvollen Rüden träumen, die ihm ihr kurzes Blaffen hinwerfen, bevor sie die Leine zu spüren bekommen, der sie folgen müssen. Oder er wird im Tiefschlaf mit dem Schwanz auf den Steinboden schlagen, wenn Conchita die beiden Becher und den Krug mit dem Eiswasser auf den groben Holztisch stellen, sich recken und herzhaft gähnen wird. Aber all das weiß Nano noch nicht, während wir uns zu dritt auf den Weg in ein Café machen, und er verschwendet auch keinen Gedanken daran.

2 Wenn man kurz entschlossen alles hinter sich lässt und noch einmal von vorn anfängt, hat man entweder einen richtig guten Grund dafür oder es ist einem alles ziemlich egal. Ich weiß nicht genau, welche der beiden Möglichkeiten auf mich zutrifft.

Als ich den Motor abstelle und kurz die Augen schließe, spüre ich die Anstrengung der langen Fahrt von München an die Ostsee. Gedanken an meine Eben-noch-Freundin, die eigentlich jetzt neben mir sitzen sollte, wehre ich entschlossen ab, indem ich mich auf den Atem konzentriere. Auch ohne eine Frau an meiner Seite werde ich hier am Meer ein neues Leben beginnen! Ich bin nicht besonders traurig über mein plötzliches Single-Dasein, aber auch nicht besonders enthusiastisch. Dinge ändern sich eben, und was geschieht, ist häufig nicht das, was man erwartet hat.

Manchmal empfand ich in den letzten Monaten Todesangst. Vielleicht ist sie ein Zeichen dafür, dass ich bisher nicht wirklich gelebt habe ~ aber wie macht man das? Ich bin jetzt fünfunddreißig Jahre alt und scheine immer noch keine Ahnung zu haben, worum es eigentlich wirklich geht.

Mein neues Heim liegt in einer weitläufigen Bucht, an einem schmalen Pfad direkt am Wasser. Vom Ufer führt auf rohen Pfählen ein Brettersteg durch das Schilf. An seinem Ende steht ebenfalls auf Pfählen ein Bootshaus, in dem ich von nun an leben werde. Darunter plätschern sanft die flachen Wellen. Der Besitzer hatte dieses einsame Kleinod zum Sommeranfang umgebaut und wollte es eigentlich an Segelgäste vermieten. Ich entdeckte es, als ich im Mai in Wismar Urlaub machte, keine zehn Kilometer von der Bucht entfernt, und ein unbestimmtes, aber intensives Gefühl in mir forderte, dass ich dort noch vor Herbstbeginn einziehen und für eine Weile leben sollte. Nach mehrwöchigem Zögern und einigen schlaflosen Nächten fügte ich mich der Weisung meiner inneren Stimme, gab Ende Juli Beruf und Wohnung in München auf, verkaufte und verschenkte fast alles, was ich besaß, und bin nun hier. Ich kann es mir finanziell leisten, etwa ein Jahr lang kein Geld zu verdienen, weil ich als Atemtherapeut bisher ziemlich erfolgreich war. Warum ich immer noch glaube, meine Lebensbestimmung nicht gefunden zu haben, ist auch beim besten Willen nicht zu ergründen.

Von der Umgehungsstraße bin ich in einen sandigen Waldweg eingebogen, zwischen den Bäumen hindurch etwa fünfzig Meter nördlich Richtung Meer gefahren und habe den Wagen dann dort geparkt. Zu Fuß ging es noch eine kurze Strecke durch den Wald, dann stand ich auf dem schmalen Pfad, der direkt am Meer verläuft. Meine Habseligkeiten sind schnell in dem lang gestreckten Bootshaus untergebracht: die notwendige Kleidung, Luftmatratze und Schlafsack, Küchenbedarf und nur weniges mehr. Ich habe fast alles aufgegeben, was mir bis eben noch wichtig oder dienlich erschien, habe mich auf das Wesentliche beschränkt, um vom vertrauten Alten ins unbekannte Neue zu wechseln.

Seit vielen Jahren bin ich auf der Suche nach dem großen Geheimnis, in dem wir alle existieren, auf der Suche nach der einen endgültigen Wahrheit, dem unsichtbaren Hintergrund aller sichtbaren Dinge. Schon als Junge hatte ich meine Liebe zur Meditation entdeckt, nun interessiert mich nur noch eines: Ich möchte das sehen, was sich hinter dem Offensichtlichen verbirgt, hinter dem Ich und hinter der Welt.

Der Steg reicht bis an die Holztür, die mit einem Vorhängeschloss versperrt werden kann. Innen erstreckt sich ein Raum, der etwa drei Meter breit und etwa sieben Meter lang ist. In ihm befinden sich ein Kühlschrank, ein Küchentisch, auf dem eine Kochplatte steht, und ein Waschbecken. Zur Ganzkörperpflege muss ich allerdings durch die Tür am anderen Ende des Raumes auf die Plattform treten. Rechts neben der Tür befindet sich ein Fenster, draußen eine fest montierte Gartendusche, die ich mithilfe eines Schlauchs an den Wasserhahn des Waschbeckens anschließen kann. Immerhin gibt es in dem ansonsten unmöblierten Bootshaus elektrisches Licht und zwei Steckdosen sowie ein Heizgerät. Außerdem hat mein Vermieter am Pfad ein Toilettenhäuschen aufstellen lassen.

∞

Nach dem ersten Abendbrot in meinem neuen Heim liege ich auf dem flachen Dach des Bootshauses, habe mich gemütlich in den Schlafsack eingehüllt, fühle unter mir die schwankende Luftmatratze und blicke in den sternenglitzernden Nachthimmel.

Eigentlich könnte mir mein Leben gefallen! Und eigentlich sollte ich noch schnell mein Dankgebet sprechen, aber dafür bin ich heute zu müde oder nicht dankbar genug. Um ehrlich zu sein: Ich habe gewisse Schwierigkeiten mit dem Beten, denn ich weiß zu viel, und deshalb kann ich nicht wirklich glauben. Als ich vor langer Zeit in höchster Not war und das

Gebet als letzte mir verbliebene Möglichkeit sah, mit dem Leben davonzukommen, schied Gott für mich als Ansprechpartner aus. Denn Gott ist kein eigenständiges Wesen in irgendeinem Himmel, sondern der unbewegte Urgrund von allem, ohne Namen, Form und Eigenschaft, das Geheimnis der Stille jenseits jeder Erscheinung. Gott ruht in sich selbst wie im Tiefschlaf ~ niemals hätte er meine Gebete hören oder gar meine Hilferufe beantworten können. Mit ihm also konnte ich nichts anfangen, aber der junge Zimmermann aus Nazareth hatte meine Sympathie. Er war wie ich ein Menschensohn im Labyrinth der Welt, arbeitete mit den Händen, hatte schmutzige Fingernägel und staubige Füße. Sein Vater starb früh, deshalb suchte er Halt bei einem himmlischen Ersatzvater. Seine Mutter war alleinerziehend und häufig genervt von ihrem seltsamen Sohn. Er hatte es nicht einfach mit ihr und seinen Brüdern, die sauer auf ihn waren, als er sich aus der gemeinsamen Werkstatt zurückzog und Wanderprediger wurde.

Obwohl ich ein ziemlich lebhaftes Bild von Jesus hatte, verstand ich das eine oder andere nicht. Denn nicht nur die Sache mit der Taube war ziemlich rätselhaft, man musste schon Hebräisch können, um nicht in die Irre geleitet zu werden. Aber immerhin begriff ich, dass der Nazarener es irgendwie gegen alle Widerstände in ihm selbst und in seiner Umgebung geschafft hatte, sich auf den Plan seiner Seele zu besinnen, seinen kleinen persönlichen Willen in Einklang mit dem großen göttlichen Willen zu bringen. Zielstrebig überwand er alle inneren und äußeren Hürden und erfüllte entschlossen Sinn und Zweck seiner Menschwerdung, fand so das Tor zum Licht.

Jesus kannte meine Nöte, weil er sie selbst erlebt hatte. Er wusste aus eigener Erfahrung, wie es mir ging, und weil er uns seinen Beistand versprochen hatte, würde er nicht zögern, mir zu Hilfe zu eilen, wenn ich bereit war, ihn darum zu bitten. Ich war bereit und bat. Er eilte und half.

Später dann nahm ich in einer schamanischen Gruppe an einem Ritual teil, in dessen Verlauf jeder Teilnehmer seinem Geistführer begegnen sollte. Doch statt Jesus, mit dem ich fest gerechnet hatte, tauchte ein Puma bei mir auf und blieb anschließend jahrelang als Begleiter aus der geistigen Welt an meiner Seite. Folgerichtig betete ich nicht mehr zu Jesus, sondern besprach meine Angelegenheiten mit dem Puma und erhielt nun von ihm Antwort und Hilfe.

Eines Tages verschwand er auf Nimmerwiedersehen aus meinem Leben wie vordem Jesus, und ich begann, mich zu fragen, ob ich mir die Existenz eines geistigen Helfers in beiden Fällen nur eingebildet hatte. Seitdem glaube ich leider nicht mehr an transzendente Wesen im Hintergrund, die meine Gebete hören, und betrauere das bis heute als einen wesentlichen Verlust. Dementsprechend murmele ich meinen abendlichen Dank nur noch halbherzig und ganz allgemein ins Blaue hinein, ins Universum ~ und glaube leider auch nicht wirklich daran, dass er dort gehört wird.

∞

Nachdem ich eine Weile versucht habe, den Sternenhimmel, mein Flachdach und die laue Luft zu genießen, setze ich mich auf. All das ist Vordergrund, denke ich nun. Das Universum, die Welt, mein Leben und sogar ich selbst ~ all das ist nur Vordergrund! Der kann uns zwar durchaus für eine bestimmte Zeitspanne erfreuen, sodass wir uns intensiv mit ihm beschäftigen, aber dann verliert er unweigerlich seine Anziehungskraft und wir bleiben enttäuscht zurück. Oder er ängstigt uns und setzt den Impuls frei, uns abzuwenden und etwas anderes auszuprobieren.

Warum nur ist es mir nicht möglich, endlich den Hintergrund zu erkennen, auf dem sich das Vordergründige dermaßen glamourös oder erschreckend abzeichnet?

Seit einigen Jahren weiß ich, dass die Welt, wie wir sie wahrnehmen, und unsere persönlichen Vorstellungen aufs Engste miteinander verbunden sind und sich gegenseitig bedingen. Wir projizieren unsere eigenen Gedanken, Wünsche und Ängste nach draußen und die Welt spiegelt sie wider. Deshalb bestätigt die vermeintliche Wirklichkeit auch ständig das, was wir über sie denken, und aus dem Grund sehen wir unsere Meinungen als bewiesen an.

Was wir dort draußen erleben und zu sehen meinen, ist lediglich unser persönliches Gedankengebilde, unsere Illusion, eine Fata Morgana. Meist ohne uns dessen bewusst zu sein, leben wir in unserer eigenen Vorstellungswelt und irren orientierungslos darin herum, wie wir auch nachts orientierungslos durch unsere eigenen Träume geistern. Wir begreifen einfach nicht, was uns geschieht, verstehen nicht, dass wir selbst kreieren, was wir erleben.

Und doch muss die Welt da draußen eine Wirklichkeit an sich besitzen, wie jeder Kinofilm eine Leinwand braucht, auf die Landschaften, Menschen und Handlungen projiziert werden können. Ohne diesen tatsächlich realen, einzig wirklichen Hintergrund wäre die optische Illusion nicht sichtbar. Was also ist die Leinwand der Welt, woraus ist die Basis beschaffen, der Spiegel, der unsere Vorstellungen detailgetreu wiedergibt? Diese Frage lässt mich nicht los, denn ohne die Erfahrung des Hintergrundes ist das Vordergründige stets irritierend. Aber ich finde diesen verdammten Hintergrund nicht, obwohl ich theoretisch weiß, dass er die Realität ist und der Vordergrund die Illusion. Doch das weiß ich eben leider nur theoretisch und die tatsächliche Erfahrung fehlt mir bedauerlicherweise.

Genervt höre ich irgendwann auf, über diese Dinge nachzudenken, die mit dem Verstand sowieso nicht zu ergründen sind, strecke mich wieder aus und konzentriere mich auf meinen

Atem. Allmählich beruhigt sich das Gehirn, und dann wird endlich alles gut.

3 Es war beschwerlich, in der Mittagshitze durch die Schlucht zu gehen, nachdem mich der Fahrer des Hotelbusses an der abzweigenden Landstraße hatte aussteigen lassen, und noch beschwerlicher wird es später sein, den südlichen Hangweg hochzusteigen, in dessen oberem Drittel ich ein einzelnes Haus entdeckt habe, das sich weiß vom rotbraunen Fels abzeichnet. Steigt man den Hangweg noch ein letztes Stück weiter empor, so gelangt man auf ein weitläufiges Plateau, das von morgens bis abends schutzlos der Sonne ausgesetzt ist. Dort hält es niemand lange aus, wenngleich der Blick über Meer, Horizont und Himmel die Größe unserer Welt erahnen lässt.

Beiderseits der schmalen, oft buckligen Landstraße, die durch die Schlucht führt, verlaufen Sandstreifen von beachtlicher Breite. Sie sind mit Steinen jeglicher Größe und Kraut jeglicher Art übersät. Der rechte wird in großen Abständen von schmalen Schotterwegen durchbrochen, die zu den Anwesen im sanft geschrägten unteren Drittel des Nordhangs führen. Eine dieser Zufahrten allerdings ist geteert und ein schwarzes schmiedeeisernes Tor verwehrt übermannshoch und aberwitzig stabil jede Weiterfahrt. Weil es jedoch ohne flankierende Zäune allein auf weiter Flur steht, bietet es den Anwohnern keinerlei Schutz vor Fahrzeugen, Menschen oder Tieren, denn die können mühelos einen Bogen darum machen. Die meisten anderen Häuser sind von schütteren Gärten umgeben, darüber streckt sich der Berg in die Höhe, blitzt im gleißenden Sonnenlicht, fängt die Hitze auf und wirft sie in die Schlucht zurück.

Der Südhang zu meiner Linken ist deutlich steiler und von Menschenhand nahezu unberührt. Nur eine ausgefahrene Doppelradspur weist den Weg von der Straße durch den Sandstreifen und dann in Schleifen den Hang empor. Jenes weiß leuchtende Haus scheint mir reizvoller als die sorgfältig angelegten und teilweise bewässerten Grundstücke am Nordhang, faszinierender als alles andere, was ich auf meinen Streifzügen durch diese Region Andalusiens bisher entdeckt habe, vielleicht sogar zwingender als alles, was ich jemals gesehen habe. Wie der Beginn meines Lebens vor siebzig Jahren unausweichlich war, so ist es nun auch das Ende.

∞

Ich bin nie besonders sportlich gewesen, außer in meiner Jugend, als ich es im Kendo, dem japanischen Schwertkampf, zu ansehnlichen Leistungen gebracht hatte. Aber ich bin von Natur aus groß und schlank und unterziehe mich seit vielen Jahren einer inzwischen etwas langsameren Art des Joggens. Also verfüge ich über einen leidlich trainierten Körper und einen langen, tiefen Atem. Trotzdem war es in der Mittagshitze beschwerlich, durch die Schlucht zu gehen, und noch beschwerlicher ist es jetzt, den südlichen Hang emporzusteigen. Jeder Schritt wirbelt Staub um meine Schuhe, jeder größere Stein verunsichert den Tritt, jedes Schlagloch unterbricht den Bewegungsfluss. Schweiß rinnt von der Stirn in die Augenbrauen und fällt aus ihnen tropfenweise auf Wange und Weg. Unter dem Strohhut juckt die erhitzte Kopfhaut, das Hemd klebt am Oberkörper und die Beinmuskeln beginnen zu zittern, wenn ich nicht regelmäßig Pausen einlege. Dann blicke ich zurück zur Schlucht oder schaue hinüber zum Nordhang, auf dessen Wegen zu gehen ungleich einfacher wäre.

Bei dem Gedanken, dass ich in meiner zweiten Lebenshälfte wann immer möglich die Sonnenseite der Straße gewählt habe, muss ich lächeln. Ja, ich habe mir meistens die Freude zum Führer gewählt, und wenn sie gelegentlich nicht zur Verfügung stand, folgte ich ihrer älteren Schwester, der Sehnsucht. Die Freude leitet uns auf leichten Pfaden, die der Sehnsucht scheinen zu Beginn oft beschwerlich, doch bereits nach den ersten entschlossenen Schritten schenken sie uns eine tiefe Befriedigung. Manchmal überließ ich mich auch der jüngsten Schwester, der Angst, die Umwege sucht und in die Irre geht. Schon in der ersten Hälfte meines Lebens leiteten mich jene drei Schwestern, aber da hing ich sehr an der jüngsten und achtete selten auf das Werben der beiden anderen. Jedenfalls haben sie mich siebzig Jahre hindurch rechtzeitig und punktgenau zu Conchitas Haus geführt. Rechtzeitig und punktgenau führen Freude, Sehnsucht und Angst jeden Menschen von der Geburt durch das Leben in den Tod.

Nachdem ich Nano freundlich begrüßt habe, erhob er sich und begab sich an meine Seite. Umsichtig mit mir Schritt haltend, steigt er wie ich empor, schwer atmend unter der Hitze, sein Schulterblatt nahe meinem Oberschenkel.

Das Haus liegt wartend. Eine Frau erscheint, tritt durch den klimpernden Perlenvorhang, lehnt sich an die Hauswand, barfüßig und nur bekleidet mit einer schlichten weißen Bluse, die gerade lang genug ist, um den Ansatz ihrer braunen Beine zu bedecken. Die Arme verschränkt sie unter den stattlichen Brüsten und mit einem seitlichen Neigen des Kopfes legt sich das lange tiefschwarze Haar über die linke Schulter. Ich bin mir bewusst, einer Schönheit zu begegnen, und nicke ihr zu. Auch körperliches Begehren ist ein Ausdruck von Lebensfreude, und in der ersten Hälfte dieser Inkarnation ließ ich den entsprechenden Impulsen begeistert ihren freien Lauf, ergötzte mich am Spiel der Sexualität. Im Bootshaus dann begann ich zu ahnen, dass meiner Lust die Liebe fehlte, und übte mich für eine lange Phase in Enthaltsamkeit. Denn der

Anblick weiblicher Schönheit löst im Mann häufig das Verlangen aus, sich ihr zu bemächtigen, sie zu besitzen und über sie zu verfügen. Nehmen ist ein natürlicher Reflex der Lust, während Liebe sich eher im Geben und im Empfangen verwirklicht.

Aufgrund meines bevorstehenden Endes hatte ich jetzt nicht mehr mit dem Aufflammen jener sexuellen Glut gerechnet, die uns den Himmel auf Erden erleben lässt, wenn wir sie darbringen, oder die uns die Hölle bereitet, wenn wir die Hand nach ihr ausstrecken. Bestürzt empfinde ich beim Anblick dieser Frau den Wunsch, ihren Körper zu genießen, und die lustvolle Sehnsucht, noch für unabsehbare Zeit leben zu dürfen.

„Mein Hund lässt keine Fremden vorbei", spricht sie mich an, „also müssen Sie ein Freund sein. Wollen Sie ein Glas Wasser?"

Schon in dieser Nacht liege ich in dem Ehebett, das Conchita für mich frisch bezogen hat. Ich weiß nicht, ob sie auf dem Sofa im vorderen Wohnraum bereits eingeschlafen ist oder wie ich noch mit offenen Augen daliegt und an unsere Begegnung denkt. Ich weiß nicht, ob sie sich Gedanken über Gründe und Zusammenhänge des Lebens macht, vielleicht sogar eine Zukunft abwägt, deren Unwägbarkeit ich schon seit Jahrzehnten akzeptiere.

Ich kenne diese Frau kaum, doch der selbstverständliche, aber zugleich höchst achtsame Umgang, den wir vom ersten Anblick miteinander pflegen, macht uns zu Vertrauten wie in jenen Visionen im Bootshaus. Allerdings erinnere ich mich heute nicht mehr an Einzelheiten. Das Leben ist so vielschichtig und unüberschaubar, dass wir all unsere Energie brauchen, um mit der Gegenwart Schritt zu halten. Wenn wir das Eigentliche nicht verpassen wollen, ist es unmöglich, uns zusätzlich noch um mentale Übersicht zu bemühen. Und es ist, abgesehen von seltenen Anlässen, auch völlig unnütz. Denn das Nachdenken bleibt ein meist zwiespältiges Unterfangen, weil wir normalerweise entweder die Frage haben, aber uns die Antwort fehlt, oder wir haben die Antwort und wissen nicht, auf welche Frage sie sich bezieht. Mit jeder von ihnen müssen wir leben können. Ich lasse beide los, lege die Hand auf mein Herz, spreche die drei mystischen Worte und wende mich nach innen, dem Geheimnis meiner Seele zu.

∞

„Ich bin die Braut eines anderen Herrn", hat meine Gastgeberin auf die Frage geantwortet, warum sie ihr Haus und Leben später nicht mit einem anderen Mann geteilt habe. Ihre Offenheit überrascht und berührt mich gleichermaßen. Nach der endgültigen Trennung von ihrem Mann entwickelte sie ein inniges Verhältnis zum Menschensohn aus Nazareth und verstand, dass tief empfundener Schmerz auf die Möglichkeit hinweist, Kontakt mit der unsichtbaren Welt aufzunehmen.

Die Wirren des Lebens sind offensichtlich und bringen uns oft genug dazu, dass wir an unserer Fähigkeit zweifeln, sie zu überstehen. Für viele von uns ist das Gefühl allgegenwärtig, im Chaos oder bestenfalls auf einer kleinen Insel der Ordnung zu leben, jedoch umgeben und ständig bedroht vom Ozean der großen Unordnung. Auch wenn wir es nicht wahrnehmen wollen, bleibt dieses Gefühl im Verborgenen ständig präsent. Ich erinnere mich gut daran, obwohl diese Empfindung mittlerweile fast vierzig Jahre zurückliegt. Damals war die Überzeugung erdrückend, völlig allein im Zentrum einer Lebenskrise mit vorhersehbaren und unvorhersehbaren Schrecken leben zu müssen. Das Gefühl war überaus real, und doch war es nur Ausdruck meines Nichtverstehens. Es hatte nichts mit der Wahrheit des Lebens zu tun, wie auch der größte Teil dessen, was uns als Wirklichkeit erscheint, nichts mit der Realität zu tun hat.

Das Bett steht an der Nordwand des hinteren Raumes unter dem geöffneten Fenster. Conchita hat mich davor gewarnt, das Fliegengitter herauszunehmen, um einen freien Blick über die Schlucht zu genießen. Trotzdem löse ich die rostigen Halterungen, lehne den bespannten Rahmen ans Fußende des Bettes und setze mich im Schneidersitz auf die Matratze. Ich lege die Arme übereinander auf das Fensterbrett, den Kopf auf die Arme und schaue hinaus in die Nacht, begebe mich ins Selbst-Gewahrsein: Mit ein paar tiefen Atemzügen vergrößere ich den Abstand zu dem letzten bewussten Gedanken, richte dann beim nächsten Einatmen die Aufmerksamkeit auf mich selbst, flüstere innerlich „ich!" und spüre so meine Anwesenheit, mein Vorhandensein deutlich. Mit dieser bewussten Seins-Empfindung bleibe ich in Kontakt. Einige körperliche oder energetische Phänomene huschen noch an der Achtsamkeit vorüber, dann verändert sich die Selbst-Wahrnehmung deutlich: Statt mich weiterhin als Person oder Körper wahrzunehmen, breitet sich nun ein hellwaches, klares Zeugen-Bewusstsein kreisrund in alle Richtungen aus, das immer unpersönlicher wird, mühelos die Grenzen von Ich und Leib überschreitet und die gesamte Umgebung einbezieht.

Tief unten schimmert die bucklige Straße in mattem Silber. Die Schotterwege des Nordhangs liegen in dunklen Farben. Die Gärten sind kaum und die Häuser nur dort zu erkennen, wo Licht durch die Fensteröffnungen fällt. Bewusste stille Weite dehnt sich zwischen dem Südhang hier und dem Nordhang dort, leerer bewusster Raum, der sich längst auch in diesem Zimmer, diesem Haus entfaltet hat. Aufstrebender Fels gegenüber und dahinter das Horizontband der fernen Berge. Hier, nahe dem schauenden Zentrum, das geöffnete Fenster, von dessen Holz die alte weißgraue Farbe schwindet, das Bett darunter, das Zimmer dahinter, alles jedoch ohne das sonst vertraute Ich und Mein, lediglich in klares Schauen getaucht, das hier ist wie dort. Grenzenlos weites bewusstes Sein, in dem sich jedes wahrgenommene Detail auf einen wahrnehmenden Mittelpunkt bezieht, der jedoch den gesamten ausgebreiteten Raum in sich birgt. So ist der Umkreis zum Zentrum geworden, und das Zentrum zum Umkreis. Das Wahrnehmen und das Wahrgenommene sind eins, aber in dieser stillen, klaren Bewusstheit fehlt derjenige, der wahrnimmt. Dass dieses Sehen *mir* geschieht, davon weiß ich nichts, denn es geschieht in diesem Augenblick auch jedem anderen Detail dieser umfassenden Schau. Es ist die Ein-Sicht des einen allgegenwärtigen Selbst in sich selbst, und überall tanzt Freude, einfach so, ob begründet oder unbegründet, leichte, schwebende Freude ohne jemanden, der sich freut.

Blauschwarz der Himmel über den Bergen, so fern, und sich doch herüberwölbend, so nah, übersät mit schimmernden, funkelnden, blitzenden Sternen, die in diesem Allgewahrsein herangerückt sind, als bedürfe es nur einer ausgestreckten Hand, um jene lebendigen Lichter zu berühren.

Spontan formt sich ein Gebet in meinem Herzen. Es zieht mich in mein Ich zurück, lässt mich wieder zu jener kleinen Person in jenem sterblichen Körper kontrahieren, und ich bin einverstanden, denn was nützt es, Widerstand zu leisten gegen das Wunder des Erscheinens und Vergehens? Ich lege die Hand auf meine Brust und bete viel leiser als gewöhnlich, denn ich will Conchitas Schlaf nicht stören, spreche aber immerhin doch deutlich flüsternd, damit die universelle Urmutter, mit der ich seit vielen Jahren kommuniziere, mich auch wirklich hört. Ich danke ihr für diesen Tag, für den Entschluss, das Hotel zu verlassen und einen Ort zum Sterben zu finden, für den Weg durch die Schlucht und den Anblick des weißen Hauses am Südhang, für die Begegnung mit Nano und das selbstverständliche Willkommen Conchitas, für das gemeinsame Abendmahl und die nächtliche Weite vor dem Fenster.

Seit Jahrzehnten lege ich nun Wert auf mein allabendliches Dankgebet, denn ich weiß, dass alle Geschenke, die ich bekomme, mir eines Tages wieder genommen werden. Dass es meine Entscheidung ist, wie ich mit den Gesetzmäßigkeiten des Lebens umgehe, erkannte ich an der Ostsee. Ich erkannte, dass meine Trauer über die Vergänglichkeit aller Dinge einen Schatten über mein gegenwärtiges Lebensgefühl warf und dass ich diesen trostlosen Vorgang beenden musste. Statt mich über die Dinge zu grämen, die scheinbar für immer verloren waren, versuchte ich nun, mich für sie zu bedanken. Statt zu bedauern, was hinter mir lag, dankte ich dafür, dass ich es hatte erfahren dürfen. Binnen weniger Wochen hellte sich mein trister Zustand auf, und derart motiviert, gewöhnte ich mich daran, jeden Abend von ganzem Herzen für die Erfahrungen des zurückliegenden Tages zu danken ~ und natürlich auch für frühere Episoden aus meinem Leben, falls sie mir in den Sinn kamen.

Diese Dankgebete hatten noch eine weitere, vollkommen unerwartete Wirkung: Da sich im Laufe der folgenden Monate und Jahre eine schier unüberschaubare Zahl dankeswürdiger Erfahrungen in meinem Bewusstsein anhäufte, gewann ich mehr und mehr den Eindruck, ein übervolles, gesegnetes Leben gelebt zu haben. Denn Dankbarkeit für das Gewesene bereichert die Vergangenheit im Nachhinein und vergoldet das Leben in der Gegenwart.

Dankbarkeit ist reinste Magie.

∞

Nachdem ich mich unwillkürlich wieder auf mich selbst besonnen und dann müde den Rahmen mit dem Fliegengitter zurück in die Fensteröffnung gestellt habe, schwirren Insekten im Zimmer. Mein Moskitonetz liegt noch im Hotel, es wird eine unruhige Nacht. Anfangs ziehe ich mir das Laken, das als

Decke dient, über den Kopf, schlafe auch ein, erwache jedoch schweißgebadet. Um mich zu kühlen, setze ich Kopf, Schultern und Arme den Fliegen und Mücken aus, schlage halbherzig nach ihnen, zucke später nur noch mit den angegriffenen Muskeln, schlafe wieder ein, wache wieder auf und trinke von dem Wasser, das neben dem Bett steht, taumele im Halbschlaf zwischen Träumen und anderen Vorstellungswelten hin und her und bin wie erlöst, als das erste Tageslicht langsam den Raum erhellt. Falls diese ruhelose Nacht ein Vorgeschmack auf das gewesen ist, was mich in absehbarer Zeit hier erwartet, dann sollte ich mich auf ein Ende vorbereiten, das mich nicht von einem Augenblick zum nächsten aus dem Leben reißt, sondern sich Zeit mit dem Sterben lässt. Ein langsames Hinsiechen ist für mich eine äußerst unangenehme Vorstellung. Deshalb erscheint es sinnvoll, mich wieder häufiger der Übung des Selbst-Gewahrseins zu widmen ~ neben all den anderen Segnungen, die es mit sich bringt, ist es das beste Mittel gegen Ängste jeder Art, und natürlich habe ich Angst vor dem Sterben.

Angst spielt sich immer zuerst im Verstand ab, bevor sie dann unangenehme Phänomene im Körper hervorruft und schließlich hemmenden Einfluss auf unsere Lebensgestaltung nimmt. Sie ist ein mentaler Vorgang, ein Spiel der Gedanken mit einer zukünftigen Situation, und sie malt uns diese Situation auf bedrohliche Art und Weise aus. Angst ist ein negativer Denkprozess mit unangenehmen Folgen, und wenn wir darin geübt sind, das Denken zu unterbinden, kann sie nicht länger ihr Unwesen treiben. Es scheint wirklich angebracht, in meinem Kopf wieder für Ordnung zu sorgen! Denn es ist schon schwer genug zu sterben. Wenn man dabei auch noch Angst hat, wird es sicherlich schier unerträglich.

Ich ziehe Hose und Hemd über, trete leise durch den Seidenvorhang in den vorderen Raum. Conchita liegt auf dem

Sofa, die Beine angezogen, ein Arm unter dem Kopf. Ihr Laken ist heruntergerutscht, und im Zwielicht des Morgens gibt sich Lebensfülle meinem Blick preis. Es sind weder Scham noch Rücksicht, die mich rasch den Raum durchschreiten lassen, eher ist es das Bedürfnis, den Einzelheiten, die sich entfalten wollen, nicht im Weg zu stehen und sie auch nicht zu forcieren.

Ich erinnere mich an Jahre, in denen ich sehr schnell gelebt habe. Damals war das Grau von den Dingen gewichen, und sie breiteten sich vor mir aus in all ihrer Schönheit. Ich konnte mich nicht sattleben an den Angeboten, die die Welt mir machte. Mit fliegenden Händen griff ich zu, schmeckte die Herrlichkeit, ließ fahren, was ich genossen hatte, schaute mich um, erblickte Neues, riss es jubelnd an mich. Es waren Jahre der Fülle und des Reichtums, die mich von den Jahren des Mangels und der Verzagtheit erlösten.

Dann und mitten in diesem Rausch befiel mich zutiefst das Wunder: Wochenlang lief ich wie betäubt durch mein Leben, unfähig, von dem Schönen um mich herum Besitz zu ergreifen, durch und durch von der unbewussten Frage erschüttert, wie das Universum nur so großzügig sein kann.

Eines Nachts, als ich vor lauter Herzklopfen nicht einschlafen konnte, vor lauter Freude und Jubel, lobte ich mit bebender Stimme das Leben für seine Großzügigkeit, für die überfließende Liebe, die all die Vielfalt und all den Reichtum erzeugt, an denen wir Menschen im Laufe unserer Inkarnationen teilhaben dürfen. Es war die Stunde, da ich zum ersten Mal die wahre Größe des Daseins ahnte und vollkommen von seiner Freigiebigkeit überzeugt war. Seitdem weiß ich, dass das Leben uns ständig und ohne Ausnahme wohlgesinnt ist.

Im Anschluss an diese Erfahrung wurde ich ruhiger. Ich griff nicht mehr nach jeder Möglichkeit, die sich mir bot. Ich konnte sie sehen, für ihr Erscheinen danken und dann innehalten. Ich konnte der Möglichkeit den Freiraum geben für ihre von mir unbeeinflusste Entfaltung. Ich konnte ihr zusehen, sie bewundern, ohne sie mir zu eigen zu machen, zögerte meinen Zugriff hinaus und sah, wie die Dinge um mich herum aus eigener Kraft erblühten. Manche neigten sich mir dann schließlich zu, andere zogen sich von mir zurück. Und in meinem ergriffenen Staunen über die Herrlichkeit des Lebens ließ ich beides geschehen.

Etwa in jenen Zeit-Raum-Gebilden war ich von München nach Wismar umgezogen.

∞

Unter der Bank liegt Nano. Als er mich an diesem frühen Morgen aufstehen hörte, klopfte er mit dem Schwanz, ohne die Augen zu öffnen. Das Bad ist dem Haus nachträglich westwärts angefügt worden. Ihrem Mann, wird Conchita später erzählen, sei es zu mühsam gewesen, einen Durchbruch vom Schlafzimmer aus zu bewerkstelligen, sodass der Anbau nur von außen zu betreten ist. Nach dem Duschen setze ich mich auf die Bank, um meine allmorgendliche Herzschau zu praktizieren. Aber der schwarze Riese erhebt sich, legt seine Schnauze auf mein Knie und erlaubt mir, die Schlafschlieren aus seinen Augen zu wischen. Danach kraule ich ihn ausgiebig unter dem Kinn und bis hinab zur Brust zwischen den Vorderbeinen. Dabei spreche ich zu ihm, und Sprechen ist bei Weitem keine einseitige Angelegenheit, sondern immer Austausch, Rede und Antwort. Sprechen stellt Verbindung her, und das gesprochene Wort ist kreativ, erzeugt Wirklichkeiten, ist schöpferisch. Auch Gott erschuf die Welt nicht mit seiner Hände Arbeit, sondern mit Worten. Er sagte: „Es werde…“ und es wurde! Am Anfang war das Wort, und das Wort nahm als Welt Form und Gestalt an. Und wie es am Anfang geschah, so geschieht es auch jetzt zwischen Nano und mir und von Ewigkeit zu Ewigkeit.

Ich weiß, dass allen Wesen und Dingen eine Seele innewohnt, eine tiefe stille Bewusstheit, die wahrnimmt und versteht. Ich weiß, dass ich zu allen sprechen kann, zu Menschen und Tieren, Pflanzen und Steinen. Und ich weiß, dass sie mich verstehen und auf mich reagieren, Menschen wie Conchita, Tiere wie Nano, die Blumen im Garten oder in der Vase. Sogar die Sterne, das ganze Universum und selbstverständlich auch die gesamte unsichtbare Wirklichkeit. Alles, was ist, hat die Kraft, zu sein. Es ist entstanden, es existiert und verändert sich, und schließlich vergeht es wieder. Es lebt, und ohne Ausnahme ist alles, was lebt, beseelt und bewusst. Es ist kontaktfähig und kommuniziert mit der Umgebung. Deshalb berühre ich mit meiner Seele entweder in Stille oder im verbalen Kontakt die Seele all dessen, was gleichzeitig mit mir existiert.

Ich spreche zu allem, wenn ich will, und alles antwortet mir, wenn es will. Es antwortet mir auf seine eigene, ganz individuelle Art und Weise. Ich habe gelernt, mit bewusstem Atem zu schauen, zu lauschen, zu spüren und dabei Antworten wahrzunehmen. Nur wenige Dinge sind mir fremd geblieben. Der Schatten zum Beispiel oder das Spiegelbild, diese Erscheinungsformen des Unwirklichen entziehen sich meinem bewussten Kontakt, und ich akzeptiere das.

Conchita tritt durch den Perlenvorhang. Sie hat sich das Laken um den Leib geschlungen und blinzelt in den Morgen.

„Stehst du immer so früh auf?“, fragt sie.

„In meinem Schlafzimmer wimmelt es von Moskitos.“

„Du hast dir nachts die Sterne angesehen. Ohne Fliegengitter.“

Erstaunlicherweise haben mich nur wenige Insekten gestochen. Ich zeige ihr die Kreuze, die ich mit dem Daumennagel über die Einstichstellen an Armen und Beinen gedrückt habe.

„Es juckt nicht mehr“, erkläre ich. „Indianer machen das

so. Ich muss es in einem früheren Leben von ihnen gelernt haben."

Sie runzelt die Stirn, doch da ich schmunzele, entschließt sie sich, meine Vermutung ebenfalls auf die leichte Schulter zu nehmen.

„Glaubst du, dass wir mehrere Leben haben?", fragt sie dann doch.

„Manchmal", gebe ich zu, „wenn ich mir gewisse Dinge anders nicht erklären kann."

Für einen Moment schließe ich die Augen.

∞

Ich hocke im Mondschatten eines Felsens auf einer Hügelkuppe. Unter mir erstreckt sich das stille winterliche Tal. Eben saßen hier noch zwei junge Krieger, die angeregt miteinander sprachen, anstatt aufmerksam Wache zu halten. Jetzt liegen ihre Körper im blutwarmen Gras.

Zwei Männer nahezu gleichzeitig und so schnell zu töten, dass sie keinen Warnschrei ausstoßen können, ist eine Kunst. Ich werde meine Tat am großen Feuer im eigenen Lager tanzen: Das lange Warten, hingestreckt auf dem kalten Felsen, drei Handbreit über den Köpfen der Unachtsamen, geräuschlos den Atem über die Spitzen der Nasenflügel einziehend und sparsam entweichen lassend. Dann der Hieb mit der Streitaxt, als sie ihre Gesichter einander zuwenden, im Bogen nach unten geführt, der den ersten Schädel hinten spaltet und in das andere Gesicht treibt. Die wieder aufsteigende Axt, die im Gegenbogen von der anderen Seite in den zweiten Schädel fährt, und die Sterbenden sinken einander zu, als fielen sie sich vertraulich in die Arme.

Ich gleite vom Felsen, durchtrenne mit dem Messer ihre Hälse, schneide ihnen die Haartrophäen vom Schädel. Deutlich fühle ich das Tosen meines Blutes im gesamten Körper, die wilde Ekstase, den Rausch. Ich spüre die Kraft und den

Tod und die Lust zu leben. Hinter halbgeschlossenen Lidern beobachten meine Augen das Zeltdorf im Tal, doch mein Bewusstsein beobachtet den Siegestanz meines Blutes. *Ta'uñ'ke awa'kuwe ~ des Feindes Pferde bringe ich heim.* Und Haare von zweien an meinem Gürtel. *Ye'ye'i'iya wo ~ ich fordere Anerkennung! Han'ta yo ~ macht den Weg frei!*

Langsam verklingt das innere Lied. Ich stelle meinen Blick scharf auf die Zelte und die grasenden Reittiere. Kühle durchzieht Körper und Verstand, richtet Sinne und Absicht streng nach außen. Fest packe ich die Axt, löse mich geduckt aus dem Mondschatten des Felsens. Ein Schlag an die Brust trifft mich ein Stück unterhalb des linken Schlüsselbeins. Ich spüre das siedend heiße Eindringen in meinen Körper und höre dabei ein feuchtes Patschen. Das Geräusch berührt mich unangenehm, weil mein Leib mir stets fest und stark erschien, nicht wie der grasgefüllte Magen eines Wapitis. Jetzt rollt der Knall des Schusses von unten zu mir empor, und ich fühle eine ungewohnte Weite in meinem Rücken, das Austrittsloch des Geschosses scheint faustgroß zu sein. Die Wucht des Treffers wirft mich gegen den Felsen zurück und raubt mir den Atem. Der Stein hinter mir schleudert mich wieder nach vorn. Ich empfinde den unbedingten Willen, aufrecht stehen zu bleiben, und noch berühren meine Füße die gefrorene Grassode, aber dann entzieht sich der Hang meinem Tritt und ich stürze kopfüber voran. Trudelnd, springend, abwärts fallend, schlägt der Körper auf den steilen Hang, reißt Geröll, Gras und Erde los, zerbricht vielfach und in rotwehender Blutfahne, die sich aus meinem Rücken entrollt, während ein Bewusstsein still im Raum schwebt und den Sturz des Kriegers wahrnimmt, und wie er berauscht vom kurzen siegreichen Kampf im Mondschatten hockt und auf dem Felsen hingestreckt wartet, geräuschlos atmend, wie er unbemerkt auf Finger- und Fußspitzen zum Versteck der schwatzhaften Wächter gleitet und leicht vorgebeugt durch das weiß bestäubte Grasland läuft, den Mund halbvoll mit Wasser, hinter Lippen und Zunge gehalten, wie er vor einem Zelt sitzt, den kleinen Sohn zwischen den gekreuzten Beinen, den Blick auf die Frau gerichtet, die sich am Morgen nach dem Bad im Fluss sorgfältig das lange tiefschwarze Haar eingefettet hat und es nun mit einem weißen Hirschlederband zu einem armdicken Zopf flicht, während sie diesen kraftvollen Krieger und das gemeinsame Kind ansieht, Liebe in den Augen wie Sonnenlicht, sodass silberhelle Funken sprühen, die das Gesicht der Frau umspielen, es gänzlich in weißes Licht hüllen, in jenes heilige Licht, das mehr und mehr strahlt und sich ausbreitet, die Zelte übergießt, das gesamte Winterlager, die schneebedeckten Hügel, sogar den weißbewölkten Himmel, bis dieses Leuchten letztlich in seinem Gleißen alles auslöscht außer sich selbst ~ *wañi'ktelo!*

∞

Conchita ist ins Haus gegangen und kehrt nun mit zwei dampfenden Kaffeebechern zurück. Sie schaut in die Weite.

„Was genau hast du hier vor?", fragt sie mich. Vögel singen und zwitschern, fliegen über das Haus und hinab in die Schlucht. Grillen zirpen. Das Himmelsrot hat sich in helles Blau verwandelt. Die Sonne steigt schräg hinter uns auf und der Schatten des Vordachs bedeckt ein Stück des Weges.

„Ich würde gern hier sterben", antworte ich nach kurzem Zögern.

„Das ist sehr kostbar", sagt Conchita und nickt. „Ja, das ist gut", bekräftigt sie wenig später noch einmal. Auch ich nicke. Jetzt ist mein Sterben also eine beiderseits beschlossene Sache.

∞

Ich scheine mich an einige meiner zurückliegenden Tode erinnern zu können und auch an andere eindrucksvolle Begebenheiten aus vergangenen irdischen Perioden meiner Existenz. In diesen Erinnerungen war ich das Kind vieler Eltern und vielen Kindern war ich oft Vater und oft Mutter. Oft war ich der Held meines Lebens und oft sein Opfer. Die gesamte und vermutlich sehr lange Reise diente höchstwahrscheinlich dazu, bestimmte Erfahrungen zu machen, und alle Erfahrungen dienten höchstwahrscheinlich dazu, dass ich letztlich das lieben lernte, was mir anfangs fremd erschienen war oder feindlich.

Derartige Erinnerungen an das vermeintlich Frühere erkenne ich als momentane Bilder meines Bewusstseins, als gegenwärtige Erlebnisse, die aus der Tiefe auftauchen und im jetzigen Zeit-Raum-Gebilde gemacht werden. Deshalb behaupte ich nicht, dass das Gesehene wirklich früher einmal stattgefunden hat. Denn warum könnten meine unterschiedlichen Leben nicht auch alle gleichzeitig stattfinden ~ nur in unterschiedlichen Welten? Vielleicht sind die Inkarnationen nicht wie die Perlen an einer Schnur aufgereiht, sondern übereinandergestapelt wie die Wohnungen eines Hochhauses.

Ich weiß, dass ich über diese geheimnisvollen Vorgänge nahezu nichts weiß. Nur die Tatsache, dass ich das Gesehene jetzt gesehen habe, kann nicht widerlegt werden. Das Leben ist derart vielschichtig und multikausal, dass es sich in großen Bereichen und in den meisten Fällen unserem Verstehen entzieht. Deshalb lege ich sehr viel Wert auf Erfahrungen und sehr viel weniger Wert auf ihre Deutung. Eine Erfahrung ist eine Tatsache, auf die wir uns verlassen können. Die beschreibende Deutung einer Erfahrung ist immer nur unsichere Spekulation, ein gedankliches Spiel. Ich musste das erst erkennen, und dann musste ich üben, das Unbegreifliche bejahend zu leben. Dies beruhigte in zunehmendem Maß meinen Verstand, und mit den Jahren gab er sein Drängen auf. Er hat dabei nichts von seiner Schärfe verloren, im Gegenteil. Da er sparsam mit seiner Kraft umgeht, steht ihm davon mehr zur Verfügung als je zuvor. Gelegentlich spiegelt er in seiner Unbewegtheit das gesamte Universum.

∞

Conchita räumt ihre Sachen aus dem Kleiderschrank im Schlafzimmer. Gemeinsam nehmen wir die Einlegeböden heraus, tragen, schieben und zerren den Schrank dann durch die Türöffnung in den vorderen Raum, rücken ihn an die Wand, der Haustür schräg gegenüber. Ein Küchenbord wird freigeräumt und in mein Zimmer gestellt. Dorthinein werde ich meine Siebensachen stapeln. Allerdings fehlt noch ein bequemer Stuhl.

„Es ist gut, dass du hier bist", sagt meine Gastgeberin nach getaner Arbeit und streckt mir ihre Hand entgegen, die ich ergreife. Es ist eine erste körperliche Berührung, und Conchita löst sich umgehend daraus, streicht mit einer fahrigen Bewegung Haar aus ihrer Stirn. Einen Augenblick stehe ich da und nehme heftig atmend meine Verwirrung wahr. Dann trete ich nach draußen unter das Vordach. Es ist angebracht, still zu sein.

## 4

Als es mir auf dem Dach zu kalt geworden war, bin ich mit der Luftmatratze und dem Schlafsack ins Bootshaus umgezogen und habe dort tief und fest geschlafen. Nun weckt mich das Geschrei der Möwen. Ich öffne die Augen, blicke durch das große Nordfenster neben der Tür, die zur Plattform hinausführt, sehe den Himmel, höre das Schwappen des Wassers, das um die Pfähle spielt, und setze mich auf.

Seit einigen Wochen versuche ich, morgens mit einer Art Andacht in den Tag zu starten. Das hat weniger spirituelle Gründe als ganz weltliche: Ich habe den Überblick über mein

Leben verloren. Das heißt nicht, dass es mir in den letzten Jahren schlecht ging ~ im Gegenteil! Zugegeben, Kindheit und Jugend, das Erwachsenwerden und meine Tätigkeit im Einzelhandel waren nicht gerade stressfrei und häufig sogar ziemlich schrecklich. Aber dann wurde ich als Atemtherapeut sehr erfolgreich und als Mensch sehr glücklich, hatte ein reiches schönes Leben, lernte, wie der Verstand funktioniert, und machte mir seine Fähigkeit zunutze, Illusionen zu erzeugen und sie anschließend im Alltag zu manifestieren. Ich gewöhnte mir eine magische Lebensführung an, verlor dabei aber irgendwie den roten Faden. Denn all die Jahre hindurch kam es immer wieder zu Brüchen in meinem Lebenslauf, zu abrupten Einschnitten, in denen das, was sich bis dahin entwickelt und als richtig erwiesen hatte, plötzlich unterbrochen wurde, nicht mehr galt, und mein Leben geriet in völlig andere Bahnen. Es setzte sich in komplett fremder Richtung fort, die definitiv keine Fortsetzung war, sondern ein umfassender Neubeginn, als wäre alles Vorherige nichts wert gewesen. Stets war die Freude über meine intellektuellen und materiellen Errungenschaften nach einiger Zeit verblasst und die Begeisterung über meine beruflichen und finanziellen Erfolge konnte sich auch nicht dauerhaft halten. Eine innere Leere tat sich auf und die Suche nach Erfüllung begann von Neuem.

Der letzte unerwartete Bruch war die Trennung von meiner Eben-noch-Freundin, die mir aus heiterem Himmel erklärte, doch lieber allein in München leben zu wollen als gemeinsam mit mir an der Ostsee. Und nun kann ich wieder von vorn anfangen, aber ich weiß nicht, was und wie!

Im Laufe all meiner Jahre habe ich mir wirklich Mühe gegeben, mein Leben einigermaßen auf die Reihe zu kriegen und so sinnvoll wie möglich zu gestalten. Es ging auch immer eine Zeitlang gut, doch dann brach mir regelmäßig der Boden unter den Füßen weg. Als hätte ich meine Lebensgestaltung stets auf Sand gebaut, obwohl ich meistens einigermaßen wach und bewusst gewesen war. Ich hatte das Für und Wider von kleinen und großen Entscheidungen in der Regel sorgfältig abgewogen, nur gebracht hat das alles offensichtlich nichts. Mein Leben ist nicht aus einem Guss. Es ist mir nicht gelungen, ein großes Ganzes daraus zu machen, und ich habe tatsächlich eine ziemlich extreme Angst zu sterben, bevor ich mein Lebensziel erreicht habe. Ich muss erkennen, dass ich mit meinem Latein am Ende bin: Ich weiß einfach nicht mehr, wie es weitergehen soll. Und ganz offensichtlich habe ich das noch nie wirklich gewusst. Vor ein paar Wochen gestand ich mir endlich in vollem Umfang ein, dass meine persönliche Intelligenz definitiv nicht ausreicht, wenn es darum geht, ein halbwegs sinnvolles Leben zu gestalten.

Ich befürchte, dass meine Persönlichkeit eigene Pläne hat und verfolgt, die dem großen Plan meiner Seele zuwiderlaufen, und dass meine Seele sich gegen die egozentrischen Bestrebungen meiner Psyche nicht durchsetzen kann. Ich kenne meinen wahren Seelenplan nicht, und deshalb ist es mir unmöglich, den richtigen Weg zu finden. Wenn ich also keine Ahnung habe, wie sich mein Leben eigentlich entfalten möchte und wie ich es dabei unterstützen könnte, sollte ich mich klugerweise an jemanden wenden, der intelligenter ist als ich und vielleicht auch einen größeren Überblick hat. Mit anderen Worten: Ich brauche dringend einen klugen Berater oder verständnisvollen Seelsorger!

Da Gott mir dafür nicht zur Verfügung steht und sich sowohl Jesus als auch der Puma aus meinem Leben entfernt haben, wende ich mich auch in diesem Fall einfach an die blaue Weite des Universums und bitte es morgens, meine Füße endlich auf den mir bestimmten Weg zu setzen und meine Schritte zielsicher dorthin zu lenken, wo ich hingelangen soll. Anfangs versuchte ich, tonlos zu bitten, die Worte nicht zu sprechen, sondern nur zu denken. Dabei machte ich die Erfahrung, dass ich schon nach wenigen Augenblicken gedanklich abschweifte und sonst wo landete. Gedanken kreisen im Kopf, sind immateriell und flüchtig. Das ausgesprochene Wort manifestiert sie, verleiht ihnen eine erste Substanz, lässt sie als Klang und Schwingung in der Welt erscheinen, wo sie ihre Wirkung entfalten können. Deshalb bitte ich seitdem mit lauter Stimme, und weil ich nun höre, was ich sage, kann ich leichter bei der Sache bleiben. Manchmal entwickelt sich dabei so etwas wie eine immense Eigendynamik, eine große Kraftfülle, die weit über mich hinaus zu reichen scheint oder tief in mich hinein, als öffne sich das Universum oder mein eigener Seelenraum plötzlich unendlich weit für meine Worte.

Nach einer solchen Bitte um Unterstützung warte ich regelmäßig noch für einige Minuten in der anschließenden Stille, bin offen für jede mögliche Antwort des Universums, schaue, lausche und spüre aufmerksam in den inneren oder äußeren Raum hinein.

Zur morgendlichen Routine der letzten Wochen gehört ebenfalls, dass ich mich im Anschluss daran mit geschlossenen Augen auf den Rücken lege und mir mein Sterben vorstelle. Auf diese Weise hoffe ich, meiner Todesangst die Spitze zu nehmen und vertrauter mit ihr zu werden. Außerdem vermute ich, dass diese inneren Erfahrungen in der Gegenwart gestalterische Auswirkungen auf meinen tatsächlichen Tod in der Zukunft haben werden. Ohne zu grübeln, lasse ich all jene Bilder in meinem Bewusstsein zu, die von selbst dort auftauchen wollen.

Eine halbe Stunde später koche mir eine Tasse Instantkaffee, den ich auf der Plattform in kleinen Schlucken trinke. Dabei genieße ich den Blick über das ruhige weite Meer. Der Horizont schimmert dunstverhangen. Die Morgensonne sieht noch ziemlich blass und kraftlos aus, aber es wird sicherlich wieder ein heißer Tag werden. Ich ziehe Badehose, T-Shirt und Turnschuhe an, jogge den Pfad entlang ostwärts bis zur Steilküste und noch ein Stück weiter, kehre nach etwa einer halben Stunde zurück. Inzwischen ist es deutlich wärmer geworden. Ich schwimme ein paar Runden und putze mir anschließend die Zähne, rasiere und dusche mich.

Auf meinem Meditationskissen sitzend, notiere ich in mein Tagebuch, was diesmal während der Sterbevision in mir aufgetaucht ist. Später fahre ich auf der Umgehungsstraße zum Hafen von Wismar, wo ich zwei Stunden lang kostenlos parken kann. Der Himmel ist blau, die Luft riecht nach Salz und Schiffsdiesel. Die Geräusche eines heißen Sommertages umschwirren mich.

Ich schlendere durch das Zentrum der kleinen Stadt. An der Wand einer Bratwurstbude liegt auf dem Kopfsteinpflaster eine löchrige blassblaue Wolldecke, achtlos über zwei prallgefüllte Plastiktüten geworfen. Davor steht ein Pappbecher mit klebrigen Kaffeespuren am Rand, in dem sich einige Münzen und sogar zwei Geldscheine befinden. Auf ein abgerissenes Stück Karton hat jemand geschrieben:

Dies ist mein Platz!
(und ALLES drumrum)
N:gha

Ich wundere mich darüber, dass ein Bettler auch in seiner Abwesenheit weitere Almosen erwartet, und gehe mit einem Stirnrunzeln vorbei. Im Supermarkt kaufe ich Obst, Gemüse, Reis, trage anschließend meine Einkäufe zum Wagen, um mit leeren Händen durch die Fußgängerzone bummeln zu können. Wieder komme ich an der Bratwurstbude vorbei. Diesmal sitzt der Bettler dort. Er scheint gut siebzig Jahre alt zu sein und sieht sehr ungepflegt aus. Seine schulterlangen schmutziggrauen Haare schimmern fettig, sein Bart ist zerzaust und seine nackten Füße starren vor Dreck. Aber er nickt mir freundlich zu, und um irgendwie darauf zu reagieren, sage ich:

„Ziemlich gewagt, das Geld unbeaufsichtigt im Pappbecher zu lassen."

Er strahlt mich mit einem überwältigenden Lächeln an.

„Kümmer dich gefälligst um dein eigenes Leben!", antwortet er.

Ich bin völlig verblüfft. Wenn er dasselbe gesagt hätte, ohne zu lächeln, wäre es eine schroffe Zurechtweisung gewesen. So aber weiß ich nicht, was ich damit anfangen soll.

„Tu ich", sage ich nur und gehe entschlossen weiter.

„Tust du nicht!", ruft er mir hinterher. Ich drehe mich nicht um.

Einen Augenblick später geht er neben mir und legt mir seine Hand auf die Schulter.

„Willst du die Wahrheit wissen?", fragt er, tippelt auf den Zehenspitzen, die Lippen dicht an meinem Ohr. Er stinkt nach Alkohol und Urin. Unwillig schüttele ich die Hand ab, da stellt er sich vor mich und hindert mich am Weitergehen. Seine Augen sind mit unnatürlicher Schärfe auf mein Gesicht gerichtet, als erwarte er höchst gespannt meine Reaktion. Dann entschärft sich sein Blick, und die Augen schauen wieder trübe, vom Alkohol vernebelt.

„Danke", sage ich barsch, „kein Interesse", schiebe ihn zur Seite und gehe an ihm vorbei.

Er bleibt stehen, während ich meine Schritte beschleunige.

„Von wegen!", entrüstet er sich mit lauter und empörter Stimme. „Von wegen, kein Interesse an der Wahrheit! Warum belügst du mich?"

Die Szene ist mir äußerst peinlich, zumal einige Passanten neugierig zu uns herüberstarren und offensichtlich mehr von dem Spektakel erwarten. Kurzentschlossen betrete ich das nächstgelegene Geschäft, betrachte die dort angebotenen Haushaltwaren, bis ich sicher bin, den Penner abgeschüttelt zu haben. Ich kaufe einen preiswerten Hocker, muss aber wohl oder übel auf dem Rückweg noch einmal an der Bratwurstbude vorbei. Als der Verwahrloste mich von Weitem sieht, winkt er schon und strahlt wieder über das ganze Gesicht. Ich schaue weg.

„Was ihr für einen meiner geringsten Brüder getan habt, das habt ihr mir getan", fällt in mich ein, als spräche die innere Stimme zu mir, und ich bin nicht sicher, ob mich das Universum damit mahnen will, großzügig zu sein, oder ob mein Verstand sich einfach nur an die entsprechende Bibelstelle erinnert. Solche Situationen kenne ich inzwischen zur Genüge: Situationen, in denen ich nicht unterscheiden kann, ob ich einen Hinweis bekomme oder ob meine Psyche mir einen Streich spielt. Ich habe mir angewöhnt, in diesem Zweifelsfall positiv auf das Vernommene zu reagieren, denn lieber gehe ich in die Falle meines Verstandes, als einer Weisung nicht zu folgen. Dann wird sich schon herausstellen, was Sache ist.

Eigenartige Erfahrungen mit meiner inneren Stimme habe ich reichlich.

∞

Seit ich sieben Jahre alt war, verbrachte ich die Sommerferien regelmäßig in Wyk auf der Insel Föhr, und seitdem liebte ich Salli. Sie ist mindestens zehn Jahre älter als ich, groß und schlaksig, arbeitet dort im Ferienlager als Betreuerin. Salli hat eine raue Stimme und ein fröhliches Herz. Sie spielt mit uns Völkerball, Räuber und Gendarm, Fußball. Sie besteht darauf, dass wir beim Mittagsschlaf und abends nach dem Lichtausmachen leise sind. Ansonsten besteht sie darauf, dass wir laut sind und uns wie „richtige Junx" benehmen. Sie schimpft nur sehr selten mit uns, und immer grinst sie dabei, als amüsiere sie, dass wir uns von ihr erwischen ließen.

„Junx, ihr müsst noch viel lernen!“, sagt sie bei solchen Gelegenheiten und meint damit wohl, wir müssten noch viel lernen, um richtige Junx zu sein.

In meinem dreizehnten Lebensjahr geht es mir dort allerdings nicht so gut. Die Schule ist eine Katastrophe gewesen, das Zeugnis schlechter als alle vorangegangenen und ich wurde nicht versetzt. Außerdem kam drei Wochen vor den Ferien raus, dass ich im April aus der Firma meiner Eltern mehrere Messer geklaut und an Mitschüler verkauft hatte. Springmesser, die man erst ab achtzehn Jahren besitzen darf, weil man mit ihnen Menschen töten kann.

Das Einzige, was ich am Ferienlager nicht mag, ist die Mittagsruhe: Wir müssen zwei Stunden lang auf den Liegen im Garten verbringen, und wer versucht, mit seinem Nebenmann zu reden, wird mit Badeverbot bestraft. Diesmal will ich nicht reden, denn mir ist nicht nach Bestrafungen, davon gab es in den letzten Wochen zu Hause genug. Ich liege einfach nur im Schatten an meinem Platz unter einem großen Baum, habe die Augen geschlossen und versuche einzuschlafen, denn dann vergeht die Zeit schneller. Und eigentlich bin ich ja auch irgendwie müde nach dem Chaos der letzten Monate. Hier will keiner was von mir, das ist ziemlich angenehm, hier kann ich mich ausruhen. Und Salli liebt mich wie jedes Jahr, obwohl ich ihr gestanden hab, dass ich nicht versetzt worden bin.

„Macht nichts“, sagte sie und schaute mich ernst an. „Dann bist du in der neuen Klasse der Älteste und der Größte. Das hat viele Vorteile!“

Zu Hause wartet Rita auf mich. Die ist gerade mal vier Jahre älter als ich, und ich würde wirklich gerne demnächst Sex mit ihr haben. Überhaupt ist sie der einzige Lichtblick in meinem Leben, das ziemlich kompliziert verläuft bei all dem Ärger mit den Lehrern, und zwar schon seit der Einschulung. Mit meinen Eltern ist es auch kein Zuckerschlecken, und soweit ich mich erinnern kann, war es das noch nie. Salli ist mehr als ein Lichtblick für mich. Die liebe ich, und deshalb möchte ich auch noch keinen Sex mit ihr. Einfach nur mal in ihren Armen liegen, das wäre das Höchste für mich. Hin und wieder greift sie nach meinem Handgelenk, als sollte ich für einen Moment stillhalten, was ich für sie sowieso tun würde, denn dann schaut sie mich an, mit etwas Ähnlichem wie einem Lächeln in den Augen, aber ohne was zu sagen. Nach ein paar Sekunden lächelt sie dann richtig oder lacht mit ihrer rauen Stimme und nickt ein paar Mal und lässt mein Handgelenk wieder los. Sie darf mich ja nicht zu sehr bevorzugen, sonst werden die anderen Junx sauer.

Weil das alles zwischen uns so ist, wie es ist, konnte ich ihr auch erzählen, dass mein Großvater im März gestorben war. Ich mochte ihn sehr. Meine Mutter meinte, auch wenn er mir manchmal fehlen sollte, hätte ich kein Recht, auf die schiefe Bahn zu geraten und ein Dieb zu werden. Obwohl ich wusste, dass ich weinen müsste, wenn ich Salli vom Tod meines Großvaters berichten würde, habe ich ihr erzählt, dass ich nicht mit auf seine Beerdigung durfte. Aber die Sache mit den Messern habe ich lieber für mich behalten.

Ich liege und warte auf den Schlaf. Sanfter Wind bewegt die Blätter des großen Baumes. In das leise Rauschen mischt sich eine Stimme, und ich bin überrascht, denn jemand scheint neben meiner Liege zu knien und zu mir zu sprechen, und das ist absolut verboten! Er spricht etwas gedämpft, aber deutlich hörbar, mit einer tiefen Stimme, die fremd klingt, wie unter Wasser gesprochen, aber seltsam schön ist und sehr, sehr beruhigend auf mich wirkt. Ich höre ihm verwundert zu, spüre mit meinem ganzen Sein die Wahrheit der Botschaft, die er mir überbringt, und bemerke erst nach einigen Minuten, dass ich eigentlich gar nicht verstehe, was er sagt, denn er spricht in einer fremden Sprache. Jetzt dämmert es mir, dass ich wohl zufällig in eine leichte Trance abgerutscht bin, wie ich sie aus meinen Experimenten mit der Meditation kenne. Weil ich jedoch noch nie eine Stimme gehört habe, die bei solchen Versuchen akustisch vernehmbar zu mir sprach, bleibe ich neugierig, halte die Augen geschlossen und höre weiterhin zu. Das Ganze ist wundersam und wunderschön zugleich.

Irgendwann muss ich übergangslos eingeschlafen sein, denn ich tauche erst wieder unter dem Baum auf, als Salli uns alle weckt.

Die unbekannte Stimme spricht nun jeden Mittag zu mir, etwa zehn Tage lang. Einerseits verstehe ich nicht, was sie sagt, andererseits irgendwie doch, obwohl ich nicht weiß, worum es geht. Jedenfalls tut es mir unendlich gut, ihr zuzuhören. Dann verstummt sie. Vergeblich warte ich von Tag zu Tag auf sie und schlafe Tag für Tag nach einer enttäuschenden Wartezeit unter dem großen Baum ein, ohne sie wieder gehört zu haben.

Vielleicht hat sie mir ja alles gesagt, was es derzeit zu sagen gab.

∞

Es dauerte 18 Jahre, bis ich wieder eine Stimme in mir vernahm. Doch nun sprach sie nicht hörbar, sondern vollkommen lautlos zu mir, und diesmal verstand ich das Gesagte, denn die Stimme sprach auf Deutsch. Das Geschehen ähnelte den Gedanken, die ja auch einerseits lautlos sind, andererseits in uns gehört werden: Was wir denken, hören wir irgendwie im Kopf. Deshalb nannte ich das Ganze „meine innere Stimme". Allerdings waren es höchstwahrscheinlich keine von mir selbst gedachten Gedanken, sondern eher Eingebungen. Es handelte sich um ziemlich klare Botschaften, die zwar in mir auftauchten, jedoch nicht von mir erzeugt wurden. Ich schrieb sie damals Jesus zu.

Auf einem Zen-Sesshin fragte ich den Roshi, ob er eine Erklärung für solche Inspirationen hätte, und er berichtete mir von Ishtar, der Großen Göttin des Altertums, deren Aufgabe unter anderem darin bestand, den Menschen göttliche Botschaften zu übermitteln. Sie flüstere gelegentlich in unseren Geist hinein, erklärte der Alte, und spreche mal mit einer weiblichen, mal mit einer männlichen Stimme oder auch mit unser eigenen.

∞

Weil ich solchen Hinweisen also lieber folge, als sie zu ignorieren, bleibe ich vor dem Bettler stehen und schaue ihn an, einerseits widerstrebend und andererseits neugierig auf die kommende Entwicklung.

Er legt gleich los:

„Entschuldigung. Ich lebe schon so lange auf der Straße, da habe ich verlernt, freundlich zu sein. *Freedom's just another word for nothing left to buy!* Du kennst das Lied von Janis Joplin?"

„Es ist *Me and Bobby McGee* von Kris Kristofferson und Fred Forster. Janis Joplin singt es nur", korrigiere ich. „Außerdem heißt es da: *nothing left to lose.*"

„Dein Verstand ist brillant! Deutet alles so um, wie es ihm gerade in den Kram passt. Aber egal ~ du hast ein gutes Herz, das hab ich sofort bemerkt! Deshalb hab ich dich vorhin auch gleich angesprochen."

„Ich habe Sie zuerst angesprochen", muss ich ihn erneut berichtigen.

In aller Seelenruhe greift er in den Becher, holt eine Münze hervor, betrachtet sie eingehend und wirft sie mir dann ziemlich flach zu. Kurz bevor sie auf den Boden fällt, kann ich sie gerade noch fangen und richte mich schnell wieder auf, denn bestimmt sah es einen Moment lang so aus, als hätte ich mich vor dem Penner verbeugt.

„Ich spende deinem grandiosen Verstand einen Euro“, sagt er zynisch.

Entrüstet über diese Dreistigkeit schleudere ich ihm die Münze in den Schoß, wende mich um und stapfe zu meinem Wagen. Manchmal ist das, was geschieht, wenn wir unserer inneren Stimme folgen, nicht besonders erfreulich. Schwamm drüber!

∞

Im Bootshaus koche ich mir eine kleine Portion Reis mit Gemüse. Nach dem Essen bin ich derart müde, dass ich einen Mittagsschlaf mache. Zwei Stunden später fahre ich mit dem Wagen auf der Landstraße ein paar Kilometer Richtung Osten zu Haralds Pension, wo ich im Mai übernachtet hatte. Stolz hatte er mir den großen Seminarraum unter dem Dach gezeigt, mich eingeladen, dort ab August eine Meditationsgruppe zu leiten. Nun erklärt er, dass sich auf Grund seiner Werbung insgesamt achtzehn Teilnehmer angemeldet hätten und er mit diesem Resultat sehr zufrieden sei.

Nach dem kurzen Besuch bei ihm gehe ich zum Strand, der gleich hinter der Pension beginnt, und lege mich in die Sonne. Intensiv prüfe ich, ob es immer noch stimmig ist, an der Gruppe festzuhalten, dieses Vorhaben durchzuführen, aber es scheint nichts dagegen zu sprechen, und tatsächlich freue ich mich sogar auf meine neue Arbeit, die mir zwar nicht viel Geld bringen, aber sicherlich Abwechslung verschaffen wird. Das Empfinden echter innerer Freude ist für mich, seit ich versuche, Hand in Hand mit dem Universum zu wandern, ein verlässlicher Hinweis darauf, nichts falsch zu machen ~ im Gegensatz zum Gefühl begeisterter Aufregung, das stets nur auf mentale Gedankenspiele hinweist.

∞

Abends schlendere ich vom Bootshaus bis zur Steilküste und beobachte weitgehend gedankenleer den Sonnenuntergang. Wieder zu Hause, springe ich von der Plattform ins Meer und schwimme ein paar Runden. Dann dusche ich und esse die geräucherte Makrele, die ich mir auf der Rückfahrt von Haralds Pension in der Fischerstube bei der bildhübschen Bedienung am Tresen gekauft habe. Auf dem Schild an ihrer enggeschnittenen weißen Bluse stand ihr Name: Inga.

Plötzlich bemerke ich das unangenehme Gefühl von Langeweile. Es setzt sich in meinem Körper fest und beunruhigt meinen Verstand. Ich bedauere, all meine Bücher verschenkt zu haben, und überlege, womit ich mich vor dem Schlafengehen beschäftigen könnte. Mir fällt nichts ein. Lustlos lasse ich mich auf die Luftmatratze fallen und hülle mich in den Schlafsack. Meine Gedanken kreisen und ich vermisse schmerzlich eine Frau an meiner Seite. Bilder von meiner Eben-noch-Freundin und unseren gemeinsamen Unternehmungen tauchen auf und erfüllen mich mit Lust und Wehmut.

Vor acht Jahren war Nur mit ihrem Mann aus dem Libanon nach Deutschland gekommen. Unmittelbar nach der Trennung von ihm lernte ich sie im Juni letzten Jahres in der Münchner Bhagwan-Disco kennen. Wir wurden unausweichlich voneinander angezogen und der erste Zusammenstoß war wild und kompromisslos. Mit dem Geruch meines Samens in ihrem Haar verließen wir die Lokalität, gingen engumschlungen durch die nächtlichen Straßen und in ein gemeinsames Leben hinein, das nach vierzehn Monaten viel zu früh endete.

Nur war auf eine besondere Art und Weise faszinierend, eigentlich ein wenig herb, groß und schlank, mit scharfgeschnittenen Gesichtszügen und kurzem, pechschwarzem Haar. Sie schminkte Augenlider und Lippen mit einem Hauch von Dunkelrot und trug um das rechte Handgelenk eine feingliedrige Goldkette, die nach vorn zum Mittelfinger lief und in einem Ring dort endete. In Höhe ihrer Schulterblätter waren blaue Engelsflügel tätowiert.

Als Kind hatte Nur den Bürgerkrieg in Beirut miterlebt und sich geschworen, falls sie überleben würde, niemals wieder Angst zu haben. Sprengstücke einer Gewehrgranate hatten ihren linken Ellenbogen zerschmettert und für immer verkrüppelt, aber sie hatte überlebt und war seitdem absolut furchtlos. Besonders unser Sex profitierte davon, denn es gab nichts, wovor Nur zurückschreckte. Was immer ihr in den Sinn kam, probierte sie mit mir aus, und was immer mir einfiel, setzte sie in die Tat um. Unser Liebesspiel war ein gigantischer Rausch von himmelhoher Ekstase und abgrundtiefer Dunkelforschung, immer entlang der Unwettergrenze zwischen Lust und Schmerz, Akzeptanz und Überforderung, das Sahnehäubchen auf all meinen bisherigen sexuellen Genüssen, mehr noch: die Kirsche auf dem Sahnehäubchen! Kein Wunder, dass ich nicht davon loskomme und krampfhaft versuche, einzuschlafen, und kein Wunder, dass es mir nicht gelingt. Die Methode, durch Konzentration auf den Atem die Gedanken zum Stillstand zu bringen, versagt wieder einmal kläglich, und ich weiß nicht, warum. Mir bleibt nichts anderes übrig, als mich von einer Seite auf die andere zu wälzen und darauf zu hoffen, dass mich der Schlaf doch irgendwann überwältigt.

„Vordergrund, alles Vordergrund!“, versuche ich, mir einzubläuen, doch wer den Hintergrund nicht sieht, der bleibt am Vordergrund kleben. Das ist eben so.

5 Durch die warme Abendluft steigen wir den Weg hinab in die Schlucht und gehen dann zum Nordhang hinüber.

„John ist ein Heiliger", hat Conchita gesagt, „und ein Halunke."

Er ist groß und breit wie ein Bär, ein typischer Texaner, der vor Jahren hierherkam, um Urlaub zu machen, und seitdem den Animateur spielt. Ich kenne ihn flüchtig aus dem Hotel, wo ich ihn gelegentlich bei seiner Arbeit beobachten konnte, an der ich, trotz mehrfacher Aufforderung seinerseits, nicht teilzunehmen gewillt war. Absolut von sich überzeugt, vorlaut und mit dem fragwürdigen Talent begnadet, Menschen zu Handlungen zu motivieren, die sie ohne sein Eingreifen niemals unternommen hätten, bringt er Hochstimmung unter die Gäste.

„Ich mach den ganzen Scheiß nur", wird er mir später erklären, „um den Hohlköpfen zu zeigen, was *leben* wirklich heißt. Die Touristen scheintöteln hier genauso vor sich hin wie in ihrem verschimmelten Alltag. Aber dann komm ich, und noch bevor die Zombies merken, was los ist, vergessen sie ihre lahmen Gewohnheiten, und noch bevor sie Zeit haben, sich zu wundern, lächeln sie sich gegenseitig an oder lachen schon miteinander, und dann geht die Post ab."

Ungebremst organisiert der braungebrannte Dreißigjährige im Swimmingpool Handballspiele mit Pingpongbällen, auf der Rasenfläche Wettkegeln mit Medizinball und gefüllten Colaflaschen, in der Disco Stierkämpfe mit Plastikgabeln oder Misswahlen ohne Schamgefühl.

Als wir den Garten von John und Leila betreten, berührt Nanos Schulter kaum merklich meinen Schenkel, und mit vollkommenem Desinteresse reagiert er auf das Kläffen des braunen Mischlingshundes, der ihm entgegenspringt. Ein Teil der sorgfältig bewässerten Grünfläche wird von zwei Fackeln beleuchtet, zwischen denen John auf einem überdimensionalen Sessel thront, dessen Beine abgesägt sind. Mittwochs veranstaltet er zu Hause seine Meditationsabende. Die hat er bekannt gemacht, indem er vor Jahren zur Sommersonnenwende in Anwesenheit des regionalen Fernsehteams barfuß und bedächtig über einen Streifen glühender Holzkohlen von einem Meter Breite und zehn Metern Länge schritt. Und weil John nichts von mittelmäßigen Shows und ungenutzten Möglichkeiten hält, vollführte er auf der Hälfte der heißen Strecke im Zeitlupentempo eine Rolle vorwärts, ohne dass er sich verbrannte und sein weißes Guru-Gewand Feuer fing. Plakatgroße Fotos davon hängen zur Begrüßung jedes Gastes in der Hotelrezeption.

„Werbung ist das A und O“, wird er jene Vorführung mir gegenüber später kommentieren. „Man kann mit Scheiße handeln oder mit Gold ~ ohne Werbung geht nichts, und mit Werbung geht alles!“

Etwa zwanzig Personen sitzen reglos auf runden Kissen vor dem Texaner. Der Meister hält die Augen geschlossen, wiegt den massigen Oberkörper leicht vor und zurück, summt leise und lächelt dabei glückselig oder blödsinnig. Nano sucht sich nach kurzem Blickkontakt mit mir abseits einen Platz, streckt sich würdevoll dort aus, legt die Schnauze auf die Vorderpfoten und lässt die Lider sinken. Conchita und ich setzen uns zur Gruppe der Meditierenden. Plötzlich öffnet John die Augen und sieht mich an.

„Ich weiß, dass Sie fließend Spanisch sprechen“, sagt er in seiner Muttersprache zu mir über die Köpfe der anderen hinweg. Er kaut tatsächlich Kaugummi, und seine Stimme dehnt und rollt die Worte in ungewohntem Slang. „Ich finde Spanisch ziemlich gewöhnungsbedürftig“, erklärt er und bittet: „Würden Sie für mich heute Abend übersetzen, Don Jorge?“ Meinen Vornamen *Georg* übersetzt er ins Spanische als *Jorge* und spricht ihn perfekt aus: *„chorche“*.

Als ich nicke, ruft er:

„He, das ist gut, Mann! Wirklich großartig! Kommen Sie gleich zu mir nach vorn!"

Die anderen Anwesenden tun so, als sähen und hörten sie nichts, anscheinend hat John sie gut erzogen. Ich wechsele den Platz, darf zu Füßen des Gurus sitzen, schräg vor ihm, das Gesicht den Meditierenden zugewandt.

„Am besten Satz für Satz", schlägt er vor. „Und wenn Sie mal nicht genau übersetzen können oder mich nicht verstehen, erzählen Sie einfach irgendetwas. Hauptsache, wir beide bleiben schön im Redefluss, denn Zögern ist kein Zeichen von Erleuchtung."

Ich habe mich zu ihm umgedreht und er schaut mir in die Augen. Ich grüße seine Seele und merke überrascht, dass die seine meinen Gruß erwidert, hell und klar. Stille Weite öffnet sich zwischen uns und für einen Augenblick schweben wir beide in ihr.

„Oh ja", sagt er leise, „ich habe gut gewählt. Ich wusste es."

Mit dem Knöchel des Zeigefingers schlägt er einen Gong an. Die Meditierenden rühren sich, atmen tief durch, verändern die Sitzhaltung. John wartet, schaut von einem zum anderen, blickt einigen lange in die Augen und spricht dann sanft und wohltuend.

„Das Leben ist überall gegenwärtig", übersetze ich möglichst wortgetreu. „Kein Augenblick vergeht, der nicht vor Lebendigkeit vibriert, denn alles lebt. Ihr könnt das jederzeit spüren, weil ihr selbst diese umfassende Lebendigkeit seid. Also atmet und lebt!"

Augenblicklich beginnen die Sitzenden, in einem geübten Rhythmus verstärkt zu atmen. Ich höre genau hin und erkenne, dass sie den Atem heftig und in zwei Zügen durch die Nase einsaugen und sofort wieder in einem einzigen schnellen Stoß auspressen ~ der Feueratem!

Ich erinnere mich, wie ich vor Jahrzehnten in einer Gruppe derart Atmender stand und die Hitze im Körper aufsteigen fühlte. Fünf Minuten Feueratem, zehn Minuten, eine Viertelstunde. Schwindel, Übelkeit und die Angst, ohnmächtig zu werden, liegen hinter mir, und ich nehme die übrigen Teilnehmer jener Gruppe, in deren Kreis ich stand, nicht mehr wahr. Hitze, Anstrengung und Schmerz haben sich aufgelöst. Eine halbe Stunde Feueratem, und das Gefühl, aufrecht zu stehen, existiert nicht mehr. Mich umfängt gewelltes Grasland, endlos weit, mit vereinzelten schroffen Felsgebilden, und ich laufe leichtfüßig auf die untergehende Sonne zu. Mir voraus springt ein Puma durch das kniehohe Gras, ein altes Tier, klug und ausdauernd wie ich und selbstbewusst genug, um einen Bären einzuschüchtern.

Es ist mein Land und ich liebe es. Seit jenem Morgen laufe ich, und seit ich laufe, trage ich Wasser im Mund und trinke gelegentlich einen winzigen Schluck davon. Ein Rest schwebt noch zwischen Zunge und Gaumen, als jetzt die Abenddämmerung beginnt. Laufen und Wassertragen im Mund sind mir so selbstverständlich wie Atmen. Ich bin diese drei. Ich bin noch vieles mehr, mein Selbstverständnis ist umfassend, aber vor allem bin ich jetzt Laufen, Wassertragen und Atmen.

Meine Sinne sind kreisförmig ausgedehnt. Ich nehme im großen Radius wahr, wie es mich gelehrt wurde, *maka'okañ'ya ~ wo ich bin, ist die Mitte.* Ich höre das Gras unter meinen laufenden Füßen und das leise Rauschen des Vogelfluges drei, vier Wurfweiten hoch über mir, und auch das Rascheln, wenn kleine Bauchläufer erschreckt zur Seite ausweichen. Ich sehe die Strecke weit voraus und würde erkennen, wenn Steinchen aus ihren Betten geschleudert wären, wenn hier also vor Kurzem ein anderer gelaufen wäre, vielleicht ein Feind. Ich schaue die fernen Köpfe der Langohren, die sich aufgesetzt haben, um mich neugierig zu beäugen. Ich rieche den Wind und spüre jede Veränderung der Wolkenbilder. Ohne die Geschwindigkeit deutlich zu verringern, laufe ich gelegentlich rückwärts, um mir den Weg einzuprägen, der mich wieder heim ins Zeltlager führen wird.

Ich habe die Fährte der schnellen vierhufigen Freunde entdeckt, ohne sie zu suchen. Wenn diese Tiere hintereinandergehen, streben sie einer Wasserstelle zu, gehen sie nebeneinander, so kommen sie von dort. Überall und jederzeit kann ich anhand der entsprechenden Spuren verborgenes Wasser in der großen Grasweite finden. Ich lebe und mein Leben ist Wahrnehmung und hängt von Wahrnehmung ab. Ich bin Wahrnehmung und werde wahrgenommen. Alles ist auf mich bezogen und ich beziehe mich auf alles. Ich bin die Mitte der Gesamtheit ~ *maka'okañ'ya!*

Alle Lebewesen, so hat mir mein Wahlvater erklärt, haben zwei Körper, einen sichtbaren und einen unsichtbaren. Jedes Lebewesen nimmt mit beiden Körpern wahr und beide Körper können wahrgenommen werden. Ich bin ein Lebewesen, genau wie jeder Stein, jede Pflanze, jeder Vierbeinläufer, jeder Bauchläufer, wie die Geflügelten und die Wasseratmer, wie Sonne und Feuer und Fluss. „Alles lebt", sagt der in unserem Volk hochverehrte Alte, „alles empfindet Freude und Schmerz und alles weiß, spricht und handelt." Dieser Mann ist, wie man mir erzählte, seit meiner Geburt um mich. Er saß jeden Tag für eine gewisse Zeit im Zelt meiner Familie, hob mich auf, wenn ich schrie, und steckte mir die Kuppe seines kleinen Fingers in den Mund. Er war es, der mich zum ersten Mal auf ein Pferd setzte, lange bevor ich gehen konnte, und mir einen Mond darauf mein erstes Pony schenkte. Ich liebe und achte ihn mehr als meinen Vater und meine Mutter. Ich bin ich, weil er ist.

Der sichtbare Körper des Pumas läuft vor mir durch das Land. Sein unsichtbarer Körper lebt in der unsichtbaren Welt, wo die unsichtbaren Körper leben. Dort sind wir alle sehr nahe beisammen, alle Lebewesen, noch viel näher als hier. Dort sind wir einander nahe ohne Zwischenraum. Von dort komme ich, dort bin ich und dorthin werde ich gehen, wenn mein sichtbarer Körper oben in den Bäumen der heiligen Grabstätten unseres Volkes ruht. Nur in der sichtbaren Welt bin ich für kurze Zeit, in der unsichtbaren bin ich immer.

Später kauert der Puma abseits von dem Feuer, das in einer Mulde brennt und meinen Rücken wärmt, während ich schlafe.

∞

Vielleicht ist eine halbe Stunde vergangen, doch ich glaube nicht an die Zeit, obwohl ich das Wort „Zeit“ gelegentlich benutze, weil es umgangssprachlich nicht zu vermeiden ist. Vergangenheit, Zukunft und Dauer stellen sich mir nicht als fest gefügte Gegebenheiten dar, sondern als latente Möglichkeiten innerhalb der menschlichen Psyche, die sich im Hier und Jetzt unwillkürlich manifestieren können oder willentlich gestalten lassen. Nach meinem Verständnis sind „damals“ und „demnächst“ keine Zeitangaben, sondern potenzielle Ereignisse, die sich erst dann in der irdischen Welt verwirklichen, wenn wir uns bewusst oder unbewusst dafür entscheiden, bestimmte Geschehnisse auf unser Leben zu beziehen und für wahr zu halten.

Jedenfalls muss John etwas gesagt haben, denn der Feueratem ist ausgeklungen. Wir sitzen still mit geschlossenen Augen, nehmen wahr, was sich unserer erweiterten Wahrnehmung zeigt. Während sich meine Erinnerung allmählich verflüchtigt, zeigt sich mir deutlich der Puma von damals, jetzt zu meinen Füßen liegend. Er war noch lange nach jenem schamanischen Ritual mein Begleiter geblieben. Immer in meiner Nähe spürbar, ging er mit mir, wohin ich ging. Manchmal schickte ich ihn voraus, um Dinge zu erkunden oder in die Wege zu leiten. Nur selten vergaß ich im Alltag seine Anwesenheit. Durch ihn konnte ich meine sichtbare Welt mit der unsichtbaren Welt verbinden, und er lehrte mich, mein Leben auf magische Art zu gestalten.

Nano bellt schaurig auf und ich öffne die Augen. Der schwarze Riese steht mit gesträubtem Nackenfell und gesenktem, vorgestrecktem Kopf da. Er bleckt die Zähne und knurrt nun markerschütternd. Der braune Mischling tobt wie irr.

„Mann, sorg hier endlich für Ruhe!", zischt John aufgebracht und besprüht mich dabei mit seinem Kaugummispeichel.

„Ich habe dich gesehen", flüstere ich meinem ehemaligen Krafttier zu. „Danke! Jetzt lauf!"

Der Puma setzt sich auf die Hinterläufe und springt, sich im Sprung drehend, in die Höhe, jagt dann mit kraftvollen Bewegungen davon. Ich sehe Nano an und hebe die Hand.

„Alles in Ordnung!", sage ich ihm in Gedanken. „Es war ein Puma, mein Begleiter aus früheren Jahren."

Nano schaut sich wütend um, und es dauert eine Weile, bis er sich widerstrebend hinlegt. Dass er die Anwesenheit des Pumas wahrgenommen hat, erstaunt mich nicht. Tiere wechseln mühelos und ständig zwischen den sichtbaren und unsichtbaren Wirklichkeiten. Der braune Mischling hat sich inzwischen ebenfalls halbwegs beruhigt, und nun beruhigen sich auch die übrigen Anwesenden, die bei dem aberwitzigen Gekläff der Hunde jede Fassung verloren haben und mit lautem Durcheinander darauf reagierten.

„So lebendig ist das Leben", soll ich übersetzen. „Voller Überraschungen, und ihr seid immer mittendrin. Das war's für heute. Ich danke euch."

John klopft den Gong. Jetzt werde ich mich zuerst um Nano kümmern.

6 Beim Aufwachen überfallen mich sofort erneut die gestrige Lust und Wehmut. Deshalb lasse ich mir keine Zeit, erstmal das Universum um Führung zu bitten, sondern stehe sofort auf, putze mir die Zähne, gehe zur Toilette und anschließend joggen. Das Laufen tut mir gut, und nachdem ich geschwommen bin und geduscht habe, versuche ich, den Kaffee auf der Plattform zu genießen. Es will mir nicht recht gelingen, denn in meinem Unterleib rumort sexuelle Begierde und in meinem Herzen traurige Sehnsucht. Schmerzhafte und lustvolle Bilder überschwemmen mich, und nach langer Qual merke ich endlich, dass ich mit dem Geschehen nicht allein fertig werde, setze mich auf das Meditationskissen und bitte ins Blaue hinein, mein sexuelles Verlangen nach Nur und meine Sehnsucht nach ihrer Nähe zu löschen.

Ich warte. Nichts verändert sich. Ich warte weiter geduldig, schaue, lausche und spüre in den weiten Raum hinein. Darin taucht plötzlich die Frage auf, ob ich wirklich bereit bin, nie wieder Sex mit ihr zu haben. Darauf für immer zu verzichten, scheint mir nahezu unmöglich ~ was absurd ist, denn ich werde sie ohnehin nie wiedersehen. Eine lange Pause entsteht, während ich zappelnd an meinem sexuellen Verlangen hänge und mich nicht in der Lage fühle, es loszulassen. Genervt öffne ich schließlich die Augen und habe das überwältigende Bedürfnis, ein zweites Mal an diesem Vormittag zu duschen. Ich komme ihm nach, bin wild entschlossen, Lust und Wehmut ein für alle Male von mir abzuwaschen.

Gegen Mittag fahre ich zum Hafen, setze mich mit dem Rücken an einen Poller, lasse die Beine baumeln und schaue über das nahezu unbewegte Meer. Erregung und Sehnsucht haben etwas an Intensität verloren. Ich atme bewusst, versuche, mich am Atem festzuhalten, um nicht wieder zum Spielball meiner Emotionen zu werden. Die Trosse der kleinen Fischerboote knarren leise vor sich hin, ein Motor knattert in der

Ferne gleichmäßig, und ich beginne allmählich, die warme Luft mit all ihren Küstengerüchen zu genießen.

Als sich jemand ungefragt neben mich hockt, schrecke ich auf. Heute riecht der Bettler nicht nach Alkohol, stinkt aber immer noch nach altem Urin. Ich fühle mich sofort unbehaglich und rücke ein paar Zentimeter von ihm ab.

„War gestern nicht sehr höflich", sagt er, „und möchte mich in aller Form bei dir entschuldigen. Passiert mir nicht oft."

Wieder verblüfft mich, was der Verwahrloste sagt, und ich schaue ihn an. Er hat strahlende Augen und ein überaus sympathisches Lächeln. Er trägt keine Schuhe, hat sich jedoch offensichtlich vor Kurzem die Füße gewaschen. Sein strähniges graues Haar versucht er, mit einem breiten gelben Stirnband zu bändigen. Anscheinend war das in früheren Zeiten mal der Schal einer Frau. Der ungepflegte Bart steht in alle Himmelsrichtungen ab.

„Passiert nicht oft, dass Sie sich entschuldigen?", frage ich halb scherzhaft.

„Genau", sagt er und lacht vergnügt. Wenn er nicht so stinken würde und zu seinen Mitmenschen ein bisschen freundlicher wäre, könnte er ein ganz angenehmer Zeitgenosse sein. Er schweigt eine Weile.

„Ich weiß, dass ich nicht besonders gut rieche", sagt er dann. „War neulich mal betrunken, da ist das mit der Hose passiert."

Angesichts seiner Offenheit kann ich nur sprachlos nicken.

„Ich werde vom Leben einfach weggeschwemmt", fährt er fort, und seine Stimme drückt tiefste Resignation aus. „Meine Füße berühren den Boden nicht mehr."

„Was ist *N:gha* für ein Name?", frage ich, um überhaupt irgendetwas zu sagen.

„Ein Dialekt, keine Ahnung, aus welchem Volksstamm. Du musst wissen, dass ich eigentlich Wirtschaftsjurist von Beruf bin. Ich war mal im diplomatischen Dienst in Peking tätig, hatte da eine Freundin, Sekretärin in der Botschaft und schwarz von Kopf bis Fuß wie Bitterschokolade, nur die Zähne waren weiß. Die nannte mich N:gha. Eigentlich wollten wir heiraten, aber sie wurde verhaftet und ich ausgewiesen. Man warf uns beiden Spionage vor, aber das war vollkommen absurd. Jedenfalls habe ich nie wieder etwas von ihr gehört. Die bringen da schnell Leute um. Menschenleben zählen in China nicht viel. Ich glaube, ich bin dann irgendwie aus der Bahn geflogen und auf der Straße gelandet."

Wieder schweigt er eine Weile. Ich weiß auch diesmal nicht, was ich antworten soll.

„Und wo liegen *deine* Probleme?", fragt er.

„Mir geht es eigentlich ganz gut."

„Bist du deinen Beruf losgeworden? Ist dir die Frau weggelaufen? Irgendwas in der Art?"

Einerseits habe ich keine Lust, ihm von mir zu erzählen. Andererseits sehe ich mich genötigt, mich für seine eigene Offenheit zu revanchieren. Außerdem verblüfft mich, wie nah er mit seinen Vermutungen der Wahrheit meiner letzten Wochen kommt.

„Ich mache hier für ein Jahr Urlaub", erkläre ich zögernd.

„Du könntest dein Leben lang Urlaub machen, aber das würde dir nichts bringen, denn du hast keine Ahnung vom Leben, mein Sohn, nicht die geringste, leider!"

Sein breites Lächeln ist absolut entwaffnend, aber diesmal lass ich mich davon nicht einwickeln.

„Ich bin nicht Ihr Sohn!", entgegne ich aufgebracht und merke, dass ich richtig wütend werde.

„Was geht mich deine Vergangenheit an?", reagiert nun er sichtlich empört. „Interessiert mich nicht die Bohne, wer dich mal gezeugt hat! Irgendwer wird's schon gewesen sein. Ich interessier mich nicht für meine Vergangenheit und umso weniger interessier ich mich für deine! Ich kümmer mich nicht mal um die letzte Viertelstunde, die mich mit sich gerissen und an deine Seite geschubst hat. Aber ich würde jetzt wirklich gerne wissen, wie du heißt."

Ich zögere, antworte dann, um eine Eskalation zu vermeiden:

„Georg." Der gereizte Unterton in meiner Stimme klingt deutlich mit und innerlich bereite ich mich auf eine weitere Attacke des Bettlers vor. Stattdessen fragt er völlig unschuldig:

„Kann ich bei dir heiß duschen, Georg?"

„Nein!", sage ich, und sofort ist mir peinlich, dass das Wort viel zu schnell aus meinem Mund kam. „Ich habe keine richtige Dusche", füge ich beschwichtigend hinzu.

„Und ich habe kein richtiges Zuhause. Könnte auch ein Bett brauchen. Na gut. Wir sehen uns wieder."

Umständlich erhebt er sich und geht grußlos von dannen. Ich sehe ihm nach. Er scheint leicht zu hinken und sein Rücken ist gebeugt. Jetzt sieht er tatsächlich wie achtzig aus und macht den Eindruck eines vom Schicksal gebrochenen Mannes. Was ihr für einen meiner geringsten Brüder getan habt... Ich bleibe noch einige Minuten sitzen, aber meine eigene Hartherzigkeit macht mir zu schaffen, und ich fühle mich zunehmend unwohler. Schließlich hat er nicht immer in der Gosse gelebt, sondern auch bessere Zeiten gesehen. Immerhin war er als Wirtschaftsjurist an der chinesischen Botschaft beschäftigt. Andererseits wäre es wirklich nicht klug, mir diese Laus in den Pelz zu setzen. Kurzerhand beschließe ich, dem Spuk ein Ende zu bereiten, den Penner ein für alle Mal zu vergessen und nach Hause zu fahren. Gerade habe ich den Schlüssel ins Zündschloss gesteckt, da klopft der Alte ans Fenster der Beifahrerseite und bedeutet mir, es zu öffnen. Er hat sich die fadenscheinige Decke um die Schultern gehängt und sieht ziemlich schrecklich aus. Ich schwanke zwischen Erleichterung und Empörung.

„Also gut", sagt er durch den offenen Spalt, „das war nur die Kurzfassung. Wenn dich die Kinoversion meines Lebens interessiert, gib mir zehn Minuten neben dir im Auto, dann erzähl ich sie dir."

Die Beifahrertür ist ohnehin nicht verriegelt, und ich rechne ihm hoch an, dass er sie nicht ungefragt geöffnet und sich neben mich gesetzt hat. Also zucke ich bejahend mit den Schultern. Allerdings öffnet er daraufhin die Tür zur Rückbank, wirft seine Plastiktaschen, die Decke und das Pappschild auf die Polster und steigt dann vorne ein, immer noch barfuß.

„Das wäre geschafft!", strahlt er. „Musste mich ganz schön beeilen, meine Sachen zu holen und noch rechtzeitig zurück zu sein, bevor du dich vom Acker gemacht hättest. Also fahr los, ich erzähl dir meine Geschichte nach dem Duschen!"

„Von Losfahren war keine Rede", versuche ich, die Situation klarzustellen. „Sie wollten mir nur zehn Minuten lang die Kinoversion Ihres Lebens erzählen!"

Er sieht mich an und sein Gesicht entgleist zu einer gigantischen Enttäuschung.

„Es tut mir leid", sagt er aufrichtig und kleinlaut. „Da hab ich mich missverständlich ausgedrückt. Ich wollte eigentlich wirklich gern zum Duschen fahren."

Er schweigt ergeben und ich weiß nicht mehr weiter.

„Duschen ist okay", sage ich schließlich. „Aber schlafen müssen Sie woanders!"

Er sieht mich an. Sein Gesicht verändert sich erneut vollkommen. Enttäuschung und Schuldbewusstsein sind daraus verschwunden. Jetzt leuchten seine Augen in tiefer Freude, als hätte ich mit meinem Angebot endlich sein Herz berührt.

*„Freedom's just another word…"*, singt er leise.

*„… for nothing left to buy"*, ergänze ich nachgiebig und starte den Motor.

„Ich würde mich freuen, wenn du mich ab jetzt ebenfalls duzen würdest", sagt N:gha leise.

∞

Im Bootshaus lässt er Decke und Tüten in eine Ecke fallen, marschiert schnurstracks zur Raummitte und legt dort das beschriftete Stück Karton nieder. Es ärgert mich insgeheim, lesen zu müssen, dies hier (und ALLES drumrum) sei N:ghas Platz, denn schließlich gehört dies hier und alles drumrum mir, solange ich pünktlich die Miete bezahle.

„Ich geh duschen", verkündet er und zieht sich völlig unbefangen aus. Ich schaue weg. Nackt kramt er in einer seiner Tüten, geht dann mit Seife und Handtuch durch die hintere Tür auf die Plattform. Als er am Duschhahn dreht und kein Wasser kommt, pfeift er herausfordernd auf vier Fingern und sieht mich achselzuckend an. Bin ich etwa sein Butler? Innerlich grollend verbinde ich den Schlauch mit dem Hahn am Waschbecken, reiche das andere Ende durch das Fenster. Er schraubt es an den Duschkopf. Auf seinen Zuruf drehe ich die Armaturen so auf, dass das Wasser nicht zu kalt und nicht zu heiß für ihn ist. Der Penner hat mich tatsächlich im Handumdrehen zu seinem Diener gemacht!

Er seift sich ein, duscht sich ab, seift sich erneut ein und hechtet dann mit einem vollendeten Kopfsprung ins Meer. Prustend taucht er auf, schwimmt zurück und hebt sich mit geschmeidigem Schwung wieder auf die Plattform. Jetzt bewegt er sich wie ein kraftstrotzender Zehnkämpfer. Ich werde aus ihm einfach nicht schlau! Sein Körper ist muskulös und scheint bestens trainiert zu sein. Im Gegensatz zu vorhin ist seine gesamte Haltung vollkommen verändert. Seine Bewegungen sind geschmeidig und zentriert. Er scheint zwanzig oder dreißig Jahre jünger als noch vor einer halben Stunde zu sein. Obwohl er gut einen Kopf kleiner ist als ich, macht er den erstaunlichen Eindruck eines Mannes auf dem Höhepunkt seiner Leistungsfähigkeit.

Um ihn in seiner unbekümmerten Nacktheit nicht zu irritieren, setze ich mich mit geschlossenen Augen auf mein Meditationskissen. Nachdem er sich abgetrocknet hat, kommt er in den Raum, greift sich meine Küchenschere und kramt dann wieder in seinen Tüten. Ich schaue unter den gesenkten Augenlidern zu ihm hinüber, sehe, wie er Schere, Rasierzeug und einen kleinen Spiegel auf die Plattform mitnimmt, sich den Bart abschneidet und sich rasiert. Danach steht er eine Weile in der Sonne und frottiert geduldig seine langen Haare. Anschließend wäscht er seine Hose in der Ostsee und betritt sodann wieder das Bootshaus.

„Warum sitzt du nicht bequemer, Sohn?"

Er hat das Stirnband angelegt, ist ansonsten jedoch immer noch nackt. Ohne den Bart und mit den gewaschenen Haaren, die jetzt silberweiß glänzen, gleicht er frappierend einem Indianer, dessen altes braunstichiges Foto mir vor etlichen Jahren auf einem Antikmarkt in die Hände gefallen war. Und sein Penis ist von eindrucksvoller Größe, obwohl keineswegs erigiert. Der ganze Mann scheint ein einziges Kraftpaket zu sein.

„Ich meditiere", antworte ich.

„Das ist interessant. Wollte ich auch schon mal lernen, hatte nur nie Zeit dazu. Das Leben passiert viel zu schnell. Bäng, bäng, bäng! Augenblick folgt auf Augenblick, ohne jede Pause dazwischen ~ Zeit habe ich nirgendwo gefunden! Aber ich bin neugierig. Erklärst du mir, wie man Meditation macht?"

„Ich konzentriere mich auf meinen Atem."

„Wozu soll das gut sein?"

„Es beruhigt die Gedanken und erzeugt eine tiefe Stille."

„Versteh ich nicht. Es ist doch immer still. Wieso muss Stille erzeugt werden?"

„Heißt das, dass dir niemals Gedanken durch den Kopf gehen?“, frage ich herausfordernd.

„Kann mich nicht genau erinnern. Ich hab ja nicht so viel zum Nachdenken. Das heißt, manchmal denke ich an meine Frau.“

„An die Sekretärin in der chinesischen Botschaft?“

„Welche chinesische Sekretärin? Vergiss die alten Geschichten aus der Vergangenheit! Kein Wunder, dass es in deinem Kopf nicht still ist. Man nimmt leichter einen ehemaligen Diplomaten mit nach Hause als einen lebenslangen Penner, stimmt's? Ich erinnere mich jedenfalls nicht, irgendwann mal in China gewesen zu sein.“

Ich bin völlig konsterniert.

„Und dein Hinken vorhin am Hafen?“

„Es schadet nie, ein wenig Mitgefühl zu wecken.“

Ärgerlich und fasziniert zugleich frage ich:

„Wer bist du wirklich?“

Er scheint von der Heftigkeit meiner Frage schockiert zu sein und schweigt.

„Eigentlich bin ich Kaminkehrer von Beruf, aber das wollte ich dir nicht gleich am Anfang erzählen“, gesteht er dann kleinlaut. „Ist ja kein so sauberer Beruf. Ich habe erst spät geheiratet. Wenn ich abends heimkam, musste ich mein rußiges Zeug im Bad ausziehen, durfte mich aber noch nicht waschen. Meine Frau liebte es, mich dann auf eine besondere Weise zu küssen, und ich hielt ihr Gesicht dabei in meinen schwarzen Händen, weil sie das genau so wollte. Während des Kusses summte sie. Es war ein unbeschreibliches Gefühl, das mir glatt den Verstand weggeblasen hat! Ich weiß nicht, ob deine Frau jemals beim Oralsex gesummt hat. Jedenfalls kriegte sie später Krebs, zuerst die eine Brust amputiert, dann die andere, und schließlich versagten ihre Nieren wegen der Chemotherapie. Sie starb auf der Intensivstation, überall hingen Schläuche aus ihr raus, ich hab sie zuerst gar nicht wiedererkannt. Ich glaube, da bin ich aus der Bahn geflogen und auf der Straße gelandet."

Ich schwanke zwischen Bestürzung, Faszination und Ärger. Dann sehe ich, dass seine Augen feucht sind und sein Gesicht absolute Ehrlichkeit ausdrückt.

„Blöde Gedanken!", klagt er mit brüchiger Stimme, zieht den Hocker unter dem Küchentisch hervor und setzt sich darauf.

„Mit offenen oder geschlossenen Augen?", fragt er.

„Mit geschlossenen", antworte ich versöhnlich.

Er senkt die Lider. Vor lauter Konzentration entsteht eine tiefe Falte zwischen seinen Brauen. Gerade will ich ihn darauf hinweisen, sich nicht zu sehr anzustrengen, da reißt er die Augen wieder auf und sagt:

„Wo wir gerade von Sex gesprochen haben ~ daran ist absolut nichts auszusetzen! Denn unser Wunsch nach Sex ist eigentlich *Gottes* Wunsch nach Sex. Gott ist ja rein geistig, deshalb besitzt er keinen eigenen Körper, sonst hätte er natürlich auch hin und wieder Geschlechtsverkehr. Ich weiß nicht, ob du bibelfest bist, Sohn, darum bleibt dir erstmal nichts anderes übrig, als mir zu glauben, wenn ich dir sage, dass unsere Körper seine Tempel sind und dass er in uns wohnt. Deshalb flößt Gott uns Menschen den Impuls ein, sexuelle Erfahrungen zu machen: Weil er selbst Lust auf Sex hat. Allerdings ist Sex nicht gleich Sex, falls du verstehst, was ich meine."

Ich schaue nur verdutzt drein, aber in Gedanken widerspreche ich der Predigt des Obdachlosen. Da könnten wir ja gleich die Verantwortung für all unser Tun und Lassen auf Gott abschieben!

„Was ich damit sagen will", fährt er fort und ist ganz offensichtlich begeistert und mitgerissen von seinen eigenen Überlegungen. „Mein Wille ist in Wirklichkeit Gottes Wille, und es ist wirklich nicht gut, sexuelle Wünsche zu unterdrücken.

Deshalb versuch ich das erst gar nicht, denn es klappt sowieso nicht auf Dauer. Außerdem frustriert es Gott unheimlich, wenn ich gegen seine Lust Widerstand leiste. Und wer will schon mit einem frustrierten Gott im Körper durch die Gegend laufen? Jedenfalls kommen an meinem Stammplatz bei der Bratwurstbude jede Menge toller Frauen vorbei, grad jetzt im Sommer, und etliche sind nicht abgeneigt, mich bei sich duschen zu lassen, das kannst du mir glauben! Aber jetzt Schluss damit“, unterbricht er seinen Redeschwall. „Nur Augen zu und den Atem beobachten! Und gibst du mir bitte anschließend was Warmes zu essen, falls ich das einigermaßen gut hinkriege mit dem Meditieren?“

## 7

Die Samstagnacht gehöre ausschließlich ihr, hat Conchita mit Nachdruck, jedoch ohne weitere Erläuterung betont, und ich frage mich, warum ihr das notwendig erschien.

Sie fährt einen alten Wagen mit dreisitzigem Führerhaus und offener Ladefläche. Wir rumpeln den Südhang hinunter und knattern ins Dorf zum Hotel. Dort räume ich mein Zimmer, zahle die Rechnung und mit meinem uralten dunkelbraunen Lederkoffer machen wir uns auf den Rückweg. Anschließend richte ich mich in meinem neuen Lebensraum unter Conchitas Dach ein.

Das dauert, auch wenn ich nur wenige Sachen zu verstauen habe, denn mir ist wichtig, dass alles seinen guten Platz findet. Im Laufe meines Lebens habe ich in vielen Häusern und Wohnungen und Zimmern gewohnt. Ich war immer ein Nomade, und ganz gleich, ob ich mit einer Spedition oder nur mit einem Rucksack umzog, ich fühlte mich heimisch, wo ich ankam, sobald ich meinen Besitz dort angemessen untergebracht hatte.

Meine persönlichen Dinge sind eben persönlich, der Strohhut genauso wie das geliebte uralte Indianerfoto. Ich habe zu ihnen allen eine Beziehung. Sie dienen mir und ich danke es ihnen mit meiner Wertschätzung. Dinge sind kostbar. Es ist nicht selbstverständlich, dass sie in unserem Leben erscheinen, und es ist nicht selbstverständlich, dass sie sich von uns benutzen lassen.

Conchita näht am Küchentisch. Ich fege mein Zimmer aus und anschließend auch den vorderen Wohnraum. Doch als ich zu guter Letzt noch aufwischen will, protestiert meine Gastgeberin ~ mit Recht, denn ich habe nicht bemerkt, wie müde ich mittlerweile geworden bin.

Auch mein Körper gehört zu den Dingen, die sich von mir besitzen und gebrauchen lassen. Freiwillig gestattet er mir, mit ihm zu tun, was immer ich tue. Er hatte gute und schlechte Phasen mit mir. Bedingungslos stellte er sich für alle Erfahrungen zur Verfügung, die ich während dieser Inkarnation machen wollte. Er ließ sich von anderen Menschen schlagen oder liebkosen, von mir verwöhnen oder vernachlässigen. Er nahm mir keine Krankheit übel, die ich ihm durch Unbesonnenheit bescherte.

Ich strecke ihn auf dem Bett aus.

„Hallo, mein Körper“, flüstere ich ihm zu, „mein guter alter Freund. Natürlich darfst du dich ausruhen, wenn du müde bist!“

Er antwortet mit einem sanften Kribbeln und einem glücklichen Lächeln. Er weitet sich und sendet mir einige deutliche Herztöne, entspannt sich immer mehr, und bald gleiten wir in andere Welten.

Nach dem Aufwachen werde ich meinen Körper umarmen und mich von ihm verabschieden. Er wird es kaum wagen, auf meine Worte zu reagieren, als könne er nicht glauben, dass ich ihm ausgerechnet an diesem Nachmittag für mein Leben danke. Siebzig Jahre sind eine sehr, sehr lange Zeit. Welcher Freund wäre bereit, sich dem anderen siebzig Jahre lang ohne Bedingung, ohne Anspruch zur Verfügung zu stellen und ihm unter allen Umständen selbstlos zu dienen? Klaglos ließ er sich von mir achtzehn Stunden am Tag als Wahrnehmungsorgan benutzen und als Werkzeug für meinen persönlichen Selbstausdruck, akzeptierte die Lust und den Schmerz, die ich ihm und mir zuführte. Mit meiner Aufmerksamkeit werde ich langsam von den Zehen bis zur Kopfhaut wandern und ihm danken ~ durch Fleisch und Knochen, Muskeln und Sehnen, Blutgefäße und Organe, Zähne und Gehirn ~ und das Bewusstsein schließlich im Herzen ruhen lassen, an der Quelle meiner Lebensliebe.

Werde ich mich eigentlich während des Sterbens von meinem Körper trennen oder wird er sich von mir trennen?

Ich liebe den Tod, die stille offene Weite, die mir schon zu Lebzeiten so vertraut geworden ist, und ich freue mich auf ein Wiedersehen mit vorausgegangenen geliebten Menschen. Aber der Gedanke an den Sterbeprozess verunsichert mich, denn ich fürchte körperlichen Schmerz. Außerdem weiß ich nicht, ob ich mit psychischer Qual konfrontiert werde und dann tapfer sein kann.

Der Vorgang des Sterbens ist bedeutsam wie kaum ein anderer in unserem Leben. Er ist unsere letzte Möglichkeit, eine wichtige menschliche Erfahrung zu machen. Ich wünsche mir sehr, sie gut zu gestalten. Ich habe mein Leben geliebt, und ich möchte durch die Art und Weise meines Sterbens Liebe und Dankbarkeit bekunden, nicht etwa mein Missfallen an körperlichen oder psychischen Umständen.

Während ich dies im Halbschlaf denke oder träume, spüre ich das Wogen der Lebensenergie in mir und erwache schließlich von den leisen, aber unvermeidlichen Geräuschen, die Conchita beim Hantieren mit Geschirr erzeugt.

Gemeinsam setzen wir uns draußen auf die Steinbank. Mit leichtem Wind kündigt sich der Abend an. Noch steht die Sonne hoch, aber sie wird in Kürze über dem Westende der Schlucht erscheinen und gelbrot ein Farbenspiel mit dem blauen Himmel treiben, bevor sie hinter den zurückliegenden Bergen verschwindet, helles, rasch eindunkelndes Nachtblau hinterlassend.

In gelben Schüsselchen stehen Tomaten, Paprika, Zwiebeln, Oliven und Käse vor uns. Dickes Weißbrot liegt bereit. Die Becher hat Conchita mit Wein gefüllt. Ich segne Speise und Trank, dann essen wir schweigend. Dabei registriere ich mit großem Wohlwollen, dass die Frau an meiner Seite dieselbe Freude am einfachen und langsamen Essen empfindet wie ich.

„Mittwochabends gehe ich regelmäßig zu John und Leila zur Meditation", sagt sie später, „und wenn du willst, kannst du mich dorthin begleiten. Die Nacht von Samstag auf Sonntag gehört ausschließlich mir!"

Dann erzählt sie mit einer Mischung aus Begeisterung und Ablehnung von dem Texaner, und als ich sie frage, warum sie denn nun eigentlich regelmäßig an seinen Veranstaltungen teilnimmt, antwortet sie:

„John ist ein Heiliger und ein Halunke. Aber ohne ihn würde meinem Leben etwas fehlen, und ich glaube, es wäre etwas Wertvolles."

Nachdem wir gemeinsam das Geschirr gespült haben, nimmt Conchita eine Porzellandose, hebt den Deckel und tritt vor mich.

„Die steht im Schrank", erklärt sie. „Du kannst gelegentlich etwas Geld hineintun für unsere gemeinsamen Ausgaben. Aber bitte bezahle mich niemals dafür, dass ich mein Haus und mein Leben mit dir teile."

Am Markttag überprüft sie den Inhalt der Dose und sagt: „Es genügt für eine Woche im Voraus, Jorge, mehr muss nicht sein. Wir leben hier sparsam, also sei bitte nicht so großzügig."

An jenem Nachmittag bittet sie mich, eine Weile mit dem Hund spazieren zu gehen, da sie sich in Ruhe duschen und umkleiden wolle.

∞

Im Anschluss an die Meditation hatte Leila alle Anwesenden zu einem kleinen Imbiss ins Haus gebeten, und in gehobener Stimmung waren sie ihrer Einladung gefolgt, während ich bei den Hunden im Garten geblieben war. Nach kurzem Umherschauen setzte ich mich unter einen Baum und rief Nano zu mir.

Er näherte sich nicht unfreundlich, aber mit deutlichem Zögern, und es dauert, bis er sich endlich hinlegt, den Kopf auf meinem Oberschenkel ruhen lässt und mich schräg ansieht. Der Mischling steht neugierig und schwanzwedelnd in der Nähe.

„Das war ein Puma", erkläre ich Nano. „Er lebt nicht in dieser Welt wie du, aber er kann sie jederzeit besuchen. Er ist nicht in demselben Maß wie du an ihre Gesetzmäßigkeiten gebunden, kann jedoch in höherem Maß als du auf ihre Geschehnisse Einfluss nehmen. Er ist etwas anders als du, aber du brauchst ihn nicht zu fürchten, denn ihr seid euch trotzdem sehr ähnlich. Und du brauchst auch nicht eifersüchtig auf ihn zu sein, denn mein Herz ist groß genug für euch beide."

Nano versteht und ich wende mich nun an den Braunen.

„Was ich Nano gesagt habe, das gilt auch für dich. Komm her!"

Er springt zu uns und setzt sich mit aufgestellten Ohren neben mich.

„Ich möchte, dass ihr euch kennenlernt, Nano und du und der Puma. Allerdings erwarte ich, dass ihr drei euch gut benehmt."

Die beiden brauchen etwas Zeit, sich innerlich mit der Angelegenheit auseinanderzusetzen, und ich respektiere das. Erst als sie einverstanden sind, rufe ich mit leiser Stimme den Puma, und der erscheint sofort, wie er und ich es einst gewohnt waren. Er steht etwa zehn Meter von uns entfernt. Auch ihm lasse ich die notwendige Zeit. Dann winke ich ihn näher heran, und während ich seinen Tritt beobachte, der mir seit damals so vertraut ist, fließt mir das Herz über. Welche Kraft und Geschmeidigkeit, welche Schönheit und Majestät! Ich liebe ihn, und meine Liebe hat an Intensität nichts eingebüßt, obwohl ich ihn vor diesem Abend Jahrzehnte lang nicht mehr gesehen habe.

Nano beobachtet ihn scheinbar desinteressiert, aber sein Atem geht hörbar flacher. Der Braune erhebt sich. Als ich ihm beruhigend über den Rücken streiche, setzt er sich zu mir, berührt mich. Er atmet nur äußerst verhalten. Der Puma bleibt etwa fünf Meter vor uns stehen, legt sich dann langsam auf den Boden und schaut mit königlich erhobenem Kopf. Ich erlebe, wie die drei miteinander kommunizieren, und halte mich raus.

John kommt, ein Weinglas in der Hand, aus dem Haus und nähert sich uns behutsam. Sofort verspannen sich die Hunde und der Puma.

„Wofür machen Sie hier Werbung?", fragt er mit gedämpfter Stimme. „Für Tierschutz?"

Er geht langsam neben seinem Braunen in die Hocke. Die Tiere entspannen sich wieder.

„Wo haben Sie den aufgegabelt?"

„Wen?", frage ich harmlos zurück.

„Den Elefanten da vorn", gluckst er und spuckt vor sich ins Gras.

„Das ist mein Krafttier von früher", erkläre ich wahrheitsgemäß.

In der Nacht zum Sonntag wird er mir erzählen, dass er nach dem Feueratem deutlich einen Puma vor seinem inneren Auge gesehen und die enge Verbindung zwischen mir und dem Geistwesen gespürt hätte. Als er später während des gemeinsamen Essens zu uns in den Garten gekommen sei, hätte er nur einen ungefähren, kaum visuellen Eindruck von dem Puma gehabt, aber unbezweifelbar seine Anwesenheit gespürt. Also hat auch John Einblick in die unsichtbare Welt.

∞

Zwei Stunden bin ich mit Nano spazieren gegangen, damit sich Conchita in Ruhe auf ihre Nacht vorbereiten konnte, und ich hatte gedacht, das würde reichen. Bei unserer Rückkehr sitzt sie jedoch nackt auf dem Sofa, zusammengerollte Papierstückchen zwischen den Zehen, und lackiert sich die Fußnägel. Eigentlich will ich in meinem Zimmer verschwinden, aber sie hat ein Bein angezogen und hochgestellt, und ich sehe ihre rasierte Scham, bleibe unwillkürlich stehen. Lust und Hemmung rasen schockartig durch meinen Körper. Ich lasse den Atem frei und verharre wie angewurzelt in der Mitte des Raumes. Conchita schließt die Flasche mit dem roten Lack, erst dann schlägt sie die Beine übereinander.

„Komm, setz dich", bittet sie. Ich lasse mich neben ihr auf dem Sofa nieder, ihr zugewandt, und auch sie wendet sich mir zu. Konzentriert schaue ich in ihre Augen, damit mein Blick nicht zu ihren Brüsten abgleitet.

„Es ist natürlich, dass du mich begehrst", sagt sie sanft. „Ich nehme es als ein Kompliment und freue mich darüber."

„Du bist eine wundervolle Seele und eine sehr schöne Frau. Ich liebe es, mit dir zusammen zu sein, aber ich misstraue meinem Verlangen nach deinem Körper."

„Ich kann mich hier nicht vor dir verstecken, Jorge, denn dies ist mein Haus, und ich möchte mich nicht einschränken. Außerdem wird Nacktheit ohnehin nicht zu umgehen sein, weil ich dich vermutlich eines Tages waschen und pflegen werde. Ich habe genau gehört, was du mir über dein Sterben gesagt hast, und du weißt, dass ich mich damit einverstanden erklärt habe."

Betroffen schweige ich.

„Trotzdem bitte ich dich bei allem, was zwischen uns ist und sein wird, respektvoll mit unserer Nähe umzugehen", fährt sie fort, ohne dass ihre Stimme an Sanftheit verliert. „Das alles ist sehr kostbar. Es sind Edelsteine des Lebens, die wir miteinander teilen. Wir müssen beide darauf achten, dass wir dem anderen nicht mehr anbieten, als wir selbst besitzen, und uns nicht mehr von ihm wünschen, als er uns von sich aus darbringt."

Ich habe oft und viel geliebt im Laufe meines Lebens: unbefangen und voller Vertrauen im Laufe meiner Kindheit, überschwänglich und doch schon von Furcht begrenzt in der Jugend, zurückhaltend und abwägend als Erwachsener. An der Ostsee musste ich mit Entsetzen erkennen, dass mein Herz in den Jahren verkümmert war und ich kaum noch fähig, Liebe zu empfangen und zu geben. Da kamen die Tränen, die den Durst meines Herzens stillten und es wieder empfindsam machten. Die glückselige Sehnsucht wuchs, immer öfter und immer mehr zu lieben, mich dem Leben und den Menschen zu schenken, in größtmöglichem Maß verschwenderisch mit mir selbst umzugehen. Nun schaue ich auf die letzten fünfunddreißig Jahre zurück und weiß, dass es Liebesjahre sind, und wenn ich alle siebzig überblicke, dann spüre ich, dass die lieblosen eine notwendige Zeit des Übergangs waren. Denn die unbedenkliche Liebe des Kindes muss im Schmerzfeuer des Verlangens verbrennen, damit der Erwachsene eines Tages lernen kann, eine neue und größere Liebe in sich zu schüren, die alles weiß und alles kennt und sich trotz aller Bedenken verschenken will.

Während Conchita sich an diesem späten Samstagnachmittag auch die Fingernägel rot lackiert, ahne ich, dass sich mir in meinem Abschied von dieser Welt noch einmal eine letzte Liebesmöglichkeit bietet, die die Krone sein will und sein kann, falls ich sie ergreife. Es gibt so viele Formen und Weisen der Liebe in so vielen unterschiedlichen Maßen. Das Leben bietet uns unzählige Gelegenheiten, sie alle kennenzulernen und zu vervollkommnen.

∞

Conchita trägt eine weiße Bluse, einen knielangen weißen Rock mit rotschwarzen Stierkampfmotiven und hohe weiße Schuhe. Das schwarze Haar hat sie mit einer weißen Kordel straff nach hinten zu einem armdicken Zopf verflochten, die Augenlider dunkel, die Lippen leuchtend getönt. Sie dreht sich vor mir und sieht maßlos schön aus.

In dem Augenblick geschieht das Unfassbare: Ich erkenne sie! Ich erkenne Conchita in einer Tiefe und Totalität, wie ich noch niemals einen Menschen erkannt habe. Als blickte ich durch den Schleier ihres Körpers hindurch, sehe ich gänzlich unerwartet, doch mit absoluter Klarheit ihre vollendete Seele, die Gesamtheit ihres Seins über alle vergangenen und zukünftigen Zeit-Raum-Gebilde hinweg. Diese Seele ist mir in ihrer Vollkommenheit gänzlich bekannt und gleichzeitig weiß ich sie endlos mit meiner verwoben. Im Glück des Erkennens empfinde ich die Gewissheit, mit ihr bereits während vieler Leben eins gewesen zu sein, und den Wunsch, auch in dieser Inkarnation wieder mit ihr eins zu werden. Bis ins Mark erschüttert angesichts dieser Offenbarung, halte ich den Atem fest. Im selben Augenblick springt etwas von meinem Erkennen auf sie über. Heftig davon getroffen, verharrt sie, sucht ahnend in meinem Blick das von mir Gesehene, kann es aber nicht fassen, obgleich es sie ebenfalls ergriffen hat. Mit einer heftigen Bewegung des Kopfes schüttelt sie das Überwältigende ab, und während ihr Zopf auf die andere Schulter fliegt, erklärt sie, um neuen Abstand und alte Nähe bemüht:

„Ich gehe zum Tanzen ins Hotel. Schau mich an und sag mir, wie viele Verehrer ich haben werde!"

Mitten in das mystische Erkennen hinein wirkt ihre Frage wie ein Peitschenhieb auf mein Herz und vor schmerzhaftem Entsetzen kann ich nicht antworten. Meine Seelengefährtin ahnt unser Einssein, denke ich verstört, und schüttelt dennoch das Ahnen ab, um wie gewohnt samstags zu anderen zu gehen!

Conchita spürt die Verzweiflung, die mich umklammert, ohne die ganze Dimension meines Schreckens zu verstehen, kommt und berührt meine Wange mit der ihren.

„Zum Frühstück bin ich wieder zurück", flüstert sie an meinem Ohr, als müsse, könne, würde sie mich damit trösten.

∞

Ich stehe vor dem Haus und blicke ihrem Wagen nach, bis er unten in die bucklige Landstraße eingebogen und schließlich am Ostende der Schlucht verschwunden ist in Richtung Dorf. Wie konnte ich nur annehmen, dass diese schöne und lebendige Frau nicht auch die bewundernden Blicke anderer Männer genießt?

Nano liegt schlafend unter der Bank und plötzlich fühle ich mich sehr einsam. Ich bin ein alter Mann in einem fremden Land unter fremden Menschen, die mich zwar höflich aufgenommen haben, für die ich aber ebenfalls ein Fremder bin. Ähnliche Umstände kenne ich von früher. Jetzt jedoch ist alles anders. Diesmal kann ich nicht abwarten, bis sich Vertrautheit zwischen mir und den anderen ergibt, oder einfach weiterziehen, wenn das nicht der Fall sein sollte. Als ich jünger war, war ich frei, zu bleiben oder zu gehen. Auch noch vor zwei, drei Monaten hatte ich diese beiden Möglichkeiten. Heute ist mir eine von ihnen entzogen, denn dies ist die letzte Station auf meinem Lebensweg. Hier ist das Ende, und ich kann mich nicht einfach davonmachen, mir andere Umstände suchen. Ich hatte gewissenhaft überlegt, wie und wo ich sterben möchte, nach dem Plan meiner Seele geforscht. Ich war nie verheiratet, hatte nie Kinder gezeugt. Ein Sterben im Familienkreis war deshalb ausgeschlossen, und im Altersheim oder Krankenhaus zu sterben, hatte ich abgelehnt. Als ich zur Welt kam, kam ich als Fremder zu Fremden, und ich werde die Welt bei Fremden verlassen. So ist es. Ich bin nicht zufällig hier: Dies ist das folgerichtige Ende meines Weges.

An der Ostsee hatte für mich eine neue Gegenwart begonnen, die meine Zukunft werden wollte und jetzt im Alter zu meiner Vergangenheit geworden ist. Damals erkannte ich ein für alle Mal, dass „Zufall“ eine Illusion ist ~ denn der so oft verborgene Lebenssinn erfüllt sich in jedem Augenblick unausweichlich, geradezu zwangsläufig. Dies bemerken wir nur dann nicht, wenn wir meinen, in unangenehmen Situationen sei er nicht ebenfalls offenbar.

∞

Der Vollmond leuchtet, die Sterne blitzen, die Weite stößt mich aus. Ich bin allein in diesem unendlichen Universum und ich bin *immer* allein gewesen. Es gab Begegnungen, Beziehungen, aber immer begegnete alles mir, bezog sich alles auf mich. Ich bin die Mitte, der einsamste Punkt des gewaltigen universellen Kreises. Alles, was mir jemals begegnete, und alles, was ich jemals auf mich bezog, trennte sich irgendwann wieder von mir. Mit den letzten mir verbleibenden Menschen und Dingen wird es in Kürze genauso geschehen. Ich bin allein in die Welt gekommen, und ich werde sie allein wieder verlassen. Nichts bleibt mir von diesem Aufenthalt. Ich war und bin absolut allein, und es ist kein Trost für mich, dass es jedem anderen Menschen genauso geht wie mir. Nicht einmal mein Körper wird mir bleiben, und auch meine Psyche wird sich auflösen. Sterben, das ist die unausweichliche Einsicht in unser existenzielles Alleinsein.

Ich spüre die Angst und rufe den Puma. Er erscheint sofort auf dem Hangweg, weigert sich jedoch, näher zu kommen. Unwillig dreht er sich auf der Stelle, faucht bösartig und Nano antwortet mit einem wütenden Knurren.

Ich kenne die Einsamkeit. Anfangs bemühen wir uns, ihr zu entfliehen, und suchen die Gemeinschaft mit anderen Menschen oder materiellen Dingen. Später, vielleicht erst in folgenden Inkarnationen, ist es dann möglich, dass Einsamkeit zur Flügeltür in die unsichtbare Welt wird. Wer sich der Tatsache seiner persönlichen Singularität ausliefert, wer sich, von den vielen unbeantworteten Fragen erschöpft, auch noch von den letzten äußeren Dingen abwendet, weil sie ihm keine Erlösung mehr versprechen, wer endlich vor der eigenen fragmentierten Ichheit kapituliert, dem öffnet sich vielleicht das Tor zu einer transzendenten Macht. Ich nannte sie Jesus. Dann lud mich jemand zum Feueratem ein und bereitete so meine Begegnung mit dem Puma vor. An der Ostsee lernte ich schließlich, dass die unsichtbare Welt sich uns immer in den Gestalten und Bildern zeigt, für die wir jeweils empfänglich sind.

Mir erscheint sie in diesem Moment als der Puma.

„Hol mir John!“, rufe ich dem Krafttier zu, das sofort losspringt, den Hangweg hinunter jagt und in der Schlucht verschwindet. Ich gehe ins Haus und setze mich aufs Bett. Durch das Fliegengitter sehe ich eine halbe Stunde später, wie sich zwei Scheinwerferlichter von Johns Anwesen entfernen, über den Sandstreifen gleiten, die Straße entlanghuschen und sich dann langsam den Südhang hinaufbewegen. Ich höre, wie vor dem Haus der Motor abgestellt wird und jemand durch den klimpernden Perlenvorhang tritt. Dann schaut John grinsend in meine Kammer.

„Dachte, ich komm mal auf ein Glas Wein vorbei“, erklärt der Animateur. „Heute Nacht allein zu Haus?“, fragt er scheinheilig.

Ich nicke. Ein Kloß im Hals hindert mich am Atmen und Sprechen. John nickt ebenfalls und setzt sich zu mir aufs Bett.

„Hat Sie der Puma geholt?“, frage ich krächzend.

„Ist der schon wieder unterwegs? Bei mir war er nicht, aber Antonia hat einen Kuchen für Sie gebacken und bat mich, ihn zu überbringen.“

„Wieso Antonia?“, krächze ich und versuche erfolglos, mich zu räuspern.

„Die Frau von Miguel. Sie schätzt Ihre Übersetzungskünste.“

Ich nicke.

„Ihnen geht’s nicht besonders“, stellt er fest, seine Augen sind weit und still. Ich schüttele den Kopf und merke, wie die Tränen in mir hochsteigen. Noch einmal schüttele ich den Kopf und räuspere mich.

„Ich fühle mich so einsam“, höre ich mich sagen und mit den Worten bricht ein Schluchzen in die Kammer. Der Texaner sitzt aufrecht und hält mich mit seinem Blick.

„Ich werde sterben, und ich fühle mich so allein“, krächzt es aus mir hervor. Ich krümme mich. John wartet still, während mein Schmerz den Zeit-Raum für sich beansprucht. Irgendwann richte ich mich wieder auf.

„Ich habe Angst vor dem Sterben“, sage ich laut und mit deutlicher Stimme. „Ich hatte es nicht für möglich gehalten, aber als Conchita mich vorhin allein ließ, überfiel es mich. Tut mir leid, John, aber ich habe tatsächlich furchtbare Angst vor dem Sterben hier in der Fremde.“

Er rückt näher, legt einen Arm um meine Schulter. Ich lasse meinen Atem frei. Lange sitzen wir so. Dann merkt er, dass meine Not sich verflüchtigt hat, bricht zwei Stücke aus dem Kuchen heraus, reicht eins mir, beißt in das andere. Schweigend kauen wir. Nach einer Weile sagt er mit vollem Mund:

„Ist nicht lustig, abzukratzen. Aber verdammt, wir haben's von Anfang an so geplant. Wir wären überhaupt nicht auf der Bühne des Lebens erschienen, wenn wir nicht einverstanden gewesen wären, irgendwann den Löffel wieder abzugeben. Was ich meine ist dies: Noch bevor Ihr Papa sein Ding in Ihrer Mama versenkte, waren Sie schon einverstanden damit, hier aufzutauchen und nach ein paar lausigen Jährchen wieder abzutreten. Also erneuern Sie jetzt gefälligst Ihr Einverständnis mit dem Lauf der Dinge, damit Sie diese blöde Angst ein für alle Mal loswerden!"

Ich muss lachen und merke, wie seine Worte mich erleichtern.

„Albern Sie nicht rum!", sagt er ärgerlich. „Die Lage ist ernst genug. Ich will hören, dass Sie einverstanden sind, Ihren Tod zu sterben!"

„John, ich habe begriffen. Sie brauchen mich nicht wie einen Ihrer Touristen zu behandeln."

„Sorry, aber es ist mir scheißegal, ob Sie irgendwas begriffen haben oder nicht. Wenn wir Freunde bleiben wollen, dann lassen Sie mich jetzt klar und deutlich Ihr Einverständnis mit Ihrem Sterben hören!"

Ich schließe die Augen und gehe in mich. Ich werde höchstwahrscheinlich hier in Andalusien krank werden und mich dann von Menschen, die ich kaum kenne, pflegen lassen. Mein Körper wird verfallen. Alles wird mir genommen werden. Mein Leben wird nur noch Erinnerung sein, nicht mehr fassbar, nichts Greifbares mehr, nur noch vages Gedankenspiel. Es wird keine Fortsetzung mehr geben. All das Schöne, alle Menschen, alle Ereignisse, all die Liebe ~ alles, wirklich alles wird sich verflüchtigen. Siebzig Jahre, siebzig volle Menschenjahre werden sich vor meinen Augen auflösen, bis nur noch ich allein daliegen und schließlich hinübergleiten werde. Ohne mein Leben. Alles bleibt hier zurück und ich gehe.

Wieder rinnen Tränen.

„Ich bin einverstanden mit meinem Sterben."

In der lang anhaltenden Stille wird die Präsenz der Macht deutlich, formlos diesmal, wie sie mir seit Jahrzehnten ebenfalls vertraut ist. Sie wird da sein. Sie wird dabei sein, hier, wenn ich hinübergehe, und auch dort drüben wird sie sein. Mit einem inneren Lächeln erlebe ich wieder einmal, dass Einsamkeit eine der größten Illusionen des Menschen ist, denn die Macht begleitet uns jederzeit.

John blickt in meine Augen.

„Jetzt ist es gut", sagt er.

Leichterhand wechselt er das Thema und erzählt von Antonia und Miguel, die ich am Mittwochabend kennengelernt habe. Dann spricht er über seine Ehe mit Leila. Zwischendurch springt er immer wieder auf, eilt durch den Seidenvorhang und kommt mit zwei immer wieder neu gefüllten Weinbechern aus dem vorderen Wohnraum zurück.

„John", sage ich irgendwann, „ich merke, dass wir uns betrinken."

„Wenn du das merkst, dann bist du noch nicht richtig betrunken, Jorge!", lacht er und wischt sich den Kaugummispeichel aus den Mundwinkeln. Später wird mir klar, dass John seit geraumer Zeit völlig indiskutable Männerwitze erzählt, einen nach dem anderen, und dass wir uns im Lachen nicht mehr aufrecht halten können. Schließlich erhebt er sich und schwankt dabei bedenklich.

„Was noch zu sagen wäre“, beginnt er und will möglichst korrekt sprechen. „Wir alle haben unsere Macken. Conchita ist ein tolles Weib. Vergiss das nicht!“

8 Es passiert Anfängern häufig, dass ihnen die Konzentration auf den Atem schwerfällt. Dann erscheint ihnen das Verweilen in der gedankenleeren Stille schon nach wenigen Augenblicken langweilig oder bedrohlich und sie wenden sich von der Übung ab, fangen wieder mit dem Denken an. Manchmal führt das zu grotesken verbalen Äußerungen. N:ghas Redeschwall war für mich also nichts Besonderes. Jetzt jedoch atmet er ruhig und gleichmäßig. Ich kann ihn ungestört beobachten. Die steile Falte über der Nasenwurzel ist verschwunden, seine Gesichtszüge sind entspannt, in den Augenwinkeln erkenne ich die feinen Lachfältchen. Gewaschen und rasiert sieht er ziemlich gut aus und alles in allem ist er wohl ein eindrucksvoller Mann mit einem bemerkenswerten Schicksal. Abgesehen davon, dass er ziemlich viel Unsinn plappert.

Ich versuche, mir seine Vergangenheit etwas genauer vorzustellen, als er sie mir beschrieben hat. Dann bemerke ich, wie viele Gedanken ich mir über ihn mache, schließe die Augen und konzentriere mich ebenfalls auf den Atem. Nach wenigen Minuten versinke ich in der Stille.

Als ich die Augen wieder öffne, atmet N:gha immer noch ruhig und gleichmäßig. Allerdings sind seine Atemzüge sehr langsam, flach und mit langen Pausen dazwischen ~ das sichere Zeichen für einen tiefen meditativen Zustand. Ich wundere mich über meinen seltsamen Gast, prüfe seine aufrechte Sitzhaltung und muss erkennen, dass er sich auf dem Hocker überhaupt nicht bewegt hat. Das ist wirklich erstaunlich!

Mir tun allmählich die Knie weh, und leise, damit er es nicht bemerkt, verändere ich die Stellung meiner Beine, lenke die Aufmerksamkeit dann erneut auf meinen Atem, merke jedoch, dass ich keine Lust habe, die Übung noch länger auf dem Kissen fortzusetzen, und weiß nicht, was ich machen soll. Ein paar Minuten ringe ich mit mir selbst. Schließlich stehe ich leise auf und gehe raus auf die Plattform, setze mich bequem hin und lasse die Füße in die Ostsee baumeln. Aber bald werde ich unruhig, erhebe mich und trete wieder ins Bootshaus. Mein Besucher sitzt immer noch nackt und gerade auf dem Hocker, nun mit leicht geöffnetem Mund. Er scheint zu schlafen. Ich stehe etwas unschlüssig im Raum und bereite dann möglichst leise unser Abendessen vor. Das dauert, denn ich putze und schneide Gemüse, koche eine Suppe. Als ich damit fertig bin, fragt N:gha, ohne die Augen zu öffnen, mit klarer Stimme:

„Brauchst du den Hocker?"

„Willst du mitessen?", frage ich zurück.

Er antwortet nicht, also lasse ich ihn in Ruhe, setze mich mit meiner Schüssel auf das Meditationskissen und esse. Danach spüle ich ab und ziehe anschließend mit der Luftmatratze auf die Plattform. Nach Sonnenuntergang gehe ich wieder ins Bootshaus. N:gha sitzt weiterhin mit geschlossenen Augen und entspanntem Unterkiefer auf dem Hocker, und ich weiß nicht, was ich davon halten soll. Unwillig lege ich ihm meinen Bademantel um die Schultern, denn es ist inzwischen kühl geworden.

„Deine Technik ist interessant", sagt er unvermittelt und schaut mich an. „Wenn man seinen Atem beobachtet, spürt man sehr genau, was in einem und um einen herum vor sich geht. Ich würde das eine klarere Wahrnehmung nennen. Ist das auch deine Erfahrung?"

Ich bin verblüfft über seine Worte, denn sie beschreiben ziemlich genau, was während der Übung geschieht.

„Hast du etwa die ganzen Stunden lang meditiert?", frage ich.

„Ich hab dir bereits erklärt, dass Zeit für mich nicht existiert, Sohn. Deshalb kann ich mich gründlich mit den Dingen beschäftigen, die meinen Weg kreuzen. Der Sache mit deiner Meditation wollte ich auf den Grund gehen. Es scheint überaus wichtig, den eigenen Atem nur zu beobachten und dabei nicht willentlich zu beeinflussen. Es ist völlig egal, ob er flach oder tief ist, langsam oder schnell geht ~ man darf nur beobachten, nicht eingreifen!"

„Richtig, gratuliere!", sage ich und weiß nicht genau, warum das ironisch klingt.

„Aber was die Stille angeht, ist deine Technik nicht besonders erfolgreich", meint er nun. „Meditation beruhigt die Gedanken, wenn man welche hat, das stimmt. Aber wenn man dann aufhört, nicht zu denken, tauchen die Gedanken sofort wieder auf. Konzentration auf den Atem bringt sie nicht in jedem Fall zum Verschwinden und vor allem nicht endgültig, stimmt's?"

„Stimmt."

„Dann ist diese Stille im Kopf also nur eine relative Ruhe und dazu auch noch eine vorübergehende, würde ich nach meinem jetzigen Kenntnisstand sagen. Sie hängt von der Konzentration ab, und wenn die nachlässt, kehrt der Gedankenlärm zurück. Unter ‚Stille' verstehe ich allerdings echte Stille und nicht die Ruhe vor dem nächsten Sturm."

Ich beginne, mich darüber zu ärgern, dass ein Obdachloser meine Meditation auseinandernimmt.

„Du hast bereits seit langem Meditationserfahrung", stelle ich unwirsch fest und bin mir meiner Sache vollkommen sicher.

„Jetzt fängst du schon wieder mit der Vergangenheit an!", entgegnet er ungeduldig. „Können wir nicht ein einziges Mal bei dem bleiben, was im Augenblick gerade passiert?"

Ich will mich nicht mit ihm streiten, deshalb erkläre ich geduldig:

„Jede Meditationstechnik basiert auf Konzentration, und es stimmt, dass bei jeder Technik die Gedanken zurückkommen, wenn die Konzentration nachlässt. Aber mit regelmäßiger Übung wird eines Tages… "

„… auch nichts anderes passieren", ergänzt er meine Ausführungen. Ich halte den Mund und ärgere mich.

„Wenn du unbedingt nicht denken willst", fährt der Penner unverdrossen fort, „dann schlaf doch einfach, statt zu meditieren! Das geht viel leichter, und im Schlaf steht der Verstand ja auch still."

Ich ärgere mich wortlos weiter.

„Das meine ich nicht böse", lenkt er ein. „Wenn ich die Nase voll hab vom Denken, trink ich zwei, drei Bierchen. Das ist *meine* Meditationstechnik. Funktioniert auch nicht immer, und wenn der Rausch nachlässt, kommen die Gedanken ebenfalls wieder. Aber jetzt zeig ich dir mal was wirklich Nützliches: Wie man nämlich meinen Namen richtig ausspricht. Denn erstens hört es sich für mich unangenehm an, wenn du ihn dauernd verhunzt, und zweitens werde ich in Zukunft nur zu dir kommen, wenn du mich mit dem richtigen Laut rufst. Also hör mal: N:gha!"

Zwei große Felsbrocken knallen aneinander, und das Geräusch ist derart laut, kraftvoll und bizarr, dass es bis ans andere Ende der Welt zu donnern scheint.

„Du beginnst mit einem ganz normalen stimmlosen ‚N' und legst dann beim ‚gha' die Zunge oben an den Gaumen und saugst sie nach links herunter. Anfangs ergibt das ein Schnalzen, bei dem die gesamte Mundhöhle als Resonanzraum dient und das ‚gha' noch deutlich zu hören ist, aber wenn du fleißig übst, wird es ein Klacken, in dem das ‚gha' verschwindet. Das

Klacken wird dann zu einem immer lauteren Knallen, bis sich das Ganze wie ein Pistolenschuss anhört. Komm, versuch's mal!"

Ich weiß nicht, warum ich meinen rechthaberischen Gast jemals zurückrufen sollte, wenn er endlich wieder aus meinem Leben verschwunden ist, aber ich mache ihm die Freude und versuche, seinen Namen „richtig" auszusprechen. Es misslingt gründlich.

Und meine Suppe hat er bis jetzt auch noch nicht probiert.

9 Außer dem regionalen Fernsehteam waren etliche Bürger aus der Stadt und dem Dorf gekommen, um John über den glühenden Holzkohlestreifen wandeln zu sehen. Unter den staunenden Zuschauern befand sich damals auch Miguel, der junge hochtalentierte Direktor der örtlichen Bankfiliale, mit seiner Frau Antonia. Nach der Veranstaltung sprach die elegante Mittvierzigerin John an und fragte ihn, ob er ihr Meditationsunterricht geben würde. Der Texaner willigte ein, und ein paar Monate darauf verkündete Miguel, dass er fortan die Mietzahlungen für das Haus übernehmen würde, in dem John und Leila lebten ~ das schulde er der spirituellen Begeisterung seiner Gattin.

„Gott habe ich zu den Akten gelegt", erklärte John mir in der Samstagnacht. „Er ist vollkommen ungeeignet, die Geschicke der Welt zu leiten. Aber ich sehe, dass sich auch ohne ihn alles irgendwie sehr stimmig entwickelt. Alles ist auf seltsame Weise richtig und passt genau zusammen. Das Leben ist völlig ausgewogen, immer im Gleichgewicht und absolut harmonisch. Ich meine damit nicht nur die angenehmen Dinge, sondern auch die unangenehmen. Es gibt einen großen stimmigen Gesamtzusammenhang, der jedem Einzelnen ständig Unterstützung gewährt ~ du weißt, was ich meine? Ich will damit nur sagen, dass Leila und ich kostenlos in unserem Haus wohnen können und ich genau das tun kann, wofür ich auf diesem Planeten gelandet bin: Leben unter die Leute bringen."

Mit der Erinnerung an seinen Besuch, mit Kopfschmerzen und leichtem Schüttelfrost erwache ich am späten Sonntagvormittag. Conchita schläft noch. Ich höre ihr Schnarchen, weiß jedoch nicht, wann sie zurückgekommen ist. Die Sonne brennt stechend. Ich schleppe mich zur Toilette, lege mich dann wieder ins Bett, habe keine Chance, meine Herzschau zu praktizieren, sondern gleite in einen unruhigen Halbschlaf und träume wirr. Erst gegen Nachmittag weckt mich Conchita und bringt mir zu trinken. Ich bin zu schwach zum Aufstehen, schlafe wieder ein, träume, wie meine und Conchitas Seele durch den Sternenhimmel tanzen. Irgendwann in der Nacht wache ich auf, als meine Seelengefährtin mir kalte Fußwickel macht, die Stirn mit einem kühlen feuchten Tuch abtupft. Kurz überlege ich, ob das noch der Kater ist oder schon das Sterben. Dieser verfluchte John! Dieser verfluchte Wein!

Auch den ganzen Montag verbringe ich im Bett. Conchita kann mich nicht überreden, feste Nahrung zu mir zu nehmen. Sie versorgt mich mit Wasser und Gemüsebrühe. Die Befürchtung, dass es jetzt mit mir bergab geht, lässt mich nicht in Ruhe. Angst kontrahiert unser Selbstempfinden: Je größer sie ist, desto mehr schrumpft unsere Ichheit, bis das gesamte Universum als übermächtig und feindlich empfunden wird. Gott sei Dank, entspannt sich eine solche Befindlichkeit nach einigem Hin und Her normalerweise von selbst.

Dienstagmorgen ist tatsächlich alles wieder beim Alten. Erneut spüre ich meine Lebensgeister, fühle mich allerdings körperlich noch ein wenig schwach. Ich wecke Conchita mit Kaffee, den ich auf ihrem Herd zu machen inzwischen gelernt habe. Den Tag verbringe ich überwiegend im Schatten unter dem Vordach, wende mich immer wieder meinem Herzen zu, flüstere die drei mystischen Worte und ruhe in der Seele, im Zentrum meines Wesens.

Selbstverständlich begleitet Nano uns, als wir am folgenden Tag wieder zur Meditation aufbrechen. John begrüßt mich mit einer warmherzigen Umarmung. Er weist mich an, zum Übersetzen diesmal auf seinem Sessel Platz zu nehmen, beharrt trotz meines Widerspruches darauf und lässt sich schräg vor mir auf einem Kissen nieder.

Wie gewohnt, bittet Leila uns alle nach der Meditation zum Imbiss ins Haus, und diesmal leiste ich ihrer Einladung umgehend Folge. In der Küche hat sie ein einfaches, aber üppiges Büffet aufgebaut. Gegessen und getrunken wird im geräumigen Wohnzimmer, wo sich angeregte Gespräche zwischen den Anwesenden ergeben. Nano und der braune Mischling liegen friedlich beieinander hinter dem Sofa.

„Sie sprechen ausgezeichnet Spanisch", sagt Antonia zu mir. „Ich liebe Ihre Art, John zu übersetzen, und danke Ihnen, dass Sie das für uns tun. Es ist so wichtig, dass Johns Botschaft verstanden wird!"

Sie reicht mir die Hand.

„Ich danke Ihnen für den köstlichen Kuchen", antworte ich.

Nun schüttelt auch Miguel, der hinter seiner Frau stand, meine Hand. Er ist um die dreißig, ein Mann mit eckigem Gesicht, harten spanischen Zügen und selbstbestimmten Bewegungen. Tief hinter seinen Augen jedoch leuchtet ein sanftes Licht.

„Auch ich danke Ihnen sehr, dass Sie Ihre kostbare Zeit mit uns verbringen", sagt der junge Bankdirektor weltgewandt. „John hat uns erzählt, dass Sie auch ein großer Yogi sind. Ich kann mit all dem wenig anfangen und komme auch nur selten mittwochs hierher, aber ich unterstütze auf finanzielle Weise Antonias Interessen. Außerdem triff man ja nicht überall einen Erleuchteten."

„Von seiner Erleuchtung hat mir John gar nichts erzählt", sage ich ein wenig spöttisch, weil mir die ständige Prahlerei des Gurus gegen den Strich geht.

„Nein, nein", entgegnet Miguel, „John hat uns verraten, dass *Sie* erleuchtet sind."

Jetzt kann ich nicht anders und muss lachen.

„Ich befürchte, das ist nur einer von Johns Werbegags!", erwidere ich.

„Er sagte, dass Sie es leugnen würden, und erklärte, Understatement gehöre zum Kodex der Erleuchteten."

Ich spüre meinen Ärger darüber, dass John mich für seine Zwecke missbraucht, und lasse bewusst meinen Atem frei. Bevor ich eine heftige Antwort gebe, begreife ich, dass er seine Lebensaufgabe darin sieht, Menschen in einem fröhlichen und unkonventionellen Rahmen an ihre Lebendigkeit zu erinnern. Fast hätten mich seine Flapsigkeit und seine gelegentlichen Unverschämtheiten darüber getäuscht, wie ernst es ihm ist, diese Aufgabe auch wirklich zu erfüllen. Ich werde ihm nicht in den Rücken fallen!

„John ist der Lehrer", sage ich deshalb wahrheitsgemäß, „und ich bin der Übersetzer."

Im Verlauf des Abends fragt mich der texanische Bär:

„Haben die beiden dir erzählt, dass ihre Tochter krank ist? Sie hat ein Geschwür an der Luftröhre. Sprich mit den Eltern darüber und sieh dir die Kleine mal an."

„Ich bin kein Arzt, John. Und außerdem kenne ich diese Leute kaum."

„Dann lern sie gefälligst kennen! Du bist hier verdammt noch mal an deinem Platz, Jorge! Du hast ihn selbst gewählt und er ist jetzt der einzig richtige für dich auf dieser ganzen verschissenen Welt. Mach mehr draus als eine klapprige Startrampe ins Jenseits!"

Betroffen höre ich, was er sagt, und weiß, dass er recht hat. Die Gewissheit, sterben zu müssen, war in den letzten Wochen derart in den Fokus meiner Aufmerksamkeit gerückt, dass ich beinahe vergessen hätte, meine letzte Zeit mit Leben zu füllen. Ich hatte mich in einem Abwarten eingerichtet und übersehen, dass auch ein Gestalten möglich wäre.

Dankbar blicke ich den Mann an, der nichts sehnlicher und entschiedener will, als Schlafwandler aufzuwecken.

∞

Kurz bevor die letzten Gäste gehen, kommt John mit einem älteren dicken Herrn auf mich zu.

„Ich möchte dir unseren Bürgermeister vorstellen", sagt er.

„Nenn mich einfach Carlos, mein Lieber, denn Johns Freunde sind auch meine Freunde!" Der Dicke reicht mir seine verschwitzte Hand.

„Jorge", antworte ich mit einer angedeuteten Verbeugung.

„Ich stehe stets zu deiner Verfügung, Jorge", betont der Bürgermeister. „Du bist neu in unserer Gemeinde, und was immer du brauchst, Carlos wird dafür sorgen, dass du es bekommst!"

Er tätschelt mich am Oberarm und lacht kurz auf, voller Stolz über die eigene Machtfülle. Ich frage mich, wie John es fertiggebracht hat, diesen unsympathischen Narzissten für sich einzunehmen. Als Conchita und ich wenig später gehen wollen, sehen wir den Texaner etwas abseits im Garten mit Miguel und Carlos zusammenstehen. Die drei scheinen sich leise, aber sehr angeregt zu unterhalten. Das ist ja ein feines Trio, denke ich: der Guru, der Bankdirektor und der Bürgermeister ~ die Kirche, das Kapital und die Politik stecken wie immer unter einer Decke!

∞

„Wenn du das gute Herz in jedem Wesen sehen kannst“, sprach mein geliebter Lehrer einst, „dann erkennst du das Göttliche.“

∞

Nach einer Zahnbehandlung hat sich bei der neunjährigen Alba ein Geschwür unter dem linken Unterkiefer gebildet. Es wächst und drückt auf die Luftröhre. Ein Termin zur Operation im Krankenhaus wurde bereits vereinbart, aber der Eingriff ist kompliziert und nicht ohne Risiko.

Antonia und Miguel rauchen nervös in ihrer Küche, während ich am nächsten Vormittag an Albas Bett sitze und mich mit ihr unterhalte. Ich weiß, dass der menschliche Körper häufig mit Krankheit reagiert, wenn uns die Erfüllung jener Wünsche verwehrt ist, die auf eine freie Lebensentfaltung abzielen. Ich weiß auch, dass Kinder ihre Lebensumstände nicht frei wählen und ihr Verhalten nicht selbst bestimmen können, weil die Kleinen an die Vorstellungen ihrer Eltern gebunden sind. Kinder lieben Vater und Mutter unter allen Bedingungen und verzeihen ihnen alles. Deshalb erwarte ich nicht, dass Alba mir erzählt, wo sie der Schuh drückt, aber ich höre ihr aufmerksam zu. Fürsorglich beantworte ich ihre Fragen und merke, wie vertraut wir miteinander werden. Auf meinen Vorschlag, Operation mit mir zu spielen, geht sie ein.

„Was die sichtbare und die unsichtbare Welt gemeinsam haben“, sprach mein Lehrer einst in anderen Zeit-Raum-Gebilden, „ist Folgendes: Es handelt sich bei beiden um Vorstellungswelten. In ihnen verwirklicht sich wie von selbst das, was wir uns gedanklich ausmalen.“

„Dann mach doch einfach die Augen zu wie nachts beim Einschlafen“, bitte ich Alba. „Und nun stellen wir beide uns vor, dass du auf einem Bett im Krankenhaus liegst.“ Tief atme ich ein und trete so in die Kommunikation mit der unsichtbaren

Welt. „Über dir leuchtet eine helle Lampe. Kannst du dir das vorstellen?"

Als sie nickt, weiß ich, dass sie sich zwischen beiden Welten befindet wie ich. Auch ich kann mir trotz meiner offenen Augen die OP-Lampe hinter meinem Rücken deutlich vorstellen. Wieder atme ich tief ein. Nur noch mit einem kleinen Teil meines Bewusstseins nehme ich jetzt die sichtbare Welt wahr. Stattdessen sehe ich nun die Bilder jener unsichtbaren Welt, die ich beschreibe. Sie scheinen transparent, jedoch auch detailgetreu über dem Hier und Jetzt zu liegen.

„Vor dir sitzt auf einem Stuhl ein netter Arzt, und der betupft deinen Hals mit einem Wattestäbchen." Ich tupfe mit dem Finger leicht gegen die geschwollene Stelle. „Durch das Tupfen ist der Hals ganz weich geworden. Spürst du das? Gut. Ohne dass du es jetzt merkst, macht der nette Arzt mit dem linken Zeigefinger einen kleinen Schnitt in die Haut, damit er das Geschwür sehen kann." Mein Fingernagel zeichnet sanft eine Linie auf ihrer Haut. „Oh, es sieht aus wie eine schwarze Olive! Sollen wir die Olive rausholen, damit wir sie ansehen können?"

„Ja", flüstert Alba.

„Gut. Dann greift der nette Arzt also ganz vorsichtig in die Hautöffnung und zieht die Olive einfach heraus." Daumen und Zeigefinder greifen vorsichtig an den Hals. „Nun ist da ein kleines Loch. Am besten, wir verstecken dort eine kleine goldene Sonne! Die passt wunderbar hinein und strahlt mit warmem Licht."

Ich schweige lange, beobachte währenddessen meinen und Albas Atem. Solche parasomatischen Operationen finden nicht im materiellen Körper statt, nicht in der sichtbaren Welt, sondern auf unsichtbaren Ebenen. Obwohl oder weil solche Eingriffe in die Wirklichkeit heilsam sind, ermüden sie die Beteiligten. Alba schläft etwa fünfzehn Minuten, öffnet dann die Augen.

„Zeigst du mir die Olive?“, fragt sie mich.

„Die habe ich inzwischen weggeworfen. Sie wurde ja nicht mehr gebraucht. Aber zeigst du mir noch mal die kleine Sonne?“

Sie reckt stolz den Hals und deutet mit dem kleinen Finger auf die frisch operierte Stelle.

„Zeig sie auch deinen Eltern, sie werden sich freuen!“

Antonia und Miguel sind verunsichert, lächeln jedoch über die Begeisterung ihrer Tochter.

„Bringen Sie Alba bitte wie geplant morgen ins Krankenhaus“, instruiere ich die beiden. „Aber man soll sie dort auf jeden Fall vor der Operation noch einmal untersuchen. Vielleicht ist die kleine schwarze Olive tatsächlich verschwunden.“

Am nächsten Tag ruft mich die Mutter an. Bei der Untersuchung hätten die Ärzte festgestellt, dass das Geschwür vollkommen abgeklungen sei. Ein wenig befangen nehme ich den Dank der Eltern entgegen.

Von der schöpferischen Kraft der Worte bin ich überzeugt, aber ich frage mich nicht, was in welcher Reihenfolge geschehen ist. Da ich nicht an die Zeit glaube, glaube ich auch nicht an Ursache und Wirkung. Ich praktiziere Sprachmagie und magische Rituale, als ob sie zu dem von mir beabsichtigten Ergebnis führen würden ~ genau so, wie ich ein Ei koche, um es anschließend zum Frühstück verzehren zu können. Ich vertraue also vollkommen auf die Folgen meiner Handlungen in der sichtbaren und der unsichtbaren Welt, obwohl ich nicht an das Gesetz der Kausalität glaube.

Natürlich haben wir den Eindruck, im Laufe der Zeit eine Fremdsprache zu erlernen, ein Haus zu bauen, alt zu werden. Aber das alles hat nichts mit dem Lauf der Zeit zu tun. Denn wo befindet sich das Gestern? Die Vergangenheit liegt nicht hinter uns, sonst könnten wir zu ihr zurückkehren. Und wo befindet sich das Morgen? Die Zukunft liegt nicht vor uns, sonst könnten wir sofort mit einem mächtigen Sprung voraus in ihr landen. Es gibt keine Zeit, die vergeht, und keine Bewegung durch die Zeit, weil die einzig existierende Gegenwart uns mit eisernem Griff umklammert hält: Wir kleben bewegungsunfähig in einem ewig stehenden Jetzt fest. Hier allerdings können wir unsere Aufmerksamkeit sowohl auf den gegenwärtigen Moment richten als auch auf einen Gedanken, der einen scheinbar vergangenen oder einen scheinbar zukünftigen Moment erschafft.

Nach unserer Vorstellung verläuft die Zeit linear, gleichmäßig und nur in einer Richtung. Das jedoch ist eine Illusion. Denn nicht die Zeit bewegt sich von der Vergangenheit über die Gegenwart in die Zukunft, sondern das Denken der Menschen. Und wenn es keine Zeit gibt, die vom Gestern über das Heute ins Morgen wandert, ist die Vorstellung von Ursache und Wirkung ebenfalls nur eine Illusion. Vielleicht hat meine Suggestion zu Albas Heilung geführt. Vielleicht aber hat Albas bevorstehende Heilung zu meiner Suggestion geführt. Vielleicht handelt es sich auch nur um zwei Vorkommnisse, die absolut nichts miteinander zu tun haben, sondern vollkommen unabhängig voneinander auf der Bühne des Lebens erscheinen. Wer weiß das schon mit Sicherheit? Zweifellos haben beide Ereignisse stattgefunden. Welches von ihnen jedoch das andere bedingte oder ob sie überhaupt miteinander zusammenhängen, kann ich nicht sagen. Außerdem können wir nicht wissen, was wir vor dieser Inkarnation mit wem verabredet haben ~ vielleicht beruhen die meisten erstaunlichen Begebenheiten unseres Lebens nur auf früheren Versprechen, die wir nun miteinander einlösen, ohne es zu ahnen.

Ich weiß, dass wir das Leben niemals begreifen können, obwohl unser Verstand ständig logisch-kausale Erklärungsmodelle liefert. Doch letztendlich führen diese uns nur in die Irre und erzeugen weitere Illusionen, in denen wir dann umhergeistern. All unsere Vermutungen und Konzepte gehen regelmäßig an der Realität vorbei. Deshalb bin ich trotz aller Freude stets auch etwas befangen, wenn meine Rituale zu den angestrebten Ergebnissen führen. Allerdings vergesse ich nie, mich bei der Urmutter für das Geschehen zu bedanken.

∞

Mit einem Glas Eiswasser in der Hand sitze ich auf der Steinbank vor dem Haus. Conchita und Nano schlafen bereits. Um mich herum breitet sich die Welt des planetaren Universums aus. Ebenfalls um mich herum breitet sich mein eigener Körper aus. Körper und Universum sind materieller Art und gehören zur sichtbaren Welt, die ich mit meinen Sinnesorganen wahrnehmen kann. Irgendwie in meinem materiellen Körper existieren eine nicht-materielle Psyche und eine nicht-materielle Seele. Beide gehören der unsichtbaren Welt an, üben jedoch einen großen Einfluss auf das Sichtbare aus. Genauso gibt es im materiellen Universum mindestens eine nicht-materielle Dimension, die ebenso unsichtbar ist wie unsere Psyche und unsere Seele und die einen mindestens ebenso großen Einfluss auf die sichtbare Welt ausübt.

Die Phänomene des Nicht-Sichtbaren können nicht von unseren Augen gesehen oder unseren Ohren gehört, wohl aber von unserer Aufmerksamkeit wahrgenommen werden und lassen sich durch unsere Vorstellungen verändern. Sprache ist ein wichtiges Mittel, um in beiden Wirklichkeiten, der sichtbaren und der unsichtbaren, zu kommunizieren und zu gestalten.

„Urmutter aller Wesen, Dinge und Ereignisse", sage ich in die Nacht hinaus, „ich danke dir für Albas Heilung!"

10 Mein Ärger über N:ghas Besserwisserei ist längst verflogen, als wir schweigend nebeneinander auf der Plattform sitzen und er den Rest der Suppe löffelt. Es geht ein kühler Wind, der dünne Wolken an Mond und Sternen vorbeitreibt, und plötzlich bittet mich mein Gast, von mir zu erzählen. Also offenbare ich ihm die Geschichte meines Lebens, die nur so aus mir heraussprudelt. Er hört aufmerksam zu, stellt interessiert Fragen und ohne groß zu überlegen, vertraue ich ihm Dinge an, die sonst kein Mensch von mir weiß. Irgendwie habe ich das Gefühl, ihm vollkommen vertrauen zu können. Etwa eine Stunde später berichte ich noch, wie ich vor Kurzem meinen Beruf aufgegeben und meine Geliebte verloren habe, und komme dann zum Ende.

„Ich kann dich gut verstehen“, sagt er. „Auch ich habe meinen Beruf aufgegeben. Ich möchte mich für deine Ehrlichkeit revanchieren und dir etwas von mir erzählen, was ich noch nie jemandem erzählt habe. Denn eigentlich war ich Politiker von Beruf, und das ist wohl so ziemlich das Letzte, was man gern von einem Mitmenschen erfährt.“

„Kein Kaminkehrer?“, frage ich verstört.

„Lass die alten Geschichten ruhen, Sohn. Wenn du dich ständig mit Erinnerungen aufhältst, ist es kein Wunder, dass dein Verstand die Stille nicht findet. Was ich sagen will, ist Folgendes.“

Stinksauer stehe ich auf, ziehe ihm die Luftmatratze, auf der wir bis eben friedlich nebeneinandergesessen haben, unter dem Hintern weg, gehe ins Haus, werfe sie auf den Boden und mich darauf. Dann ziehe ich demonstrativ den Schlafsack bis zu den Ohren hoch.

N:gha kommt mir nach ins Bootshaus, bemüht sich, leise zu sein.

„Wusste nicht, dass du schon müde bist“, flüstert er entschuldigend. Ich wickle mich wieder aus dem Schlafsack, setze mich auf.

„Bitte geh jetzt!“, fordere ich.

„Nicht bevor du die Wahrheit über mich kennst“, erwidert er entschieden. Mich wurmt, dass er komplett über mein Leben informiert ist, während ich nur Lügengeschichten von ihm kenne. Aber die Aussicht auf seinen baldigen Abgang stimmt mich versöhnlich. Ihm noch einmal zuzuhören ist das kleinere Übel ~ auf ein Märchen mehr oder weniger kommt es nicht an! Er wartet, und als ich ihn nur wortlos anstarre, legt er los.

„Jedenfalls machte ich schnell Karriere in einer ehemals großen Volkspartei, weil ich, wie du weißt, ziemlich gut im Lügen und Manipulieren bin. Also stieg ich bis in die zweite Führungsebene auf. Über mir waren nur noch die Minister und natürlich der Big Boss.“

Ich schließe genervt die Augen.

„Nachdem ich ihm gegenüber mehrfach meine Loyalität unter Beweis gestellt hatte, betraute er mich mit dem Einsammeln von illegalen Parteispenden, und jedes Mal erhielt ich zehn Prozent der Summe, die ich in schwarzen Koffern entgegennahm und dann auf die Schwarzgeldkonten unserer Partei im Ausland verteilte. Nicht nur, dass ich auf diese Weise in die krummen Alltagsgeschäfte der großen Politik verwickelt war, ich lebte zu jener Zeit auch auf gesellschaftlich hohem Niveau in den sogenannten besseren Kreisen, die immer die übelsten sind. Mein Leben war kostspielig. Ich hatte zwar nicht geheiratet, gönnte mir jedoch zur Libido-Abfuhr, wie unter Unseresgleichen üblich, regelmäßige Besuche sogenannter Escortdamen. Außerdem nahm ich, wie unter Machtmenschen ebenfalls üblich, regelmäßig Alkohol und Drogen zu mir.“

Es ist einfach nur eine Gute-Nacht-Geschichte, denke ich. Entspann dich, Georg! Immerhin hat er eine blühende Fantasie.

„Eines Tages, als ich auf der Abgeordneten-Toilette des Bundestags gerade wieder eine Line gezogen hatte, blickte ich wie zufällig in den Spiegel. Was ich sah, erschreckte mich zutiefst: Mein Gesicht war alt und grau geworden, und aus meinem linken Nasenloch hing eine blutige Rotzfahne, die vom Kokain weiß bestäubt war. Lange stand ich so vornübergebeugt, auf beide Hände gestützt und starrte die Fratze an, die einmal mein Gesicht gewesen war. Dann wischte ich mir den Schnodder von der Oberlippe, wandte ich mich ab, verließ das Gebäude, trat auf die Straße und ging los, immer weiter, ließ alles hinter mir, blickte nie wieder zurück. Wo du mir schließlich begegnet bist, weißt du ja. Mittlerweile kokse ich nicht mehr, trinke nur hin und wieder mal ein Bier oder auch mal eins zu viel. Ich bin nicht gerade stolz auf mich und mein Leben, aber jetzt verstehst du vielleicht meine kleinen Unwahrheiten in Bezug auf die Vergangenheit."

N:gha verstummt, wartet wohl auf eine Reaktion meinerseits, aber ich strecke mich auf der Luftmatratze aus und warte nur noch darauf, dass er endlich verschwindet. Als er merkt, dass von mir nichts mehr kommt, seufzt er tief auf, packt seine Sachen, geht mit der löchrigen Wolldecke über der Schulter und den Plastiktüten in den Händen zur Tür, öffnet sie mit dem Ellenbogen und dreht sich noch einmal zu mir um.

„Du hast ein gutes Herz, mein Sohn", sagt er und tritt auf den Steg. Dieser Satz berührt mich unangenehm, denn eigentlich habe ich mich ja nicht besonders gutherzig benommen.

„Kannst du bitte die Tür hinter mir zumachen?"

Ich bin ganz froh, nicht einfach so liegenbleiben zu müssen, während er von dannen zieht, und eile zur Schwelle. Mein

Besucher hat den Steg bereits verlassen, geht zügig über den Pfad hinein in die Dunkelheit, und jetzt bekomme ich ein richtig schlechtes Gewissen, denn eigentlich ist er ja ziemlich harmlos, redet nur viel, wenn er jemanden zum Zuhören gefunden hat ~ genau wie ich.

Sei's drum, denke ich, als ich mich wieder auf die Luftmatratze lege. Und dann versuche ich entschlossen, einzuschlafen.

∞

Das heutige Aufwachen ist beglückend. Danach absolviere ich in aller Ruhe meine gewohnte morgendliche Routine und entdecke dabei, dass N:gha jenes Stück Karton vergessen hat, auf dem geschrieben steht, dass ihm dieser Platz und die ganze Welt drumrum gehöre. Ich zerreiße es mit einem gewissen Hochgefühl und versenke die Einzelteile auf der Toilette im gurgelnden Chemiewasser. Nach einer zweiten Tasse Kaffee lege ich mich noch einmal auf die Luftmatratze, überlasse mich meinen Sterbevisionen, notiere sie später im Tagebuch. Dass ich inzwischen auf dem Hocker sitzen und am Küchentisch sowohl schreiben als auch essen kann, erhöht meine Wohnqualität erheblich.

Anschließend vermeide ich es tunlichst, durch die Fußgängerzone mit der Bratwurstbude zu gehen, suche und finde auf Umwegen ein gemütliches Café, in dem ich zur Feier des Tages ausgiebig frühstücke. Nicht einmal die wortkarge und ziemlich hässliche Kellnerin dort kann meine gute Laune trüben.

11 Einige Tage nachdem ich sie über meine Beziehung zu dem Puma aufgeklärt habe, sagt Conchita während unseres Spazierganges über das Plateau:

„Ich träume seit vielen Jahren hin und wieder von Jesus. Beim Aufwachen aus diesen Träumen beben mein Körper, mein Verstand und meine Seele. Vielleicht ist Jesus für mich das, was für dich der Puma ist."

Sie bleibt stehen, greift nach meiner Hand.

„John konnte dein Krafttier sehen, ich nicht. Kannst du es mir jetzt zeigen?", bittet sie.

Ich schließe die Augen und taste die Umgebung nach einem geeigneten Platz ab. Als ich ihn wahrzunehmen glaube, führe ich Conchita dorthin. Wir setzen uns, ich atme einige Male tief ein und aus, um Kraft zu sammeln, rufe dann den Puma.

„Er weigert sich, vorgeführt zu werden", erkläre ich enttäuscht. „Es tut mir leid!"

„Wenn er nicht will, ist das völlig in Ordnung", beteuert meine Seelengefährtin. „Auch Jesus zeigt sich mir nur, wenn er will, nicht wenn ich will. Er ist ein heimlicher Geliebter und schleicht sich am liebsten, wenn es dunkel ist, in die Herzen der Menschen."

Wieder fasst Conchita nach meiner Hand.

„Ein paar Jahre nachdem mein Mann in den Norden gegangen war, wollte ich unser Haus verkaufen und ihm hinterherreisen. Dann schrieb er mir jene Karte aus Argentinien, und ich musste einsehen, dass er mich verlassen hatte. In meiner Verzweiflung betete ich oft zu Jesus, und der tröstete mich. Ich war bereit, mein altes Leben hier aus Liebe für meinen Mann aufzugeben und oben im Norden noch einmal völlig neu mit ihm anzufangen ~ und weil mein Mann mich nun nicht mehr wollte, kam ich irgendwie auf die Idee, statt ihm lieber Jesus nachzufolgen. Es erschien mir in meiner Lage logisch. Ich hatte keine anderen Verpflichtungen, also versprach ich mich dem Gottessohn. Seitdem versuche ich, ihm die Treue zu halten. Das ist nicht immer leicht."

Die Sonne hüllt uns ein, das Atmen fällt schwer.

„Obwohl er mir manchmal als Jesus erscheint, damit ich ihn sehen und noch mehr lieben kann, ist Christus für mich keine Person, sondern eine Eigenschaft. Es ist das Gute in jedem Menschen, der göttliche Funke, die Essenz jeder Seele. Christus ist die Möglichkeit, Gott zu dienen und unseren Nächsten mehr zu lieben als uns selbst. Jener einfache Mann aus Nazareth hat bewiesen, dass diese Möglichkeit durch uns Menschen hier auf der Erde verwirklicht werden kann. Er hat uns aufgefordert, seinem Beispiel nachzufolgen. Deshalb sehe ich in Jesus meinen Menschenbruder, den ich bewundere, und meinen spirituellen Lehrer, den ich verehre. Vor allem aber erkenne ich in ihm den heiligen Geliebten meiner Seele."

∞

„Ich werde dir jetzt ein Geheimnis verraten", kündete mein Lehrer eines Nachts gegen Ende des Sommers an und machte eine lange, bedeutungsschwangere Pause. Alle Gebete des Menschen, erklärte er dann, würden grundsätzlich nur von dessen unsichtbarem Begleiter gehört und beantwortet, von niemandem sonst ~ und zwar völlig gleichgültig, an wen der Mensch sie vermeintlich richte: an Gott oder die Jungfrau Maria, an Jesus, einen Engel, einen Heiligen, einen aufgestiegenen Meister oder an ein verstorbenes Familienmitglied.

„Aber von diesem Grundsatz gibt es Ausnahmen, nur sehr seltene allerdings", schränkte er ein. „Einige, ganz wenige Gebete, gesprochen in tiefer Ergriffenheit von Körper, Psyche und Seele, sausen an deinem Schutzengel vorbei und schlagen buchstäblich an höherer Stelle ein. Deshalb ist es gut und richtig, dass du zur Urmutter betest, denn sie hat dir mehr zu geben als dein Begleiter. Dasselbe trifft natürlich auch auf Gott zu, den universellen Vater, und auf den universellen Sohn."

Ich überlegte, erwiderte dann:

„Eigentlich glaube ich nicht an Schutzengel und unsichtbare Begleiter."

„Ist mir klar", sagte mein Lehrer. „Du hattest Jesus und den Puma, aber eigentlich glaubst du nicht an unsichtbare Begleiter. Das ist dumm. Du weißt zu viel, deshalb willst du nicht glauben. Das ist tragisch. Fällt dir zu diesem Thema noch etwas anderes ein?"

Ich erinnerte mich daran, dass ich in Bezug auf „wissen und glauben" eine ähnliche Einsicht in der ersten Nacht auf dem Dach des Bootshauses hatte. Also raffte ich mich auf und dachte noch einmal gründlicher nach.

„Um ehrlich zu sein: Ich habe mich früher oft gefragt, ob wirklich Jesus meine Gebete erhörte oder später mein Krafttier meine Anliegen unterstützte. Ich habe nie bestritten oder bezweifelt, dass ich auf meine Bitten hin Rat und Unterstützung aus der unsichtbaren Welt erhielt, aber ich habe mich immer wieder gefragt, von wem eigentlich wirklich."

„Und jetzt bekommst du die Antwort: grundsätzlich, bis auf wenige Ausnahmen, von deinem ureigenen persönlichen unsichtbaren Begleiter!"

Wieder schwieg er eine Weile. Sein Gesicht war in der Dunkelheit nicht zu erkennen, aber das gelbe Stirnband hob sich um eine Nuance von der Nacht ab. Als ich nicht widersprach, ergänzte er, dass die Unsichtbaren, um überhaupt mit den Menschen kommunizieren zu können, stets genau jene Form oder Gestalt annehmen, die den spirituellen Vorstellungen des einzelnen Menschen entsprechen: Sie lassen sich das Kleid überwerfen, in dem der Mensch sie sehen will.

∞

Inzwischen wandern wir seit gut einer Stunde über das Plateau. Das Gelände ist recht eben, auch wenn wir immer wieder größeren Felsbrocken oder tiefen Rissen im Gestein ausweichen müssen. Als wir eine langgestreckte verfallene Mauer umrunden, sehen wir in großer Entfernung eine Schafsherde, die von zwei Hunden und dem Schäfer in Richtung Westen geführt wird.

„Du liebst uns Menschen", sagt Conchita plötzlich, und ich nicke.

„Liebst du auch diesen verbissenen Miguel?", fragt sie nach einer Weile. „Weißt du, dass er seine Frau und seine Tochter verprügelt?"

Im Garten meiner Kindheit saß ein Schmetterling im Gras. Ich hatte mein erstes Luftgewehr geschenkt bekommen und näherte den Lauf den aufgestellten Flügeln, drückte ab. Der Schmetterling wollte fortfliegen, doch die Luft trug ihn nicht mehr, sondern strömte durch die beiden Löcher seiner Flügel. Hilflos flatternd blieb er am Boden. Ich erschrak heftig und wandte mich ab.

„Wenn ich lieben will, muss ich bereit sein, böse Taten zu umarmen", antworte ich leise auf Conchitas Frage.

∞

Meine Seelengefährtin ist strahlend schön. Sie sitzt in einem Ledersessel nahe der Vitrine und zeigt, völlig in die Lektüre ihres Buches versunken, vorbeigehenden Hotelgästen ihre wohlgeformten braunen Beine. Nur beim Umblättern blickt sie auf und in die Runde, schaut, ob jemand ihren ausgestellten Blusen Beachtung schenkt. Schmunzelnd und mit liebendem Herzen sitze ich ihr gegenüber in dem anderen Ledersessel, sehe ihr zu. Von draußen tönt bisweilen Gekreisch zu uns in die Hotelhalle. John lässt am Swimmingpool seinen Talenten freien Lauf.

Hin und wieder treten Urlauberinnen an die geöffnete Vitrine und den Tapeziertisch heran, nehmen die eine oder andere Bluse in die Hand. Dann erhebt sich Conchita und berät die Interessierten. Es kommt vor, dass sie sie dazu bewegt, ein Stück gleich hier zu probieren. Manche nehmen ihren Vorschlag an und kleiden sich ungeniert um.

„Haben dir all die Brüste gefallen, die ich dir heute Nachmittag gezeigt habe?", wird Conchita mich später fragen und verschmitzt lächeln. Ja, sie haben mir gefallen, und ich danke dir für diesen angenehmen Zeitvertreib, werde ich denken, dabei lächeln, nicken, und doch bist du die Schönste von allen!

Mit drei Sektgläsern in den Händen tritt John nach Feierabend zu uns an die Vitrine, reicht jedem von uns eins, stößt mit uns an.

„Auf ein gutes Ende dieses arbeitsreichen Tages, meine Schöne", sagt er zu Conchita, und zu mir: „Möge Alba nach deiner heutigen Behandlung vollkommen genesen!"

Jovial legt der Animateur die Arme um meine Schultern und um die meiner Seelengefährtin.

„Nun lädt der gute John das alternde Liebespaar zu Sardinen am Strand ein", posaunt er fröhlich, und mir entgeht nicht, dass er seine Hand dabei über Conchitas Brust gleiten lässt. Das versetzt mir einen Stich im Herzen, und ich muss meinen Atem bewusst freilassen, aber sofort windet sich die Begehrte aus seiner Umarmung.

„Hijo de puta!", zischt sie empört und beginnt, ihre Blusen zusammenzulegen. John lacht und tätschelt dann Nano, der darauf wesentlich freundlicher reagiert als sein Frauchen. Ich kann nicht umhin zu schmunzeln. Ja, dieser Kaugummi kauende Guru ist ein Halunke und ein Heiliger, und ich spüre, dass er sich in mein Herz geschlichen hat und dass ich bereit bin, ihm genauso viel zu verzeihen wie mir selbst.

Vom Hotel bis zum Strand sind es gut hundert Meter, die wir gemeinsam zu Fuß zurücklegen. Nahe der Promenade steht ein kleines Häuschen, errichtet aus Holz und Wellblech, mit einfachen Tischen und Plastikstühlen davor unter verblichenen Sonnenschirmen. Dort nehmen wir Platz. Auf einem verbeulten Grill brutzeln Sardinen. Die Sonne steht tief im Westen. Die meisten Touristen sind zum Abendessen ins Hotel zurückgekehrt. Ich empfinde eine eigenartig weite Stille, eine würdevolle Unbewegtheit.

Ein dürrer Mann in schmutziger Hose und schmutziggrauem Hemd bewirtet uns wortlos, aber nicht unfreundlich. Mit den Fingern zerpflücken wir die kleinen Fische, die salzig und verbrannt schmecken. Sie sind ein Genuss für die Sinne, die von dem kalten Bier zusätzlich umschmeichelt werden. John erzählt Anekdoten aus seinem Berufsleben. Conchita gießt ihr Lachen aus und steckt damit sogar den Wirt an, der sich bald zu uns an den Tisch setzt. Ich muss wieder die Rolle des Übersetzers für John einnehmen, dafür geht die zweite Runde Sardinen und Bier auf Kosten des Hauses.

Ich spüre, wie glücklich ich darüber bin, hier zu sein. Auch mir fallen aberwitzige Geschichten ein und ich gebe sie zum Besten. Allerdings erzeuge ich eher Staunen als Gelächter. John ist als Unterhalter eben doch unschlagbar.

Fast zwei Stunden später begleicht er die Rechnung. Dann gehen wir barfuß, die Schuhe in den Händen, über den noch warmen Sand zum Wasser. Müde rollen die Abendwellen und lassen, als ich ihnen atmend zuhöre, die Stille deutlich werden, die unbewegt in diesem gesamten Universum steht und, wenn sie in Bewegung gerät, alle Dinge erzeugt und wieder vernichtet. Mit den Füßen im Meer, das dort hinten an den Himmel grenzt, habe ich die Aufmerksamkeit ans Selbst-Gewahrsein gebunden und schwinge mich verzückt auf das Geheimnis ein, bis es von einer Ahnung zur Gewissheit wird. Jetzt ist alles eins und alles ist gut.

Derweil sitzen Conchita und John nebeneinander im Sand. Beide haben die Beine zum Schneidersitz verschränkt, die Augen geschlossen, und als ich mich neben sie setze, beschwingt von der mystischen Stille, spüre ich verwundert, dass meine Freunde ihr ebenfalls lauschen. Wir sind eine Familie ~ ich werde nicht bei Fremden sterben, sondern bei Verwandten! Dankbarkeit wallt in mir auf.

∞

„Wenn sie jede beliebige Gestalt annehmen können ~ wer sind diese unsichtbaren Begleiter dann in Wirklichkeit?“, fragte ich meinen Lehrer. Wir saßen in Pullovern auf der Plattform hinter dem Bootshaus, hatten den Schlafsack um unsere Füße gewickelt. Es war ziemlich kühl, die Ostsee rauschte in der Dunkelheit, der Himmel war bedeckt, kein Stern zu sehen.

Er streckte sich und gähnte gelangweilt.

„Das ist Vorschulwissen“, sprach N:gha und schien etwas genervt zu sein. Jedes Kind wisse, dass es Engel gäbe, und als Erwachsene spräche man später von einem Seelenführer oder Geistführer, der aus der unsichtbaren Welt den irdischen Lebensweg seines Schützlings beobachte und manchmal eingreife, um Irrwege zu beenden, die der Erfüllung des Seelenplanes jenes Menschen zuwiderliefen. Unsichtbare Begleiter machten normalerweise Dienst nach Vorschrift, formulierte er in der ihm eigenen Weise, Heiliges profan zu servieren, und das sei nicht besonders befriedigend für sie. Aber sobald ein Mensch sich betend an die unsichtbare Welt wende, weil er eine höhere Macht als die eigene anerkenne, könnten sie ihre Aktivitäten erheblich ausweiten und täten dies mit großer Freude, weil nun die ganze Sache auch für sie interessant würde. Und je ernsthafter dabei des Menschen Bereitschaft zur Kooperation mit der unsichtbaren Welt sei, desto intensiver würde er von seinem Begleiter beraten und geführt.

Obwohl er diese Erklärungen ziemlich heruntergeleiert hatte und mir immer noch genervt oder zumindest gelangweilt vorkam, wagte ich, ihm eine Frage zu stellen, die mir jetzt äußerst wichtig schien.

„Und woher weißt du das alles?“

Er überlegte kurz, sagte dann:

„Du kennst Hamburg ziemlich gut.“

„Ja“, bestätigte ich überrascht.

„Woher?“

„Ich war ziemlich oft dort.“

Er schwieg, und während seines Schweigens verstand ich meine Antwort auf seine Frage als seine Antwort auf meine Frage: Er war ziemlich oft dort.

∞

Als ich nachts allein in meinem großen Bett liege, das eigentlich für zwei gedacht ist und vielleicht einmal für Conchita und mich bestimmt sein wird, erinnere ich mich an den verstümmelten Schmetterling und wandere gedanklich in jenes Zeit-Raum-Gebilde zurück, um für Wiedergutmachung zu sorgen. Erneut empfinde ich das Entsetzen über meine Tat und den Wunsch, das Unheil, das ich angerichtet habe, zu heilen. In meiner Vorstellung lege ich das Luftgewehr ins Gras. Vorsichtig halte ich beide verletzte Flügel zwischen Daumen und Zeigefinger, fühle, wie aus meinem Herzen Reue in sie einströmt, die die Löcher füllt und verschließt. Sobald ich merke, dass der Schaden behoben ist, gebe ich das Lebewesen frei und segne es. Der Schmetterling entfaltet die Flügel und hebt sich in die Luft, tanzt auf und ab und entschwindet dann. Ich zweifele nicht daran, dass er geheilt ist, jetzt-damals, und auch ich. Ebenso wie Alba geheilt sein wird.

∞

Wenn ich in der Gegenwart bestimmte Ereignisse der Vergangenheit durch meine Vorstellungskraft verändere, dann verändere ich damit auch die Auswirkungen jener Vergangenheit auf meine Gegenwart und Zukunft. Das weiß ich aus jahrzehntelanger Erfahrung und davon bin ich felsenfest überzeugt. Obwohl ich nicht an den Zusammenhang zwischen Ursache und Wirkung glaube.

Diesen scheinbaren Widerspruch muss ich nicht verstehen.

∞

„Jedes Ding und jedes Wesen auf der Erde hat ein Pendant in der unsichtbaren Welt", sprach N:gha, nachdem ich seine Gegenfrage verstanden hatte. Ich hatte den Eindruck, als ob er sich jetzt etwas mehr engagierte. Vielleicht weil er mein ernsthaftes Interesse spürte. „Wenn du hier im Bootshaus an einen Freund in Hamburg denkst, siehst du ihn zwar nicht, hast aber so etwas wie eine Ahnung von ihm. Ohne dass es dir bewusst ist, bist du damit schon in die unsichtbare Welt eingetreten und begegnest dort seinem unsichtbaren Abbild. Vielleicht beginnst du gedanklich, mit ihm zu sprechen, weil du noch eine Sache mit ihm zu regeln hast, und dann antwortet er dir quasi in deinem eigenen Kopf und es entspinnt sich ein innerer Dialog zwischen euch. Normalerweise meinen wir, all das geschehe nur in unserer Vorstellung und hätte keine weitere Bedeutung. Tatsache ist jedoch, dass jeder unserer Gedanken, jedes Wort und jede imaginierte Handlung sofortige Auswirkungen haben. Dein Hamburger Freund zum Beispiel wird plötzlich registrieren, dass er an dich denkt. Vielleicht hält er das für ‚seinen' Einfall. Es ist jedoch die unmittelbare Resonanz auf das, was du seinem Pendant gegenüber in der unsichtbaren Welt gesagt und getan hast. Waren es wohlwollende Dinge, so wird dein Freund sich wohlwollend an dich erinnern. Waren es gehässige Gedanken, wird er sauer auf dich werden. Und entsprechend verhält er sich bei eurer nächsten Begegnung in der sichtbaren Welt dir gegenüber."

N:gha machte eine weitere Pause.

„Ereignisse in der unsichtbaren Welt beeinflussen die Ereignisse in der sichtbaren Welt und umgekehrt. Aber das führt jetzt zu weit, denn es stellt die Frage nach Ursache und Wirkung, und auf die hab ich gerade keine Lust."

„Ja, schon klar!", antwortete ich schnell, um ihn nicht zu bedrängen.

„Und genau genommen sind dein Freund und sein unsichtbares Pendant nicht wirklich zwei", fügte er hinzu. „Aber das Bild ist relativ leicht zu begreifen. Etwas schwieriger wird es, wenn wir sagen, dass dein Freund gleichzeitig in der sichtbaren und in der unsichtbaren Welt existiert. Mit einem Fuß hier, mit dem anderen dort."

Wir schauten über das Meer. Es rauschte dunkel unter dem wolkenverhangenen Himmel.

„Dasselbe trifft natürlich auch auf dich zu. Und wenn du in der unsichtbaren Welt einen Stein aufhebst, wird er in der sichtbaren Welt ebenfalls seine Lage verändern. Vielleicht kommt dann ein Wanderer vorbei und stößt ihn mit seinem Schuh an, ohne sich dessen bewusst zu sein."

Die Wellen schwappten gegen die Pfähle des Bootshauses.

„Wie gesagt, wir Menschen reisen dauernd durch die unsichtbare Welt, und die meisten wissen nicht, was sie da tun. Aber sobald wir erkennen, dass wir mit unseren vermeintlichen Fantasien tatsächliche Gegebenheiten manifestieren, vervielfacht sich unsere Wirkkraft in der unsichtbaren Welt und ihre Auswirkungen auf die sichtbare. Genau das meinte Jesus, als er sagte, unser Glaube an das Unsichtbare könne im Sichtbaren Berge versetzen."

∞

Am nächsten Morgen fahren wir früh ins Dorf und betreten die Bäckerei. Das Stehcafé dort ist von noch müden Arbeitern und Anzugträgern überfüllt. Stimmengemurmel und hin und wieder ein lauter Ausruf lassen die Atmosphäre des kleinen Raumes behaglich vibrieren. Hinter der Theke herrscht hektische Betriebsamkeit. Conchita bestellt heiße Schokolade und Churros, daumendicke Teigringe, die in siedendem Öl goldgelb frittiert werden. Zum Erschaudern der Umstehenden, die Zucker auf das Gebäck streuen, salze ich meines und werde sogleich als Tourist identifiziert. In Verbindung mit der zähflüssigen Schokolade, die auch ich dazu trinke, mundet mir das besondere Frühstück vorzüglich.

Auf dem Rückweg beladen wir den Wagen mit vier großen Trinkwasserkanistern und ich kaufe in dem schummrigen Kramladen ein massives Vierkantholz, Raspel, Feile und Schmirgelpapier.

∞

Diesmal hat Nano es vorgezogen, Conchita auf den Wochenmarkt ins Dorf zu begleiten, während ich wieder auf unserem Hangweg zum oberen Rand der Schlucht aufgestiegen und eine Weile über das Plateau gewandert bin. Mit geschlossenen Augen, mich langsam um die eigene Achse drehend, die Luft in schnellen Zügen witternd durch die angelegten Nasenflügel einsaugend, suche ich nun einen Ort der Kraft für mein Vorhaben. Als ich ihn erspürt habe, lasse ich mich dort nieder. Nach Osten gewandt, hebe ich die Hände auf Herzhöhe und klatsche einen rituellen Rhythmus, wie N:gha es mich gelernt hat: etwa zwei Schläge pro Sekunde. Dazu sende ich mit meiner Stimme meinen Atem aus ins Universum und erbitte den Segen der Urmutter. Dann verdoppele ich für einige Minuten die Anzahl der Schläge, breche den Takt abrupt ab, begebe mich ins Selbst-Gewahrsein und beginne mit der Arbeit.

Das Holzstück ist einen Meter lang und hat eine Kantenhöhe von fünfeinhalb Zentimetern. Ich erhebe mich und wiege es in den Händen, prüfe die Grifflänge für beide Hände, schwinge es immer und immer wieder. Ich führe Fechthiebe damit aus, nehme atmend die Schwungbahn wahr, markiere schließlich mit einem Bleistiftstrich ein etwa dreißig Zentimeter langes Ende, das mir als Griff dienen soll, und mache mich mit der Raspel daran, die übrigen siebzig Zentimeter beidseitig abzuflachen, sodass schließlich eine dünne, fünfeinhalb Zentimeter hohe Klinge entstehen wird.

Im Laufe der vergangenen fünfunddreißig Jahre habe ich bereits zwei Holzschwerter in eigener Handarbeit hergestellt. Dies wird das dritte und letzte sein. Es ist eine Arbeit, die hohe Konzentration verlangt, da Griffstück und Klinge lotrecht ausgerichtet sein müssen. Gleichzeitig führt mich das monotone Raspeln und Feilen unentrinnbar in einen erweiterten Zustand des Bewusstseins. Zweimal in meinem Leben vollzog ich dieses langwierige Ritual, als jeweils eine tiefgreifende Trennung anstand ~ die jetzt bevorstehende verlangt nach der schärfsten Klinge, dem saubersten Schnitt. Denn die Loslösung von der Welt und meinem irdischen Leben soll so vollkommen geschehen, wie irgend möglich.

Mit einem tiefen Atemzug habe ich mich im Selbst-Gewahrsein verankert, verbleibe so als bewusste Aufmerksamkeit, als weitgehend unpersönliches Panorama-Bewusstsein, während mein Verstand zwischen gesteigerter Wachheit und mechanischer Stumpfheit hin und her pendelt, zwischen Bewusstheit und Unbewusstheit. Auf den Händen und dem Boden sammeln sich die Späne. In Phasen, in denen die Umgebung versinkt, das gleichmäßige Raspeln, mein Ich und sogar das Selbst im leeren Nichts entschwinden, in jenen Phasen entgrenzter Zeit-Raum-Gebilde, wo sich alles entäußert und nur noch leeres absolutes Bewusstsein sich ausbreitet, scheine „ich“

durch ein Tor zu treten in die stille Unbewegtheit, aus der ich komme, in der ich bin und in die ich heimkehren werde.

∞

„Bist du müde oder kann ich dich noch was fragen?"

„Deine Fragen halten mich wach", antwortete N:gha zweideutig, und ich wusste nicht, ob er sich darüber beklagte oder freute.

„Wenn ich dich richtig verstanden habe, warst du also mindestens so oft in der unsichtbaren Welt wie ich in Hamburg."

Er knurrte unwillig, als bedürfte es dieser Feststellung nicht.

„Und dort existieren quasi Abbilder von uns und von allem anderen, was es auf dieser Erde gibt", fuhr ich deshalb zügig fort. „Außerdem leben dort auch noch die unsichtbaren Begleiter."

Ich machte eine Pause, damit er mir bestätigen konnte, dass ich ihn richtig verstanden hatte, aber N:gha knurrte nur ein weiteres Mal.

„Es muss dort auch noch irgendetwas anderes geben, sonst hättest du nicht gesagt, dass meine Gebete nur ‚grundsätzlich' bei meinem Begleiter ankommen, während einige wenige woanders landen und dann wohl auch von woanders beantwortet werden. Du erwähnst eine Gottmutter, einen Gottvater und einen Gottsohn. Existieren die alle tatsächlich in der unsichtbaren Welt?", fragte ich verunsichert. „Ich meine: Woher weißt du das?", hakte ich widerspenstig nach. „Hast du sie dort mit deinen eigenen Augen gesehen?"

N:gha rülpste laut.

„Jetzt wird mir von deinen Fragen übel, Sohn!"

∞

Nachdem Conchita wieder zum Tanzen ins Hotel gefahren ist, sitze ich auf dem Sofa und versuche, nicht auf John zu warten. Es ist schon dunkel, und die allmähliche Gewissheit, dass er diesmal nicht kommen wird, umfängt mich. Als ich dann doch den Motor eines Autos höre, eile ich in freudiger Erwartung nach draußen und bin erstaunt, Antonia und Miguel aussteigen zu sehen. Sie begrüßen mich herzlich.

„John hat uns erzählt, dass Sie im Schlafraum keinen bequemen Stuhl haben", erklärt Miguel. „Bitte erlauben Sie uns, dass wir Ihnen diesen Korbsessel zum Geschenk machen, Don Jorge, als Dank für die Heilung unserer Tochter!"

∞

„Man könnte sagen, der unsichtbare Begleiter sei der Bruder oder die Schwester des inkarnierten Menschen, aber das ist nur eine von vielen möglichen Erklärungen", sprach N:ga Wochen später und griff damit jenes Thema erneut auf, dass er einst mit einem Rülpser beendet hatte. Demnach hätte die universelle Mutter stets mehrere Seelen-Geschwister gemeinsam erschaffen, von denen einige immer gleichzeitig auf der Erde inkarnierten, während andere in der unsichtbaren Welt verblieben. Ich könnte also sicher sein, dass mir im Laufe des Lebens einige Geschwister begegneten, enge Verbündete, die mir hier für eine gewisse Zeit zur Seite stünden, und dass andere von der unsichtbaren Welt aus mein Geschick beobachteten und mich gemäß des gemeinsamen Seelenplans berieten und führten. Einer jener Unsichtbaren sei besonders eng mit mir verbunden, mein Zwilling sozusagen, und der übernehme die Rolle des ständigen unsichtbaren Begleiters.

N:ga wartete ab, welche Wirkung das Gesagte auf mich haben würde. Ich war inzwischen bei diesem Thema ziemlich vorsichtig und bewegte die Worte meines Lehrers jetzt sorgfältig in meinem Herzen, und als ich nur still nickte, obwohl ich solche Konzepte kannte und für wenig glaubwürdig hielt, nickte er ebenfalls.

Lange schwiegen wir. Dann fragte ich:

„Heißt das, dass mein unsichtbarer Begleiter so etwas wie ein Teil von mir ist? Ein Teil meiner eigenen Seele?“

„Ja“, antwortete N:ga einfach.

Nach ein paar Augenblicken fügte er hinzu:

„Eine höhere, dir meist unbewusste Intelligenz jenseits deines bewussten Verstandes. Ein Teil deiner selbst, der überaus aktiv wird, sobald du bewusst Kontakt zu ihm aufnimmst. Deshalb ist es so wichtig, dass du mit deinem unsichtbaren Begleiter kooperierst ~ mit dir selbst!“

Diese Sichtweise konnte ich halbwegs akzeptieren. Und obwohl ich eigentlich nicht mehr hören wollte, fügte er hinzu:

„Man kann sich das Ganze noch schwieriger vorstellen: nicht als Teile von dir oder deiner Seele, sondern als eine Einheit, die du selbst bist. Dann können wir sagen, dass du genau wie dein Hamburger Freund mit einem Fuß in der sichtbaren Welt stehst und mit dem anderen gleichzeitig in der unsichtbaren. In der sichtbaren Welt kennst du die Dinge und Gesetze der sichtbaren Welt, in der unsichtbaren kennst du die Dinge und Gesetze der unsichtbaren Welt. Eigentlich weißt du also über beide Welten bestens Bescheid, aber erst wenn dir die Einheit, die du bist, vollkommen bewusst ist, kannst du dieses Wissen in beiden Welten zu deinem Heil und dem deiner Mitgeschöpfe anwenden.“

Mir schwirrte der Kopf.

„Aber wie du siehst, sollte man über diese Dinge nicht allzu viel nachdenken, Sohn“, schloss N:gha das Thema ab. „Denn sonst kommt eins zum anderen, die Theorie überlagert die Erfahrung und das Wesentliche geht verloren.“

„Was ist das Wesentliche?“

„Deine Hinwendung zur unsichtbaren Welt und deine Kooperation mit ihr.“

12 In den vergangenen Tagen ohne den Penner, Kaminkehrer oder Geldwäscher hatte ich genügend Muße, mich auf den ersten Atem- und Meditationsabend in Haralds Pension vorzubereiten. Es sitzen schließlich zweiundzwanzig Frauen und Männer unterschiedlichen Alters auf dem dicken Teppich in dem großen Seminarraum. Als ich zwischen ihnen auch N:gha entdecke, bin ich anfangs erschrocken, doch er verhält sich ruhig und unauffällig, während ich meinen Vortrag über Atem und Meditation halte. Er weicht sogar jedem Augenkontakt mit mir aus, als wolle er mich nicht irritieren ~ ich bin erleichtert, dass er mir den Rauswurf neulich nachts nicht übel genommen hat. Offensichtlich ist er beim Frisör gewesen, denn sein silbernes Haar ist bis auf wenige Zentimeter gekürzt. Seine nackten Füße sind sauber. Er trägt eine neue helle Leinenhose, ein helles Hemd und macht einen erstaunlich zivilisierten Eindruck, strahlt tatsächlich sogar etwas Weltmännisches aus. Das gelbe Stirnband hat er wie einen Gürtel um den Bund der Hose drapiert. In einer Raumecke stehen die beiden Plastiktüten, darüber liegt, ordentlich gefaltet, seine blassblaue Decke, daneben steht ein Paar neuer frisch geputzter Lederschuhe.

In der Pause unterhält er sich angeregt mit zwei jungen Frauen, einer blonden und einer dunkelhaarigen, zwinkert mir dann doch auf Entfernung zu, als wolle er mir signalisieren, dass von ihm keine Gefahr ausgeht. Anschließend leite ich, durch seine bloße Anwesenheit dennoch leicht verunsichert, die Meditation. Danach berichten einige Teilnehmer über das, was sie währenddessen erlebt haben. Auch jetzt hält sich N:gha zurück, Gott sei Dank! Ich bin froh, wenigstens in der Öffentlichkeit von seiner Kritik an meiner Meditation verschont zu bleiben.

Am Ende der Veranstaltung tritt er vor mich hin, die Arme um die Taillen der beiden Frauen gelegt, mit denen er in der

Pause gesprochen hat. Beide sind wirklich sehr jung, sicher noch keine zwanzig, vielleicht nicht mal achtzehn, und außerdem auch noch deutlich größer als er, aber das alles scheint ihn nicht zu stören. Und sie sind sehr unterschiedlich: Die Blonde ist ausgesprochen hübsch und sexy, sehr erotisch gestylt mit kurzem Kleid, tiefem Ausschnitt, kunstvollem Makeup, die hochhackigen Riemchensandaletten in der freien Hand. Die Dunkle ist vom Typ her eher graue Maus, ungeschminkt, trägt ein leicht ausgewaschenes Hemd, Jeans ohne Gürtel und blau-rot-grüne Ringelsocken.

„Darf ich euch meinen Meditationslehrer und zugleich besten Freund vorstellen", salbadert er, um die beiden zu beeindrucken. „Und das sind Gitte und Rieke!"

Unwillig füge ich mich dieser Posse und strecke ihnen meinerseits die Hand entgegen. Mir ist vollkommen klar, dass er die beiden mit seinen Lügengeschichten umgarnt hat. Diesbezüglich kenne ich ihn zur Genüge. Was er ihnen wohl für Märchen über sich aufgetischt hat? Allen Ernstes frage ich mich, ob er tatsächlich mal Politiker war, so wie er jetzt aussieht. Aber ich begreife nicht, warum er sich an die graue Maus genauso ranschmeißt wie an die verführerische Blonde. Glaubt er, ohne die eine nicht bei der anderen landen zu können, oder ist ihm das Aussehen von Frauen egal, Hauptsache er kann sie begrabschen?

„Für mich war das mal wieder ein richtiges Erleuchtungserlebnis!", lässt N:gha uns überschwänglich wissen, unterstreicht seine vorgetäuschte Begeisterung mit jenem strahlenden Grinsen, auf das ich nicht mehr hereinfalle, und verunsichert mich trotzdem immer mehr. „Wir drei gehen zur Feier des Tages noch auf ein Bier. Man kann ja nicht vierundzwanzig Stunden lang meditieren. Irgendwann muss auch mal Zeit zum Leben sein. Kommst du mit, Georg?"

Als ich höflich ablehne, tritt er nah an mich heran und stellt sich auf die Zehenspitzen, und weil ich mich scheue, zurückzuweichen, kann er mir ins Ohr flüstern:

„Warte nicht auf mich, denn ich werde dich heute Nacht nicht mit meiner Anwesenheit beglücken."

Bevor ich imstande bin zu antworten, zieht er federnden Schrittes mit seinen Eroberungen von dannen. Ich bin deutlich erleichtert, seinem Zugriff entronnen zu sein, aber zugleich verwundert über die Vielfältigkeit seiner Erscheinungsmöglichkeiten.

∞

In der Nacht habe ich einen seltsamen Traum, der farbig, dreidimensional und von großer Intensität ist. Außerdem handelt es sich um einen akustischen Traum. Akustische Träume habe ich nur sehr, sehr selten. Alles in allem ist das Ganze dermaßen klar und eindrucksvoll, als würde es irgendwie doch im wirklichen Leben stattfinden. Sehr seltsam!

Ich träume, dass mich N:gha mit den Worten weckt:

„Oh nein, Sohn, nicht mitten in der Nacht! Lass mich schlafen!"

Wieder verblüfft es mich, wie er die Dinge verdreht.

„Nicht *ich* habe *dich* geweckt, sondern *du* hast *mich* geweckt!", stelle ich im Traum richtig.

„Irrtum, mein Sohn! Dein Interesse hat mich gerufen. Also, was hast du auf dem Herzen?"

Erst jetzt sehe ich N:gha genauer. Er liegt etwa einen Meter von mir entfernt an der Westwand des Bootshauses, wohl auf einer dünnen Bastmatte, hat sich mir seitlich zugewandt, auf den Ellenbogen gestützt, den Kopf in der Handinnenfläche, aber sein Körper scheint irgendwie hohl zu sein. Er ist nur von einer dünnen Hautschicht überzogen, und innen, wo Muskeln, Knochen und Organe sein müssten, ist es einfach nur leer und sehr hell, als hätte er eine Leuchtstoffröhre verschluckt.

„Wie machst du das?“, frage ich verblüfft.

„Ich kann das Licht auch aus machen, wenn es dich stört“, feixt er.

Ich lache mit ihm, und schlagartig ist die lichte Leere verschwunden, N:ghas Körper wieder menschlich.

„Seit ich dich gestern mit den beiden Mädchen gesehen habe, frage ich mich, wie alt du wohl tatsächlich bist.“

„Ich lebe schon ewig, denn vor dem Urknall bin ich.“

∞

Morgens habe ich mich wieder auf Seitenwegen zum Café begeben, um nicht an der Bratwurstbude vorbei zu müssen. Als ich jedoch die Glastür öffne und in den Raum trete, winkt mir N:gha mit wild wedelnden Armen und strahlendem Lächeln. Er sitzt hinten rechts in der Ecke am Fenster und deutet auf den leeren Stuhl an seinem Tisch. Zögernd trete ich zu ihm.

„Nimm Platz“, bittet er mit großspuriger Geste, „ich habe schon auf dich gewartet.“

Er trägt noch dieselbe Kleidung wie am Vorabend, ist immer noch barfuß und sieht immer noch großartig aus, wirkt bestens gelaunt. Ich ziehe den Stuhl ein Stück vom Tisch weg und setze mich vorsichtig, auf alles gefasst.

„Frühstück ist auch schon bestellt“, plaudert er. „Heute bist du mein Gast!“

Kaum sitze ich, erscheint die ziemlich hässliche Kellnerin mit einem großen Tablett.

„So!“, verkündet sie unwirsch. „Einmal unser ‚Küstenfrühstück für zwei Personen‘.“

Sie tischt auf: zwei Gläser Orangensaft, zwei Gläser Prosecco, zweimal zwei weiche Eier im Glas, zwei Körbchen mit je drei unterschiedlichen Brötchen, eine große Platte mit Wurst, Schinken, Käse und Lachs, einen großen Teller mit Butter, Marmelade und Honig.

„Zwei Kännchen Kaffee bring ich gleich."

N:gha bemerkt meine Fassungslosigkeit.

„Was ich dir noch verschwiegen hatte", gesteht er augenzwinkernd und macht eine Kunstpause. „Den Inhalt des letzten schwarzen Koffers hab ich damals auf mein eigenes Konto bei der Sparkasse eingezahlt und betteln tu ich nur aus Spaß an der Freude. In Wirklichkeit bin ich nämlich stinkreich, also hau rein!"

Jetzt lache ich tatsächlich zum ersten Mal mit ihm.

„Wie war die Nacht?", frage ich später neugierig.

„Schön. Sehr angenehm. Hab ausgiebig geduscht."

Wir grinsen miteinander.

Nach dem Frühstück strecken wir wohlig die Beine von uns.

„Vielleicht wunderst du dich über meinen Erfolg bei Frauen", sinniert N:gha und bricht damit unser vielminütiges Schweigen. „Ich hab dir schon mal gesagt: Sex ist nicht gleich Sex. Die meisten Männer benutzen eine Frau zur Befriedung ihrer eigenen sexuellen Bedürfnisse und Vorstellungen. Sie erhöhen sich zum Herrscher und degradieren die Frau zur Dienerin. Das ist nicht meine Vorgehensweise. Ich seh in allen Frauen die Große Göttin."

Er registriert meinen verständnislosen Blick und legt mir seine Hand auf den Arm. Eigentlich bin ich es nicht gewohnt, dass mich fremde Männer anfassen, aber diese Berührung tut mir gut, wirkt irgendwie beruhigend.

„Die Urmutter aller Seelen und Welten", erklärt er mit leiser Stimme, als verriete er mir ein Geheimnis, das nicht für die Leute am Nebentisch bestimmt ist. „Die Schöpferin. Die ewige Gebärerin. Das Urbild des Weiblichen an sich. Ich erkenne die universelle Mutter in jeder Frau. Jede Frau ist eine Inkarnation der Großen Göttin. Die Herrin des Himmels höchstpersönlich ist das innere heilige Wesen jeder Frau, und ich verehre die Göttin in all ihren weiblichen Körpern und verehre deshalb jede Frau. Das spüren sie natürlich, und deshalb wenden sie sich mir zu. Jeder Liebesakt ist für mich Verehrung und Anbetung."

Ich bin vollkommen sprachlos. Solche Überlegungen hätte ich ihm niemals zugetraut! Und obwohl ich inzwischen seinen Hang zum Lügen kenne und auch seine Meisterschaft, dabei absolute Ehrlichkeit vorzugaukeln, habe ich wieder den Eindruck, dass er wirklich ernst meint, was er gerade von sich gibt.

„Verehrst du die Frauen auch, Georg?", fragt er mich, nachdem er mir genug Zeit gelassen hat, das Gesagte zu verdauen. „Ich meine: Über dein Verliebtsein und über deine Befriedigung hinaus ~ verehrst du sie, oder bist du nur einfach glücklich, weil sie dich glücklich machen?"

Er schaut mir in die Augen, streng, aber voller Zuneigung, und plötzlich beginnt mein Herz, wild zu schlagen, und von dort wallt eine unbändige Kraft auf, sodass ich mehrfach schlucken muss. Ich weiß überhaupt nicht, wie mir geschieht, aber schemenhaft ahne ich, dass ich voller Liebe stecke, die gerade in mir hochkommt wie Niesen oder Übelkeit, die man nicht unterdrücken kann, und wenn sie rauskäme, würde sie sich über diesen Mann ergießen, der ja eigentlich ein Fremder ist, und über dieses gesamte Café, ein Fremder, der mir doch immer schon so ungeheuerlich vertraut war und ist, dass ich ständig seine Nähe suchte und ihn sogar mit zu mir ins Bootshaus nahm und jetzt von ganzem Herzen wünschte, er hätte niemals seine Sachen gepackt und mich niemals verlassen, all die Jahre, all diese unendlich langen Jahre…

Ich reiße mich von der inneren Explosion los und stürze auf die Toilette. Meine Augen schwimmen. Das hügelige Grasland. Die schroffen Felsen. Der Puma. Das braunstichige Foto. Irgendetwas in mir hat immer gewusst und immer gesucht ~ das Vertraute gewusst, das Verlorene gesucht. Ein fleckiger Pappbecher vor einer Bratwurstbude! Minutenlang wische ich mir mit dem harten Klopapier über die Augen, weil die Tränen einfach so rauslaufen, wasche mir dann das Gesicht mit kaltem Wasser, was auch nicht viel nützt, jeder Blinde kann sehen, was mir passiert ist. Egal. Als ich in die Gaststube zurückkehre, ist unser Tisch leer und abgeräumt.

„Ihr Vater hat schon gezahlt und ist gegangen", informiert mich die hässliche Kellnerin. „Oder war das nicht Ihr Vater?"

„Doch. Ja, mein Vater", stottere ich „„mein Wahlvater."

Schnurstracks laufe ich zur Bratwurstbude, aber der Platz davor ist leer. Wieder rast mein Herz, wieder verengt sich meine Kehle.

∞

Ich sitze auf der Plattform und kann mich endlich zusammenreißen. Ja, es gibt ein paar Seltsamkeiten in meiner Vergangenheit, wie etwa die Vorliebe für schamanische Rituale und Pumas oder Erinnerungen an eine besondere Landschaft. Aber diese eher flüchtigen Eindrücke rechtfertigen nicht die emotionale Verwirrung in Bezug auf N:gha, die mich im Café überfallen hat. Vielmehr wurde jene innere Explosion ausgelöst durch das, was er über Frauen gesagt und was er mich diesbezüglich gefragt hatte. Es führt mich zu der Überlegung, wie ich meine bisherigen Freundinnen und Lebensgefährtinnen gesehen habe. Und die Antwort ist wenig schmeichelhaft. Sie ist aber eher ein wenig schmeichelhaftes Gefühl als eine wenig schmeichelhafte Antwort. Denn beantwortet habe ich die Frage noch überhaupt nicht, sondern nur in mir bewegt, herumgewälzt, und dabei verstricke ich mich immer mehr in diesem wenig schmeichelhaften Gefühl. Unbemerkt wird der Mittag zum Nachmittag.

Irgendwann reicht es mir, und ich springe in die Ostsee, um mich abzukühlen, aber die erhoffte Erleichterung bleibt aus. Ich bereite das Abendessen vor, habe jedoch keinen Hunger, geh eine Stunde joggen, zur Steilküste hoch und weiter gen Osten. Aber die Frage lässt sich weder beantworten, noch lässt sie mich los: Wie habe ich die bisherigen Frauen meines Lebens gesehen?

Die Nacht beginnt unruhig, verläuft unruhig und endet unruhig. Am Morgen fühle ich mich miserabel und bleibe einfach im Bootshaus auf meiner Luftmatratze liegen, döse vor mich hin. Mittags schwimme ich ein paar Runden, aber zum Joggen kann ich mich nicht aufraffen. Am nächsten Tag unterbleibt auch das Schwimmen. Gegen Abend weiß ich, dass ich nicht umhin komme, die Frage zu beantworten, falls ich nicht in Schwermut und Stumpfsinn ertrinken will. Ich setze mich auf mein Meditationskissen und denke an meine erste Jugendliebe, erinnere mich an unsere gemeinsame Zeit. Immer mehr Einzelheiten tauchen in meinem Kopf auf. Und dann schwemmt mein Gedächtnis plötzlich Bilder unserer Sexualität in mein Bewusstsein, die anfangs von Liebe und Unschuld vergoldet war, im Laufe der Zeit jedoch andere Farben angenommen hatte ~ jedenfalls was *meine* Sexualität betraf.

In dieser Nacht, die ich wach und überwiegend sitzend verbringe, ziehen vor meinem inneren Auge die Frauen meines Lebens vorüber, und ich muss erkennen, dass mit jeder neuen Frau mein Anspruch an sie gewachsen war, mich glücklich zu machen, meinen erotischen Vorstellungen zu entsprechen, meine sexuellen Wünsche zu befriedigen. Natürlich habe ich sie geliebt und wertgeschätzt, ging achtsam mit ihnen um und unterstützte sie in ihren Plänen und Unternehmungen.

Aber das scheint in dieser Nacht nicht zu zählen: Es geht nicht darum, was ich ihnen gegeben habe, sondern was ich von ihnen genommen habe. Und dabei spielt es keine Rolle, dass sie es mir stets freiwillig gaben, dass ich mir niemals etwas gegen ihren Willen nahm, dass unser Sex immer einvernehmlich war.

Der Morgen graut. Mir graust. Es war selten *unser* Sex ~ meistens war es *mein* Sex. Ich war glücklich, wenn die Frauen meines Lebens mich glücklich machten. Mit Liebe hatte das wenig zu tun und Verehrung oder gar Anbetung gehörten nicht zu meinem sexuellen Repertoire. Das ist die wenig schmeichelhafte Antwort.

∞

Gott sei Dank, war ich alle Jahre hindurch verantwortungsbewusst genug, mein Verlangen niemals auf eine Frau zu richten, deren Atemtherapeut oder Meditationslehrer ich war. Trotzdem fühle ich mich nicht in der Lage, am Mittwochabend die Meditationsgruppe zu leiten. Denn wie könnte ich den Teilnehmerinnen ohne Scham in die Augen schauen, nachdem ich jetzt weiß, wie ich Frauen stets gesehen habe und höchstwahrscheinlich immer noch sehe?

Ich gerate in Panik. In der Hoffnung auf Hilfe fahre ich zum Hafen, parke und laufe zur Bratwurstbude. Als der Platz davor leer ist, überfällt mich eine ohnmächtige Wut auf diesen elenden Penner, der sich in mein Leben gedrängt und in mein Bootshaus geschlichen hat und sich anmaßt, mein Verhalten gegenüber Frauen in Frage zu stellen, der an meiner Liebesfähigkeit zweifelt und sich dann einfach aus dem Staub macht. Ich stürme ins Café, aber auch dort sitzt er nicht, und postwendend renne ich wieder hinaus, weiß nicht weiter. Ich setze mich mit dem Rücken gegen einen Poller am Hafen. Es ist Sonntag. Bei strahlender Sonne und wolkenlosem Himmel sind viele gut gelaunte Touristen unterwegs, von denen sich niemand fragt, ob mit der eigenen Sexualität eigentlich alles in Ordnung ist. Aber die Möwen schreien ihre Verzweiflung gegen den Wind. Wenigstens sie.

Es ist unangenehm heiß.

Es war unangenehm heiß und in der Bhagwan-Disco bewegte sich eine Frau lasziv zur dröhnenden Rockmusik. Sie trug ein schwarzes Bustier, eine lange schwarze Lederhose und schwarze High Heels. Das gefiel mir. Unter halb geschlossenen Augenlidern suchte sie immer wieder meinen Blick. Also fasste ich sie kurzentschlossen am Handgelenk, zog sie von der Tanzfläche und führte sie auf die Herrentoilette. Als sie dort die erstaunten Gesichter der fremden Männer an den Pissbecken sah, lachte sie. In gegenseitigem Einvernehmen bugsierte ich sie in eine freie Kabine. Degradiert in gegenseitigem Einvernehmen, schlang Nur die Arme um meinen Hals.

Ich müsste schreien wie die Möwen.

∞

Die folgende Nacht wird noch schlimmer. Ich will mich nicht mehr erinnern, aber ich kann nicht schlafen. So wie ich die beiden Frauen N:ghas angesehen habe, betrachte ich seit frühster Jugend alle Frauen: Mit dem ersten Blick schätze ich ab, welche von ihnen meinen Vorstellungen entspricht und eventuell bereit wäre, mein Verlangen zu erfüllen. Die bekommt meine ganze Aufmerksamkeit und die andere würdige ich keines zweiten Blicks. Die blonde Gitte fand ich toll, und darum verstand ich N:ghas Zuwendung zu ihr. In Rieke sah ich eine graue Maus, deshalb begriff ich nicht, warum N:gha auch um sie einen Arm gelegt hatte. Denn ich schaue bei Frauen nur auf das, was mir vordergründig gefällt.

Wieder wälze ich mich bei dem Versuch, einzuschlafen, auf der Matratze von einer Seite auf die andere und setze mich dann endlich in den Schneidersitz, als mir eine andere wichtige Frage durchs Gehirn schießt: Kann es sein, dass N:gha bei Gitte auf völlig andere Dinge geachtet hat als ich? An ihre Augen zum Beispiel kann ich mich überhaupt nicht erinnern. Vielleicht hat er ihr vor allem in die Augen gesehen. Vielleicht war N:gha vor allem an ihren Augen interessiert und nicht an ihrem Makeup, ihrem Kleid, an dem tiefen Ausschnitt und den Riemchensandaletten. Auge, Herz, Seele ~ klar, das weiß ich alles, seit ich das erste Buch über Meditation gelesen hab: Der göttliche Funke spiegelt sich in den Augen... Kann es sein, dass N:gha an Gittes Äußerem genauso wenig interessiert war wie an Riekes Hemd, Jeans und Socken? Die Frage zieht mir den Boden unter den Füßen weg.

Hat N:gha der reizvollen Blonden zuerst in die Augen gesehen, ins Herz, in die Seele? Und sah er deshalb etwas vollkommen anderes in ihr als ich? Vielleicht das innere heilige Wesen? Degradiere ich etwa automatisch jede Frau, die mich vordergründig interessiert, mit dem ersten Blick zum Objekt meines Verlangens, weil mein Schauen nicht dem Tieferen gilt, dem Hintergründigen, nach dem ich mich angeblich so sehr sehne?

Am liebsten würde ich mich bei den Frauen entschuldigen, die ich auf diese Weise geringgeschätzt habe, aber das kommt mir dann doch übertrieben vor, zumal ich mich sicherlich an viele gar nicht mehr erinnern kann.

∞

Der nächste grauenhafte Morgen deutet sich an, und ich weiß, dass ich endlich wieder schwimmen und joggen muss, wenn ich nicht Gefahr laufen will, in einer Depression stecken zu bleiben. Aber ich komm einfach nicht von der Luftmatratze hoch, und kurz bevor ich an meiner Scham ersticke, gebe ich schließlich doch den Widerstand auf, setze mich mit dem Gesicht nach Osten, stelle mir mit geschlossenen Augen

Gitte vor und entschuldige mich bei ihr für mein abschätziges Verhalten. Kaum habe ich mich einigermaßen gefasst, da taucht Inga vor mir auf, die bildhübsche Bedienung aus der Fischerstube. Auch sie hört meine Entschuldigung. Nach und nach reihen sich andere Frauen aus meinem Leben ein, warten geduldig auf meine Bitte um Vergebung.

Tränen fallen.

∞

Es ist heiß geblieben. Im Bootshaus steht die Luft, obwohl ich seit dem Spätabend durch beide Türen lüfte. Tagsüber konnte ich schwimmen, joggen, etwas essen. Inzwischen sehe ich schmal und grau aus. Ich könnte auf den Gedanken kommen, mir Sorgen um mich zu machen. Aber nach den ehrlichen Entschuldigungen an diesem Morgen ist mir etwas leichter ums Herz. Abends lege ich mich zum Schlafen aufs Dach, aber natürlich ist an Schlaf wieder nicht zu denken. Also muss ich trotz aller Bereitschaft, die dunkle Seite meiner Männlichkeit aufzudecken, etwas übersehen haben. Ich grübele stundenlang, kann jedoch nichts Neues finden. Dann taucht schließlich jene Erinnerung an N:gha auf, wie er zwischen den beiden Frauen steht, die Arme um ihre Hüften gelegt hat, wie er in ihrer Gegenwart strahlt und sie in seiner leuchten. Auch in der dunkelhaarigen Rieke, der ich keinen zweiten Blick geschenkt hätte, sah N:gha offensichtlich etwas anderes als ich. Keine graue Maus, sondern vielleicht tatsächlich die Urmutter? Und er fand sie offensichtlich verehrungswürdig ~ deshalb hatte er einen Arm auch um sie gelegt!

Der nachtschwarze Himmel scheint aufzuklaren, und ich glaube, die leuchtende Venus zu sehen. Lange schaue ich sie an, herzwund. Dann lege ich eine Hand auf meine schmerzende Brust.

„Universelle Mutter“, flüstere ich, „verzeih mir, dass ich dich immer übersehen habe!“

Abgrundtiefe Stille.

„Urmutter aller Seelen und Welten“, versuche ich, mich an N:ghas Worte zu erinnern. „Du bist das göttliche Wesen in den Frauen. Bitte zeige dich mir in all deinen weiblichen Körpern, damit ich dich in jeder Frau verehren kann, und öffne mein Herz für die Liebe.“

∞

Es ist Nurs Geburtstag und sie trägt ein weißes Kleid.

Wir sind von München nach Gstadt am Chiemsee gefahren, frühstücken dort unter einem Sonnenschirm auf der Terrasse des Restaurants „Seeblick“. Als wir dann von Prien aus mit dem Dampfer zur Fraueninsel übersetzen, nimmt sie die drei langstieligen dunkelroten Rosen, die ich ihr geschenkt habe, mit. Sie werden die Hitze des Tages und der Nacht nicht überstehen. Wir schlendern um die Insel. Es ist ein strahlend schöner Tag, keine Wolke zeigt sich am hellblauen Himmel, keine Welle regt sich. Lange sitzen wir am Ufer des großen Sees, Nurs Kopf lehnt an meiner Schulter. Am späten Nachmittag kehren wir nach Prien zurück und fahren die wenigen Kilometer bis Urschalling.

Ich wusste, dass in der kleinen Kapelle dort vor über 500 Jahren ein besonderer Maler ein besonderes Bild der Dreieinigkeit Gottes gemalt hatte: Aus einem einzigen Unterkörper entfalten sich von der Hüfte an drei Oberkörper mit jeweils einem Kopf. Links erkennt man den erwachsenen Sohn am blonden Bart, rechts den alten Vater am weißen Bart. In der Mitte ist der Heilige Geist jedoch nicht wie üblich als Taube dargestellt, sondern als eine Frau mit offenem Blick, verhaltenem Lächeln und deutlich erkennbaren weiblichen Formen. Sie ist um mehrere Zentimeter größer als die beiden Männer und schaut den Betrachter des Bildes direkt an. Sohn und Vater haben je eine Hand rechts und links an die Brust der Frau gelegt, als gäben sie ihr Kraft und Inspiration oder erhielten diese von ihr. In der unteren Hälfte des Bildes vereinen sich die Umhänge der drei und schlagen eine gemeinsame Falte, die sogar einen unschuldigen Betrachter an eine Vulva mit äußeren und inneren Schamlippen erinnert, in der Mitte eine leicht geöffnete dunkelrote Spalte.

Während die Hand des Vaters die Frau sittsam etwas unterhalb ihres linken Schlüsselbeines berührt, ruht Jesu Hand auf intime Weise deutlich tiefer auf ihrer rechten Brustwarze. Somit ist ausgeschlossen, dass es sich bei der Frau, die hier den Heiligen Geist symbolisiert, um seine Mutter handelt. Ich hatte gelesen, dass Jesus mit Mirjam aus Magdala verheiratet gewesen sein oder zumindest ein Verhältnis gehabt haben soll ~ aber wie kam der Maler vor über 500 Jahren zu dem Einfall, die Geliebte Jesu als Heiligen Geist darzustellen, als Verkünderin göttlicher Botschaften, als den himmlischen Beistand, den der Gekreuzigte uns versprochen hatte?

Von Jugend an zielten meine Meditationen darauf ab, hinter mein Ich zu blicken und dort eventuell den göttlichen Funken zu entdecken, der sich angeblich unter den Hüllen von Körper und Psyche verbirgt. Im Laufe der Jahre hatte ich in der gedankenleeren Stille aus unbekannter Quelle vielerlei inspirierende Hinweise erhalten, die sich als segensreich für mich und meine Mitmenschen erwiesen, wenn ich sie in Taten umsetzte. Oder die, je nach meinem Begriffsvermögen, meine ernsthaft gestellten Fragen in Bezug auf das göttliche Geheimnis beantworteten. Solche „Einfälle“ wertschätzte ich über alle Maßen ~ hatte jener Maler in Gebet und Kontemplation ähnliche Informationen erhalten und an der Kirchenwand die Einheit von Gottvater, Gottmutter und Gottmensch entsprechend dargestellt? Falls er derart vom Heiligen Geist inspiriert wurde, musste dieser ihm in Gestalt einer weiblichen Gottheit erschienen sein ~ und zwar nicht als Maria, die hier in Bayern besondere Verehrung genießt, sondern als Mirjam aus Magdala, Lehrerin, Schülerin und Geliebte Jesu, Verkünderin seiner Auferstehung, Herzvermittlerin seines Geistes.

Nur und ich sitzen nebeneinander auf der schmalen harten Bank, haben die Augen geschlossen. Wieder ruht ihr Kopf an meiner Schulter.

„Göttliche Kraft der Intuition", bete ich mit geschlossen Lippen insgeheim, „erfülle mich mit deinem heiligen Geist. Führe mich auf deinen Wegen in ein sinnerfülltes Leben. Inspiriere mein Erkennen, mein Denken und Sprechen, mein Tun und Lassen."

Nach langem Schweigen sieht Nur mich an, flüstert:

„Schau dort: die heilige Wunde!"

Zu Hause dann, nackt, mir gegenüber, entfernt sie mit langsamen Bewegungen die verwelkten Blätter der Rosen, lässt die Dornen dabei unberührt, entfernt Stück für Stück auch die dunkelroten Blüten, reicht mir mit zarter Geste die drei Stiele wie eine Rute.

„Heute Nacht möchte ich, dass du mir wehtust."

## 13

Als ich früh am Sonntagmorgen nach unruhigen Stunden aus dem Halbschlaf erwache und zur Toilette gehe, liegt die fahle Morgendämmerung wie eine Milchglasscheibe über der Schlucht. Gerade schlafe ich wieder ein, da höre ich den Wagen meiner Seelengefährtin und Augenblicke später das Klimpern des Perlenvorhangs. Kleider rascheln, dann huscht Conchita leise durch den Seidenvorhang in meine Kammer, schlüpft nackt und wortlos durch das Moskitonetz unter mein Laken. Unwillkürlich strecke ich den Arm aus, sie legt sich hinein, schmiegt ihr Gesicht an meinen Hals und ich spüre ihre Tränen. Die Minute meiner Lust verfliegt und ich halte die Weinende. Ein paar Mal zuckt ihr Körper mit angehaltenem Atem, dann schluchzt sie auf und weint laut wie ein verzweifeltes Kind und überströmt mich mit ihrem Schmerz. Atmend halte ich sie, ohne nach dem Grund ihrer Pein zu fragen. Ich empfinde die Qual, die aus ihr herausfließt, und das ist mir genug.

Irgendwann versiegt das Weinen. Conchita schnäuzt sich ins Laken, legt sich zurück in meinen Arm, ein Bein angewinkelt über meiner Hüfte. Ihr Atem geht ruhig und sie schläft ein. Kurz darauf folge ich ihr ins Niemandsland.

∞

Während ich Stunden später unseren Kaffee koche, beunruhigt mich die Frage, was meiner Gefährtin im Hotel zugestoßen sein mag, und gleichzeitig bin ich glücklich.

Der Leib erlebt am deutlichsten, dass er allein ist, dass alle Dinge außerhalb von ihm sind. Er sehnt sich nach Berührung, und wenn im Körperkontakt mit der Welt seine Vereinzelung aufgehoben wird, dann erlebt er Vollständigkeit. Er kann nicht anders, als mit Glückseligkeit darauf zu reagieren, und die spüre ich noch immer deutlich. Warum bin ich überhaupt aufgewacht, frage ich mich berauscht, warum konnte ich nicht einfach weiterschlafen, in Conchitas Umarmung hinüberschlafen zum Tod?

Gerade habe ich den Kaffee aufgebrüht, da kommt sie müde blinzelnd aus meiner Kammer, geht grußlos zur Spüle, dreht dabei das Haar zu einem Knoten auf den Kopf. Das Laken, unter die Achseln geschlungen, bedeckt ihren Körper, während sie sich leicht vorneigt, missmutig prüfend in den Spiegel schaut. Mit entschlossenen Bewegungen putzt sie sich sodann die Zähne. Kaffeeduft schwebt im Raum und ich halte atmend inne. Nachdem sie den Mund ausgespült, die Schaumreste aus den Mundwinkeln gewischt hat, tritt sie langsam ans Sofa, schlüpft in die weißen Schuhe, die dort stehen, und ich bin überwältigt von der Anmut dieser Frau. Es ist nicht nur die Schönheit ihres Körpers, nicht nur die Selbstverständlichkeit ihrer Bewegungen ~ es ist vor allem ihre Seelenwürde, die sich mir offenbart, ihr innerer Adel. So schreitet sie zu mir. Hüfte und Brüste wiegen leicht beim Gehen. Nun sind wir beide gleich groß. Sprachlos lasse ich geschehen, dass sie ihre Hände auf meine Schultern legt, mir forschend in die Augen sieht, wartet.

„Als ich mich zu dir legte", sagt sie dann, „wurde dein Penis hart, und trotzdem hast du dir nicht genommen, wonach dich verlangte. Dafür danke ich dir, Jorge!"

Während sie sich wieder von mir löst, voller Schönheit, voller Anmut, voller Selbstverständlichkeit und Würde, glänzen ihre Augen. Dann steigt sie mit weiblicher Gewandtheit wie nebenbei aus den hohen Schuhen.

„Lass uns den Kaffee draußen trinken", schlägt sie vor.

∞

Die Sonne scheint, die Luft flirrt, von irgendwoher pocht der Klang der Schafsglocken durch die Schlucht.

„Samstags gehe ich tanzen", sagt meine Gefährtin zärtlich, „aber dich liebe ich."

Nach einer langen Weile erhebt sie sich und bittet mich, sie eine halbe Stunde nicht zu stören. Sie verschwindet im Wohnraum. Ich bleibe auf der Bank sitzen, träume vor mich hin. Alles ist gut so, wie es ist, und alte Männer haben das Recht, in vollkommener Zufriedenheit auf Bänken im Halbschatten zu sitzen und vor sich hin zu träumen, während große schwarze Hunde zu ihren Füßen liegen. Ich genieße es. Dann höre ich Conchitas anschwellenden Atem und mein Körper reagiert sofort darauf. Verstört beuge ich mich zur Seite und spähe durch den Perlenvorhang, sehe Conchita auf dem Sofa liegen. Ihre bloßen Brüste beben.

Ich stupse Nano an und wir eilen den Hangweg hinauf.

Seit ich dem Weisen mit dem gelben Stirnband in jenem Sommer an der Ostsee begegnet bin, weiß ich, dass das Leben multidimensional ist. Die Phänomenalität, die Gesamtheit aller Erscheinungen, erstreckt sich sowohl über eine sichtbare als auch über eine unsichtbare Welt und ist in beiden Welten Wirklichkeit. Beide Wirklichkeiten sind eng miteinander verbunden und beeinflussen sich gegenseitig. In beiden kennt N:gha sich bestens aus, und ich habe mir angewöhnt, mit ihm in Kontakt zu treten, wenn ich Rat oder Hilfe brauche. Dabei spielt es keine Rolle, dass er nicht mehr auf der Erde lebt, denn im Gegensatz zu damals ist er nun mein unsichtbarer Begleiter. Obwohl ich auch häufig im Kontakt mit der Urmutter lebe, denke ich im Alltag immer wieder an ihn und vergewissere mich seiner Unterstützung, stelle ihm sogar manchmal mit geschlossenen Augen eine Frage. Seine Antworten fallen mir ein: Sie fallen in mich hinein, erscheinen entweder sofort in meinem stillen bewussten Schauen, Lauschen, Spüren oder einige Stunden später, wenn ich nicht damit rechne. Aber nur in ganz seltenen, besonders wichtigen Situationen darf ich meinen Lehrer laut bei seinem Namen rufen, wie er es mir beigebracht hat.

Die Frage setzt mir zu, ob jene körperliche Lust, die ich Conchita gegenüber verspüre, der reine Ausdruck meiner Liebe ist, die ich für sie empfinde. Oder ob das alte sexuelle Verlangen sich erhoben hat und die lustvolle Illusion erzeugt, diese wunderschöne Frau zu lieben.

Seit Jahren sind meine schöpferischen Energien nur noch in Kreativität und spirituelle Suche eingeflossen, deshalb vertraue ich ihnen nicht, wenn sie sich jetzt im zweiten Chakra erheben und auf Conchita richten. Angesichts der jüngsten Entwicklung zwischen meiner Seelengefährtin und mir habe ich den dringenden Wunsch, N:gha zu sehen und mit ihm zu sprechen. Deshalb stelle ich mich oben an den Rand des Südhanges, das Gesicht zur Schlucht gewandt, und schließe die Augen. Als ich gesammelt bin, hole ich tief Atem.

„N:gha!“, rufe ich, und die Felsenbrocken prallen aneinander, der Donnerschlag durchdringt das Universum.

„Sohn“, höre ich nur Sekunden später seine vertraute Stimme in meinem Inneren, „ich weiß um deine Fragen bezüglich Conchita und dir, aber ich will sie jetzt nicht beantworten. Du tauchst noch einmal ins Mysterium des Lebens ein, vielleicht zum letzten Mal, und ich vertraue darauf, dass du bei aller inneren und äußeren Bewegung das Tor zur Unbewegtheit findest. Gib also für einen Moment deine Fragen auf, denn ich will dir etwas zeigen.“

Kaum habe ich zustimmend genickt, da sitzen wir uns an einem Platz gegenüber, der mir völlig fremd ist. Zwischen uns brennt ein Feuer aus flachen stinkenden Fladen, darüber hängt an einem alten Eisengestell ein rußgeschwärzter Kessel. N:ghas Stirnband ist länger und dicker, als ich es kenne. Er hat es zu einem Turban geschlungen. Seine Hände und sein Gesicht sind dunkler und faltiger als früher, aber seine Augen sind so hell, strahlend und wach, wie ich sie immer in Erinnerung gehabt habe.

Er ist in einen dunkelblauen Umhang eingehüllt. Endlose Salzwüste umgibt uns. Es ist sehr heiß. Ein leichter Wind geht und treibt Schwaden von Salzkörnern über den Boden und über unsere Füße, die ausgedorrt und weiß bestäubt sind. Wir sitzen im Schatten eines gegerbten Felles, das über zwei krummen Stecken hängt. N:gha hantiert mit einer alten verbeulten Kanne und einer zweiten, die silberfarben und reich verziert ist. Anscheinend gießt er unentwegt heißes Wasser aus einer in die andere und wieder zurück, wobei es sich langsam schwarz färbt. Obwohl ich mich auf seine Handgriffe konzentriere, erkenne ich sie nur schemenhaft und verstehe ihren Sinn nicht.

Schließlich gießt er die Flüssigkeit in zwei winzige Schälchen, die er unter seinem Umhang hervorgeholt hat, reicht eins davon mir. Das Gebräu ist ekelhaft bitter und zugleich ekelhaft süß. N:gha schmunzelt über mein Entsetzen.

„Trink trotzdem!“, fordert er mich auf.

Nach dem nächsten Schluck habe ich für einen Moment das Gefühl, ein Vulkan bräche in meinen Därmen aus, und ich befürchte, sofortigen Durchfall zu bekommen. Da explodiert der Vulkan auch schon in meinen gesamten Körper hinein, durchfließt mich von den Haarspitzen bis in die Fußnägel. N:gha lacht sein entwaffnendes Lachen.

„Ist das beste Getränk hier, vertreibt Hitze und Kälte.“

Tatsächlich neutralisiert sich meine Körpertemperatur allmählich und auch die Außentemperatur scheint um etliche Grade abzukühlen.

„Aha, jetzt merkst du es!“

Wir trinken schweigend mehrere Füllungen dieser winzigen Schälchen. Währenddessen gießt N:gha die Flüssigkeit weiter von einer Kanne in die andere und zurück, und ich kann dem Vorgang immer noch nicht richtig folgen, obwohl ich mir vornehme, genau zuzuschauen. Dann räumt er Kannen und Schälchen beiseite und deckt sie mit einem Stück Leder zu.

„Das Leben ist hier so einfach wie nirgendwo sonst“, sagt er, „und du weißt, dass ich viele Jahre an vielen Plätzen war und mich zu keiner Zeit und an keinem Ort angestrengt habe. Aber nirgendwo anders war es so dermaßen einfach! Hier habe ich fast nichts, nicht einmal eine Hütte oder eine Höhle, und angesichts von Salz und Wind bin ich hier fast nichts. Trotzdem habe ich und bin ich hier alles. Manchmal fühle ich, dass mein Leben jetzt vollkommen ist und dass ich endgültig gehen möchte.“

„Ich kannte dieses Gefühl bereits", antworte ich nach einer angemessenen Pause ernst. „Doch inzwischen ist es mir wieder abhandengekommen."

„Dann wist du noch ein wenig auf eurem Planeten bleiben. Auch ich hatte Frauen und wollte nichts als leben und immer wieder ins Leben zurückkehren", sinniert er und nickt dabei vor sich hin. „Aus dem Paradies kommen wir immer wieder in die Welt zurück, weil wir noch nicht genug geliebt haben. Niemand würde sich reinkarnieren, wenn nicht die Aussicht bestünde, von Mal zu Mal mehr zu lieben."

Ich lächle und denke an Conchita.

„Aber eigentlich wollte ich dir etwas zeigen", unterbricht er sich selbst. „Bist du bereit?"

N:gha rückt seitlich vom Feuer weg und ich mache unwillkürlich die gleiche Bewegung zur anderen Seite. Dann bindet er mit geübten Griffen seinen Turban ab, faltet ihn mehrfach, legt ihn zwischen uns. Sein Haar ist millimeterkurz und vollständig weiß.

„Bitte finde jetzt eine Feder, denn ich möchte, dass du ein Stück Wahrheit erfährst."

Mit der flachen Hand taste ich über den Salzboden, fühle eine kleine weiche Feder hinter meinem Rücken liegen und hebe sie auf.

„Trage sie auf der ausgestreckten Handfläche!"

Ich tue es.

„Nun lass sie zu Boden schweben und das Notwendige wird geschehen!"

Ich bin verwirrt und drehe behutsam die Hand um, beobachte, wie die Feder in sanften Schaukelbewegungen zu Boden sinkt.

„Siehst du, Sohn", sagt N:gha, „in all den Vorstellungswelten der Phänomene scheinen unentwegt hunderttausend Dinge zu geschehen: Eine Feder tanzt, ein Mann begegnet einer Frau, ein neuer Mensch wird geboren, geht zur Schule, erlernt einen Beruf, findet die Liebe, zeugt Kinder, altert und stirbt. Zwischen Geburt und Tod flirren unzählige Ereignisse am Bewusstsein vorüber ~ aber in Wahrheit passiert überhaupt nichts, findet buchstäblich nichts statt, nicht das Geringste. In Wahrheit ereignet sich nicht einmal die allerkleinste Bewegung. Die Wahrheit ist vollkommen unbewegt."

Völlig überrascht, tauche ich wieder am Rand der Schlucht auf. Meine Augenlider öffnen sich von selbst und der Kontakt zu N:gha ist abgebrochen. Ich spüre Enttäuschung über die plötzliche Trennung, weiß jedoch, dass alle Gefühle vorübergehen, gleichgültig, wie heftig sie sind. Ich habe erfahren, dass Emotionen nur kurzfristige Phänomene im Bewusstsein sind, die real zu sein scheinen, weil wir sie erleben. Aber sie sind nicht wirklich, denn sie lösen sich innerhalb kurzer Zeit wieder in Nichts auf. Ich habe gelernt, sie nicht abzuwehren, wenn sie kommen, und sie nicht festzuhalten, wenn sie wieder gehen wollen. Es tut mir gut, meinen Atem frei zu lassen, falls sie mich intensiv bestürmen, denn wenn ich frei atme, haben sie keine Macht über mein Handeln und ich brauche sie nicht zu fürchten.

∞

Als Nano und ich den Hangweg hinabwandern, fallen die ersten Regentropfen. Überrascht wende ich mich um und sehe hinter uns, fast schon über uns, eine dunkle, grauschwarze Wolkenwand. Wir beschleunigen unsere Schritte. Die Tropfen werden zusehends dicker. Noch haben wir unser Zuhause nicht erreicht, da prasseln sie schwer auf uns nieder.

Angekommen, verkriecht sich Nano sofort unter der Steinbank, und ich helfe Conchita, die Haustür in den Rahmen einzuhängen. Der Regen tropft bereits durch das Vordach und Nano verzieht sich schleunigst ins Haus. Wir schließen die Tür. Ein braungelber Fluss, auf dem große Blasen hüpfen, schlängelt sich mit zunehmender Geschwindigkeit den Hangweg hinab. Um das Einsickern von Sturzwasser zu verhindern, legt Conchita von innen Handtücher vor die Schwelle.

Wir stehen im Halbdunkel, der Regen trommelt tosend aufs Dach und der Wind zerrt heulend an den Fensterläden. Die Sicht nach draußen ist auf wenige Meter begrenzt. Rauschend schäumen die Wassermassen über den Hangweg und ergießen sich jetzt in die Schlucht. Ich überlege nicht, welcher Zusammenhang zwischen diesem Naturereignis und der zu Boden schwebenden Feder besteht. „…das Notwendige wird geschehen“, hatte N:gha gesagt.

Eine Viertelstunde später ist schlagartig alles vorbei. Innerhalb weniger Minuten wird es wieder taghell. Der Wind legt sich und überall steigt Dunst auf. Nur das Rauschen des braunen Baches, der immer noch über den Hangweg nach unten strömt, ist deutlich zu hören. Dann tönt aus der Richtung des Dorfes das langsame An- und Abschwellen einer Sirene zu uns herüber.

„In Wahrheit passiert überhaupt nichts.“

Am nächsten Morgen werde ich vom Anblick der bisher rotbraunen Berge überwältigt sein, denn sie werden in grünen Farben leuchten, überzogen mit frischem Pflanzenwuchs.

## 14

Nach dem ersten Urmutter-Gebet meines Lebens schlafe ich augenblicklich auf dem Dach ein, als würde ich ohnmächtig, und erwache erst am späten Vormittag. Voller Angst vor weiterer Verzweiflung fühle ich in mich hinein, aber mein Herz ist leicht und ich spüre das Bedürfnis zu schwimmen. Kopfüber stürze ich mich nackt in die Ostsee.

Anschließend jogge ich bis zur Steilküste, dusche und gehe später an der Bratwurstbude vorbei zum Café, wo ich zum ersten Mal wieder mit großem Hunger frühstücke. Auf dem Rückweg durch die Fußgängerzone fälle ich eine endgültige Entscheidung: Nie wieder Sex ohne Liebe ~ ich werde nie wieder eine Frau zur Befriedigung meiner sexuellen Begierde missbrauchen!

Natürlich merke ich sofort, dass mein Verlangen damit nicht schlagartig erloschen ist, obwohl es jetzt von einem fauligen Geschmack begleitet wird und ich entschlossen bin, ihm nicht mehr nachzugeben. Deshalb traue ich mich auf dem Weg zu meinem Auto nicht, Frauen anzuschauen, die früher meinen Blick auf sich gezogen hätten, denn ich will nicht wieder in die alte Falle tappen. Aber jenen, die ich zuvor keines zweiten Blickes gewürdigt hätte, sehe ich nun in die Augen, soweit es möglich ist, und suche das, was N:gha wohl ganz selbstverständlich dort findet.

Mir bleibt es verborgen.

∞

Ich bin auf eine Nachmittagsparty eingeladen. Um mich herum tummeln sich viele Kinder, die gerade Zeugnisse bekommen haben und diese stolz ihren begeisterten Eltern präsentieren. In einer Ecke des Raumes jedoch sitzt ein etwa 13-jähriger Junge, der nicht an dem Trubel teilnimmt und sich offensichtlich schämt. Ich gehe zu ihm und frage ihn, ob seine Zensuren nicht so gut ausgefallen seien. Er zeigt auf einen großen Haufen Legosteine zu seinen Füßen und ich sehe eine Ecke seines versteckten Zeugnisses darunter hervorlugen. Ich nicke und sage:

„Ein schlechtes Zeugnis passiert jedem mal. Das hat nichts zu bedeuten. Ich hab dich trotzdem lieb!“

Der Junge springt auf und an mir hoch, umklammert mit den Armen meinen Hals und mit den Beinen meine Hüften und fängt heftig zu weinen an. Ich halte ihn, streichele sanft über seinen Rücken und bekräftige:

„Ein schlechtes Zeugnis ist wirklich nicht wichtig! Ich hab dich lieb, ganz egal, wie deine Zensuren sind!"

Voller Liebe für ihn erwache ich mit dem Wissen, dass das Göttliche mich genauso liebt, wie ich diesen Jungen im Traum geliebt habe, gleichgültig, was er oder ich jemals getan oder unterlassen haben. Nichts von dem, was Menschen tun oder lassen, kann die Liebe schmälern, die Gott und die Wesen der unsichtbaren Welt für uns empfinden, denn wir haben nicht die Verantwortung dafür, dass wir von ihnen geliebt werden!

∞

Weder N:gha noch seine beiden Frauen kamen zur Meditation, und das erleichterte mich sehr. Überhaupt habe ich den Mittwochabend, abgesehen von gelegentlichen Unsicherheiten, erstaunlich gut überstanden, denn ich traute mich wieder, mit jedem Mann und jeder Frau direkten Augenkontakt aufzunehmen. Das blieb dann auch in den folgenden Tagen so, wann immer ich das Bootshaus verließ.

Aber die Frauen machen es mir wahrlich nicht einfach! Wo soll ich hingucken? Wenn sie wollen, dass ich ihnen in die Augen und in die Seele schaue, warum tun sie dann alles, um meinen Blick auf andere Teile von sich zu lenken? Was soll denn dabei herauskommen, wenn sie tagtäglich shoppen gehen, sich stundenlang vor jedem verfügbaren Spiegel drehen, um den Anblick, den sie bieten wollen, nach all ihren Möglichkeiten zu perfektionieren? Sie wollen um jeden Preis das sexuelle Interesse der Männer auf sich ziehen und machen uns dann den Vorwurf, dass wir ihren äußeren Reizen mehr Beachtung schenken als ihren inneren Werten ~ Urmutter, hilf! Wie kann ich dich in deinen Töchtern entdecken, wenn sie dich derart verhüllen?

Es ist ein Spießrutenlaufen für mich da draußen. Mehrfach erinnere ich mich an den Traum mit dem 13-jährigen Jungen und bemühe mich tapfer, auf die Augen der Frauen zu achten, versuche dabei verzweifelt, mich an meinem Atem festzuhalten, doch immer wieder verliere ich ihn und mich in den reizvollen Einzelheiten, die mir präsentiert werden. Die Frauen sind einfach zu schön für mich!

Wenn ich merke, dass ich verloren bin, stelle ich mir das Antlitz der Urmutter vor und wiederhole verzweifelt, aber entschlossen ihren Namen wie ein Mantra. Täte ich das laut, würde man mich für verrückt halten. Aber ich bin nicht verrückt. Ich will meine Aufmerksamkeit nur nicht länger von meiner Sexualität lenken lassen ~ genug ist genug!

Frauen vor allem nach ihren erotischen Verlockungen zu beurteilen ist eine Geringschätzung, auch wenn sie meinen, es sei ein Kompliment.

∞

Eines Morgens, als ich eigentlich meine Atem-Meditation auf dem Kissen machen will, erkenne ich plötzlich, wie oft in meinem Leben ich das Angebot, zu lieben und mich lieben zu lassen, ausgeschlagen habe. Zum ersten Mal passierte mir das mit Salli. Wir kannten uns seit meinem siebten Lebensjahr und wussten von der ersten Begegnung an, dass wir uns liebten. Allerdings setzte uns der Altersunterschied gewisse Grenzen, denn sie war eine der Betreuerinnen im Ferienlager und ich ein kleiner Junge, der zwar Jahr für Jahr älter wurde, aber noch lange nicht volljährig.

Mit achtzehn bin ich dann endlich als Praktikant nach Wyk gekommen und gemeinsam leiten Salli und ich dort nun die Gruppe der „richtigen Junx“.

„Warst mal klein und lieb“, sagte sie zur Begrüßung am Abend zuvor und räusperte sich, weil ihre Stimme noch viel rauer klang als je zuvor.

„Warst mal größer als ich“, gab ich zurück und musste mich ebenfalls räuspern.

Keine vierundzwanzig Stunden später sitzen wir in der Mittagspause nebeneinander am Strand auf dem Handtuch, das sie ausgebreitet hat. Unsere Schultern und Oberarme, unsere Hüften und Beine berühren sich gleichzeitig. Sogar mein linker Fuß berührt mit dem Außenspann ihren rechten. Gemächlich taumeln sanfte Wellen an den Strand. Ihr leises Rauschen vermischt sich mit dem Geräusch, das die kleinen Steine machen, wenn sie vom Wasser hin und her gerollt werden.

Auch früher haben wir oft sehr nah beieinander gesessen, eigentlich von Anfang an. Eigentlich haben wir uns von Anfang an geliebt, aber es war unverfänglich gewesen, als hätten wir es nicht gewusst. Jetzt wissen wir es.

Der Himmel ist bewölkt. Trotzdem hat Salli Schuhe, Socken, Bluse und Jeans ausgezogen, trägt nur einen Bikini auf dem blassen Körper und fröstelt leicht. Sie ist immer noch groß und schlaksig. Ihre Brustwarzen zeichnen sich auf dem dünnen Bikinistoff ab. Eine leichte Brise geht. Ich trage nur meine neue blaue Badehose. Auf meinen Handrücken stehen die Haare zu Berge. Ich räuspere mich erneut.

„Ich habe dich von Anfang an geliebt“, sage ich.

„Ich weiß.“

Eigentlich bin ich noch zu jung, um mir vorzustellen, dass eine fast 30-jährige Frau zu Hause ihr eigenes Leben hat und ziemlich verwirrt ist, wenn das geliebte Kind von damals plötzlich ein junger Mann geworden ist, der seinen nackten Fuß an den ihren legt. Aber irgendwie ahne ich das doch, und deshalb traue ich mich nicht, sie schon heute zu küssen.

Auf dem Rückweg vom Strand halten wir uns nicht an den Händen, sind noch kein richtiges Liebespaar, aber manche Dinge brauchen eben ein paar Tage länger. Salli hat an diesem Abend Nachtdienst, und ich laufe in die Disco, lasse mich von der Musik bewegen, bin einfach nur glücklich. Als ich nassgeschwitzt an die Bar gehe, steht dort eine der anderen Betreuerinnen. Beim ersten gemeinsamen Abendessen gestern im Ferienlagerhabe ich sie kennengelernt, sie muss Anfang oder Mitte vierzig sein, mehr als doppelt so alt wie ich.

Sie hat die Ellenbogen hinter sich auf die Theke gestützt. In der einen Hand hält sie ein halbvolles Bierglas, zwischen den Fingern der anderen steckt eine Zigarette. Die Nägel sind rot lackiert. Ihre Schultern ziehen in dieser Haltung die Bluse vorne straff, und mindestens zwei Knöpfe zu viel sind geöffnet, die vollen Brüste zum Greifen nah. Sie trägt einen kurzen Rock. Ihre Beine sind braun wie Arme, Brustansatz und Gesicht. Die Schuhe stehen neben ihren Füßen. Ihre Fußnägel sind ebenfalls rot lackiert.

„Du siehst niemanden, wenn du tanzt", sagt sie und hält mir ihr Bierglas hin.

„Beim Tanzen hab ich meistens die Augen zu."

„Und jetzt immer noch?"

Ich nehme einen Schluck aus ihrem Glas.

„Nein, jetzt sehe ich dich."

„Und gefällt dir, was du siehst?"

Der Stich, der mir in den Unterleib fährt, ist beinahe schmerzhaft wie es jener lang andauernde Blick war, der vor drei Jahren meinem ersten Kuss vorausging.

„Ich seh noch nicht genug, um das beurteilen zu können", gebe ich frech zurück.

Sie stößt sich von der Theke ab, sagt „Lügner!", stellt sich direkt vor mich und legt die Arme ausgestreckt über meine Schultern, in der einen Hand das Bierglas, die Finger der anderen halten die Zigarette. Sie wiegt sich und mich langsam im Takt der Musik.

„Rauchst du?“, fragt sie.

Ich nicke. Sie nimmt einen tiefen Zug aus ihrer Zigarette, bläst dann einen dünnen weißen Rauchstrahl zu mir. Ihr Handrücken legt sich an meinen Hinterkopf und schiebt sanft mein Gesicht auf den Rauchstrahl zu, der ununterbrochen zwischen ihren roten Lippen hervor strömt. Ich gebe nach und öffne ganz selbstverständlich den Mund. Unsere Lippen berühren sich, als ich den Rauch einsauge und dann ihren Atem und schließlich ihre Zunge.

Ihr Zimmer liegt neben dem der Frau, die ich eigentlich seit Jahren liebe, und wir bemühen uns, leise zu sein. Am nächsten Morgen kommt Salli verspätet zum Frühstück. Ihr Gesicht ist angespannt vor lauter Wahrheit, denn natürlich hat sie das wacklige Bett gehört und weiß Bescheid. Nie wieder umarme ich die andere in jenem Zimmer. Wir weichen nachts in die Turnhalle aus, an den Strand, in den Wäschekeller des Ferienlagers.

Es dauert mehrere Tage, bis Salli wieder laut lacht und mit ihrer rauen Stimme die Junx beim Spielen anfeuert, beim Raufen, beim Haferbreifrühstück. Manchmal stehen wir nebeneinander und sie legt mir den Arm um die Hüfte, ich lege meinen um ihre Schultern. Dann stehen wir still und trotz allem vereint und sehen den Tobenden zu, aber nichts ist so, wie es war, bevor ich in den Apfel biss, der als dünner weißer Rauchstrahl daherkam.

„Jetzt gehörst du zu den richtig großen Junx“, sagt sie einmal und streicht mir über die Wange. Vielleicht ist da ein Lächeln in ihren Augen oder eine Träne.

Manchmal liege ich in den Jahren danach wach und denke an Salli und bin inzwischen alt genug, um mir vorzustellen, dass eine fast 30-jährige Frau ihr eigenes Leben aufgibt und das geliebte Kind von damals an sich zieht, das plötzlich ein junger Mann geworden ist.

„Ich habe dich von Anfang an geliebt."

„Ich weiß."

∞

Jetzt ist dies hier meine Wüste!

Bevor Mose den Glauben an einen einzigen männlichen Gott durchsetzte, beteten die Völker im antiken Orient mehrere Gottheiten an. Besondere Verehrung genoss Ishtar, deren Name übersetzt *Herrin des Himmels* lautet. Sie galt als Schöpferin von Leben und Tod, als Göttin der Liebe, als Beistand im Kampf gegen das menschliche Ego und als Vermittlerin zwischen Himmel und Erde, Gottheit und Mensch. Der Überlieferung zufolge befindet sich ihr Wohnsitz auf dem Planeten Venus. Noch heute verkündet sie den Menschen die göttliche Wahrheit und schenkt ihnen schöpferische Inspirationen. Das Symbol, das man ihr damals zugeordnet hatte, war die Taube. In hebräischer Sprache lautet das Wort für Taube *peristera,* zusammengesetzt aus *perah* ~ *Vogel* und *Ishtar*. Wörtlich übersetzt bedeutet das hebräische *Taube* also: *Vogel der Ishtar.*

Die Ehepaare Elisabeth und Zacharias sowie Maria und Joseph waren seit Jahren eng befreundet. Beide Schwestern wurden im Abstand von einigen Wochen schwanger und beide gebaren einen Sohn: Johannes und Jeshua. Als Herodes den Befehl zur Tötung der Kleinkinder gab, flohen beide Familien nach Ägypten. Die Jungen wuchsen miteinander auf und wurden engste Freunde. Jahre später kehrten die Familien gemeinsam zurück und lebten in Nazareth. Johannes und Jeshua besuchten miteinander die Synagoge und befeuerten sich gegenseitig in ihrem religiösen Eifer.

Noch vor Abschluss der Pubertät trennten sich dann jedoch ihre Wege. Während sich Jeshua zur spirituellen Ausbildung in eine nahegelegene Klosterschule der Essener zurückzog, wanderte Johannes auf der Suche nach spirituellen Lehrern durch die Lande. Als 30-jähriger Asket kam er zurück nach Judäa, wo er am Ufer des Jordan begann, das baldige Erscheinen des Messias zu verkünden und die Menschen zu Buße und neuem Lebenswandel aufzurufen. Seine Stimme reichte bis ins ferne Jerusalem. Aus allen Teilen des Landes kamen Gläubige zu ihm, um seine Predigten zu hören und sich als Zeichen der Reinigung von ihren Sünden von ihm taufen zu lassen. Er war fest davon überzeugt, dass das Kommen des angekündigten Messias' kurz bevorstand, und obwohl er nicht wusste, wer da kommen würde, hielt er nach ihm Ausschau und bereitete die Menschen auf ihn vor.

Zwei oder drei Jahre später kehrte Jeshua nach Nazareth zurück, hörte von jenem gottbeseelten Täufer, um den eine kleine Gruppe entschlossener Jünger versammelt war, und wanderte zum Jordan, um diesen besonderen Mann kennenzulernen. Jeshua erkannte in ihm seinen Jugendfreund wieder und schloss sich dessen Schülerschar an. Sehr bald merkte Johannes, dass sein Freund ihn an spiritueller Erfahrung und Erkenntnis weit übertraf, und war aufs Äußerte überrascht, als Jeshua erklärte, sich von ihm taufen lassen zu wollen. Dieses Ansinnen wies er entsetzt zurück mit der Feststellung, er sei nicht einmal würdig, dem anderen die Sandalen zu binden. Jeshua jedoch ließ nicht von seiner Bitte ab.

Also begaben sie sich am nächsten Morgen zum Fluss, wo die Taufe vollzogen wurde. Kaum war das geschehen, sprach eine Stimme: „Dies ist mein lieber Sohn, an dem ich Wohlgefallen habe." Erst in dem Augenblick erkannte Johannes seinen Freund als den angekündigten Messias und fiel vor ihm auf die Knie.

Interessant an der biblischen Überlieferung dieses Geschehens ist, dass jene entscheidende Botschaft nicht von Gott persönlich oder von einem Engel gesprochen wurde, wie das sonst in der Heiligen Schrift betont wird, sondern nur von einer nicht weiter definierten „Stimme". Allerdings ist in dem Text ein deutlicher Hinweis darauf verborgen, wer hier zu Jesus sprach und ihn als Sohn bezeichnete. Denn mit der ominösen Stimme taucht zugleich eine Taube auf, das Symbol für die Herrin des Himmels. Nicht etwa der viel zitierte himmlische Vater nennt also unmittelbar nach der Taufe Jesus einen wohlgefälligen Sohn, sondern die Große Göttin.

Erschüttert setzten sich die beiden Freunde ans Ufer des Flusses, hielten sich an den Händen, weinten gemeinsam. Eine Frau saß bei ihnen, die weinte nicht, hielt jedoch die andere Hand des Getauften. Die verstörten Jünger des Täufers sammelten sich um die drei, während andere den Neuankommenden von dem Ereignis berichteten. Kaum konnten sie fassen, was geschehen war: Dem soeben Getauften war von der Urmutter aller Wesen seine Mission als Messias verkündet worden.

Auch Jesus war fassungslos und wusste nicht, wie er mit dem Gehörten umgehen sollte. Durch die Anwesenheit so vieler Menschen, die hier und jetzt von ihm Erlösung und Führung erwarteten, fühlte er sich bedrängt. Hilflos blickte er um sich. Da wurde ihm eine weitere Botschaft der Urmutter übermittelt, die ihn veranlasste, sofort aufzustehen und in der Wüste einen Platz zu suchen, wo er in Ruhe zu sich kommen, sich sammeln und auf seine gewaltige Aufgabe vorbereiten konnte. Er umarmte die Frau, die zu seiner Linken saß, dann den Freund zur Rechten und ging.

Vierzig Tage blieb er, eine lange Zeit des Alleinseins, und während seiner Gebete und Meditationen stellte er sich selbst auf die Probe, hinterfragte seine Eignung und Ernsthaftigkeit, wurde von seinem eigenen Verlangen in Versuchung geführt ~ und widerstand sich selbst.

Jetzt ist dies hier meine Wüste, und meine vierzig Tage haben vor über einer Woche begonnen.

∞

Der qualvolle Kampf gegen die erotischen Reize, mit denen viele Frauen um sich werfen wie mit köstlichen Ködern an scharfgeschliffenen Haken, geht tagelang weiter. Inzwischen weiß ich, dass nicht sie verantwortlich sind für meine Reaktionen auf ihre Darbietungen, sondern allein ich. Es ist sinnlos, ihnen die Schuld dafür in die Handtaschen zu schieben, dass wir Männer sie als willfährige Sexobjekte betrachten, denn ganz gleich, wie sie sich uns zeigen ~ wir Männer entscheiden, worauf wir schauen wollen!

∞

Rita war die erste Frau, die ich heiß begehrte, und ich sehe den Garten meiner Kindheit vor mir, hoch im Norden Deutschlands gelegen, die Schaukel, auf der ich an diesem besonderen Tag im Frühling sitze, gerade mal 13 Jahre alt. Lustlos schwinge ich ein bisschen hin und her, fühle mich seltsam mulmig. Außerdem ist mir langweilig. Was könnte ich nur tun?

Es ist ziemlich still um mich herum. Nur durch das geöffnete Küchenfenster dringen die Geräusche von klapperndem Geschirr zu mir. Rita bereitet das Essen vor. Seit einigen Monaten ist sie unsere neue Hausangestellte. Ich könnte zu ihr gehen und sie fragen, ob sie eine Zigarettenpause machen will, aber im Moment hab ich nicht mal dazu Lust. Was also könnte ich nur tun?

Ich steige dann doch irgendwann von der Schaukel ab, wandere über den Rasen und stelle mich ans Fenster, obwohl ich immer noch keine Ahnung hab, was ich tun könnte. Rita wäscht einen Topf aus. Sie trägt eine weiße Schürze über dem kurzen schwarzen Rock. Ihr Gesicht ist ziemlich farblos, als sie mich ansieht. Obwohl sie einiges zu tun hat, weiß sie wohl auch nicht so recht, was sie mit diesem seltsamen Tag anfangen soll. Sie streicht sich eine Haarsträhne hinters Ohr und benutzt dazu den Handrücken, weil ihre Finger nass vom Abwasch sind. Aber der Handrücken ist auch nass, deshalb bleiben ein paar Haare an ihrer Stirn kleben.

„Es dauert nicht mehr lange, bis deine Eltern kommen", sagt sie. „Willst du noch schnell eine rauchen?"

Ich nicke. Sie geht durch die Küche, um die Zigaretten aus dem Schrank zu holen, in dem sie sie vor meinen Eltern versteckt, und ich fühle wieder das angenehme Schaudern beim Anblick ihrer Beine. Schon vor Jahren hat meine Mutter mir eingeschärft, mich nicht von unseren häufig wechselnden Hausmädchen verführen zu lassen, damit sie mir kein Kind andrehen, und es wurden auch nur solche eingestellt, die mir offensichtlich nicht gefährlich werden konnten. Aber ich weiß, dass ich niemals Kinder zeugen werde. Außerdem mag ich Rita irgendwie, ihr spitzbübisches Gesicht, die Art, wie sie sich bewegt, mit mir spricht, mit mir lacht und heimlich Zigaretten mit mir raucht. Liebe ist das zwischen uns nicht, glaube ich, denn ehrlich gesagt, mag ich vor allem ihre schlanken muskulösen Beine. Mir fällt dazu immer wieder das Wort „makellos" ein, als Inbegriff der Vollkommenheit.

Wir sind uns viel näher, als meine Eltern vermuten. Seit einigen Monaten bringt sie mir gelegentlich Magazine mit, die ihr Freund sammelt, und manchmal sehen wir uns die Fotos der nackten Frauen gemeinsam an und diskutieren über die Aufnahmen. Mehr ist noch nicht zwischen uns, aber das, was schon ist, finde ich ziemlich gigantisch, und Rita scheint es auch zu gefallen.

In der Altstadt gibt es ein unbewohntes, ziemlich heruntergekommenes Haus. Als ich mal eine Schulaufgabe geschwänzt habe, bin ich durch ein zerbrochenes Fenster hineingeklettert, und später bog ich mir einen Dietrich für die Hintertür zurecht. Dort treffen wir uns hin und wieder, wenn Rita früher Dienstschluss hat und mein nachmittäglicher Sportunterricht zeitgleich beendet ist oder ich ihn meinerseits beende. Die Räume sind leer bis auf ein kleines Zimmer im ersten Stock, da liegt eine zerschlissene Matratze. Die Holztreppe schwankt und manche Stufen sind zerbrochen. Man muss beim Hochsteigen etwas aufpassen. Der Fußboden knarrt bei jedem Schritt. Die Luft ist ziemlich stickig.

Die Sonne fällt durch das trübe Fenster, wir sitzen nebeneinander auf der ramponierten Matratze und blättern das neue Heft durch. Rita hat ihre Beine übereinandergeschlagen, der Rock ist superkurz, unsere Schultern berühren sich wie zufällig und mein Blick irrt zwischen den Fotos und Ritas Schenkeln hin und her. Das ist eine ziemlich aufregende Sache, und ich weiß, dass ich bald mal versuchsweise meine Hand auf Ritas Oberschenkel legen und mich dann sicher auch trauen werde, die Finger allmählich unter ihren Rock zu schieben. Sie weiß das natürlich auch und wartet vielleicht sogar darauf, aber andererseits hat sie bestimmt Angst, entlassen zu werden, wenn meine Eltern hinter unser Geheimnis kommen.

Es ist schattig und kühl unter dem Vordach am Küchenfenster. Rita hat das Geschirr beiseitegestellt und sich auf die Arbeitsplatte gesetzt. Sie hält zwei Zigaretten zwischen den Lippen, zündet beide an, inhaliert den Rauch und gibt mir eine davon. Sie ist heute ziemlich schweigsam, und wenn sie mich ansieht, fehlt das Funkeln in ihren Augen. Ihr geht es also auch nicht viel besser als mir. Wir wissen eben beide nicht, wofür dieser Tag gut sein soll und was man heute sinnvollerweise tun könnte. Aber so langsam erübrigt sich die Frage, denn vielleicht noch zwanzig Minuten, vielleicht eine halbe Stunde, dann werden meine Eltern endlich von der Beerdigung meines Großvaters zurückkommen. So eine Beerdigung sei nichts für mich, haben sie mir erklärt, obwohl ich unbedingt mitwollte. Aber vielleicht glaube ich inzwischen auch, dass ich jetzt wirklich lieber hier am Küchenfenster steh und mit Rita heimlich eine Zigarette rauch.

Nur wenige Wochen danach wird sie entlassen, obwohl ich ihre Beine nicht berührt habe. So ist das Leben, wenn man jung ist, aber später ist es auch nicht viel gerechter.

∞

Dann endet mein Ringen abrupt.

Ich sitze auf einer Bank in der Fußgängerzone Wismars, halte die Augen geschlossen, um mich mal wieder zu sammeln, da sehe ich vor mir das Bild jener schlanken indischen Buddha-Statue, der ich einst in Lancaster gegenüberstand. Ich entdeckte sie in einem ärmlichen Hinterhaus einer unansehnlichen Seitenstraße. Umso überraschter war ich, als ich mich im Meditationsraum plötzlich unterhalb eines überwältigenden, vier Meter hohen vergoldeten Buddhas befand, dessen Hals, Handgelenke und Füße man mit farbenprächtigen Blumengirlanden geschmückt hatte. Ich war sprachlos angesichts dieser umwerfenden Schönheit und empfand gleichzeitig ein tiefes Weh darüber, dass der Angebetete meiner Religion völlig schmucklos an einem hässlichen Holzkreuz hängt. Lange betete ich zu Jesus und bekundete meine Trauer. In der anschließenden Phase der Stille meinte ich plötzlich, seinen Rat zu vernehmen.

„Sieh mich schöner!“, forderte er und ich verstand. Von dem Tag an malte ich mir den Menschensohn in den prächtigsten Farben aus und meine Begeisterung und Liebe für ihn steigerten sich über alle Maßen.

Nun, auf dieser Bank in Wismar sitzend, öffne ich die Augen und schaue umher. Fakt ist, dass mich die Schönheit der Frauen begeistert, seit ich ein kleiner Junge bin. Warum jetzt meine Augen vor ihnen verschließen und etwas übersehen wollen, was ich bis vor Kurzem noch geliebt habe? Es geht überhaupt nicht darum, mich von ihren Reizen abzuwenden oder meine Freude über ihren Anblick auszulöschen, um sie endlich wertschätzen zu können! Jenen Buddha habe ich ganz spontan *wegen* seiner Schönheit zutiefst wertgeschätzt, und Jesus habe ich umso mehr geliebt, je schöner ich ihn sah. Es geht nur darum, bei allem Entzücken über das Äußere nicht zu vergessen, dass es etwas noch viel Schöneres umhüllt.

Damals in Lancaster wollte ich die Schönheit des Buddhas nicht besitzen ~ ich habe mich nur daran erfreut. Jetzt spüre ich, dass mir dasselbe auch heute mit der Schönheit der Frauen möglich sein muss, denn was man einmal kann, kann man auch ein zweites Mal!

Ich blicke um mich, sehe die kurzen Röcke und tiefen Ausschnitte, die langen nackten Beine und sonnengebräunten Ansätze verlockender Brüste und erfreue mich daran wie an den kunstvoll modellierten Formen des Buddhas. Ich sehe hautenge Shorts, bauchfreie T-Shirts, luftige Seidentops, nahezu durchsichtige Blusen und erfreue mich daran wie an den kunstvoll geflochtenen Blumengirlanden des Buddhas. Ich sehe rotlackierte Finger- und Fußnägel, Piercings und Tattoos, Halsketten, Ohrclips und Ringe, gezupfte Augenbrauen, gefärbte Wimpern, bemalte Lippen und Augenlider und erfreue mich daran wie an der makellosen Vergoldung des Buddhas. Ich sehe High Heels über dem Boden schweben und kunstvolle Frisuren auf erhobenen Köpfen und erfreue mich daran wie an den schmalen Füßen und der Haarkrone des Buddhas.

Ich begehre nichts von all dem, denn der Anblick dieser berührenden Schönheit gehört mir ja sowieso.

∞

Allabendlich richte ich meine Bitte an die universelle Mutter, sie möge sich mir als das innerste heilige Wesen jeder Frau zeigen, die mir begegnet, und mein Herz für die Liebe öffnen. Im Anschluss daran kann ich endlich auch wieder mein Dankgebet sprechen, das ich ebenfalls ihr widme. Morgens sitze ich zwar nur selten auf dem Kissen im Bootshaus, aber ich jogge, schwimme, gehe einkaufen, koche und esse wie früher. Manchmal frühstücke ich im Café und versuche, beim Betreten des Raumes nicht als Erstes nach N:gha Ausschau zu halten. Überhaupt weiß ich nicht, ob eine erneute Begegnung mich eher erfreuen oder beschämen würde.

Mein inneres und äußeres Leben haben sich beruhigt, und ich genieße den Spätsommer, unternehme ausgedehnte Spaziergänge an der Steilküste entlang, liege in der Nähe von Haralds Pension am Strand in der Sonne und gehe abends häufig zur Fischerstube, die etwa auf halben Weg zurück zum Bootshaus liegt. Die kleine Kneipe ist vollgestopft mit maritimem Plunder und lauten Einheimischen. Ich sitze auf der Terrasse davor, unterhalte mich unbefangen und ohne falsche Absicht mit der bildhübschen Inga, esse Speckscholle, Matjesfilets oder Aal in Grün. Fast immer weht um diese Stunde ein kühler Wind, der vom Anlegesteg her das Knarren der Bootsfender zu mir trägt und das Peitschen der Fallreeps, die von Zeit zu Zeit an die Masten schlagen.

Weil das Verlangen mich in Ruhe lässt, ist meine Wahrnehmung der Welt deutlich geschärft. Ich bin meiner Umgebung sehr viel näher als je zuvor, denn meine Aufmerksamkeit ist nicht mehr fokussiert, sondern eher dezentriert, und dieser unmittelbarere Kontakt mit dem Leben füllt die früher so oft empfundene Leere vollständig aus.

Zum ersten Mal in diesem Sommer bin ich unbeschwert und glücklich.

15 Kreuzschmerzen kenne ich seit meiner frühen Jugend. Selten vergingen ein paar Jahre, ohne dass mich der Hexenschuss traf. Meistens passierte mir das in Zeiten großer psychischer oder körperlicher Belastungen, und dann war es eine Tortur, aufrecht durch meinen Alltag zu gehen.

Diesmal erwischte es mich, als ich aus dem Bett stieg. Gekrümmt wanke ich zur Toilette und wieder zurück, mich mit der rechten Hand auf den rechten Oberschenkel abstützend. Als Conchita mir ins Bett helfen will, wehre ich ab. Um mich auszustrecken, brauche ich mehrere Minuten, denn auch mit freigelassenem Atem geht es nicht viel besser als mit angehaltenem, und ich will ihr mein schmerzverzerrtes Gesicht nicht zumuten. In den folgenden Stunden drehe ich mich mühsam von einer Seite auf die andere. Ich trinke viel Wasser, weil mir das immer geholfen hat, aber das häufige Pinkeln ist unangenehm. Conchita hat einen kleinen Eimer an mein Bett gestellt und leert ihn mehrfach, um mir den Gang zur Toilette zu ersparen. Das ist mir peinlich, und ich verfluche den Hexenschuss, der mich dieses Mal ohne jeden erkennbaren Anlass niederstreckte. Manchmal, so weiß ich, erleiden wir unverschuldet Krankheiten, weil auch diese Erfahrungen zum Menschsein gehören. Ich füge mich.

Am nächsten Tag kann ich meinen Urineimer wieder selbst zum Klo bringen, und tags darauf gehe ich gekrümmt, aber schmerzfrei.

Während wir beim Abendessen sitzen, fahren immer mehr Leute zu Johns Grundstück, und als wir uns gemeinsam mit Nano auf den Weg zu ihm machen, parkt bereits eine lange Wagenschlange auf der Straße.

„Weißt du, was da heute los ist?“, frage ich Conchita.

„Vermutlich hat John wieder irgendeine verrückte Werbung gemacht.“

Wenn wir zu später Nachtstunde in unser Heim zurückgekehrt sein werden, wird Conchita sagen:

„Ich habe gesehen, dass du dich nach der Meditation mit dem alten Lucas unterhalten hast. Früher war er ein angesehener Arzt, mehr noch: Er hatte den Ruf eines Wunderheilers, aber seit dem Tod seiner Frau erzählt man sich schlimme Dinge über ihn. Seine Praxis im Dorf verkaufte er damals und ließ dann dieses blödsinnige Eisentor auf seinem Grundstück errichten. Wenn wir ihm zufällig beim Einkaufen begegnen, weicht er uns aus und wir sehen über ihn hinweg."

„Er hat mich zum Tee eingeladen", werde ich antworten.

„Geh ihm nicht auf den Leim, Jorge! Vielleicht sucht er in dir nur einen Verbündeten, weil du hier in der Schlucht ähnlich fremd bist, wie er es wegen seiner bösen Tat geworden ist."

Im Garten des umtriebigen Animateurs wimmelt es von Menschen, sechzig oder siebzig Personen, schätze ich, müssen es sein, und es kommen immer noch weitere Besucher an. Durch die Menge drängelt sich John in seinem weißen Gewand zu uns und beginnt, in die Hände zu klatschen. Die Umstehenden fallen nach und nach in den Applaus ein, bis Conchita, Nano und ich von tosendem Beifall empfangen werden. Der Braune springt bellend um uns herum, Nano schaut irritiert zu mir auf. Ein Fernsehteam mit blendendem Scheinwerfer macht sich den Weg frei. John bleibt vor uns stehen, legt die Hände zum Namaste vor der Brust zusammen und verneigt sich vor mir. Irritiert antworte ich mit derselben Geste.

„Was ist hier los, John?"

„Deine Party!"

„Was heißt das?"

„Sie wollen dich feiern. Als den Heiler der kleinen Alba."

∞

Die Filmleute haben uns im Bild. Allmählich verklingt der Applaus. Ich packe John am Arm und zerre ihn entschlossen ins Haus, knalle die Tür hinter uns zu.

„Wo kommen all die Leute her?"

„Oh", grinst er Kaugummi kauend, „wir haben inseriert. Nur eine kleine Anzeige in den Medien, nichts Besonderes."

„Wer hat inseriert?"

„Der Bürgermeister, Miguel und ich. Stellvertretend für Alba."

„Du hast das alles inszeniert!"

„Zugegeben. Aber wie gesagt, Carlos war absolut dafür, und Miguel hat sämtliche Kosten übernommen."

„Was glaubst du eigentlich, wer du bist?", frage ich ihn mit fester Stimme, bin jedoch entschlossen, friedvoll zu bleiben. „Warum benutzt du mich für dein Guruspiel? Hör auf, mich vor deinen Eselskarren zu spannen!"

Er hält meiner Kraft stand, spreizt nur leicht die Beine, um sicher zu stehen, sieht mir jedoch furchtlos in die Augen. Geballte Lebensenergie pulsiert zwischen uns und wir atmen sie gemeinsam. Schließlich sagt er:

„Ich glaube, dass ich dein Freund bin. So viel zu deiner ersten Frage. Und des Weiteren entschuldige mich dafür, dich nicht vorher von meinen Plänen informiert zu haben. Ich habe das nicht getan, weil ich mir dachte, dass du nicht einverstanden sein würdest. Du bist nicht einverstanden, und also war es aus meiner Sicht richtig, dich nicht vorher zu informieren. Trotzdem, wie gesagt: Ich entschuldige mich dafür, denn aus deiner Sicht habe ich falsch gehandelt. Du hast recht, dass ich dich einspanne, um Werbung für meine Meditationsabende zu machen, und es tut mir leid, dass dir das dermaßen zuwider ist."

„Inszeniere deine Auftritte ganz so, wie du es für richtig hältst, John. Ich habe nichts dagegen. Ich wünsche dir Glück und Erfolg. Aber lass mich da völlig raus! Ich bin nicht dein

Hampelmann und werde nie wieder an deinen Possen teilnehmen."

„Das würde ich bedauern."

„Dann fang jetzt schon mal damit an, denn ich gehe sofort nach Hause."

Seine tiefen Augen halten mich. Ruhig fragt er:

„Wo ist dein Zuhause, Jorge?"

„Du weißt genau, was ich meine!"

„Nein, absolut nicht." Schlagartig verändert er sich. Er pulsiert vor Wut, und ich spreize nun meinerseits leicht die Beine, verankere atmend die Fußsohlen im Boden, um nicht umgeworfen zu werden. Mein Entschluss, in jedem Fall friedvoll zu bleiben, bleibt bestehen.

„Hier ist dein Zuhause!", brüllt er mich an. „Conchita ist dein Zuhause, und ich bin dein Zuhause, und Alba ist dein Zuhause! Und die Leute da draußen sind dein Zuhause und das verdammte Fernsehteam auch! Du kamst hierher, und wir waren damit einverstanden, dass du bleibst, jeder Einzelne von uns! Und all die Typen da draußen mit ihren dicken Autos ~ stell dir vor, sie wollen einfach nur ‚Hallo' sagen, ‚willkommen, Don Jorge, und danke, dass Sie der kleinen Alba geholfen haben!'. Hier sind fast hundert Leute, und ich gehöre dazu, die nichts anderes wollen, als dich nett zu finden. Du bist dein eigener Hampelmann, mein Freund, und solltest endlich mal eine Grundsatzentscheidung fällen, ob du hier leben willst oder nur sterben! Entscheide das gefälligst schnell, damit wir wissen, woran wir mit dir sind!"

Wir atmen seine Wut gemeinsam. Um uns herum scheint es vollkommen still zu sein, als warte das Universum gespannt darauf, sich wieder in Bewegung zu setzen.

„Wie immer du dich entscheidest", erklärt John mit plötzlich sanfter Stimme, „ich werde es akzeptieren. Es ist für mich ein Geschenk, dein Freund zu sein, egal, ob du meine Freundschaft annimmst oder nicht. Sie ist in mir, genau hier in meinem Herzen, und ich bin dankbar, sie zu fühlen. Deine Entscheidung wird an ihr nichts ändern, aber du musst dich entscheiden, damit die Menschen hier wissen, was sie von dir erwarten können und was nicht."

„Darüber werde ich in Ruhe nachdenken."

„Einverstanden. Aber für heute Abend habe ich eine Bitte an dich: Komm mit mir da raus in den Garten und übernimm deinen Part!"

„Ich habe kein Talent für so einen Zirkus, John!"

„Ob es ein Zirkus wird oder nicht, bestimmst du selbst durch die Art deines Auftretens. Ich werde mich ein bisschen zurückhalten, versprochen!"

Ich überlege fieberhaft.

„Trotzdem, ich will das alles nicht. Nicht auf diese Weise."

„Das da draußen sind Menschen", sagt er und runzelt die Stirn. „Wie soll ich's dir erklären? Zweibeiner, Leute wie du und ich und Conchita und Alba. So welche. Sie sind nicht wirklich bedrohlich. Alles, was die wollen, ist: ‚Hallo, wie geht's? Wo kommen Sie her? Schlägt Ihnen die Hitze auch auf den Kreislauf?' Mit solchem Gequatsche sind die schon glücklich. Könntest du das bitte einfach mal kurz für sie tun?"

„John", entringt sich mir ein Seufzer.

„Spiel mit, verdammt! Dieses eine Mal ~ heute Abend! Es ist vielleicht einer deiner letzten, Jorge!"

Als wir vor die Tür treten, flammt der Scheinwerfer erneut auf und ich muss ein Interview geben. Ich bin ziemlich nervös und außerdem durch meinen schiefen Rücken gehandicapt. Nach wenigen Augenblicken unterbricht John das Ganze und schlägt vor, das Interview im Sitzen zu machen, ich sei schließlich nicht mehr der Jüngste. Verständnisvolles Nicken. John leitet uns durch die Fackeln, und ich muss natürlich wieder auf dem Sessel Platz nehmen, über dem er diesmal ein goldfarbenes Bettlaken drapiert hat. Zu meinen Füßen sind Rosenblätter verstreut. Ich schaue den cleveren Freund an und schüttele missbilligend den Kopf. Er hebt bedauernd die Schultern. Nach kurzen Licht- und Tonproben zeigen die Fernsehleute fachmännisches Interesse an mir und machen ihre Arbeit. Ich bin entschlossen, sie nicht zu brüskieren, und beantworte ihre Fragen geduldig.

Danach begrüßt John vor laufender Kamera professionell die Anwesenden, die dicht gedrängt in Halbkreisen sitzen, wird jedoch ein wenig unsicher, als er mich vorstellt.

„Dieser Mann", sagt er, und ich höre, wie es in seinem Gehirn knirscht, während er nach Worten sucht, gegen die ich nicht sofort protestieren werde. Leila bemüht sich, wortgetreu ins Spanische zu übersetzen. „Dieser Mann kam als Gast hierher. Eigentlich wollte er nur seine Ruhe haben. Spazieren gehen. Meditieren. Sardinen essen und ein bisschen sonnenbaden. Da hört er von einem kranken Kind und lässt alles stehen und liegen und geht hin und macht es gesund. Einfach so. Ganz nebenbei. Und danach geht er wieder spazieren, Sardinen essen, vielleicht ein Bier trinken. Ich weiß nicht, ob dieser Mann ein Mystiker ist ~ das würde ich in seiner Gegenwart nie behaupten und er würde sich sicher dagegen verwehren. Aber Sie können das vielleicht selbst herausfinden, wenn Sie sich mit ihm unterhalten. Vielleicht wird er, solange er hier ist, nie wieder so ein Wunder vollbringen wie das mit Alba. Vielleicht geht er nur noch spazieren und meditiert. Und wartet darauf, dass es Zeit zur Abreise wird. Wie auch immer. Heute Abend ist er jedenfalls bereit, sich kennenlernen zu lassen und Sie kennenzulernen, falls Sie das wollen. Sie brauchen keine Angst vor ihm zu haben. Er ist ein Mensch wie wir alle, ein Zweibeiner eben, auch wenn er vielleicht von Dingen weiß, von denen wir anderen nicht so viel wissen."

John verbeugt sich.

Man applaudiert. Dann wird es still.

Alle Augen sind auf mich gerichtet. Mein Part.

John ist ein verdammt talentierter Animateur, denke ich. Auch mir gegenüber hat er diese Rolle perfekt und jetzt endlich erfolgreich gespielt. Allerdings bin ich nicht sicher, was er von mir erwartet. Vielleicht wünscht er sich, dass ich etwas Spektakuläres sage, an das man sich noch lange erinnern wird. Etwas, das seine Anhängerschar vergrößert. Jedenfalls bin ich nun dran. Er gab den Anstoß, jetzt muss ich den Ball übernehmen.

Mitspielen, am Leben teilnehmen bedeutet, sich auf Gegebenheiten einzulassen, die man vorher nicht kennt und deren Entwicklung und Konsequenzen nicht absehbar sind. Das Spiel ist dynamisch, entwickelt sich rasant und bleibt größtenteils unübersichtlich. Die Chance, nach unseren Vorstellungen zu gewinnen, ist in den meisten Fällen nicht wirklich groß, und die Wahrscheinlichkeit, am Ende irgendwie mit dem Leben davonzukommen, liegt bei null. Sicher ist stattdessen, dass wir in unterschiedlichem Maß Freude und Schmerz erleben und dann von der Bildfläche verschwinden werden. Und wer mitspielt, der muss lieben und sich lieben lassen, ob er will oder nicht, das gehört zwangsläufig zu den Spielregeln. Das ganze Spektakel dreht sich nur darum.

Mit Nano hat es angefangen. Wir beide hatten uns bereits gegenseitig in die Herzen geschlossen, als ich den Hangweg emporgestiegen war. Dann ging es mit Conchita weiter und setzte sich mit John fort und erstreckt sich nun auch auf Alba. Jetzt warten ihre Eltern, halten geduldig ihre Liebe in den Händen, warten auf meine Entscheidung, sie anzunehmen und ihnen meine zu reichen. Aber ich werde in Kürze sterben. Mir bleiben bestenfalls noch einige Wochen, und wenn ich jetzt mein Herz öffne, dann werden Menschen mir ihre Liebe schenken und ich werde nicht verhindern können, dass ich sie zurückliebe. Und dann? Wie wird das alles weitergehen?

Es wird überhaupt nicht weitergehen. Mittendrin wird Schluss sein. Ich werde mittendrin Abschied nehmen müssen von den Menschen, die mich lieben und die ich liebe. Ich werde die Liebe aus mir herausreißen müssen, sie mit dem Schwert des Todes durchtrennen, mittendrin auf sie verzichten müssen. Nicht, weil sie mich zu langweilen beginnt, und nicht, weil mich eine andere, eine neue Liebe lockt, sondern weil ich sterben muss.

Ich habe mein Leben gelebt. Ich habe es gelebt und nahezu abgeschlossen. Als ich die Schlucht und Conchitas Haus fand, hatte ich schon von allem Abschied genommen, auch von allen alten Lieben. Ich war bereit, die Vergangenheit in Ruhe loszulassen und auf die Zukunft zu verzichten. Ich war bereit, hinüberzugehen, und das ist nicht selbstverständlich. Es ist nicht selbstverständlich, aufrecht und im Frieden mit den Menschen und Dingen aus der Welt zu scheiden. Ich habe die großen alten Weisen, die dazu in der Lage waren, immer bewundert. Sie starben wie Helden und ich will es ihnen nach Möglichkeit gleichtun. Aber niemand, den ich kenne, hat es gewagt, sich in seinen letzten Tagen noch einmal zu verlieben. Wozu auch? Es würde nur den Abschiedsschmerz vergrößern!

Ich will und werde in Ruhe gehen. Die alten Dinge liegen hinter mir, und ich werde hier keine neuen mehr beginnen, die ich ohnehin nicht zu Ende bringen kann. Ich will einfach nur in Ruhe sterben, und niemand, auch John nicht, kann mir daraus einen Vorwurf machen. Ich habe mein Lebenssoll erfüllt. Ich habe mein Bestes gegeben und mich wahrlich nur selten zurückgehalten! Ich habe mich immer wieder verschenkt, aber nun bin ich müde. Ich bin dankbar und müde und möchte in Frieden gehen dürfen.

Es ist seltsam, dass keine Unruhe entstanden ist. Wie lange ich inzwischen meinen Blick über die vor mir Sitzenden habe schweifen lassen, weiß ich nicht, aber sie haben sich tatsächlich kaum gerührt.

„Spiritualität", sprach N:gha einst, „ist das immer währende Streben gegen die Schwerkraft der eigenen Persönlichkeit."

Plötzlich sehe ich Albas Augen, die mich anschauen, groß, strahlend, Kinderaugen voller Begeisterung und Erwartung, ohne die leiseste Spur von Argwohn, dass ich vielleicht Dinge überlegt haben könnte, die ihr wehtun würden. Ihre Augen trauen mir das nicht zu. Ich kann nicht verhindern, dass ich lächle und „Hallo, Alba!" sage.

„Hallo, Don Jorge!", erklingt ihre Stimme hell durch den Garten. Jetzt rühren sich die Anwesenden.

Nichts fürchten wir so sehr wie das Ende der Liebe, denn nichts ist schmerzhafter. Alba weiß das noch nicht, aber ich weiß das. Ich blicke in andere Augenpaare und sehe Offenheit, Interesse. Keine Spur von Argwohn. Ich weiß, was geschehen wird, weil ich nicht mehr unschuldig bin wie Alba. Ich habe meine Erfahrungen gemacht: Liebe und Schmerz halten sich fest umschlungen!

Ich kann weinen, denke ich plötzlich. Wenn eine Liebe zu Ende geht, kann ich weinen. Ich kann ein bisschen weinen und ich kann herzzerreißend weinen ~ das habe ich in siebzig Jahren je nach Anlass lernen müssen.

Vor mir sitzen Menschen. Auch ihnen wird unser Abschied wehtun, unausweichlich, dem einen mehr und dem anderen weniger. Aber auch sie können weinen.

Gut. Ich werde lieben und ich werde weinen. Einverstanden. Und ich danke euch, die ihr mich lieben werdet um den Preis, dass ihr weinen werdet, wenn ich von euch gehe.

„Hallo, ich heiße Jorge", sage ich. „Danke, dass Sie gekommen sind. Es ist eine Ehre für mich, Sie kennenzulernen."

∞

Später, an einem der folgenden Samstage, wenn er wieder bei mir sein wird, um mir die Nacht zu verkürzen, die Conchita durchtanzt, wird John erklären:

„Ich erinnere mich nicht mehr genau an alle Einzelheiten, aber in groben Zügen weiß ich noch, dass wir alle vor sehr, sehr langer Zeit beisammensaßen. Vor dieser Inkarnation. Auf einer großen weißen Wolke. Ich hoffe, du kannst mir folgen. Wir schauten hinab auf die Erde, du verstehst? Es war ein ansehnlicher Kreis, und du warst die Hauptperson, Jorge, denn wir beratschlagten gemeinsam das eine und andere in Bezug auf dein bevorstehendes Leben. Es ging um deine Abschiedsfeier, um die Art und Weise, wie du diese Inkarnation beenden würdest. Du hattest damals ziemlich klare Vorstellungen davon. Du wünschtest dir, hier in Spanien ein Fest daraus zu machen, und hast uns eingeladen, und viele von uns haben zugesagt. Wenn ich's noch richtig weiß, wolltest du mit deinem Abgang einen kompletten Liebesakt gestalten. Keine Orgie, aber doch so was Ähnliches: viele unterschiedliche Leute, eine gemeinsame Ekstase. Etwas in der Art schwebte dir vor.

‚Ich möchte in einer Schlucht nahe Almeria mein Sterben mit euch teilen', hast du auf der weißen Wolke zu uns gesagt, wenn ich mich nicht irre. ‚Sterben ist die letzte große Gelegenheit, andere Menschen zutiefst zu berühren und von ihnen zutiefst berührt zu werden. Das ist in Hass möglich, in Gleichgültigkeit und auch in Liebe, und ich möchte es diesmal in Liebe tun!' So ungefähr hast du es ausgedrückt.

Wir waren natürlich von deiner Idee begeistert, und dann haben wir die entsprechenden Aufgaben unter uns verteilt, also was jeder zu deinem Fest beitragen würde, seinen individuellen Neigungen entsprechend. Conchita war bereit, dir ihr Haus und ihre Pflege anzubieten. Ich war bereit, alle Leute rechtzeitig zusammenzutrommeln. Alba war bereit, sich dir für ein kleines Wunder zur Verfügung zu stellen. Und so weiter. Wie gesagt, an die genauen Einzelheiten erinnere ich mich nicht mehr, schließlich ist das alles schrecklich lange her. Jedenfalls war jeder Beteiligte gewillt, seinen Part zu übernehmen, sobald du hier auftauchen würdest, und da du nun endlich angekommen bist, sind alle total neugierig auf deinen Schwanengesang."

Der Freund wird mir zuzwinkern und sein Glas heben.

„Und falls ich mir das alles nur ausgedacht haben sollte, Jorge, finde ich, dass es eine tolle Idee ist ~ oder etwa nicht?"

∞

„Ich glaube, dass Sie mich am besten kennenlernen, wenn ich über etwas spreche, das mir sehr am Herzen liegt", fahre ich endlich fort. Die Fackeln brennen knisternd, die Fernsehkamera hält das gesamte Geschehen fest. „Dies ist Albas Party, und deshalb will ich über Kinder sprechen."

## 16

Es ist beruhigend und wohltuend, als ich mich eines Tages während eines Spazierganges daran erinnere, dass ich nicht nur bei Salli und meiner großen Tanzstundenliebe sowohl die äußere Schönheit als auch die Schönheit ihres inneren Wesens sehen konnte. Dasselbe passierte viele Jahre später auch bei Robby. Mit ihr war ich zusammengeblieben, bis ich Norddeutschland verlassen musste und nach München zog. Es hatte also in meinen Beziehungen, Gott sei Dank, auch andere Prioritäten gegeben als ausschließlich körperliche.

Still und glücklich kehre ich am Nachmittag zum Bootshaus zurück, da trifft mich nahezu der Schlag: Vor der verschlossenen Eingangstür stehen ein Hocker und ein nagelneuer dunkelbrauner Lederkoffer. Auf dem Koffer liegen ordentlich gefaltet N:ghas Leinenhose, sein Hemd und eine rot-weiß karierte Unterhose, davor stehen nebeneinander seine neuen Schuhe.

Nachdem mein Leben endlich wieder in ruhigen Bahnen verläuft, will ich nichts weniger, als dass sich diese Laus erneut in meinen Pelz setzt!

Über mir erscheint mit strahlendem Lächeln sein Kopf am Rand des Daches.

„Hallo, Sohn! Wollte mal bei dir nach dem Rechten schauen, konnte aber deinen Schlüssel nirgends finden. Hab mich solange gesonnt."

Er verschwindet kurz aus meinem Blickfeld, und ich überlege fieberhaft, wie ich ihn möglichst schnell wieder loswerden kann, da reicht er mir eine zusammengerollte Bastmatte, greift mit beiden Händen an den Dachrand und lässt sich langsam mit vollendetem Abschwung zu mir herunter. Er ist wieder einmal völlig nackt und ungeniert. Jeder Muskel an seinem Körper strotzt vor Lebenskraft.

„Schau nicht so sauer, ich tu dir ja nichts! Hab mir sogar einen eigenen Hocker besorgt. Und was sagst du dazu, dass ich die Plastiktüten gegen diesen tollen Koffer ausgetauscht habe? Hat mich etliche Euros gekostet. Ich verspreche dir: Ich bin inzwischen ein anderer Mensch geworden!"

„Du kannst nicht bei mir wohnen, N:gha!"

„Wer denkt denn gleich an so was?", fragt er scheinheilig.

„Du ganz offensichtlich."

„Ich denke überhaupt nicht, Sohn. Das Dasein macht sowieso, was es will, warum sollte ich mich mit unnützem Grübeln aufhalten? Ich werde vom Leben einfach weggeschwemmt, das sagte ich bereits, es trägt mich und meine Füße berühren nicht einmal den Boden. Alles ist leicht und absolut vollkommen, solange sich unser Verstand nicht einmischt."

„Wer bist du wirklich?“, frage ich zögernd.

Ernst schaut er mich an.

„Wenn du mich zu einem Kaffee auf die Plattform einlädst, werde ich es dir sagen.“

Achselzuckend sperre ich auf.

N:gha stellt seinen Koffer in die Ecke, wo er damals seine Plastiktüten abgestellt hat, rollt die Bastmatte an der Westwand aus. Mir ist gar nicht wohl bei dem Gedanken, dass er offensichtlich plant, es sich hier gemütlich zu machen. Aber ich bin neugierig auf die versprochene Antwort, und außerdem spüre ich das Bedürfnis, ihm von meinen sexuellen Einsichten zu berichten ~ natürlich nur in kurzer Zusammenfassung und in abgeschwächter Form. Aber er soll wissen, dass ich mich ernsthaft mit seiner diesbezüglichen Frage beschäftigt habe. Denn tatsächlich trifft auf mich das zu, was er von sich selbst nur behauptet: Ich bin inzwischen ein anderer Mensch geworden!

Während das Kaffeewasser kocht, ziehe ich meine Badehose an. Dann setze ich mich zu N:gha auf die Plattform und wir schlürfen schweigend an dem heißen Getränk. Er hat sich anstandshalber sein Hemd über die Lenden gelegt.

„Also gut“, beginnt er schließlich mit tiefem Durchatmen. „Eigentlich war ich hier vierzig Jahre lang Fischer.“

Ich stelle die Tasse ab und erhebe mich. Neugierig schaut er zu mir auf.

„Raus!“, schreie ich und platze vor lauter Wut. Meine Stimme überschlägt sich, und ich bin stolz darüber, endlich Kraft und unverhohlene Drohung äußern zu können. „Ich habe deine Lügen endgültig satt!“

N:gha schnellt hoch und hechtet an mir vorbei ins Meer.

„Was machst du jetzt, Sohn?“ ruft er, als er zwanzig Meter entfernt wieder auftaucht. Sein Kopf und sein Oberkörper bis zum Bauchnabel ragen unbewegt aus dem Wasser, als stünde er auf Grund, aber dort liegt der Grund bereits viel zu tief zum Stehen. „Erinnerst du dich: Dies ist *mein* Platz und *alles* drumrum! Was kannst du tun, um mich aus meinem eigenen Universum zu vertreiben?“

Erst bin ich perplex, dann schreie ich zurück:

„Lass mich endlich in Ruhe!“

„Ich? Du verkennst völlig die Tatsachen! Ich hatte ein wunderschönes Leben ohne dich, und es ist ziemlich kompliziert geworden, seitdem du dich dauernd um meine Gesellschaft bemühst!“

Ich spüre den Impuls, ihm nachzuspringen und ihn zu ertränken. Dann wende ich mich nur kopfschüttelnd ab und gehe desorientiert ins Bootshaus.

„Reden wir mal Klartext“, höre ich ihn. Er ist zur Plattform zurückgeschwommen und hat beide Unterarme auf sie gestützt, hält sich so im Wasser. Ich setze mich auf mein Meditationskissen und schließe demonstrativ die Augen, um ihm mein völliges Desinteresse zu signalisieren.

„Hast du mich vor unserem gemeinsamen Frühstück jemals angesehen, um mich kennenzulernen?“, fragt er durch die offene Tür. „Hast du vor unserem Frühstück jemals gehört, was ich gesagt habe? Du hast immer nur gesehen und gehört, was du sehen und hören wolltest, und damit erging es mir genauso, wie es deinen bisherigen Frauen ergangen ist. Wir sind für dich nur wesenlose Projektionsflächen deiner eigenen Vorstellungen. Folgerichtig bieten wir dir genau das, was du von uns erwartest: Sie unterhalten dich mit devotem Sex, ich mit ein paar interessanten Geschichten. Aber das ist dir auch wieder nicht recht ~ wie kann ich dich zufriedenstellen, Sohn?“

Mir wird sehr komisch. In meinen Ohren beginnt ein lautes tiefes Summen. Wie kommt N:gha darauf, das Thema „Frauen“ zu erwähnen, bevor ich es ihm gegenüber angesprochen habe? Ich räuspere mich. Das Summen verklingt.

„Indem du einfach verschwindest", antworte ich nicht mehr ganz so laut.

„Das ist leichter gesagt als getan, denn ich bin nicht aus eigenem Entschluss hier. Meinst du etwa, ich hätte nichts anderes zu tun, als neben einer übel riechenden Bratwurstbude zu hocken und auf dich zu warten wie bestellt und nicht abgeholt?"

„Ich habe dich weder bestellt noch abgeholt. Du hast mich nach einer heißen Dusche gefragt."

Er schwingt sich auf die Plattform, kommt tropfnass ins Bootshaus, kramt in seinem neuen Koffer und holt ein sauberes Handtuch heraus. Während er sich abtrocknet, redet er weiter.

„Darüber können wir endlos streiten, Sohn. Sicher ist: Solange du versuchst, dir ein Bild von mir zu machen, solange werde ich dich verwirren. Erst wenn du mich nicht mehr mit deinem Verstand einordnen willst, wird dich mein Verhalten nicht mehr irritieren. Das bedeutet nicht, dass ich mich dann anders verhalten werde. Es bedeutet nur, dass dich mein Verhalten dann nicht mehr irritiert."

„Was muss ich tun, um dich loszuwerden?"

„Warum willst du mich eigentlich unbedingt loswerden? Was an mir ist denn dermaßen abstoßend? Ich war sogar beim Frisör und hab mir außerdem neue Klamotten gekauft!"

„Ich will dich nicht in meinem Leben, weil ich dich überhaupt nicht kenne."

„Das ist kein Grund. Du kennst dich selbst auch nicht und bleibst trotzdem mit dir zusammen ~ was, freundlich ausgedrückt, subintelligent ist."

„Ich will nichts mehr mit dir zu tun haben, weil ich nicht will, dass du weiterhin in meiner Seele herumstocherst und meine Vergangenheit aufwühlst, die dich absolut nichts angeht! Ich habe es satt, mich nach jeder Begegnung mit dir schlecht zu fühlen, denn das tue ich meistens, und ich will nie wieder wegen deiner unverschämten Fragen tagelang leiden, denn genau das ist mir passiert." Ich weiß kurzfristig nicht weiter. „Und nächtelang!" fällt mir ein. „Ich habe viele Tage und Nächte auf deiner Scheißfrage rumgekaut und war so unglücklich wie seit Jahren nicht." Wieder komme ich ins Stocken, weil die Tränen hochsteigen, die er unter keinen Umständen sehen soll. „Du tust mir nicht gut!", füge ich noch hinzu, da quellen sie mir schon aus den Augen, und verzweifelt schiebe ich nach: „Begreif endlich, dass deine Gegenwart mir schadet!"

Schlagartig verändert er sich. Sein gesamter Körper spannt sich an und seine Augen starren mit größtmöglicher Aufmerksamkeit. Er wirkt nicht wirklich bedrohlich, aber ich spüre intuitiv, dass plötzlich höchste Gefahr in der Luft liegt.

„Glaubst du wirklich, ich würde dir Schaden zufügen?", fragt er fast tonlos, und ich befürchte, dass ich mit meinem letzten Satz eventuell etwas zu weit gegangen bin und dass jetzt von meiner Antwort auf seine Frage vielleicht meine Zukunft abhängt. Die Situation erscheint mir äußerst beängstigend, und ich bin mir absolut sicher, dass ich sie richtig wahrnehme, obwohl ich nicht verstehe, was hier gerade dermaßen zum Fürchten ist. Trotzdem denke ich: Es geht jetzt um alles oder nichts! Ich überlege mit durcheinanderwirbelnden Gedanken, was ich antworten soll. Glaube ich ernsthaft, dass er mir Schaden zugefügt hat? Nein. Er hat mich im Gegenteil mit seiner Frage nach meinem Verhalten Frauen gegenüber letztlich von einem gravierenden Trugschluss geheilt. Und glaube ich, dass er mir in Zukunft Schaden zufügen würde? Ich erinnere mich an seine Hand auf meinem Arm, an diese überaus seltsame, tiefe Berührung und an die urgewaltige Ahnung, ihn schon sehr lange zu kennen. Das waren keine Täuschungen!

„Nein", sage ich betroffen. „Entschuldige." Ich muss einmal tief durchatmen, um das entscheidende Wort über die Lippen zu bringen. *„Bitte* entschuldige."

Sofort entspannt sich sein Körper und in die Augen tritt das bekannte Strahlen. Er stand die ganze Zeit nackt vor mir, jetzt zieht er sich endlich seine idiotische rot-weiß karierte Unterhose an.

„Ich musste irgendeine Vergangenheit haben, um von dir akzeptiert zu werden", plaudert er dabei leichthin. „Gut, deshalb erzählte ich dir ein paar Geschichten. Welche davon stimmt nun wirklich? Zweifellos hältst du die für wahrheitsgemäß, der du glaubst, und zweifellos glaubst du der, die dir jeweils gerade am besten in den Kram passt."

Ich fühle mich mal wieder komplett durchschaut.

„Jetzt fange ich schon wieder an, mich nicht gut zu fühlen", informiere ich ihn. „Eigentlich fühle ich mich schon die ganze Zeit nicht gut, seit du wieder hier bist. Du stürzt mich von einem miesen Gefühl ins andere."

N:gha geht überhaupt nicht darauf ein, sondern fährt einfach fort:

„Leider machst du das nicht nur mit meinen Geschichten so, sondern auch mit deinen. Welche von all den Geschichten, die du dir und anderen über dich erzählst, stimmt wirklich? Auch in Bezug auf dich und deine eigene Vergangenheit glaubst du jeweils dem Märchen, das deiner momentanen Verfassung gerade entspricht. Du willst die Wahrheit über mich wissen? Dann sag mir zuerst einen einzigen wahren Satz über dich, Sohn!"

Ich bin absolut sprachlos.

Mir fallen Erzählungen ein von Suchenden, die auf völlig absurde Weise ihrem Guru begegnet sind, und vielleicht spielt sich hier an der Ostsee zwischen mir und meinem Besucher etwas ganz Ähnliches ab ~ verrückt genug ist das alles ja! Aber der Gedanke darf mich erstmal nicht ablenken, denn N:gha will einen einzigen wahren Satz von mir, und ich muss ernsthaft überlegen, weil das womöglich eine Probe meiner Eignung ist, und ich will mir keine weitere Blöße geben. Also denke ich angestrengt nach und weiß ein paar Augenblicke später, dass ich keinen einzigen wirklich wahrheitsgemäßen Satz über mich finden werde. Nicht einmal den, dass ich viele Frauen für meine Sexualität missbraucht habe. Denn früher hielt ich für wahr, dass kein Missbrauch stattfand, weil sie einverstanden waren und genauso viel Spaß hatten wie ich. Heute sehe ich das zwar anders, aber welche dieser beiden Einschätzungen entspricht dem tatsächlichen Geschehen? Und wer garantiert mir, dass ich das Ganze nicht in Kürze auf eine dritte, völlig andere Weise deuten werde? Allmählich dämmert mir, dass alles, was ich über mich sagen kann, irgendeine Geschichte ist, der ich zufällig gerade glaube.

Resigniert antworte ich:

„Eigentlich such ich ja selbst die Wahrheit über mich."

„Das ist immerhin eine halbwegs wahre Aussage", lenkt er ein. „Der Kandidat hat 98 Punkte!"

N:ghas Augen leuchten.

∞

Nach dem Abendessen sitzt er mir gegenüber auf seiner Bastmatte an der Westwand des Bootshauses, ich hocke auf der Luftmatratze, lehne den Rücken gegen die Ostwand.

„Womit hast du dich denn nach unserem Frühstück dermaßen gequält?", fragt er.

„Ach", wiegele ich ab, „das ist auch bloß irgendeine Geschichte, aber nicht die Wahrheit."

„Klar", entgegnet er. „Gut zu wissen! Dann kannst du sie mir ja erzählen. Seit Urzeiten sitzen die Menschen nachts am Lagerfeuer und unterhalten sich gegenseitig mit Geschichten."

Draußen gießt es in Strömen, ein Gewitterregen ohne Gewitter geht über der Welt nieder, passend zu meiner Stimmung, und ich berichte N:gha ausführlich all das, was ich bezüglich meiner bisherigen Sexualität herausgefunden habe. Als ich fertig bin, schweigen wir beide, und weil mir das Schweigen schon bald auf die Nerven geht, ergänze ich:

„Das Schlimmste daran ist, dass meine Eltern mich geradezu gedrängt haben, niemals zu heiraten. Meine Mutter hatte an jeder meiner Freundinnen irgendwas auszusetzen, und mein Vater ermunterte mich ständig, noch ein paar Jahre länger meine Freiheit zu genießen. Deshalb hab ich die körperliche Befriedigung vollkommen überbewertet und die Liebe aus den Augen verloren."

N:gha schweigt lange.

„Das hört sich ziemlich schrecklich an, Sohn", meint er dann betroffen. „Und du kannst gar nichts dafür, weil deine Eltern an allem schuld sind."

Irritiert schaue ihn an. Er nickt mit herabgezogenen Mundwinkeln etliche Male, sagt dann:

„Erzähl mir bitte morgen eine andere Geschichte über deine Sexualität, damit wir beide nicht an der Verzweiflung über dein vermeintliches Elend ersticken!"

Übergangslos erhebt er sich und macht sich bettfertig. Ich bin derart vor den Kopf gestoßen, dass ich gar nichts mehr begreife. Wieder fühle ich mich von ihm verarscht, aber diesmal halte ich die Klappe und atme. Nach einer Weile kann ich wieder klarer sehen und erinnere mich plötzlich daran, dass ich als etwa zehnjähriger Junge in mein Tagebuch geschrieben habe:

„Ich werde niemals heiraten und niemals Kinder zeugen, aber ich werde viele Frauen lieben und deren Kinder glücklich machen!"

Vielleicht lässt sich tatsächlich eine andere Geschichte für meine Sexualität finden, die in N:ghas Sinne genauso wahr und genauso falsch ist wie die von prägender Erziehung und sexueller Degradierung.

## 17

„Ziemlich gewagt, ausgerechnet über Kinder zu sprechen, wo du selbst nie welche gehabt hast", flüstert John mir zu, nachdem er vor laufender Kamera mit großer Geste meine Hand geschüttelt und mir anerkennend auf die Schulter geklopft hat. „Kam trotzdem ganz gut an und ich bin einigermaßen stolz auf dich, Jorge."

Als er merkt, dass ich zurückweiche, fügt er hinzu:

„Nein, im Ernst: Ich bin dir echt dankbar!"

Schon am ersten Mittwochabend hatte sich Leila mit dem traditionellen Namaste und mit einem scheuen Lächeln von mir verabschiedet.

„Es tut John gut, dass Sie ihm bei der Meditation helfen", hatte seine Frau gesagt und mich aus großen blauen Seelenaugen angeblickt. „Es tut uns allen gut."

John wurde, wie Conchita mir inzwischen berichtet hat, unweit von Houston in der Kleinstadt Yordan, Texas, geboren. Sein Vater war Farmer und in der knapp bemessenen Freizeit Hausmeister der überschaubaren presbyterianischen Kirchengemeinde. Ein überaus frommer Mann, der dazu neigte, es mit der Strenge gegen sich und andere gelegentlich zu übertreiben. Seine Mutter leitete die Sonntagsschule und sprach wie ihr Mann gelegentlich mit einem Engel. Zac und Beth befanden sich bereits in fortgeschrittenem Alter, als es zur unvorhergesehenen Schwangerschaft kam. Umso mehr freuten sich die beiden auf den Farmerben. Beth starb, noch bevor

John erwachsen wurde, und Zac blieb dem Sohn ein wohlgesinnter, wenngleich nun oft trübsinniger Erzieher.

Der junge groß gewachsene Texaner verließ die Schule ohne Abschluss, rebellierte gegen das Establishment und wiegelte die Jugend des Städtchens zu Protest und Demonstration auf, bis der Vater ihn, getreu seinen biblischen Grundsätzen, aus dem Haus warf. John lief mit abgewetzter Jeans und im Armyparka durch die Gegend, machte sich in Huston bei den wenigen Hippies dort als ausgeflippter Yogalehrer einen Namen. Von Maharishi Mahesh Yogi persönlich erhielt er in L.A. ein Mantra, das er nach eigenen Angaben über zehn Jahre lang innerlich rezitierte. Während dieser Zeit fastete er häufig und lange, teils aus spirituellem Eifer, teils aus Geldmangel. Er marschierte für die Bürgerrechte der Schwarzen, praktizierte die Flug-Siddhis und lernte, über glühende Kohlen zu gehen. Er trampte durch den Südwesten der Vereinigten Staaten, hielt auf Festivals oder in öffentlichen Parks Vorträge über Shakti, die universelle Lebensenergie, und machte mit den umstehenden Zuhörern stets ausgefallene Yogaübungen, die er sich im Laufe der Jahre selbst ausgedacht hatte.

Angeblich gewann er bei einer Rodeo-Wette eine Handvoll Dollars, besorgte sich das Ticket für einen Flug nach New York und kam gerade noch rechtzeitig in Woodstock an, als Jimi Hendrix die amerikanische Nationalhymne entmythologisierte. Er lernte ein paar verrückte Leute kennen, die anschließend nach Spanien fliegen wollten, um sich Stierkämpfe anzusehen, und begleitete sie. Als ihm nach einigen Wochen dort das Geld ausging, übernahm er einen Job als Tellerwäscher im Hotel, wo er nicht müde wurde, in der Freizeit seine yogischen Fähigkeiten zur Schau zu stellen. Aufgrund seines zwar gewöhnungsbedürftigen, aber durchaus mitreißenden Charakters bot man ihm die Gelegenheit, kurzfristig für den entlassenen Animateur des Hauses einzuspringen. Damit hätte er zu guter

Letzt den idealen Rahmen für seine berufliche Bestimmung gefunden, hatte er Conchita erklärt.

Seine Frau ist deutlich jünger als er, vielleicht Mitte zwanzig, sehr klein und hat eine knabenhafte Figur. Ihr hellblondes Haar ist kurz geschnitten und links gescheitelt wie das eines Jungen. Beide Augenbrauen sind rasiert und durch je eine dünne graue Line ersetzt. Sie trägt Jeans und enganliegende weiße T-Shirts, auf denen sich ihre kleinen Brüste kaum sichtbar abzeichnen.

„Leila weigert sich häufig, ihren ehelichen Pflichten nachzukommen", hat John mir in unserer ersten Samstagnacht anvertraut und wurde dabei ernst und vorübergehend wieder nüchtern. „Dabei hat sie sich schon als Vierzehnjährige ein rotes Herz auf den Venushügel tätowieren lassen, so eins, das in der Mitte auseinandergerissen ist. Sieht geil aus. Anfangs war sie wild nach Sex, als sie auf Urlaub ins Hotel kam und wir uns kennenlernten. Es war gut und ekstatisch, aber auch ein bisschen wie dieser anonyme Schwulensex, meistens ohne Augenkontakt, und manchmal blieb ein schaler Nachgeschmack. Aber wir haben's beide genossen. Vielleicht haben wir zu schnell geheiratet, jedenfalls läuft sexuell nur noch selten was zwischen uns. Sie stellt sich scheintot, ist im Tiefschlaf hinter der Dornenhecke ihres vermeintlichen Leids gefangen und widersetzt sich all meinen Bemühungen, sie wach zu küssen."

Traurig sah er mich an.

„Das passiert ausgerechnet mir! Sag, Jorge, ob du irgendetwas kennst, das einen genauso lebendig macht wie guter Sex!"

Atmend erlaubte ich der Schwere, da zu sein und sich auszubreiten.

„Natürlich streiten wir uns ständig, aber das bringt nichts, und dann geh ich einfach mit dem Braunen Gassi." John starrte lange schweigend in den Weinbecher. „Manchmal tob ich mich mit Urlauberinnen aus", fügte er schließlich hinzu.

„Eigentlich leben wir seit Jahren schon voneinander getrennt", endete er.

Als ich am Mittwoch schließlich mit ihm und den Hunden aus dem Garten ins Haus gehe und auf dem Sofa sitze, hinter dem Nano und der Braune bald friedlich vor sich hindösen werden, bemerke ich Leilas Geschäftigkeit und unwillkürlich konzentriert sich meine Aufmerksamkeit auf die junge Frau. Ihre Hände sind feingliedrig, ihre kurzen Fingernägel mit Klarlack überzogen. Sie wirkt unweiblich, aber sie kümmert sich mit großer Sorgfalt um ihren Körper und ist sehr gepflegt. Auf kurzen weißen Strümpfen läuft sie über den Teppich, über die Fliesen zwischen Wohnzimmer und Küche. Dabei hat es den Anschein, als trete sie immer zuerst mit den Zehen auf, um dann zur Ferse hin abzurollen, bevor sie den Fuß für den nächsten Schritt hebt. Das wirkt anmutig, sehr körperbewusst, und diese Körperbewusstheit erzeugt beim Betrachter eine gewisse Neugier auf ihren jungenhaften Leib.

Ich spüre, dass dieser zarte Körper sich nach Berührung sehnt ~ aber nicht nach Sex. Leilas Atem ist selbst für mich, der ich geübt darin bin, jeden Hauch zu erspüren, auf den ich mich konzentriere, kaum wahrnehmbar. Sie räumt leere Teller und benutztes Besteck in die Küche, findet gebrauchte Papierservietten, die sie aufnimmt, leere oder halbvolle Gläser, die sie nachfüllt, huscht umher mit einem sanften Lächeln auf den Lippen, nicht jedoch in den Augen, sieht alles, tut das Notwendige und stört niemanden, denn sie atmet kaum. Leila ist ein gepflegter anmutiger Schatten.

Mein erster Gedanke gilt John, dem Freund, und ich bin bestürzt, weil ich ahne, was ihm an der Seite dieser Frau fehlt. Ich atme meine Bestürzung.

Jedes klare Erkennen dessen, was ist, löst im menschlichen Körper eine Energiewoge aus. Wir spüren sie als ein energetisches Aufwallen. Sie setzt in uns eine unmittelbare emotionale

Reaktion in Gang. In diesem Moment neigen wir dazu, den Atem anzuhalten, um jene Reaktion zu unterdrücken. Bei angehaltenem Atem verschwindet sie sehr schnell. Allerdings legt sich im selben Augenblick ein Schleier über die Wirklichkeit, die jenes unerwünschte Gefühl ausgelöst hat, und wir sehen nicht mehr, was sich uns ursprünglich zeigen wollte.

Ich habe gelernt, meinen Atem freizulassen, ganz gleich, was ich gerade empfinde. Weder behindere ich ihn, noch forciere ich ihn. Ich atme und beobachte den Atem und nehme dabei meine Gefühle aufmerksam wahr. Während der Atem macht, was er will, ziehen sie vorüber und lösen sich schließlich auf. Auch die Energiewelle verschwindet im Nichts, und nun kann die Aufmerksamkeit zum Gesehenen zurückkehren und es in vollkommener emotionaler Klarheit und Unberührtheit betrachten: Ich sehe, was ist und wie es ist.

Auf diese Weise erkenne ich das Drama des Ehepaares in seinem gesamten Ausmaß und wende mich mitfühlend der jungen Frau zu.

Heute ist sie noch mehr gefordert. Während der letzten Minuten meiner Ansprache fuhr der Hotelbus vor. Leila eilte unauffällig über den Rasen und ihm entgegen. Zwei Kellner trugen große, schwer beladene Silberplatten in die Küche sowie Kartons mit Wein und Kisten mit Bier und Mineralwasser. Ich kann mir vorstellen, wie umsichtig diese leise Frau das ungewohnt große Büffet organisiert hat.

Dann stürmen über achtzig begeisterte und hungrige Menschen die Küche, das Wohnzimmer, den Flur, das Treppenhaus. Leila ist überall gleichzeitig, macht alles, kümmert sich um jeden, anmutig lächelnd, mit stillen bewussten Bewegungen. Ein angenehmer Anblick: der gute Geist des Hauses, fleißig und ohne Atem.

Wenn die Wahrheiten des Lebens, die sich uns zeigen, immer und immer wieder Gefühle in uns auslösen, die scheinbar nicht zu ertragen sind, dann finden wir eine sehr einfache und sehr wirkungsvolle Lösung für unser Problem: Wir gewöhnen uns eine chronische Atemverweigerung an und nehmen nur noch so wenig Luft wie möglich zu uns. Auf diese Weise fühlen wir nicht mehr, was wir fühlen würden, und erkennen nicht mehr, was wir erkennen könnten ~ weder die komplexe Wirklichkeit der aktuellen Situation noch die des gesamten Lebens. Auf das eine brauchen wir dann nicht mehr zu reagieren und auf das andere können wir dann nicht mehr reagieren. Nun sind wir selbst in dem Kerker eingesperrt, in dem wir unseren Atem festhalten.

„Du bist das Atmen", sprach N:gha einst im Grasland. „Dein Leben ist Wahrnehmung und hängt von Wahrnehmung ab. Atem ermöglicht Wahrnehmung, also atme, nimm wahr und lebe!"

„Wer kaum noch atmet, der versucht stattdessen zu denken", hatte ich anlässlich des ersten Meditationsvortrags erklärt, den ich an der Ostsee gehalten hatte. „Aber das Denken zeigt uns niemals die Wirklichkeit, sondern immer nur den Inhalt unserer eigenen Gedanken."

∞

Als die vielen Gespräche, die ich in dieser Nacht im Haus von John und Leila geführt hatte, beendet und die meisten Gäste gegangen sind, tritt Leila zu mir.

„Haben Sie jetzt auch einen Augenblick Zeit für mich, Don Jorge?", bittet sie.

Ich nicke, spüre atmend meine Erschöpfung und ihre. Leila kniet sich seitlich ans Sofa, auf dem ich sitze, stützt ihren Arm auf das Polster, hebt den Kopf und blickt müde und tapfer zu mir empor.

„Das ist heute ein großer Erfolg für John und eine große Freude für Alba", sagt sie. „Für manche von uns war es allerdings sehr anstrengend. Und Sie haben außerdem auch noch Rückenschmerzen."

„Ja, das stimmt."

Sie schaut mir in die Augen und unsere Seelen ahnen und grüßen sich zum ersten Mal. Auch als sich mir ihre Persönlichkeit in diesem Blick offenbaren will, schaut Leila nicht weg, obwohl sie weiß, dass ich sie jetzt erkennen werde, hält stand, will sich zu erkennen geben, ringt mit ihrer Verschlossenheit. Sie richtet den Körper auf, kniet mir nun direkt gegenüber. Ich atme ihr Ringen und lege meinen Zeigefinger leicht an ihr Kinn. Einander anblickend, entspannt sie den Unterkiefer und öffnet ein wenig den Mund. Aufseufzend entringt sich der angehaltene Atem, stoßweise drängen die nächsten Züge. Ihre Brust hebt und senkt sich. Da erscheint ein Lächeln, nicht das bekannte tapfere, sondern ein unbekanntes, und was Leila ist, das Offensichtliche und das Hintergründige, offenbart sich, während wir beide es atmen.

„Ich will mich dir zeigen", flüstert sie. „Du darfst mich sehen."

Nachdem mein eigener Atem mir im Laufe vieler Jahre und Ausbildungen vertraut geworden war, konnte ich mehr und mehr üben, alles zu atmen, was in mir und in meinen Mitmenschen geschah ~ auch ihre Atemverweigerung. Atmend sah ich das Gewirr ihrer Gefühle, ihrer Wünsche und Ängste sowie die geliebten und verachteten Strukturen ihrer Persönlichkeiten. Ich atmete die Menschen, die in meine Praxis kamen und sich vertrauensvoll auf diese intime Begegnung einließen, atmete auch das, was ihnen unerträglich erschien, sah es in seinem gesamten Ausmaß und atmete es und gab somit Zeugnis, dass es tragbar war. Und weil ich vor der Wirklichkeit der Menschen nicht zurückschreckte, wurde es manchen von ihnen möglich, sich selbst ebenfalls atmend wahrzunehmen.

Meine Bereitschaft, mit meinem Atem zu tragen, was meine Mitmenschen mir von sich zeigen, weist mich stets auf das

Maß der Liebe hin, zu dem ich jeweils fähig bin. Wenn ich bereit bin, selbst das Schlimmste zu atmen, dann bin ich auch bereit, selbst das Schlimmste zu lieben. Ich weiß, dass ich nur lieben kann, wenn ich atme, und ich weiß, dass ich, wenn ich atme, zwangsläufig lieben werde.

∞

In einer wunderschönen lauen Sternennacht, als wir nebeneinander auf dem Dach des Bootshauses saßen und die universellen Lichtschimmer über die sanften Wellen tanzten, erzählte mein Lehrer wieder einmal von seiner Vergangenheit, und was er sagte, klang nicht weniger glaubwürdig, als all seine bisherigen Geschichten. Demnach wurde N:gha 1805 zur Zeit des roten Mondes in Nordamerika geboren, lebte dort annähernd sechzig Jahre lang in verschiedenen Zeltdörfern seines Stammes und nach dem Tod seiner Frau und seiner Tochter schließlich über dreißig Jahre in einem tristen, weit entfernten Reservat. Angeblich nähte er sich eines trostlosen Tages ein Paar neue Mokassins und machte sich aus dem Staub, hauste später mit einigen unbeugsamen Kriegern in unwirtlichen Bergregionen im Südwesten der Vereinigten Staaten und dann allein in den windigen Höhen der Anden. Er verbrachte Jahre als Einsiedler auf Madagaskar, dann in einer Schneehöhle in Tibet, durchstreifte den Kaukasus und den Ural, wanderte für eine gewisse Dauer in den weißen Weiten Sibiriens und des nördlichen Polarkreises, bevor ihn im Alter von ungefähr 190 Jahren das Leben über Finnland und Dänemark nach Flandern und endlich an eine Bratwurstbude in Wismar schwemmte.

N:gha liebte es, in einer Weise über seine Vergangenheit zu erzählen, die eher unterhaltsam als informativ war ~ klang die Geschichte meiner Sexualität nicht ähnlich abenteuerlich wie die seiner unsteten Wanderung?

∞

Die Worte, die Leila aus ihrem Innersten gesprochen hat, habe ich in meinem Innersten verstanden.

„Ich will mich dir zeigen. Du darfst mich sehen."

Es ist nicht zu verhindern und ich will es auch gar nicht verhindern. Es ist mir mit Nano geschehen, mit Conchita und John, mit Alba und ihren Eltern. Jetzt geschieht es mir mit Leila und ich lasse es geschehen. Angesichts der mir verbleibenden wenigen Wochen will ich mein Leben mit Liebe krönen!

Atmend hat sie bemerkt, was uns geschah.

„Du weißt, dass ich John liebe", wird Conchita später sagen, während wir in dunkler Nacht Hand in Hand zu unserem Haus emporsteigen werden. „Er erwidert meine Zuneigung auf seine Art. Leila liebe ich, als wäre sie meine kleine Schwester, aber zu ihr kann ich nicht wirklich durchdringen. Dir ist das heute gelungen und ich freue mich für sie!"

∞

„Du solltest nicht anfangen, mit meiner Frau zu flirten!", mahnt mich John augenzwinkernd zum Abschied und stößt mir seinen Zeigefinger spielerisch unter das linke Schlüsselbein. „Auch wenn wir praktisch geschieden sind und Leila ein wenig Aufheiterung nicht schaden würde. Außerdem solltest du dich ebenfalls von dem alten Lucas fernhalten. Er war mal ein Zauberer mit seinen Akkupunkturnadeln, im Guten wie im Bösen. Er konnte mit diesen Dingern Menschen heilen oder töten, und ich befürchte, er kann das immer noch."

∞

Ich schlafe weiterhin allein im Ehebett und Conchita schläft auf ihrem Sofa. Das ist genauso selbstverständlich wie der Wangenkuss, mit dem wir uns gute Nacht sagen, und genauso intim wie das leise Wispern, das ich vor dem Einschlafen höre, wenn Conchita zu ihrem Jesus spricht. Auch ich bete nachts regelmäßig. Außerdem spreche ich untertags häufig mit der Urmutter, sage ihr Dank und lobe ihr Wirken in der Welt und in meinem Leben.

Zwischen dem Ich und dem Göttlichen gibt es anscheinend eine Brücke, eine Verbindung, die früher „Engel" genannt wurde und heute etwas moderner als „Inspiration" bezeichnet wird. Über diese Brücke erhält der Mensch seit jeher Informationen und Handlungsimpulse. Die eigentliche Quelle dieser Botschaften bleibt stets im Dunkeln, wird aber von Menschen häufig auf unsichtbare Wesen oder Gott projiziert, manchmal auch einfach auf das eigene Herz- oder Bauchgefühl. In keinem Fall jedoch entspringt das Gehörte der Ich-Person, denn es ist um ein Vielfaches intelligenter und kreativer, als unser gewöhnlicher Verstand es sich ausdenken könnte.

Meistens vernehmen wir jene „Einfälle" in uns selbst, als flüstere dort eine innere Stimme. Manchmal folgen wir den Hinweisen, und wenn wir immer öfter die Erfahrung machen, dass sie wirklich sinnvoll sind und positive Entwicklungen in Gang setzen, beginnen wir, diesen Inspirationen mehr und mehr zu vertrauen und erlauben ihnen, Teile unserer Lebensgestaltung zu bestimmen.

Bereits kurz nachdem N:gha zu mir ins Bootshaus eingezogen war, hatte er darauf hingewiesen, dass es für mich notwendig sei, in bewussten verbalen Kontakt mit dieser Informationsquelle zu treten, und mich deshalb regelmäßig an die Urmutter zu wenden.

„Der Heilige Geist ist das Wort Gottes, der Beistand, den Jesus dir versprochen hat, die leise Stimme der Inspiration, die Große Göttin", hatte mein Lehrer gesagt. Seitdem folge ich seinem Rat, und nachdem ich zu ihr gesprochen habe, verstumme ich jedes Mal und wende meine Aufmerksamkeit nach innen, schaue, lausche und spüre in die Stille hinein, um ihre Antwort empfangen zu können. Denn die Kommunikation mit dem Göttlichen ist keine Einbahnstraße, sondern eine Brücke.

In dieser Nacht ergreift mich maßlose Dankbarkeit, und mit der Hand auf meinem Herzen preise ich die universelle Mutter, lobe zuerst verhalten, um Conchitas Schlaf nicht zu stören, das wundervolle Dasein, das die Große Göttin uns schenkt. Dann reißt es mich fort, und ich lobpreise die Herrlichkeit der Existenz, an der ich teilhabe. Meine Stimme bebt, mein Atem fliegt, die Psyche flattert. Unermesslich weit dehnt sich mein Wesen aus. Ich bete mit meinem gesamten Sein und es ist köstlich. Als ich mit dem Amen schließe, zitternd vor Jubel, antwortet Conchita nebenan auf meine Entäußerung und bestätigt sie ihrerseits mit einem klangvollen Amen.

Dies ist es nun, denke ich und spüre meinen müden Körper und den nahenden Schlaf. Dies ist nun mein Leben, mein Sterben ~ und es ist gut so. Wir sind zusammen, Conchita und ich, sind ein Paar geworden, sind eins aus vorher zwei, und das ist endgültig. Vor achtzehn Tagen hat das alles angefangen, als ich aus dem Hotelbus stieg und in die Schlucht marschierte. Achtzehn Tage lang habe ich gelegentlich mit angehaltenem Atem gelebt, nicht wirklich schlecht alles in allem, aber an diesem Mittwochabend, umgeben von achtzig neugierigen Menschen, gab ich ihn endlich frei. Mag er nun mit mir tun, was er will. Mag das Leben mit mir tun, was es will ~ ich bin einverstanden.

„Gottmutter meiner Seele“, bete ich seit Wismar zuweilen, „halte mich in deiner Liebe geborgen jetzt und immerdar, in der Stunde meines Todes und von Ewigkeit zu Ewigkeit!“

Vor lauter Entzücken kann ich nicht einschlafen. Im Wohnraum liegt Conchita. Sie ist meine treue Gefährtin, was immer noch zwischen uns geschehen wird oder nicht mehr geschehen kann. Und ich bin ihr treuer Gefährte. Das war so beschlossen, seit wann auch immer, zum letzten Mal entschieden vor achtzehn Tagen, als sie mit verschränkten Armen unter dem Vordach meine Ankunft erwartete, und heute Nacht ist es bekräftigt durch ihr Amen.

Nano, mein Hund, liegt an seinem Platz unter der Steinbank. John, mein Freund, läuft mit seinem Braunen durch die Dunkelheit oder umarmt eine Urlauberin in ihrem Hotelzimmer. Alba, meine kleine Freundin, träumt vielleicht von ihrer Party. Und Leila, meine Geliebte, denkt vielleicht an ein Leben in Freiheit. Don Lucas, mein Nachbar hinter dem eisernen Tor, wird vielleicht keinen Schlaf finden, sich wälzen und immer wieder fragen, ob es richtig war, mich zu sich einzuladen für den morgigen Nachmittag.

∞

Viele Frauen habe ich in diesen siebzig Jahren geliebt und in viele andere bin ich verliebt gewesen, aber mit allen teilte ich rückhaltlos Atem, Lust und Leben. Obwohl ich nun seit Langem enthaltsam bin, verspürte ich hier, als ich Conchita zum ersten Mal sah, den Wunsch, erneut zu lieben und diese Liebe mit körperlicher Vereinigung zu vollenden. Und einen ähnlichen Wunsch spürte ich, als ich heute in Leilas Augen schaute. Beide Frauen haben diesen Wunsch wahrgenommen und geantwortet.

Gewiss, Liebe allein ist schon schwer zu atmen, und wenn Lust hinzukommt, wird es noch überwältigender. Aber in jenem Sommer mit N:gha fällte ich endlich diesbezüglich die einzig richtige Entscheidung, und an die habe ich mich fortan gehalten, sie soeben in meinem Gebet erneuert. Mit dem Wissen, dass es ist, wie es ist, und dass es gut so ist, wie es ist, lenke ich meine Aufmerksamkeit auf mich selbst, nehme die unbewegte Stille der absoluten Mitte wahr, die mich wenig später in das leere Nichts geleiten wird, aus dem ich morgen wieder erscheinen werde.

Am Vormittag dann wird Alba zum zweiten Frühstück vorbeikommen wie seit Montag regelmäßig, und wir beide werden ein weiteres Mal das „Olivenkernwettweitspucken" ~ ein wunderschönes spanisches Wort, eigens erfunden für kleine Mädchen und alte Männer ~ veranstalten, bis Nano genervt aufbellen wird. Sie hat mich besucht, als ich krank war, und mit mir im Bett gefrühstückt, sie am Fußende sitzend, schaukelnd und hüpfend, ich mühselig am Kopfende halb aufgerichtet. Gelegentlich spähte Conchita lächelnd in meine Kammer.

## 18

Zu guter Letzt hat sich N:gha also doch bei mir im Bootshaus eingenistet. Ich muss gestehen, dass das Leben mit ihm jetzt endlich angenehm, leicht und oft sehr spaßig ist, gelegentlich jedoch auch recht irritierend. Wir joggen gemeinsam zur Steilküste hoch, wandern gemeinsam über den Strand, sitzen gemeinsam auf der Terrasse der Fischerstube. Manchmal machen wir Ausflüge zum Schweriner See, der in eine wunderschöne Landschaft eingebettet liegt, die wir beide sehr lieben. N:gha geht immer barfuß, in den neuen Schuhen habe ich ihn noch nie gesehen. Als ich ihn vor Tagen fragte, was es damit auf sich hätte, sagte er:

„Schuhe trage ich nur zu ganz besonderen Anlässen."

Ich ließ es dabei bewenden.

Manchmal, wenn ich ein bisschen Abstand gewinne und es mir gelingt, das Geschehen aus einer gewissen Distanz zu betrachten, frage ich mich natürlich, ob mein dringender Wunsch nach einem Berater oder Seelsorger die Begegnung mit N:gha in die Wege geleitet hat, ob also meine Bereitschaft, mich einem Coach anzuvertrauen, diesen seltsamen Weisen mit dem gelben Stirnband in meiner Welt erscheinen ließ.

Ich weiß es nicht. Reizvoll ist die Überlegung schon und gar nicht so abwegig, da ich ohnehin daran glaube, dass sich die Gedanken, Wünsche und Ängste jedes Einzelnen in der ihn umgebenden Vorstellungswelt widerspiegeln.

Aber andererseits sieht alles so verdammt real aus, und bestimmt hätte ich mir einen Guru manifestiert, der mich nicht andauernd durch sein Verhalten irritiert und mit seinen Bemerkungen das Oberste zu unterst kehrt.

Anfangs verblüffte mich, dass mein Lehrer anscheinend über ausreichend Geld verfügt und niemals kleinlich damit umgeht. Erstaunlich war ebenfalls, dass er sich als hervorragender Läufer erwies, der mich jederzeit leichtfüßig abhängen kann, und dass er eine nahezu suchtartige Begeisterung für lange Kinonächte hegt. Mindestens einmal pro Woche sehen wir uns im „Kunstpalast" Filme jeden Genres an, futtern dabei riesige Mengen Popcorn und schnippen die nicht geplatzten Maiskörner im Dunkeln mit dem größtem Vergnügen zwischen die anderen Zuschauer. Wir haben wirklich eine Menge Spaß miteinander!

N:gha redet nun seltener, dafür bricht er häufig in lautes Gelächter aus. Das verunsichert mich noch immer, obwohl er auf meine Frage, worüber er denn andauernd lachen muss, antwortete:

„Ich weiß es nicht. Ich brauche keinen Grund zum Lachen. Es platzt einfach aus mir raus."

Wirklich störend ist das nur nachts, wenn er lachend aufwacht und auch ich aus dem Schlaf gerissen werde. Als ich ihn fragte, ob er immer nur lustige Dinge träume, sagte er:

„Ich träume nur tagsüber, solange ich die Augen aufhabe, und dann ist alles ziemlich lustig. Nachts schlafe ich tief und traumlos."

Während wir beide den Salat für unser Mittagessen vorbereiten, kommt mir eine absurde Idee.

„Wenn keine meiner Geschichten über die Vergangenheit stimmt, heißt das dann, dass ich in Wirklichkeit überhaupt keine Vergangenheit habe?"

„Wie kann ich das wissen? Ich weiß nur, dass ich keine habe, denn mein Verstand beschäftigt sich nicht mit jenen Wunsch- oder Schreckensbildern, die du Erinnerungen nennst."

„Und das sagst du mir, nachdem du heute Nacht stundenlang über Zeltdörfer in Nordamerika erzählt hast, über die Anden und Sibirien?"

„Das sind nur Geschichten fürs Lagerfeuer. Mein Verstand ist davon nicht betroffen."

„Womit beschäftigt er sich dann?"

„Wenn er nicht gerade Zeitung liest oder Wechselgeld nachzählt, steht er einfach still. Was soll er auch sonst tun? Er wird ja die meiste Zeit nicht zum Leben gebraucht."

„Du kennst also doch eine Methode, die Gedanken endgültig zum Verschwinden zu bringen!"

„Die Gedanken sind nicht das Problem, Sohn. Dass du ihnen glaubst, ist das Problem! Sie selbst sind nur leere zeitliche Phänomene. Zum einen braucht das Denken Zeit, um stattfinden zu können, zum anderen beschäftigen sich Gedanken stets nur mit der Vergangenheit oder mit der Zukunft. Über den gegenwärtigen Augenblick kann niemand nachdenken, denn wie ich bereits sagte: Das Leben passiert viel zu schnell, alles ist ständig neu und anders."

Atmend hörte ich zu.

„Als ich eines schönen Tages erkannte, dass Gedanken absolut nichts mit der Gegenwart, unserer irdischen Wirklichkeit zu tun haben, war ich plötzlich nicht mehr gezwungen, ihnen zu glauben. Mein Desinteresse an ihnen verringerte ihre Anzahl drastisch und beschränkte sie auf das notwendige Mindestmaß. Daraufhin nahm ich zuerst die Zwischenräume wahr, in denen nicht gedacht wurde, und diese Ruhe im Kopf versetzte mich in einen Zustand hoher Aufmerksamkeit. Nach einigen Monaten bemerkte ich dann plötzlich, dass der unbewegte Hintergrund der Stille ununterbrochen präsent ist, ganz gleich, ob ich gerade denke oder nicht. Die Stille ist der manifeste Hintergrund, ist ewig unbewegter Stillstand, vor dem die flüchtigen Gedanken erscheinen und verschwinden wie alles andere auch."

„Und was hat dieser Stillstand mit der Wirklichkeit zu tun?"

„Sowohl das Denken als auch das Nichtdenken verschleiern die Wirklichkeit. Der unbewegte Stillstand ist die Realität, aus der die irdische Wirklichkeit entsteht, sobald dieser Stillstand in Bewegung gerät."

N:gha sieht die Welt vollkommen anders als ich und lebt vollkommen anders in ihr. Manchmal geht er für einen halben Tag allein in die Stadt und setzt sich tatsächlich wieder mit einem Pappbecher vor die Bratwurstbude.

„Es macht mir einfach Spaß", erklärte er, und ich glaubte es ihm. „Ich sitze an meinem Platz und beobachte die Welt. Es gibt so viel zu sehen, mich selbst und das gesamte Universum drumrum. Es ist toller als der tollste Kinofilm! Ich hab mich noch nie gelangweilt und ich war niemals arm. Wenn ich Essen brauche, legt jemand Geld in den Pappbecher. Der Hunger bringt die Nahrung und der Regen besorgt das Dach über dem Kopf. So funktioniert das Leben, Sohn. Es gibt wirklich nichts zu tun."

„Aber das gilt nicht für jeden, oder?", widersprach ich vorsichtig.

„Selbstverständlich gilt das für jeden. Nicht wir machen Tag für Tag etwas aus unserem Leben, sondern das Leben macht Tag für Tag etwas aus uns. Nicht wir sind die Handelnden, sondern das Leben benutzt uns für seine Handlungen. Deshalb sagte ich dir bereits ganz zu Anfang, dass du keine Ahnung vom Leben hättest, sonst würdest du ununterbrochen

Urlaub machen. Das Gefühl, sich anzustrengen zu müssen, ist absolute Selbsttäuschung. Da das Leben durch dich handelt, geschieht alles von selbst, und du könntest dich wirklich zurücklehnen und staunend beobachten, was ohne jede Mühe durch dich und für dich getan wird."

∞

N:gha räkelt sich.

„Zeit, zur Meditation zu gehen", sagt er. „Da kannst du dir wieder ein bisschen Mühe geben, wenn du unbedingt willst. Ich werde inzwischen mal zum Italiener trampen und schauen, was er heute Besonderes kocht."

∞

Ich schlafe unruhig, wache immer wieder auf und frage mich, warum N:gha mir ständig meine Lebenskonzepte vor Augen führt, mein Festhalten an ihnen und ihre eventuelle Sinnlosigkeit. Er zeigt mir meinen Widerstand gegen neue Erfahrungsmöglichkeiten und findet das besonders lustig.

Am nächsten Vormittag sitzen wir im Café beim Frühstück. N:gha hat mich erneut eingeladen.

„Weil du gestern Abend so viel gearbeitet hast", erklärte er grinsend. Als wir fertig sind, uns zurücklehnen und wieder die Beine von uns strecken, erwarte ich eine neue Attacke auf mein Innenleben, und tatsächlich fragt N:gha nach ein paar Schweigeminuten betont harmlos:

„Was ist eigentlich falsch an deinen Wünschen, Sohn?"

Bevor ich ihm in die Falle gehe, halte ich erstmal meinen Mund, mache ein ahnungsloses Gesicht, als wüsste ich nicht, was er meint, und atme. Er schaut genauso zurück.

„Ich glaub, ich würde jetzt gerne noch ein Glas Sekt trinken", sagt er dann und winkt der vormals hässlichen Kellnerin. Sie kommt freudestrahlend an unseren Tisch ~ klar, dass er schon längst ihr Herz erobert hat! Er spricht sie mit ihrem Vornamen an und Jutta quittiert seine Bestellung mit einem fast frivolen Augenzwinkern. Ich muss gestehen, dass sie in diesem Moment aufleuchtet und richtig schön anzusehen ist.

„Wie sollte das Leben dich denn sonst leiten, wenn nicht durch die Wünsche, die es dir eingibt, oder durch die Ängste, die es dir vorgaukelt?", fragt er mich kopfschüttelnd, als könne er meine Ahnungslosigkeit kaum begreifen. „Wer nicht an seinen Wünschen wächst, indem er sie zur Erfüllung bringt, der wird anhand seiner Ängste durchs Leben stolpern. Warum also weichst du deinen Wünschen aus?"

„Weil sie das Ego stärken", gebe ich als eine möglichst unangreifbare Erklärung von mir. N:gha nickt mehrfach, als wäge er meine Antwort ab. Jutta stellt das Glas vor ihn hin.

„Sehr zum Wohl!", sagt sie strahlend.

„Ich danke dir, meine Schöne!", strahlt er zurück. Ich frage mich, wann er wohl auch bei ihr duschen wird.

„Mit dem Ich oder Ego verhält es sich folgendermaßen", erklärt N:gha, hebt das Glas, betrachtet den Sekt gegen das Licht, probiert einen Schluck, nickt anerkennend und nimmt einen zweiten Schluck. „Erst ist es klein, später wächst es im Laufe vieler Inkarnationen heran und wird riesig groß. Dann, bevor es aus allen Nähten platzt, stirbt es plötzlich. Das alles geschieht ganz von selbst, ohne dass sich irgendjemand darum kümmern müsste. Es passiert einfach, so wie manchen Menschen abstehende Ohren passieren, ohne dass sie etwas dafür getan haben."

N:gha schließt die Augen, schiebt die Unterlippe vor und nickt wieder mehrfach, als höre er sich innerlich das Gesagte noch einmal an und sei einverstanden damit.

„Verachte dein Ich nicht, denn es ist keinesfalls hinderlich. Es leitet dich mit seinen Wünschen und Ängsten, mit seinen Fähigkeiten und Unfähigkeiten durchs Leben ~ und letztlich immer direkt ins Erkennen hinein. Du kannst ihm vertrauensvoll folgen, denn es ist dein weisester Guru und zögert nicht, sich nach und nach selbst zu dezimieren."

„Dazu hab ich ja jetzt dich", versuche ich, dem Thema auszuweichen. „Um mich zu dezimieren."

„Und ich hab dazu, Gott sei Dank, ein zweites Glas Sekt", entgegnet N:gha. Es ist schon seltsam, dass er nie wirklich sauer auf mich wird, egal, was ich sage oder wie ich mich benehme. Ich suche nach einer versöhnlichen Überleitung.

„Mein Ego fällt dauernd auf den äußeren Schein herein", erkläre ich nach einer Weile. „Ich frage mich, wie ich dermaßen am Oberflächlichen, am Vordergründigen interessiert sein konnte, obwohl ich immer behauptete, den Hintergrund zu suchen."

„Ohne deine jahrelange Sehnsucht, den Hintergrund zu entdecken, wäre es dir nicht möglich gewesen, deine Faszination für den Vordergrund zu erkennen. Dieses Erkennen konnte nur passieren, weil du ganz mühelos und selbstverständlich deinen Egowünschen gefolgt bist. Und jetzt, erst nach dieser Einsicht, ist dir eine Erforschung des Hintergrundes möglich. Vorher war es nur ein Sehnen, jetzt ist es endlich ein Suchen. Bald wird es ganz von selbst zu einem Streben werden. Ohne jede Anstrengung, versteht sich."

∞

Wie üblich sind wir tags darauf zur Steilküste hochgejoggt, doch statt oben gleich wieder umzukehren, hält mich N:gha am Oberarm fest, dreht mich mit dem Gesicht nach Norden und fragt:

„Was siehst du vor dir, Sohn?"

„Das Meer", antworte ich außer Atem und trotzdem vorsichtig, denn wer weiß, welche Lektion mein Guru sich jetzt wieder ausgedacht hat. Er stellt sich hinter mich, legt mir die Hände auf die Schultern.

„Den Strand, das Meer und den Himmel“, vervollständige ich die Antwort, um ja keinen Fehler zu machen.

„Schau soweit wie möglich mit den Augen nach rechts, ohne den Kopf zu bewegen.“

Ich gehorche.

„Was siehst du rechts von dir?“

„Den Strand, das Meer, den Himmel, die Steilküste.“

N:gha dreht meinen Körper rechtsherum nach Osten, bleibt hinter mir.

„Was siehst du vor dir?“

„Den Strand, das Meer, den Himmel, die Steilküste, den Wald.“

„Schau soweit wie möglich mit den Augen nach rechts, ohne den Kopf zu bewegen. Was siehst du rechts von dir?“

„Den Wald und den Himmel.“

Auf diese Weise dreht N:gha mich im Uhrzeigersinn einmal um mich selbst, bleibt stets hinter mir, stellt immer dieselben Fragen, die ich geduldig beantworte. Als ich wieder mit dem Gesicht nach Norden stehe, fordert er mich auf:

„Schau nach unten. Was siehst du?“

„Meinen Körper und den Boden.“

„Schau nach oben. Was siehst du?“

„Den Himmel.“

„Schau wieder geradeaus. Erinnere dich an das, was du soeben erlebt hast, und sage mir: Wo ist der Mittelpunkt des Universums?“

Die Antwort ist dermaßen sonnenklar, dass ich damit rausplatze, ohne zu überlegen:

„Hier!“

„Und *wer* ist der Mittelpunkt des Universums?“

Auch diese Antwort ist nach dem eben Erlebten sonnenklar, aber ich scheue mich dann doch, sie auszusprechen.

„Sag es!“, fordert N:gha streng.

„Ich.“

Wir schweigen beide. Ich schweige, weil ich über die Antwort erschrocken bin, über die Eindeutigkeit meiner Gewissheit. Warum N:gha schweigt, weiß ich nicht. Es vergehen ein paar Minuten, in denen sich bei mir die Empfindung, der Mittelpunkt des gesamten Universums zu sein, verstärkt. Sie ist einerseits vollkommen selbstverständlich, andererseits absolut ungewöhnlich. Irgendwie spüre ich währenddessen eine anschwellende pulsierende Kraft in mir. Dann beginnt die Welt, sich langsam um mich herum im Uhrzeigersinn zu drehen, obwohl ich mich nicht bewege und starr geradeaus nach Norden schaue. Im ersten Moment habe ich Angst, mir könnte schwindelig werden oder der Boden unter den Füßen wegrutschen, aber die Bewegung ist nicht wirklich unangenehm, und ich sehe nacheinander alles um mich herum wie vorhin: den Strand, das Meer, den Himmel, die Steilküste, den Wald, die Steilküste, den Strand, das Meer, den Himmel. Allmählich erhöht sich die Rotationsgeschwindigkeit. Mir ist etwas unheimlich, aber N:ghas Hände auf meinen Schultern vermitteln mir das Gefühl von Stabilität. Als ich mich seinem Halt völlig anvertraue, rast das Universum plötzlich mit der Geschwindigkeit eines Ventilators durch mein Blickfeld, steht dann ohne Vorwarnung vollkommen still ~ und ich sehe alles gleichzeitig wie bei einem 360-Grad-Panoramablick: alles, was sich vor mir, rechts von mir, hinter mir und links von mir befindet, sowie Himmel und Erde.

„Du bist absolutes Bewusstsein“, höre ich N:ghas Stimme flüstern, „Wahrnehmungsfähigkeit in Aktion. Du bist das Licht der Welt, der Seher des gesamten Universums. Du bist der Mittelpunkt von allem und alles ist auf dich bezogen. Deshalb vergiss dich selbst nicht!“

Ich bin so absolut im Schauen versunken und im Erkennen dessen, was schaut, dass ich es schade finde, als N:ghas Hände mich irgendwann sanft nach links drehen und dann langsam vorwärts schieben, den Pfad der Steilküste wieder runter. Ich befürchte, dass nun der Panoramablick enden wird, aber er bleibt stabil. Und dann bin ich erleichtert darüber, dass N:gha mich stützt und führt, denn in dieser Rundumschau kann ich die Geradeaus-Richtung nicht erkennen und bin höchst unsicher auf meinen Beinen. Während des Rückwegs habe ich nicht das normale Gefühl, mich nach vorn durch die Welt zu bewegen, und ich selbst bin nicht länger als persönlicher Georg zu spüren, sondern eigentlich nur als ein statischer Mittelpunkt, während ich N:gha in allen Einzelheiten hinter mir sehe.

Sanft schiebt er mich durch die Tür ins Bootshaus und hilft mir, mich auf den Hocker zu setzen. Auch im Raum nehme ich alles, was sich vor mir, hinter mir und zu beiden Seiten befindet, sowie den Fußboden und die Decke gleichzeitig wahr und zwar als ein einziges feststehendes Bild. Mich selbst gibt es weiterhin nur als empfindungsfähiges, jedoch ansonsten unpersönliches Zentrum, das stark pulsiert. Als ich mich nach mir umwende, um mich irgendwo zu finden, drehen sich der gesamte Raum, inklusive N:gha, sowie Meer und Himmel vor dem Fenster um die eigene Achse, die ich bin ~ von mir ansonsten keine Spur.

„Ununterbrochen machen wir Wahrnehmungen“, höre ich N:ghas Stimme im Plauderton, als rede er belangloses Zeug vor sich hin, während er an der Kochplatte hantiert. Ich bin hellwach, aber völlig gebannt von der anhaltenden Rundumsicht. „Ständig sehen, hören, riechen, fühlen, schmecken wir irgendetwas, dauernd laufen Gedanken, Emotionen oder Intuitionen durch unser Bewusstsein, und vor lauter Faszination über all die wahrnehmbaren Dinge vergessen wir normalerweise denjenigen, der sie wahrnimmt. Selbstvergessenheit ist die menschliche Ursünde, mein Sohn, und bewusstes Selbst-Gewahrsein ist unsere Erlösung.“

Er stellt zwei Becher mit Tee auf den Tisch.

„Du bist das Licht der Welt, der Mittelpunkt des Universums. Deshalb vergiss dich selbst nicht!“

Wie könnte ich mich vergessen? N:ghas erneute Aufforderung scheint mir völlig überflüssig zu sein, denn ich spüre und weiß genau, dass ich die Mitte bin, weil ich sehe, dass absolut alles um mich herum liegt. Dieser Eindruck von mir selbst, diese Seinsgewissheit als das ultimative Zentrum ist dermaßen überwältigend, dass ich mich nicht mal mit Gewalt von meinem neuen Selbstempfinden lösen oder es gar vergessen könnte. Gleichzeitig habe ich von dem, was ich bis jetzt als Georg kannte, nur noch einen ungefähren Eindruck: Ich empfinde mich zwar unzweifelhaft als kristallklar wahrnehmenden Mittelpunkt, aber der scheint so winzig zu sein im Vergleich zum umgebenden Universum, dass ich ihn, also mich, nicht wirklich lokalisieren kann. Ich weiß zwar, dass ich bin, aber ich weiß nicht genau, wo ich bin. Außerdem fehlt das gewohnte Körpergefühl. Stattdessen ist jenes Seins-Zentrum, das ich bin, von einer unerhörten Kraftfülle durchpulst ~ denn immerhin nimmt dieser winzige Mittelpunkt das gesamte Universum wahr!

∞

In den folgenden Tagen halten die Panoramaschau und das mit ihr verbundene eindeutige Selbstempfinden als bewusst wahrnehmende Mitte von allem an. N:gha dirigiert mich weiterhin mit den Händen auf meinen Schultern durch die Welt. Beim Gehen bin ich immer noch extrem unsicher, denn obwohl meine Füße vorangehen, bleibe ich ja als Mittelpunkt, bezogen auf den Umkreis, immer im Zentrum, bewege mich also niemals von meinem Standort weg. Das ist eine sehr seltsame Erfahrung, die weder verstanden noch klar formuliert werden kann. Deshalb auch meine Trittunsicherheit. Außerdem habe ich keine eindeutigen Körperempfindungen und kann meinen Körper in dem Gesamtbild auch nicht ständig sehen. Er verschwindet immer wieder und taucht erst dann wieder auf, wenn ich seine Abwesenheit bemerke und an mir nach unten schaue.

Das normale Gefühl, schrittweise nach vorn zu gehen, fehlt völlig. Stattdessen kommen, weil ich mich selbst anscheinend nicht bewege, die Dinge, die vor mir und zu beiden Seiten liegen, quasi von sich aus auf mich zu, was bei mir in manchen Situationen die Befürchtung eines Zusammenstoßes auslöst. Dann fließen sie durch mich hindurch nach hinten und scheinen mir damit immer wieder mein persönliches Nichtvorhandensein zu beweisen.

Alle sichtbaren Dinge, die sich in einem Radius von etwa fünf bis sieben Metern um mich herum befinden, nähern sich mir beim Gehen sehr schnell und rauschen durch mich hindurch und mit derselben Geschwindigkeit nach hinten. Obwohl mein Kopf nach vorn gerichtet ist, sehe ich, wie sie an N:gha, der mich schiebt, vorbei nach hinten flitzen. Alles, was in einem größeren Umkreis zu sehen ist, bewegt sich langsamer und nicht direkt auf mich zu. Es ist eher so, als tauchten ~ wie bei einem Computerspiel ~ immer wieder neue Dinge vor mir am Horizont auf, während die bereits gesehenen Dinge hinter mir vom rückwärtigen Horizont verschluckt werden.

Diese Art der Fortbewegung ist dermaßen außergewöhnlich, dass ich mich erst allmählich an sie gewöhnen muss. Vor allem meine eigene Abwesenheit als normaler Mensch, als Ich-Selbst, irritiert mich dabei. Allerdings hält das Pulsieren einer immensen Kraft innerhalb des Zentrums unvermindert an und vermittelt mir eine neue starke Empfindung von individuell gefärbter Präsenz.

Wenn N:gha mich auf diese Weise durch die Fußgängerstraße schiebt, nehme ich manchmal den Gedanken wahr, dass das wohl ziemlich komisch aussehen muss, und manchmal empfinde ich es als peinlich, so durch die Gegend geführt zu werden. Aber weil ich mich selbst nicht vergesse, sondern vielmehr als pulsierendes Zentrum im Gewahrsein behalte, jedoch kaum noch als Person, haben Gedanken und Emotionen keinen Einfluss auf mein Befinden und Verhalten. Sie tauchen auch nur irgendwie um mich herum auf wie alles andere ebenfalls, sind aber, bezogen auf mich selbst, eben doch nur wie alles andere peripher. Das Gesamtempfinden hingegen ist immer von extremer Klarsicht und enormer Kraftfülle bestimmt und von dem Staunen über das Wunder, das ich erleben darf. Überhaupt bin ich von dieser neuen Art, wahrzunehmen, derart fasziniert, dass ich nur noch sehr selten denke. Meistens ist es völlig still in mir, ohne dass ich mich um die Gedankenleere bemühen muss. Es gibt einfach nichts mehr zu denken ~ wahrnehmen allein genügt vollkommen!

N:gha spricht fast überhaupt nicht. Höchstwahrscheinlich will er mich in meinem Erleben nicht stören. Stattdessen kümmert er sich schweigend und zuverlässig um alles: einkaufen, kochen, Tisch decken, abwaschen. Er zieht mich morgens an der Hand von der Luftmatratze hoch und schiebt mich zum Waschbecken, damit ich mir die Zähne putze. Wenn ich dabei in den Spiegel schaue, wird das Ganze vollkommen absurd, denn dann sehe ich das hinter mir Liegende sowohl im Spiegel, als auch in meinem Rücken. N:gha bereitet das Frühstück vor, gießt meine Kaffeetasse nur halbvoll, weil ich nicht immer auf Anhieb meinen Mund finde, setzt mich auf die Plattform und lässt mich zuschauen, wenn er weit aufs Meer hinausschwimmt. Weil er mich versorgt wie ein neugeborenes Kind, darf ich wie ein neugeborenes Kind einfach nur der sehende Mittelpunkt sein.

∞

Als wir eines Nachts auf der Plattform unter dem gigantischen Sternenhimmel sitzen, räuspert er sich, um mich auf seine Worte vorzubereiten, spricht dann:

„Die Sonne steht fest im Zentrum des Universums. Alle anderen Himmelskörper umkreisen sie, sind in Bewegung, kommen und gehen an ihr vorbei. Auch dein Bewusstsein steht fest im Zentrum aller Wahrnehmungen, die kommen und gehen und sich daran vorbeibewegen. Du bist die Sonne."

∞

„Alles klar bei dir?", ruft er zu mir herüber. Wir sitzen am Hafen in der untergehenden Abendsonne, jeder für sich auf einem Poller. Wenn ich mich nicht bewege, ruht auch das Gesamtbild, denn nur wenige Dinge bewegen sich von einem Ort an einen anderen: ein paar Autos, einige Fußgänger, ein heimkehrender Kutter, ein schnüffelnder Hund. Noch weniger Dinge bewegen sich sanft an ihrem Platz, ohne ihn zu verlassen: die Wellen, die Flaggen, die Blätter der Bäume. Das Allermeiste ruht in unbewegtem Vorhandensein und strahlt eine immense Stille auf mich aus, in der die wenigen Bewegungen nicht wirklich von Bedeutung sind. Was sich bewegt, scheint auf derselben Kraft dahinzufließen, die still und gleichmäßig in mir pulsiert.

„Kristallklar!", rufe ich zurück. Meine Stimme füllt das weite Rund. „Dies ist mein Platz", füge ich hinzu, „und *alles* drumrum!"

N:ghas schallendes Gelächter hebt die eben noch sanften Wellen im Hafen um mindestens einen halben Meter empor und das Gesamtbild gerät heftig ins Schaukeln.

∞

Eines Morgens stehe ich, ohne das vorerst zu bemerken, ganz normal von der Luftmatratze auf und bereite unseren Kaffee zu, während N:gha im Halbschlaf wohlig vor sich hin grunzt. Als wir uns am Tisch gegenübersitzen, registriere ich, dass ich mich vollkommen an das Panorama-Bewusstsein gewöhnt habe und mich darin ohne jede Einschränkung bewegen kann ~ während ich mich als vollkommen unbewegten Mittelpunkt wahrnehme, um den sich alles dreht. Freudestrahlend teile ich N:gha diese Veränderung mit. Er greift über den Tisch und streichelt wortlos meine Hand. Umso mehr bestürzt es mich, als ich in den nächsten Stunden spüre, wie sich mein Sehfeld allmählich wieder nach vorne hin zusammenzieht. Entsetzt frage ich meinen Lehrer um Rat. Der lächelt milde.

„Die Schau hat ihren Sinn erfüllt. Jetzt endet sie. Sei nicht traurig, sei lieber dankbar, dass sie dir gewährt wurde. Denn von nun an wirst du nie wieder vergessen, wer du bist, und dich immer wieder an dich selbst erinnern."

Zum ersten Mal seit Tagen joggen wir heute zur Steilküste hoch und zurück. Anschließend schwimmen wir ausgiebig. Mittlerweile sehe ich genau wie früher von der Welt nur noch das, was sich direkt vor mir und ein wenig seitlich befindet, und deshalb spüre ich mich nicht mehr als Zentrum von allem. N:gha ist weiterhin sehr schweigsam. Nach dem Mittagessen sitzen wir auf der Plattform im spärlichen Schatten. Ich bin traurig, weil sich nicht nur die Rundumsicht verflüchtigt hat, sondern auch mein Selbstempfinden als wahrnehmendes Bewusstsein und als pulsierender, jedoch nicht lokalisierbarer Mittelpunkt. Ich habe das Wertvollste verloren, was mir bis jetzt in diesem Leben geschenkt worden ist, und bin wieder auf das normale Georg-Maß zurückgeschrumpft. Unvermittelt beginne ich zu weinen, laut und heftig, völlig verzweifelt, werde vom Schluchzen hin und her geworfen. N:gha sitzt schweigend neben mir. Ich stehe auf und hole aus dem Bootshaus die Küchenrolle, wische, immer noch weinend, die Tränen aus dem Gesicht und blase den Schnodder aus der Nase ins dicke Papier.

„Scheiße!“, schreie ich maßlos enttäuscht aufs Meer hinaus.

N:gha greift nach meiner Hand, zieht mich zu sich hinab.

„Putz dir nochmal die Nase“, sagt er sanft, als ich neben ihm sitze. Nachdem ich das zusammengeknüllte Papier in einer Mischung aus Wut und Verzweiflung gegen den Wind Richtung Meer geschleudert habe und es direkt vor meinen Füßen auf der Plattform gelandet ist, legt N:gha mir den Arm um die Schultern und ich neige den Kopf, bis er an seiner Wange liegt. Lange sitzen wir so, ich in meiner Verzweiflung, er in seiner Zuneigung. Dann sagt er leise:

„Du bist mein geliebter Sohn.“

## 19

Die Tage füllen und runden sich. Ohne dass ich es geplant oder mich gar darum bemüht hätte, wies das Leben mir noch einmal eine Beschäftigung zu. Dies könnte mit jener Familie begonnen haben, die plötzlich vor unserem Haus stand, Vater und Mutter und zwei halbwüchsige Söhne. Sie wollten auf der Suche nach Arbeit in den Norden gehen und baten mich um Rat und Segen. Es könnte auch mit meinem Besuch bei Don Lucas angefangen haben oder mit den Gesprächen, denen ich mich am Mittwochabend in Johns Haus hingegeben habe. Oder mit meinem Spiel um Olive und Sonne. Vielleicht aber begann es schon, als ich mich bereit erklärt hatte, für den Animateur zu übersetzen, oder noch viel früher.

Ist es nicht in Wirklichkeit so, dass wir für die Ereignisse in unserem Leben keinen eindeutigen Anfang ausmachen können? Und werden wir wirklich ein eindeutiges Ende finden? Wie kommt es zu der Illusion, es gäbe einzelne, voneinander abgegrenzte Geschehnisse? Warum zerreißen wir ein Gesamtbild in viele kleine Mosaikteilchen und behaupten dann, sie gingen nicht nahtlos ineinander über, seien klar voneinander unterschieden und bedingten sich gegenseitig?

Sicherlich hat der Bericht des lokalen TV-Senders das Seine dazu beigetragen, dass nun fremde Menschen aus dem Dorf oder gar aus Almeria vor Conchitas Haus auftauchen und, wenn ich gerade unterwegs bin, unter dem Vordach geduldig auf mich warten. Es sind Bittende und Ratsuchende, die ihre Hilflosigkeit oder ihr Unglück jemandem mitteilen wollen, der es atmend tragen kann, während sie auf Erlösung oder körperliche Heilung hoffen. Obwohl ich unsere Begegnungen zeitlich begrenze und mir Don Lucas eine Menge Arbeit abnimmt, sind meine Tage jetzt reichlich gefüllt. Gelegentlich kommt auch der eine oder andere Neugierige, um einfach nur den deutschen Touristen aus dem Fernsehen mit eigenen Augen zu sehen.

Ich bin hier und höre zu und empfinde mit. Ich atme und erkenne, liebe und segne. Weiter kann und will ich mich nicht einmischen, denn es ist viel sinnvoller, dass sich Don Lucas um die körperlichen Beschwerden der Besucher kümmert. Mehr für sie und ihn zu tun, ist mir so kurz vor meinem Abschied ohnehin nicht möglich, und ich bete zur universellen Mutter und vertraue ihr, dass sie zum Wohl jedes Einzelnen wirken wird.

Abends bin ich müde und nachts schlafe ich tief und traumlos. Nur selten komme ich dazu, die eine oder andere Stunde an meinem Schwert zu arbeiten. Außerdem macht mir mein Rücken nun doch ernsthafte Probleme. Trotz Don Lucas' Behandlung musste ich mir in Almeria eine Krücke mit Armstütze kaufen, die mir Halt beim Gehen gibt. An ihrem Griff baumelt ein rotes Stoffherz, das Alba mir geschenkt hat. Sie kommt nicht mehr zum zweiten Frühstück und auch nicht mehr jeden Tag zu mir, aber wenn sie den Perlenvorhang, den Conchita nach dem Regen wieder eingehängt hat, laut klimpernd aufstößt, lasse ich nach Möglichkeit alles stehen und liegen. Dann denke ich mir Märchen aus, die ich ihr erzähle. In ihnen stellt das Leben kleine Jungen und kleine Mädchen vor große Probleme und bietet ihnen gleichzeitig viele unterschiedliche Möglichkeiten zu deren Lösung an. Immer spielen dabei Feen oder gute Geister oder weise Lehrer eine wichtige Rolle, die aus der unsichtbaren Welt helfend eingreifen, sobald sie gerufen werden. Anwesende Besucher lauschen mit großen Ohren und offenen Herzen, als gelten die Gleichnisse auch für sie.

Alba ist kein einfaches Kind. Oft ist sie laut und zappelig, und sie neigt dazu, meine Kammer oder Conchitas Wohnraum auf den Kopf zu stellen. Ich lasse sie möglichst gewähren, bis sie sich ausgetobt hat. Kinder sind so. Sie erinnern uns Erwachsene daran, dass wir auch so waren und dass es wehtut, nicht so sein zu dürfen. Nachdem sie sich ausgetobt hat, sitzt Alba neben mir, kaut an ihren Fingernägeln und hört aufmerksam meinen Geschichten zu.

Ihre Mutter kommt ebenfalls oft zu mir, die elegante Antonia. Immer unsicher zu Anfang, als wüsste sie den Grund ihres Besuches nicht und befürchte, ich wüsste ihn genau und würde sie deswegen insgeheim tadeln, sitzt sie bei mir und spricht über die Hitze des Tages oder der vergangenen Nacht, über Moskitos oder die Störanfälligkeit der Wasserversorgung. Dann betrachtet sie die Ringe an ihren feingliedrigen Fingern, zögert, und wenn ihr das eigene Schweigen unerträglich wird, greift sie irgendein spirituelles Thema auf, um nicht über das sprechen zu müssen, was ihr auf dem Herzen lastet. Obwohl es schwer ist, neben ihr im Unausgesprochenen zu verharren, schenke ich ihr meine Aufmerksamkeit und meinen Atem, ohne sie zur Wahrheit zu drängen.

∞

Als ich von meinem ersten Besuch bei Don Lucas zurückkehre, liegt Leila zusammengerollt auf meinem Bett und schläft. Zum Glück ist sie vollständig bekleidet, das mindert meinen Schrecken über die unerwartet zügige Entwicklung. Aber die Vermutung, dass sie für ihr Kommen bewusst den Nachmittag gewählt hat, an dem Conchita im Hotel Blusen verkauft, bewirkt wiederum Gegenteiliges. Mein Herz pocht durch den gesamten Körper, und ich schleiche auf Zehenspitzen zurück zu Nano, lasse mich auf der Steinbank nieder.

Wer bereit ist, das Lebensspiel mitzuspielen, der muss mit Komplikationen rechnen, ich weiß, und man ist niemals davor sicher, dass andere Mitspieler plötzlich die Regeln verändern oder wieder andere sie umgehend brechen. Das Leben ist von rasanter Dynamik. Ich liebe Conchita und begehre sie, und nun liegt Leila in meinem Bett, die ich ebenfalls liebe und begehre.

„Solange du glaubst, etwas tun zu müssen, bist du für die Wahrheit verloren", sprach N:gha einst, und später hakte ich bei dem Thema noch einmal nach.

„Gibt es irgendeinen Grundsatz, an den ich mich halten sollte oder halten kann?", fragte ich.

„Nein", sagte er, „keinen einzigen. Und weder sollen noch können."

„Ich meine: Gibt es fürs Leben irgendeinen Grundsatz, der zu beachten ist, irgendeine Art Orientierungshilfe?"

„Ich habe dich schon verstanden, Sohn, und dir bereits geantwortet, und trotzdem fragst du jetzt dasselbe, und meine Antwort ist auch immer noch dieselbe: Nein."

„Aber worauf kommt es denn im Leben an?"

„Auf nichts."

„*Auf nichts?* Kannst du mir das bitte erklären?"

„Vielleicht später."

∞

Ich sollte an dem Schwert weiterarbeiten, denke ich. Es liegt unter meinem Bett und wartet, aber auf meinem Bett liegt Leila und wartet ebenfalls. Da stehen sie also wieder vor mir, die drei Schwestern, und bieten sich mir an, sodass ich die Freude wählen darf oder die Sehnsucht oder die Angst. Mögen sich der kleine Wille meines Egos und der große Wille des Universums erfüllen, die beide identisch sind, Mensch und Gott vereint in dem, was jeweils gerade geschieht.

Später höre ich Johns Frau am Herd hantieren. Als sie mit den Kaffeebechern erscheint, merke ich, wie sehr ich mich über ihren Besuch freue. Sie begrüßt mich mit einem Wangenkuss und setzt sich neben mich. Ich versuche, unseren genauen Altersunterschied auszurechnen, gebe die unwillkürliche Gedankenflucht jedoch auf, als ich mich schon bei den Zehnern verheddere, entspanne mich atmend und genieße unsere Nähe.

„Ich habe meine Fingernägel für dich rot lackiert", sagt sie und zeigt ihre Hände. „Ich weiß, dass euch Männern sowas gefällt."

Das Gebot, nicht zu begehren, was einem anderen gehört, befolge ich seit dem Messerdiebstahl strikt, und ich habe die Absicht, mich auch weiterhin daran zu halten. Weil ich also sehr genau weiß, wo die Grenzen sind, die ich nicht überschreiten werde, lege ich meinen Arm um Leilas Schultern. Sie kuschelt sich an mich, legt eine Hand auf meine Brust. Eine Zeit lang träumen wir vor uns hin, dann sagt sie:

„Ich glaube an die Liebe, Jorge. Ich glaube daran, dass Liebe die Motivation ist für alles, was wir Menschen hier auf der Erde tun. Oft richtet sich diese Liebe auf uns selbst, und dann tun wir unseren Mitmenschen schlimme Sachen an. Aber manchmal richtet sie sich auch auf unsere Mitmenschen, und dann tun wir Gutes. Ich glaube, John tut mir weh, weil er nur sich selbst liebt, und ich glaube, dass ich ihn hasse, weil auch ich nur mich selbst liebe."

Sie sagt es ohne Bitterkeit, aber dieser letzte Satz fährt wie ein Dolch ins Leben. Leila beginnt, leise und verhalten zu weinen, immer noch eine Hand an meiner Brust.

„Ich habe ihn geliebt", schluchzt sie, „seine Lebendigkeit bewundert, und jetzt hasse ich ihn nur noch für seine Oberflächlichkeit."

Tapfer sieht sie mich an. Nano hat sich erhoben und stupst mit der Schnauze gegen ihr Bein. Sie greift in sein Fell. Später wird sie, wieder mit Tränen in der Stimme, offenbaren:

„John hat mich immer nur von hinten genommen. Wie einen Knaben. Er hat mich nie als Frau gesehen und behandelt."

Unser Auto rumpelt den Hangweg herauf und ihm entsteigen Conchita und John. Sie begrüßt mich mit einem Kuss, er deutet flüchtig das Namaste an.

„Wie kommst du hierher?", fragt er argwöhnisch seine Frau.

„Essen wir zu viert Abendbrot?", fragt Conchita.

„Zu Fuß", antwortet Leila.

„Wohl besser nicht", antwortet John.

∞

„Weißt du", sagt Conchita, als wir allein nebeneinandersitzen und die Tortilla verspeisen, die sie zubereitet hat, „ich hatte eine gute Ehe, und sie war genauso schlecht wie die von Leila und John oder die von Antonia und Miguel. Gibt es überhaupt Ehen, die gut sind und nicht auch gleichzeitig schlecht?"

„Du fragst den Falschen. Ich war nie verheiratet."

„Wirst du in deinem nächsten Leben heiraten, Jorge?"

Ich verstumme und merke, wie mir Tränen in die Augen steigen.

„Manchmal leide ich unter dem Gedanken, mich der Erfahrung verweigert zu haben, vor Gott und der Welt Ja zu einer Frau und unseren gemeinsamen Kindern gesagt zu haben", gestehe ich.

„Falls wir wiedergeboren werden, wünsche ich mir, dass wir beide uns in jungen Jahren kennenlernen und an unsere Liebe von heute erinnern und miteinander den Bund der Ehe eingehen. Mit dir würde ich es noch einmal probieren“, offenbart mir Conchita. Sie rückt näher und ich lege den Arm um ihre Schulter. Sie kuschelt sich an mich und legt mir eine Hand auf meine Brust, wie es vor Kurzem eine andere getan hat.

„Du liebst Leila. Begehrst du sie auch so, wie du mich begehrst?“, fragt mich meine Seelengefährtin.

„Für dich empfinde ich Liebe, die aus meinem Herzen kommt und in meinem Körper das Verlangen nach Vereinigung mit dir auslöst. Als wolle der Körper durch den Liebesakt manifestieren, was das Herz erlebt. Ich habe es lange genug geprüft. Es ist eine einzige Bewegung, ein vollkommenes und gänzlich natürliches Fließen aus dem Herzen in den Körper. Mit Leila habe ich das Gefühl von zwei unterschiedlichen Regungen: Mein Herz liebt sie, während mein Körper sich von dem ihren angezogen fühlt. Das scheinen zwei gegensätzliche Bewegungen zu sein und beide sind sehr stark. Sie bedrängen mich abwechselnd, ziehen mich zwischen sich hin und her, als müsste ich bei Leila auf die Liebe verzichten, wenn ich der Lust nachgäbe, oder der Lust entsagen, wenn ich an der Liebe festhielte.“

„Wie du über dich und mich sprichst, ist sehr schön. Was Leila angeht, weißt du, dass ich sie liebe wie eine Schwester, obwohl ich sehe, dass sie ihren Körper benutzt, um Männer in ihren Bann zu ziehen. Es ist, als ob ihre Seele gleichzeitig nach Heilung und nach neuer Verletzung schreit. Deshalb bezweifle ich, dass Leila eine Frau ist, mit der ein Mann ungestraft körperliche Lust teilen dürfte. Aber das spürst du ja selbst.“

„Sex, in welcher Form auch immer, behindert nicht unseren spirituellen Fortschritt", sprach N:gha einst. „Die körperliche Durchführung ist erhebend. Nur das mentale Verlangen ist erniedrigend und vergeudet außerdem auch noch kostbare Lebensenergie. Wo das Verlangen endet, beginnt ganz von selbst die Liebe. Das ist dann der Augenblick, in dem sich der Himmel öffnet. Alles andere vorher war nur Aberglaube."

∞

Conchita blickt über die Schlucht. Eine Gitarre ist erklungen, schickt den rasanten Rhythmus bergauf zu uns herüber, eine Stimme fällt ein, klagend, fordernd, aufgewühlt und aufwühlend: Sevillanas, die schaurig schönen Temperamentsausbrüche der Andalusier.

„Liebe und Schmerz sind auf der Erde miteinander verknotet", sagt meine Gefährtin. „Trotzdem möchte ich nicht, dass Leila die Erste ist, mit der du hier schläfst. *Ich* möchte die Erste sein, denn dieser Platz gebührt mir. Und auch der dazugehörige Schmerz. Aber ich brauche noch etwas Zeit für all das."

„Ja, so ist es und so soll es sein. Auf jeden Fall werde ich dem Verlangen nach Leila nur nachgeben, wenn es aus meinem Herzen kommt, und auch nur, nachdem sie und John kein Paar mehr sind."

Plötzlich rückt Conchita von mir ab, schaut mich grübelnd an, legt die Stirn in Falten.

„Das ist Lucas!", ruft sie aus. „Der Doktor! Hörst du?" Sie ist in heller Aufregung. „Lucas singt!"

„Ich war heute bei ihm."

∞

Am Ostende der Schlucht führt ein geteerter Weg den Nordhang empor. Mit Nano an meiner Seite umrunde ich das kuriose schmiedeeiserne Tor, und schließlich erreichen wir das

Haus des ehemaligen Arztes, das aus der Nähe betrachtet recht ungepflegt wirkt.

„Ich bin Ihnen sehr verbunden, Don Jorge."

Don Lucas ist einige Jahre älter als ich. Er hat dünnes weißes Haar und trägt einen dichten weißen Vollbart. Seine Strickjacke, seine Hose und seine Schuhe sehen erbärmlich aus. Mit fahrigen Bewegungen führt er mich ins Wohnzimmer, das mit Büchern vollgestopft ist. Sie stapeln sich auf dem Fußboden und an den Wänden. Es riecht muffig, obwohl zwei Fenster offen stehen. Er bittet mich, in einem Sessel mit Schonbezug Platz zu nehmen, rückt für sich einen Stuhl an den Beistelltisch heran, auf dem Kaffee vorbereitet ist. Mein Gastgeber spricht unkonzentriert über den gestrigen Abend, doch sobald ich meine Tasse geleert habe, holt er tief Luft:

„Kennen Sie Gott?"

„Wen meinen Sie mit diesem sonderbaren Wort, Don Lucas?"

„Den Herrscher über Himmel und Erde", gibt er prompt zurück.

∞

„Wir Menschen neigen dazu, die universellen Urgewalten, die das Universum durchdringen, zu personifizieren und in einen fernen Himmel zu projizieren", sprach N:gha einst. „Deshalb reden wir von einem Gottvater, einer Gottmutter, einem Gottessohn oder besser Gotteskind und von Engeln. Die entsprechenden Kräfte sind Wirklichkeiten, die göttlichen Gestalten jedoch entspringen nur der menschlichen Fantasie. Richtig ist, dass in der unsichtbaren Welt gigantische Wirkmächte existieren, die das Universum zusammenhalten und seine Entfaltung vorantreiben. Aber die sind formlos und deshalb unsichtbar. Selbstverständlich gibt es beispielsweise höchste Intelligenz, unerschöpfliche Kreativität, absolutes Bewusstsein, ewiges

Gleichgewicht, bedingungslose Liebe und so weiter. Aber es gibt kein göttliches *Wesen,* das diese Eigenschaften besitzt und zur Anwendung bringt. Sie wirken vollkommen autonom und anonym, aus sich selbst heraus. Mit anderen Worten: Die unsichtbare Welt ist real, aber alles, was wir in ihr zu sehen glauben, sobald wir uns ihr zuwenden, sind lediglich Bilder unser eigenen Fantasie."

Trotz des stürmischen Windes waren wir zur Steilküste gewandert und hatten uns dort nebeneinander auf einem Baumstamm niedergelassen.

„Dass wir die Möglichkeit haben, uns jene Urgewalten als Wesen vorzustellen, ist ein Segen für uns, denn wir spüren ja im Alltag gelegentlich das Wirken der universellen Kräfte ~ und nur dann, wenn wir sie in Gestalten kleiden, können wir uns ihnen im Gebet zuwenden und mit ihnen kommunizieren. Wann immer wir das tun, fließen sie in unser menschliches System ein und beschleunigen unser spirituelles Wachstum. Denn das einzige *Wesen*, das all diese göttlichen Fähigkeiten besitzt, ist der Mensch, und durch seine Kommunikation mit ihnen lernt er, sie bewusst anzuwenden."

∞

Während ich überlege, wie ich N:ghas Worte für Don Lucas übersetzen kann, ergänzt der:

„Ich habe gehört, was Sie bei Alba bewirkt haben, und John sagt, dass Sie ein Mystiker sind. Er übertreibt gern, wenn es seinem Hokuspokus dient."

„Wofür brauchen Sie einen Mystiker?", frage ich direkt. Seitdem ich keine Angst mehr vor ehrlichen Antworten habe, weil ich sie atmen kann, scheue ich klare Fragen nicht, denn sie bringen die Dinge auf den Punkt, um den es geht. Der Arzt knetet seine Hände, die Knöchel sind kalkweiß.

∞

„Was du jetzt sagst, scheint dem zu widersprechen, was du mir vor einiger Zeit über Engel erzählt hast“, hatte ich eingewandt. „Heißt das, dass es doch keine unsichtbaren Begleiter gibt?“

Der Herbstwind fegte über die Steilküste und unsere Köpfe hinweg wie der Atem Gottes.

„Es gibt Botschaften aus der unsichtbaren Welt, aber keine Botschafter in ihr.“ N:gha hob den Zeigefinger. „Führung und Segen finden statt, aber es gibt keine Wesen, die uns führen oder segnen. Und trotzdem existieren Engel oder unsichtbare Begleiter ~ jedoch nur für denjenigen, der an sie glaubt. Wir Menschen personifizieren die Inspiration, die wir empfangen, und wer nicht an Engel glaubt, spricht vielleicht von seiner Intuition oder inneren Stimme und kontaktiert das Unsichtbare auf diese Weise. Tatsächlich aber kommunizieren und kooperieren wir alle ausschließlich mit unpersönlichen Urgewalten jenseits unseres Vorstellungsvermögens.“

∞

„Du warst also doch bei ihm“, stellt Conchita fest. „Und was wollte er?“

„Beichten.“

Meine Gefährtin schweigt und ich erinnere mich an Don Lucas’ flehende Augen.

„Ich will nicht wissen, was er gebeichtet hat, Jorge, aber konntest du ihm seine Sünde vergeben?“

„Ja.“

„Und ist sie ihm damit auch vergeben vor Gott und den Menschen?“

„Das ist sie.“

„Woher hast du die Macht, Sünden zu vergeben?“

Der Nazarener war neben allem anderen auch noch hoch intelligent. Er wusste, dass es weder im Himmel noch auf der Erde so etwas wie Sünde gibt. Er hatte verstanden, dass dieser Begriff lediglich von der offiziellen Kirche erfunden wurde, um die Gläubigen erniedrigen, in Abhängigkeit halten und ausbeuten zu können. Deshalb vollführte er, als ihm klar wurde, dass die Priester ihn töten lassen würden und er ohnehin sterben müsste, einen exzellenten Schachzug: Er verkündete, selbst ohne Sünde zu sein und seinen Tod am Kreuz freiwillig auf sich zu nehmen, um damit die Sünden aller Menschen zu sühnen und auszulöschen ~ die vergangenen, die gegenwärtigen und alle zukünftigen. Für diejenigen, die das nicht vollständig akzeptieren konnten, fügte er hinzu, dass von nun an jeder Mensch die Macht habe, auf Erden alle erdenklichen Sünden zu vergeben.

„Weil ich nicht an die Sünde glaube, besitzt mein Wort die Macht, jene alte Tat aus Don Lucas' Psyche zu löschen, als sei sie nie geschehen."

„Deiner Meinung nach wird Miguel also nicht schuldig an Frau und Kind, wenn er sie verprügelt?", begehrt Conchita auf. „Es ist keine Sünde, Frau und Kind zu schlagen?"

„Nein. Niemals. Miguel fügt ihnen Schmerz zu und dadurch auch sich selbst. Aber was hat das mit Schuld oder Sünde zu tun? Seine bösen Taten rufen einzig und allein die Möglichkeit der Vergebung ins Leben der drei. Das ist ein Segen für alle Beteiligten. Sünde gibt es nicht."

Conchita schweigt.

Ich könnte noch hinzufügen, dass jeder Mensch nicht nur als Opfer, sondern auch als Täter Erfahrungen mit Gewalt machen muss, um die Segenkraft der Vergebung kennenzulernen, aber ich habe schon genug geredet und schweige wie meine Seelengefährtin.

∞

Bekundete Reue ist ein Tor zur Vergebung, die in anderen Zeit-Raum-Gebilden wirksam wird und Heilung hervorbringt.

Atmend nehme ich die Beichte des Arztes in ihrem gesamten schmerzhaften Ausmaß entgegen, teile seine Reue mit ihm und kann nicht anders, als das Offenbarte vergebend hinzunehmen, gleichgültig, wie sehr es mich selbst erschüttert.

∞

„Señora, darf ich Don Jorge in Ihrem Hause besuchen?"

Ich sitze in meiner Kammer bequem im Korbsessel, ignoriere die gelegentlich stechenden Schmerzen in meiner Wirbelsäule und schreibe Tagebuch.

„Man erzählt sich schlimme Dinge von Ihnen, Don Lucas. Muss ich mich vor Ihnen fürchten?", höre ich Conchita fragen.

„Nein, Señora, das müssen Sie nicht."

Ein wenig verlangsamt habe ich mich erhoben, bin in die Küche getreten. Der Perlenvorhang trennt die beiden: Conchita steht drinnen auf dieser Seite, mein Nachbar auf der anderen draußen.

„Dann sind Sie mir willkommen, falls Jorge einverstanden ist", antwortet meine großherzige Seelengefährtin.

„Ja, das bin ich", bestätige ich. Conchita schiebt den Vorhang beiseite, und der Besucher tritt, sich leicht verbeugend, ein. Ich reiche ihm die Hand.

„Ich freue mich wirklich, dass Sie kommen, Don Lucas!", sage ich und meine es sehr, sehr ernst.

Er wehrt ab, als ich ihm den Korbsessel anbiete, und stellt eine uralte abgewetzte Arzttasche zwischen seine Füße.

„Vielleicht darf ich mir einmal Ihren Rücken anschauen, Don Jorge."

„Sehr gerne! Ich habe schon gehört, dass Sie ein wahrer Zauberer mit Akkupunkturnadeln sind."

„Gott ist der Zauberer", entgegnet er ein wenig unwirsch. Ich nicke zustimmend.

„Reichen Sie mir Ihre rechte Hand“, fordert er mich auf und streckt mir seine entgegen. Wir legen die Hände ineinander wie zu einer Begrüßung. Der Arzt dreht meinen Handrücken nach oben, schaut mir in die Augen, wartet. Nach einigen Minuten lässt er meine Hand los.

„Ja“, sagt er, „ich verstehe Ihren Körper.“

Er bittet mich aufs Bett, setzt dann drei Nadeln zwischen die Zehen meines linken Fußes. Augenblicklich entspannt sich der Rücken und die Schmerzen verschwinden. Nach einer Viertelstunde entfernt er die Nadeln.

„Ich werde morgen wiederkommen und übermorgen auch. Es ist in diesem Fall nicht mit einem einzigen Mal getan.“

Gegen Mittag kehren die Schmerzen zurück, aber als dann eine fremde Familie vor Conchitas Haustür steht und mit mir über die geplante Reise in den Norden sprechen will, vergesse ich meinen Körper vorübergehend. Am folgenden Tag, nachdem Don Lucas seine Nadeln diesmal zwischen die Zehen meines rechten Fußes gesetzt und später wieder entfernt hat, erscheint ein junges Ehepaar. Die Schwangere leidet an einem starken Ausschlag an beiden Unterschenkeln. Sie haben den Bericht über die Heilung Albas im Fernsehen gesehen und erhoffen sich ein ähnliches Wunder. Ich rufe nach dem Arzt, der in meiner Kammer geblieben war, und bitte ihn für die Frau um Rat und Tat.

„Ich weiß, warum Sie das tun“, knurrt er leise in seiner unwirschen Art, als er mit der abgewetzten Tasche an mir vorbei nach draußen tritt.

„Weil Körper Ihr Spezialgebiet sind, Don Lucas.“

„Ich weiß, warum Sie das tun“, wiederholt er und greift nach der rechten Hand der Frau.

Inzwischen sind wir ein gutes Team geworden: Conchita, die unsere Besucher mit Wasser, Oliven, Brot und ihrem wundervollen Lachen bewirtet, Don Lucas, der sich um alle körperlichen Beschwerden kümmert, und ich, der gar nicht recht begreift, welches Wunder sich hier vollzieht.

∞

„Das Scheißfernsehen hat meine Leute zu dir auf den Südhang geschickt!"

Wieder war am Mittwochabend in Erwartung einer Vielzahl von Interessierten ein großes Büffet angeliefert worden, doch außer John und Leila, Antonia und Miguel, Conchita und mir labten sich nach der Meditation nur fünf weitere Teilnehmer daran. Es war ungewohnt still im großen Haus des Animateurs, und die wenigen Gäste verschwanden peinlich berührt, nachdem sie sich sattgegessen hatten.

„Nimm mir meine Leute nicht weg, Jorge!", fordert der texanische Bär drohend.

„Das ist nie und nimmer meine Absicht."

„Aber es ist das, was du tust. Und du hast dir auch noch den alten Lucas dazu geholt. Ihr beide baut ein echtes Konkurrenzunternehmen auf und zieht meine Kunden ab. Mir ist zu Ohren gekommen, dass du sogar mit ihnen in Stille sitzt und Atemübungen machst. Meditation ist *mein* Revier, Jorge! Hör auf, darin herumzuwildern!"

Miguel verschränkt abwartend die Arme vor der Brust, Antonia schaut betroffen zu Boden.

„Jorge ist dein Freund!", fährt Conchita John an. „Hör auf mit diesen blödsinnigen Unterstellungen! Niemand nimmt dir etwas weg, und was dich freiwillig verlässt, gehört dir ohnehin nicht!"

„Ich glaube, es ist Zeit für dich zu gehen, Puta!", giftet er. „Und nimm deinen deutschen Freier gleich mit!"

„John!", schreit Leila erbost und durchdringend. Alle Gesichter wenden sich ihr zu. Es ist offensichtlich, dass niemand außer ihrem Mann ihr eine solche Stimmkraft zugetraut hätte.

∞

„Warum kommen meine Rückenschmerzen trotz Ihrer täglichen Behandlung immer nach wenigen Stunden wieder?"

„Das wissen Sie selbst", antwortet Don Lucas.

Seit über einer Woche wandert der alte Arzt nun an jedem Vormittag durch die Schlucht und steigt mit seiner Tasche zu unserem Haus hinauf, wo er zuerst von Nano begrüßt wird, bevor er Conchita und mir die knochige Hand reicht. Er ist immer noch erschreckend mager, aber seine Ausstrahlung hat sich inzwischen deutlich verbessert und seine Augen und Bewegungen sind viel lebendiger geworden. Allerdings ist er weiterhin wortkarg und geht oft ziemlich undiplomatisch mit den Kranken um, die zu uns kommen, manchmal sogar richtig ruppig. Das schmälert jedoch in keiner Weise seine Heilerfolge, denn in den meisten Fällen verschwinden die Symptome bereits während der Akkupunktur, ansonsten am folgenden Tag. Viele seiner Patienten kommen noch ein zweites Mal zu uns, nur um sich bei ihm für ihre vollständige Genesung zu bedanken. Er knurrt dann unwirsch und winkt ab.

„Sie danken dem Falschen, danken Sie gefälligst Gott!"

Oft sitzen wir gegen Abend zu dritt auf der Steinbank, sprechen über die eine oder andere Begegnung des Tages. Auch bei diesen Gelegenheiten sagt der Arzt wenig und seine seltenen Kommentare sind knapp und wirken wie lieblos hingeworfen. Meistens schaut er einfach nur stumm über die Schlucht. Aber es ist eindeutig, dass er sich mit uns wohlfühlt. Bevor es dunkel wird, macht er sich auf den Heimweg.

Einmal bedankte ich mich bei meiner Gefährtin dafür, dass sie ihm erlaubte, so viel Zeit mit uns zu verbringen.

„Er ist dein Freund, und außerdem sehe ich, wie sein Herz dafür brennt, den Menschen zu helfen. Das war schon immer so und er war auch schon immer ein begnadeter Heiler und schon immer recht mürrisch. Und vielleicht ist es gar nicht wahr, was man sich nach dem Tod seiner Frau über ihn erzählt hat. Jedenfalls scheint Gott keine besonders großen Ansprüche an die Persönlichkeiten jener Männer und Frauen zu stellen, die ihren Mitmenschen dienen wollen. Immerhin hat Mose einen ägyptischen Aufseher ermordet und wurde später trotzdem von Gott zum Führer der Israeliten berufen. Paulus hatte jahrelang Christen verfolgt und wurde danach zum Apostel erwählt. Mohamed war das Sprachrohr Gottes und führte gleichzeitig blutige Kriege gegen religiöse Konkurrenten. Die göttliche Kraft fließt offensichtlich in und durch die Auserwählten, auch wenn sie nicht frei von Fehl und Tadel sind. Eigentlich ist das unverständlich, aber ich verstehe es trotzdem, denn auch Jesus hat seine Gaben mit Zöllnern und Prostituierten geteilt."

∞

„Meine Rückenschmerzen verschwinden nicht endgültig, weil ich in Kürze sterben werde", tat ich mein eigenes Wissen kund.

Don Lucas schloss die Tasche.

„Korrekt."

## 20

„Stop!", befiehlt N:ga, fasst mich dabei hart am Ellenbogen und hält mich fest, reißt mich fast zurück, als hätte ich einen Abgrund unmittelbar vor mir übersehen und wäre um ein Haar hineingestürzt. Wir stehen in der Fußgängerzone. Das Kopfsteinpflaster vor meinen Füßen weist weder ein gähnendes Loch auf, noch einen Haufen Hundescheiße.

Seit Tagen bin ich traurig und laufe wie ein Zombie durch mein Leben, denn mir ist der Mittelpunkt abhandengekommen, und ich kann den Weg zurück zu mir nicht finden. Der ganze Elan ist verpufft. Ich leide. „Vergiss dich selbst nicht!“, hatte N:gha gemahnt, und es war während der Panoramasicht das Einfachste von der Welt, mir meiner selbst gewahr zu sein, weil das Empfinden, das Zentrum der Welt zu sein, das Tollste war, was ich jemals von mir gespürt hatte. Nun aber ist alles wieder so wie damals, als ich noch nichts von meiner besonderen Stellung inmitten des Universums geahnt hatte. Deshalb taumelt meine Aufmerksamkeit meistens völlig unkontrolliert zwischen allen möglichen Dingen hin und her, richtet sich jedoch nur noch selten auf mich. Und weil ich mich dann auf dieselbe schäbige, zweidimensionale Art wahrnehme wie früher, bin ich maßlos enttäuscht und wende mich von mir selbst ab, versinke in Trauer und Düsternis.

„Schließ die Augen!“

Trotz der vielen Leute tue ich sofort, was er sagt.

„Hör mal!“

Ich lausche gespannt auf weitere Anweisungen, doch es kommen keine. Gerade will ich ungeduldig werden, da bemerke ich die Geräusche der Welt. Seltsam, denke ich: Am helllichten Tag stehe ich in der Fußgängerzone von Wismar und sehe nichts als Dunkelheit, während um mich herum das Leben sich nur noch akustisch bemerkbar macht. So muss ein Blinder seine Umgebung wahrnehmen.

„Hör mal!“, hatte mein Lehrer befohlen, und ich kneife die Augen ein wenig fester zusammen, um noch genauer auf den Lärm zu hören, als sei darin eine wichtige Botschaft enthalten, von der N:gha möchte, dass ich sie verstehe.

„Streng dich nicht so an! Alle Geräusche entstehen von selbst, ohne dass du sie erst erzeugen musst, und werden von selbst wahrgenommen, ohne dass du dich darum bemühen müsstest. Entspann dich. Hör einfach nur hin!“

Ich erkenne die unterschiedlichsten Laute: Stimmen in völlig verschiedenen Tonlagen, Gelächter, Schrittgeräusche, den

Wind an einer Markise, leisen Autoverkehr, das Signalhorn eines Kutters, den Flügelschlag eines Vogels, Knistern von Papier. Aber ich kann darin keine Botschaft erkennen und merke, dass ich wieder frustriert bin und aufgeben will. Hat ja alles doch keinen Zweck mehr, seitdem ich mich selbst verloren habe! Da wendet sich im letzten Moment meine Aufmerksamkeit von den einzelnen Geräuschen ab und dem Raum zu, in dem sie entstehen, und ich höre, wie sie aus allen Richtungen auf mich einströmen: von vorn und hinten, rechts und links, oben und unten, aus der Nähe und aus der Ferne ~ und ganz ohne jeden Zweifel bin ich die Mitte, in der sie allesamt zusammenfließen.

„Wow!“, sage ich und reiße die Augen auf und bin bereit, N:gha hier auf der Stelle vor allen Leuten um den Hals zu fallen und zu küssen.

„Augen zu!“, herrscht er mich an, und ich gehorche sofort wieder, obwohl ich die Freude in seiner Stimme mitbekommen habe. Ja, es ist nicht zu leugnen: Ich bin das Zentrum, auf das die akustische Welt einströmt, genau wie ich das Zentrum war, auf das die optische Welt hinfloss. Und wenn ich das Zentrum der akustischen Welt bin, muss ich auch das Zentrum der optischen sein, denn entweder Mittelpunkt oder nicht Mittelpunkt.

Wie gebannt ist meine Aufmerksamkeit auf mich selbst gerichtet, auf die Mitte von allem.

„Vergiss dich selbst nicht, wenn du jetzt die Augen öffnest!“

Wie könnte ich mich vergessen! Ich öffne die Augen und bin noch immer der Mittelpunkt, zu dem der unendlich weite Umkreis des Akustischen aus allen Richtungen drängt. Während das ziemlich selbstverständlich zu sein scheint, registriere ich vollkommen überrascht, dass mein Blick nicht mehr starr nach vorn gerichtet ist wie in den vergangenen Tagen, sondern gleichzeitig auch beide Seiten erfasst, sodass ich den gesamten

Halbkreis vor mir sehe und den gesamten Umkreis um mich herum höre. Es fehlt nur der hintere optische Halbkreis, aber auf den kann ich getrost verzichten, denn die Selbsterfahrung als Zentrum von allem ist endlich wieder eindeutig.

„Komm, das war's“, sagt N:gha und lässt meinen Ellenbogen los. Beim Gehen bemerke ich, dass die Welt wieder auf mich zukommt und dann seitlich an mir vorbei und direkt durch mich hindurchgleitet, während ich den Eindruck habe, selbst unbewegt zu sein, eben die unverrückbare Mitte. Gleichzeitig registriere ich mit übergroßer Klarheit, dass alle Geräusche, gleichgültig, woher sie kommen, zu mir als Zentrum strömen, in mich hinein und durch mich hindurchfließen.

„Wenn du im Laufe deines Lebens mal vergessen solltest, wer du bist, wo du bist und was du bist, dann hör kurz auf die Geräusche und alles ist wieder sonnenklar.“

∞

N:gha unterhält sich freudestrahlend mit dem Mann, der die großen Bratwürste auf dem Grill wendet, dann je eine in ein Brötchen legt, mit dem Löffel Senf darauf streicht und das Ganze über die Theke reicht.

„Bier dazu?“

„Ich würd ja gern, aber ich glaube, mein Sohn braucht mich heute nüchtern.“

N:gha deutet mit dem Kopf auf das Pflaster neben der Bratwurstbude und wir lassen uns beide dort nieder. Auch während des Essens bleibt das Selbst-Gewahrsein unverrückbar konstant, die Ich-Empfindung als Zentrum von allem, und es macht mir überhaupt nichts aus, dass ich nur noch mit dem halben Panoramablick schaue, denn der akustische Rundumeindruck ist nicht mehr zu leugnen. Er stabilisiert die Gewissheit, dass sich das Universum auch hinter meinem Rücken ausbreitet. Freudetrunken nehme ich mein Selbst genau wie vor wenigen Tagen als Mitte von allem wahr und spüre sogar das Pulsieren jener geheimnisvollen Kraft darin.

„Du bist kein Objekt der Wahrnehmung, sondern das wahrnehmende Subjekt", sagt N:gha. „Du bist keine Erscheinung im Bewusstsein, sondern das Bewusstsein, in dem alle Erscheinungen auftauchen. Und jetzt trinke ich doch ein Bier ~ hab's mir redlich verdient!"

Endlich traue ich mich: Schnell wie nebenbei wende ich den Kopf und hauche N:gha einen Kuss auf die Wange. Er erhebt sich, als wäre nichts geschehen.

„Willst du auch ein Bier?"

Ich verneine stumm. Wieder rollen dicke Tränen, diesmal vor lauter Dankbarkeit und Lebensfreude.

∞

In den folgenden Tagen sitzen wir beide immer wieder die eine oder andere Stunde schweigend nebeneinander, mal auf der Plattform, mal am Hafen oder an der Steilküste, mal auf einer Bank im Stadtzentrum, und ich verweile entspannt und glücklich als bewusster Mittelpunkt des Universums.

Trotz meiner jahrelangen Übung der Atem-Meditation hatte ich anfangs Probleme mit der gedanklichen Untätigkeit, der Stille und dem Frieden in mir, die während des Selbst-Gewahrseins deutlich spürbar werden. Ich erkannte, wie süchtig der Verstand nach Aufregung ist, nach Dingen, mit denen er sich beschäftigen kann. Vor allem neigt er übermäßig dazu, alltägliche Lebensumstände und einfache Ereignisse zu problematisieren, und dann sind wir ständig in Aufruhr und dauernd bemüht, Schwierigkeiten zu beseitigen, die in Wirklichkeit nur aus unseren Gedankenspielen bestehen.

Nach und nach verlangsamte sich das überdrehte Karussell in meinem Kopf, akzeptierte der Verstand die Köstlichkeit der Ruhe, den Segen der Stille, die Gnade des Friedens.

Immer und immer wieder wallte grundlose Freude in mir auf und hellstes Entzücken über die Einfachheit und Schönheit des Lebens. Das schale Gefühl scheinbarer Lebendigkeit wich mehr und mehr einem ekstatischen Vibrieren von grenzenlosem Dasein.

∞

„Ist dir nicht langweilig, einfach so neben mir zu hocken?“, frage ich N:gha, als mir der entsprechende Gedanke kommt, einer von den wenigen, die gelegentlich an der Peripherie auftauchen wie alle anderen Geräusche auch.

„Was heißt ‚einfach so‘? Mir passiert gerade dasselbe wie dir.“

Ich nicke.

„Und dir passiert das schon seit Jahren“, stelle ich fest.

Jetzt nickt er.

„Dann ist das ja wohl die Stille, die von selbst da ist ~ und nicht die Ruhe vor dem nächsten Sturm“, resümiere ich.

„Du hast mir also doch hin und wieder zugehört“, sagt N:gha schmunzelnd.

∞

Irgendetwas stimmt ganz und gar nicht mit unserer gewohnten Raumwahrnehmung!

Normalerweise sehen wir nur die Dinge, die sich unmittelbar vor uns befinden. Unsere Aufmerksamkeit und mit ihr unser Blick kleben dermaßen am Vordergrund, dass wir nicht registrieren, dass sich im Hintergrund noch eine ganze Menge mehr befindet. Wir sehen nicht in die Tiefe des Raumes und haben deshalb nur ein flaches zweidimensionales Bild von der Welt. Lediglich in besonderen Augenblicken „streift unser Blick den Horizont“ des Raumes: Wenn wir am Ufer eines Meeres oder auf dem Gipfel eines Berges stehen, wenn sich also nichts direkt vor uns befindet, woran der Blick haften bleiben kann. Aber obwohl wir sie kaum jemals wahrnehmen, ist die *Tiefe* des Raumes immer vorhanden!

Dieser starr geradeaus gerichtete Blick lässt uns außerdem normalerweise auch all das übersehen, was sich rechts und links davon befindet. Von dem gesamten vorderen Halbkreis registrieren wir nur einen winzigen frontalen Ausschnitt und sehen auf diese Weise die Welt nicht nur flach und zweidimensional, sondern auch nur wie durch eine Röhre. Doch auch die *Weite* des Raumes ist immer vorhanden, obwohl wir sie kaum jemals wahrnehmen!

Wir bemerken im Alltag nicht, dass wir uns in einem gigantischen Gesamtraum befinden, der sich endlos weit und tief um uns herum bis in den hintersten Winkel des Universums ausdehnt ~ und deshalb bemerken wir nicht, dass wir uns stets in der Mitte dieses unendlichen Raumes befinden, dass wir stets dessen Mitte sind! Und weil wir das nicht bemerken, haben wir normalerweise den Eindruck, der uns umgebende Raum stehe oder läge unverrückbar fest vor uns und wir würden uns durch ihn hindurchbewegen von einem Ort zu einem anderen. Es handelt sich um die gleiche Täuschung, die ein Reisender in einem schnell fahrenden Nachtzug erleidet, wenn er von seinem Liegeplatz aufsteht und entgegen der Fahrtrichtung zum Speisewagen geht: Er meint, der Wagon stehe auf der Stelle, rüttele nur hin und wieder ein wenig von rechts nach links, während er selbst sich nach vorn bewegt. Dabei geht er nach rückwärts!

Tatsache ist, dass sich die Erde mit einer Geschwindigkeit von rund 1.700 Kilometern pro Stunde um die eigene Achse dreht. Sie rauscht also mit einer ungeheuren Rasanz unter unseren Füssen dahin wie jener Nachtzug. Aber wir merken davon genauso wenig, wie jeder andere Reisende ~ weil wir von dem uns umgebenden Raum nur einen winzigen Ausschnitt wahrnehmen! Wenn wir ihn in seiner gesamten Tiefe und Weite registrieren würden, würden wir sehr wohl bemerken, dass wir uns im Vergleich zu ihm nicht nennenswert von der Stelle bewegen.

Genau diese „nicht nennenswerte Fortbewegung“, diesen eigentlichen Stillstand im Vergleich zur Erdrotation nehme ich über alle Maßen deutlich wahr, wenn ich jetzt durch die Welt gehe: Ich empfinde die Gewissheit, selbst still zu stehen, während die Umgebung auf mich zukommt, durch mich hindurch- und nach hinten weiterströmt.

∞

Draußen ist es grau. Riesige Wolken bedrängen sich gegenseitig am Himmel. In der Nacht hat der erste Herbststurm kräftig am Bootshaus gerüttelt, die Wände knarren und das Fenster ächzen lassen.

„Betest du eigentlich noch zur universellen Mutter?“, fragt N:gha, als wir gerade mit dem Frühstück fertig sind und ich die Teller spüle, die er dann abtrocknet.

„Daran hab ich in den letzten Tagen nicht gedacht“, antworte ich verblüfft.

„Solltest du aber.“

„Eigentlich bin ich dauernd mit dem bewussten Selbst-Gewahrsein beschäftigt“, entgegne ich, „und absolut zufrieden damit.“

„Selbst-Gewahrsein ist nur die halbe Miete. Gebet ist die andere Hälfte. Deshalb danke der Urmutter für die neuen Erfahrungen, die du jetzt machen darfst. Oder glaubst du etwa, die Veränderungen, die dir geschehen, seien dein eigenes Werk? Außerdem brauchst du ihren Segen mehr denn je, denn der Weg, der vor dir liegt, hat so seine Tücken.“

Ich schweige nachdenklich, kann aber nicht wirklich nachdenken, weil der größte Teil meiner Aufmerksamkeit sich gleichzeitig auf den wahrnehmenden Mittelpunkt und die ganze umgebende Welt richtet. Das Innere des Bootshauses ist, von allen Seiten gleichzeitig gespürt, dermaßen wunderschön, dass ich diese Art des Schauens nicht lassen kann.

„Ich für meinen Teil werde mal nachsehen, ob die Bratwurstbude heute noch steht", erklärt N:gha und greift sich die zerschlissene Wolldecke. „Muss außerdem später richtig heiß duschen und freu mich ehrlich gesagt auch auf ein bequemes Bett. Falls dir in den nächsten Nächten ohne mich langweilig sein sollte, geh einfach mal wieder ins Kino."

Ich bin konsterniert und frage:

„Was läuft denn gerade für ein Film?"

„Selbst-Gewahrsein", antwortet er und will die Tür hinter sich zuziehen.

„N:gha…"

Er steckt den Kopf zurück ins Bootshaus.

„Danke für alles, N:gha!"

„Von Herzen gern."

„Ich hab noch eine Frage."

„Schieß los."

„Diesmal meine ich es ernst: Wer bist du wirklich?"

Er öffnet die Tür wieder ganz, tritt auf die Schwelle, bleibt dort stehen, richtet sich auf.

„Ich bin eine leuchtende Seele, ein Universum voller Licht. Ich bin das helle Licht und der dunkle Raum, in dem das Licht leuchtet. Ich strahle, und mein Strahlen geht weit über mich hinaus und über das Universum, das ich bin."

Er schweigt kurz, damit ich prüfen kann, ob ich ihm diesmal glaube oder nicht.

„Und genau das bist du auch", fügt er hinzu, tritt zurück und schließt die Tür.

∞

Auf einem Meditations-Retreat in Salzburg war ich Ostern vor einem Jahr Astrid begegnet. Von Beginn an verbrachten wir die wenigen freien Stunden miteinander. Sie war Leadsängerin eines Gospelchors und der Klang ihrer Stimme verzauberte mich. Er schien direkt aus dem Himmel zu kommen oder zumindest direkt aus Astrids Herzen. Unsere spontane tiefe Zuneigung war so offensichtlich, dass sich der Leiter mehrfach gezwungen sah, uns an den eigentlichen Grund unseres Hierseins zu erinnern. Nach dem Retreat besuchte ich sie an mehreren Wochenenden, aber wir schliefen nicht miteinander. Eines Sonntagabends, kurz bevor ich zurück nach München fuhr, sprach Astrid unsere Liebe an und ihre Verunsicherung darüber, dass ich bis jetzt jeden sexuellen Kontakt vermieden hatte. Ich nahm allen Mut zusammen und sagte ihr ehrlich, dass ich sie liebte, jedoch nicht wüsste, ob ich mich auf eine Beziehung mit ihr einlassen wollte, weil sie eigentlich nicht der Frauentyp war, nach dem ich mich sexuell sehnte. Wenn eine Frau liebe, entgegnete sie, würde diese sehr schnell lernen, absolut alle sexuellen Wünsche ihres Geliebten zu erfüllen.

Ich erschrak über ihre unbegrenzte Bereitschaft und rührte sie nicht an.

Zurück in München, schaute ich wie jeden Sonntagabend noch für eine oder zwei Stunden in der Bhagwan-Disco vorbei. Diesmal begegnete mir dort eine furchtlose Verführerin mit einem zerschmetterten linken Arm, blitzendem Schmuck und blauen Tattoos. Sie bewegte sich im schwarzen Bustier lasziv zur dröhnenden Rockmusik, suchte unter halb geschlossenen Augenlidern immer wieder meinen Blick und wollte vierzehn Monate später eigentlich mit mir hierher an die Ostsee ziehen. Aber dann überlegte es sich Nur, deren arabischer Name übersetzt „Licht“ bedeutet, im letzten Augenblick anders und kehrte zu ihrem Mann zurück. Möge sie dort besser aufgehoben sein als an meiner Seite!

Ohne diesen endgültigen Sinneswandel Nurs damals voraussehen zu können, schrieb ich an jenem Montag nach der Disco einen Abschiedsbrief an Astrid, und wir sahen uns nie wieder. Erneut hatte ich aus unbedachter Gewohnheit dem Sex Vorrang vor der Liebe eingeräumt. Vielleicht hätte ich in den Armen dieser wundervollen Sängerin endlich jene Sexualität kennenlernen können, die der körperliche Ausdruck von tief empfundener Zugehörigkeit ist, nicht von sinnlicher Befriedigung. Und deshalb wäre es auch durchaus möglich gewesen, dass Astrid und ich ein gemeinsames Leben begonnen hätten und meins vollkommen anders verlaufen wäre, mich nicht in ein einsames Bootshaus an der Ostsee verschlagen hätte.

Dann allerdings wäre ich N:gha nicht begegnet.

∞

Wir machen uns zu viele Gedanken über unsere Vergangenheit.

Begegnungen ereignen sich, Beziehungen erblühen, Trennungen finden statt. Daraus besteht ein wesentlicher Teil unseres Erlebens. Was ist falsch daran? Das Leben beschert uns freudvolle und schmerzhafte Ereignisse. Wenn wir bestimmte Situationen genießen, kommen wir gar nicht auf die Idee, uns zu fragen, was in der Vergangenheit schiefgelaufen ist, dass wir uns nun in dieser erfreulichen Lage befinden. Warum, um Himmels willen, tun wir aber genau dies, wenn es unangenehm wird? Wir wollen unbedingt einen Grund für unsere missliche Lage finden, weil wir dann hoffen, eine ähnliche in Zukunft vermeiden zu können. Aber das hat noch nie funktioniert, denn Freude und Schmerz geben sich lebenslang die Türklinke in die Hand.

Warum also suchen wir weiterhin nach Gründen für schmerzhafte Trennungen? Wenn die Beziehung schmerzhaft war und die Trennung für uns eine Erlösung bedeutete, fragen wir uns doch auch nicht, was wir falsch gemacht haben, als wir den anstrengenden Partner endlich losließen.

Begegnungen ereignen sich, Beziehungen erblühen, Trennungen finden statt. Das ist alles, mehr passiert nicht. So einfach läuft das im Leben. Kompliziert wird es bloß, wenn wir anfangen, darüber nachzudenken. Wir machen uns wirklich zu viele Gedanken über unsere Vergangenheit!

∞

Auch ohne N:gha sind es wunderschöne Tage, Abende, Nächte. Frei und losgelöst von allem, schwebe ich nahezu ununterbrochen im Selbst-Gewahrsein.

∞

Während der Meditation richten wir die Aufmerksamkeit auf ein einzelnes Objekt, zum Beispiel auf den Atem, ein Mantra, ein Bild, ein Koan, eine Eigenschaft, die wir entwickeln möchten, ein Projekt, das wir verwirklichen wollen. Bei der weit verbreiteten Achtsamkeitsübung lenken wir die Aufmerksamkeit auf möglichst viele unterschiedliche Objekte, indem wir genau beobachten, was wir jeweils gerade sehen, hören, riechen, schmecken, fühlen, denken, sagen und tun. Bei beiden Techniken ist die Aufmerksamkeit also auf *Objekte* gerichtet, die wir möglichst bewusst wahrnehmen.

Normalerweise springt unsere Aufmerksamkeit im Alltag unkontrolliert zwischen all den wahrnehmbaren Dingen hin und her, die in ungeheurer Vielzahl um uns herum in der Welt auftauchen und sich außerdem ohne Vorwarnung deutlich in unserem Körper oder in unserer Psyche bemerkbar machen. Denjenigen, der all das von morgens bis abends zur Kenntnis nimmt, ignorieren wir bei dem alltäglichen Spektakel genauso wie bei der Meditation und der Achtsamkeitsübung: uns selbst, das wahrnehmende *Subjekt*.

Im Modus des Selbst-Gewahrseins hingegen steht dieses wahrnehmende Subjekt im Fokus unserer Aufmerksamkeit, die wir auf uns selbst richten. Denn es geht ja schließlich um uns: *Wir* stehen inmitten des alltäglichen Chaos, *wir* sind das wahrnehmende Zentrum, auf das alle äußeren und inneren Erscheinungen hereinprasseln. Also könnten wir auch versuchen, uns der Tatsache bewusst zu sein, dass es uns, trotz allem anderen, auch noch gibt ~ und unserer selbst gewahr sein!

Während des Selbst-Gewahrseins bin ich mir also dessen bewusst, dass *ich* bewusst bin und ständig wechselnde Wahrnehmungen mache. In diesem Modus, *bewusst* bewusst zu sein, verschwinden die Welt und alle anderen Objekte nicht, aber es kommt etwas Entscheidendes hinzu: ich, der Hintergrund all dessen, was sich vordergründig auf ihm abzeichnet, das wahrnehmende Subjekt.

Allerdings verblasst bei einer solchen Seinsweise mein persönliches Ich-Empfinden, denn auch meinen Körper, meine Gedanken und Emotionen nehme ich stets zugleich mit dem Bewusstsein wahr, in dem sie erscheinen, und deshalb rücken sie aus dem Mittelpunkt meines Erlebens an die Peripherie.

In den ersten Sekunden, nachdem ich meine Aufmerksamkeit auf mich selbst gelenkt habe, nehme ich meine persönliche Anwesenheit deutlich wahr. Verweile ich ein wenig länger in dieser verstärkten Ich-Wahrnehmung, wird mir meine Aufmerksamkeit, mein bewusstes Sein im Hier und Jetzt sehr deutlich bewusst. Gleichzeitig scheint sich ein Raum zu öffnen, der alle hörbaren Geräusche enthält ~ und auch alles Sichtbare, falls meine Augen nicht geschlossen sind. Mein Körper- und mein Ich-Gefühl werden immer subtiler, dafür stellt sich das Empfinden einer großen Wahrnehmungsklarheit ein, eines scharfen Zeugen-Bewusstseins. Von ihm werden nun alle wahrnehmbaren Objekte registriert, die sich in mir oder um mich herum zeigen, ohne dass sich mein kaum noch spürbares

Ich in diese Wahrnehmungen einmischt. Da es jedoch immer noch subtil vorhanden ist, bezeichne ich diesen Wahrnehmungsmodus als *„halbpersönliches* Zeugen-Bewusstsein" oder *„weitgehend* unpersönliches Selbst-Gewahrsein".

Der dabei deutlich spürbare Ich-Verlust, der mit abgrundtiefer Stille oder einer Empfindung großer Energiemengen einhergehen kann, ist köstlich, obwohl ich mich erst einmal daran gewöhnen musste.

Nun scheint nur noch der letzte Schritt zum absoluten Bewusstsein zu fehlen.

∞

Ich sitze auf der Steilküste und lasse die Beine in den Abgrund baumeln.

Nachdem er recht lange geschwiegen hatte, als dachte er über die neue Geschichte meiner Sexualität nach, die ich ihm zu Gehör gebracht hatte, sprach N:gha:

„Ganz gleich, wie es uns unterwegs ergeht oder beim Zieleinlauf, Sohn: Es ist wichtig, in unserem Leben die eigenen existenziellen Interessen und Wünsche zu entdecken, denen wir durch die Jahre hindurch bewusst oder unbewusst gefolgt sind, um den verborgenen Plan unserer Seele zu erfüllen. Denn falls wir den heiligen roten Faden nicht erkennen, der sich durch das Labyrinth unseres Hierseins gezogen hat und dem wir treu und unermüdlich gefolgt sind, könnten wir irgendwann plötzlich meinen, uns verlaufen zu haben ~ obwohl wir absolut in der Spur geblieben sind, die wir einst selbst entworfen haben! Eine solche Fehleinschätzung wäre äußerst schmerzhaft."

Das Triumphgefühl über meine fantasievolle Schilderung war schlagartig verschwunden. Stattdessen schwangen seine Worte in meinem Herzen nach und ich ahnte, dass die Geschichte über mich und die Frauen, die ich mir in der

Gewitternacht ohne Blitz und Donner ausgedacht hatte, der Wirklichkeit vielleicht näherkam, als ich glauben wollte.

Aus dem Wald hinter mir steigt Regendunst auf, der nach Sommerlaub duftet. Das Meer liegt vollkommen ruhig unter mir, der Himmel ist weit und wolkenlos. Von Minute zu Minute verlängert die Sonne den Schatten meines Körpers. Es wird Zeit, trotz aller Bedenken meine Pflicht zu tun.

∞

Es kommen von Woche zu Woche mehr Teilnehmer in Haralds Seminarraum, aber heute bin ich erneut verunsichert. Seit vielen Jahren unterstütze ich Menschen dabei, zu atmen und sich selbst zu spüren, Grenzen atmend zu überschreiten und ihre Lebensgestaltung in die eigenen Hände zu nehmen. Aber all das erscheint mir plötzlich wenig hilfreich. Jetzt weiß ich nämlich, dass ich niemals auch nur die geringste Ahnung von all dem hatte! Denn nun sitze ich vor ihnen und atme und spüre mich selbst als das Zentrum von allem und habe mich bis in die Weite des gesamten Universums überschritten. Wie hätte ich wissen können, dass das jemals möglich sein könnte? Wie klein war bis vor einer Woche noch meine Vorstellung von der Erweiterung des Bewusstseins gewesen! Ja, an dieser Minimalvorstellung gemessen, hatte ich durch die Jahre hindurch stets gute Arbeit geleistet. Aber angesichts dessen, was ich seit einigen Tagen selbst erfahre und was uns Menschen also tatsächlich möglich ist, war mein Broterwerb bis jetzt nichts anderes als Hokuspokus, psychotherapeutisches Theater, spirituelle Scharlatanerie.

Es wäre blödsinnig, irgendetwas erklären zu wollen. Die Menschen, die hierhergekommen sind, erwarten von mir eine wie auch immer geartete Unterstützung auf ihrem aktuellen Weg durch das Leben. Wenn ich ihnen nun sagen würde, ich hätte bis jetzt nicht im Geringsten gewusst, wovon ich gesprochen hatte, würde ihnen das wenig helfen. Und ihnen meinen momentanen Standpunkt in der Mitte des Universums zu beschreiben, wäre größenwahnsinnig, denn ich kenne ihn erst seit wenigen Tagen und bin diesbezüglich noch ein absoluter Neuling. Wie, um Himmels willen, soll ich also diesen Abend gestalten? Klar, wenn ich N:ghas Kräfte hätte, würde ich jedem Teilnehmer von hinten die Hände auf die Schultern legen und ihn im Uhrzeigersinn durch den Raum drehen und dann eindringlich „Du bist das Zentrum des Universums!" flüstern, aber ich habe N:ghas Kräfte nicht und bin mir dessen vollkommen bewusst.

„Hilf mir, N:gha!", denke ich plötzlich und seh ihn sofort vor meinem geistigen Auge grinsen.

„Mach einfach dein Ding", glaube ich, ihn durch meine innere Stimme sagen zu hören, oder ich denke, dass er etwas in der Art sagen würde. „So falsch war das alles gar nicht, obwohl du wirklich nicht die geringste Ahnung davon hattest!"

∞

Ich habe den Abend mit Hängen und Würgen hinter mich gebracht und bin ganz und gar nicht zufrieden mit mir, hoffe jedoch, in der nächsten Woche deutlich gefestigter zu sein und dann wieder einen guten Job machen zu können. Umso mehr haut es mich vom Sockel, als ich am nächsten Morgen Haralds unfrankiertes Schreiben aus meinem Briefkasten fische. Er muss es zu früher Stunde selbst eingeworfen haben. Er informiert mich darin, dass er hiermit die Vermietung des Seminarraums fristlos kündigt. Ich werde fuchsteufelswild, denn gestern Abend hat er mich wie immer freundlich begrüßt und hätte mir das Schreiben mit ein paar erklärenden Worten persönlich überreichen können.

Was für ein falscher Hund!

Sofort versuche ich, ihn anzurufen, aber er hat meine Nummer gespeichert und drückt den Anruf weg. Was für ein Feigling!

Ich stürme aus dem Bootshaus, laufe auf dem Pfad ostwärts, biege rechts in den Wald ein und springe in mein Auto. Auf der Fahrt packt mich mein ansonsten stets hilfreiches Verantwortungsgefühl und überschwemmt mich mit blanker Panik: Ich habe weder Handynummern noch Adressen der Teilnehmer, weil dies eine offene Gruppe ist, und kann sie also nicht darüber informieren, dass unsere Abende nicht länger stattfinden. Sie werden sich am nächsten Mittwoch also vergeblich vor Haralds Pension einfinden und ich muss sie wieder nach Hause schicken!

Ich schäume vor Wut, als ich die Tür zu Haralds Büro aufreiße. Er sitzt nicht an seinem Schreibtisch. Ich stürme die Treppen rauf zum Seminarraum. Ein Drittel des Teppichbodens ist herausgerissen, zwei Elektriker stehen auf hohen Leitern, montieren die Deckenlampen ab. An der rechten Wand türmen sich riesige Kartons, offensichtlich die neue Einrichtung. Zwei Monteure sind damit beschäftigt, eine Bar aufzubauen. Harald steht an einer der Leitern, sieht nach oben, spricht mit dem Elektriker. Erst als ich direkt vor ihm stehe, bemerkt er mich.

„Tja", sagt er zur Begrüßung, „tut mir leid, aber alles geht seinen Gang."

„Du hast mir zugesagt, dass ich diesen Raum bis Dezember nutzen kann."

„Die Dinge haben sich geändert. Hier zieht am Wochenende eine Tanzschule ein. Festmiete, sieben Tage pro Woche, sechs Monate lang."

„Du hast es mir zugesagt!"

„Und jetzt habe ich es mir anders überlegt."

„Harald, das kannst du nicht tun!"

Er ist viel kleiner als ich, und ich bin so wütend, dass ich ihn auf der Stelle umhauen könnte.

„Mein ganzes Leben lang hat man mir gesagt, was ich tun kann und was nicht“, erklärt er mit betont ruhiger Stimme. „Während sie dir die Bananen vorne und hinten reingeschoben haben, hab ich in einer Diktatur gelebt. Ich bin fast jeden Montag in Leipzig auf die Straße gegangen, aber nicht, damit nach ’89 ein Wessi aus München bei mir reinschneit und hier das Kommando übernimmt. Wir haben keinen Mietvertrag, du zahlst wöchentlich, wir sind quitt, du bist raus.“

Wenn man wütend ist und den Atem anhält, dreht man der eigenen Kraft den Hahn zu. Ich halte den Unterkiefer entspannt und lasse den Atem durch den Mund gehen, wie er will. Er fährt keuchend ein und aus, pumpt Energie in die Brust, die Arme, die Fäuste. Der Kopf wird leer und klar. Vier Zeugen, aber das ist mir egal. Der Impuls, zuzuschlagen, kommt ungebremst, die Faust zuckt hoch, an der Wand hinter Harald steht auf dem Boden N:ghas nagelneuer Lederkoffer, die zerfledderte blassblaue Decke liegt, ordentlich gefaltet, darüber. Ich stutze und halte mitten im Zuschlagen inne. Wieso ist N:gha hier? Ich sehe an Harald vorbei, starre den Koffer an, lasse die Faust sinken. Was macht N:gha an diesem Tag, zu dieser Stunde in Haralds Seminarraum? Ich sehe mich suchend nach ihm um.

„Dein Glück!“, zischt Harald. Die beiden Elektriker stehen neben ihm, die Monteure hinter mir. Alle vier halten ihre Werkzeuge wie Waffen in den Händen.

„N:gha?“, rufe ich.

„Verpiss dich, Wessi!“, sagt einer der Monteure.

Völlig desorientiert schaue ich noch einmal zu der Wand. Decke und Koffer sind verschwunden. Ich hätte zugeschlagen, denke ich, ich hätte wirklich einem Menschen die Faust ins Gesicht gerammt. Ohne Sinn und Verstand. Einfach nur so.

Blut und Knochensplitter für nichts und wieder nichts, denn der Seminarraum ist für mich sowieso nicht mehr zu haben.

Wortlos wende ich mich um, gehe zwischen den beiden Monteuren hindurch, steige die Treppe hinunter. Im Wagen beginne ich zu zittern. Ich hätte wirklich zugeschlagen, wenn ich nicht für einen Moment geglaubt hätte, N:gha sähe mir dabei zu.

∞

Im Bootshaus überkommt mich wieder die gnadenlose Wut auf Harald. Was hätte er nicht alles tun können, um sich mit mir gütlich zu einigen! Stattdessen wirft er mir bei Nacht und Nebel einen Brief in den Kasten, drückt meinen Anruf weg und spielt sich als Herr über die ganze westliche Welt auf! Mit vier Mann Verstärkung setzt dieser Feigling sein Unrecht durch!

Das ganze Universum ist zusammengebrochen: Ich habe meinen Arbeitsraum verloren und stecke in einem wild tosenden Schädel fest ~ vom Mittelpunkt der Welt ist nichts mehr zu spüren, Scheiße!

Ich hoffe, mich im Laufe der nächsten Stunden atmend zu beruhigen und die mir gemäße zentrale Stellung wieder einzunehmen, aber diese Hoffnung erweist sich als Illusion. Wenn ich versuche, mich auf meinen Atem zu konzentrieren, um damit die rasenden Gedanken zu stoppen, gelingt das immer nur für ein paar Sekunden, dann kocht die Wut erneut über. Mit immer größerem Schrecken merke ich, dass ich unter meiner eigenen Wut viel mehr leide als unter Haralds Entscheidung, denn irgendwie wird das Leben ja schließlich auch ohne diesen dämlichen Seminarraum weitergehen. Aber ich bin derart zum Spielball jener destruktiven Emotion geworden, dass ich sie nicht beenden kann. Ich überlege sogar, N:gha hierherzurufen, wie er es mir beigebracht hat, aber das käme einer Kapitulation vor mir selbst gleich, und ich liege ja ohnehin schon vor mir am Boden.

Gegen Abend halten sich Wut und Verzweiflung die Waage. Ich versuche, ein paar Runden zu schwimmen, aber erstens ist die Ostsee empfindlich kalt geworden und zweitens nützt es nicht das Geringste. Im Pullover setze ich mich aufs Dach und stelle mir vor, N:gha säße mir gegenüber. Das klappt erstaunlich gut, denn ich merke, wie ich mich entspanne. Also überwinde ich mich und berichte ihm, was heute so alles passiert ist, anfangs mit leiser Stimme, dann immer lauter und heftiger. Als ich fertig bin, sieht er mich ernst, aber mit einem liebevollen Lächeln an.

Was würde mein Wahlvater wohl zu all dem sagen?

Erstmal würde er natürlich bedächtig schweigen.

„Ich bin nicht gerade stolz auf dich."

Der Satz haut mich vom Hocker, denn so eine Eröffnung hätte ich nicht erwartet.

„Menschen tun Menschen unrecht", scheint N:gha fortzufahren. „Das ist normal, aber es ist noch lange keine Rechtfertigung dafür, ihnen die Zähne einzuschlagen. Und was heißt schon unrecht? Du hast gestern Abend vollkommen klar erkannt, dass du mit deiner bisherigen Arbeit nicht weiterkommst. Sie ist beendet, weil du inzwischen Dinge erfahren hast, die du in dein altes System nicht integrieren kannst, und neue Möglichkeiten müssen sich dir erst noch zeigen. Bis dahin brauchst du weder einen Arbeitsraum noch Leute, die für dein Herumdilettieren Geld ausgeben. Also ist alles in bester Ordnung und eine Entschuldigung wäre angebracht."

Ich spüre, dass ich völlig verblüfft bin und ohne jeden Widerstand. Ich kann sogar ziemlich klar erkennen, dass eigentlich alles komplett miteinander übereinstimmt. So gesehen, kam Haralds Kündigung exakt zum richtigen Zeitpunkt, auch wenn die Art und Weise mehr als fragwürdig war.

„Bitte entschuldige meine Wut, N:gha."

„Du sollst dich nicht bei *mir* entschuldigen, sondern bei Harald. Und sei dir völlig im Klaren darüber: Du hast *ihm* Unrecht getan ~ nicht er dir!"

Erst als die Sonne schon untergegangen ist, habe ich allen Mut beisammen und rufe in der Pension an. Erstaunlicherweise meldet sich mein ehemaliger Vermieter sofort.

„Bitte entschuldige mein unbeherrschtes Auftreten von heute Vormittag, Harald."

Er bleibt still.

„Es tut mir leid, dass ich so wütend war und dich fast geschlagen hätte."

„Früher gehörte die Pension zum sogenannten Volkseigentum der Deutschen Demokratischen Republik", erklärt Harald mit ruhiger fester Stimme. „Das heißt, sie gehörte den Parteifunktionären, die hier ihre Fickfeste mit russischen Nutten feierten. Heute gehört sie mir. Früher wurde ich rumgeschubst und musste das Maul halten. Heute bin ich mein eigener Herr. Deshalb pfeif ich auf eure Gesetze, denn die sind genauso volksfeindlich wie damals unsere. Der Druck kommt immer von oben, aber jetzt bin ich das Volk und mach, was ich für richtig halte! Und du mit deinem westdeutschen Recht im Rücken bist einfach nur genauso arrogant und selbstgefällig wie alle Machtmenschen. Du kannst mich mal!"

Er beendet das Telefonat.

Wieder kocht die Wut in mir hoch. Er kann seinen beschissenen Seminarraum für ein Heidengeld an eine Tanzschule vermieten und ich habe mich in aller Form bei ihm entschuldigt! Was will er noch? Wer von uns beiden ist selbstgefällig und setzt mit aller Macht sein vermeintliches Recht durch? Was will er also noch von mir? Soll ich ihm etwa die Füße küssen?

∞

Natürlich kann ich vor lauter Wut nicht einschlafen, aber ich wage es nicht, mich ein weiteres Mal an N:gha zu wenden. Irgendwie werde ich diese Nacht auch ohne seinen Rat überstehen.

Das Schlimmste ist, dass ich bei all der Scheiße mich selbst und meinen Mittelpunkt völlig verloren habe.

Ich bin immer noch wach, als es heftig an die Tür klopft.

„Sohn, mach auf!"

Ich springe von der Luftmatratze hoch und schiebe den Riegel zurück.

„Schnell!", sagt er, schiebt seinen Koffer an mir vorbei ins Bootshaus. „Zieh dir schnell was an, gleich ist Geisterstunde!"

Mit einer einzigen fließenden Bewegung schwingt er sich aufs Dach. Ich ziehe mich warm an, denn die Nächte sind inzwischen ziemlich kühl. Nachdem ich ihm Luftmatratze und Schlafsack hochgereicht habe, klettere ich zu ihm. Er bedeutet mir, mich neben ihn zu setzen.

„Mitternachtskino", sagt er.

Wir schauen nach Norden. Ich breite den Schlafsack über unsere Beine, wir stecken die Füße nebeneinander in das geschlossene untere Ende. Er kitzelt meine Wade mit seiner großen Zehe. Um uns ist es dunkel und diesig. Der Dunst, der über der Ostsee liegt, lässt keine Grenze zwischen Meer und Himmel erkennen. Das Ganze wirkt wie eine asphaltgraue Leinwand, denke ich, wohl weil N:gha vom Kino gesprochen hat. Während ich noch überlege, was das alles soll, erscheint links eine menschliche Gestalt im Dunst, keine zehn Meter von uns entfernt, aber etwa drei Meter groß. Wie auf einer Riesenleinwand, denke ich und merke, dass ich keine Angst habe.

„So, jetzt aufgepasst: Geisterstunde!", flüstert N:gha.

Fehlt nur noch Popcorn, denke ich, da taucht von rechts eine ebenso große Gestalt auf, macht einen riesigen Schritt auf die erste zu und schlägt ihr mit einem Schwert den Kopf ab. Ich bin dermaßen schockiert, dass ich nach N:ghas Arm greife.

„Au!“, stöhnt er. „Entspann dich, Sohn! Uns passiert hier nichts, die können uns nicht sehen!“

Aus dem Dunst ist wieder von links eine weitere Gestalt aufgetaucht und durchbohrt die rechte mit einem Speer. Nun erscheint von rechts eine vierte, die der dritten eine Keule über den Kopf schlägt und sofort danach von einer fünften getötet wird. Knochen bersten krachend, Blut spritzt fast bis auf unser Dach und füllt die Nachtluft mit jenem ekelhaft süßlichen Gestank von Schlachthöfen. Immer derjenige, der gerade jemanden umgebracht hat, wird anschließend selbst umgebracht wie beim Shootout von „The wild Bunch“ ~ ein herrliches Peckinpah-Gemetzel! Ich mag Western und auch N:gha scheint vor Begeisterung zu glucksen. Das anfangs grauweiße Bild hat immer mehr Farbe und Tiefe gewonnen, die Leichen stapeln sich im 3D-Format stinkend zum Himmel.

„N:gha, träume ich das alles gerade?“, frage ich mit seltsamem Schauer.

„Ja, wie sonst auch immer, wenn du mit offenen Augen durch die Welt marschierst. Aber falls du meinst, ob du gerade unten im Bootshaus liegst und schläfst ~ nein, du sitzt neben mir auf dem Dach und bist erstaunlich munter.“

Die einzelnen Szenen auf der Dunstleinwand der Nacht dauern immer nur wenige Sekunden und wechseln sich rasend schnell ab. Manchmal jedoch verzögert sich der Tötungsvorgang, läuft in Zeitlupe oder wird gar zu einem feststehenden Bild. Nachdem das ein paar Mal passiert ist, bemerke ich, dass die Entschleunigung immer dann stattfindet, wenn mich eine bestimmte Art zu töten besonders fasziniert ~ als würde ich aus demselben Grund beim DVD-Schauen auf *Slowmotion* drücken. Mich begeistert, dass ich das Geschehen auf diese Weise steuern kann, und ich mache das immer häufiger.

„Hör auf mit dem Scheiß!“, sagt N:gha. „Wir haben nur diese eine Stunde und der Film ist noch lange nicht zu Ende.“

Also lasse ich die Bilderflut wieder ungebremst an mir vorbeirauschen. Aha, denke ich plötzlich, die Lektion, die mir N:gha erteilen will, ist simpel: „Wer zum Schwert greift, der kommt durch das Schwert um!“ Plötzlich tauchen keine Menschen mehr auf, sondern Tiergestalten, von links und dann von rechts und dann wieder von links, und immer tötet und frisst ein Tier erst das andere und wird anschließend selbst von einem größeren Tier getötet und gefressen. Als ich überlege, was mir das jetzt sagen soll, erscheint eine wunderschöne Blume und das Bild friert ein. Falls N:gha mich nachher fragt, werde ich sagen, dass Tiere sich gegenseitig töten, um zu überleben, während die Menschen sich gegenseitig töten, um… Weshalb töten Menschen sich gegenseitig? Schnitt.

Der Film beginnt wieder von vorn: Links erscheint eine menschliche Gestalt, rechts erscheint eine zweite und schlägt der ersten den Kopf ab. N:gha seufzt. Als wollte ich ihn nicht verärgern, verstehe ich plötzlich, dass auch Menschen sich gegenseitig töten, weil sie glauben, nur überleben zu können, wenn sie ihrem Opfer das wegnehmen, was sie selbst zum Leben brauchen. N:gha atmet entspannt aus. Schnitt.

Die Blume und ein Insekt, das sich auf die Blüte setzt. Die schließt sich und verschlingt das Insekt. Ein Tier erscheint und frisst die Blume. Der Tierkörper bläht sich riesig auf, wird durchsichtig, und darin töten sich die Mikroorganismen und werden von anderen Mikroorganismen getötet. Mir wird ganz mulmig. Schnitt. Ein durchsichtiger Menschenkörper erscheint, und auch in ihm findet ein unentwegtes Fressen und Gefressenwerden von Zellen und anderen Minilebewesen statt. Mir wird angst und bange. Schnitt. Feuer verbrennt Holz, Wasser löscht Feuer ~ also töten sich auch die Elemente gegenseitig! Ich entspanne mich ein wenig. Schnitt. Der Sternenhimmel erscheint, als wäre der Dunst verflogen. Das Kreisen der Sterne umeinander, das Stürzen der Sterne ineinander, ihr Verlöschen, überall nur Töten und Töten und Töten.

Heftiges Weinen bricht aus mir. N:gha legt den Arm um mich, ich lasse meinen Kopf in seinen Schoß fallen, er hält mich, während sich der Schmerz der gesamten Schöpfung in mein Herz bohrt und Fassungslosigkeit mich schüttelt.

Ich weiß nicht, wie lange ich so gelegen habe, weinend und geborgen. Als ich dann still bin und N:gha mich immer noch hält, flüstert er leise:

„Unsere Erde ist ein Gewaltplanet. Das Gesetz, dem hier alles unterworfen ist, bestimmt, dass jedes einzelne Teil nur auf Kosten eines anderen Teils überleben kann. Egal, was wir tun, wir können daran nichts ändern, denn auch Menschen müssen zumindest Pflanzen essen, um zu überleben, und also müssen wir Pflanzen töten."

Ich beginne wieder zu weinen. Im Stillen hatte ich vielleicht gehofft, dass N:gha mir einen Ausweg aus dem grauenhaften Todesreigen zeigen würde, umso mehr packt mich die Ausweglosigkeit unserer Situation.

„Niemand ist zufällig hier inkarniert und alle müssen dem Gesetz dieser Welt gehorchen. Sogar dein Jesus trank Wein, aß Lamm und ließ sich die Haare mit Duftöl salben. Aber er hat uns auch gezeigt, wie wir Menschen das schaurige Gesetz modifizieren können: Indem wir unseren Mitgeschöpfen nicht noch mehr Schmerz zuzufügen, als sie ohnehin schon zu ertragen haben."

Er macht eine Pause, damit ich das Gesagte begreifen kann.

„Jeder lebt auf Kosten des anderen und wird selbst von anderen ausgebeutet", fährt N:gha fort. „Weshalb dann noch Harald im Weg stehen, wenn er seinen Seminarraum an eine Tanzschule teurer vermieten kann als an dich? Destruktivität zerstört den Destruktiven ~ du hast heute den ganzen Tag über selbst gemerkt, wie sie in deinem Körper und in deiner Seele gewütet hat. Und das nur, weil du glaubtest, ein Recht auf einen Raum zu haben, den du in den nächsten Wochen sowieso nicht sinnvoll nutzen könntest."

„Es tut mir so leid!"

„Ich weiß."

„Es tut mir alles so furchtbar leid!"

„Ich weiß."

Vor Schmerz, Kälte und Ausweglosigkeit zittert mein ganzer Körper.

„Lass uns jetzt schlafen gehen", schlägt N:gha vor. „Es war ein langer anstrengender Tag für dich."

Im Bootshaus breitet er an seinem Platz die Bastmatte aus, legt sich nieder und zieht die löchrige Wolldecke über sich.

„Die Ich-Behauptung muss aufgegeben werden."

Ich bin vor lauter Erschöpfung schon fast eingeschlafen, deshalb mahnt N:gha eindringlich:

„Die Ich-Behauptung *muss* aufgegeben werden, denn sie trennt uns von unserer eigenen Göttlichkeit!"

## 21

Conchita ist zum Einkaufen ins Dorf gefahren. Antonia unterhält sich unter dem Vordach mit drei fremden Besuchern. Don Lucas behandelt einen Patienten in der Küche. Ich sitze in meiner Kammer und spreche leise mit einem Ratsuchenden. Von der Schlucht her ist das Geräusch einer Polizeisirene zu hören. Es schwillt an. Als ich begreife, dass der Wagen den Hangweg hinauf zu uns fährt, unterbreche ich das Gespräch und trete vor das Haus. Die Sirene ist abgestellt, das Blaulicht rotiert weiter. Nano ist mir gefolgt und beginnt, furchterregend zu bellen. Ein Uniformierter blockiert, vor dem Wagen stehend und den Schlagstock in beiden Händen haltend, den Weg zurück zur Schlucht. Der zweite marschiert entschlossen auf mich zu, die Hand auf dem Griff seiner Dienstwaffe. Ich rufe Nano zur Ruhe. Der steht stumm und kampfbereit, die Rute waagerecht, den Nacken leicht gebeugt, den Kopf vorgeschoben, die Ohren angelegt und die Zähne gebleckt.

„Wo ist die Hauseigentümerin?", schreit der Polizist mich an, während er auf mich zustürmt, aber Nano im Blick behält. Offensichtlich weiß er genau, wer ich bin. Er ist zwei Köpfe kleiner als ich, schmal, aber extrem muskulös. Nano beginnt, grollend zu knurren. Ich bin felsenfest entschlossen, friedvoll zu bleiben, was auch immer geschehen mag, und suche festen Halt für meine Füße im Boden, stütze mich auf die Krücke, atme.

„Sie macht Besorgungen in der Stadt."

Er schlägt mit seinem Knüppel gegen den Rahmen der Eingangstür.

„Raus da!"

Nano duckt sich zum Sprung. Ich stoppe ihn mit einer Handbewegung. Er ist gespannt wie eine Stahlfeder und blickt aus den Augenwinkeln zu mir empor, wartet auf das Kommando zum Angriff. Don Lucas tritt durch den Perlenvorhang. Er ist leichenblass. Hinter ihm erscheinen verschüchtert die beiden Besucher.

Der Polizist wendet sich an die sieben Menschen unter dem Vordach.

„Sie nehmen hier gerade an einer nicht angemeldeten und nicht genehmigten Demonstration teil. Ich werde jetzt Ihre Personalien feststellen."

„Diese Menschen sind meine Gäste", sage ich mit fester Stimme, atme und gründe mich im unbewegten Bewusstsein. „Wir demonstrieren nicht, wir..."

„Habe ich Sie gefragt?“, schreit er mich an, springt zu mir und wiederholt schreiend, ohne den Kopf zu heben, die Nase keinen Zentimeter von meiner Brust entfernt: „Habe ich Sie gefragt?“

„Nein.“

„Die Ich-Behauptung *muss* aufgegeben werden!“, hatte N:gha gefordert. Es war das einzige „Muss“, das er mir gegenüber jemals verwendet hatte.

Jemand flüstert leise. Der Polizist wirbelt herum.

„Es wird nicht gesprochen!“, schreit er in die Runde. Dann, wie ausgewechselt, kontrolliert er nahezu unbeteiligt die Ausweise, notiert Namen und Adressen. Ein Ehepaar hat keine Papiere bei sich.

„Sie kommen zur Feststellung Ihrer Identitäten mit auf die Wache!“

Er deutet zackig mit dem Kopf in Richtung Wagen. Der andere öffnet die hintere Tür. Der erste sieht triumphierend und erbarmungslos zu mir auf.

„Das nächste Mal melden Sie solche Veranstaltungen rechtzeitig bei der zuständigen Behörde an, und falls Sie sie trotz eines Verbotes oder ohne Anmeldung durchführen, werde ich Sie festnehmen. Kennen Sie die spanischen Verhörzellen?“

„Nein.“

„Das lässt sich schnell ändern!“

„Alle Macht im Universum geht von der universellen Mutter aus“, sprach N:gha einst. „Es gibt nur eine einzige Kraft, die da wirket alles in allem, und sie kommt von der Großen Göttin. Wie die Menschen diese Kraft gebrauchen, ist ihnen überlassen. Manchmal trägt dich die universelle Macht, manchmal schlägt sie dich durch jemanden nieder. Wenn die Kraft dich zum Erfolg führt, danke der Urmutter, und wenn dich die Kraft niederwirft, überwältigt, zerstört, dann sieh nicht auf denjenigen, der gerade Macht über dich ausübt, sondern auf die Macht selbst, die dich in den Staub tritt, und danke der Mutter ebenfalls, denn sie weiß, wofür dein Schmerz gut ist."

Ich atme heftig, aber ohne jeden Widerstand, und ich empfinde keine Angst.

Der Polizist befiehlt den Menschen unter dem Vordach:

„Sie verlassen jetzt sofort das Gelände!"

Antonia sieht mich entsetzt an.

„Miguel wird das regeln", sagt sie leise.

Der Polizist fasst sie gewalttätig am Arm.

„Ich hatte gesagt, es wird nicht gesprochen! Sie kommen ebenfalls mit zur Wache!"

Er wendet sich dem Arzt zu.

„Und Sie haben hier für alle Zukunft Hausverbot, Giftmischer! Verstanden?"

Don Lucas nickt stumm mit niedergeschlagenem Blick. Die verstörten Besucher gehen, ohne zu reden, den Hangweg hinab. Nur einer hat es noch gewagt, mir zuzunicken. Don Lucas folgt ihnen. Umständlich wendet der Streifenwagen und fährt langsam hinter der kleinen Menschengruppe her, schiebt sie unter Sirenengeheul schrittweise der Schlucht zu.

Nano schüttelt sich, stupst seine Schnauze in meine Handfläche.

∞

Conchita ist entsetzt.

Antonia ruft an und berichtet, Miguel hätte dem Bürgermeister die Hölle heiß gemacht. Der hatte die Aktion aus Gefälligkeit für John befohlen. Aber dann hätte Carlos sich gekrümmt wie ein Wurm, denn Miguel sei sein offizieller Kreditgeber und kenne außerdem die inoffiziellen Geldbewegungen auf den Konten des Politikers. Jedenfalls würden Conchita und ich nie wieder von behördlicher Seite belästigt werden und selbstverständlich dürfe Don Lucas uns jederzeit besuchen.

„Wie ist es dir auf der Wache ergangen?“, frage ich sie.

„Gleich als wir ankamen, hat der Vorgesetzte begriffen, dass ich die Frau des Bankdirektors bin, sich in aller Form entschuldigt und mich sofort wieder nach Hause geschickt. Mit einem Taxi und auf Staatskosten.“

Die Kirche, das Kapital, die Politik und die Polizeigewalt.

∞

„Friedfertigkeit in Konfliktsituationen bedeutet nicht, klein beizugeben“, sprach N:gha einst. „Sie erfordert höchsten Mut und höchste Standfestigkeit. Friedfertigkeit in Konfliktsituationen heißt, klar und deutlich zu sagen, was du willst und was du nicht willst ~ ohne den anderen verbal anzugreifen oder durch Handlungen unter Druck zu setzen. Du lässt ihm vollkommen seinen freien Willen, bekundest jedoch deinen Willen ebenfalls uneingeschränkt, falls das möglich ist. Deine Rede sei einfach: ja, ja; nein, nein. Alles andere ist pubertäres Gewäsch. Wenn dein Gegenüber auf seinen Standpunkt beharrt oder aggressiv wird, entscheide dich noch einmal bewusst, auch weiterhin friedvoll zu bleiben. Dann steh aufrecht, atme deine Emotionen und halt die Klappe. Bitte im Stillen die Urmutter um eine intelligente Lösung des Konflikts.“

„Und wenn sie schweigt?“

„Dann ist es Zeit, deine Ich-Behauptung aufzugeben, deinen Willen loszulassen, ein freiwilliges Opfer zu bringen. Das macht dich zum Sieger.“

„Zum Sieger?“

„Klar doch! Über dich selbst.“

∞

„Es tut mir leid", sagt Leila, die noch in der Nacht zu uns gekommen ist, nachdem Antonia sie von den Vorfällen unterrichtet hat. Wir sitzen auf der Steinbank vor dem Haus. Die Sterne funkeln. Conchita hat Rotwein, Oliven und Weißbrot auf den Tisch gestellt. Nano schläft unruhig. Es sei alles ihre Schuld, erklärt Leila. John hätte sich nur dafür rächen wollen, dass sie seit dem Mittwochabend nicht mehr mit ihm spreche, weil er Conchita eine Hure genannt hatte. Meine Gefährtin legt ihre Hand auf Leilas Arm.

„Kleine, du weißt, dass John manchmal ein Arschloch ist. Mit dir hat das nichts zu tun", beruhigt meine Gefährtin ihre kleine Schwester.

„Doch, hat es." Leila atmet schwer. „Er ist seit Jahren ständig wütend, weil ich ihn sexuell ziemlich kurzhalte, und als ich am Mittwoch, nachdem ihr gegangen ward, auch noch aufhörte, mit ihm zu sprechen, drohte er, dass er es uns allen zeigen würde, er könne auch anders."

„John hat Angst, seine Meditationsabende zu verlieren", sage ich in die lange Pause hinein, die Leila macht. „Seine Arbeit ist ihm heilig. Er versteht sie als einen wesentlichen Grund für seine aktuelle Inkarnation und er macht sie ja auch wirklich großartig. Er glaubt, dass seine Berufung, Menschen wachzurütteln, das Einzige ist, was seinem Leben Sinn verleiht. Außerdem ist es ihm wichtig, von anderen Menschen bewundert zu werden, und er leidet sehr darunter, wenn sich jemand von ihm abwendet."

Leila geht nicht darauf ein, sondern schweigt weiter.

Dann atmet sie erneut tief durch und sagt:

„Anfangs war der Sex mit ihm neu und aufregend für mich. John wusste, was er wollte, und mir gefiel das. Er ist im Bett genauso dominant wie in seinem Hoteljob. Das heißt, so neu war das eigentlich gar nicht für mich, denn mein älterer Bruder benahm sich genauso. Ich wurde schon als kleines

Mädchen daran gewöhnt, Männern Freude zu bereiten, und ich war stolz auf mich, weil ich gut darin war. Sie hielten mich für ihre willenlose Hure und merkten nicht, dass ich Macht über sie hatte und selbst bestimmte, wann sie geil wurden und wann nicht. Denn wenn ich keine Lust auf Sex hatte, brach ich ohne jeden Anlass irgendeinen Streit vom Zaun. Ich konnte meinen Bruder innerhalb einer Minute auf die Größe einer Briefmarke zusammenfalten. Männer sind jämmerlich, wenn sie nicht wissen, warum eine Frau von einer Sekunde auf die andere plötzlich wütend ist, und sie versuchen verzweifelt, das Ganze zu verstehen. Oder sie besaufen sich oder kaufen irgendein großartiges Geschenk. Und weil sie merken, wie erbärmlich sie sind, werden sie innerlich immer wütender auf sich und ihr beschissenes Leben, bis sie mit all der Wut im Bauch wieder Manns genug sind und mir wieder reizvoll erscheinen und ich wieder Lust kriege, mich von ihnen vergewaltigen zu lassen."

„Hast du eigentlich mal darüber nachgedacht, wie es wohl in der Seele einer Frau aussieht, die einverstanden ist, von einem Mann zum Objekt seiner Lust degradiert zu werden?", hatte N:gha einst gefragt.

„Es liegt in meiner Hand, was John mir beim Sex antut und was nicht", fährt Leila fort, „und es liegt ebenfalls in meiner Hand, wann er sich zu den notgeilen Urlauberinnen ins Hotelbett legen muss. Alles liegt in meiner Hand! John gibt mir die Macht über sich, weil er mich für seine Lust braucht, statt mich zu lieben."

∞

„Wenn du träumst, gibt es in Wirklichkeit nur dich", sprach N:gha einst. „Die Menschen, die dich in deinen Albträumen verfolgen, martern oder töten, sind Aspekte deiner eigenen Psyche. Im Traum kleidest du dein Innenleben quasi mit ‚fremden' Körpern und ‚fremden' Persönlichkeiten aus, sodass sie dir als ‚andere Leute' erscheinen und die Hölle heißmachen können. In Wirklichkeit gibt es jedoch diese ‚anderen' nicht. In Wirklichkeit gibt es nur dich, den Träumenden, und ‚sie' sind Schöpfungen deiner selbst."

„Schon klar."

„Dasselbe trifft auf den Wachzustand zu."

„Wie bitte?"

„Du hast richtig gehört: Auch wenn du in der irdischen Wirklichkeit die Augen offen hast, gibt es da draußen keine anderen ~ es gibt nur dich. Die Menschen, die dir in der Welt begegnen, sind allesamt Aspekte deiner selbst, und solange du glaubst, ‚andere' zu sehen, nimm es als Hinweis darauf, dass du träumst. Also wach entweder auf oder bleibe zumindest deinen eigenen Geschöpfen gegenüber friedfertig. Sonst bekämpfst und verletzt du dich nur selbst, denn Destruktivität zerstört immer den Destruktiven."

∞

Leila richtet sich auf, setzt sich sehr gerade.

„Als Antonia mir am Telefon erzählte, dass John den Polizeieinsatz bei euch inszeniert hat, war ich einerseits geschockt und hatte Angst um euch, aber nach dem Gespräch bemerkte ich, dass ich feucht geworden war. Ich finde männliche Wut nämlich erotisch, und wenn die Kerle was kaputt machen, fang ich an zu schmelzen. So funktioniere ich. Es tut mir leid. Es tut mir wirklich sehr, sehr leid!"

Leila beginnt zu weinen und Conchita nimmt sie in den Arm.

„Jedenfalls bin ich jetzt zu euch gefahren, statt mit meiner nässenden Wunde in sein Bett zu kriechen. Ich will keine Hure mehr sein!"

∞

Ich kann nicht schlafen. Die Nachwehen dieses Tages durchpulsen mich und lassen weder meinen Körper, noch meinen Verstand zur Ruhe kommen. Erschöpft gebe ich das stundenlange Bemühen, einzuschlafen, auf und ziehe mich leise an, verlasse unser Haus und steige den Hangweg hinan, Nano an meiner Seite. Die Nacht ist sternenklar, trotzdem habe ich eine Taschenlampe mitgenommen. Oben auf dem Plateau schreite ich, so gut es an der Krücke geht, zügig nach Westen. Auf der Steinmauer lasse ich mich nieder.

Ich weiß, dass ich nicht allein bin. Nano liegt mir zu Füßen, mein unsichtbarer Begleiter schaut auf mich, und um mich herum leben hier in Spanien einige meiner inkarnierten Geschwister. Ihnen allen liegt mein Wohl am Herzen und John ist einer von ihnen. Ich bin mir dessen sicher und will es nicht in Zweifel ziehen, will ihn nicht verstoßen, nur weil er Dinge tut, die ich nicht gutheiße!

Aber ich spüre meine Zuneigung zu ihm nicht mehr.

„Liebe“, sprach N:ga einst, „ist die Entscheidung, in allen Wesen, Dingen und Ereignissen das Göttliche zu sehen.“

Mein Herz pocht heftig.

„Gleichgültig, was John getan hat und noch tun wird: Ich werde ihm gegenüber auf jeden Fall friedvoll bleiben!“, sage ich laut in die Nacht hinein und weiß, dass unsere gemeinsame Mutter meine Worte hört, denn sie sind ein Gelöbnis. Sie schweigt. Nano, von meiner Stimme halb geweckt, schlägt mit dem Schwanz auf den Boden.

Ich bin sicher, dass John mich liebt. Ohne seine Unterstützung von Anfang an hätte ich niemals hier in der Schlucht Fuß gefasst. Er hat mich zu seinem Übersetzer bestimmt und mich auf diese Weise für die Menschen sichtbar gemacht. Er hat mich Antonia und Miguel vorgestellt und zu Alba geschickt. Er hat mich in der ersten Samstagnacht besucht, weil er ahnte, dass ich mich ohne Conchita einsam fühlen würde. Ständig hat er an mich appelliert, lebendiger zu werden, mich mehr auf das Leben einzulassen.

Die Art, wie John Ereignisse ins Rollen bringt, gefällt mir nicht. Aber wir alle haben unsere Eigenarten und können nicht aus unserer Haut, während wir unser Leben gestalten. Meine anfängliche Sprödheit und Unbeugsamkeit werden ihm auch nicht gefallen haben ~ also will ich nachsichtiger mit ihm sein! Niemand hat seine eigene Psyche selbst gewählt und keiner ist begeistert von seinen eigenen Fehlleistungen. Wir sind alle Kinder der einen Mutter, und jeder von uns Geschwistern trägt in sich die Sehnsucht, gut zu sein. Ich habe weder das Recht noch irgendeinen Anlass, Johns Verhalten zu kritisieren!

Die Sache mit dem Fernsehen hatte er nicht wegen mir inszeniert, sondern um seinen eigenen Bekanntheitsgrad zu steigern. Was ist daran falsch? Wir alle tun ständig Dinge, von denen wir uns einen Gewinn für die Zukunft versprechen. Dass die Sendung völlig andere Folgen hatte als geplant, war ein Schock für ihn, und er befürchtete, seine Meditationsabende zu verlieren. Das Gefühl kenne ich. Deshalb bat er Carlos, gegen die vermeintliche Konkurrenz vorzugehen. Aber was heißt vermeintlich? Die Leute sind ja tatsächlich nicht mehr zu ihm gepilgert wie gewohnt, sondern zu Conchita, Don Lucas und mir. Und natürlich haben wir drei die neuen Aktivitäten genossen, während John sie verfluchte.

Wenn wir handeln, haben wir oft feste Vorstellungen davon, was unser Tun bewirken soll. Oft jedoch kommt es anders als geplant, weil das Leben andere Geschehnisse beabsichtigt als wir. Deshalb raten uns die Weisen, stets mit Gelassenheit auf die Folgen unserer Taten zu reagieren, und deshalb riet mir N:ga, *in allem* das Wirken des Göttlichen zu sehen und nicht mit Gewalt meine eigenen Absichten durchzusetzen.

„Nichts ist falsch am Egowillen“, sprach mein Wahlvater einst, „solange er in dem Augenblick nachgibt, in dem Gott offensichtlich etwas anderes will."

Ich-Behauptung ist in dieser Welt absolut selbstverständlich. Deshalb kann ich nicht von John erwarten, dass er zu meinen Gunsten freiwillig auf irgendetwas verzichtet. Aber ich kann von mir erwarten, dass ich zu Johns Gunsten freiwillig auf das eine oder andere verzichte ~ und das will ich gerne tun! Ich bin alt. Ich habe erlebt, dass alle Dinge, die im Laufe meines Lebens zu mir kamen, nach einer Weile wieder von mir gingen. Nichts davon gehörte mir jemals, alles war mir nur kurzfristig durch die göttlichen Hände geliehen und wurde dann von denselben Händen wieder zurückgenommen. Sobald wir gelernt haben, anzunehmen, beginnt die Lektion, loszulassen. Anfangs ist das sehr schmerzhaft, später gewöhnen wir uns daran, noch später lassen wir im rechten Augenblick freiwillig los.

Was will ich noch behalten? Nicht einmal mein Leben wird mir bleiben!

Ich sehe John vor mir: in seiner menschlichen Größe als Lebensanimateur, in seiner Angst und in seiner Wut.

„Destruktivität zerstört den Destruktiven", sprach N:gha einst. Das trifft auch auf John zu. Und ich bin sicher, ein anderer sagte zu seinen Getreuen, nachdem sich der Zwölfte davongeschlichen hatte, um ihn zu verraten:

„Es ist unvermeidlich, dass das Böse in der Welt erscheint, aber wehe dem, durch den es kommt!"

Wer seine Ziele nicht loslassen kann, sobald sie sich als unerreichbar erweisen, der muss sie mit immer mehr Anstrengung und Härte verfolgen und verliert dabei den Kontakt zu seinem Herzen. Ich kenne das aus meiner Zeit als Geschäftsführer. Je mehr Kraft und Macht wir einsetzen, desto mehr Gewalt üben wir aus und desto stärker und mächtiger fühlen wir uns, während wir über Leichen gehen. Wir berauschen uns an unserer eigenen Unbeugsamkeit und die Ich-Behauptung macht uns besoffen von uns selbst. So kommt durch uns das Böse in die Welt, ohne dass wir es bemerken, denn wir sehen nur unsere eigene Herrlichkeit.

Der Nazarener droht uns nicht mit dem „wehe!", denn er weiß, dass wir nicht wissen, was wir tun. Jenes „wehe!" ist ein Laut des Schmerzes: Jesus beklagt das Unheil, das wir uns mit unserer bösen Tat selbst zufügen. Er weint bereits um uns, noch bevor wir selbst den Schmerz spüren, doch nur allzu bald werden wir ebenfalls um uns weinen.

Dann werde ich John in den Arm nehmen und trösten, so wie Conchita Leila in den Arm genommen und getröstet hat.

Im Osten hellt der Himmel auf, färbt sich zartrot. Noch kann ich die Sonne nicht sehen, denn das Plateau verhindert den Blick auf Almeria, aber ihr Licht erleuchtet bereits den neuen Tag.

∞

Conchita und ich sitzen beim Frühstück, als Don Lucas erscheint.

„Bin ich noch willkommen?", fragt er.

„Selbstverständlich!"

„Ich habe mich nämlich entschlossen, keine Angst mehr zu haben. Vierzehn Jahre sind genug."

Conchita berichtet ihm von Antonias Telefonat und erklärt, dass keinerlei Gefahr mehr bestünde.

„Ich habe keine Angst", sagt er, als sie geendet hat. „Alles andere geht mich nichts an."

∞

Am Samstagmorgen sitze ich, weil mein Rücken mir beim Liegen heftige Schmerzen bereitete, bequem in meiner Kammer. Liebevoll streiche ich über die Armlehnen des Korbsessels, den mir Antonia und Miguel geschenkt haben. Er ist ein kleines

Vermögen wert und dieses erlesene Stück soll später bei Conchita bleiben ~ ich muss rechtzeitig mein Testament verfassen, denn die Zeit wird knapp.

Die Uhr zeigt 06:50.

Man sagt, Zeit hätte einen Anfang und ein Ende und verliefe zwischen diesen beiden Punkten gradlinig in einer Richtung. Schon als Kind wunderte ich mich darüber, warum man dann die Zeit mit einer Uhr misst, deren Zeiger einen Kreis durchlaufen, der weder Anfang noch Ende hat. Meine diesbezüglichen Fragen konnte oder wollte niemand beantworten, mehr noch: Ich hatte den Eindruck, dass vor mir niemandem dieser Widerspruch aufgefallen war. Wohl oder übel fügte ich mich dem allgemeinen Zeitkonzept, das die Veränderungen in der sichtbaren Welt erklären soll. Aber meine Zweifel verschwanden nie, und im Laufe der Jahre erstarkte meine Überzeugung, dass eigentlich niemand so recht weiß, was Zeit wirklich ist und ob es sie überhaupt gibt.

Ganz gewiss existiert Zeit nicht in der unsichtbaren Welt, denn dort gibt es keine schrittweisen Veränderungen. Die Dinge dort sind einfach nur, wie sie jeweils gerade sind, ohne erst werden zu müssen. Wenn man an ein Haus denkt oder von einem Haus träumt, steht es gleich fertig da, ohne vorher gebaut worden zu sein.

Die Uhr zeigt 08:13.

Conchita werkelt am Herd.

„Ich möchte den Kaffee heute im Bett trinken", sagt sie und erscheint mit dem Tablett in meiner Kammer. Es kostet einige Mühe, bis ich mich aus dem Sessel ins Ehebett begeben habe, dann sitzen wir nebeneinander in den Kissen am Kopfende und ich spreche über meine Zweifel an der Zeit.

∞

Meine Seelengefährtin richtet das späte Frühstück.

„Heute ist ein guter Tag, um dem Leben ein paar Geschenke zu machen“, sagt sie nach dem Essen. „Immer dann, wenn sich ein Stapel meiner Blusen, die ich nicht verkauft habe, angehäuft hat, verschenke ich sie an die Zigeuner. Und ich denke, heute ist ein guter Tag dafür. Magst du mich begleiten?“

Das sogenannte „Zigeunerviertel“ liegt landeinwärts hinter dem Dorf. Dort leben noch etwa einhundert Nachfahren der Mauren in Höhlen, die vor Jahrhunderten in den Berghang hineingeschlagen worden waren. Mittlerweile versperren bunt lackierte Holztüren die Eingänge, und in den engen, niedrigen Einraumbehausungen stehen neben Tisch und Stuhl, Bett und Schrank moderne Fernsehgeräte und von innen beleuchtete Gottesmütter aus Plastik. Im Dorf und in Almeria, wo die Zigeuner tagsüber zum Straßenbild gehören, sind sie als Bettler, Diebe und Huren verschrien. Kaum jemals wagt ein Weißer sich hinter das Dorf in die Nähe ihres Berges.

Umgeben von der Aura einer Frau, die liebt und weiß, dass sie geliebt wird, schreitet Conchita neben mir auf dem engen Felsenweg. Leicht und eher spielerisch stütze ich mich auf die Krücke. Den Wäschekorb mit den Blusen tragen wir zwischen uns. Aus den armseligen Höhlen dringen die Misstöne von Radios und Fernsehern. Alte Männer nicken uns zu, alte Frauen winken und eine Schar schmutziger Kinder folgt uns. Junge Männer mit rauen Gesichtern und tätowierten Armen rufen „Hola, guapa!“, und manch junge Frau tritt uns entgegen, begrüßt Conchita mit Namen und zwei Wangenküssen, wird von ihr auf die gleiche Weise zurückgegrüßt. Neugierige Hände wühlen in dem Korb, den wir abgestellt haben. Zweifelhafte Sitzgelegenheiten werden auf die Gasse gebracht, Kaffee, Wein und Bier verteilt. Ein Kreis lebhaft durcheinanderredender Frauen umschließt uns. Ich fühle mich ein wenig deplatziert in diesem Geschnatter. Obwohl ich immer wieder mit einbezogen werde, freundlich und selbstverständlich, kann ich den angebotenen Gesprächen nur schwer folgen und muss häufig nachfragen, denn hier wird sehr schnell und oft auch sehr undeutlich gesprochen und der Konsonant „s“ fehlt bei der Aussprache völlig.

Blusen werden entfaltet, begutachtet und anprobiert. Viele der jungen Zigeunerinnen leben tatsächlich von der Prostitution an der Küstenstraße. Sie sind auf natürliche Weise anzüglich, sobald ein Mann, ganz gleich welchen Alters, auftaucht, und eben auch, wenn sie mich in Bezug auf die Bluse, deren Enden sie gerade unter den nackten Brüsten verknoten, um mein Urteil bitten. Unbefangen lautes Gelächter quittiert meine Verunsicherung, bis ich mich auf das Spiel einlasse und die mir präsentierten Körperteile genauso lobe wie die mir präsentierten Blusen.

Übergangslos wird dieser Basar zum Straßenfest. Halbwüchsige Burschen haben sich uns zugesellt und fordern junge Mädchen auf, nicht so zimperlich zu sein. Erwachsene Männer umstehen den Kreis und blicken unverhohlen und mit rohen Kommentaren auf das Geschehen. Eine Gitarre wird gespielt, Sevillanas werden gesungen, Hände klatschen, Füße treten den Rhythmus. Süßigkeiten und Gebäck werden herumgereicht, eine Flasche Sherry taucht auf. Frauen und Mädchen, die ihre Wahl getroffen haben, zeigen Conchita das ausgesuchte Stück. Die lacht und versprüht ihre Mitfreude, nickt und nimmt glücklich die dankende Umarmung an. Nichts verrät ihre Besonderheit. Meine Seelengefährtin erscheint hier als Gleiche unter Gleichen und nimmt auf gleiche ungezwungene Weise an allem teil, was geschieht. Und doch ist sie eine Königin und offenbart dies gerade durch ihre natürliche Teilnahme.

Für einen Augenblick durchbohrt mich der Gedanke, dass ich sie nicht zu Ende lieben werde. Das Maß unserer Liebe kann nicht voll werden, das Maß meiner Begeisterung über diese Frau, das Maß ihrer Freude über mich. Denn vorher werde ich sterben, mittendrin, und das, was wir nicht gelebt haben, wird mehr sein als das, was zu leben uns vergönnt war.

Wieder beginnt mein Rücken, heftig zu schmerzen, und in diesem Augenblick weiß ich mit dröhnender innerer Gewissheit, dass dies kein Hexenschuss ist, sondern bereits das Sterben. Die Präsenz des Todes rückt den Trubel der Gasse in unerreichbare Fernen. Weit öffnen sich die Zeit-Raum-Gebilde, und ich bin allein mit dem allmächtigen Sichelmann, dem großen Beender.

„Ja", sagt er ernst, „mein lieber, lieber Freund."

Oft habe ich als erwachsener Mann den kleinen Jungen aufgesucht, der ich früher war, und mich ihm an die Seite gestellt in Situationen, in denen er mich brauchte.

„Wer bist du?", fragte er erschrocken, als er mich zum ersten Mal wahrnahm. Etwa dreißig Lebensjahre trennten uns damals. Er lag verängstigt in dem Zimmer, wo er an diesem Nachmittag bei zugezogenen Gardinen eingesperrt war und auf die Rückkehr seines Vaters von der Arbeit warten musste.

„Ich bin du", sagte ich und spürte meine Liebe für ihn. „Ich bin der, der du einmal sein wirst."

Ungläubig sah er mich an. Ich setzte mich zu ihm auf das Bett und schaute in seine Augen. Unsere Seele verstand. Ich nahm ihn in die Arme und er schlang die seinen fest um mich.

„Ich werde von jetzt an immer bei dir sein", flüsterte ich.

Wir beide hielten uns in grenzenlosem Vertrauen.

Wenn die Zimmertür aufgegangen und der Vater mit dem Rohrstock eingetreten sein wird, werde ich mich in Liebe und Vollmacht erhoben haben, um die Schläge zu verhindern, das Unheil abzuwenden von dem, der ich bin.

Wer tritt jetzt an meine Seite, frage ich mich, innerlich dem fröhlichen Fest weit entrückt, wer nimmt mir jetzt die Furcht und das Grauen vor dem hünenhaften Jenseitsführer?

Da erscheint ein Mann mit kahlem Schädel, groß und breitschultrig, ein kraftvoller entschlossener Wahrheitssucher. Er trägt Jeans und einen dicken Wollpullover, hat das Tagebuch beiseitegeschoben, ist von seinem Hocker am Küchentisch aufgestanden und gesellt sich zu mir. Ich meine, frische kalte Ostseeluft an ihm zu riechen.

„Deine Frage hat mich gerufen."

„Ich werde sterben. Lass mich nicht allein!", bitte ich stumm.

„Niemals!", verspricht er.

In rasender Geschwindigkeit verengen sich die Zeit-Raum-Gebilde und nähert sich mir der Trubel wieder und schlägt über mir zusammen. Gesänge, Geschnatter, Lachen, Wein, Bier, Sherry und Gebäck, Blusen, die verschenkt werden, Entzücken der Beschenkten und der Schenkenden.

∞

Leila erwartet uns zu Hause. Die beiden Frauen begegnen sich weiterhin mit tiefer gegenseitiger Zuneigung und das tut mir gut. Ohne zu zögern, lässt Conchita mich und die junge Frau zum Plateau hinaufwandern. Nano begleitet uns. Mein Rücken ist fast schmerzfrei, und ich trage die Krücke nur beiläufig, Leila hat meine andere Hand ergriffen. Wie Vater und Sohn, denke ich, und bemerke erst im Nachhinein, dass ich Sohn dachte, nicht Tochter.

Weite Nomadenwüste liegt vor mir. Der Sand ist blutgetränkt, schwarzrot, soweit das Auge sehen kann. Zwischen all den verrenkten Toten und jenen Verstümmelten, die kaum noch leben, wird auch mein Sohn liegen, der mit mir in die Schlacht gezogen ist. Er fehlte unter dem Banner, als wir anderen uns bei Einbruch der Dunkelheit an den Feuern sammelten ~ nach dem Kampf.

Zwanzigtausend Recken und eher noch Tausend mehr sind hier hingestreckt auf der nassgefärbten Fläche bis zum Horizont, über dem jetzt eine fahle Morgensonne steht, junge Männer, die zum ersten Mal in den Blutrausch zogen, und erfahrene, die ihn zum wiederholten Mal kosteten, Christen wie Heiden. Noch riecht es kaum nach Verwesung, nur nach Blut, süßlich und atemraubend, und die Fliegen summen seit der Nacht in dichten klebrigen Schwärmen. Mit mir ziehen wohl Viertausend über das Schlachtfeld, gesenkten Hauptes unter dem Zeichen des Kreuzes, leicht gebeugt oder tief gebückt, auf der Suche nach Wertvollem, nach Schmuck oder Waffen oder nach gefällten Waffenbrüdern. Ein leiser Marsch, nur gelegentlich gestört von einsamen Schreien, wenn eigene Verwundete aufgehoben werden oder wenn blutende Gegner, die in ihrer Erbärmlichkeit fortkriechen wollen, mit Lanze oder Schwert durchbohrt werden. Beherrschtes Handwerk: der abschätzende Blick und der gezielte Stoß, kühl und sachlich ausgeführt, gespenstisch ruhiges Tun nach dem Toben und Wüten, dem Hauen und Stechen des gestrigen Tages, nach dem erbitterten Hacken und Schlitzen. Wohin ist nur der Grimm entflohen, der uns über Meere und Wüsten hierhertrug auf dieses Feld?

Noch immer fließt Blut ~ Menschenblut ist unerschöpflich. Still rinnt es und unstillbar aus tausendfacher Quelle und wird niemals versiegen. Unerschöpflich auch die Zahl der Gliedmaßen, die eine Schlacht wie diese über eine Sandwüste verteilen kann. Bis ins Feinste zerlegte Körper, einzelne Finger oder gar nur Fingerkuppen, die herumliegen wie verloren, oder grob zerhauene Leiber mit ausgefransten Stümpfen, hingestreute Arme, Beine, Köpfe ohne jeglichen Zusammenhang mit Rümpfen, die wahllos fremd dazwischen liegen und so eng beieinander auf dieser ausgedehnten Schlachtbank, dass ich achtgeben muss, wohin ich den Fuß setze. Christ und Heide halten sich gelegentlich in blutenden Umarmungen, manche von derselben Lanze durchbohrt, die noch über ihnen aufragt als obszönes Zeichen der ungehörigen Vereinigung.

Noch vor Anbruch des Morgens sind die Knappen losgezogen, um den verletzten Rössern und Kamelen den Gnadenstoß zu geben. Unserem himmlischen Herrn sei Dank, dass das gellende Wiehern und das schrille Blöken verstummt sind. Schlimmer noch als Menschen schreien die Reittiere, wenn das Eisen in sie fährt, entsetzter noch als wir, die unerschrocken das Schlimmste erwarten und austeilen. Wie herrlich ziehen die Tiere in den Kampf, stolz und bunt geschmückt, und wie trostlos liegen sie dann mit brechenden Augen und zitternden Nüstern, ausblutend.

Unter einem Heiden, dessen Gedärm aus dem klaffenden Leib quillt, liegt halb verdeckt ein Schwert, und ich ziehe es hervor. Viele Geschichten erzählen von jenen sagenhaften Waffen, die noch östlich des Morgenlandes von geheimnisumwobenen Meistern hergestellt werden. Ihre Klingen sind aus breiten, aber seidendünnen Eisenbändern beim Schmieden vielfach gefaltet worden und erhalten auf solche Weise eine Härte und Schärfe, von denen unsere Waffenmeister nur träumen können.

Mein eigenes Schwert ist fast so lang wie ich selbst. Seine Klinge ist mehr als handbreit und an der dicksten Stelle, nahe dem Griff hat sie den Umfang einer Männerfaust. Man führt diese Waffe mit beiden Händen. Von oben zuschlagend, zerteile ich einen Gegner ohne Rüstung leicht in zwei Hälften. Trägt er Lederwanst und Gürtel, spalte ich ihn vom Haaransatz bis zum Nabel. Und ebenfalls mit einem einzigen Hieb, seitlich durchgezogen, vermag ich, zwei Beine vom Rumpf zu trennen, der auf die Hüften in den Sand stürzt, während ich das Schwert im Bogen leicht erhöht zurückschwenke und mühelos auch noch den Kopf abtrenne. Nur einer unter hundert Kämpfern versteht es, eine solche Waffe meisterlich zu führen, deren Wirkung auf dem Gewicht beruht und auf der Kraft der Arme, die sie schwingen. Nie wird mein Sohn es mir darin gleichtun und zu uns wenigen gehören, den Starken und Gefürchteten, die allein stehen bleiben, wenn um sie herum im Radius ihres Zweihandschwertes die Gegner niedersinken. Sechzehn gottdurchglühte Jahre liegen ausgehaucht irgendwo im unüberschaubaren Totenbett, zugedeckt von Fliegenschwärmen ~ mein Erstgeborener, Liebling seiner Mutter und seiner Amme, leuchtendes Vorbild seiner jüngeren Geschwister.

Das Schwert dieses Heiden hier, das ich aus Kruste und Gedärm hervorziehe, ist federleicht. Es miss ungefähr drei Spannen: eine dreiviertel Spanne der Griff für beide Hände, zwei und eine Viertel Spanne die Klinge, die gerade nur zwei Finger breit ist und dünner als die meines Dolches, doch scharf wie ein trockenes Schilfblatt. Was für ein Kunstwerk!

Ich wiege es in den Händen und vollführe blitzartig den Hieb von oben nach unten, als stünde ein Heide vor mir, den ich halbiere, kreisele in Hüfthöhe, dass ich ihm die Beine auch noch wegfege, bevor die beiden Leibhälften den Boden berührt haben, kreisele erneut, und in hohem Bogen fliegen die beiden Hälften des Kopfes davon, dies alles zerteilt von der blutigen Feder in meinen Händen, sodass es eine reine Manneslust ist, vollbracht zu Ehren des himmlischen Vaters und mit dem Segen der heiligen Kirche.

Zufrieden stecke ich die Kostbarkeit in meinen Gürtel und lenke meine Schritte zurück zum Lager. Bleierne Müdigkeit befällt mich. Nun will ich nur noch schlafen und nicht daran denken, dass ich ein kostbares Schwert mit nach Hause bringen werde, nicht jedoch den kostbaren Sohn. Dass es sinnlos war, ihn unter zwanzigtausend Toten finden zu wollen, wusste ich, bevor ich ging. Nun ist es getan. Er hat seine Pflicht erfüllt und ich die meine. Es ist ausgestanden.

Vielleicht hätte ich ihm damals das gescheckte Fohlen schenken sollen, das seine Kinderaugen dereinst zum Strahlen brachte.

Dies wird nicht mein letzter Feldzug gewesen sein, denn ich schwöre beim Namen unseres geliebten Erlösers, dass ich den Tod meines Sohnes rächen werde. Viele Schlachten werde ich mir und meinen Feinden also noch antun müssen, bis ich, Inkarnationen von dieser Blutwüste entfernt, endlich verstanden haben werde, dass Gewalt niemals Frieden gebärt, sondern wieder neue Gewalt, und niemals siegen kann, sondern stets von Gewalt besiegt wird ~ oder endgültig von Vergebung.

Ich erschrecke, Verwirrung und die schlimme Wehmut im Herzen und Leila an meiner Hand wie einen Sohn an der Hand seines Vaters beim Betrachten eines ungestümen Fohlens.

„Du passt nicht auf“, sagt sie, als ich stolpere. „Woran denkst du?“

Mein Herz glüht für den Wiedererkannten.

„Ich liebe dich.“

∞

„In der unsichtbaren Welt sind uns ein paar Dinge vollkommen klar, bevor wir inkarnieren“, sprach N:gha einst. „Wir wissen zum Beispiel, dass wir unsterbliche Seelen sind, die in Kürze auf den blauen Planeten runterspringen und in einen Körper hineingeboren werden. Wir wissen auch, dass wir dann als Menschen etliche freudvolle und etliche schmerzvolle Erfahrungen machen und am Ende sterben werden. Aber wir wissen genauso, dass wir im Augenblick unseres Todes wieder als Seelen vollkommen unbeschädigt in die unsichtbare

Welt zurückkehren werden. Bevor wir inkarnieren, wissen wir, dass uns selbst absolut überhaupt nichts passieren kann, obwohl unserem menschlichen Körper und unserer menschlichen Psyche so einiges passieren wird. Deshalb ahnen wir als Menschen hier auf der Erde, dass wir eigentlich unverwundbar und unsterblich sind, und deshalb gehen wir hier vielfache Risiken ein, von denen wir wissen, dass sie lebensbedrohlich sind, spielen ständig mit unserem Leben und dem aller anderen Geschöpfe und behandeln unsere Mitmenschen, als sei ihr Tod keine große Sache. Was für ein verheerender Irrtum!"

## 22

N:gha hat mich erneut zum Frühstück ins Café eingeladen. Er begründete seine Großzügigkeit feixend damit, dass er in den nächsten Wochen höchstwahrscheinlich neben der Bratwurstbude mehr Geld einnehmen würde als ich mit irgendwelchen Meditationskursen. Nachdem Jutta die leeren Teller und Platten abgeräumt hat, sagt er einen der schönsten Sätze, die ich bisher von ihm gehört habe:

„Dein Jesus war nicht auf der Welt, um zu siegen, sondern um sich besiegen zu lassen."

Als sich meine Freude und Verblüffung über diese wunderschöne Formulierung gelegt hat, frage ich:

„Und was bedeutet das für mich?"

Er schweigt.

„Was für ihn galt, gilt auch für dich", sagt er dann.

Da ich seit Haralds unfrankiertem Brief aus dem Selbst-Gewahrsein herausgefallen bin und es mir nicht möglich war, wieder dorthin zurückzufinden, kann ich das, was N:gha gerade mit sanfter Stimme von sich gegeben hat, ernsthaft erwägen.

„Gut. Einverstanden. Aber ich verstehe nicht genau, wie ich das umsetzen soll."

Er lächelt milde.

„Doch, Sohn, du verstehst genau. Aber du denkst noch, es könnte auch irgendwie anders gehen. Fehleinschätzung. Es geht nicht irgendwie anders. Selig sind die Friedfertigen... Entweder benimmst du dich weiter wie bisher, oder du verleugnest dein Ego und nimmst dein Kreuz auf dich, gibst deine Ich-Behauptung auf. Das heißt im Detail: Poche nicht auf dein Recht und bestehe nicht auf deinen Vorteil. Werde stattdessen nachgiebig und bedingungslos friedvoll. Lass dich besiegen. Wut steht in jeder Konfliktsituation ganz automatisch zur Verfügung ~ Friedfertigkeit muss immer wieder neu errungen werden."

„Das habe ich dank Harald inzwischen verstanden."

„Dann verschenk in Zukunft das, was man sich von dir nehmen will."

„Alles?"

„Klar!"

Wieder überlege ich lange und ernsthaft.

„Auch mein Leben?"

„Na, wenn es ein anderer unbedingt haben will..."

Er meint es ernst.

Todernst.

∞

„Bin ich eigentlich dein erster Schüler?", frage ich nach einer kurzen Pause, um vom Thema abzulenken.

„Ja, das warst du immer. Aber ich habe noch andere."

„Hier in Wismar?"

„Nein, in Basra, Rio de Janeiro und auf Guantánamo."

Wieder fürchte ich, dass er mich nur auf den Arm nehmen will, und sage etwas spöttisch:

„Dann müssen die jetzt wohl auf deine Anwesenheit verzichten."

„Nein, ich besuche sie gelegentlich."

„Du fliegst also mal eben zwischendurch dorthin!"

„Warum spottest du? Ich denke mich dorthin. Dann bin ich bei ihnen."

„Und sie können dich sehen, hören und anfassen?"

„Selbstverständlich. Genau wie du."

„Das ist wieder eine deiner Lügengeschichten!"

„Hört sich ganz so an!", meint N:ga und zeigt mir sein vieldeutiges Grinsen.

∞

„In bestimmten Phasen ist sexuelle Enthaltsamkeit ein genialer Brandbeschleuniger für die spirituelle Entwicklung", murmelt N:gha im Bootshaus vor sich hin, als rede er mit sich selbst.

„Dann scheinst du dich ja gerade in einer anderen Phase zu befinden", werfe ich den Ball mutig zurück.

Er schaut mich vollkommen unschuldig an.

„Naja", erkläre ich, „schließlich hast du gerade wieder einige Tage und Nächte mit deinen beiden jungen Freundinnen verbracht."

„Ach so." Er grinst spitzbübisch und macht mich damit neugierig auf die kommende Ausrede, die er sich einfallen lassen wird.

„Es ist folgendermaßen", hebt er an, um die Spannung zu steigern. „Die Welt ist nicht festgefügt. Genauso wie ein Berg auf der Kinoleinwand kein festes Gebilde ist. Materie existiert weder hier noch dort. Das Ganze ist eher wie ein luftiger Traum. Du siehst die Welt nicht so, wie sie ist, du siehst sie so, wie du sie dir vorstellst. Du formst sie mit deinen Gedanken, und weil sie nicht wirklich materiell ist, passt sie sich deinen Vorstellungen an und sieht entsprechend aus und verhält sich auch meistens so, wie du es erwartest. Es sei denn, das Leben will dich auf die Illusionen hinweisen, die deinen Blick verschleiern. Dann kreiert es nämlich aus sich selbst heraus eine Kollision mit dir und deinen Vorstellungen."

„Hab ich schon mal irgendwo gelesen", kommentiere ich das Gesagte ein wenig enttäuscht. „Klingt nach Hausfrauenesoterik."

„Okay", sagt er und sieht plötzlich bedrohlich aus. „Dann kommt jetzt das Mittelstufenwissen." Seine Stimme hat eine ungewohnte Schärfe angenommen. „Du hast mich an nur einem einzigen Tag bei der Bratwurstbude gesehen und gehst ganz selbstverständlich davon aus, dass ich auch vorher schon dort gesessen habe. Du siehst mich erst seit einigen Wochen in einem Körper und bist trotzdem davon überzeugt, dass ich vor Jahrzehnten geboren wurde und irgendwann in der Zukunft sterben werde. Aber vielleicht bin ich ja lediglich für diese wenigen Wochen dir zuliebe in einen Leib gestiegen, wie die Unsichtbaren das manchmal tun, um ihren Schützlingen gehörig die Leviten zu lesen. Ja, du hast mich mit zwei jungen Frauen im Arm gesehen. Aber wer sagt dir, dass sie vor dem Abend in Haralds Pension bereits auf dieser Welt lebten und seitdem immer noch hier sind? Wer erzählt dir diese seltsamen Geschichten von Vergangenheit und Zukunft ~ nur du selbst! Ich habe dir lediglich mitgeteilt, dass ich gut geduscht habe, und das entsprach der Wahrheit. Aber wo die Dusche stand und in welchem Bett ich schlief, darüber sagte ich nichts, und du hast nicht danach gefragt. Außerdem habe ich nach unserem ersten Frühstück im Café nur ganz allgemein über Sex und Wertschätzung philosophiert und auch das entsprach der Wahrheit. Dass ich jedoch irgendeine Nacht mit irgendwelchen Frauen verbracht habe, hast du dir nur ausgedacht! Wann hörst du endlich auf, deinen selbsterzeugten Illusionen zu glauben?"

Ich bin wie vor den Kopf geschlagen.

„Sagst du mir gerade, es bestehe die Möglichkeit, dass du und die beiden Frauen immer nur dann auf dieser Welt erscheinen, wenn ich euch sehe?"

„Könnte doch möglich sein, oder? Könnte doch *auch* möglich sein."

„Was wäre denn *noch* denkbar?"

„Denkbar ist *alles!* Du bist der Mittelunkt. Wesen, Dinge und Ereignisse sind auf dich bezogen. Du bist der Seher des gesamten Universums! Und hast trotzdem keine Ahnung von dem, was du siehst, warum es erscheint und in wem? Okay, nicht dein Fehler, Sohn", seine Stimme klingt wieder angenehm, „und zur allgemeinen Tröstung spendiere ich uns beiden jetzt einen zweiten Kaffee!"

Ich bin nicht bereit, ihm diesen schnellen Themawechsel zu erlauben.

„Was ist dann überhaupt noch real? Ich meine: Was ist *wirklich* real?", hake ich nach.

„Darüber zerbreche ich mir auch immer den Kopf, wenn mir mal langweilig ist."

∞

Hin und wieder hab ich im Tagesverlauf daran gedacht, N:gha zu fragen, wie er das mit dem Mitternachtskino und dem Mörderfilm gemacht hat, und manchmal glaubte ich zu spüren, dass er nur auf diese Frage wartete. Aber jedes Mal hatte ich schließlich doch den Impuls, meine Neugier lieber im Zaum zu halten, und dann entspannte sich mein Lehrer wieder und lächelte still, als ob er meinen Entschluss guthieße.

Nach dem Abendessen stehen wir am Waschbecken und spülen die Teller ab, da dreht sich N:gha ansatzlos zu mir um, fragt, „Warum hast du mich nicht einfach darum gebeten?", und berührt mit der Kuppe seines rechten Daumens sanft meine Stirn. Im selben Augenblick stürzt meine Aufmerksamkeit endlich wieder ins Zentrum meiner selbst und das Universum ist um mich herum zu spüren. Ich merke, wie zwei Tränen gemächlich über meine Wangen nach unten rollen, aber auch die empfundene Dankbarkeit ist jetzt nur noch peripher.

∞

Am nächsten Morgen verbindet er mir nach dem Aufstehen die Augen mit seinem gelben Schal.

„Ohne Vergangenheit und blind für die Zukunft", sagt er. „Lebe so!"

Ich setze mich auf mein Meditationskissen, schließe die Augen und verankere mich im Selbst-Gewahrsein. Ob ich währenddessen N:ghas Stirnband um den Kopf gewickelt habe oder nicht, macht keinen Unterschied.

Etwa eine Viertelstunde später erklärt mein Lehrer:

„Wir machen einen Spaziergang."

Durch die Tür und über den Steg führt er mich an der Hand. Auf dem Pfad lässt er mich los.

„Ich werde vor dir sein oder neben dir. Höre auf die Geräusche, die meine Schritte machen, dann weißt du, wo's langgeht."

Er stiefelt los. Ich bin verunsichert und höre ihn schon nicht mehr. Ich rufe ihn zurück. Er bleibt einfach nur stehen.

„Komm!", fordert er mich auf und ich folge seiner Stimme. Weil ich nichts sehen kann, habe ich bei jedem Schritt das Gefühl, gleich über irgendetwas zu stolpern oder gegen irgendetwas zu stoßen. Trotzdem versuche ich nicht, durch den Rand der Augenbinde nach unten zu schielen.

„Vergiss dich selbst nicht!"

Ich sammle mich erneut im Selbst-Gewahrsein. Zwar sehe ich das mich Umgebende nicht, aber ich empfinde wieder die Kraft des Zentrums.

„Und jetzt lausche in die Runde.“

Sofort erklingen alle Geräusche viel deutlicher als zuvor, und ich nehme wahr, dass sie mich in einem 360-Grad-Kreis umgeben. Wieder geht N:gha los, und ich kann ihm fast problemlos folgen, aber die Angst, auf dem unebenen Pfad zu stolpern oder gegen irgendetwas zu laufen, setzt mir erheblich zu, und tatsächlich wanke ich dauernd, muss ständig beide Hände seitwärts ausstrecken, um die Balance zu halten.

N:ghas Stimme:

„Geh über die Erde wie über Wasser!“

Ein breites Grinsen verzieht mein Gesicht. Natürlich! Petrus versank auch erst in den Fluten des Sees, als er über seine eigene Tollkühnheit erschrak, Jesus auf dem Wasser entgegenzulaufen. Ich schüttele kurz meinen Körper, um die Angst loszuwerden, und marschiere dann entschlossen drein ~ in meinem normalen Wandertempo. „Über Wasser! Über Wasser!“, rede ich mir aufmunternd zu, sobald sich peripher die Angst zeigt. Und natürlich stolpere ich nicht und stoße nirgendwo an. Als ich merke, dass ich trotz allem langsamer werde, wiederhole ich „Über Wasser!“ und beschleunige meine Schritte erneut.

„Geht kinderleicht“, informiere ich ihn, als wir oben auf der Steilküste angekommen sind.

„Sag ich doch“, bestätigt er. „Anstrengung ist überflüssig. Sie versaut nur das Leben. Geh von jetzt an bis zum Ende deiner Tage über die Erde wie über Wasser: kinderleicht!“

„Hier und jetzt ist das möglich, aber…“

„Es ist immer und überall hier und jetzt!“, unterbricht er mich.

„…aber im Alltag gibt es Dinge, die notwendig sind und getan werden müssen“, beende ich meinen Einwand.

„Selbstverständlich. Was zur Entfaltung des Universums notwendig ist und getan werden muss, geschieht ebenfalls ganz von selbst. Manchmal durch dich, manchmal durch andere, und doch völlig unabhängig von allen. Und jetzt probieren wir mal, zum Bootshaus zurückzujoggen!"

Weil N:gha gleich losrennt und er sowieso immer schneller ist als ich, bleib mir nichts anderes übrig, als ebenfalls durchzustarten ~ fest gegründet im Selbst-Gewahrsein, umgeben vom Panoramahören, absolut entschlossen, über diesen steinigen und jetzt abschüssigen Pfad zu joggen wie über Wasser.

Während N:gha das Vorhängeschloss aufschließt, japse ich:

„Deine Worte und Taten üben einen erheblichen Einfluss auf mich aus. Manchmal sträube ich mich dagegen. Das muss doch anstrengend für dich sein!"

„Was du fragst und was ich sage, spricht beides das Leben. Es unterhält sich mit sich selbst, und wenn wir beide herumtollen, spielt es mit sich selbst. Dabei übt es genau den Einfluss aus, den es für richtig hält. Ich beobachte währenddessen nur, was geschieht, und erfreue mich daran. Das genügt mir völlig. Was sollte ich da noch bezwecken, beeinflussen oder tun wollen? Spaß an der Freude ist die einzige Motivation für jedwede Handlung."

Ich schweige, komme allmählich wieder zu Atem, und weil ich ohnehin nichts sehen kann, denke ich intensiv über das Gesagte nach.

∞

Erst nach dem Abendessen nimmt er mir die Augenbinde ab.

„Und nun lass dir die Haare schneiden, Sohn", schlägt N:gha vor. „Trenn dich von dem, was du nicht mehr brauchst!"

Er trägt meinen Hocker auf die Plattform, bittet mich, Platz zu nehmen. Das Licht im Bootshaus fällt durch die Glasscheiben und wirft den Schatten des Fensterkreuzes gegen unsere Rücken. Nachdem er mir ein Handtuch über die Schultern gelegt hat, beginnt er mit der Schere, die Haare dicht an der

Kopfhaut abzuschneiden. Dann holt er eine Schüssel und sein Rasierzeug, feuchtet mir den Kopf an, schäumt ihn ein und schabt die Stoppeln ab. Ich halte die Augen geschlossen. Die Ostseeluft ist frisch und kalt, ich zittere leicht. Gänsehaut überzieht den kahlen Schädel.

## 23

„Ich möchte dich sehen!", sagt Leila am Telefon. „Hat John dir erklärt, welche Konsequenzen das haben könnte?"

„Ja. Aber es ist wichtig für mich, dich zu treffen, und ich werde ihm nicht erlauben, mich daran zu hindern."

„Gut. Dasselbe gilt für mich."

∞

Schon in den letzten Tagen habe ich bemerkt, dass meine Beine sehr schnell ermüden, und wenn ich in sie hinein atmete, neigten sie dazu, eher völlig nachzugeben als zu erstarken. Also hielt ich meinen Atem möglichst zwischen Scheitel und Becken, obwohl ich nicht die Hoffnung hatte, den Verfall dadurch aufhalten oder auch nur hinauszögern zu können. Denn ich war mir im Klaren darüber, dass das Ende begonnen hatte, versuchte aber dennoch, meinen Atem zu manipulieren. Dann stürzte ich, als ich mich von der Steinbank erhob, und schlug der Länge nach hin.

Aus.

Gerade eben erst habe ich mich bedingungslos auf das Leben eingelassen, bin gerade erst seit Albas Fest wieder rückhaltlos offen für jede Nuance der Liebe ~ schon vorbei. In irrem Schrecken rolle ich mich auf den Bauch, stemme den Oberkörper in die Höhe. Die Arme gehorchen noch. Nur hoch! Nur nicht niedergestreckt bleiben! Hoch den Kopf und den Oberkörper! Was sind zwei gelähmte Beine? Lächerlich! Die Arme tun's noch! Noch bin ich nicht erledigt!

Ich robbe durch den Perlenvorhang.

„Geht gleich wieder", werfe ich Conchita hin, die vom Sofa hochschnellt, und als sie mir aufhelfen will, wehre ich erbost ab.

„Lass mich! Es geht gleich wieder!"

So steht sie nur da und sieht, wie ich mich auf Händen und Unterarmen in Richtung Kammer ziehe, die gefühllosen Beine hinter mir herschleifend. Noch vor der Schwelle knicken die Ellenbogen ein, Oberkörper und Kopf schlagen schwer auf den Boden. Doch aus, endgültig vorbei.

Nano leckt winselnd mein Gesicht. Ich habe weder die Kraft, ihn abzuwehren, noch mich erneut hochzustemmen. Ich wende nur das Gesicht zur anderen Seite. Conchita greift mir unter die Achseln, zieht mich in die Kammer, hebt, zerrt und schiebt mich ins Bett. Legt mich gerade, bettet meinen Kopf auf das Kissen. Deckt das Laken über die Beine, voller Erbarmen. Ich weine wie ein Kind. Sie streicht mir über das Haar.

Dann höre ich sie im Wohnraum flüsternd telefonieren.

„Lucas kommt gleich", sagt sie und legt sich neben mich, nimmt mich in die Arme. Ich versuche, die Beine anzuziehen. Es gelingt nicht, sie lassen sich nicht bewegen. Ich heule auf. Bis eben war der Tod so fern, das Leben so nah, und mit einem Schlag ist das Leben fern, der Tod nah.

„Bitte noch nicht!", flehe ich innerlich.

Auch Conchita weint.

So liegen wir, als Don Lucas die Kammer betritt. Besorgt und gründlich untersucht er mich. Dann zieht er den Korbsessel ans Bett, setzt sich, schaut uns an.

„Ich kann keine Ursache finden", erklärt er. „Sie sollten sich im Krankenhaus untersuchen lassen, Don Jorge."

Ich halte die Augen geschlossen, will nicht die Wahrheit sagen. Zeit vergeht. Dann höre ich Conchita zu Lucas sagen:

„Er wird sterben."

Wieder Stille, nur das Atmen und Nanos ungeduldiges Schweifschlagen.

„Sie haben viel für mich getan, Don Jorge", sagt der Arzt. „Vielleicht mehr als irgendjemand sonst in meinem Leben. Sagen Sie mir, was ich jetzt für Sie tun kann!"

„Nichts, Don Lucas."

„Oh", entgegnet er, streicht mit beiden Händen energisch über seine Oberschenkel, während sein Gesicht grimmige Entschlossenheit zeigt, „das ist mir zu wenig!"

Er setzt, an meiner Hüfte beginnend, seine Nadeln in kurzen Abständen an beiden Beinen. Conchita hält meine Hände. Als er am Abend wiederkommt, fiebere ich. Nur eine einzige Frage beschäftigt mich: Werde ich noch einmal aufstehen können? Ich spüre einen panischen Schrecken angesichts der Möglichkeit, das Bett nicht wieder verlassen zu können. Denn „nicht wieder" heißt: nie wieder!

In der Nacht erhöht sich das Fieber sprunghaft trotz der kalten Umschläge, die Conchita mir macht. Noch einmal kommt Don Lucas und diesmal injiziert er irgendetwas in meine Armvene und den Oberschenkel. Anschließend tobt meine Psyche im Halbschlaf, reißt mich in Wirklichkeiten und Zeit-Raum-Gebilde, in denen N:ghas Gesicht dämonenhaft verzerrt ist und der Puma zum Sprung auf mich ansetzt. Dann entsteht der Eindruck völliger körperlicher Unbeweglichkeit und gleichzeitiger absoluter innerer Starre, während rasend schnelle Wahrnehmungen jeglicher Art mich überfluten und in einen gigantischen Strudel verwickeln, der mich nach großem Schrecken endlich ins Nichts ausspuckt, in Stille und Frieden.

Am nächsten Morgen erwache ich auf der Seite liegend mit angezogenen Knien, jauchze auf und springe aus dem Bett. Conchita stürzt mir im Wohnraum entgegen, als ich zur Toilette will.

„Es geht wieder!", jubele ich und küsse sie.

Don Lucas warnt, die Lähmung könne jederzeit erneut auftreten, und also kaufen wir in Almeria eine zweite Krücke, nur für den Notfall. Ich bin glücklich, dass meine Beine mich wieder tragen. Allerdings hat ein gewisser Schmerz im Kreuzbeinbereich eingesetzt, der bis ins rechte Knie hinunterzieht. Er ist nahezu permanent spürbar, nicht wirklich grob, aber lästig. Ich akzeptiere ihn gern, wenn ich nur gehen, mich frei bewegen kann.

Auch mit Schmerzen unterhalte ich mich. Sie gehören zu unserem Menschsein und erwarten zu Recht geduldige Beachtung und liebevolle Zuwendung. Ich habe die Erfahrung gemacht, dass sie mich nur geringfügig in meiner Lebensgestaltung behindern, seitdem ich sie nicht mehr ausschließe, sondern einbeziehe, wenn sie ohnehin schon da sind.

„Erfahrungen mit Verletzung, Schmerz und Tod lehren uns, den Körper wertzuschätzen", sprach N:gha einst. „Dann werden wir nach vielen Inkarnationen verstanden haben, wie kostbar er ist, und aufhören, uns selbst und unseren Mitgeschöpfen Gewalt anzutun. Weil es so wichtig für uns ist, diese qualvollen Erfahrungen am eigenen Leib zu machen, um diese Lehre daraus zu ziehen, bewahrt uns selbst unser verzweifeltes Gebet nicht vor Qual, Folter und Tod."

N:ghas Worte bewirkten, dass ich aufhörte, mit schmerzhaften Erfahrungen zu hadern. Ich nehme sie hin als einen Teil des gesamten Geschehens, das mich betrifft. Und so umarme ich also auch jetzt den Schmerz im Kreuzbein und im rechten Knie, beobachte ihn bewusst, wenn er auftaucht, und erlebe, dass er mich nicht ernsthaft behindert. Ich achte darauf, mir Erholungspausen zu gönnen, aber ich will und werde mich der Teilnahme am Leben nicht verweigern, nur weil es mich im Rücken zwickt und es ans Sterben geht.

Mit großer Genugtuung empfinde ich, dass ich mit dem Leben Schritt halte, obwohl es jetzt eine härtere Gangart eingeschlagen hat.

Langsam gewinnt das Schwert seine endgültige Form.

∞

„Mir schwimmen die Felle weg", sagt der texanische Bär reumütig. „Ich hab einen Fehler gemacht und bedauere das sehr, aber plötzlich liefen all meine Leute zu dir, und da hatte ich diese blöde Idee, Carlos um Hilfe zu bitten. Wie konnte ich denn ahnen, dass er euch gleich seine Kavallerie auf den Hals schickt? Und dann geht der Schuss auch noch nach hinten los: Zu dir kommt jetzt zwar keiner mehr, aber zu mir auch nicht. Jetzt sitzen du und ich vor verwaisten Stühlen und der alte Lucas lacht sich ins Fäustchen. Dem rennen die Heilssucher seitdem die Bude ein, trotz seines blöden eisernen Tors, und wir beide stehen mit leeren Händen da." Er hebt seinen Weinbecher. „Auf unsere Freundschaft!"

„Auf unsere Freundschaft!", bestätige ich und stoße mit ihm an.

Warum sollte ich ihm irgendetwas übelnehmen? Jeder Mensch fühlt, denkt, tut bisweilen Dinge, die er lieber nicht fühlen, nicht denken und nicht tun würde. Jeder von uns leidet selbst am meisten darunter. Versuchen wir, friedvoll miteinander umzugehen oder uns zumindest gegenseitig in Ruhe zu lassen!

„Meine Beine spielen nicht mehr richtig mit."

„Hab die beiden Krücken schon bemerkt."

„Deshalb ist es ganz gut, dass hier nicht mehr so viel los ist. Mach dir keine Gedanken darüber. Außerdem lenken die vielen Menschen mich von mir selbst ab."

John füllt unsere Becher erneut, entspannt sich allmählich und wird immer ausgelassener. Wie immer genieße ich es, mit ihm zu plaudern und zu trinken. Diese Samstagnächte ohne meine Gefährtin haben ein besonderes Flair, denn da sitzen zwei Männer beisammen, die jeder auf seine Art die Geheimnisse des Daseins ahnen und die alltäglichen Dinge als Wunder erkennen können ~ auch wenn wir beide gelegentlich etwas ungelenk mit den Ereignissen der Welt umgehen.

Meine Zuneigung zu seiner Frau irritiert mich bei unseren Zusammenkünften nicht, denn ich kann durchaus zwischen meinen Wünschen und der Wirklichkeit unterscheiden, soweit das überhaupt möglich ist. Auch ihn schien die Vertrautheit zwischen Leila und mir bisher nicht ernsthaft zu beunruhigen. Deshalb überrascht es mich umso mehr, als er sich plötzlich mitten in seinen Späßen unterbricht.

„Ich möchte nicht, dass du Leila noch einmal triffst, wenn ich nicht dabei bin", sagt er und schaut auf seine Fäuste. „Ich liebe sie nämlich. Vielleicht ist euch beiden diese Tatsache entgangen."

Noch immer blickt er mir nicht in die Augen. Ich schweige, atme.

„John, du bist gewohnt, das Leben anderer Menschen zu beeinflussen, aber du hast kein Recht, es zu bestimmen."

Auch er atmet und schweigt.

„Kann sein, dass ich mich nicht verständlich genug ausgedrückt hab", sagt er dann, sieht mich fest an und rollt bedächtig seinen Kaugummi. „Ich versuch's noch mal. Also, was ich eigentlich sagen wollte, ist dies: Wenn du Leila noch einmal triffst, ohne dass ich dabei bin, dann werde ich schlimme

Sachen mit ihr anstellen. Und falls sie mich daraufhin verlassen sollte, werde ich dich töten. Jetzt verstanden?"

Minutenlang hält mich mein Entsetzen gepackt, bevor ich antworten kann.

„Ja, ich habe verstanden."

„Du und ich, wir werden uns in jedem Fall wiedersehen", sagt er. „Im Guten oder im Bösen. Das liegt ab jetzt ganz allein an dir."

∞

Warum sie von „Gefallenen" sprechen, weiß ich nicht, denn es handelt sich um Zerfetzte, die nie wieder aufstehen werden. Und warum sie die rotglühenden Eisenplatten, die durch die Luft wirbeln, „Splitter" nennen, als könne man sie mit einer Pinzette aus dem Körper ziehen, begreife ich nicht. Die Absurdität des Krieges ist vollkommen.

Ohne zu wissen, warum, wusste ich ganz ohne jeden Zweifel, dass ich unter gar keinen Umständen töten wollte, und meldete mich deshalb zum Sanitätsdienst. Ich wurde einer Artillerieeinheit zugeteilt. Nah am Abschuss und fern vom Einschlag, dachte ich und konnte nicht wissen, dass sich die anderen nicht an sichere Abstände halten. Nichts im Krieg ist so, wie man es mir gesagt hat, wie man es zuvor behauptet und mich gelehrt hat. Alles war Lüge, um mein Befürchten zu dämpfen und meine Gutgläubigkeit auszunutzen. Alles war Lüge, um meine unbestimmte Bereitschaft in bestimmter Weise zu lenken und dann gnadenlos über mich zu verfügen. Alles war Lüge, denn nun brechen die anderen plötzlich von der Seite in unsere Stellungen ein, nicht von vorn wie erwartet, laufen in unseren eigenen Schutzgräben und gehen mit Handgranaten, Spaten und Bajonett auf alles Leben los, das sich von ihnen überraschen lässt.

Auch wusste ich nicht, dass man in solchen Situationen nicht rechtzeitig verlegt wird, wie es stets hieß, fortgefahren wird in sichere hintere Räume, sondern laufen muss, rennen, eine Kiste mit Verbandsmaterial auf dem Buckel, je eine in den Händen. Ich wusste ebenfalls nicht, wie schwer die Dinger plötzlich werden, wenn man das Grollen und Rumpeln der fremden Geschütze vernimmt und Sekunden später schon nicht mehr atmen kann im gelben Korditgestank und vor lauter Paukenschlägen ringsum in alle Richtungen aus der Bahn geworfen wird.

Das Schreien der Zerstückelten ist im Tosen nicht zu hören.

Man hat mir gesagt, dass die Artillerie niemals in Gebiete schießt, in denen Infanterie kämpft, damit die eigenen Kameraden nicht zu Schaden kommen. Und trotzdem springt jetzt, Einschlag für Einschlag, schwarze Erde senkrecht haushoch, krachend aufgeschleudert, und der Boden bebt, wahrlich, der Boden bebt, bewegt sich schlingernd auf und ab wie Schiffsplanken im Orkan. Fauchende Sprengblitze spalten das Qualmdunkel, das dichter ist als graue Nebelmasse. Wummerndes Schlaglicht tost hernieder und empor, in hüfthoher Flugbahn sichelt gezacktes Eisen jaulend durch die Luft und mäht alles nieder, was auf seinem Weg steht. Ich trete auf Körper und Körperteile und taumele mehr durch diesen Feuerregen, als dass ich laufe oder gar renne, obwohl die beiden Kisten längst aus den verkrampften Fingern geglitten sind. Mit vorgestreckten Händen taste ich mich an donnernden Rauchsäulen entlang, stütze mich an kreischenden Fontänen ab oder im Fleisch von Gefällten und weiß ganz ohne jeden Zweifel, dass ich nach hinten muss, und hoffe, hoffe inständig, dass ich die Richtung beibehalte.

Wenn die berstende Luft mich wie sausender Hammerschlag von den Beinen reißt und sich mir Erde, diese gequälte Erde, wutentbrannt in den Mund wühlt, in Augen, Nase und Ohren, will ich liegen bleiben, denn man hat mir eingebläut, dass eine zweite Granate nicht und niemals in den Trichter einer ersten fährt, dass ich in einem schwelenden stinkenden glühenden Loch sicher bin und beim Laufen in höchster Gefahr. Aber eine innere Stimme beharrt:

„Lauf weiter, Sohn!"

Ich komme gar nicht auf die Idee, die Kiste vom Rücken abzustreifen, deren Gewicht mich zusätzlich durch dieses dröhnende Weltbeben schleudert, ebenso wenig, wie ich auf die Idee komme, bei einem der vielen zu verweilen, der seinen schmutzstarrenden Arm hilfesuchend nach mir ausstreckt. Diese beiden Gedanken sind überhaupt nicht in mir vorhanden. Ich muss nach hinten, das ist das einzig in mir Vorhandene, raus aus dem schreienden Geflatter der Granaten, dem gnadenlosen Eisensturm, und ich versuche, mich nach hinten zu schleppen. Auch Angst ist nicht vorhanden, nur diese unendliche Mühsal, weiterzustraucheln.

Es ist kein Sprung, es ist ein bodenloser Absturz, und ich lande auf dem Bauch in einem Krater, dessen Wände gesprenkelt sind mit faustgroßen Glühbränden. Erst als mein rechtes Knie verbrennt, reiße ich mich auf die Arme hoch und ziehe es von der glimmenden Stelle. Vor mir hockt ein anderer, das Gesicht so schwarz verdreckt, dass die Augen in geisterhaftem Weiß leuchten, und er packt in Todesangst seinen Stahlhelm, zieht ihn sich vom Kopf und reicht ihn mir mit beiden Händen.

Ein Wort schrillt er mir entgegen, und es verblüfft mich, dass seine Stimme den brüllenden Meter zwischen uns durchdringt, und ich winke ab: Keine Angst, ich will dir nichts! Und krieche neben ihn, ein Bein fehlt ihm, das ganze linke Bein, ich schaue mich um, doch es ist nirgends zu sehen, und ich will es suchen, um irgendwie zu helfen, da umschlingt der andere mich, zerrt mich, dass ich falle, rollt mich rücklings auf sich, bedeckt sich mit mir und schrillt noch einmal, klammernd, sein Mund an meinem Ohr, und meine Augen starren himmelwärts in die tobende Hölle.

„Lauf weiter, Sohn!", mahnt die innere Stimme, da ist der andere schon tot, und ich breche seine Finger über meinem Leib auf, wühle mich mit Händen und Füßen an der heißen Erdwand nach oben, rutsche ab und erreiche nach Unzeiten doch den Kraterrand. Der Kasten auf dem Rücken drückt mich nach vorn, stechender Schmerz im rechten Knie, und dann taumele ich weiter durch das Brausen und Krachen, Beben und Schütteln.

∞

Ich will unter gar keinen Umständen töten, und ich will nicht getötet werden. Nicht einmal verletzen will ich, denn Gewalt soll nicht mehr in diese Inkarnation gehören! Und doch trägt John sie hinein. Was soll ich tun?

∞

Er ist gegangen. Die Weinbecher sind gespült, die leere Flasche steht im Müll. Während ich auf dem Bett liege, wechselt das Zeit-Raum-Gebilde. Dort stürmt John durch den Perlenvorhang in den Wohnraum, und ich ergreife das fertiggestellte Schwert, springe dem Eindringling durch den Seidenvorhang entgegen, halte die Waffe mit beiden Händen. Die Klinge zeigt in spitzem Winkel zu Boden: „Nach allen Seiten offen", die gefährlichste Schwertkampfstellung, sowohl für den Angreifenden als auch für den Angegriffenen. Einer von beiden wird getötet werden.

John bremst seinen Schwung ab und bleibt geduckt vor mir stehen. Wartet.

„Ich will dich nicht töten", sage ich ruhig und weiß, dass nicht ich diese Worte spreche, die aus meinem Mund kommen.

Er richtet sich auf.

„Das wirst du aber müssen, wenn du nicht hier und jetzt sterben willst“, brummt er warnend.

„Das entscheidest nicht du, sondern Gott.“

„Wir werden sehen“, sagt er und richtet sich noch weiter auf, da weiß ich, dass das gesamte Universum durch ihn und durch mich spricht, weiß in stiller Unbewegtheit, dass es durch uns beide handeln will und wird, weiß mein Einverständnis mit all dem und finde mich im bewussten Bewusstsein der Allheit und verliere mich darin.

Hochaufgerichtet zeigt John seine massige Bärengestalt, bleckt die Zähne, ganz Kampfeswille und waches Lauern, durchdrungen von der unüberwindbaren Präsenz seines Krafttieres. Unwillkürlich stoße ich das Fauchen des Pumas aus, einen Laut, der sich vor dem Kehlkopf im Rachen bildet und jeden Gegner auf die tödliche Gefahr hinweist, in der er schwebt. Der Bär hält ihm stand und greift sich Conchitas Stuhl, wappnet sich damit gegen meinen Hieb.

John hat eine Chance, mit dem Leben davonzukommen, aber groß ist die nicht. Vielleicht würde er mich treffen, wenn er, ohne die Haltung des Stuhles zu verändern, vorspringen würde, aber vielleicht gelänge mir dann ein seitlicher Ausfall, und mit kreiselndem Schlag würde ich ihm den Kopf vom Körper trennen. Hebt er stattdessen den Stuhl höher, werde ich ihm, von unten zustoßend, das Herz durchbohren. Diese Abläufe sind mir vertraut, hundertfach ausgeführt in diesem Leben oder in anderen, und es wird geschehen, was die Situation verlangt ~ wie ein spontaner Tanz zu unbekannter Musik.

Ich atme fließend, und der Atem durchströmt mich vollständig und füllt vollständig den Raum zwischen mir und John, umhüllt ihn gar, schließt uns beide ein. Es ist ein einziges Zeit-Raum-Gebilde, in dem wir uns befinden, und wir sind zum Bestandteil dieses Gebildes geworden, beide zu einer

Einheit verschmolzen und eins mit dem, das uns umschließt. Keiner von uns beiden kann sich losgelöst vom anderen bewegen, beide werden wir gemeinsam von dieser universellen Einheit bewegt werden. Gedankenleeres Schauen hebt das Nahe und das Ferne auf und dehnt, was Grenze sein könnte, unermesslich weit aus. Darin berühren sich alle Zeiten und alle Räume und gehen ineinander auf, und alle Wirklichkeiten zerfließen zu einer. Das Omniversum hat sich aufgefaltet. Was jetzt geschehen wird, wird immer und überall in gleicher Weise geschehen und die Ganzheit durchbeben. Ich selbst bin völlig unberührt davon, bin nicht einmal der stille halbpersönliche Zeuge dessen, bin das absolute Bewusstsein, in dem dies geschieht, und weiß auch John als dasselbe Unbewegte und deshalb eins mit mir.

Gleichzeitig senken wir die Waffen, den Stuhl und das Schwert.

∞

Seine Frau wird kommen, um mich zu besuchen, und John wird es hinnehmen. Am Mittwoch werde ich überlegen, trotz meiner Beschwerden an seinem Meditationsabend teilzunehmen, und wenn Leila wieder zu mir flüstern wird, wird ihr Mann sich jovial um die wenigen anderen Gäste und um Gläser und Geschirr kümmern und uns beiden keine Beachtung schenken.

∞

Ich war mit Conchitas Auto zum Bankautomaten im Dorf gefahren, und als ich nach meiner Rückkehr die Porzellandose aus dem Schrank nehme und öffne, enthält sie deutlich mehr Geld, als ich vor einer Woche hineingelegt habe. Ich stutze. Conchita steht am Herd und bemerkt meine Verwirrung, sieht die Dose in meinen Händen.

Weintrunken und schwankend, hat sich John in unserer ersten Samstagnacht noch einmal zu mir umgewandt.

„Wir haben alle unsere Macken", hörte ich ihn sagen, und er bemühte sich, korrekt zu sprechen. „Conchita ist ein tolles Weib ~ vergiss das nicht!"

Panik breitet sich in mir aus.

„Ja", sagt meine Seelengefährtin leise. „Samstagnachts nehme ich Geld dafür."

Urmutter, ich will nicht, dass du mir das antust! Nicht jetzt und nicht sie! Zerstöre nicht, was ich von dir als heil und heilig entgegengenommen habe! Du weißt, ich hätte es ablehnen können, hätte mich ohne Liebe von dieser Welt verabschieden können! Du hast mir mit Conchita ein Geschenk gemacht für meine letzten Wochen, aber auch ich habe dir ein Geschenk gemacht: mein Leben in diesen Wochen. Wir sind quitt! Du bist mir nichts schuldig geblieben und ich bin dir nichts schuldig geblieben. Jetzt schlag nicht den, der sich dir hingegeben hat!

Aber es ist schon geschehen. Es ist gesehen worden und gesagt.

Ich möchte dieses Haus verlassen und ich möchte sterben. Ich möchte nicht hier sein und vor Schmerz zerspringen.

Lass diese Liebe heil, gottverdammtes Leben! Was habe ich dir denn getan? Was habe ich denn in dieser verfluchten Inkarnation angestellt, dass du mir am Ende noch das Herz aus der Brust reißen musst? Ich habe geliebt und geliebt und geliebt, fast siebzig Jahre lang, von den wenigen abgesehen, in denen ich es nicht besser wusste. Hör mir zu, Leben! Wenn du mir hier wirklich eine Nutte vor die Nase gesetzt hast, und ich habe sie geliebt, obwohl du es besser wusstest, dann werde ich …

∞

Es war ein Fehler, Robby nicht wiedergesehen zu haben, als ich vor sieben Jahren auf der Fahrt nach Wyk auf Föhr in Hamburg übernachtete und überlegt hatte, mich mit ihr in der Hansestadt beim Vietnamesen zu treffen. Ich hätte einen Tisch etwas abseits von den anderen reservieren können und den Kellner instruieren sollen, sehr achtsam und sehr diskret zu sein, uns sehr viel Zeit zu lassen, weil wir uns vor einer Ewigkeit getrennt, aber nicht aus den Herzen verloren hatten. In den Jahren neben ihr hatte ich das Beste kennengelernt, was eine Frau in sich selbst hervorbringen kann.

Es wäre vielleicht kein einfacher Abend geworden. Allein die Frage, wie man sich begrüßt nach allem, was zwischen uns war, ob mit Handschlag oder Wangenkuss oder Umarmung, hätte mir ruhelose Stunden bereitet, wenn ich nicht geatmet und alles Weitere der Urmutter überlassen hätte. Vorausgesetzt, ich hätte Robby überhaupt gemailt, dass ich in Wyk Urlaub machen wollte und es mir wichtig sei, sie wieder zu sehen, mit ihr im Levantehaus zu speisen.

Jetzt, in einem anderen Zeit-Raum-Gebilde am Eingang des Restaurants stehend, sehe ich, wie sie aus dem Menschentrubel auftaucht, und erschrecke, weil sie mit über fünfzig Jahren immer noch genauso schön ist wie damals mit zweiundzwanzig, immer noch umgeben von diesem Strahlen ihrer Seele, das ich trotz meiner sexuellen Verblendung schon in unserer ersten Nacht bemerkt hatte und das in den folgenden drei Jahren zu meinem Lebenselixier geworden war.

Ich gehe auf sie zu, und wir nehmen uns, ohne zu überlegen, ohne zu zögern, in die Arme.

Wir lachen viel an diesem Abend und der Kellner ist sehr achtsam und sehr diskret und lässt uns sehr viel Zeit. Manchmal stocken unsere Stimmen und unsere Augen werden feucht. Was haben wir in jenen drei Jahren alles miteinander erlebt ~ und wie ungeheuer dehnen sich die Zeit-Raum-Gebilde, die seitdem vergangen sind, wie haben sie sich angefüllt mit neuen Menschen und neuen Erfahrungen! Ihr Vater, den ich geliebt hatte, ist inzwischen gestorben. Ein Jawort wurde gegeben, eine Tochter geboren, umsorgt, auf die Welt vorbereitet. Die Ehe zerbrach nach zwanzig Jahren. Ein ganzes Leben: Glück und Tränen.

Das Leuchten in unseren Herzen ist geblieben.

Ich begleite sie zur S-Bahn. Als ihr Zug einfährt, reißt sie mich an sich und all ihre Liebe fließt in diese Bewegung. Unsere Wangen berühren sich, unsere Herzen flüstern.

Wir sind beide füreinander frei und wissen das.

Es war ein Fehler, Robby nicht gemailt und keinen Tisch beim Vietnamesen im Levantehaus reserviert zu haben ~ alles wäre anders geworden!

∞

Tränen stürzen aus meinen Augen.

„Wir müssen darüber sprechen“, sagt die Frau, die ich als meine Gefährtin betrachte und die mich als ihren Gefährten angenommen hat. „Magst du dich zu mir aufs Sofa setzen?“

Gut. Ich kann weinen. Ich kann lieben, und ich kann weinen, und wenn ich weinen kann, kann ich in der Liebe bleiben. Ja, es tut weh, aber wenn ich den Schmerz abweisen wollte, müsste ich Conchita abweisen. Lieber will ich atmen und weinen.

Verzeih, Leben, ich war töricht zu glauben, mit einer anderen Frau, vielleicht mit Robby, wäre mir mehr Liebe und weniger Schmerz widerfahren ~ das Maß muss voll werden, so oder anders, bevor der letzte Atemzug verhaucht!

Einverstanden.

„Von dem Verkauf meiner Blusen kann ich nicht leben“, offenbart sich Conchita. „Das Geld reichte nie. Aber das ist nur *ein* Teil der Wahrheit. Du weißt, dass ich meinen Körper liebe. Ich genieße ihn und lebe für Tage auf, wenn ich guten Sex hatte. Samstags suche ich mir beim Tanzen einen Mann aus, der mir gefällt, und ja, ich bekomme Geld dafür. Donnerstagnachmittags im Hotel spürt gelegentlich eine Frau, während sie sich dort die Blusen anschaut, meine Bereitschaft. Dann begleite ich die Neugierige in ihr Zimmer und bekomme auch dafür Geld."

Mir fehlen die erlösenden Worte.

„Ich tue mein Bestes, um mit diesem Leben zurechtzukommen", sagt Conchita. „Wenn dir das nicht gut genug ist, steht es dir frei, schlecht über mich zu denken. Aber vielleicht kannst du mir vergeben, wie du Lucas vergeben hast. Obwohl ich nicht für Sünde halte, was ich tue, und es deshalb nicht bereuen kann. Vielleicht willst du mir trotzdem vergeben."

„Liebe ist die Entscheidung, das Göttliche in jedem Wesen, Ding und Ereignis zu sehen", sprach N:gha einst. Ich werde an meiner Liebe zu Conchita festhalten und das Göttliche in dieser Frau sehen! Nicht, weil ich sie nicht verlieren will. Ich habe schon so vieles verloren in siebzig Jahren und werde bald noch mehr verlieren. An meiner Liebe zu dieser Frau werde ich festhalten, weil sie es wert ist.

Ich nicke verstört.

„Als mein Mann vor vielen Jahren dahinterkam, stieg er wortlos ins Auto. Es war immer sein Traum gewesen, mit mir in Madrid zu leben, und mein Traum war es gewesen, eines Tages genug Geld für diesen gemeinsamen Neubeginn zu haben, und ich verdiente es auf meine Weise. Er konnte die Wahrheit nicht ertragen und fuhr allein los Richtung Norden. Vor dir will ich diese Samstagnächte nicht verbergen, Jorge, und nicht vor unserer Liebe. Was ich im Hotel tue, gehört zu mir, und deshalb gehört es auch zu dir und zu unserer Liebe."

„Ja“, sage ich benommen, „es gehört dazu“, und strecke die Hand nach ihr aus. Meine Gefährtin macht den entscheidenden Schritt und nimmt mich in die Arme. Unsere Wangen berühren sich, unsere Herzen flüstern.

∞

Wellen schlagen gegen die Pfähle, auf denen das Bootshaus im Schneesturm wankt. N:gha und ich sitzen uns an unseren Plätzen im Raum gegenüber, er an der Westwand, ich an der Ostwand. Wir tragen unsere Mäntel, obwohl der Elektroheizer auf höchste Stufe eingeschaltet ist.

„Schmerz und Leid sind zwei völlig unterschiedliche Erfahrungen“, sagt mein Wahlvater. „Im Laufe des Lebens wird jeder von uns mit einer genau bemessenen Portion körperlichen und psychischen Schmerzes konfrontiert. Das gehört dazu und lässt sich nicht umgehen. In solchen Situationen dramatisieren die meisten von uns das Geschehen jedoch mental, begrübeln es ununterbrochen und fügen ihm auf der mentalen Ebene eine Riesenportion Leid hinzu, die den ursprünglichen Schmerz vervielfacht und in der Regel auch noch erheblich verlängert. Solches zusätzliche und völlig überflüssige Leid muss solange erfahren werden, bis der Wunsch nach Seelenfrieden unbeirrbar geworden ist. Dann verschwindet es sofort. Denn Leid ist einzig und allein mentaler Widerstand gegen die irdische Wirklichkeit. Dieser Widerstand gegen das, was ist, basiert auf der Vorstellung, ein anderer Zustand als der augenblickliche wäre angenehmer. Da diese Vorstellung lediglich ein Gedanke ist, brauchst du ihr nicht zu glauben. Probiere es aus, Sohn: Umarme, was dir inakzeptabel erscheint, und schau, was daraufhin geschieht!“

∞

*And when the book of life is read, everything but love is dead.*

Ich habe von John Denver gehört, dass am Ende nur die Liebe zählt, die geschenkte und die erhaltene. Alles andere sei dann vom Winde verweht.

Ich stehe vor dem Ende.

Robby war die einzige Frau, die ich nicht verlassen hatte, um eine andere kennenzulernen, sondern weil mich das Leben von Norddeutschland nach München verschlug. Damals als 33-Jähriger hatte ich mich nicht anders entscheiden können, aber vor sieben Jahren in Hamburg wäre es möglich gewesen, einen Tisch zu reservieren, den Kellner zu instruieren und nach dem Essen Robby zu bitten, mich am folgenden Wochenende in Wyk auf Föhr zu besuchen. Ich hätte im Laufe der nächsten Monate zu ihr nach Hamburg ziehen können, falls sie einverstanden gewesen wäre. Stattdessen habe ich mich endschieden, mein Leben als Alleinstehender fortzusetzen. Ob ich wollte oder nicht: Ich war immer ein Nomade. Seit meiner Geburt habe ich durchschnittlich alle drei Jahre meinen Wohnsitz gewechselt. Für ein beständiges Leben zu zweit bin ich nicht zuverlässig genug. Aus diesem Grund entschloss ich mich auf der Fahrt nach Wyk, meine letzten Jahre nicht dieser strahlenden Frau zu widmen, sondern weiterhin meiner Arbeit, meiner Selbsterforschung, meinem Schreiben.

Deshalb werde ich jetzt in der Fremde sterben.

Arbeit, Selbsterforschung, Schreiben ~ wird das alles am Ende vom Winde verweht und wie nie gewesen sein, weil ich mich niemals entschieden habe zu lieben, bis der Tod diese Liebe scheidet?

John Denver schaut betroffen drein.

∞

„Einmal wanderte ich auf den Spuren Jesu durchs Gelobte Land“, sprach N:gha einst. „Denn eigentlich war ich von Beruf freier Journalist, was ich dir gegenüber bis jetzt verschwiegen habe. Verschwiegenheit gehört übrigens zu den auffälligsten Charaktereigenschaften unserer Zunft, und auch mein Erfolg basierte nicht auf dem, was ich veröffentlichte, sondern auf dem, was ich verschwieg.

Jedenfalls hatte ich damals einen Vertrag mit ‚National Geographic'. Das ist allerdings schon ein paar Ewigkeiten her. Die Zeitschrift finanzierte das Unternehmen und erwartete von mir einen 6-seitigen Artikel und ein paar tolle Fotos. Ich hatte in Kapernaum ein Zimmer gemietet, weil man von dort aus recht gut fast alle namhaften Orte im Umkreis des Sees Genezareth erreichen kann, wo der Messias häufig predigte.

Am dritten Tag brach ich zu Fuß nach der zwischen Tiberias und Nazareth gelegenen Siedlung Kefar Kana auf, die ich am Spätnachmittag erreichte. Ich war durstig, hungrig und müde, suchte deshalb ein Quartier und geriet am Ortsrand unversehens in eine kleine Feier. Dort wollte ich mich nach Übernachtungsmöglichkeiten erkundigen. Kaum hatte ich den Innenhof betreten, da kam mir ein ziemlich wüster Geselle entgegen, der bedrohlich gestikulierte. Einerseits war ich die herzliche Gastfreundschaft der hier lebenden Menschen gewohnt, andererseits erschreckte mich das Aussehen jenes Mannes. Er war dunkelhäutig, offensichtlich ein Fremder, ein Ägypter, nahm ich an, spindeldürr und mit irrlichtenden Augen, als hätte er Fieber oder sei soeben erst von den Toten auferstanden. Er schien am ganzen Körper zu zittern, flackerte wie eine Kerzenflamme bei heftigem Wind.

Obwohl ich mich höflich verbeugte, wies er mich mit energischen Handbewegungen ab. Da wurde von der Tischgemeinschaft her sein Name gerufen, und eine ebenfalls dunkelhäutige Frau bedeutete ihm, mich einzulassen. Der Flackernde trat beiseite und geleitete mich unwirsch zu einem Tisch, wies mir einen Platz an. Die dort Sitzenden rückten näher zusammen und ich ließ mich nieder. Von ihnen erfuhr ich, dass hier heute wie von alters her am dritten Tag der Woche eine Hochzeit gefeiert wurde. Darüber wunderte ich mich, denn die Anzahl der Feiernden war klein, bestand lediglich aus fünfzehn Männern und fünf Frauen. Eine zweite Schwarze brachte mir eilend einen Teller mit ausgesuchten Köstlichkeiten und einen Becher Wein. Sie sei die Schwester der Braut, die mir Einlass gewährt hatte, sagte man mir, und der Flackernde sei ihr Bruder.

Die Braut hatte eine ganz besondere Ausstrahlung, obwohl sie sicherlich schon auf die vierzig zuging. Sie leuchtete vor lauter Glück und Selbstgewissheit, hielt auf dem Tisch die Hand ihres hellhäutigen Ehemannes, der sie von Zeit zu Zeit ansah und dann nach langem tiefem Blick zärtlich auf den Mund küsste. Die beiden nahmen kaum an dem ausgelassenen Treiben um sie herum teil, waren meist in wortlosem Einverständnis aufeinander bezogen, während sich die Schwester emsig um das Wohl der Gäste mühte.

Auf meine Bemerkung hin, dies sei wohl nur eine kleine Feier, erklärte mir mein Tischnachbar, der sich als Simon vorgestellt hatte, dass der Bräutigam ein jüdischer Rabbiner sei. Nach dem Gesetz hätte er schon längst heiraten müssen, weil Unverheiratete eigentlich nicht in den Synagogen lehren dürften. Er jedoch hätte sich aus persönlichen Gründen bis jetzt der Ehe verweigert und dann zum Entsetzen der jüdischen Gemeinde auch noch ausgerechnet eine Schwarze zur Frau gewählt. Sie sei Ägypterin, gehöre also dem heidnischen Volk der einstigen Unterdrücker an. Doch damit nicht genug, außerdem sei jene Mirjam keine gewöhnliche Nichtjüdin, sondern, um das Maß voll zu machen, eine gesalbte Priesterin der Ishtar, praktiziere also Götzendienst auf höchster Ebene! Aufgrund all dieser anstößigen Umstände habe man sich aus Sicherheitsgründen entschieden, die Hochzeit nicht publik zu machen und die Zahl der Gäste auf das Notwendigste zu beschränken.

Simon hatte sich ziemlich in Rage geredet, und es war offensichtlich, dass in ihm der Fremdenhass loderte. Um dem Gespräch eine entspannte Richtung zu geben, warf ich ein, dass die Braut immerhin sehr schön sei und ich deshalb die Wahl des Rabbiners gut verstehen könnte. Doch damit brachte ich meinen Tischnachbar erst recht zur Weißglut.

‚Ja, schön ist sie, aber die Schönheit der Frauen ist das Verderben der Männer! Sie wickeln einen Mann um den kleinen Finger, und ehe der Hahn dreimal krähen kann, verführen sie uns zur Lüge!' Ein Frauenhasser war mein erregter Gesprächspartner also auch. Offensichtlich hatte er ungute Erfahrungen mit dem weiblichen Geschlecht gemacht, und sicherlich würde er bei einer solch negativen Einstellung Frauen gegenüber bald neues Ungemach ihrerseits anziehen. Außerdem war und ist Homosexualität in solchen religiösen Kleingruppen, die fast ausschließlich aus Männern bestehen, oder in großen kirchlichen Organisationen nicht ungewöhnlich. Auch spielte und spielt sexueller Kindesmissbrauch in derartigen Kreisen eine große unsägliche Rolle, weshalb der Nazarener vor zweitausend Jahren mehrmals mahnte, den Kindern kein Unheil zuzufügen. Jedenfalls vermutete ich, dass sich Simon vielleicht gewisse Hoffnungen in Bezug auf seinen nun vermählten Rabbiner gemacht hatte und durch die Hochzeit für immer enttäuscht wurde.

Als ich die Abdeckung von der Linse meiner Kamera nahm, traf mein Blick den des Flackernden, und auch ohne jegliches Zeichen von ihm wusste ich, dass hier und heute das Fotografieren verboten war.

Mit einer heftigen Bewegung stellte Simon seinen leeren Becher umgedreht auf den Tisch.

‚Und jetzt ist auch noch der Wein ausgegangen!' schimpfte er, stand auf und bemühte sich schwankenden Schrittes, eher ein Stück Kork auf den Wellen als ein Fels in der Brandung, zur Mutter des Bräutigams. Plump vertraulich neigte er sich ihrem Ohr zu und flüsterte hinter vorgehaltener Hand, worauf sie sich erhob, als Gastgeberin der Hochzeit sichtlich beunruhigt, und ihrem Sohn ein unmissverständliches Zeichen gab. In der kleinen Runde war es still geworden, als warteten alle gespannt darauf, wie der Bräutigam reagieren würde. Der nickte lächelnd, hob beide Arme mit den Handflächen nach außen und sagte mit sanfter Stimme, jedoch deutlich vernehmbar:

‚Setz dich ruhig wieder, Mutter. Meine Stunde ist noch nicht gekommen!'

Daraufhin sah sie ihren Sohn missbilligend an und ihr Schweigen legte sich schwer auf die Gemüter der kleinen Gästeschar.

Am Ausschank stand ein bärtiger Mann mit breiten Schultern, der die Teller und Krüge füllte, welche von der Schwester auf die Tische verteilt wurden. Zu diesem wandte sich die Mutter nun um, und was sie sagte, nahm der Situation die unangenehme Spitze:

‚Mein Sohn wird sich darum kümmern ~ warte auf seine Weisung!'

Mirjam sah ihren Ehemann still an, während die Mutter sich setzte und die Gespräche wieder laut wurden. Der erwiderte ihren Blick, küsste sie erneut, zuckte mit den Achseln und begab sich zum Schanktisch. Dort wechselte er mit dem Breitschultrigen einige Worte, der sodann einen größeren Krug nahm, am Brunnen mit Wasser füllte und zurück auf die Anrichte stellte. Der Bräutigam verteilte nun eigenhändig den Inhalt auf mehrere kleine Krüge, die von Martha, der fleißigen Brautschwester, an die Tische gebracht wurden.

‚Das darfst du dir nicht entgehen lassen!', schwärmte Simon, der sich inzwischen wieder neben mich gesetzt hatte. Er hob seinen Becher und probierte den frischen Trank erneut mit glasigen Augen. ‚Normalerweise wird der gute Wein zu Beginn eines Festes ausgeschenkt, und wenn die Gäste betrunken sind, gibt's den verwässerten. Unser Rabbi jedoch hat den besten Wein bis jetzt zurückgehalten.'

Ich nahm einen Schluck und war ebenfalls höchst überrascht.

‚Euer Meister kann zaubern', sagte ich anerkennend. ‚Denn ich habe genau gesehen, wie der große Krug nur mit Wasser gefüllt wurde, und das ist jetzt zu Wein geworden!'

‚Wenn hier jemand zaubern kann, dann ist es Mirjam', entgegnete mein Nebenmann, der es nicht lassen konnte, über die Braut herzuziehen. ‚Sie hat unseren Rabbi verzaubert, und deshalb ist sie nicht nur von Anfang an seine bevorzugte Lieblingsschülerin, sondern auch seine Bettgenossin. Immerhin besiegelt er diese Verbindung jetzt endlich mit der Eheschließung, aber hätte er sich dafür nicht wenigstens eine Rechtgläubige aussuchen können?'

Seltsam, dachte ich: ein jüdischer Wanderpriester und eine schwarze Madonna ~ wenn sich das herumspricht, wird's beim frommen Volk einigen Wirbel geben! Am besten, ich schreibe in meinem Artikel nur von der Hochzeit in Kana und dem Weinwunder, lasse Namen und Hautfarbe der Braut weg und verschweige außerdem, dass der zaubernde Rabbiner in Wirklichkeit der Bräutigam war.

Wie bereits gesagt: Verschwiegenheit ist die auffälligste Charaktereigenschaft erfolgreicher Journalisten."

24 Ein ziemlich trostloser Nachmittag liegt im strömenden Herbstregen, der seit Tagen fällt. Ich stehe im Bootshaus am Nordfenster und schaue nach draußen, wo die schweren Tropfen von der Oberfläche der Ostsee aufspringen. Der Himmel ist von morgens bis abends bleigrau. Wenn es gerade mal nicht regnet, hängt Feuchtigkeit in der Luft, und wenn es regnet, sind die Tropfen prall und hart und schlagen kalt gegen Gesicht und Hände. Unentwegt geht eine scharfe Brise, die in Böen manchmal Sturmstärke erreicht. Schwerfällig liegt das graugrüne Land am Boden, lässt Wind und Regen über sich ergehen und wird von der Last des niedrigen Himmels nahezu erdrückt. Das dunkle Meer wellt sich apathisch oder drischt mit verwehenden Schaumflocken in die Bucht. Die Tage werden spät hell und früh dunkel, und im Dämmerlicht erblicken die Spökenkieker die Geister der ertrunkenen Seeleute, die über Land irren und verzweifelt ihre Familien heimsuchen.

N:gha ist mit seinem Koffer verschwunden. Höchstwahrscheinlich lebt er bei einer seiner Freundinnen im Warmen oder vielleicht bei beiden abwechselnd. Vielleicht ist er, um dem Sauwetter zu entkommen, auch nach Rio geflüchtet oder in die unsichtbare Welt. Ich hab keine Ahnung. Einerseits hat er alles getan, um mich über seine Vergangenheit im Unklaren zu lassen oder zu verwirren, sodass ich durchaus daran zweifeln könnte, dass er überhaupt eine Vergangenheit im weltlichen Sinn hat. Vielleicht war er wirklich nur für ein paar Wochen aus dem Nichts hier in Wismar erschienen, um mir auf die Sprünge zu helfen. Andererseits ist das höchst unwahrscheinlich, denn er wirkte absolut echt, ebenso menschlich wie jeder andere Mensch auch.

Deshalb habe ich ihn einmal gefragt, wo er eigentlich während der beiden Weltkriege war, die er schließlich erlebt haben müsste, wenn er tatsächlich Anfang 1800 geboren worden sei.

„Na, im Ersten Weltkrieg war ich bei der Artillerie, zusammen mit dir in Flandern", plauderte er gutgelaunt, und ich freute mich auf eine weitere Lagerfeuergeschichte. Was blieb mir auch anderes übrig?

„Daran kann ich mich leider nicht mehr erinnern", antwortete ich, um ihn bei Laune zu halten. „Und du hast den Schlamassel tatsächlich überlebt?"

„Selbstverständlich. Du übrigens auch."

„Aber danach bin ich irgendwann gestorben und habe mich erst vor 35 Jahren erneut inkarniert, während du einfach noch hundert Jahre lang weitergelebt hast."

„Was du so gestorben nennst, Sohn. Sagen wir, du hast dich zwischendurch für eine bestimmte Phase in der unsichtbaren Welt aufgehalten. Und genau das habe ich auch getan und ich tue das heute immer noch. Allerdings stets nur kurzfristig für ein paar Minuten, Stunden oder Tage, dafür jedoch ein paar Mal pro Woche."

„Du stirbst ein paar Mal pro Woche für ein paar Minuten, Stunden oder Tage und inkarnierst dich dann umgehend wieder", resümierte ich. „Gibt es denn in der unsichtbaren Welt keine warmen Duschen?"

„Da siehst du mal, wie unzutreffend all das Gerede über Leben, Tod und Wiedergeburt ist! Es sind hochtrabende Worte für ein absolut natürliches Phänomen. Unsere Existenz ist dauerhaft, aber unsere Erscheinung in der sichtbaren Welt ist immens instabil. Wir blinken hier auf und verlöschen wieder, und das in sehr, sehr kurzen Zeitabständen. Wir beide wissen das, aber du kriegst das irgendwie noch nicht ganz auf die Reihe, weil du zu viel nachdenkst, statt dein permanentes Flackern zu beobachten."

„Ich flackere und du flunkerst."

„Genau. Permanent."

Bei einer anderen Gelegenheit schien er mir seltsam abwesend zu sein. Zwar erledigte er routiniert die anstehenden Handgriffe und machte den Eindruck, mir auch noch halbwegs konzentriert zuzuhören, aber irgendetwas stimmte nicht ~ als lebte er gerade mit angezogener Handbremse, und ich fragte ihn danach.

„Gut beobachtet“, gab er zurück, immer noch mit nur halber Kraft. „Ich bin grade in Rio und unterrichte.“

„In Rio.“

„Ja. Du störst jetzt ein bisschen.“

„Eigentlich hab ich den Eindruck, dass du *hier* bist.“

„Richtig. Aber eben hattest du auch den Eindruck, dass ich *nicht ganz* hier bin. Stimmt. In Gedanken bin ich in Rio und unterrichte einen meiner anderen Schüler.“

„So nebenbei.“

„Ja, das machst du doch selbst auch oft. Gehst in Gedanken spazieren, wanderst durch die unsichtbare Welt, während dein Körper hier ganz nebenbei tut, was gerade anfällt. Du nennst das Tagträumen, ich nenn das Reisen. Wir alle bewegen uns ständig aus der Gegenwart raus in andere Zeit-Raum-Gebilde. Ist ganz natürlich. Machen wir dauernd. Nur dass ich mir dessen immer bewusst bin.“

„Ich bin mir dessen nicht immer bewusst, weil ich keine Schüler in Rio hab.“

„Kommt alles noch!“

∞

So gut ich mich erinnern kann, füge ich N:gha und unsere Begegnungen in das Tagebuch ein, das bisher nur meine Todesvisionen enthielt, und kann nicht anders, als dabei zu bemerken, dass es sich nun in ein Buch über das Leben und Sterben des Egos verwandelt hat.

Immer wieder, sooft es mir einfällt, wende ich tagsüber meine Aufmerksamkeit von den inneren und äußeren Geschehnissen ab und richte sie mit einem tiefen Atemzug auf mich, verbleibe für die nächste Weile im Selbst-Gewahrsein in der Mitte von allem. So liege ich als bewusstes, jedoch häufig fast unpersönliches Sein im Schlafsack auf der Luftmatratze, das Meditationskissen bequem unter meinem Kopf, oder sitze aufrecht mit dem Rücken an der Wand, gelegentlich auch auf dem Hocker. In der damit verbundenen Abwesenheit jeglicher Probleme erlebe „ich" einen tiefen glückseligen Frieden, der nicht von dieser Welt ist.

Wann immer der Körper nach Bewegung verlangt, verschaffe ich sie ihm. Selbstgewahr mache ich bei Wind und Wetter lange Spaziergänge den Pfad entlang und zur Steilküste oder in den Hafenanlagen, durch das Stadtzentrum Wismars oder die Geschäfte. Selbstgewahr sitze ich in meinem Lieblingscafé oder in der Fischerstube. Die Vorübereilenden ducken sich unter ihren Schirmen oder den Kapuzen ihrer gelben Öljacken. Im Modus des Selbst-Gewahrseins tauchen körperliche, emotionale und gedankliche Erscheinungen auf und fließen genauso vorüber wie die ebenfalls ständig wechselnden Phänomene der äußeren Welt.

„Auch Gedanken sind Wahrnehmungen, die im Bewusstsein erscheinen", hat N:gha betont. „Geh mit ihnen genauso um wie mit allen anderen Erscheinungen: Registriere sie und tu nichts weiter mit ihnen. Weise sie nicht zurück, halte sie nicht fest und vor allem glaube ihnen nicht. Dann werden sie ganz von selbst wieder durch neue Wahrnehmungen ersetzt."

Kaum gebe ich meinen Widerstand gegen das Denken auf, erlischt es sofort und macht wieder anderen Eindrücken Platz. Ich höre den Schrei der Möwe, das Rascheln meines Daunenmantels, spüre die kalten Hände, dann den Wind an der glatten empfindlichen Kopfhaut. Alles ist auf angenehm friedvolle

Weise im Fluss und fließt ungehindert durch mein Bewusstsein, das wie ein Flussbett bewegungslos ruht. Große Freude wallt auf, macht eine Zeit lang später wieder Neuem Platz. Ein ununterbrochenes Erscheinen und Vergehen, ein äußerst lebendiges Aufleuchten und Verlöschen.

Stets auf mich selbst fokussiert, suche ich weder Ruhe noch Stille. Mal ist es in meinem Bewusstsein ruhig und still, mal unruhig und laut. Was immer ist, nehme „ich" wahr, solange es andauert, und wenn mir dieses klare Bewusstsein gelegentlich abhanden kommt, lasse ich das ebenfalls geschehen. Denn auch Bewusstsein taucht im Bewusstsein auf und verschwindet wieder daraus. Das ist wie alles andere kein Problem. Häufig durchflutet mich eine ungeheure Erleichterung und bringt Entzücken mit sich. Aber nicht einmal Erleichterung und Entzücken bleiben ewig, und wenn sie gehen wollen, bin ich bereit, sie gehen zu lassen und die nächste Erscheinung wahrzunehmen.

Noch vor Sonnenuntergang erscheine ich zum frühen Abendessen in der Fischerstube.

∞

Mit jedem Augenblick der Selbstvergessenheit errichten wir Menschen die scheinbare Wand zwischen uns und unserem göttlichen Selbst immer wieder neu.

∞

Im Selbst-Gewahrsein bin ich den Wahrnehmungen seltsam nah und gleichzeitig seltsam entrückt. Alles ist auf mich bezogen, und ich selbst beziehe mich auf alles, aber dieses Ich scheint meistens verschwunden, und deshalb bin „ich" meistens losgelöst von allem. In den ersten Tagen war ich oft sehr müde und schlief zu ungewohnten Zeiten, obwohl ich auch nachts tief und deutlich länger schlief, als ich es bisher von mir kannte. Ein inneres Bedürfnis ließ mich außerdem meine Nahrung umstellen. Ich trinke sehr viel Wasser und esse fast ausschließlich Obst und Rohkost. Mein Körper, den ich stets bewusst entspanne, wenn ich an ihn denke, fühlt sich gesund und kraftvoll an und schenkt mir ein angenehmes Lebensgefühl. Allerdings verschwindet häufig das Empfinden, überhaupt einen Körper zu haben, in dem ich drinstecke, denn „ich" bin selten vorhanden und deshalb oft nicht lokalisierbar. Der Körper wird dann sehr leicht, dehnt sich scheinbar weit über seine Grenzen hinaus aus und scheint sich danach völlig aufzulösen. Anfangs wurde mir dabei schwindelig, doch wann immer ich im Selbst-Gewahrsein blieb oder mich erneut an mein Selbst erinnerte, falls ich mich selbst vergessen hatte, verschwand der Schwindel nach kurzer Zeit wieder, und jetzt ist er schon seit Längerem nicht mehr aufgetaucht.

Das Panorama-Bewusstsein erlebe ich nur noch in sehr seltenen Augenblicken. Vielleicht ist es trotzdem ständig vorhanden, und ich habe mich lediglich dermaßen daran gewöhnt, dass ich es nicht mehr bemerke. Überhaupt verlor das Selbst-Gewahrsein im Laufe all der Tage, die ich darin verweilte, immer mehr seine Besonderheit und wurde zu meinem natürlichen Seinsmodus. Ich bemerke es ebenfalls kaum noch, so selbstverständlich ist es für mich, darin zu sein.

Nur wenn die große Leere auftaucht, wird alles wieder höchst interessant. Allerdings warnte mich N:gha davor, diesem Nichts, das anfangs sowohl erschreckend als auch faszinierend ist, besonderes Interesse entgegenzubringen. Stattdessen gehe es darum, sich auch der Abwesenheit von allem nur bewusst zu sein und sie erscheinen und vergehen zu sehen wie alles andere auch, während das Hauptaugenmerk auf dem Selbst-Gewahrsein als bewusst wahrnehmendes Bewusstsein verbleibt.

„Leere und Fülle, das Gefühl, nichts zu sein, und das Gefühl, alles zu sein, sind vorübergehende Zustände, die im

Bewusstsein erscheinen und wieder verschwinden. Dein wahres Wesen befindet sich jenseits von ihnen und wird selbsttätig aufleuchten, wenn du lange genug einzig und allein in dieser unbewegten Selbstbewusstheit verbleibst."

Alles ist leicht und angenehm, von einer stillen Daseinsfreude durchwoben. Alles geschieht mit spielerischer Leichtigkeit wie von selbst. Am Mittwochabend allerdings hatte ich einen gewissen Bammel vor der Absage der Atemmeditation und empfand in Folge dessen mein ängstlich bemühtes Ich so stark wie lange nicht mehr. Aber es verschwand wieder im Selbst, nachdem die Teilnehmer sich enttäuscht auf den Heimweg gemacht hatten.

∞

„Schau dir die Menschen, die mittwochs zu dir kamen, nochmal im Nachhinein genau an", hatte N:gha mich aufgefordert, nachdem ich mit Haralds Entscheidung absolut im Frieden war. „Ihre falsche Selbsteinschätzung, nämlich klein und unvollkommen zu sein, erzeugt in ihnen die falsche Vorstellung, du seiest ein Guru, der Größe und Vollkommenheit vermitteln kann. Soweit betrifft die Verwirrung nur sie selbst. Wenn du dich nun aufgrund ihrer Vorstellung ebenfalls für einen Guru hältst, ist die Verwirrung komplett."

N:gha kicherte.

„Es ist ein universeller Witz: Das Bedürfnis, Schüler zu sein, erzeugt die Illusion, einem Lehrer zu begegnen."

∞

Am Anfang ist das Wort und das Wort ist schöpferisch.

Nachdem ich einen Film über Raubkatzen gesehen hatte, schrieb ich mit acht Jahren meinen ersten freiwilligen Aufsatz. Bemerkenswerterweise handelte er von einem Puma. Bis zum Abitur hatte ich in meiner Freizeit mehr als 8.000 Seiten mit

Kurzgeschichten, Romanen, Hör- und Schauspielen gefüllt und mittels Wörtern unzählige Vorstellungswelten erschaffen.

Ich war, von einer kurzen zeitlichen Ausnahme abgesehen, ein miserabler Schüler und hatte wahrlich nie das Bedürfnis, einem Lehrer zu begegnen. Man bescheinigte mir, einerseits intelligent, andererseits faul, widerspenstig und aufsässig zu sein. Stets achtete ich darauf, die kleinen und großen menschlichen Schwächen meiner Lehrer zu erspüren und bloßzustellen. Ich benahm mich ihnen gegenüber gnadenlos arrogant. Natürlich ließen sie sich das nicht gefallen, schlugen und bestraften mich, stellten ihrerseits triumphierend mein Nichtwissen vor der ganzen Klasse zur Schau und benoteten meine Arbeiten mit rachsüchtiger Strenge. Wir schenkten uns nichts. Ich hatte sie verdient und sie hatten mich verdient.

Nur meine wortgewandten Referate bewahrten mich in fast allen Fächern vor den schlimmsten Konsequenzen meines Widerstands gegen die erwachsenen Besserwisser. Ein echtes Problem stellte Physik dar, das ich für die letzten beiden Semester wählen musste, weil mein Wissen in Biologie oder Chemie noch lückenhafter war. Am Tag der mündlichen Abiturprüfung gab mir mein Physiklehrer Dr. Ohm eine halbe Stunde Vorbereitungszeit und konfrontierte mich mit zwei schier unlösbaren Aufgaben. Erstens: „Konstruieren Sie einen Schalldämpfer!“ Zweitens: „Erläutern Sie Einsteins Relativitätstheorie anhand der entsprechenden physikalischen Formeln!“

Unter mir tat sich der bekannte Abgrund auf. Aber es gab wie immer keine Möglichkeit, darin zu versinken. Stattdessen stürzte ich in bodenlose Verzweiflung. Mein Herzschlag setzte aus. Wieder würde ich vor einer Tafel stehen ohne die geringste Chance, die Fragen zu beantworten, und wieder würden sich die Lehrer daran weiden und sich über meine Ahnungslosigkeit amüsieren.

Mehrere Minuten lang saß ich wie schockgefroren in dem Vorbereitungsraum. Dann fuhr urplötzlich und aus dem Nichts eine heiße Kraft in meinen Bauch und ich wusste im selben Augenblick, dass mich an diesem letzten Schultag *niemand* würde demütigen können. Genug war genug! Diesmal *musste* alles anders laufen: Aus dieser Prüfung würde ich auf jeden Fall als Sieger hervorgehen! Die Gewissheit war genauso übernatürlich wie die Hitze in meinem Bauch und die Schockstarre löste sich darin auf wie von selbst. Ich begann zu überlegen.

Über Schalldämpfer besaß ich die Information, dass man Menschen geräuscharm umbringen kann, wenn man ein solches Gerät vor die Mündung einer Schusswaffe schraubt; ich sah gern Krimis im Fernsehen und im Kino. Außerdem war mir bekannt, dass der Gebrauch von Schalldämpfern in Deutschland verboten war. Aber ich zweifelte daran, dass diese Informationen meine Prüfer befriedigen würden und dass bei dieser ersten Aufgabe eine derartige Vorrichtung gemeint war. Die Vermutung lag zumindest recht nahe, dass es um eine technische Anlage ging, die etwas komplizierter war. Leider kannte ich keine solche. In der entsprechenden Unterrichtsstunde hatte ich höchstwahrscheinlich gefehlt oder unter Hochdruck die Hausaufgabe für Mathematik aus dem Heft eines Mitschülers abgeschrieben.

Von Einsteins Theorie wusste ich, dass sich die Zeit verkürzt, wenn man mit Lichtgeschwindigkeit durch die Gegend saust, und dass der Raum kleiner wird, wenn man ihn schneller durcheilt, als dies auf Erden möglich ist. Selbstverständlich war mir auch der Begriff „Raum-Zeit-Kontinuum“ bekannt, aber ich konnte nichts mit dem Wort „Kontinuum“ anfangen.

Außerdem hatte ich gehört, dass Einstein behauptet hätte, Raum und Zeit existierten in Wirklichkeit nicht, sondern nur, wenn man…? Weitere Informationen zu dieser Behauptung fehlten mir. Ich hatte nicht gedacht, dass ich sie einmal brauchen würde. Natürlich kannte ich die Formel $e=mc^2$ und wusste, dass sie beschreibt, dass Materie eigentlich Energie ist. Aber es war mir nicht ganz klar, ob diese Formel sich auf die Relativitätstheorie bezog oder auf irgendeinen anderen Geistesblitz, den wir Albert Einstein zu verdanken haben. Dumm war auch, dass ich keine Ahnung hatte, was das seltsame $c^2$ bedeutete.

Ich überlegte und erkannte plötzlich voller Überschwang die Möglichkeit, es bei dieser Abiturprüfung all meinen Lehrern heimzuzahlen, die mich 14 Jahre lang mit blödsinnigem Zeug vollgelabert, mich dauernd geärgert und immer wieder gedemütigt hatten. Die meisten von ihnen waren jenseits ihres Fachgebietes ziemlich einfältig gewesen, und ich konnte davon ausgehen, dass im Prüfungsrat außer meinem Physiklehrer niemand die leiseste Ahnung von Schalldämpfern und Formeln zur Relativitätstheorie hatte. Also würde ich mit trickreich gesetzten Worten für sie eine Vorstellungswelt erschaffen, die sie lange nicht vergessen sollten!

Mit farbigen Filzstiften begann ich, auf ein großes Blatt Papier zu zeichnen: einen schwarzen Revolver mit einem roten länglichen Ding vorn am Lauf und einer kleinen gelben Wolke noch davor, aus der eine blaue Kugel trat. Über den Revolver schrieb ich „Revolver", über das längliche Ding „Schalldämpfer", über die Wolke „Rest-Schall" und über die Kugel „Geschoss".

Auf ein zweites Blatt malte ich sorgfältig die Initialen A. E. mit gigantisch großen Buchstaben.

Danach lehnte ich mich im Stuhl zurück und entspannte mich. Ich hatte schon mit erheblich weniger Informationen ausgedehnte Referate gehalten. Viel konnte also auch diesmal nicht schiefgehen. Was an Vorbereitung möglich war, hatte ich soeben beendet, und was beim Reden daraus werden könnte, müsste sich während des Sprechens ergeben. Wichtig war nur, dass ich niemandem erlaubte, meinen Vortrag durch gezielte Fragen zu unterbrechen.

Als die Jünger Angst hatten, vor Gericht gestellt zu werden, hatte Jesus ihnen ans Herz gelegt, sich keine Sorgen darüber zu machen, was sie sagen sollten, denn es würde ihnen im richtigen Augenblick eingegeben werden. Mein Vertrauen in diese Aussage war grenzenlos, denn ich hatte bei ungezählten Gelegenheiten die Erfahrung gemacht, dass durchaus sinnvolle Dinge aus meinem Mund kamen, obwohl ich vor dem Reden nur selten überlegen musste und beim Reden häufig gar nicht überlegen konnte, weil alles so schnell ging.

Mitschüler, die Angst hatten, vor der Klasse zu sprechen, und dann auch kläglich dabei versagten, verstand ich nicht. Ich begriff zwar, dass ihre Angst sie zum Stocken und Stammeln veranlasste, aber es war mir unbegreiflich, wovor sie sich eigentlich fürchteten. Denn in ihrer Freizeit machten sie ununterbrochen die Erfahrung, ohne jede Vorbereitung und ohne permanentes Denken flüssig und verständlich sprechen zu können. Jeder Mensch folgt beim Reden ständig den inneren Impulsen, etwas Bestimmtes zu sagen. Oft bemerkt man nicht einmal, wie lange man schon quasselt, und ist selbst erstaunt oder erschrocken über das, was man im Rederausch alles verkündet. Die Worte kommen einfach aus dem Mund, wenn man die Lippen zum Sprechen öffnet, und darauf kann man sich doch eigentlich in jeder Situation verlassen ~ auch bei einem Referat oder bei einer Befragung vor Gericht!

Ich verspürte überhaupt keine Angst mehr, und das Gefühl, zu versagen und deshalb wie immer bloßgestellt zu werden, fehlte vollkommen. Eher empfand ich jetzt eine Art Vorfreude und die Genugtuung, mich mit dem bevorstehenden Physik-Referat an all meinen Lehrern der Vergangenheit und der Gegenwart rächen zu können. Bis zum Beginn der mündlichen Prüfung gab es für mich nichts mehr zu tun, und ich kippte den Stuhl auf die hinteren Beine, schloss die Augen, schwelgte im Vorgefühl meines Sieges.

Nach Ablauf der halben Stunde wurde ich ins Prüfungszimmer geführt, wo mich der Vorsitzende Direx unserer Schule aufmunternd begrüßte und freundlich bat, nun die beiden Fragen zu beantworten.

Ich stand meinem Referats-Publikum gegenüber wie schon Hunderte von Malen zuvor und hielt kurz inne, schätzte meine Zuhörer ein. Zwischen meinem Physiklehrer Dr. Ohm und mir war im zurückliegenden Jahr trotz meiner mangelhaften Leistungen so etwas wie eine brüchige Sympathie entstanden, die auf unserem artgleichen Humor basierte. Er würde mich nicht über Gebühr bloßstellen, musste jedoch auf seinen Ruf als unbestechlicher Prüfer achten. Rechts und links von ihm saßen die Lehrer, die mir mit ihrer Benotung meiner schriftlichen Abiarbeiten einen letzten Denkzettel auf den Weg ins Leben mitgegeben hatten. Hinter ihnen hockten in zweiter Reihe weitere Lehrer, von denen mich manche im Laufe meiner hoffnungslosen Schulkarriere unterrichtet hatten, andere nicht. Sicher warteten einige darauf, mich durch hinterhältige Zwischenfragen fertigzumachen wie so häufig zuvor ~ als endgültige Revanche für meine Aufsässigkeit.

Ich atmete tief ein und aus, schwenkte dann das erste Blatt schnell durch die Luft, sodass man den gezeichneten Revolver nur undeutlich erkennen konnte, und erklärte: „Die erste Aufgabe ist in fünf Minuten erledigt.“ (Mehr Zeit würde ich tatsächlich nicht brauchen, um mein beschränktes Wissen über Schalldämpfer zu verkünden.) Ich legte das Blatt ab und hielt das andere mit den Initialen A. E. hoch, streckte es den Prüfern entgegen und bewegte es sehr, sehr langsam von links nach rechts. „Die Relativitätstheorie zu erläutern, ist komplizierter.“

(Auch das stimmte.) „Deshalb beginne ich mit dieser zweiten Aufgabe.“

Der letzte Satz hatte eine überraschende Wirkung: Er verblüffte mein Auditorium. Was ich gesagt hatte, schien unlogisch, und ich machte eine Pause, damit sich jeder im Stillen wundern konnte. Rechtzeitig bevor irgendjemand auf die Idee kam, mir zu widersprechen, erklärte ich dann, dass Einstein zu seiner Zeit der wohl bekannteste deutsche Atom-Physiker gewesen sei (genau wusste ich das nicht, weil mir auch der Name Heisenberg ziemlich bekannt vorkam, deshalb benutzte ich das kleine Wörtchen „wohl“) und dass er wegen der Judenverfolgung im Dritten Reich und wegen des Zweiten Weltkrieges nach Amerika ausgewandert war (dass Einstein Jude war, wusste jeder, also bezog ich die allseits bekannte Judenverfolgung ein; ob er vor dem Krieg, während des Krieges oder nach dem Krieg emigriert war, konnte ich nicht genau sagen, deshalb gebrauchte ich die Formulierung „wegen des Krieges“), erwähnte dann folgerichtig den zweimaligen Atombomben-Abwurf über Japan, denn das lag rhetorisch nahe, ging jedoch nicht ins Detail, weil mir nicht ganz klar war, ob Einstein oder vielleicht ein Amerikaner diese Bomben konstruiert hatte, aber selbstverständlich kam ich auf das berühmte Portraitfoto zu sprechen, das ihn mit herausgestreckter Zunge zeigt, und auf die erste Mondlandung, deren Datum ich nicht kannte (mein Zahlengedächtnis funktionierte immer nur kurzfristig), und außerdem hatte ich keine Ahnung, ob Einstein tatsächlich oder nur im weitesten Sinn an der Unternehmung beteiligt gewesen war, denn ich wusste nicht, wann er gestorben war, aber das stellte im Moment kein erwähnenswertes Problem dar, weil ich mich und meine Zuhörer an jenen unvergesslichen Astronauten erinnern konnte und an dessen lustige schwerelose Hopser auf der Mondoberfläche (seinen Namen erwähnte ich sicherheitshalber nicht, denn mein Namensgedächtnis war auch nicht besonders zuverlässig), dafür fiel mir während des Sprechens noch eine ganze Menge mehr ein, woran sich jeder gern erinnert, auch Lehrer, die ihr fehlendes Allgemeinwissen nahezu perfekt kaschieren können, und gelegentlich ließ ich ganz bewusst meiner Fantasie freien Lauf, wenn das gut ins allgemeine Geschehen passte, griff ein paar erfundene Einzelheiten aus der Luft und beeindruckte die Herren ganz offensichtlich sogar damit. Kleine kreative Einfälle sind meistens Balsam für einen begrenzten Verstand.

Ich wurde immer lockerer, fühlte mich ganz und gar in meinem Element und redete und redete und unterhielt mich und meine Zuhörerschaft glänzend. Nur mein Physiklehrer saß kreidebleich auf seinem Stuhl und legte andauernd ruckartig den Kopf schief, als ob er mir damit ein Zeichen geben wollte, aber davon durfte ich mich jetzt keinesfalls irritieren lassen.

Anfangs wurde ich zwei oder drei Mal unterbrochen, weil, wie erwartet, irgendjemand eine fiese Frage stellte, und das konnte ich sehr gut verstehen, deshalb bedankte ich mich für den Hinweis und versprach, gleich darauf zurückzukommen. Im Eifer meines Vortrags vergaß ich dies jedoch bedauerlicherweise, weil es noch so viel anderes zu sagen gab, und nach einer halben Minute hatten alle Anwesenden die blöde Frage vergessen ~ zu Recht! Die Worte sprudelten weiterhin unbeirrt aus mir heraus, und ganz selbstverständlich modellierte ich meine Stimmlage, ging gelegentlich mit ruhigen Schritten auf und ab, blieb dann urplötzlich stehen, wenn niemand damit rechnete, und gestikulierte wirkungsvoll mit beiden Händen. Die Herren Prüfer verfolgten mit fasziniertem Blick meine Bewegungen. Fehlte nur noch, dass sie die Unterkiefer hängen ließen und zu sabbern begannen ~ aber das würde schon noch kommen!

Manchmal trat ich an die Tafel, doch statt physikalischer Formeln malte ich Kreise darauf, die Sonne, Mond und Sterne darstellen sollten. „Natürlich geht das hier nicht im genauen Maßstab, dafür ist die Tafel zu klein“, warf ich nebenbei ein, erntete damit anerkennendes Schmunzeln, fügte dem Kreideuniversum auch noch Strichmännchen hinzu, die Erdenbewohner oder Astronauten symbolisierten, und sprach weiter, weiter, weiter.

Ich entzündete mein Feuerzeug, um das Triebwerk einer Rakete zu veranschaulichen, und warf einen Radiergummi an die Zimmerdecke, um aufzuzeigen, dass im Bereich der Lichtgeschwindigkeit ein Ding am Ziel ankommt, bevor es vom Start losgesaust ist. „Mit einem Radiergummi lässt sich das leider nicht exakt nachmachen, aber Sie wissen, was ich meine!“ Allgemeines Nicken. Nur mein Physiklehrer verdrehte die Augen und hätte sich am liebsten unter seinen Stuhl verkrochen. Ich zeichnete Räume an die Tafel, die sich ganz von selbst verkleinerten, und Uhren, die noch während der Linienführung zusammenschrumpften, erinnerte mit erhobenem Zeigefinger an Salvador Dalís schmelzende Chronometer, weil das ziemlich nahelag, und daran, dass Kunst und Wissenschaft nur gedeihen können, wenn sie sich gegenseitig befruchten (ich sagte tatsächlich „befruchten“, doch nur Dr. Ohm stöhnte auf), wurde dann allerdings plötzlich von ihm aus all dem herausgerissen, als er mich nervös unterbrach und bat, zum Ende zu kommen, damit ich mich der ersten Aufgabe zuwenden könnte. Offensichtlich vertraute er der naiven Begeisterung seiner Kollegen nicht in demselben Maße wie ich, doch es sah so aus, als fühlten die Kollegen sich tatsächlich von seiner Unterbrechung gestört, denn ein unwirscher Ruck ging durch ihre Reihen, den man durchaus als Zeichen des Protestes gegen seine Störung deuten konnte. Ich jedenfalls tat das und Dr. Ohm wohl ebenfalls, denn er zog den Kopf zwischen die Schultern und erregte nun durchaus mein Mitgefühl, aber leider konnte ich auf seine Verzweiflung momentan keine besondere Rücksicht nehmen, denn wer war hier der hinterhältige Prüfer und wer der schwer Geprüfte?

„Danke, dass Sie auf die Zeit geachtet haben", sagte ich lächelnd zu ihm. „Nun merken wir alle deutlich, wie relativ sie ist!" Zustimmendes Geraune im Saal, das wie eine Sympathiebekundung zu meinen Gunsten klang und wie eine Rüge an den Physiklehrer, der nun wohl endgültig bereute, mich jemals unterrichtet zu haben. Ich hatte meine Zuhörer also fest im Griff und mich außerdem auch noch mit ihnen gegen den armen Dr. Ohm verbündet.

Es war offensichtlich, dass mein Publikum mir bis jetzt erstaunlich gut gefolgt war, und deshalb erschien es mir nicht ratsam, schon in diesem Augenblick das Thema zu wechseln, denn womöglich würden sich die Faszinierten nicht in der gleichen Weise für die Konstruktion eines Schalldämpfers interessieren wie für brennende Feuerzeuge und fliegende Radiergummis. Außerdem kam mir just im Moment die Eingebung, dass senkrecht fallende Schneeflocken ihre Richtung ändern und plötzlich waagerecht auf uns zukommen, wenn wir im Auto mit hoher Geschwindigkeit in sie hineinfahren, und das hatte höchstwahrscheinlich irgendetwas mit der relativen Krümmung des Raumes zu tun und musste unbedingt erwähnt werden, also ging es weiter mit meinem berauschenden Vortrag, immer weiter, und die Zeitachse verkürzte sich dabei dramatisch, was mir überaus recht war, denn ich wollte meinen staunenden Fans zwar noch begreiflich machen, dass es Einsteins Theorie zufolge Raum und Zeit in Wirklichkeit gar nicht gibt, durfte mich aber nicht in Details verlieren, weil mir etwas unklar war, wieso Zeit und Raum sich krümmen konnten, wenn sie überhaupt nicht existierten. Trotzdem schlug die Nachricht ihres Nichtvorhandenseins wie eine Bombe ein, deshalb ließ ich mich zu dem Ausruf hinreißen: „Einstein ist viel mehr als nur $e=mc^2$!" Und als ich diese einzige und eventuell ein wenig aus dem Zusammenhang gerissene Formel an die Tafel schrieb, kreischte die Kreide und all meine Schüler zuckten betroffen zusammen.

Vielleicht war das zu viel des Guten, denn nun entriss mir der Vorsitzende Direx das Wort und forderte mich auf, trotz meiner sichtlichen Begeisterung für die Relativitätstheorie jetzt zur Beantwortung der ersten Frage zu kommen, und da möge ich mich doch bitte erheblich kürzer fassen, weil die 30 Minuten der mündlichen Prüfung schon beinahe verstrichen seien.

„Die Antwort auf die erste Frage dauert höchstens eine Minute!“, beteuerte ich, und niemand bemerkte, dass ich damit meine ursprüngliche Aussage zu diesem Thema um vier Minuten reduziert hatte, denn ich schwenkte dabei heftig die Zeichnung mit dem Revolver, von dem sowieso niemand noch irgendetwas hören wollte, denn die Pause nahte, und nichts ist einem Lehrer heiliger als das Klingeln, das ihn in regelmäßigen Abständen von seiner aufreibenden Arbeit erlöst. Außerdem hatte auch ich, ehrlich gesagt, langsam genug und brauchte dringend eine Zigarette, fühlte mich also ähnlich erschöpft wie meine Herren Kollegen gegen Ende einer höchst erfolgreichen Unterrichtsstunde. Also zum Abschluss nur ein paar schnelle triumphierende Sätze darüber, dass Einstein die Grundlage für unser modernes Weltbild bereitet hatte, für unser Wissen vom Universum, das einerseits unbegrenzt und andererseits überhaupt nicht vorhanden ist, sowohl Wissen als auch Universum, weshalb sogar dieser große Physiker im Alter tief religiös geworden war und an seinem Lebensende die ergreifende Aussage gemacht hatte, dass Gott nicht würfelt, und jetzt erhob sich der Direx schwerfällig, als müsste er sich gegen eine große Last hochstemmen, die ihn auf seinen Stuhl niederdrücken und zum ewigen Zuhören verführen oder verdammen wollte, weil er als Vorsitzender an dieser Stelle leider, leider (tatsächlich zwei

Mal „leider“) endgültig abbrechen müsste, und damit sei bei aller Sympathie (tatsächlich „bei aller Sympathie“) die erste Frage eventuell (tatsächlich „eventuell“) als unbeantwortet zu bewerten.

Ich schaute für einen Augenblick scheinbar irritiert in die Runde, als tauchte ich ganz benommen aus dem gigantischen Wissensüberfluss auf, der mich mit sich fortgerissen hatte, leckte dann wie gedankenverloren mit der Zunge hinten über das Revolverblatt und heftete es nach kurzem Zögern mit energischem Schwung an die Tafel, die deutlich nachvibrierte.

„Das hier ist die Antwort auf all Ihre offenen Fragen!“, sagte ich mit wohldosiertem Nachdruck, denn jetzt sah es so aus, als sei ich wieder Herr meiner Sinne und erneut bereit, mit Begeisterung loszulegen, nun in den nächsten dreißig Minuten einen Schalldämpfer wortreich auseinanderzubauen und wieder zusammenzusetzen, dabei von Fingerabdrücken bis zu DNA-Spuren alles zu erklären, was ein Krimifan schon immer wissen wollte, und wies mit dem ausgestreckten Arm auf die Zeichnung, die immer noch vibrierte, besann mich aber wohl eines Besseren, verbeugte mich andeutungsweise und schritt, nach rechts und links grüßend (zu winken traute ich mich dann doch nicht), durch die Reihen meiner beeindruckten Spielgefährten.

Als ich die Tür des Prüfungszimmers von außen schloss, begann ich, am ganzen Körper zu schlottern. Der Vortrag würde mir sicherlich eine Zwei einbringen. Zusammen mit der Sechs für die unbeantwortete erste Frage machte das acht, geteilt durch zwei ergab es eine glatte Vier als Gesamtnote für Physik ~ damit hatte ich das Abitur bestanden!

In der Raucherecke des Schulhofs ließ ich mich auf die Holzbank fallen und sog atemlos an der erlösenden Zigarette, bis unerwarteter Weise Dr. Ohm erschien. Er reckte sich vor mir in die Höhe und fragte leise:

„Georg, sind Sie wahnsinnig?“

Auf so eine Diskussion hatte ich im Moment überhaupt keine Lust, denn ich wollte mir die wohlverdiente Pause nicht verderben lassen, deshalb erhob ich mich und fragte zurück:

„Was ist dabei rausgekommen?“

„Wenn Sie dieselbe Glanznummer nur fünf Minuten lang auch mit dem Schalldämpfer abgezogen hätten, dann hätte man Ihnen als Gesamtnote eine Eins gegeben“, sagte er verstört und kopfschüttelnd. „So aber hat es insgesamt nur zu einer Zwei-Minus gereicht.“ Er verdrehte die Augen. „Und ich konnte nicht einmal dagegen protestieren...“ Erschöpft wandte er sich ab und stieg als gebrochener Mann aus dem Ring.

Ein lauter Jubelschrei entrang sich mir. Meine Rache war umfassend, denn außer Dr. Ohm hatte niemand bemerkt, dass ich über das Nichtwissen der Lehrerschaft triumphiert hatte. Das überstieg meine kühnsten Hoffnungen, und deshalb dauerte es einige Jahre, bis die Frage in mich hineinfiel, welche geheimnisvolle Funktion und welchen unschätzbaren Wert Sprache eigentlich *wirklich* hat, wenn Worte eine Vorstellungswelt kreieren können, die nicht im Geringsten mit der Realität übereinstimmt.

∞

Nach all den Schwierigkeiten, die ich lebenslang mit Lehrern hatte, ist es eigentlich kein Wunder, dass ich anfangs auch gegen N:gha rebellierte. Ein Wunder ist vielmehr, dass er niemals fragte:

„Georg, bist du wahnsinnig?“

25 Seit dem Polizeieinsatz besucht mich fast jeden Tag Antonia. Sie ist groß und schlank, silbergraue Strähnen betonen das schwarze, stilvoll frisierte Haar. Stets kostspielig gekleidet und mit auffallendem Schmuck verziert, zieht sie die Aufmerksamkeit der Menschen auf sich. Sie spricht gewählt und weiß, ein Bild von sich selbst zu erzeugen, das niemand übersehen kann. Dabei ist Antonia nicht stolz, sondern lediglich marmorn, jedoch zu jedermann freundlich und aufrichtig bemüht, anderen zu gefallen.

Viel Schmerz liegt in ihren Augen und die Sehnsucht, geliebt zu werden.

Einige der Besucher brachten Don Lucas und mir Geschenke als Dankesgaben. Antonias Gaben an mich sind Bittgeschenke. Auf ihren Wunsch hin sprechen wir über Meditationstechniken, Gebetsformen und unterschiedliche Ernährungsweisen. Wir sprechen über Gott und die Welt, über das Leben, Magie und Hingabe, über Wissenschaft und Mystik. Wir sprechen über nahezu alles, doch nicht über sie selbst. Ich akzeptiere das und akzeptiere, dass ihre Geschenke mit jedem Besuch kostspieliger werden und ihre uneingestandenen Bitten drängender. Ich akzeptiere, dass der Mangel, der sich unausweichlich aufdeckt, sobald wir zusammen sind, nicht gefüllt werden kann. Mit niemandem empfinde ich Schwere derart wie mit ihr, die sich und mich vor der Schwere bewahren will.

„Frauen müssen für die Familie manches Opfer bringen", sagt sie einmal beiläufig, „aber Miguel würde *alles* für mich tun."

Inbrünstig und permanent frustriert, stellt sie Fragen nach ihrem wahren Wesen oder ringt um Gotterkenntnis, doch eine fragmentierte Persönlichkeit, die das Licht sucht und gleichzeitig den Schatten meidet, kann zwar in die Spiritualität fliehen, aber weder sich selbst noch Gott erkennen, weil das Selbst und das Göttliche Einheit ist.

Wann wird sie verstehen, was sie tut, ihre Haltung aufgeben und sich aus eigener Kraft in ihre Ohnmacht fallen lassen?

Gelegentlich bete ich mit den Menschen, die sich mir anvertrauen, aber Antonias Wohl oder Weh habe ich gänzlich der Urmutter selbst überlassen. Weder Fürbitte noch Hilfe vermögen, die Mauer des Schmerzes zu durchdringen und Antonia dort zu erreichen, wo das Unheil in ihr wütet.

∞

Auch meinen eigenen Schmerz spüre ich noch täglich im Herzen, und täglich muss ich erleben, dass ich mich noch nicht wieder unbefangen meiner Seelengefährtin zuwenden kann. Wir gehen sehr vorsichtig miteinander um. Zwar schenkt mir Conchitas zurückhaltende Geduld die Möglichkeit, nach und nach zu heilen und wieder vertraut mit ihr und mir zu werden. Aber ich sehe die Trauer, die auch an ihr nagt, und dass wir beide trotz der grundsätzlichen Liebe, auf die wir nach wie vor bauen können, Zeit brauchen, bis sich die Wunden geschlossen haben.

∞

Miguel kam am vergangenen Mittwoch nicht zu Johns Meditation, ich habe ihn also seit einiger Zeit nicht mehr gesehen. Don Lucas dagegen ist allabendlicher Gast in unserem Haus. Tagsüber steht das schmiedeeiserne Tor für jeden Besucher sperrangelweit offen, und nachdem er die Kranken verarztet und die Hilfesuchenden beraten hat, begibt er sich zu Fuß den Südhang hinauf. Tatsächlich bringt er ohne Scham Conchita seine Hosen und Hemden zum Bügeln, seitdem sie ihm das angeboten hat. Sein Bart ist sorgfältig gestutzt, seine Gesichtshaut hat eine gesunde Farbe angenommen. Er trägt jetzt Krawatte und Weste und legt Wert auf stets geputzte Schuhe.

Neben der großen Achtung, die wir füreinander empfinden, ist da eine Herzlichkeit zwischen ihm und mir, eine Verbundenheit, wie ich sie nur in selten tiefen Männerfreundschaften erlebt habe. Dennoch sprechen wir uns weiterhin mit dem respektvollen „Don“ vor dem Vornamen an und siezen uns. Jene Stunden, die ich in seinem Haus verbrachte, erwähnen wir mit keinem Wort, und auch über die deutlich sichtbaren Folgen sprechen wir nicht. Oft hockt er auf dem Rand des Korbsessels und zupft die Saiten seiner Gitarre, während ich mich in meinem Bett von seinen Akkupunkturnadeln erhole. Vor dem gemeinsamen Abendessen sitzt er dann mit uns auf der Steinbank und liest die Zeitung oder in einem Buch.

„Wart ihr früher schon mal zusammen?“, wird Conchita mich ein paar Tage später in der Sierra fragen, wo wir uns wieder nah sein werden wie zuvor.

„Ich weiß es nicht. Vielleicht. Möglich wäre es.“

Wenn wir achtsam mit der Gegenwart umgehen, müssen wir nicht versuchen, die Vergangenheit zu verstehen, und wenn wir das jeweils Bestmögliche aus unseren aktuellen Beziehungen machen, werden spirituelle oder therapeutische Konzepte vollkommen unwichtig.

∞

„Wo bleibt mein Ich, wenn es sich im Tod von meinem Körper trennt?“, fragte ich N:gha einst.

„Wohin geht es, wenn du abends einschläfst?“, fragte er zurück. „Und woher kommt es, wenn du morgens aufwachst?“

„Es scheint ins Nichts zu verschwinden und dann aus dem Nichts wiederaufzutauchen.“

„Wie kann etwas, das aus nichts entsteht und zu nichts wird, etwas anderes sein als nichts?“, fragte er schmunzelnd.

∞

Wenn ich mich dem Leben hingebe, wenn ich den offensichtlichen und den fast unmerklichen Impulsen meines Inneren folge und auf diese Weise widerstandslos im Großen Fluss fließe, so erzeugt dies einen Zustand innerer Freude und ich erlebe eine grenzerweiternde Harmonie zwischen meiner individuellen Authentizität und einem überpersönlichen Gesamtzusammenhang. Dann nehme ich deutlich wahr, dass ich mehr bin als ich selbst.

Das weitgehend ichlose Fließen im Großen Fluss erfordert und beinhaltet eine umfassende Bejahung all dessen, was sich mir innen und außen anbietet oder entgegenstellt. Dadurch wird das Leben sehr einfach und offenbart seine eigene Herrlichkeit. Trotzdem verlangt es von mir gelegentlich ein Prüfen meiner Absichten und Motivationen und ein sorgfältiges Abwägen zwischen Tun und Lassen. Doch all das vollzieht sich seltsam losgelöst von mir und von äußeren Umständen.

Ich prüfe also am Mittwochabend, ob ich trotz der Schmerzen und meiner seelischen Befangenheit zu Johns Meditation gehen will oder nicht.

Der Guru sitzt auf seinem Thron und blickt an uns vorbei, als wir den Garten betreten. Ich entspreche dem unmissverständlichen Zeichen und setze mich mit Conchita in den Halbkreis der wenigen Anwesenden. John spricht Spanisch. Wenn ihm gelegentlich die eine oder andere Vokabel fehlt, souffliert Leila. Nach der Meditation sitzt sie im Wohnzimmer neben mir auf dem Sofa. Alba drängelt sich an meine andere Seite und zeigt mir aufgeregt ein Bild, das sie für mich gemalt hat. Ihre Mutter lächelt zu uns herüber. Conchita unterhält sich angeregt mit Lucas. Natürlich weiß er seit Jahren wie auch John, Leila, Antonia, Miguel und viele andere von Conchitas Stunden im Hotel. Der Arzt ist ihr und mir jedoch stets mit tadellosem Respekt begegnet und schenkt uns in letzter Zeit deutliche Zeichen seiner Zuneigung.

„Meinst du, wir könnten für ein paar Tage Urlaub machen?", fragt meine Gefährtin mich, als wir wieder daheim sind. „Lucas meint, dein Gesundheitszustand habe sich weitgehend stabilisiert, und vielleicht tut uns beiden eine Veränderung der äußeren Umstände gut."

Vor unserer Abfahrt erscheint er kurz bei uns und legt mir die Hand auf die Schulter.

„Ich wünsche Ihnen eine gesegnete Zeit, Don Jorge. Ihnen beiden!"

Dann gibt er sich einen Ruck und umarmt mich.

∞

Conchita und ich fahren nach Westen aus der Schlucht hinaus, biegen nach Norden ab, rumpeln eine gute Stunde später die Sierra Nevada empor. Ich spüre neue Offenheit und bin nahezu schmerzfrei, nur das rechte Knie pocht unangenehm. Gegen Mittag machen wir in einem winzigen weißen Dorf Halt, schon gut tausend Meter über dem Meeresspiegel, und treten in die schummrige Kühle einer kleinen Bar.

Tapas sind ein Hochgenuss. In dieser Region, die ich mir zum Leben und Sterben ausgesucht habe, werden sie in jeder Kneipe dem Gast kostenlos zum Bier serviert: kleine Gerichte auf Untertassen oder Glastellerchen, Fisch, Krabben, Gulasch, Steaks, Fleischspieße, scharfe gebratene Paprikawürste, Schinken, Käse, Oliven ~ alles, was Augen und Magen begehren.

Neben zwei Fernfahrern sitzen wir auf hohen Hockern an der Theke, schlemmen Tapas und genießen das kalte, schweißtreibende Bier. Der Boden zu unseren Füßen ist zwischen Theke und Hockern übersät von Essabfällen, gebrauchten Papierservietten und Zigarettenkippen. Verstohlen und zwinkernd, als täte ich etwas Verbotenes, werfe ich meine Essensreste ebenfalls hinunter. Conchitas langvermisstes Lachen erleuchtet den Tag. Ich lege meine Hand auf ihre.

Die Gegend, durch die wir weiter, immer höher hinauffahren, bewaldet sich zunehmend, und ich merke mit Erstaunen, wie sehr ich in den letzten Wochen natürlichen Schatten vermisst habe. Wir legen uns im Bergwald auf einer Wolldecke an einem silbern springenden Bergbach ins Gras und schlafen den kleinen süßen Rausch aus.

Hoch im Gebirge biegen wir dann unterhalb der Baumgrenze von der Straße ab und gelangen zu einem einsam stehenden Haus. Auch hier rauscht Wasser über die Felsen steil nach unten. Wir erhalten Unterkunft für die Nacht. Am nächsten Tag erreichen wir den höchsten Punkt der Sierra und mieten uns in dem Hotel dort ein. Trotz strahlenden Sonnenscheins ist es empfindlich kalt. In Decken gehüllt, haben wir es uns auf Liegestühlen bequem gemacht. Conchita liest, ich schaue in die Welt und nehme Abschied. Denn mein rechtes Bein trägt mich kaum noch, obwohl ich täglich mehrfach mit ihm spreche, und ich bin gezwungen, ständig an beiden Krücken zu gehen. Gern wäre ich mit meiner Seelengefährtin auf dem Gipfelgrad herumgewandert, aber das geht nicht mehr. Vieles ist nun für immer unmöglich. Ich bin innerlich sehr ruhig, sehr im Frieden mit der Entwicklung, und da sich die Schmerzen bislang in Grenzen halten, lebe ich dankbar das Mögliche und weiß, wie wohlgesinnt das Leben mir ist.

Ich erinnere mich an N:gha und die Frage, wer er wirklich sei, die ich ihm immer wieder gestellt hatte, weil ich ahnte, dass keins der Bilder, die ich mir über ihn machte, tatsächlich etwas über ihn aussagte. Einmal, es war im tiefen Winter, holte er anlässlich dieser Frage bedeutungsvoll Atem.

„Von der Ebene der Wahrheit aus betrachtet, bin ich das unveränderliche unbewegte Eine, das immer Gleiche, und erkenne, dass niemals auch nur eine einzige Erfahrung N:ghas stattgefunden hat und es ihn folglich auch niemals gegeben hat. Denn Erscheinung ist lediglich Energie und Energie ist lediglich das Unbewegte in Bewegung."

Wieder atmete er tief ein.

„Mehr noch", fuhr er behutsam und langsam fort, sodass ich ihm folgen konnte, aber ich hörte nur, ohne zu verstehen. „Dieser Körper, den du vor dir siehst, wurde geboren und wird sterben, aber mit mir hat das nichts zu tun. Ich bin niemals geboren worden und werde niemals sterben. Ich bin das Eine, aus dem alles geboren wird, und bin dieses Einzige, in das hinein alles stirbt. Ich bin Bewusstsein und als solches das Licht der Welt, in dem dieser N:gha und dieses Universum und alle anderen Wirklichkeiten wahrnehmbar werden. Und genau das bist du in Wahrheit auch. Erkenne dich endlich selbst!"

Während Conchita liest, überblicke ich meine siebzig Jahre, sehe das Kind, das ich war, den Jugendlichen, den Erwachsenen, den Alten. Vom Anfang bis jetzt zum Ende hat sich alles, was mich als Individuum kennzeichnete, verändert: der Körper und die Psyche. Der Körper ist gewachsen, erstarkt und schließlich müde geworden. Die Psyche, meine Persönlichkeit, die Gedanken und Gefühle, das Wissen und die Fähigkeiten, die Eigenarten und Gewohnheiten haben sich im Laufe des Lebens immer wieder gewandelt, zum Teil drastisch. Altes verschwand, Neues kam hinzu, um wiederum als Altes zu verschwinden. Wo ist heute das Ich, das ich vor fünf Jahren für „mein" Ich hielt, oder jenes von vor zehn, dreißig, neunundsechzig Jahren? All meine Ichs waren vorübergehende Eindrücke, unterschiedliche Erscheinungen und Erfahrungen in dem Bewusstsein, das sie wahrnahm. Ein Ich nach dem anderen verschwand daraus, das wahrnehmende Bewusstsein veränderte sich nie.

Ich schaue zu Conchita hinüber, der das Buch aus den Händen geglitten, die eingenickt ist, und frage mich erneut, ob etwas von mir den Tod überdauern wird, ob vielleicht Seele das ist, was bleibt, wenn alles andere abgestreift und zurückgelassen wurde. Und ich frage mich, wie ich mir dieses „Ich als

Seele" dann wohl vorstellen könnte. Denn bald habe ich nichts anderes mehr und bin ich nichts anderes mehr als das geheimnisvolle Eine, das geahnte, jedoch nie wahrgenommene, und ich möchte mich mit diesem Zustand vertraut machen, damit er mich nicht befremdet, verwirrt oder erschreckt, wenn er eintritt. Ich möchte mich selbst wiedererkennen, wenn ich ohne Körper und Psyche so gänzlich anders bin als das, was ich siebzig Jahre hindurch für mich selbst gehalten habe.

Wenn ich die Übung des bewussten Selbst-Gewahrseins mit offenen Augen praktiziere, dann verschwindet mein persönliches Ich zugunsten einer Allmitte, Nahes und Fernes fallen in eins zusammen und offenes Einheitsbewusstsein verbleibt. Praktiziere ich sie mit geschlossenen Augen, so huschen einzelne Gedanken und Traumsplitter an der Wahrnehmung vorüber, bis sich alles im unbewegten Nichts auflöst. Was dort geschieht, weiß ich nicht, denn es ist mir unmöglich, das bewusst zu erleben. Dennoch bin ich nach meinem Wiederauftauchen von tiefem Frieden erfüllt.

Dasselbe erlebte ich vor fünfunddreißig Jahren oft, als ich mich auf meine Todesangst einließ. Auch wenn einzelne Bilder jener Sterbevisionen, die in meinem Bewusstsein auftauchten, durchaus erschreckend waren, so führten sie mich dennoch am Ende stets ins leere Nichts, aus dem ich jedes Mal wieder voller Frieden auftauchte. Alles war gut, wenn ich mich dem Geschehen bedingungslos hingab, und die Tatsache, dass ich eines Tages sterben würde, wurde mehr und mehr zur Gewissheit. Mit dieser Gewissheit wuchs die Bereitschaft, es auf die Art und Weise zu tun, die mir entspricht, die im Einklang mit meinem Innersten steht ~ mit meiner Seele? Dem göttlichen Funken? Der Sonne im Herzen?

Was bin ich außer Bewusstsein noch?

Lange bevor ich N:gha an der Ostsee begegnete, stellte ich mir die Seele, den innersten Kern des Menschseins als strahlenden Lichtpunkt vor, silberblau leuchtend. Während all der Jahre meiner Herzschau versuchte ich, ihr Geheimnis zu ergründen. Spätestens nachdem der Körper abgelegt ist, hat die Seele keine sichtbare Form mehr, und nachdem die Psyche abgelegt ist, hat die Seele keine wahrnehmbare Eigenschaft mehr. Ohne Form ist sie nicht sichtbar und kann also auch kein Lichtpunkt sein, kein Funke und keine Sonne. Ohne Eigenschaft ist sie nicht identifizierbar und kann also auch nicht Frieden oder bedingungslose Liebe sein.

Wie kann ich mich selbst wiedererkennen, nachdem ich gestorben bin?

∞

Conchita hat den Wagen am Rand eines weitläufigen Kraters geparkt, in dessen Mitte ein Gletschersee schimmert, und mir beim Aussteigen geholfen. Schwer auf meine Krücken gestützt, weiß ich, dass es mir nicht mehr möglich ist, den unebenen Weg zum See hinunterzugehen, in dessen klarem Wasser sich der Himmel spiegelt. Nano tobt ausgelassen durch die Gegend. Meine Gefährtin wandert zum See hinab. Große Wehmut erfasst mich. Es ist alles so schnell gegangen, so furchtbar schnell, und schon ist alles vorbei, sind siebzig Jahre einfach vorüber. Wie viele meiner ehemaligen Freunde und Geliebten sind mir bereits vorausgegangen ~ und nun folge ich ihnen. Meine Beine sind fast schon dort.

∞

Trotz der langen anstrengenden Rückfahrt und der späten Stunde duscht Conchita, kleidet sich an, frisiert und schminkt sich, um ins Hotel zu gehen. Mein Herz blutet.

Ich weiß, wie sehr sie unseren Urlaub genossen hat, diese Tage und Nächte, die nur uns beiden gehörten, wie unbefangen glücklich sie endlich wieder über unsere Nähe sein konnte, in der wir einander umarmten, ohne uns aneinander zu klammern, in der wir einander losließen, ohne uns zu verlieren. Und auch ich bin endlich wieder aufgeblüht an ihrer Seite. Wir sind uns gewiss, Conchita und ich, waren es vom ersten Augenblick an. Keiner von uns beiden hat auch nur ein einziges Mal die Notwendigkeit empfunden, in das Leben des anderen verändernd einzugreifen oder das eigene zu korrigieren, damit unsere beiden Leben zusammenschmolzen. Trotzdem sind wir zum Paar geworden, unausweichlich eins aus vorher zwei, auf ganz selbstverständliche Weise.

Ich habe es geliebt, sie schneidern zu wissen, während ich im Schatten des Vordaches sinnend saß. Sie hat es geliebt, mich mit Nano und meinem Schwert oben auf dem Plateau zu wissen, während sie Stoffe kaufte oder Blusen nähte. Wir beide haben es geliebt, gemeinsam unsere Liebe zu leben, nebeneinander den Hangweg hinab- und wieder hinaufzugehen, Hand in Hand auf der Steinbank zu sitzen oder über das Plateau zu wandern, nebeneinander in meiner Kammer oder unserem Hotelzimmer auf dem Gipfel der Sierra Nevada zu liegen.

Nun geht sie, nachdem sie mich im Rollstuhl unter das Vordach geschoben und mir unsicher gewinkt hat.

Das Gefährt mit den großen Hinterrädern hat Don Lucas besorgt und Antonia hat es bezahlt. Es ist metallicrot lackiert, die Bespannung aus schwarzem Leder. Es stand zu unserem Empfang vor der Haustür. Und wirklich: Ich lachte und sauste in dem roten Ding vergnügt durchs Haus, Nano schwanzwedelnd und bellend neben mir herspringend, da wusste ich noch nicht, dass Conchita entschlossen war, tanzen zu gehen, und freute mich wie ein kleiner Junge über sein erstes Dreirad.

„Ein toller Rennwagen ins Jenseits!", hätte John gealbert, der verlorene Freund, wenn er mich so gesehen hätte.

Später wird Leila kommen und mir erklären, dass sie sich von ihm getrennt hat.

∞

Der Schmerz in meinem Herzen wird deutlicher, und ich lege die Hand auf meine Brust, spüre in die Berührung hinein, wie N:gha es mir empfohlen hat, und flüstere die drei mystischen Worte.

„Mal angenommen“, sprach er einst, „es gibt so etwas wie eine Seele, ein Höchstes Selbst im Menschen. Etwas, das unsere Persönlichkeit weit überragt und trotzdem ein Teil von uns ist, die Quelle unseres Lebens, eine innere Stimme oder innere Sonne, der Ursprung von allem. Wo, meinst du, könnte dieses ganz besondere Etwas im Körper wohnen?“

„Im Herzen“, antwortete ich unmittelbar und ohne zu überlegen.

„Deshalb wäre es vielleicht sinnvoll, mit diesem besonderen Bereich in Kontakt zu treten, die Aufmerksamkeit nach innen Richtung Herz zu lenken, wenn du dich im Gebet an das Göttliche wendest. Anschließend könntest du still und unbewegt ins Herz schauen, lauschen, spüren. Hat ja eventuell irgendwas mit Liebe zu tun.“

Mir ist gerade nicht nach Beten zumute, aber der Schmerz in meinem Herzen hat ganz sicher irgendetwas mit Liebe zu tun, und ich hoffe, durch die sanfte Berührung, die bedingungslose Aufmerksamkeit diesen Schmerz zu lindern. Der jedoch verstärkt sich und beginnt, in den linken Arm auszustrahlen. Panik erfasst mich, und ich rolle in meine Kammer, lege mich aufs Bett, die Hand auf dem Herzen. Noch bin ich klar genug, um zwischen dem Gedanken an einen Infarkt und den tatsächlichen Phänomenen zu unterscheiden. Entschlossen wende ich mich von dem mentalen Schreckgespenst ab und dem Herzschmerz zu, beobachte ihn, ohne zu denken, mit sanfter Aufmerksamkeit.

Ich versuche zu weinen, doch die erlösenden Tränen wollen nicht kommen. Stattdessen wird mir kalt, obwohl die Nacht warm ist und ich noch angezogen bin.

Keine Mutter kann ihr Kind vor schmerzhaften Erfahrungen bewahren. Allenfalls kann sie ihm eine bestmögliche Vorbereitung aufs Leben angedeihen lassen. Sie kann es lehren, welche Situationen und Handlungen potenziell schmerzhaft sind und deshalb vermieden werden sollten, aber sie hat weder einen Einfluss darauf, dass ihr Kind ihre Ratschläge befolgt, noch kann sie einen Schmerz verhindern, der dem Kind ohne dessen Fehlhandlung zustößt. Denn es ist naturgemäß nicht die Aufgabe der Mutter, Schmerz von ihrem Kind fernzuhalten, sondern ihm, wenn es leidet, Trost zu spenden und dann neuen Lebensmut zu vermitteln, neue Energien in ihm freizusetzen. Und genau das tut die Urmutter auf bedingungslose Weise und umso mehr, wenn wir sie darum bitten.

Bei all ihrer Liebe und Fürsorge war die universelle Mutter zu keinem Zeitpunkt meines Lebens daran interessiert, mir schmerzhafte Erfahrungen zu ersparen, und es ist dumm, sie um etwas zu bitten, was sie nicht leisten will. Allein das zu erkennen und zu akzeptieren, ohne die Große Göttin zu verstoßen, war ein schmerzhafter Prozess für mich. Aber ich habe diese Lektion gelernt und bitte sie jetzt nicht darum, mich vor einem Herzinfarkt zu bewahren, sondern um den Mut, das, was mir geschieht, mit Hingabe annehmen zu können.

Mir ist vollkommen klar, dass Conchita ihr eigenes Leben lebt. Sie hat mich eingeladen, ein Teil davon zu sein, und das ist für mich ein großes Geschenk und eine tiefe Freude. Ein anderer Teil ihres Lebens sind die Samstagnächte, die mir wehtun. Ich darf und will nicht erlauben, dass der Schmerz die Freude über das Geschenk mindert!

„In der irdischen Wirklichkeit gibt es viel mehr schwarze Löcher, die alles verschlingen, was in ihre Nähe kommt, als

Sonnen, die das, was sie besitzen, freudig ausstrahlen", sprach N:gha einst. „Du bist stets ein Empfangender, darum sei nicht auch noch ein Fordernder, sondern werde ein Schenkender."

Ich verstand und nickte.

„Das friedvolle Ich-Opfer ist das einzige Opfer, das deiner Seele und deinem Gott gefällt."

„Wie kann ich üben, mein Ich aufzugeben?"

„Solche Gelegenheiten brauchst du nicht zu suchen. Sie kommen von selbst auf dich zu, wann immer dir jemand Unrecht tut oder Schmerz zufügt. Betrachte solche Mitmenschen wie unschuldige Kinder, die nicht wissen, was sie tun, und noch nicht gelernt haben, die Macht, die ihnen verliehen ist, sinnvoll zu nutzen. Deshalb nimm den Schmerz klaglos an und ohne sie auf ihr Tun hinzuweisen. Denn was ist dein Ich-Opfer wert, wenn du es nur unter Protest erbringst?"

Conchita ist eine Sonne. Sie verschenkt sich lachend, schneidernd, liebend. Auf gar keinen Fall werde ich ihr gegenüber zu einem schwarzen Loch werden!

Fröstelnd wickle ich die Decke um meinen Körper. Eigentlich bin ich recht froh über diese seltsame Krankheit meiner Beine, über die nachlassende Körperkraft, das schrittweise Sterben. Denn im Alltag des Lebens gelingt es mir nicht durchgängig, auf die innere Stimme zu lauschen, ihren geflüsterten Weisungen gottergeben zu folgen. Trotz all meiner Übungen und Bemühungen setze ich häufig mein lautes eigenes Wollen gegen das leise Begehren meiner Seele durch. Die eindringlichen Mahnungen meines Wahlvaters, die Ich-Behauptung aufzugeben, haben zwar im Laufe der Jahre diesbezüglich einiges bewirkt, aber eben längst nicht alles.

Wann immer jedoch mein Körper mich in den letzten Wochen zwang, innezuhalten, blieb mir gar nichts anderes übrig, als zu gehorchen. Eigentlich war das ein Segen. Denn es fehlt mir nicht wirklich an Gehorsam, an Hingabe. Es fehlt mir eher an Aufmerksamkeit, an diesem Quäntchen bewusster Achtsamkeit, das notwendig ist, die innere Stimme in jedem Augenblick zu vernehmen, um ihr dann folgen zu können. Mein körperlicher Zustand in den letzten Wochen erzwang diese Hellhörigkeit von Tag zu Tag mehr. Und dafür bin ich dankbar.

Trotz der Kälte und klappernden Zähne schmunzele ich: Es sieht so aus, als hätte sogar das Sterben noch was Positives, denn ich bin ja bereit, freiwillig das Ich-Opfer zu erbringen, und hoffe nur, dass ich den richtigen Augenblick nicht verpasse.

Der Schmerz in der Brust vergeht langsam und langsam nimmt die Kälte zu. Ich finde mein Selbst-Gewahrsein nicht und mein Bewusstsein schweift immer öfter und immer länger in unbekannte Zeit-Raum-Gebilde ab.

Vielleicht nähert sich schon jetzt der allmächtige Beender.

∞

Wir haben viele Monde gehungert. Etliche von uns sind in diesem langen kalten Winter gestorben. Heute Nacht nun haben wir gesungen, getanzt, gebetet. Bald werden wir singen, tanzen, feiern. Dann werden wir viele Monde lang satt sein und etliche von uns werden leben. Vorerst jedoch stampft N:gha im Kreis durch das Universum, wie auch die Herden im großen Kreis wandern: kommen, gehen, wieder kommen. Sie bringen uns Nahrung, Kleidung, Zelte, Schlafdecken und die Bogensehnen, mit denen wir ihnen das Leben nehmen, damit sie uns das Leben geben.

Von Kindesbeinen an beobachte ich mit den anderen meinen Wahlvater bei dieser Zeremonie. Er trägt auf dem Kopf den Büffelschädel mit den schweren Hörnern und schleppt, um die Schultern gebunden, das dunkelbraune Fell hinter sich her.

Er singt und tanzt das Große Heilige Geheimnis in die sichtbare Welt.

Endlich, endlich stampft er langsamer, wie die Herde langsamer wandern wird nach all den Monden, die wir mit eingefallenen Wangen und geröteten Augen auf sie gewartet haben, bleibt schließlich stehen wie sie und senkt den Kopf, um zu grasen. Fünf Jäger lösen sich aus den umstehenden Familien, ich zum ersten Mal in dieser Gruppe der Auserwählten, und schleichen langsam, Fuß für Fuß an den grasenden Bullen heran, tief gebückt, dann legen wir uns ins Gras, das vom Schein des Feuers gerötet ist wie später vom Blut der erlegten Tiere, schieben uns unhörbar auf Zehen und Fingerspitzen vorwärts, während die gesamte Dorfgemeinschaft im gleichen Rhythmus atmet wie wir, langsam durch die Nase ein, noch langsamer durch den Mund aus, bis sich der Jüngste von uns Jägern auf das Knie erheben darf, mit derselben Bewegung den Pfeil auf die Sehne legt, den Bogen spannt und zielt. Ich darf dieser Besondere sein, der dem ersten Büffel des Frühjahres den Tod bringen wird.

Schon vor seiner Zeugung wusste der Bulle, der nun vor uns steht, den Kopf hebt und witternd in unsere Richtung dreht, von diesem Tag und hatte sich geehrt gefühlt, uns all seine Gaben überreichen zu dürfen. Jetzt, da er uns fünf in den Blick nimmt, erinnert er sich daran. Und erinnert sich, wie er als Kalb aus der Mutter geboren, von ihr gestillt und gelehrt worden ist, wie seine Beine, Schultern und Hüften stärker wurden, während er mit der Herde wanderte, wie er als Halbwüchsiger mit seinen Freunden kämpfte, um die gewaltigen Nackenmuskeln aufzubauen, wie er zum ersten Mal liebte und neues Leben zeugte, wie er mit seiner Frau, seinem Kind durch das Grasland zog, im Winter in einer Kuhle lag, dicht an die beiden geschmiegt, schneebedeckt, Eisklumpen im Fell, und nun, auf der Höhe seiner Kraft demjenigen gegenübersteht, den er mit seinem Leben beschenken wird. Er starrt mich an, als wüsste er für einen Augenblick nicht, ob er heute schon bereit ist, das Versprechen einzulösen, ob dies wirklich der ihm gemäße Tag ist, oder vielleicht doch erst morgen oder im kommenden Jahr, aber seine Erinnerung trügt nicht, sie fordert sein Einverständnis, und nach kurzem Ringen senkt er duldsam die Augen, ergeben den mächtigen Schädel, wie um weiter zu grasen, lässt die Schnauze jedoch zwei Hände über dem Boden in der Schwebe und bietet mir so die weichste Stelle, sein Herz.

Die Sehne schnellt zurück, der Bulle streckt keuchend die Zunge hervor, über sie quillt sein Blut ins Gras. Lautlose Stille, dann fällt N:gha auf die Seite, zuckt, streckt zitternd alle Viere von sich. Atemlose Stille. Nur Augenblicke später der Jubelschrei des Jägers, ich bin es, zum Mann geworden, der jubelnd schreit, und nach und nach fallen die Umstehenden in den Jubelschrei ein. Wir fünf lösen Fell und Schädel von N:ghas bewegungslosem Körper, und während nun die Trommeln tosen, erhebt sich der Mittler zwischen den Welten unsicher aus seinem stillen Tanz wie ein Fremder, der sich in der sichtbaren Welt noch nicht zurechtfindet, nackt und schweißüberströmt. Dann, allmählich, steht N:gha, vorerst schwankend, reckt die Arme zum Himmel, gründet die Füße auf der Erde, bis sein Stand endlich wieder unverrückbar ist, und er dankt aus der Mitte des Universums mit lauter Stimme dem Bullen, der kommen wird, und der Herde, die auf der Suche nach Leben, nach frischem Gras, schon zu uns heraufzieht aus den dunklen Schwaden dieser Nacht in einen Morgen, der den Tieren den Tod bringen wird und uns das Leben.

∞

Angst taucht immer wieder im Laufe des Lebens auf und ebenso im Laufe des Sterbens. Angst ist eine natürliche Reaktion der Psyche und des Körpers auf das Unbekannte oder das unangenehme Bekannte. Niemandem ist es möglich, angstfrei zu leben oder zu sterben. Aber wir brauchen unser Leben und Sterben nicht von der Angst bestimmen zu lassen. Es genügt, ihre Anwesenheit zu akzeptieren und mit ihr zu leben und zu sterben. Ich habe Angst. Und bin mutig genug, die unbekannten Vorgänge in meinem Körper zu beobachten, wenn mein Bewusstsein wieder aus den anderen Zeit-Raum-Gebilden zurückkehrt und sich auf mich in diesem Bett verengt.

Siebzig Jahre waren ausreichend für die Erkenntnis, dass keine noch so begründete Angst den Lauf der Dinge verändert. Was geschieht, geschieht sowieso, ob wir uns davor fürchten oder nicht. Warum also nicht die Angst registrieren und die Aufmerksamkeit dann von ihr lösen und unbekümmert das Leben weiterleben, als hätten wir die Angst niemals bemerkt?

„In der Welt habt ihr Angst", sagte er zu seinen Freunden, „ich aber habe sie überwunden."

Er wusste, dass die Welt ein großes Spektakel ist, eine gigantische Illusion von Freude und Schmerz, Leben und Tod.

∞

Die Kälte durchwogt meinen gesamten Körper. Ich schlottere. Wie durch dichten Nebel vermeine ich, einen Wagen vorfahren zu hören. John kann es nicht sein, Don Lucas kommt meistens zu Fuß, Antonia nie nachts. Ich versuche, mich aufzurichten, aber mein Körper erlaubt mir außer dem heftigen Zittern nicht die geringste Bewegung. Leila huscht durch den Seidenvorhang meiner Kammer, begrüßt mich lachend, beugt sich zu mir, um mir einen Kuss zu geben, und erstarrt. Sie legt eine Hand auf meine Stirn.

„Du hast hohes Fieber", sagt sie entsetzt. Als sie merkt, dass ich nicht antworten kann, eilt sie in den Wohnraum, lässt kaltes Wasser über ein Handtuch laufen, das sie mir auf die Stirn legt. Dann ruft sie Conchita an und spricht auf deren

Mailbox, wählt danach die Nummer Don Lucas', bittet ihn, sofort mit seiner Tasche zu kommen. Sie setzt sich zu mir auf die Bettkante, streift ihre Schuhe ab, hält meine Hand, bis der Arzt eintrifft. Der bittet sie, draußen zu warten, zieht mir meine Sachen aus und setzt ein halbes Dutzend Nadeln um meinen Bauchnabel herum. Dann deckt er das Laken über mich, ruft Leila wieder herein und fordert sie auf, sich zu entkleiden und neben mich zu legen, um mich mit ihrem Körper zu wärmen. Während sie seiner Weisung Folge leistet, holt er aus dem Wohnraum Conchitas Laken und Decke, breitet sie sodann über uns. Leilas Lebenswärme tut mir gut. Nach etwa einer halben Stunde entfernt Don Lucas die Nadeln und lässt sich auf dem Korbsessel nieder.

Zwischendurch habe ich immer wieder andere Zeit-Raum-Gebilde durchwandert. Nun sehe ich wie von außen den nackten Körper meiner Geliebten unter der Decke an den meinen geschmiegt, diesen kleinen, zarten Knabenkörper mit den nur handflächengroßen Brüsten, dem kaum gerundeten Schamhügel, und Bilder sexueller Vereinigung brechen über mich herein. Erleichtert bemerke ich, dass mein Penis nicht darauf regiert, denn Conchita gebührt der erste Platz, und ich will mich auf keinen Fall körperlich mit Leila vereinigen, bevor ich mit meiner Seelengefährtin körperlich eins geworden bin. Obwohl die erotischen Fantasien durchaus lustvoll sind und mich für eine Weile ein wenig zu erwärmen scheinen, empfinde ich sie auf Dauer jedoch als störend, und lenke meine Aufmerksamkeit entschlossen auf mein Herz, flüstere die drei Worte in den Brustraum hinein. Nach einer Weile verschwimmen die Bilder, verlöschen dann ganz, und der besonnte Raum in meiner Brust öffnet sich der Innenschau.

Allerdings kehrt über kurz oder lang die Kälte zurück und auch die Zeit-Raum-Gebilde wechseln erneut.

Gegen Morgen höre ich durch den Nebel meines Bewusstseins Conchita im Wohnraum mit Don Lucas flüstern. Das fahle Licht des neuen Tages dringt durchs Fenster, als sich meine Gefährtin zu mir legt, an die freie linke Seite, und mich nun ebenfalls mit ihrem nackten Körper wärmt.

„Verzeih, dass ich nicht hier war", flüstert sie mir zu, „aber jetzt wird alles gut!" Mein Penis erwacht an ihrer Hüfte. Sie streicht Leila, die sich an meinen Rücken schmiegt, über das Haar. „Danke, dass du für Jorge gesorgt hast!"

„Ich liebe ihn."

„Ich weiß."

Die Lebenskraft der beiden fließt in mich ein.

∞

„Heute trinken wir den Kaffee gemeinsam im Bett!"

Ich höre Conchitas Stimme und spüre, dass Fieber und Kälte verschwunden sind, rappele mich auf die Unterarme hoch. Dabei gleitet Leila von meiner rechten Seite, murmelt Unverständliches und zieht die Decke zurück über ihre nackte Schulter. Conchita sieht müde aus, aber sie strahlt vor Erleichterung. Ihr Haar ist zerzaust. Wartend hält sie das Tablett mit drei dampfenden Bechern. Ich rücke dichter an Leila heran, helfe meinen Beinen mit den Händen nach, mache für Conchita etwas mehr Platz zu meiner Linken. Sie stellt das Tablett in den Korbsessel, lässt das Laken zu Boden fallen, in das sie sich gehüllt hatte, und weckt Leila endgültig, als sie sich zu uns legt. Geborgen zwischen diesen beiden Frauen, diesen beiden Körpern, diesen beiden Herzen bin ich im Schlaf genesen, hatte der Tod keine Chance, an mich heranzukommen.

In mir ist es vollkommen still. Ich spüre eine friedvolle Dankbarkeit.

„Wo ist Don Lucas?", fragt Leila.

„Als er heute Morgen sah, dass es Jorge deutlich besser ging, ist er nach Hause gefahren. Er meinte, den Rest könnte er guten Gewissens dir und mir überlassen."

Aneinandergeschmiegt und mit den Kaffeebechern in den Händen, schweigen wir eine Weile, dann berichtet Leila, dass sie John am Freitag das Ende ihrer Ehe erklärt hätte. Wortlos hätte er seinen Koffer gepackt und sei noch am selben Abend ins Hotel gezogen. Gestern habe Miguel ihr schriftlich und durch einen offiziellen Boten übermittelt, die Miete für das Haus nur noch bis zum Ende des nächsten Monats zahlen zu wollen. Ich bin betroffen von der Schnelligkeit des Wandels, doch Leila lacht.

„Antonia besitzt ein kleines Appartement direkt am Meer, und wenn ich aus unserem großen Haus raus muss, lässt sie mich dort kostenlos wohnen. Und ich denke, ich werde im Dorf eine Stelle als Bedienung im Café oder im Haushaltswarenladen finden, arbeiten kann ich ja zum Glück. Mein Leben geht also weiter!"

Dann reden wir drei von all dem Alten, das hinter uns liegt, und von all dem Neuen, das noch vor uns liegt, und ich kann sagen, dass ich nicht sterben möchte und dennoch bereit bin zu gehen, meinem eigenen Weg treu zu folgen. Ich kann aussprechen, dass ich mich so sehr nach dem Leben sehne und doch auch meine Sehnsucht nach drüben spüre, nach der unsichtbaren Welt und all ihren Geheimnissen, dass ich von ganzem Herzen hierbleiben und von ganzem Herzen dort sein möchte, und wir schweigen wieder gemeinsam und atmen das Alte aus und das Neue ein.

Sanft trägt uns der Große Fluss.

Erneut entschwinde ich in andere Zeit-Raum-Gebilde.

∞

Meine Gefährtin und meine Geliebte helfen mir beim Waschen. Sie sind inzwischen bekleidet und gehen achtsam und respektvoll mit meinem geschwächten Körper um. In Anschluss an die Prozedur bitte ich Conchita, mir die Haare abzuschneiden, denn ich habe beschlossen, mir den Schädel zu rasieren. Nach kurzer Verblüffung legt Leila ein Handtuch über meine Schultern, Conchita holt die Schere. Als alle Strähnen gefallen sind, rolle ich in dem roten Rennmobil zur Spüle, befeuchte die Kopfhaut, schäume sie ein und schabe sie mit der Klinge glatt, die ich sonst für meinen Bartwuchs benutze. Da das Gesicht braun gebrannt und der Schädel dort, wo er bis eben noch bedeckt war, blass ist, fahre ich nach draußen auf den Hangweg, um den Kopf in die Sonne zu halten. Das Vierrad bleibt zwischen Steinen und Sand stecken ~ mein Radius wird in Zukunft sehr begrenzt sein.

Abends kommt Don Lucas mit seiner Gitarre, und nachdem er mich genadelt hat, isst er mit uns. Ich weiß nicht, was wir feiern, aber wir feiern ausgelassen mit Wein, Brot, Käse und Schinken, Tomaten, Zwiebeln und Oliven. Die beiden Frauen klatschen und stampfen, als der Arzt Sevillianas singt, sie tanzen miteinander, während ich mir im Rhythmus die Hände auf dem Holztisch nahezu wund trommele.

Vielleicht feiern wir das Leben.

∞

Conchita hat sich in den Wohnraum an ihre Nähmaschine zurückgezogen und die Stehlampe angeschaltet. Über der Schlucht blinken die Sterne. Ich sitze noch ein wenig allein hier draußen unter dem unendlichen Himmel. Schon einmal habe ich zwei Frauen gleichzeitig geliebt: vor 50 Jahren während meiner Bankausbildung, Helene und Anne. Eigentlich auch noch Birte und Sissi, vielleicht sogar Iris und Dorothea. Jetzt, im Nachhinein betrachtet, den Tod vor Augen ~ was war falsch daran?

∞

Kurz vor meinem 20. Geburtstag ziehe ich nach Neumünster um und beginne eine Ausbildung in der AZ-Bank. Schon nach den ersten Wochen werde ich dort zum Überflieger, denn ich begreife intuitiv, wie der Hase in der Finanzwelt läuft, und bin begeistert von den unendlich fantasievollen Winkelzügen, die man sich ausdenken kann, um Kunden über den Tisch zu ziehen und maximale Gewinne einzustreichen. In den höheren Etagen wird man schnell auf den cleveren Azubi aufmerksam und bald betraut man mich mit komplexen Aufgaben.

Außerdem bin ich seit dem dritten Monat offiziell mit Helene zusammen, der Abteilungsleiterin des Firmenkundengeschäfts. Sie ist eine überaus herzliche und in der Bank recht einflussreiche Frau mittleren Alters. Ich liebe sie, bin aber, wie das Leben so spielt, gleichzeitig in Anne verliebt, die gemeinsam mit mir die Ausbildung dort macht. So oft wie möglich, schwänze ich den Unterricht in der Berufsschule, fahre stattdessen mit Anne und ihrer Freundin Birte nach Eckernförde und schippere mit ihnen auf dem Butterdampfer über die Ostsee. Manchmal liegen wir in Weißensee am Strand oder ziehen einfach nur zu dritt über die Kieler Hafenpromenade, ich in der Mitte, je einen Arm um je ein Mädchen gelegt.

Unsere fröhliche Dreisamkeit läuft etwas aus dem Ruder, als Sissi dazu kommt, die wie Birte in der Deutschen Bank ausgebildet wird. Mit ihren 153 Zentimetern Körpergröße trägt Sissi die kürzesten Miniröcke und die Pumps mit den höchsten Absätzen. Auf diese Weise ist sie nicht zu übersehen und erreicht locker eine Gesamthöhe von gefühlten zwei Metern zehn. Sie ist noch viel kecker als meine beiden Freundinnen, die Fröhlichste von uns allen, pure Lebenslust. So mischt sie sich hemmungslos in unsere Beziehung ein, doch nach ein paar Wochen wird das Anne und Birte zu viel. Daraufhin machen wir aus dem Viereck wieder ein Dreieck.

Von Zeit zu Zeit stellt Helene behutsame Fragen nach Anne, geht aber davon aus, dass die Jüngere ihr nicht ernsthaft gefährlich werden kann, solange sie sich nicht selbst wie eine Alte benimmt. Damit hat sie recht und ich bewundere sie deshalb. Ich liebe und wertschätze sie und spüre genau, dass meine Beziehung zu Anne, Birte und Sissi nicht die gleiche Tiefe hat wie die zwischen Helene und mir.

Gegen Ende des ersten Ausbildungsjahres versammeln sich alle Bank-Azubis aus Schleswig-Holstein zu einem Lehrgang in der „Schule für Finanzmanagement" in Schleswig, wo wir vier Wochen lang in den theoretischen Fächern gedrillt werden. Ich freue mich darauf, denn wir sind dort wie in einem Internat untergebracht, und das weckt Erinnerungen an meine Sommerzeiten im Wyker Ferienlager. Helene ist traurig, weil sie während des gesamten Monats nur an den Wochenenden mit mir zusammen sein kann. Mich stört das weniger, denn ich habe die Möglichkeit, intensiv mit Anne und Birte zusammen zu sein, und bestimmt wird sich auch das eine oder andere Rendezvous mit Sissi ergeben. Da muss ich allerdings etwas kreativ werden, denn die beiden anderen sind hochgradig eifersüchtig auf die quirlige Hübsche.

Der straff organisierte theoretische Unterricht in der Schleswiger Schule könnte ein Problem darstellen, aber ich beschließe, das zu ignorieren. Ich genieße die für mich unbeschwerten Tage und heißen Nächte. In der Klasse bin ich meistens müde, träume vor mich hin, manchmal schlafe ich ein. Die schlechten Zensuren sammle ich mit einem Achselzucken, denn ich weiß, dass es keine Rolle spielt, mit welchen Benotungen ich in die AZ-Bank zurückkehre, weil ich dort bei allen praktischen Arbeiten wirklich gut bin. Außerdem hab ich bis zur Abschlussprüfung noch ein ganzes Jahr Zeit zum Lernen.

Nach 22:00 Uhr herrscht absolute Bettruhe, die der Hausmeister rigoros durchsetzt, aber bereits am dritten Tag haben Anne und Birte herausgefunden, dass der Speisesaal von den nächtlichen Kontrollen ausgenommen ist. Also treffen wir drei uns dort kurz nach Beginn der Bettruhe. In der zweiten Woche erfährt Sissi davon und bestürmt mich, auch mit ihr dort ungestört zu sein. Also erkläre ich den beiden anderen, dass ich heute Nacht mal ausschlafen muss, und warte um 22:15 auf die süße Kleine.

Im schwarzen, ziemlich durchsichtigen Babydoll kommt sie barfuß und lautlos in den Saal, der von der Notbeleuchtung nur dürftig erhellt wird, trägt die unverzichtbaren High Heels in der Hand.

„Hab ich extra für dich in den Koffer gepackt“, sagt sie, während sie auf der Tischkante sitzt und sich die Schuhe über die nackten Füße streift.

Etwas irritiert antworte ich:

„Wieso, du trägst doch immer High Heels…“

„Ich meine das Babydoll.“

∞

Außer Anne werden in der AZ-Bank noch zwei weitere junge Frauen ausgebildet, die ich sehr verehre, mit denen ich aber nur wenig Kontakt habe, weil ich mich nicht traue, mit ihnen zu flirten. Dorothea ist intelligent und sympathisch, außerdem hat sie Klasse, ist schon eine richtige junge Dame, zwar zurückhaltend, aber mit eigenem Stil, und das hemmt mich irgendwie. Iris ist sehr schlank und sehr vollbusig, mit langen braunen Haaren und tiefen dunklen Augen, außerdem ist sie den Menschen auf eine stille, vielleicht etwas traurige Weise zugewandt, und das hemmt mich ebenfalls.

In der letzten Schleswig-Woche liege ich nach dem Lichtausmachen im Bett, bin todmüde und froh, mal acht oder neun

Stunden durchschlafen zu können. Der Mond streut ein diffuses Licht in den Raum. Meine drei Zimmerkameraden tuscheln noch gedämpft miteinander. Schon etwas traumbenommen höre ich, wie die Tür leise geöffnet wird, und mach noch mal die Augen auf. In einem knöchellangen weißen Nachthemd schleicht eine geisterhafte Gestalt auf mein Bett zu, hebt die Decke und legt sich neben mich. Iris küsst mich leidenschaftlich, flüstert dann:

„Ich weiß, was du mit Anne, Birte und Sissi im Speisesaal machst. Ich will dich seit fast einem Jahr, Georg, und ich bin mir nicht zu schade dafür!"

Sie windet sich aus dem Nachthemd, die großen Brüste schimmern. Ihre Berührungen sind gleichzeitig zärtlich und fordernd. Ich bin ziemlich verwirrt, weil Iris sich angeblich nicht zu schade dafür ist, von mir etwas zu wollen, was auch andere von mir kriegen, aber mein Penis reagiert eindeutig. Als sie mich über sich zieht und ihn mit der Hand in ihren Körper dirigiert, entfährt ihrem Mund ein seltsames Geräusch und mir schießt der Gedanke durch den Kopf: Fehlt nur noch, dass sie jetzt anfängt zu weinen. Vorsichtig taste ich mit den Lippen nach ihrem Gesicht und schmecke tatsächlich Salz. Was passiert hier?

Genervt und demonstrativ laut ruft einer meiner drei Zimmergenossen:

„Hört endlich damit auf! Ich will schlafen, verdammt!"

Mir schießt die Angst durch den Körper, der Hausmeister könnte sofort angerannt kommen, unsere Tür aufreißen und uns jede Menge Ärger machen.

„Lass mir bitte eine Viertelstunde, Rolf", flüstert Iris in Richtung der aufgebrachten Stimme, „dann komm ich anschließend auch zu euch."

Der Satz zeigt augenblicklich Wirkung bei den dreien, und ich bin sprachlos über Iris' geschickten Schachzug. Diesmal will ich wegen der Wachsamkeit des Hausmeisters das Liebesspiel nicht in die Länge ziehen und lasse mich beim ersten Anzeichen freischwebend in meinen Orgasmus fallen. Danach hält Iris mich liebevoll in den Armen. Wir sprechen nicht, selbstvergessen ruht meine Wange an ihrem Busen.

Ohne Vorwarnung oder Abschiedskuss windet sie sich plötzlich unter meinem Körper hervor und steigt aus dem Bett. Im selben Moment schaltet Rolf seine Nachttischlampe an, und ich sehe Iris' schlanken Körper von hinten, als sie, das weiße Hemd in der Hand, zu ihm hinübergeht, sich an den Rand seines Bettes setzt und ihre Hand unter seine Decke schiebt. Einer der beiden anderen erhebt sich, stellt sich zu ihr. Mit der freien Hand fasst sie in dessen Schlafanzughose und wendet dann den Kopf, sieht mich an.

„Ich bin mir nicht zu schade dafür!", wiederholt sie.

Von rechts tritt nun auch der Dritte hinzu, greift über Rolf hinweg nach Iris' Brüsten.

∞

Am nächsten Vormittag setzt sich die stilvolle und auf natürliche Weise damenhafte Dorothea in der großen Unterrichtspause zu mir auf die Bank, die etwas abseits am Rand des Hofes in der Sonne steht. Wir quatschen ein bisschen, dann sagt sie:

„Georg, es ist mir egal, was du mit Anne, Birte und Sissi machst und wie du das mit deiner Beziehung zu Helene vereinbaren kannst. Ich möchte dich allerdings bitten, Iris in Ruhe zu lassen."

Ich fühle mich irgendwie ertappt, versuche jedoch zu lachen und erkläre:

„Es war einfach nur Spaß!"

„Ja, für dich. Ich weiß. Aber Iris ist seit Langem in dich verliebt und du kannst das nicht sehen. Deshalb sag ich's dir. Und ich bitte dich, sie in Ruhe zu lassen."

Verdattert sitze ich neben ihr, bis sie sich erhebt und aufrecht zu den anderen schreitet.

Ich muss dringend meine Beziehungen in Ordnung bringen! Gut, Iris werde ich ab sofort aus dem Spiel lassen, weil sie in mich verliebt ist und alles Weitere ihr wehtun könnte. Außerdem würde eine Fortsetzung mit ihr sicherlich zu Komplikationen zwischen mir und Helene führen, denn das mit Iris könnte was Ernstes werden. Gleichzeitig entscheide ich mich, auch mit Sissi keinen Sex mehr zu haben, weil Anne und Birte das nicht akzeptieren. Dieser Entschluss fällt mir nicht leicht, denn Sissi ist hocherotisch, aber trotz ihrer Reize liegt mir letztlich mehr an der Freundschaft zwischen Anne, Birte und mir. Allerdings gibt es für mich keinen Grund, auf dieses Dreieck zu verzichten, da Helene nichts davon weiß und deshalb auch nicht unglücklich darüber sein kann.

∞

Sieben Monate später steht der zweite Lehrgang in der Schleswiger Schule unmittelbar bevor. Dort sollen wir diesmal auf die theoretischen Abschlussprüfungen in der Berufsschule vorbereitet werden und alle alten Hasen in der AZ-Bank sagen uns einen harten Monat voraus.

Während Anne und Birte ihre Begeisterung, mich wieder vier Wochen lang ganz für sich allein zu haben, offen zum Ausdruck bringen, flüstert mir Sissi eine ähnliche Botschaft nur im Vorbeigehen ins Ohr, und Iris steckt mir einen Zettel zu mit den Initialen I+G ~ umrundet von einem roten Herzen. Das kann ja heiter werden!

Vor wenigen Tagen erklärte mir Dr. Langhans unter vier Augen:

„Mensch, setzten Sie sich bloß in Schleswig auf Ihren kostbaren Hintern! Sie sind der geborene Banker, und ich persönlich werde Ihnen hier einen tollen Job besorgen, versprochen!

Vorausgesetzt natürlich, Sie bestehen diese dämlichen theoretischen Prüfungen!“

∞

Es hat geschneit und die Temperaturen liegen in diesem Februar tagsüber unter 15 Grad minus. Ich habe mir sicherheitshalber außerhalb des Schleswiger Internats eine Unterkunft besorgt, um jede Ablenkung auszuschließen. Die kleine Kammer in dem Bauernhof, der mir für vier Wochen Asyl gewährt, ist feucht und kalt. Ich schlafe unter zwei dicken Daunendecken. Allerdings schlafe ich nur sehr wenig, denn morgens um 04:00 Uhr stehe ich auf und geh rüber zur Schule, setze mich in den beheizten Speisesaal und lerne bis 07:00 Uhr. Dann trudeln allmählich meine Mitschüler ein und es gibt Frühstück. Bis 13:00 Uhr ist Unterricht, nach dem Mittagessen schlafe ich eine halbe Stunde, lerne dann weiter. Von 15:00 bis 19:00 Uhr ist noch einmal Unterricht. Nach dem Abendessen kehre ich in meine Kammer zurück, die die Bäuerin inzwischen eingeheizt hat, und lerne bis über Mitternacht hinaus, denn ich muss den theoretischen Stoff von zwei Jahren innerhalb eines Monats intus haben, und dazu bin ich wild entschlossen.

Weil ich in der Bank gelernt habe, wie man mit möglichst geringem Aufwand einen möglichst hohen Ertrag erzielt, wende ich dieses Prinzip nun auf meine Paukerei an: Zunächst überlege ich, welche Lerninhalte prüfungsrelevant sind und welche nicht. Um die einen werde ich mich bemühen müssen, die anderen kann ich unbeachtet links liegen lassen ~ damit fallen etwa zwei Drittel des Stoffes weg. Von dem wichtigen Drittel muss ich ungefähr die Hälfte nur verstehen, die andere Hälfte auswendig lernen, weil sich die Prüfungsfragen höchstwahrscheinlich darauf beziehen werden. Ich stürze mich in die Arbeit.

Meine veränderte Haltung dem Lernen gegenüber zwingt mich dazu, mein Sozialverhalten drastisch zu verändern, und beschert mir anfangs heftige Gegenreaktionen: Anne und Birte protestieren in den ersten Tagen wütend gegen mein Verschwinden aus ihrem Leben, Sissi ist pikiert und spricht eine Weile nicht mehr mit mir, Iris schaut traurig, Dorothea ignoriert mich wie gewöhnlich demonstrativ.

Dann steht eines Morgens eine Thermoskanne mit heißem Kaffee auf meinem Platz im Speisesaal, daneben liegt ein Zettel von Anne mit einem aufgemalten Herzen. Abends gibt mir Birte eine gefüllte Teekanne mit in meine Bauernhofklause. An den folgenden Morgen und Abenden unterstützen die beiden Freundinnen so meinen Lernmarathon. Das bekommt Sissi natürlich ziemlich schnell mit, und von da an küsst sie mich in aller Öffentlichkeit morgens zur Begrüßung und abends zum Abschied und verkündet jedes Mal so laut, dass es alle hören können, „Ich bin stolz auf dich!“, und einmal sagt sogar Dorothea anerkennend auf dem Pausenhof „Alle Achtung!“ zu mir, wendet sich jedoch gleich wieder ab und geht ihrer Wege. Wann immer möglich, setzt sich Iris bei den Mahlzeiten im Speisesaal neben mich, manchmal lehnt sie still ihren Kopf an meine Schulter. Übers Wochenende fahre ich nach Neumünster zu Helene, die mich vollkommen in ihre Liebe einhüllt und mir alles gibt, was ich brauche, um mich zu erholen oder um ohne Pause weiter zu lernen.

Irgendwie, das ist eindeutig, liebe ich jede von ihnen: Helene, Anne, Birte, Sissi, Iris und sogar Dorothea. Und jede von ihnen, das ist ebenso eindeutig, liebt auch mich auf ihre ganz eigene Weise. Aber vielleicht ist „lieben“ nicht das richtige Wort, ich finde nur kein besseres.

Nach den vier Wochen beträgt der Durchschnitt meines Schleswiger Zeugnisses diesmal 2,1. Die Ausbildung in der AZ-Bank beende ich im folgenden Juni mit Bravour und die Zensuren der theoretischen Abschlussprüfungen in der Berufsschule sind gerade noch befriedigend. Ich verzichte auf den

Bankjob, den mir Dr. Langhans angeboten hatte, und kehre nach Hause zurück, beginne eine Kariere als Kaufmann. Nach und nach verflüchtigt sich der Kontakt zu all den Menschen, die mir in Neumünster zwei glückliche Jahre beschert haben. Nur mit Helene bleibe ich noch für zwei weitere Jahre zusammen, dann trenne ich mich auch von ihr.

∞

Als ich Sissi ein Jahr nach Abschluss der Bankausbildung zufällig in einer Neumünsteraner Disco wiedersah, trug sie immer noch den kürzesten Rock und die höchsten Stöckelschuhe, aber ihr kleiner Bauch war kugelrund, und sie fiel mir sofort weinend um den Hals. Gerade hatte sich ihr Freund von ihr getrennt, weil er lieber nicht Vater sein wollte. Wir standen da, beide 23 Jahre jung, hielten uns und ich fühlte mich plötzlich sehr eigenartig. Das Leben, dachte ich, scheint manchmal ziemlich unbarmherzig über uns Menschen hinwegzuwalzen. Übrig bleibt dann eine Trümmerlandschaft, in der wir mühsam neue Herberge suchen.

∞

Schmerz ist unausweichlich. Glück nicht.

Wir können schmerzhafte Erfahrungen nicht umgehen. Aber wir können einen Bogen um unser Glück machen ~ auch das gehört zu unserem Menschsein. Leider. Manche von uns schaffen es trotz allem, immer wieder auf die Sonnenseite zurückzukehren. Andere nicht.

∞

Dr. Langhans erhängte sich drei Jahre später in seinem Wochenendhaus an der Ostsee. Er hinterließ eine Frau und zwei halbwüchsige Söhne. Helene lebte fünfzehn Jahre lang in einer aufrichtigen und tiefen Beziehung mit einem sehr viel jüngeren Mann. Sie starb 63-jährig an Krebs. Anne blieb Single und machte zuerst in der Bankenwelt Karriere, später in der internationalen Politik. Bis vor Kurzem war sie gelegentlich bei Interviews aus Brüssel im TV zu sehen, wenn es um Finanzen der Euro-Gruppe ging. Sissi erwarb sich nach der Geburt ihrer Tochter europaweit einen Namen als Produzentin von edlen Pornofilmen und heiratete im Alter von 48 Jahren einen pensionierten Bankdirektor. Mit ihm lebt sie in Monaco, wo sie sich unter seiner Duldung nach ihren eigenen Worten „eine kleine Phalanx aufrechter Liebhaber" hält. Iris heiratete kurz nach der Abschlussprüfung einen 25 Jahre älteren Abteilungsleiter der AZ-Bank, stieg dort im Laufe der Zeit zur Vorstandssekretärin auf. Die Ehe war monogam und glücklich und schenkte den beiden drei Kinder. Nach dem Tod ihres Mannes ging sie im Alter von 61 Jahren ins Ruhrgebiet und begann eine ehrenamtliche Tätigkeit in einer Klinik für Traditionelle Chinesische Medizin. Dorothea vermählte sich an ihrem 23. Geburtstag mit einem gleichaltrigen englischen Grafen und zog nach Oxford. Birte bestand die Abschlussprüfung der Deutschen Bank und der Berufsschule mit einem Durchschnitt von 1,0 und verließ das Geldhaus sofort, um sich einer linksradikalen Gruppierung anzuschließen. Im Alter von 22 Jahren überfiel sie gemeinsam mit zwei Gleichgesinnten eine Sparkasse in Norddeutschland. Als sie das Gebäude verließ, wurde sie von insgesamt 14 Geschossen aus Polizeiwaffen getroffen und starb, noch bevor ihr Körper auf dem Pflaster aufschlug.

∞

In der Jugend waren wir unbefangen und lebten leidenschaftlich, suchten Freude und Erfolg. Selten reflektierten wir unser Tun. Meistens ließen wir uns zuversichtlich im Lebensfluss treiben, wurden mitgerissen von uns selbst und jener Kraft, die

Glück und Schmerz erschafft. Dann traf uns plötzlich mitten im Lachen der Hammer des Schicksals und wir hielten erschüttert inne, verstanden die Welt nicht mehr.

Vielleicht ist das alles im Alter immer noch genauso.

∞

„Mein Wille ist Gottes Wille“, sprach N:gha einst und fügte später hinzu:

„Das Ich ist Gott. Der kleine persönliche Wille *ist* der große göttliche Wille. Das Universum bewegt den Einzelnen.“

Wenn ich das doch nur verstehen könnte!

∞

Mein roter Rennwagen, der gerade unter dem Vordach feststeckt, knarrt, als ich mich erhobenen Kopfes zurücklehne. Dort droben der unermessliche Nachthimmel ~ alles darin ist wohlgeordnet und befindet sich vollkommen im Gleichgewicht, weil die Sonne fest im Mittelpunkt des Universums steht, während alle anderen Himmelskörper um sie herumwandern.

Genauso unbewegt ruht das Bewusstsein als Zentrum des Menschen und beleuchtet alle Wahrnehmungen, die daran vorüberziehen. Ist vielleicht jeder Einzelne von uns ein Abbild des gesamten Universums, gleichzeitig die eine Sonne und die vielen Erscheinungen, auf die sie ihr Licht wirft? Ist, kühner gefragt, der Mensch eventuell nicht nur ein Abbild des Universums, sondern selbst ein eigenständiges Universum, gleich groß und mächtig wie das äußere, nur auf kleineren, engeren Raum verdichtet? Ist, um es auf die Spitze zu treiben, der Mensch gar das *einzige* Universum und projiziert *sich selbst* als ein Abbild nach draußen auf die leere kosmische Leinwand, um sich dort in seiner vollkommenen Größe, Macht und Herrlichkeit sehen zu können?

Natürlich sieht es, vom persönlichen Standpunkt betrachtet, völlig anders aus, aber was spielt das schon für eine Rolle? Vielleicht irren wir uns zwangsläufig, solange wir uns nur auf unseren persönlichen Standpunkt verlassen, auf unsere Augen und Ohren, Nasen und Zungen, Hände, Gedanken und Gefühle. Denn vom Standpunkt der Welt betrachtet, sieht es ja auch so aus, als werde sie von der Sonne umkreist, die im Osten auf- und im Westen untergeht. Aber das ist nur eine simple Sinnestäuschung!

Wie sähe wohl das Universum aus, wenn wir es vom Standpunkt der Sonne betrachten würden, und wie sähen wir selbst, die Welt und unser Leben wohl aus, wenn wir uns vom Standpunkt des Bewusstseins betrachten würden? Sähen wir dann vielleicht, dass alles gut ist, wie es ist, wohlgeordnet und vollkommen im Gleichgewicht?

Wenn wir von hier unten den Himmel beobachten, steigt die Sonne vom 22. bis zum 24. Dezember, an den dunkelsten Tagen des Jahres, gleichsam in die Finsternis hinab, wendet dann den Weg, um am dritten Tage wieder aufzuerstehen von den Toten, erneut geboren zu werden und als das Licht der Welt zu erscheinen. Wir nennen das „Sonnenwende“. Von da an strahlt sie Tag für Tag stärker und länger, vertreibt die Dunkelheit.

In der Nacht des 24. Dezembers, der Neugeburtsnacht der Sonne, ist Sirius der hellste Stern am dunklen Himmel. Seeleute, Hirten oder Weise der nördlichen Hemisphäre orientieren sich an ihm. Sirius steht in jener Nacht als Wegweiser in einer Linie mit den drei Sternen des Orion, die man in der alten Astronomie „die drei Könige“ nannte. Diese drei laufen abwärts direkt auf den Sonnenaufgang des 25. Dezembers zu, sie wandern, vom leuchtenden Sirius geleitet, zum Geburtsort des Lichtes. Und über all dem strahlt in diesen heiligen Stunden, damals wie heute, das Sternbild der Jungfrau.

Sind die Geburt und das Leben Jesu eventuell ein weltliches Abbild des kosmischen Geschehens im Universum, eine direkte Entsprechung himmlischer Konstellationen und Bewegungen, deren Sinn wir solange nicht erkennen, bis wir den Nazarener erkannt haben oder uns selbst? Ist, kühner gefragt, Jesus vielleicht nicht nur Abbild des Universums, sondern selbst ein eigenständiges Universum, gleich groß und mächtig wie das äußere, nur auf kleineren, engeren Raum verdichtet? Ist, um es auf die Spitze zu treiben, Jesus gar wie jeder andere Mensch auch das *einzige* Universum und projiziert *sich selbst* als ein Abbild nach draußen auf die leere kosmische Leinwand, um sich dort in seiner vollkommenen Größe, Macht und Herrlichkeit sehen zu können?

Vielleicht.

Sicher ist womöglich nur, dass der Menschensohn sich im Sternenhimmel selbst gesehen und erkannt hat.

∞

Niemand von uns kann das alles wirklich wissen. Kein Sucher vermag, das Geheimnis des Lebens zu ergründen, und so begnüge ich mich mit meinem Staunen über das Wunder des Daseins und nehme Abschied von jenen leuchtenden Himmelskörpern über mir, verabschiede mich von diesem Universum, das mich beherbergt hat, spreche zu ihm und danke ihm, dass es sich für meine Inkarnation zur Verfügung gestellt, dass es mich bis jetzt getragen und ernährt hat. Das alles ist für mich geschaffen worden ~ von wem auch immer! Sonne, Mond und Sterne sind für mich hingesetzt worden, unsere Erde, die Berge, Flüsse, Wälder und Städte. Alles wurde zu dem einzigen Zweck kreiert, dass ich hier Erfahrungen machen konnte, die mir anderswo nicht möglich sind. Dieses gigantische Universum existiert für mich und für meine Geschwister in Raum und Zeit und es duldet uns friedlich und dient uns wohlwollend. Es erwartet nichts von uns, keine einzige Gegengabe, will sich nur benutzen lassen in all seiner Großartigkeit, schenkt bedingungslos von seinem Leben, damit wir leben können.

Ich erkenne, dass ich bei Weitem nicht alles ausgeschöpft habe, was es mir angeboten hat. Viel zu oft bin ich viel zu zaghaft gewesen. Hätte ich doch nie der Angst vertraut und mich niemals von ihr leiten lassen! Hätte ich nur in der Gewissheit, eines Tages sowieso alles und auch mich selbst zu verlieren, nie die Hand der Freude losgelassen und mich stets von ihr führen lassen!

∞

Später, im Bett liegend, erinnere ich mich an N:ghas Hinweis, dass meine Vergangenheit mir jeweils so erscheint, wie meine momentane Verfassung sie projiziert. Sofort glaube ich der aktuellen Einschätzung nicht mehr und bin augenblicklich in Frieden mit meinem Lebensweg. Denn ich habe ausgeschöpft, was ich ausgeschöpft habe, und nicht ausgeschöpft, was ich nicht ausgeschöpft habe ~ und genau so war es gut und vollkommen für mich in dieser Inkarnation!

## 26

Als ich mich gerade auf den Weg ins Kino machen will, taucht N:gha plötzlich aus dem Regen auf. Tropfnass stellt er seinen dunkelbraunen Lederkoffer in die gewohnte Ecke und rollt die Bastmatte an der Westwand aus.

„Wie geht's dir, Sohn?", fragt er mit breitem Lächeln.

„Ich glaube, ich war noch nie in meinem Leben so zufrieden und entspannt."

„Sehr gut. Das glauben meine anderen Schüler auch."

Er lacht vergnügt und ausgelassen.

„Heute ist Mittwoch. Warum verdienst du dein Geld eigentlich nicht mit Fensterputzen?"

Überrascht entgegne ich:

„Ich muss hier an der Ostsee kein Geld verdienen."

„Aber du hast hier an der Ostsee Geld verdient, indem du Meditation unterrichtet hast."

„Was war falsch daran?"

„Nichts, wenn man mal davon absieht, dass Meditation zum Erkennen der Wahrheit ungeeignet ist. Warum tust du also nicht irgendwas Sinnvolles, zum Beispiel Fensterputzen?"

Es geht schon wieder los! Kaum steht er in der Tür, fängt er an, mich fertigzumachen. Ich atme ein paar Mal tief durch, um mich von der aufsteigenden Wut zu distanzieren. Er sieht mir aufmerksam dabei zu, nickt dann, als die Energiewelle in mir abgeebbt ist.

„Du übst, du lernst. Gut so. Die Ich-Behauptung *muss* aufgegeben werden! Wenn das Ich, dieser kleine Giftzwerg mit der roten Zipfelmütze, sich aufbläst und die Arme in die Seiten stemmt, schlag ihm den verwirrten Kopf ab und hauch ihm das Leben aus!"

Ich muss lachen und er stimmt in mein Lachen ein. Dann nimmt er mich in die Arme, was etwas komisch ist, wenn wir beide stehen, weil er so viel kleiner ist als ich. Er scheint meine Gedanken zu erraten, denn er schiebt mich von sich und sagt mit gespielter Empörung grinsend und vieldeutig:

„Täusch dich nicht über die wahren Größenverhältnisse, Sohn! Deine Augen können die Wirklichkeit nicht erfassen."

Als wir später beim Tee zusammensitzen und nachdem ich ihm von meinem Leben in den vergangenen Wochen berichtet habe, komme ich auf das Thema „Meditation" zurück. Einige der Teilnehmer, die ich vor Haralds Pension abgefangen hatte und unverrichteter Dinge wieder nach Hause schicken musste, hatten mich gefragt, ob wir die Meditation ab der folgenden Woche bei mir im Bootshaus fortsetzen könnten, und gaben mir ihre Handynummern, um sie gegebenenfalls zu benachrichtigen. Das erzähle ich N:gha, der sofort die Augen verdreht, aber bevor er loslästern kann, sage ich, um zu demonstrieren, dass ich inzwischen sehr viel gelernt und erkannt habe:

„In dem Zusammenhang möchte ich dich fragen, ob *du* nicht in Zukunft hier die Leitung der Mittwochabende übernehmen könntest, denn ich fühle mich, ehrlich gesagt, überfordert."

N:gha sieht mich an, als sähe er den leibhaftigen Teufel vor sich, der ihm soeben einen höllischen Pakt unterbreitet hätte. Ich muss bei diesem Anblick erneut lachen.

„Halt mich da raus!", bittet er dann. „Schau, ich bin sehr glücklich als ein Niemand und habe kein Bedürfnis, wieder ein Jemand zu werden. Mein Leben enthält bereits alles, was es enthalten solle. Lass mich vor meiner Bratwurstbude sitzen und gelegentlich kurz mal nach Guantánamo fliegen. Lass mich mit dir quatschen und essen, abends dem Meer zuhören, nachts warm schlafen und morgens kalt duschen. Das reicht mir völlig. Ich habe keine Vergangenheit ~ wie könnte ich mich für eine Zukunft interessieren? Wenn du aus deinem Leben noch etwas machen willst, beispielsweise als Meditationslehrer, habe ich nichts dagegen, aber ich selbst verspüre nicht die geringste Lust, irgendetwas zu sein, denn als Nichts bin ich alles."

Ich empfinde wehmütig seine grenzenlose Freiheit und sehne mich danach.

„Außerdem erzeugt das Bedürfnis, Lehrer zu sein, die Illusion, Schüler zu haben, und das ist ja wohl der größte Witz des Lebens!"

Ich schweige, denke über das Gehörte nach.

„Welche Rolle spiele ich in deinem Leben?“, frage ich schließlich.

„Überhaupt keine!“, sagt er bestimmt und vollkommen ruhig, fügt jedoch lächelnd hinzu: „Ich bin einfach nur gern mit dir zusammen. Du hast mich mal gefragt, worauf es im Leben ankommt, und ich antwortete ‚auf nichts‘. Es geht einfach nur darum, den eigenen Interessen zu folgen und dabei möglichst viel Spaß zu haben. Du hast mir das damals nicht geglaubt, aber heute ahnst du vielleicht, dass ich die Wahrheit sage. Ich bin also gern mit dir zusammen, und deshalb bin ich hier.“

„Aber warum? Ich bin doch auch nur einer von den blinden Suchern, die Fragen stellen, statt endlich selbst aufzuwachen.“

N:gha schmunzelt.

„Wenn du wüsstest, wer du bist, würdest du nicht so einen Schwachsinn reden, sondern mich dazu beglückwünschen, dass ich mit dir unter einem Dach lebe.“

„Für mich sieht es so aus, als sei *ich* zu beglückwünschen, dass *du* mit mir unter einem Dach lebst. Für mich sieht es nämlich ganz so aus, als seiest du ein äußerst geduldiger spiritueller Lehrer.“

„Es sah für dich auch so aus, als sei ich ein Diplomat, Kaminkehrer und Geldwäscher. Jetzt hältst du mich für einen Guru. Aber nicht nur die Vergangenheit und die Zukunft sind haarsträubende Illusionen, sondern auch das, was du deine Gegenwart nennst.“

∞

„Selbstverständlich gibt es die universelle Mutter, den universellen Vater und den universellen Sohn“, sagt N:gha plötzlich und unterbricht damit die unbewegte Stille. Wir saßen seit gut einer Stunde mit geschlossenen Augen oben auf der Steilküste, versunken im Selbst-Gewahrsein. Als er sicher ist, dass ich vollständig aus der Absorption aufgetaucht und ganz Ohr bin, fährt er fort.

„Sie leben in der unsichtbaren Welt. Von dort aus erschaffen unsere universellen Eltern alles, was existiert, und unser großer universeller Bruder verwaltet die gesamte Schöpfung als sein Erbe. Unsere anderen universellen Geschwister, die zum Teil gleichzeitig mit uns inkarniert sind und uns zum Teil von der unsichtbaren Welt aus begleiten, beraten und unterstützen uns ganz im Sinne der großen ursprünglichen Drei. Den Sohn kennst du bereits ziemlich gut, den Vater ahnst du schon, jetzt darf ich dir die Mutter vorstellen."

Ich bin völlig verwirrt, weil er mal gesagt hat, es gäbe nur unpersönliche Urgewalten, und jetzt wieder von Wesen spricht. Außerdem kann es zwar sein, dass ich den Sohn bereits kennengelernt habe, als ich damals zum Nazarener betete, aber dass ich ihn „ziemlich gut" kenne, würde ich nicht zu behaupten wagen. Und vom Vater glaube ich, nicht die geringste Ahnung zu haben! Wie um Himmels willen kommt N:gha darauf, dass ich ihn schon ahne?

„Hör auf, nachzudenken, Sohn! Diese Dinge übersteigen deinen Verstand ~ allerdings nicht deine Wahrnehmungsfähigkeit. Achtung jetzt!"

Er steht auf, wendet sich mit dem Gesicht nach Osten, hebt die Hände auf Herzhöhe und fängt an, rhythmisch zu klatschen, etwa zwei Mal pro Sekunde. Ich bleibe sitzen, schaue und höre ihm aufmerksam zu. Mein Herzschlag passt sich seinem Klatschen an, wird schneller, während mein Körper zu vibrieren beginnt und sich wie Watte bauscht.

„Mit meinem Atem sende ich meine Stimme ins Universum", höre ich meinen Lehrer rufen. „Auf diesem Planeten bin ich als N:gha ein Heiler und Magier aus dem Clan der Soamis. Unendliche Gotteskraft flutet durch meinen Körper und mein Wesen. Ich bringe sie zur Erde. Mit ihr wirke ich mein Heil und das Heil meiner Mitgeschöpfe. Ich diene meiner Welt und unterstütze ihre Entfaltung. Ich komme in geheiligter Absicht. Ich fordere Anerkennung! Macht den Weg frei!“

Ohne Übergang verdoppelt er den Rhythmus seiner klatschenden Hände, mein Herz rast und die Watte breitet sich nun auch über meinem Kopf aus. N:ghas Bild scheint zu verschwimmen. Nur undeutlich, wie vernebelt nehme ich wahr, dass er sich während des Klatschens langsam nach Süden wendet, dann nach Westen, Norden, zur Erde beugt und zum Himmel streckt. Allerdings leuchtet aus dem Nebel hell und klar sein gelbes Stirnband, und ich weiß, dass ich ihn genau so schon oft gesehen habe, nackt bis auf ein Wapitifell um den Unterleib und das Stirnband um die langen schwarzen, später grauen, dann weißen Haare.

„Sohn…“, ruft mich sanft seine Stimme. „Schau, Sohn!“, lockt sie mich leise aus meiner Erinnerung. Das Klatschen ist verstummt, und ich versuche, durch den Nebel hindurchzusehen, vermag die Waberwand jedoch nicht mit meinem Blick zu durchdringen.

„Nicht anstrengen, nur schauen!“, mahnt mich flüsternd mein Lehrer. Ich bewege Kopf, Hals und Schultern, um den Oberkörper zu entspannen. Der Nebel lichtet sich, das Leuchten des Stirnbandes lässt nach, die Konturen N:ghas werden deutlicher. Aber irgendetwas ist anders. Ich schaue genauer hin, um zu erkennen, was sich verändert hat, doch sofort vernebelt sich mein Sichtfeld wieder. Erneut bewege ich mich, um die Konzentration, die Erstarrung zu lösen. Wieder wird alles klarer. Jetzt bemerke ich, was sich verändert hat: Winzige Lichtpartikel sind hinzugekommen, scheinen durch die Luft zu schwirren, um N:gha herum, aber auch über dem Sand und in den Grassoden der Steilküste tanzen sie, in und über der Ostsee und im gesamten Himmel. Besonders deutlich sind sie in den Wolkengebilden zu sehen. Die Wolken scheinen im Großen und Ganzen aus diesen winzigen Lichtpunkten zu bestehen. Fasziniert betrachte ich sie.

„So ist es gut“, flüstert N:gha.

Ich nicke und ergötze mich an den leuchtenden Wolken ~ es ist kinderleicht, das pulsierende Licht in ihnen zu sehen! Und dann bemerke ich, dass ich diese strahlenden tanzenden Lichtpunkte plötzlich überall erkennen kann, genauso deutlich wie in den Wolken, überall und in allem. Alles leuchtet und tanzt und lebt! Überall und in jeder Form vibriert lebendiges Licht! Es ist hell genug, um deutlich gesehen zu werden, aber nicht so gleißend, dass es blendet oder die Form, die es durchwirkt, überstrahlt und verschleiert. Ich gebe mich dem Schauen hin, staune, bin überwältigt. Ich wusste ja schon seit Langem, dass alles lebt: Pflanzen, Tiere, Menschen, sogar Steine und Wolken, ahnte und wusste seit Langem, dass alles Wahrnehmungen macht und auf die Wahrnehmungen reagiert, dass alles Freude und Schmerz erlebt, auch die Sonne und der Mond, wusste, dass mich alles ansieht: ein Baum, ein Haus, ein Stern, wie auch ich alles ansehe. Ich wusste seit Langem, dass mich alles kennt, wie auch ich alles kenne, ahnte und wusste es eigentlich schon immer, und nun erlebe ich es. Alles lichtlebt, alles ist lebendiges Lichtpulsieren! Ganz selbstverständlich erscheint mir das, völlig natürlich, und doch absolut unbegreiflich, obwohl ich schlagartig und für immer die Bedeutung des Wortes „Lebenslicht“ verstehe.

„Die universelle Mutter gebärt jedes Leben“, höre ich N:gha flüstern und fühle mich von seiner Erklärung im Schauen und Erkennen gestört. „Sie ist der Heilige Geist, Shakti, pure Energie, unendlich intelligent, grenzenlos kreativ. Die Lebenskraft der Urmutter ist das Leben in allen sichtbaren und unsichtbaren Dingen. Die Große Göttin selbst pulsiert in allem, auch in deiner Seele. Sie wohnt in deinem Herzen, dem Altar des göttlichen Körpertempels. Von da aus sendet sie ihre Lebenskraft in jeden Winkel deines Seins und flüstert dir als deine innere Stimme ihre Botschaften zu. Sie ist das Leben, die Bewegung in jedem Atom, in jedem Detail ihrer Schöpfung."

Wie lange er anschließend schweigt und ich das lebendige Lebenslicht in allem sehe, weiß ich nicht. Ich kann mich nicht daran sattsehen! Irgendwann komme ich auf die Idee, an mir herunterzublicken, und selbstverständlich tanzen in meinen Händen, Beinen und Füßen, in meinem gesamten Körper dieselben lebendigen Lichtpartikel wie in den Gräsern und den Wolken. Wieso es das Leben der Urmutter sein soll, ist mir nicht ganz klar, aber zweifellos besteht kein Unterschied zwischen dem Leben in mir und dem Leben in allen anderen Formen, und deshalb ist absolut eindeutig, dass meine eigene Lebendigkeit auch da draußen in allem tanzt ~ dasselbe Leben pulsiert in mir und gleichzeitig in allem anderen!

„Du denkst zu viel", mahnt N:gha leise. Tatsächlich bemerke ich, dass sich der Nebel wieder über meine Sicht gesenkt hat. „Ja, es ist *ein* Leben in allem, denn alle Dinge sind durch dasselbe gemacht, und ohne dasselbe ist nichts gemacht, was gemacht ist. Aber es ist nicht *deine* Lebensenergie, die alles belebt, sondern die der Großen Göttin. Die ewige Gebärerin gibt ihre Energie an das Geschöpf weiter und das Geschöpf ernährt sich vom Leben der Mutter ~ das ist das Geheimnis der Liebe!"

Der Nebel lichtet sich erneut, und das pulsierende Licht strahlt heller als zuvor, spiegelt sich funkelnd in meinem Herzen wider, alles ist eins, und alles ist Liebe, und vor lauter Entzücken lege ich die Hände auf die pochende Brust und rufe zur Mutter, bin ganz irre vor lauter Liebe, entäußere mich in Dankbarkeit und Lobpreisung, stammele, küsse die Erde, denn alles ist gottdurchtost, alles ist heilig, und N:gha lässt mich gewähren, bis ich merke, dass die Lichtpartikel blasser geworden sind und nicht mehr so schnell vibrieren, ich die gelbe Farbe des Stirnbands deutlich erkenne. Sofort schüttele ich Kopf, Hals und Schultern, um Körper und Konzentration zu entspannen, doch daraufhin schwindet das Licht jetzt nur umso schneller, mein körperliches Sehen wird immer klarer, bis zuerst N:gha und dann allmählich alles wieder deutlich sichtbar ist als das, was es immer war ~ und das pulsierende Licht hat sich meiner Schau fast vollständig entzogen.

N:gha beginnt erneut, in dem langsameren Rhythmus zu klatschen, sich an die vier Himmelsrichtungen zu wenden, dann an Mutter Erde und Vater Himmel, singt das alte Dankeslied unser Dorfgemeinschaft. Ich kenne die dunkle nasale Sprache, Worte wie unter Wasser gemurmelt, und mein Herz wird von ihnen berührt. So haben wir damals gesprochen und gesungen, es sind die Laute meines eigenen Volkes.

„Noch nicht!“, schreie ich N:gha an, denn ich will nicht jetzt schon verlieren, was ich sehen durfte, aber er klatscht und singt unentwegt weiter, und mein Herzschlag verlangsamt sich zwangsweise, während lebendige Steine und lichtlebende Grassoden unaufhaltsam wieder zu ganz normalen Steinen und Grassoden werden, das lichtpulsierende Meer und der lichttanzende Himmel zum alltäglichen Meer und zum profanen Himmel werden, N:gha zu N:gha wird und ich zu ich werde. Ich kann das Weinen nicht verhindern.

Der ewig vertraute Lehrer setzt sich zu mir, zieht mich auf seinen Schoß, in seine Arme, spricht nun leise und tröstend in unserer alten Sprache, während er mich wiegt.

*„Wañi'ktelo!“*, flüstert er immer und immer wieder, und ich verstehe nicht, weine umso mehr, und antworte ihm endlich schluchzend, ohne zu wissen, was ich sage:

*„Wañi'ktelo!“*

∞

Ich bin so verzweifelt wütend auf N:gha, weil er meine Schau der Lebensenergie viel zu früh abgebrochen hat, dass ich ihn den ganzen Tag lang ignoriere, mit verbissenem und verheultem Gesicht an ihm vorbei- und über ihn hinwegsehe und ihn keines Wortes würdige. Er schweigt und macht scheinbar unberührt einfach sein Ding, als ginge ihn meine wütende Missachtung nichts an. Das Abendessen verweigere ich. Während er im Bootshaus neben meinem leeren Hocker sitzt und seelenruhig Salat vertilgt, hocke ich stur auf der Plattform und kann ihm nicht verzeihen, dass er dieses kostbare Erlebnis auf der Steilküste gegen meinen Willen so schnell beendet hat. Ein paar Mal habe ich versucht, durchzuatmen, um den Giftzwerg in mir, dessen Mütze vor lauter Wut weißrot glüht, aus mir heraus zu atmen, aber der tobt nur wie angefeuert weiter. Ich weiß schon: Die Ich-Behauptung *muss* aufgegeben werden, der Ego-Wille *muss* losgelassen werden, aber man braucht einen verdammt starken Willen, um seinen Willen aufzugeben, und ich krieg's gerade nicht hin, und bevor ich mich deshalb fertig mache, bin ich lieber wütend auf N:gha.

Als ich zu später Stunde ins Bootshaus zurückkehre, immer noch mit knirschenden Zähnen und schwimmenden Augen, hat er meine Luftmatratze zurechtgelegt, meinen Schlafsack aufgeschlagen, dass ich nur noch hineinschlüpfen muss. Aber es kotzt mich an, dass er meiner Wut mit seiner Liebe begegnet, und ich schmeiße mich krachend auf das gemachte Lager, damit er weiß, was Sache ist.

Vielleicht eine Stunde später, als ich vor lauter Raserei immer noch nicht eingeschlafen bin, beginnt er zu faseln, wie ich es schon kenne, als spräche er, ohne es zu merken, mit sich selbst.

„Vorm Einschlafen musste ich mich mit meiner Mutter vertragen. Darauf bestand sie immer dann, wenn ich sie gerade hasste. Ist leichter gesagt als getan, solange man auf das schaut, was man nicht bekommen hat, statt auf das, was einem gegeben wurde. Scheiße, ich weiß auch nicht, wie's geht, aber ich glaube, wenn man's wirklich will, geht's doch irgendwie, das mit dem Vertragen."

„Ich will aber nicht!"

Schweigen. Er scheint nicht mal zu atmen.

Nach endlosen Minuten sagt er:

„Macht nichts."

„*Mir* macht es aber was!", weise ich ihn sofort zurecht.

Wieder endloses Schweigen. Heute werde ich Sieger bleiben! Als ich mir dessen schon absolut sicher bin und fast darüber einschlafe, meldet er sich wieder von seiner Bastmatte:

„Tut mir leid, dass das heute Vormittag für dich so schnell vorbei war."

Ich gebe auf. Ich weine furchtbar.

∞

„Also…", N:gha räuspert sich laut, um meine Aufmerksamkeit zu erregen. Ich höre seine Stimme und sein Krächzen, versuche blinzelnd, die geschwollenen Augen zu öffnen. Er stellt meinen bis zum Rand gefüllten Kaffeebecher neben die Luftmatratze. Draußen regnet es. Das wird ein grauer Tag. „… zunächst einmal ist die Urmutter ein Prinzip, eine Urgewalt, ein ewig wirkendes Gesetz: Schöpfung. Das musste noch gesagt werden. Kannst du mir schon folgen?"

„N:gha, bitte ~ es tut mir leid wegen gestern!"

*„Yesterday is dead and gone"*, singt er, *„and tomorrow's out of sight.* Schon wieder dein Kris Kristoffersen, diesmal ganz ohne Janis. Jedenfalls entsteht alles, was in den sichtbaren und unsichtbaren Welten erscheint, nur weil dieses Urmutter-Prinzip existiert und wirkt. Deshalb können wir es durchaus ‚absolut' oder ‚göttlich' nennen. Und weil der Vorgang der Schöpfung in der sichtbaren Welt am deutlichsten während

der Schwangerschaft und des Geburtsvorgangs zu beobachten ist, sprechen wir von einem ‚weiblichen' Prinzip. Als solches kannst du es in jeder Frau erkennen und verehren ~ und natürlich auch in der Urmutter selbst oder der Lebenskraft in deinem eigenen Körper."

∞

Die Ostsee ist inzwischen saukalt, aber N:gha springt jeden Morgen unverdrossen in die grauen Wellen, und um kein Spielverderber zu sein, springe ich mit. Er krault wie ein Weltmeister, und wenn er nicht auf mich Rücksicht nehmen würde, wäre er sicherlich in zwanzig Minuten drüben in Dänemark oder Schweden. So aber dreht er ungefähr auf der Hälfte der Strecke um und stemmt sich dann zeitgleich mit mir auf die Plattform zurück. Anschließend duschen wir gemeinsam, was bei dem ständigen Herbstwind für mich auch nicht gerade ein Hochgenuss ist. Für N:gha schon.

„Ich weiß, dass viele Menschen die Meditation dazu gebrauchen, um sich vom Alltag zu erholen und spezielle Kräfte für ihre weltlichen Unternehmungen zu sammeln", erklärt er beim Frühstück. „Daran ist nichts auszusetzen, denn nur dazu eignet sie sich tatsächlich. Sie lädt den Übenden mit einer Extraportion Mutterkraft auf. Zum Erkennen der Wahrheit allerdings ist Meditation gänzlich ungeeignet."

Er gießt uns nochmals Kaffee nach und gibt mir damit Zeit, das Gehörte zu verdauen. Dann fährt er fort, und anfangs hab ich den Eindruck, dass er mit einem neuen Thema beginnt.

„Du bist nicht Gott, und du bist Vater-Mutter-Gott nicht gleich und wirst das auch niemals sein. Aber du bist von ihnen und deshalb göttlich, bist ein Gott in einem menschlichen Körpertempel, und als solcher kannst du erkennen, dass du eins mit ihnen bist."

Was er sagt, verwirrt mich, denn es scheint ein Widerspruch in sich zu sein, aber bevor ich N:gha korrigiere und er mich dann wie immer ziemlich dumm aussehen lässt, frage ich lieber:

„Wie kann ich das erkennen?“

„Indem du das Gebot ‚Du sollst Vater und Mutter ehren‘ befolgst, denn es bezieht sich nicht auf deine irdischen Eltern, sondern auf Vatergott und Muttergott. Vatergott gibst du die Ehre, indem du unbeweglich schweigst und schaust, lauscht, spürst wie er. ‚Selbst-Gewahrsein‘ oder ‚*bewusst* bewusst sein‘ sind die entsprechenden Stichworte. Muttergott gibst du die Ehre, indem du von Herz zu Herz mit ihr kommunizierst, dich durch die Welt bewegst und um dich herum von deinem Leben verschenkst wie sie. Es genügt nicht, nur einem Elternteil zu dienen, denn beide sind für sich und in dir eins, deshalb musst du beide ehren, und dann erkennst du vielleicht deine Einheit mit ihnen!“

Es hört sich plötzlich so an, als sei der Wind verstummt. Während ich den Kaffeebecher vom Tisch hebe, um einen Schluck zu nehmen, klickt es leise. Ich halte inne. Die Stille ist so manifest wie Stahl. N:gha schaut mir in die Augen.

„Ach übrigens“, unterbricht er den heiligen Augenblick und hebt sein Kinn ruckartig, als wolle er verhindern, einem drohenden Einschlafimpuls zu erliegen. „Ich hab mal gelesen, weiß aber leider nicht mehr, wo: ‚Wütend sein ist wie Gift trinken und hoffen, dass der andere daran stirbt‘. Trifft den Punkt ziemlich genau, oder was meinst du?“

27 Die Entwicklung außerhalb unserer Schlucht hat keinen merklichen Einfluss auf mein Leben.

Die globale Staatsüberschuldung, die weltweite Hassrhetorik, die selbstherrlichen Politiker werden uns bald in einen dritten großen Krieg führen, und dann wird von der Erde zum Himmel wieder die Frage geschrien werden, warum Gott das zulässt.

Über eine dermaßen dumme Frage kann er nur den Kopf schütteln.

Die andere Frage ist, warum *wir* das zulassen. Warum *wir* unsere Erde und uns selbst dermaßen verunstalten und zerstören. Das ist wahrlich eine gute Frage!

Bereits in jungen Jahren glaubte ich nicht an die von den meisten Esoterikern vertretene These, das Gesamtbewusstsein der Menschheit würde in den nächsten Jahren einen immensen Entwicklungssprung machen und alle Menschen, oder zumindest alle spirituell Interessierten, würden erwachen und eine neue Erde gestalten ~ Friede, Freude, Eierkuchen.

Ich sah schon damals, dass das allgemeine menschliche Bewusstsein sich seit vier Millionen Jahren nicht verändert hatte: Eigennutz, Betrug und Totschlag kleben an unserer Persönlichkeit wie die Haut an unserem Fleisch. Und natürlich auch Selbstlosigkeit, Ehrlichkeit und Nächstenliebe. Als ich erkannte, in wie großem Umfang jeder Einzelne mit seinen persönlichen Vorstellungen sein eigenes Leben und das seiner Mitmenschen bestimmt, wurde mir klar, dass Krieg und Zerstörung auf diesem Planeten auch in den nächsten Millionen Jahren nicht enden werden ~ und das müssen sie auch nicht!

Denn es kommt ausschließlich auf den Einzelnen an. Er ist das Maß aller Dinge, ist Gott in einem menschlichen Körper. Um sein eigenes Leben zu kreieren, gebraucht der Eine seine Mordlust und erschafft mit ihr genau die notwendigen Situationen, damit der andere sich tröstend und helfend um die Verletzten kümmern kann. Während die Mordbuben sich gegenseitig zerfleischen, verbinden die Heiler die Wunden der Opfer und auch die der Missetäter. Ohne die Destruktiven hätten die Friedfertigen keine Chance, ihre eigenen Erfahrungen zu erschaffen, um sich selbst zu leben.

Und das ist wahrlich eine gute Antwort!

∞

Unsere Gestaltungsmacht findet ihre Grenze immer dann, wenn wir mit der gegenläufigen Gestaltungsmacht eines anderen konfrontiert werden oder mit Ereignissen, die sich der persönlichen Gestaltungsmacht grundsätzlich entziehen wie beispielsweise Naturkatastrophen. Die sind zwar zum Teil auch menschengemacht, aber meistens nicht von demjenigen, der ihnen zum Opfer fällt. Und natürlich ist es Unsinn zu behaupten, alle 320 Personen, die bei einem Flugzeugabsturz ums Leben kommen, hätten diese Umstände selbst kreiert. Denn selbstverständlich werden wir auch mit Situationen konfrontiert, die wir nicht bewusst oder unbewusst erzeugt haben, deren vollkommen unschuldiges Opfer wir plötzlich werden, und das ist ein Segen und absolut notwendig, damit wir unsere ganz persönliche Reaktion auf dieses Geschehen erschaffen können.

Wir sind also meistens Gestalter unserer Lebensumstände und immer Gestalter unserer Antwort auf die aktuellen Umstände.

∞

Trotz der größtmöglichen Selbstbestimmung sind wir lebenslang von der Unterstützung unserer Mitmenschen und der Natur abhängig. Ohne sie würden wir keine Woche überleben. Sobald wir die vielen alltäglichen Beiträge anderer zu unserem Wohl erkennen, haben wir jeden Abend etliche Gründe, Danke zu sagen. Dankbarkeit ist die einzig angemessene Reaktion auf das Leben, und die Götter freuen sich über unseren Dank, verdoppeln, wenn sie ihn entgegennehmen, sogleich ihre Großzügigkeit.

Unsere Abhängigkeit vom Wohlwollen unserer Mitmenschen und der Natur, die uns Nahrung, Kleidung und Obdach zur Verfügung stellt, bemerken wir spätesten dann, wenn die Unterstützung kurzfristig oder für längere Zeit ausbleibt. Spontan reagieren wir darauf mit Ärger, weil es selbstverständlich ist, dass wir vom Umfeld getragen werden. Solche Situationen, in denen wir plötzlich weitgehend auf uns allein gestellt sind, können unseren Blick schärfen für die selbstverständliche Unterstützung, die uns ansonsten permanent gewährt wird.

Wenn wir das Gefühl haben, dass uns alles entzogen und verweigert wird, haben wir die Wahl, unsere Antwort darauf zu gestalten: Beschweren wir uns über den Mangel, oder danken wir für das, was uns trotz aller Not noch geblieben ist?

Ich bin dankbar, Dankbarkeit empfinden zu können. Gerade jetzt. Denn von Tag zu Tag wird mir mehr genommen, am Ende sogar das Leben. Meine Beine spüre ich nicht mehr, aber ich habe starke Schmerzen, die diesmal aus dem Beckenbereich nach oben bis in den Brustraum wandern.

Leila schlägt das Bettlaken ein wenig zurück und beginnt, meine Füße zu massieren. Die sanfte Berührung tut mir gut, entspannt mich, lenkt die Aufmerksamkeit vom Schmerz auf die Zuneigung, die sich in Leilas respektvollen Berührungen ausdrückt. Ich gebe mich ihr und dem Geschehen hin und erkenne unversehens, wie sehr ich mich vor Kurzem noch gewehrt habe, in meiner Bedürftigkeit Conchitas Beistand anzunehmen. Wie zuwider es mir war, sie meinen Urin hinaustragen zu lassen oder ihr zu gestatten, mir aufzuhelfen, nachdem ich gestürzt war. Erkenne, dass ich versucht habe, meine Hilflosigkeit zu verbergen, weil ich fürchtete, eine Last zu sein ~ genauso wie es auch Antonia tut. Erkenne ebenfalls, dass ich mich meiner Bedürftigkeit in Zukunft ausliefern werde und die Fürsorge annehmen, wenngleich ich mich nicht mehr dafür revanchieren kann. Erkenne es und schluchze auf.

Erschrocken hält Leila inne, meine Füße in ihren Händen.

„Du weißt, dass ich dich liebe", sagt sie, „und du brauchst dich nicht dagegen zu wehren."

Nach einer Weile begibt sie sich ans andere Ende des Bettes, und während ich mich ein wenig aufrichte, lässt sie sich dort nieder, legt meinen Kopf auf ihre gekreuzten Beine. Sanft gleiten ihre Hände über meinen Schädel, massieren die Kopfhaut. Ich habe das Gefühl, in ihrem Schoß zu liegen, mit meinem gesamten Körper in ihren knabenhaften Schoß gebettet zu sein. Umhüllt von Geborgenheit gleite ich hinüber und sehe den Büffel das Haupt senken, das Herz entblößen.

Welch ungeheure Würde liegt in dieser Gottergebenheit!

Er weiß nicht, dass sein Fell, sein Fleisch, seine Knochen, selbst seine Sehnen uns Leben schenken. Er weiß nicht, dass sein Tod sinnvoll, sein Opfer willkommen ist, dass wir unser Dankeslied für ihn singen werden. Er sieht nur den Pfeil, den gespannten Bogen in meiner Hand und erinnert sich, eines Tages sterben zu müssen. Überlegt kurz und spürt endgültig, dass heute dieser Tag ist. Schaut den Jäger an und nickt.

Welch ungeheure Würde!

∞

Die meisten spirituellen Sucher glauben, durch die Erleuchtung geschehe mit ihnen etwas Großartiges. Das ist ein Irrtum. Die Verwirklichung des Selbst radiert schlagartig oder Schritt für Schritt alles Großartige in uns aus und macht uns sehr, sehr einfach. Sie führt uns aus unserer illusionären Überhöhung und reduziert uns wieder auf das natürliche Minimum. Denn nur die Letzten können die Ersten sein, und wer von uns der Größte sein will, der sei der Diener aller anderen.

∞

Ein lautes Schnarchen setzt meinen Atem wieder in Gang. Leila ist verschwunden. Im Wohnraum surrt die Nähmaschine. Die Brust, die Rippen schmerzen, und ich atme flach, um den Schmerz nicht zu vergrößern. Der Körper bekommt nicht genug Luft, und nachdem ich das einige Minuten sorgenvoll beobachtet habe, befürchte ich zu ersticken. Die Angst steigert sich, und der Atem wird immer flacher, was wiederum die Angst steigert. Es ist unmöglich, distanziert mit der Angst und der Sauerstoffknappheit umzugehen. Als ich den Teufelskreis bemerke und kräftig durchatmen will, ist es zu spät. Zwerchfell und Hals verkrampfen sich, ich ringe nach Luft.

Conchita stürzt aus dem Wohnraum in meine Kammer, gefolgt von Lucas. Sie spricht beruhigend auf mich ein, die Hände des Arztes fliegen, während er eine Spritze aufzieht. Mein Körper wird starr.

„Ich will nicht sterben!“, muss ich schreien, bekomme aber den Mund nicht auf. Fest beißen die Zähne aufeinander, und ich spüre, wie die Adern über meinen Ohren anschwellen. Der Körper beginnt zu zittern, dann ruckartig zu schlagen. Wie lange habe ich nicht mehr geatmet? Ich höre ein dumpfes Dröhnen. Mein Gehirn erstickt ~ helft mir doch, mein Gehirn erstickt! Das Dröhnen schwillt zum Donner an.

Ich kann nicht anders, als *nicht* sterben zu wollen. Alles in mir begehrt in panischer Angst dagegen auf. Ich erinnere mich flüchtig, dass ich keine Angst zu haben brauche, dass ich den Tod als freundlich erfahren habe, dass ich zu denen will, die mir vorangegangen sind. Es ändert nichts. Mir ist es unmöglich, nachzugeben, loszulassen, mich aufzugeben.

„Den Notarzt!“, höre ich Lucas heiser rufen.

„Ich bleibe bei ihm“, entgegnet Conchita bestimmt.

Don Lucas stürzt in den Wohnraum zum Telefon.

Meine Augäpfel sind verdreht und quellen aus den Höhlen. Immer noch schlägt der Körper unkontrolliert. Mit jeder Faser meines Seins sträube ich mich gegen den Übertritt.

„Er stirbt mir weg!“, schreit Conchita jetzt.

„Sekunde! Nur noch eine Sekunde!“, ruft Lucas aus dem Wohnraum.

Ich sehe Schwarzes, das von Lichtblitzen durchzuckt wird. Meine Augäpfel schmerzen, als würden sie jeden Augenblick platzen. Eine Zentnerlast drückt mir die Brust ein und will mir die Rippen brechen. Meine Halsmuskeln erwürgen mich.

„Hallo Angst“, haucht es in mir, und ich weiß, dass sie zum Sterben gehört, unweigerlich, dass mich auf diesem letzten Weg weder Freude noch Sehnsucht leiten können, sondern allein meine Angst, weiß, dass ihre einzige Aufgabe darin besteht, uns vom Leben in den Tod zu führen, dass sie uns deshalb von Geburt an begleitet, um am Ende diese Aufgabe zu erfüllen, weiß, dass wir sie missverstehen, wann immer wir sie auf unser Leben beziehen, weil sie selbst sich ausschließlich auf unseren Tod bezieht ~ jetzt will sie wirken dürfen, mich ergreifen und von hier nach dort tragen, und ich fasse ihre ausgestreckte Hand: Dann nimm mich also mit!

∞

Er weinte im Garten und bat voller Angst und Grauen, den Kelch vorübergehen zu lassen. Gegen Morgen erhob er sich und schritt den Soldaten aufrecht entgegen. Er wusste nicht, was sie mit ihm machen würden, ob er Nachsicht erfahren würde oder Folter. Er fügte sich: Sollte der große Wille geschehen, der identisch mit dem seinem war ~ gleichgültig, was sich von nun an entwickeln würde.

Als er aus den vier tiefen Wunden blutete, sah er herab auf die Welt. Sie wissen nicht, was sie tun! dachte er. Und ich weiß nicht, warum ich hier hänge, ob mein Tod irgendeinen

Sinn macht. Ob meine Freunde verstanden haben. Ob die, welche glauben, meine Feinde zu sein, zur Besinnung kommen werden, wenn es vollbracht ist. Ich weiß nur, dass ich hier schmerzverrenkt hänge und immer noch nicht sterben kann.

Vater, warum hast du mich verlassen?

∞

Da ist plötzlich Atem. Ein winziger Luftzug. Strömt ein und strömt aus entlang der schmerzenden Rippen. Das Zwerchfell gibt nach, die Adern über den Ohren schwellen ab und das Dröhnen verklingt. Hals, Schultern und Arme entkrampfen sich. Im Becken pocht der Schmerz.

„Ich habe solche Angst zu sterben", flüstere ich. „Ich kann es nicht verhindern. Verzeiht mir."

Sie halten mich beide, Lucas und Conchita, während ich weine. Ich weine, weil ich es nicht geschafft habe, mich der Angst gänzlich hinzugeben und mit ihr hinüberzugehen, und ich weine, weil ich nun noch einmal durch dasselbe Nadelöhr hindurchmuss, noch einen zweiten Anlauf nehmen muss, um hinüberzugelangen. Weine, weil es entsetzlich anstrengend ist zu sterben. Was für eine Tortur am Ende des Lebens!

Conchita bezahlt den Notarzt aus der Porzellandose und schickt ihn unverrichteter Dinge zurück ins Krankenhaus. Während sie noch mit ihm verhandelte, sagte Don Lucas zu mir:

„Sie brauchen sich nicht zu entschuldigen, Don Jorge. Niemand kann vorher üben zu sterben. Für uns alle ist es das erste Mal in diesem Leben. Sie brauchen sich wirklich nicht zu entschuldigen! Conchita liebt Sie und ich habe an vielen Totenbetten gesessen. Muten Sie sich uns zu! Wir sind stark genug, Ihr Sterben zu ertragen."

„Ich möchte so gerne gut sterben", flüsterte ich. „Ich habe mein Leben ziemlich anständig hinter mich gebracht und so möchte ich auch sterben. Aber ich schaffe es nicht." „Niemand verlangt von Ihnen, gut zu sterben, Don Jorge."

∞

Es ist nicht zu ändern: Sobald der Tod bevorsteht, versuchen Menschen, Tiere, Mikroben, um ihr Überleben zu kämpfen oder zu fliehen. Wir folgen dem natürlichen Trieb unserer Selbsterhaltung, unserer Ich-Behauptung. Erst wenn wir die Aussichtslosigkeit dieser Anstrengung einsehen, geben wir uns geschlagen, halten inne, beugen uns dem Schicksal, dem Tod.

Aber es geht auch anders.

Der Büffel und der Nazarener flohen weder, noch kämpften sie. Stattdessen senkten sie freiwillig das Haupt, brachten sich selbst dar. Sie verzichteten aus eigenem Entschluss auf das weitere Leben. Nicht, weil sie sicher waren, mit ihrem Opfer Gutes zu bewirken, sondern weil sie einverstanden waren mit diesem besonderen Augenblick ihres Todes. Sie erkannten ihn, erschraken und nickten dann: Hier, nimm mich!

Wenn sie dazu in der Lage waren, warum sollte es mir nicht ebenfalls möglich sein?

Nun weiß ich, dass die Angst auch beim nächsten Mal kommen wird. Das Erschrecken fuhr in den Büffel wie in den Weinenden im Garten. Und das Verlangen, zu fliehen oder zu kämpfen, ergriff sie gleichermaßen. Aber beide rangen die natürliche Ich-Behauptung nieder. Warum sollte es mir beim nächsten Mal nicht ebenfalls möglich sein?

Denn auch ich bin das göttliche Kind und das Ich-Opfer steht auch in meiner Macht!

∞

Mein Darm hat sich ins Bett entleert. Ich erwache von der Feuchtigkeit und dem Gestank, merke, was passiert ist, und Panik erfasst mich. Nicht das!

Ich weiß, dass ich keine Chance habe, das Malheur zu bereinigen. Ich weiß, dass ich gezwungen sein werde, irgendwann Conchita zu rufen, aber das will ich auf gar keinen Fall ~ so will ich mich ihr nicht zeigen und zumuten! Meine Scham stürzt mich in grenzenlose Einsamkeit. Wir sind allein, wenn wir in diese Welt geworfen werden, und allein, wenn wir wieder aus ihr herausgezogen werden. Und in den Jahren zwischen Geburt und Tod? Sind wir ebenfalls allein. Unsere Einsamkeit ist existenziell.

Vieles ist um uns herum. Einiges davon versorgt uns, manches davon bekämpft uns. Wir lieben vieles, manches hassen wir. Aber all das ist peripher. Nichts von all dem kann uns dort berühren, wo wir „ich" und deshalb allein sind. Ein riesengroßer Teil unseres Lebens besteht in dem Versuch, unserem existenziellen Einzelsein einen Menschen hinzuzufügen, ein Tier oder einen Gott, um nicht zu bemerken, dass wir tatsächlich immer nur „wir selbst" sind. Dann, nach einiger Zeit, verlässt uns jener Mensch, jenes Tier, jener Gott. Oder wir verlassen sie. Und wir erkennen allmählich, dass wir im günstigsten Fall zwei sein können, niemals jedoch eins mit dem anderen.

Wie immer wir sie zu leugnen versuchen ~ sobald es ans Sterben geht, müssen wir unserer lebenslangen Vereinzelung ins Gesicht sehen.

Spätestens dann, wenn sie zum Himmel stinkt.

Wie tief kann ein Mensch fallen, bevor er zugrunde geht?

Wo ist all meine Herrlichkeit geblieben, all meine Lebensmeisterschaft und Machtfülle?

Jetzt möchte ich sterben und weiß, dass ich leben muss in dem Dreck, der an mir klebt.

Verflucht sei diese ganze Inkarnation! Siebzig Jahre lang habe ich um Schätze gerungen und sie mir erschlossen, nur damit sie am Ende in meinem eigenen Kot liegen? Ich hasse es! Ich hasse mein Leben!

Noch nie habe ich mein Leben dermaßen gehasst! Verflucht sei dieses Universum, das uns erst ausspeit und dann verfaulen lässt, das uns aus dem Mutterleib in die Wurmgrube kotzt. Wo ist der Gott, den ich in die Hölle stoßen kann?

Ein Wahrheitssucher in Jeans und dickem Wollpullover sitzt plötzlich auf dem Bettrand und ich erschrecke über mich selbst.

„Hallo Georg", sagt er.

„Du bist ich", stammele ich fassungslos.

„Ja, ich bin du."

Er streicht mir mit der Rechten über den kahlen Schädel.

„Du hast dich an unsere Glatze erinnert", sagt er. „Das war eine verrückte und gesegnete Zeit damals."

„Oh ja." Ich erinnere mich wehmütig. „Und nun hatte ich den Wunsch, mit derselben Glatze zu sterben, mit der ich in Wismar gelebt habe. Aber heute ist alles anders."

„Glaubst du, dass mich vor dir ekelt?"

„Nein." Ich muss lächeln. „Nein."

Auch er lächelt.

Nach einer Pause sage ich:

„Es tut gut, dass du hier bist."

„Ich war immer hier. Du warst niemals allein."

„Immer hier", wiederhole ich.

„Immer mit dir. Einsamkeit ist eine Illusion."

„Es ist so schwer zu sterben", seufze ich.

„Es ist leicht. Du hast es in anderen Zeit-Raum-Gebilden schon oft durchlebt. Du weißt, wie es geht. Gib deinen Widerstand auf und es ist leicht!"

„Ich schäme mich gerade schrecklich vor Conchita."

„Das zählt nicht. Das Gewicht der Krone drückt dich nur solange nieder, bis du dich bereitwillig unter sie stellst."

Ich lasse die Worte in mein Herz sinken. Sie entfalten sich dort behutsam.

„Dann werde ich jetzt wohl Conchita rufen“, gebe ich schließlich nach.

„So sei es. Du bist der Fluss, vertrau dich ihm an. Lebe dein Sterben!“

Nur zögernd kommt ihr Name über meine Lippen, und ich muss ihn mehrfach wiederholen, bis sie meine Stimme hört und in die Kammer tritt. Sie hat sich in ihr Laken gehüllt. Dafür bin ich dankbar, denn den Anblick ihres nackten Körpers könnte ich in dieser Situation nicht ertragen.

„Nicht so schlimm“, flüstert sie bestürzt. „Du brauchst nicht zu weinen, es ist nicht so schlimm.“ Und sie hebt und zieht mich aus dem verschmutzten Bett und legt mich bäuchlings auf den Boden und flüstert: „Wein ruhig, ich weiß ja, wie schlimm es ist.“ Sie holt Lappen, Handtuch und Wasser, säubert mich. Ich lasse es geschehen, lasse trotz meiner Scham geschehen, was geschieht, gebe mich meiner Bedürftigkeit hin, leiste keinen Widerstand, stelle keine Bedingungen mehr an das Leben. Da wird plötzlich alles still, während Conchita mich in den Rollstuhl hievt, und alles ist unbewegt, als sei nicht ich es, der ans Sofa gerollt wird, sondern ein anderer, den ich kenne und liebe, den ich aus stiller Unbewegtheit betrachte und in der Gewissheit, dass das Schauen ihm wohlgesinnt ist. Absolut nichts kann in diesem Wahrnehmen erscheinen, was dem Wahrgenommenen schaden könnte, der dort in die Polster gelegt wird. Er ist bestens und zu seiner vollkommenen Sicherheit im wahrnehmenden Bewusstsein aufgehoben.

Conchita kniet neben ihm und hält ihn in ihren Armen.

„Jetzt bin ich ganz auf dem Grund angekommen“, haucht er schluchzend, „tiefer geht es nicht.“

„Ja“, antwortet sie, „ganz auf dem Grund meines Herzens. Tiefer geht es nicht. Wenn ich könnte, würde ich für dich sterben, Jorge, und es würde mir nichts ausmachen, mich an deiner statt zu besudeln.“

∞

N:gha sitzt an der Mole, den Rücken gegen einen Poller gelehnt, die Beine baumeln über dem Wasser.

Möwen rufen.

„Ich bin ein Erinnerer“, sagt er, ohne mich anzuschauen. „Ich erinnere mich an mich und ich erinnere dich an dich.“

Möwen rufen.

„Du bist ebenfalls ein Erinnerer“, fährt er fort. „Zu deinen Vorstellungswelten gehört natürlich auch jener Georg, der sie scheinbar erschafft und scheinbar wahrnimmt. Wenn dieser illusionäre Mittelpunkt jedoch verschwindet, wird das gesamte Universum mit allen darin enthaltenen Wirklichkeiten zum Ich-Empfinden. Dann erinnerst du dich und erkennst, dass du *alles* bist ~ nur nicht du selbst!“

Möwen rufen.

∞

Conchita hat die Matratze gereinigt und zum Trocknen und Auslüften in die Sonne gelegt. Das Ende ist Frieden.

∞

Nachdem die junge Frau die sieben Einweihungen durchschritten hatte und zur Priesterin gesalbt worden war, erfüllte sie Jahr um Jahr ihre klösterlichen Pflichten, bis das entscheidende Wort der Urmutter an sie erging. Da verließ Mirjam, die schwarze Madonna, mit ihrem Glaubensbruder Andreas das Heiligtum der Ishtar, in dem beide seit ihrer Jugend gebetet, die alten Schriften studiert und Selbsterforschung betrieben hatten. Sie wanderten zunächst in nördlicher Richtung durch das obere Ägypten, dann, als sie Baqsuan passiert hatten, ostwärts nach Judäa, um viele Wochen später endlich Magdala am See Genezareth zu erreichen, wo Lazarus und

Martha lebten, die dort eine Herberge betrieben. Von ihren Geschwistern erfuhr Mirjam, dass anderthalb Tagesmärsche entfernt ein Asket zu Umkehr und Taufe rief, um das Volk auf den kommenden Gottessohn vorzubereiten. Gemeinsam mit Andreas begab sie sich an den Jordan und beide ließen sich von Johannes taufen.

Im Heiligtum der Urmutter des Lebens, der Göttin der Liebe und des Kampfes gegen das menschliche Ego war Mirjam die Einsicht in ihr wahres Wesen gewährt worden. Sie wusste sich als Menschentochter und zugleich als Inkarnation der universellen Mutter und sehnte sich seither nach der Vereinigung mit dem Urvater. Während Andreas nach der Taufe zum See Genezareth zurückkehrte, um sich dort mit seinem Bruder Simon zu treffen, blieb sie in dem Kreis um Johannes, wie eine Inspiration Ishtars es ihr geraten hatte. Sie hörte seine Predigten, betete und saß still mit ihm und seinen Jüngern. Gehorsam der inneren Stimme folgend, wartete sie, ohne zu wissen, worauf.

Eines Tages erschien ein Mann am Fluss, der von dem Täufer mit großer Freude umarmt und eingeladen wurde, hier eine Zeitlang zu verweilen. Mirjam sah Jenen und ihre Seele erkannte die seine. Wohl wissend, wer er war, ließ sie sich neben ihm im Kreis nieder. Er sah ihre Schönheit, vermochte jedoch nicht, tiefer zu schauen. Sie dankte der Urmutter. Und sie lächelte still darüber, dass er seine Abstammung und Mission zwar ahnte, aber bisher noch nicht bestätigt gefunden hatte. Er sprach vom göttlichen Vater, den er liebte und dem er seit seiner Kindheit zielstrebig gefolgt war, und wusste doch nicht, dass er das Prinzip der männlichen Gottheit bereits verwirklicht hatte.

Vehement sträubte sich Johannes, den Freund zu taufen, doch dieser bestand darauf, damit sich die alten Schriften erfüllten und alles seinen guten Gang nähme. Mirjam war mit den beiden in den Fluss gestiegen und stand neben dem Täufer, während dieser den Menschensohn in das Wasser tauchte. Als der wieder aufgerichtet wurde, sprach Mirjam die Worte der Ishtar, deren Symbol die Taube war:

„Dies ist mein lieber Sohn, an dem ich Wohlgefallen habe!"

Lange saßen die drei am Ufer des Jordans und hielten sich an den Händen. Immer mehr Menschen versammelten sich um sie, und zu Recht fühlte der Getaufte sich bedrängt. Mirjam sah ihn an.

„In der Einsamkeit wirst du herausfinden, ob du bereit bist, den Weg zu gehen, den du selbst gewählt hast", übermittelte sie die Botschaft der Urmutter. „Was dich noch in der Welt hält, wirst du in der Wüste zurücklassen."

∞

„Weißt du eigentlich", wird Conchita später fragen, „wie viel mit den Menschen hier geschehen ist, seitdem du zu uns in die Schlucht gekommen bist? Wie viele Menschen durch die Nähe zu dir sich selbst näher kamen?"

„Manche erschraken über sich selbst."

„Und viele erkannten ihre eigene Schönheit."

Am Nachmittag arbeite ich im Rollstuhl an meinem Schwert. Die Klinge ist fertiggestellt, lotrecht geraspelt, scharf gefeilt, sauber geschmirgelt. Sorgfältig schnitze ich den Knauf am Ende des Griffstücks.

„Das Leben erkannte sich selbst", hätte N:gha geantwortet.

Während der Schnee in dicken Flocken wie ein dichter weißer Vorhang fiel, ließ er seinen dunkelbraunen Koffer, seine Decke, seine Bastmatte und seinen Hocker stehen, verließ lachend das Bootshaus. Obwohl sein Alter nicht schätzbar war, muss er mindestens zwanzig oder vierzig Jahre älter als ich gewesen sein, und falls seine Angaben stimmten, trennten uns sogar 200 Jahre. Was ist wohl in dieser Welt aus ihm geworden? Eventuell ist sein Körper irgendwann gestorben, und zweifellos hält sich N:gha seitdem in anderen Zeit-Raum-Gebilden auf, in der unsichtbaren Welt. Wenn ich nun bald ebenfalls hinübergehe ~ werde ich ihm dort begegnen?

Viele Menschen haben in den vergangenen siebzig Jahren mein Wachsen und Reifen gefördert. Einige taten das als Freunde und Liebende, andere scheinbar ohne unterstützende Absicht in dem Bemühen, mir zu schaden. Von allen durfte ich lernen, mich der Wahrheit des Lebens zu nähern. Keiner jedoch hat mich derart zum Leben und zu mir selbst geführt wie der Weise mit dem gelben Stirnband. Er war für mich Diplomat und Kaminkehrer, Geldwäscher, Lehrer und Wanderer, Casanova und Einsiedler. Ich hatte ihn für einen Bettler gehalten, und doch gehörte ihm dieses gesamte Universum.

Ich vermute, dass mein Wunsch, ihn wiederzusehen, sobald ich die Schwelle überschritten habe, ihn dort auf mich warten lassen wird, dass er mich empfangen wird mit seinem unwiderstehlichen Grinsen, und ich frage mich nun oft, wie das wohl sein wird. Längst hat er Körper und Psyche abgelegt, und wenn ich ihn in anderen Zeit-Raum-Gebilden aufsuchte, stellte ich ihn mir lediglich in seinem mir bekannten Körper vor und mit seinem mir vertrauten Charakter ~ entsprechend erschien er für mich dort. Wahrscheinlich jedoch ist, dass er seit langer, langer Zeit weder Körper noch Eigenschaften besitzt. Wie soll ich ihn also erkennen, wenn ich gestorben bin?

Während meines Übergangs werde ich diese Erde, meinen Körper und meine Psyche zurücklassen, dann vermutlich als Seele ohne Form und Eigenschaft durch andere Wirklichkeiten schreiten, als unbekleideter innerster Kern, der jenseits von Körper und Person stets „ich" ist. In genau diesem Zustand existieren dort all die, die mir vorangegangen sind. Ein Wiedererkennen anhand des alten Körper- und Charakterbildes, das wir einst voneinander hatten, ist folglich ausgeschlossen.

Ich muss vor mich hingedöst haben, denn Alba zupft an meinem Ärmel. Achtsam, damit die Kleine sich nicht verletzt, lege ich Schwert und Schnitzmesser zur Seite, und die Freundin klettert auf meine gefühllosen Beine. Wir plaudern fröhlich miteinander und wieder streicht sie dabei fasziniert und gleichzeitig schaudernd über meinen kahlen Schädel.

Gelegentlich springt sie unvermittelt auf, trabt ins Haus, holt sich Saft oder Kekse und kehrt zu mir zurück, bittet mich, ihr eine Geschichte zu erzählen. Da muss ich nicht erst lange überlegen, obwohl mir die Brust schmerzt.

∞

Die folgenden Tage verbringe ich hauptsächlich im Bett, unter das der Arzt mir stillschweigend eine große Glasflasche mit langem gebogenen Hals und eine flache Schüssel mit festschließendem Deckel geschoben hat. Morgens und abends kommt Leila, um mir die Füße und den Kopf zu massieren. Conchita wäscht mich und kocht für mich, obwohl ich kaum noch feste Nahrung zu mir nehme, sitzt bei mir und liest oder näht im Wohnraum.

Am Mittwochabend sei John nicht in seinem Garten erschienen, informierte mich Don Lucas, die Meditationswilligen hätten sich unverrichteter Dinge auf den Heimweg gemacht.

Einen Tag und eine Nacht lang habe ich schlimme Schmerzen im ganzen Körper.

„Ich gehe nicht, bis es vorüber ist“, sagt Don Lucas ruhig und entschlossen.

Bald kann ich nur noch stöhnen und mich winden. Die Schmerzen sind derart überwältigend, dass ich mich ihnen weder hingeben noch widersetzen kann. Sie reißen mich mit sich fort. Die jahrzehntelange Praxis von Selbst-Gewahrsein und Herzschau waren jedenfalls als Vorbereitung auf den Tod nutzlos. Wenn der nach uns greift, vergessen wir alles, was wir jemals gelernt haben.

Fast vierundzwanzig Stunden dauert es, dann klingt es ab.

Wo war *ich* während all dieser Zeit?

Don Lucas ruht sich erschöpft auf dem Sofa aus, Conchita wäscht mich und wechselt den schweißfeuchten Bettbezug, das durchgeschwitzte Laken.

Erneut entschwinde ich.

Als ich zurückkehre, fühlt sich mein Körper leicht, sehr leicht an. Siebzig Lebensjahre ziehen friedlich an mir vorüber, und ich nutze die auftauchenden Erinnerungen, um mich von ihnen zu verabschieden und von meiner Psyche.

Während der ersten Hälfte meines Lebens war ich mir selbst weitgehend fremd. Ich kannte mich kaum. Ein großer Teil meines Charakters schien nicht zu mir zu gehören, viele Aspekte meiner Persönlichkeit erschienen mir verdächtig und verbesserungsbedürftig, einige sogar gegen mich gerichtet zu sein. Viele meiner Gedanken und Gefühle, meiner Wünsche und Ängste erschreckten mich, und ich war bemüht, sie fortzudrängen, sobald sie auftauchten. Alles in allem empfand ich mich als ungenügend und versuchte, das Ungeliebte ins Dunkel des Nicht-Wahrnehmens zu verbannen.

Dann ergriff mich die Sehnsucht nach Licht. Ich öffnete den verschütteten Zugang zu mir selbst und trat entschlossen in das gefürchtete Unbekannte, das ich war. Ich nahm mein Urteil über mich selbst zurück, deckte mich auf und sprach mich frei und erblickte zu meinem größten Erstaunen nach und nach Fülle und Reichtum, wo ich Mangel und Armut verborgen hatte. Ich sah, dass ich schön war. Ich erkannte, dass wir alle jenseits unserer Selbstverachtung schön sind, von so strahlender Schönheit, dass wir einen Gott brauchen, um unsere eigene Schönheit in ihm sehen zu können. Jedem ehemals verurteilten Aspekt meiner selbst entsprang ein solch machtvolles Leuchten, dass es viele, viele Jahre dauerte, bis ich all das, was ich war, auch sein konnte.

Und nun taucht das, was ich als Mensch bin, noch einmal vor mir auf, und in den Bildern der Vergangenheit zeigt sich mir ungehindert und willkommen mein Charakter, der gewesene, gewachsene, gewandelte. Zu jeder Zeit, in jedem Augenblick war meine Persönlichkeit es wert, von mir mit Respekt und Dankbarkeit umarmt zu werden ~ genauso, wie ich es jetzt ein letztes Mal tue.

Gänzlich unerwartet erscheinen sie vor mir: die Menschen meines Lebens in langer Reihe, dass ich auch sie umarme und ihnen einen letzten Gruß zulächle. Allen voran mein Vater und meine Mutter, die mich gezeugt und geboren, die mir ein Leben geschenkt haben, noch bevor sie mich kennen konnten. Die mich bejaht haben, noch bevor ich erschienen war. Sie waren bereit, mich zu empfangen, ohne zu wissen, wer da kommen würde. Ich danke ihnen für ihr Einverständnis, mein Leben zu säen und das ihre in Freude und Schmerz von meinem berühren zu lassen.

Ausgiebig streife ich bei anderer Gelegenheit durch die Zeit-Raum-Gebilde meiner Vorstellungen und verneige mich schließlich auch vor meinem Innenreich. Stets war es größer als alle irdischen Wirklichkeiten, in denen ich lebte, stets verlieh es ihnen ihren Zauber und überstrahlte sie mit geheimnisvoller Wundermacht.

Tage und Nächte ziehen dahin, und ich sonne mich in dem sanften Leuchten des Abschieds, das sie erfüllt. Meine Zeit war gut zu mir.

∞

Die beiden hatten Fische gefangen für das Abendmahl in der Herberge. Gemeinsam zogen sie das Boot an den Strand. Sie blickten gleichzeitig auf und sahen ihn kommen. Sie erhoben sich. Er umarmte zuerst Mirjam und hielt sie still, dann flüsterte er „Meine Taube!“ in ihr Haar, *peristera*, Vogel der Ishtar, Botschafterin der Urmutter. Die nickte und verstand: In den vierzig Tagen hatte er sie erkannt und sich selbst ebenfalls. „Messias!“, antwortete sie, Gesalbter, Botschafter des Urvaters. Er löste sich von ihr und umarmte Andreas. Aus ihrem Auge rann eine Träne. Sie wusste um seinen Tod.

Die Wüste hatte die Welt für ihn verbrannt und er war bereit, zu leben und zu sterben.

„Wer mir folgen will“, sagte er, „der verleugne sich selbst.“

Sie folgten ihm.

∞

Was wird übrig bleiben, wenn ich nicht mehr bin?

Und sollte nichts übrig bleiben, absolut nichts von mir und meiner Welt nach meinem Tod, so bin ich auch damit einverstanden. Denn ich hatte uns siebzig Jahre lang, mich und die Welt, durfte siebzig Jahre lang mit mir und ihr leben, an ihr und mir leiden und mich an mir und ihr erfreuen. Wenn sich alles auflösen, in schwarze Leere und gähnendes Nichts verflüchtigen sollte, dann soll mir auch das recht sein, denn ich habe mich und die Welt geliebt.

Unvermittelt stürze ich ins Schauen, in feste Unbewegtheit, dort hinein, wo niemand ist und schaut, und die Vergangenheit ist nirgends zu entdecken, die Zukunft liegt im Blinden, während Schafsglocken wie ein unregelmäßiger Herzschlag pochen. Da ist kein Jemand, der sich von sich selbst verabschiedet hat, von den Menschen seines Lebens und von der Welt, denn da war kein Jemand, der an sich selbst oder der Welt gelitten oder sich erfreut hat. Nirgendwo ist ein Jemand zu entdecken, dem das alles widerfuhr. Und auch ein Ich, das dies erkennt, ist nirgendwo auszumachen.

Grenzenloser Frieden durchwebt dieses Schauen, grenzenloses Wohlwollen sorgt dafür, dass Conchita, Lucas und Leila sich liebevoll um den sterbenden Körper kümmern, für sein Wohlergehen sorgen, ohne die Mühe und die Zeit zu achten, die es kostet. Entschlossen sind sie für ihn da und ohne Erwartung an ihn. Denn von ihm ist nichts mehr zu erwarten, er stirbt nur noch. Sie schöpfen ihren Sinn aus der Bedingungslosigkeit, mit der sie ihm sein Hinübersiechen erleichtern, und währenddessen bewegt sich das Leben still lächelnd durch Bewusstsein und Herz.

Manchmal jedoch liege ich hier, und es ist eine Qual, angewiesen zu sein auf das, was mit mir getan wird, untätig und hilflos dazuliegen, bewegungslos und hilfsbedürftig geschehen lassen zu müssen, was man mit mir macht.

„Ich bekomme so viel von euch", stammle ich, „und kann euch nichts mehr zurückgeben."

Betroffenes Innehalten breitet sich in meiner Kammer aus, bis Don Lucas antwortet.

„Aber Don Jorge, Sie schenken uns doch als Gegengabe Ihr bereitwilliges Empfangen!"

## 28

Ich vermute schon seit Langem, dass alles, was existiert, lebendig ist. Außergewöhnlich an meiner Schau war lediglich, dass ich jenes geheimnisvolle Lebenslicht sehen durfte, das in allen Wesen und Dingen pulsiert. Meine Vermutung hat sich damit bestätigt, ist zur Gewissheit geworden und über jeden Zweifel erhaben. Das aber gilt überhaupt nicht für die meisten anderen spirituellen Vermutungen.

„Was ist, wenn wir uns das alles nur ausdenken?", frage ich meinen Wahlvater, der behauptet, kein Lehrer zu sein.

„Selbstverständlich denken wir uns das alles nur aus!", entgegnet er grinsend.

„Nein, ich meine das mit Gott. Mit dem universellen Vater, der universellen Mutter, dem universellen Kind. Die Sache mit dem Heiligen Geist, der inneren Stimme, dem göttlichen Funken im Menschen. Was ist, wenn das alles nicht wirklich existiert, wenn wir uns das alles nur ausdenken?"

„Hör auf zu grübeln! Was soll anderes dabei herauskommen als Verwirrung? Vertrau auf deine Erfahrungen. Wenn du denen glaubst, ist alles wahr ~ wenn du an ihnen zweifelst, wird alles unbestimmt. Halte wenigstens für *möglich,* was dir geschieht, sonst wird es wie nie gewesen."

„Ja, aber... "

„Du hast nicht zugehört!", weist er mich zurecht.

Ich halte inne und denke über das nach, was er gesagt hat. Mir fallen die seltsamen Zeitformen auf, die er gebrauchte. „Wenn du glaubst, *ist* alles wahr ~ wenn du zweifelst, *wird* alles unbestimmt." Machen wir das, was wahr ist, durch unseren Zweifel zu etwas, was nicht mehr eindeutig bestimmbar ist? „Halte es für möglich, sonst *wird* es wie nie gewesen." Löschen wir durch unseren Zweifel das, was war, im Nachhinein aus?

Ich verliere völlig den Überblick und versuche, meine Frage anders zu stellen.

„Ich hab die Erfahrung gemacht, dass ich das Zentrum des Universums bin, und weiß es seitdem und kann diese Erfahrung jederzeit wiederholen. Ich vertraue ihr. Außerdem hab ich die Erfahrung gemacht, dass alles lebendig ist, von ein und derselben Lichtkraft durchströmt und belebt wird. Auch dieser Erfahrung vertraue ich. Des Weiteren hab ich die Erfahrung gemacht, dass mein Ich flackert, nur selten vorhanden ist, während ‚ich' als weitgehend unpersönliches Bewusstsein all das wahrnehme. Ich zweifle nicht an diesen Erfahrungen! Aber ich frage mich, was sie mit den Gotteskonzepten zu tun haben. Vielleicht denken wir uns nur aus, dass Vatergott unbewegtes Bewusstsein ist und Muttergott unendliche Lebensenergie und dass wir selbst das göttliche Kind sind."

„Und dann?"

„Ja, eben! Genau das frage ich dich! Was ist, wenn wir uns diese ganze übergeordnete Göttlichkeit einfach nur ausdenken und es sie in Wirklichkeit gar nicht gibt?"

„Dann wären wir ziemlich kreativ, oder?"

∞

An Sex denke ich seit vielen Wochen nicht mehr und das Bedürfnis nach entsprechender Befriedigung ist vollkommen erloschen. Ich weiß nicht, ob meine mentale und körperliche Enthaltsamkeit die Verwandlungen befeuern, die mich ergriffen haben. Wohl kenne ich jenes Konzept, dass die göttliche Schöpferkraft als Sexualität im zweiten Chakra ruht und sich wie die heilige Schlange erhebt, falls ihre Kraft nicht in lustvollen Gedanken und Betätigungen vergeudet wird. Aber ich erlebe keine Kundalini-Phänomene, und absolut sicher ist, dass in meinem Fall keine willentliche Unterdrückung der Lust oder Lenkung der Energie stattfindet. Denn seit der inneren Auseinandersetzung mit meiner Sexualität hat sich das ganze Thema für mich nur einfach erledigt. Selbstverständlich sehe ich immer wieder Frauen, die mir sehr gefallen, und erfreue mich an ihrem Anblick, aber der Wunsch, über ihre Körper zu verfügen, taucht nicht mehr auf. Und wenn mich doch einmal eine von ihnen auf besondere Weise reizt, atme ich den aufsteigenden sexuellen Impuls solange aus, bis er verschwunden ist.

Genauso, wie es uns möglich ist, unsere Angst durch Einsicht und willentlichen Entschluss auszuatmen, um einen wesentlichen Schritt vorwärts zu machen, können wir auch unser Verlangen, gleichgültig worauf es sich richtet, durch Einsicht und willentlichen Entschluss ausatmen, falls wir das wollen. Im Grundsatz geht es dabei um die Befreiung von egozentrierten Kräften. Zwar verlangt niemand, dass wir uns dieser in uns schlummernden Möglichkeit bedienen, aber wer möchte wirklich auf ewig Knecht seiner alten Gewohnheiten bleiben?

Freiwilliger Verzicht hebt uns über uns selbst hinaus.

∞

Die Gewissheit, die Mitte von allem zu sein, ist im Laufe der Zeit derart natürlich geworden, dass ich diese Position kaum noch registriere, obwohl ich mich jederzeit an sie erinnern und sie damit in meine Wahrnehmung rufen kann. Das Verweilen im Selbst-Gewahrsein wurde zu einem natürlichen und mittlerweile nahezu unbewussten Seinsmodus. Nach längerer Ich-Losigkeit entsteht jedoch immer wieder der unwillkürliche Reflex, die verloren gegangene Identität im Unbewegten wiederzufinden, mich selbst als den Schauenden ausfindig zu machen. Dies bringt das weit offene Bewusstsein in Bewegung und kontrahiert es wieder auf mich als das wahrnehmende Zentrum: Der bewusste Georg taucht erneut auf, oft zuerst als halbpersönlicher Zeuge, dann als ganz persönliches Ich. Dem setze ich keinen Widerstand entgegen, obwohl die Erinnerung an mich eine deutliche Einschränkung darstellt ~ verglichen mit dem jetzt oft vollkommen unpersönlichen Selbst-Gewahrsein. Ich wehre diese Verengung weder ab, noch versuche ich, sie loszuwerden. Aber ich halte auch nicht an ihr fest, und so geht sie stets irgendwann vorüber wie alles andere auch, und damit gerate ich als Person erneut in Vergessenheit, werde zum bewussten Selbst, in dem „ich mich" verliere.

Nachdem „ich" solche körperlosen und ichlosen Zustände immer häufiger erlebe und sie immer länger andauern, weiß ich, dass sie auch früher schon zu meinen ganz normalen

Erfahrungen gehörten: bei konzentrierter Arbeit oder beim Tagträumen. Nur habe ich sie früher nie bewusst erlebt. Jetzt wird mir allmählich klar, wie selten unser Ich überhaupt anwesend ist. Es kommt und geht ständig, ist nicht im Geringsten stabil oder permanent, flackert ununterbrochen wie eine defekte Glühbirne. Schon im Traum und im Tiefschlaf existiert unser gewohntes Ich nicht, und mindestens während der Hälfte unserer 16-stündigen Wachzeit gibt es uns genauso wenig, obwohl „wir" durchgängig sprechen und handeln. Alles scheint tatsächlich ganz von selbst zu geschehen und ohne Einmischung unsererseits.

Seltsam ist, dass ich aus meiner Abwesenheit heraus viel besser funktioniere als zu der Zeit, da ich meine Handlungen noch mental abwägen musste. Wie ein Schlafwandler gehe ich nun durch die Tage und erkenne mich selbst häufig nur noch als das körperlose Bewusstsein, das jenen Georg beobachtet, der im Bootshaus sitzt oder durch Wismar schlendert, spontan auf Unerwartetes reagiert und ansonsten der alltäglichen Routine folgt wie eh und je. Dabei verspürt er eine überflutende Lebendigkeit, die er mit Freude registriert.

Mein Sein als Sehen umfasst alle Welten und Wirklichkeiten, erblickt alle Dinge und Wesen bei ihrem gemeinsamen Tanz. Sie bewegen sich im Spiel des Bewusstseins, während „ich selbst" vollkommen unbewegt bin, das farbenprächtige Schauspiel wohlwollend und in tiefem Frieden lediglich zur Kenntnis nehme.

∞

Solange der Film läuft, ist die Leinwand nicht zu sehen, auf der die Bilder erscheinen. Aber die vordergründige Illusion ist der Beweis dafür, dass im Hintergrund die Wahrheit existiert.

Wenn wir im Selbst-Gewahrsein verweilen, entschleunigt sich der Film, bis er schließlich unbewegt stehenbleibt. Falls wir dann das letzte Bild geduldig betrachten und uns selbst dabei nicht vergessen, wird es sich auflösen und die Leinwand offenbar sein.

∞

Ich bin weder dieses hier, noch jenes dort. Ich bin das, worin dieses hier und jenes dort erscheinen und vergehen.

∞

N:gha und ich wandern nebeneinander auf dem schmalen Sandstreifen unterhalb der Steilküste direkt an der Ostsee. Eiskalter Wind, der aus Sibirien ungehindert bis hierher weht, schlägt uns ins Gesicht und presst ständig neue Tränen aus den Augen und Rotz aus der Nase. Die niedrigen Wellen überschlagen sich und werfen graugelben Schaum an den Strand, vermischt mit allerlei Abfall, den die kleinen Kutter und riesigen Frachter weit draußen über Bord werfen.

Theodor Storm hat Husum eine „graue Stadt am Meer" genannt, aber tatsächlich sind in den Monaten von Oktober bis März alle Städte und Dörfer entlang der norddeutschen Küste grau wie die über ihnen geballt dräuenden Wolken und der Himmel hinter den Wolken.

Aus München hatte ich den langen Daunenmantel und die Bergschuhe mitgenommen und bin froh, sie jetzt tragen zu können. Dennoch schaudere ich vor Kälte. N:gha hat sich eine dicke Winterjacke gekauft, läuft aber nach wie vor barfuß. Für oben rum habe ich uns beiden je eine echte norddeutsche Wollmütze mit Innenfutter aus dickem Filz spendiert. Sie sind typisch dunkelblau und tragen vorn in leuchtenden Buchstaben den Seemannsgruß *Moin Moin!* Allerdings können sie nicht verhindern, dass der Wind unangenehm laut um die geschützten Ohren pfeift. Die Hände haben wir tief in den Taschen vergraben, den Kopf eingezogen.

Auf dem Rückweg treibt uns die sibirische Eishand von hinten nach Hause, und das ist nicht mehr ganz so unangenehm, denn nun trifft sie nicht länger auf nackte Haut, von N:ghas Fersen einmal abgesehen.

„Mir ist nicht kalt ~ ich bin die Kälte!", hat er vor Wochen geäußert. Trotzdem denke ich manchmal an seine Gesundheit. Er offensichtlich nicht.

Da man jetzt auch wieder sein eigenes Wort verstehen kann, greife ich ein Thema auf, das mich schon seit Monaten beschäftigt.

„Du hast gleich bei unseren ersten Begegnungen mehrfach gesagt, ich hätte ein gutes Herz. Und im Laufe der vergangenen Monate erwähntest du hin und wieder das Wort ‚Herz' in unterschiedlichen Zusammenhängen, aber ich verstehe nicht, worauf du mit diesen Andeutungen hinauswillst."

„Gut, sprechen wir jetzt endlich über die Heilige Dreieinheit!", antwortet N:gha erfreut, aber ein wenig zu laut, als müsse er noch immer den Wind übertönen. „Das universelle Kind ~ die Vereinigung von Vatergott und Muttergott ~ ist der göttliche Funke im Menschen, das Große Heilige Geheimnis: deine Seele, die Sonne in deinem Herzen."

Der Wind schiebt uns unermüdlich voran, und ich denke über das Gesagte nach, warte auf Details, zumal ich mit diesen Gotteskonzepten in letzter Zeit einige Schwierigkeiten habe. Als minutenlang keine weiteren Erläuterungen kommen, frage ich enttäuscht:

„Wie, und das war's schon?"

„Was soll denn sonst noch sein?", fragt er viel zu laut zurück.

∞

Ich weiß nicht, ob es Götter oder unsichtbare Begleiter gibt. Aber ich weiß: Das größte Wunder ist der Mensch! Denn mit jedem Einzelnen sind sämtliche Urgewalten auf das Engste verbunden: Ruhe und Bewegung, Gleichgewicht, Bewusstsein, Liebe, Hingabe, Intuition, Intelligenz, Kreativität und alle anderen. Von jeder machen wir lebenslang in unterschiedlichem Maß Gebrauch. Wenn wir jede in ihrem gesamten Volumen bewusst anwenden würden, wäre es vollkommen natürlich zu erkennen, dass wir selbst in Wahrheit Götter sind.

∞

Seit Tagen herrscht strenger Frost. Bootssteg, Pfad und Steilküste sind mit einer harschen Kruste überzogen und das Meer ist in diesem Jahr bis weit hinaus zugefroren. Dicke Eisschollen türmen sich in bizarren Formationen meterhoch übereinander und werden nun von weißem Schnee bedeckt, weil es heute Nacht zu schneien begonnen hat. Den ganzen Tag über hört es nicht auf, denn wenn es hier schneit, dann schneit es so, wie es hier regnet: tagelang, wochenlang.

Einsame Möwen schreien verzweifelt nach Gesellschaft.

„Glaubst du, dass wir uns zufällig begegnet sind?", ruft N:gha und formt einen Schneeball. Er trägt endlich seine neuen Lederschuhe, und weil diese sich bei Frost als extrem rutschig und völlig ungeeignet erwiesen haben, hat er ein Paar dicke Wollsocken darüber gezogen. Mit dieser Fußbekleidung und der dünnen Leinenhose, der dicken Winterjacke, dem gelben Schal und der blauen Mütze sieht er nicht gerade wie ein ernstzunehmender Guru aus, aber das täuscht.

Wir stehen weit weg vom Bootshaus auf der gefrorenen Ostsee, etwa fünfzehn Meter voneinander entfernt, und er trifft mich jedes Mal mit seinen Wurfgeschossen, ganz gleich, wie ich auszuweichen versuche. Kraftvoll schleudere ich meine in seine Richtung, doch sie verfehlen ihn regelmäßig, obwohl er unbewegt stehen bleibt und es außerdem gerade ziemlich windstill ist.

„Du glaubst nicht an Zufälle, das ist gut", ruft er, als ein weiterer Schneeball dicht an seinem Kopf vorbeigeflogen ist. „Aber du meinst, es gäbe stattdessen vielleicht so etwas wie eine höhere Bestimmung. Das ist Unfug! Bestimmung ist nur das Gegenteil von Zufall, und wenn es keinen Zufall gibt, wie könnte es dann das Gegenteil davon geben?"

Weit voraus singt und ächzt es, jault und stöhnt es, wo das Wasser der Fahrrinne die großen Eisschollen übereinander schiebt. Ich denke noch über seine Frage nach, da klatscht N:gha plötzlich ein einziges Mal heftig in die Hände, und mit einem peitschenden Knall birst das Eis unter seinen Füßen, läuft ein schmaler Riss sekundenschnell auf mich zu und bis direkt vor meine Bergschuhe. Erschrocken springe ich zur Seite.

„Heißt das etwa, dass es keine Zusammenhänge gibt?", rufe ich ärgerlich. „Was war denn das eben, bitteschön?"

„Du glaubst doch wohl nicht im Ernst, dass mein Klatschen die dicke Eisschicht platzen ließ!", entgegnet er und lacht vergnügt und winkt mich zu sich, weiter hinaus. Ich laufe hinter ihm her. Ein bisschen mulmig ist mir schon, aber ich weiß, dass mir in seiner Nähe niemals ein Unheil geschehen wird. Nebeneinander klettern wir über die Gebilde aus gefrorenem Salzwasser, bleiben dann, etwa dreißig Meter von der Fahrrinne entfernt, vor einer Eisplatte stehen, die gut einen halben Meter dick ist und schräg in die Höhe ragt.

„Selbstverständlich hängt alles miteinander zusammen, und jedes Ereignis übt auf jedes andere Ereignis einen Einfluss aus. Aber keinen vorher bestimmbaren. Das Notwendige geschieht unabhängig davon einfach von selbst!"

„Wie von selbst?"

„Die Lebenskraft wählt für die anstehenden Prozesse die geeigneten Persönlichkeiten aus, und die tun dann, was sie glauben, tun zu müssen, damit das Notwendige geschehen kann. Tatsächlich jedoch geschieht es ohne ihr Zutun."

„Das begreife ich überhaupt nicht!"

„Dann frag die Sonne in deinem Herzen, die weiß darüber bestens Bescheid."

∞

Der Elektroheizer läuft vierundzwanzig Stunden am Tag auf Hochtouren. Trotzdem tragen wir auch im Bootshaus Daunenmantel und Winterjacke. N:gha, der sich mit sowas auskennt, hat etliche Lagen ausgebreitetes Zeitungspapier unter seine Bastmatte gelegt, damit die Kälte nicht ungemindert durch den Boden in seinen Körper dringt. Wir haben eine große Thermoskanne und lange Unterhosen gekauft, ziehen zwei Paar Socken übereinander. Obwohl das Wasser aus dem Hahn am Waschbecken heiß ist, kostet es viel Überwindung, morgens auf der Plattform im Freien zu duschen. N:gha hat das Schwimmen eingestellt, weil die eisfreie Fahrrinne viel zu weit weg ist.

Tagsüber sitzen wir an unseren Plätzen im Bootshaus, er auf seiner Matte, die Beine in die löchrige blassblaue Decke gewickelt, ich auf der Luftmatratze, die ebenfalls mit Zeitungen unterlegt ist, halb im Schlafsack. Jeder von uns hat eine Hand auf das Herz gelegt, die drei Worte geflüstert, und so verharren wir mit geschlossenen Augen, spüren in den besonderen Raum hinter der Brust hinein, in den „besonnten" Raum, wie N:gha ihn nennt. Zwischendurch nippen wir an unseren dampfenden Bechern und trinken, über Stunden verteilt, literweise gekochtes Wasser, mit dem wir zuvor Knoblauchzehen und Ingwerwurzeln überbrüht haben. Das hält uns wenigstens von innen warm.

„Vom Standpunkt der sichtbaren Welt aus gesehen", hatte N:gha gesagt, „ist ein spiritueller Lebensweg durchaus sinnvoll, allerdings ist er, von der Wahrheit aus betrachtet, nicht um Haaresbreite sinnvoller als ein weltlicher Lebenslauf.

Ob du ein Yogi oder ein Bankräuber bist, ist Gott ziemlich wurscht. Der liebt dich sowieso. Du kannst Mörder sein oder Heiliger, aber Heiliger zu sein, wird dich glücklicher machen, weil du dann im Einklang mit deiner Seele lebst."

Er hatte eine seiner langen Pausen gemacht, danach war seine Stimme schneidend scharf geworden.

„Will man jedoch die Wahrheit erkennen, ist jedes Sein-Wollen, Nicht-Sein-Wollen und Werden-Wollen Betrug. Diese Verneinung der eigenen aktuellen Persönlichkeit erschafft den schlammigen Nährboden für den größten Betrug am Leben: die Hoffnung, ein besserer Mensch werden zu können.

Vom Standpunkt der Wahrheit aus betrachtet, ergänzen sich heilige, weltliche und dämonische Aspekte schon immer zur absoluten Vollkommenheit jeder einzelnen Person, die stets das *eine* Große Heilige Geheimnis ist und bleibt, ob sie das nun weiß oder nicht. Für uns alle geht es buchstäblich um nichts, wir müssen uns nicht anstrengen zu werden, denn wir sind in jedem Augenblick der lebendige Ausdruck des Göttlichen. Das Mysterium lebt sich selbst ununterbrochen durch jeden von uns aus, und nur darum geht es, und genau das ist notwendig und passiert ständig von selbst. Alles ist heilig, erinnerst du dich? Alles ist gottdurchtost und jede Halbherzigkeit oder Kritik dem individuellen Lebensausdruck gegenüber ist Verleugnung der Ganzheit und ihrer vollkommenen Schönheit.

Deshalb folge vertrauensvoll deinen inneren Impulsen: Sei, was du bist, und versuche nicht, anders zu sein. Gott lebt in dir als du. Also tu, was dich erfreut, und unterlasse, was dir Unbehagen bereitet!"

∞

Morgens essen wir Obst und Vollkornbrot, trinken Kaffee dazu. Mittags gibt es Reis mit Zimt oder Kartoffeln mit Ghee.

Nachmittags genießen wir Tee und Kuchen, den wir bei unserem täglichen Stadtbummel gekauft haben. Vor dem Abendbrot wandern wir beide über den Pfad zur Steilküste und zurück, kochen dann fantasievolle Gemüsesuppen. In all den vielen Stunden zwischen morgens, mittags, nachmittags, abends und nachts sitzen oder liegen wir entspannt auf unseren Unterlagen und schauen, lauschen, spüren in den besonnten Raum des Herzens hinein. Nicht, weil wir damit irgendetwas erreichen wollen, sondern weil wir neugierig sind auf das Geheimnis in uns. Diese Neugierde war schon immer in mir, trieb mich schon von Kindheit an voran. Ich habe sie nicht gewählt, sie war eine Notwendigkeit und ist mir passiert ~ und deshalb passiert nun auch diese Herzschau.

Obwohl ich ihn verehre und vielleicht sogar liebe, wird mir immer klarer, dass N:gha sich als Person nicht wirklich von mir unterscheidet. Er hat wie ich Eigenarten und Gewohnheiten, Vorlieben und Abneigungen. Nur aufgrund meiner Vorstellungen erschien er mir besonders. Tatsächlich isst und trinkt er, wäscht sich und putzt sich die Zähne, geht zur Toilette und furzt nachts unter der Decke. Eines Tages wird er seine Sachen packen und mir lachend Lebewohl sagen. In der Gewissheit, eine gute Zeit mit ihm gelebt zu haben, werde ich ihn dankbar gehen lassen.

∞

„Das gesamte Reich Gottes ist inwendig in dir. Die unsichtbaren Begleiter, der universelle Vater, die universelle Mutter, das universelle Kind sowie all ihre entsprechenden Urgewalten wohnen wie eine pulsierende Sonne in deinem Herzen und entfalten von dort ihre Wirkung."

∞

Objekte sind nicht das Subjekt. Erscheinungen sind nicht das Bewusstsein, das sie erzeugt und gleichzeitig wahrnimmt. Erscheinungen sind Funktionen des Bewusstseins.

Genauso ist Bewusstsein nicht das Herz, sondern eine Funktion des Herzens, dem es entspringt. Das Herz ist das Absolute ~ alles andere ist Ausdruck des Herzens.

∞

Als N:gha eines Morgens nach dem Frühstück tatsächlich seinen dunkelbraunen Koffer aufklappt, ist das für mich wie ein Faustschlag in die Seele.

„Schau dir nur an, was für ein unnötiger Krimskrams sich im Laufe der Zeit unbemerkt angesammelt hat!“, murmelt er vor sich hin und schüttelt staunend den Kopf, hat die Handflächen in die Seiten gestemmt, den Blick auf den Boden gerichtet, wo seine wenigen Habseligkeiten liegen: Bastmatte und Decke, Wasch- und Rasierzeug, die kurze rot-weiß karierte Unterhose, sein Handtuch, der Koffer. Was er sonst noch besitzt, trägt er am Körper. Ein paar Bewegungen genügen, dann ist der Koffer gepackt. Die Sachen klappern lose darin herum, als er ihn aufstellt. Bastmatte und Wolldecke bindet er mit einem Stück Schnur zusammen und knotet die Rolle an den Koffergriff.

„Tut mir leid, ich hinterlass nur ungern irgendwelche Spuren, aber den Hocker werd ich wohl nicht mit mir rumschleppen.“

„Der kann hierbleiben. Vielleicht kommst du ja mal zu Besuch.“

„Den Koffer brauch ich leider auch nicht mehr. Falls du keine Verwendung für ihn hast, könntest du ihn ja eventuell irgendeinem Penner schenken. Vielleicht sitzt im Frühling einer auf meinem alten Platz bei der Bratwurstbude.“

Ich stehe einfach nur da und weine.

„Du bist nie allein“, sagt er und bindet sich das gelbe Stirnband über die Wollmütze. Kurz muss ich auflachen, weil er so drollig aussieht, aber das Lachen öffnet die Schleusen nur noch weiter, und vor lauter Wasser in den Augen verschwimmt das Bild. „Denk an meine Schüler in Rio und sonst wo. Auch sie waren nie allein. Ich hab mich immer um sie gekümmert. Genauso kümmern sich deine unsichtbaren Lichtgeschwister unentwegt um dich.“

„Ich will aber, dass *du* dich unentwegt um mich kümmerst.“

„Tu ich ja vielleicht.“

„N:gha, gehst du sterben?“

„Ach Quatsch! Ich sterb doch nicht! Ich werde leben!“

Er kommt auf mich zu, umarmt mich, und jetzt kann ich überhaupt nicht darüber schmunzeln, dass er so viel kleiner ist als ich. Er nimmt mein Gesicht in die Hände, schaut mich von unten herauf an.

„Kein Grund zur Trauer, Sohn. Denn ich bin bei dir alle Tage bis an der Welt Ende.“

Als er sich abwenden will, packe ich ihn und reiße ihn zurück in meine Arme.

Sanft sagt er:

„Du musst mich freiwillig loslassen, Sohn.“

Ich ziehe den Schnodder durch die Nase hoch.

„Die Ich-Behauptung *muss* aufgegeben werden!“, zitiere ich mit brüchiger Stimme, versuche zu lächeln und öffne die Hände, lasse den Geliebten los. Er nickt, strahlt sein unverschämtes Grinsen. Ich begleite ihn zur Tür, öffne sie freiwillig für ihn. Es schneit in dicken Flocken. Er schmunzelt anerkennend, tritt ins Freie. Wendet sich noch ein letztes Mal zu mir um und sagt:

*„Wañi'ktelo!“*

Augenblicklich erinnere ich mich an das gleißende Leuchten, nachdem eine Kugel meine Brust durchschlagen hatte, da hörte ich diese Worte, und an mein Weinen in N:ghas Armen, nachdem er mir das Lebenslicht der Urmutter gezeigt hatte, da flüsterte er sie immer und immer wieder ~ aber wie ist es möglich, dass ich jetzt plötzlich ihre Bedeutung verstehe?

*„Wañi'ktelo!“*, antworte ich zum Abschied und bin vollkommen überzeugt davon.

∞

Das Hintergründige, das Große Heilige Geheimnis ist mein eigenes Innerstes, meine Seele, die Sonne meines Herzens, meines Menschseins. Wäre es nicht in mir, würde ich nicht existieren. Es ist ich. Erleichterung und großen Jubel empfinde ich, weil ich nun ohne jeden Zweifel weiß, wo ich suchen muss: in mir selbst! Nicht nach außen, sondern in mein Innerstes hineinschauen, hineinlauschen, hineinspüren, ins Unsichtbare meines Selbst, ins Zentrum des Zentrums, in die verborgene Mitte meines Herzens. Dorthin die drei mystischen Worte sprechen „Offenbare dich mir!“ und dann dort wachen, wachen, wachen!

# 29

Der Große Fluss fließt. Dinge geschehen mit mir und um mich herum. Das Leben geht weiter, geht in meinem Fall in Richtung Tod weiter. Und dennoch ist alles äußerst lebendig und gleichzeitig in Sanftheit gebettet, seit ich geschehen lasse, was geschieht. Welche Last die Erinnerung an Vergangenes und die Vorschau auf Zukünftiges stets war, weiß ich leider erst jetzt, nachdem sie endgültig abgefallen ist.

Das gedankenleere Schauen überkommt mich in Wellen, ohne dass ich mich darum bemühen müsste. Stille ist immer da. Sie war immer da und ist immer da und wurde nur übersehen, solange ich anderes wollte. Sie ruht im Herzen.

Ohne jegliche Auswirkung auf das, was tatsächlich geschah, war jedes Wollen lebenslang immer nur sinnlos und erschuf stets die Trennung zwischen mir und meinem Dasein. In meinem jetzigen Nicht-Wollen erfasst mich plötzlich das Wunder des Lebens. In meiner letztendlichen Bedingungslosigkeit und Ich-Aufgabe umarmt mich das Mysterium, das ich einst gesucht habe, und da ist der Spatz wieder, der über den groben weiß gestrichenen Holztisch tippelt. Mit schnellen Kopfbewegungen sieht er mich an, mal mit dem einen Auge, mal mit dem anderen, und wartet vergeblich darauf, dass ich ihm Brotkrumen zuschnippe. Denn meine Unterarme ruhen auf den Rollstuhllehnen, ob ich es will oder nicht, ruhen dort, bis Conchita sie heben wird. Nur noch den Kopf kann ich aus eigener Kraft bewegen.

So ist das jetzt, und es gelingt mir, es so gut sein zu lassen, denn ich weiß in meiner Tiefe, dass es so gut ist. Verbunden mit meinem Herzen schwelge „ich" im Selbst-Gewahrsein, im ichlosen Bewusstsein, im unbewegten Schauen, Lauschen, Spüren. Gelegentlich allerdings bedeckt ein dünner Schleier diese Klarheit und mich verlangt nach dem Menschsein. Dann löst die unpersönliche Anwesenheit den Reflex in mir aus, mich nach mir selbst umzublicken und nach meinem kleinen persönlichen Leben.

Und dann erscheine ich eben wieder als ich und ringe mit den Schmerzen.

∞

Seit Tagen lag der Bruder starr und ohne Atem da, während seine Seele die Reiche Gottes erkundete. Die Schwestern hatten ihn in Leichentücher gewickelt, doch nicht gewagt, ihn zu begraben, denn seinem Körper entströmte statt Verwesungsgeruch lieblicher Rosenduft. So betteten sie ihn in der schattig-kühlen Gartenlaube und sandten nach ihrem Rabbiner.

„Euer Bruder schläft nur für die Welt“, sagte der. „Er ruht und wacht im Vater.“

Sie zeigten ihm die Laube, und als er spürte, dass sein Schwager bereit war, sich von der Betrachtung des Großen Heiligen Geheimnisses zu lösen, rief er:

„Lazarus, komm heraus!“

∞

Noch einmal werfe ich einen Blick auf die Bedingungen unseres Menschseins: Lebenslang werden wir sowohl von unseren Mitmenschen, als auch durch nicht vorhersehbare äußere Ereignisse vor Situationen gestellt, deren Bewältigung ein Höchstmaß an Intelligenz, Kreativität und Mut erfordern, eine enorme Selbstsicherheit. Aber wo sollen wir diese Eigenschaften hernehmen? Denn der Fundus, aus dem wir schöpfen können, gleicht einem schweren sandgefüllten Rucksack: Unser Körper ist im höchsten Maße unzuverlässig, äußerst anfällig für Krankheiten, Unfälle und für seine eigene Zerstörung, die wir Alter, Sterben und Tod nennen. Unsere Psyche, unsere Persönlichkeit ist extrem labil, konfrontiert uns fortwährend mit Emotionen, Überzeugungen und Zweifeln, die ein klarsichtiges, zielorientiertes Handeln verhindern. Eine geordnete Lebensgestaltung ist unter diesen Umständen in den meisten Fällen überhaupt nicht möglich. Wir verzeichnen nur selten Erfolge, reden sie dann jedoch groß und verdrängen nach Möglichkeit unser Scheitern, damit wir den Eindruck haben, eigentlich sei alles einigermaßen gut gegangen. Was aber haben wir wirklich erreicht, verglichen mit dem, was wir uns zum Ziel gesetzt haben? Die inneren und äußeren Fortschritte, von denen wir einst geträumt und die wir unter Mühen und Verzicht angestrebt haben, erweisen sich bei genauer Betrachtung als mäßig, wenn nicht ungenügend.

Vor 35 Jahren fragte ich N:gha ängstlich und zweifelnd, ob es sein könnte, dass die Sache mit Gott lediglich unserer Fantasie entspringt und wir an etwas glauben, was nur eine weitere Illusion ist. Seine Antwort, wir seien ziemlich kreativ, erschien mir damals seltsam flapsig, war jedoch, wie ich erst Jahre später erkannte, überaus erhellend. Denn unter den widrigen Umständen und harschen Bedingungen unseres irdischen Daseins ist es die wohl größte Fähigkeit des menschlichen Geistes, sich einen Gott auszudenken, der den Einzelnen kennt und liebt, der weiß, was das Beste für ihn ist, und ihm dies abwechselnd als Freude und als Schmerz zukommen lässt.

Es ist eine gigantische Leistung, dass wir in unserer Situation nahezu permanenter Überforderung in der Lage sind, ein übergeordnetes Konzept von bedingungsloser Liebe und göttlicher Macht zu erschaffen, das uns in Augenblicken gnadenloser Selbstkritik das Gefühl vermittelt, trotz allem wertgeschätzt zu werden. Das uns Hoffnung schenkt, wenn wir zutiefst verzweifelt sind. Das uns angesichts des Untergangs wider alle Vernunft Stärke, Mut und Hingabefähigkeit verleiht.

Die menschliche Vorstellungskraft trägt in sich den Samen zur Materialisation, und ein jeder von uns erschafft mithilfe der in ihm fließenden Lebensenergie zu einem großen Teil die äußeren Umstände seines Lebens und die inneren Konstellationen seiner Psyche. Naturgemäß richtet sich das mentale Wollen des Einzelnen vor allem auf seinen eigenen Vorteil. Umso größer ist die Leistung, eine höhere Macht zu imaginieren als die eigene und das persönliche Wohl dem Wollen dieser Macht unterzuordnen. Geradezu übermenschlich wird unsere Leistung, wenn die Ich-Behauptung zugunsten einer weitgehenden Hingabe an den erdachten göttlichen Willen geopfert wird.

Es ist derselbe schöpferische Vorgang, der ein Auto, das wir uns vorstellen und wünschen, in unsere Garage zaubert oder der einen Gott in unserem Leben erscheinen lässt. In beiden

Fällen materialisiert sich ein Gedanke, den wir mehrfach wiederholt haben, und wird zu einem „Ding". Wenn wir, wiederum zuerst gedanklich, das Auto aufpeppen wollen, müssen wir als Nächstes das entsprechende Zubehör besorgen und dann den Wagen in Handarbeit verändern, denn ohne unser Dazutun würde er nicht schöner und schneller werden, sondern bleiben, wie er ist, und allmählich verrosten.

Um Gott aufzupeppen, können wir Vergleichbares tun: Wir hören oder lesen von den Gottesvorstellungen frommer Menschen und übernehmen dann das eine oder andere, um unser eigenes Gottesbild damit auszuschmücken. Wie das Auto, so wird auch Gott immer mehr zu „unserem Ding".

Ein Auto ist und bleibt ein mechanisches Etwas. Es kann sich nicht selbst optimieren, braucht dafür immer unsere Gedanken und unsere Handgriffe. Das Göttliche hingegen, wie immer wir es uns ursprünglich vorgestellt haben, ist lebendig und kann ohne unsere Hilfe über unsere Vorstellungen hinauswachsen.

Einige Menschen entdecken im Laufe ihres Lebens die Möglichkeit, ihr Gottesbild nicht länger nach eigenen oder fremden Ideen umzuformen, sondern es bei seiner Eigenentwicklung zu unterstützen. Inspiriert aus einer Quelle, die ihnen unbekannt ist, treten jene Menschen ihrer göttlichen Einbildung aus dem Weg, wenden sich einer ichlosen, einer nicht-mentalen Imagination zu. Sie bitten ihr ursprüngliches Gottesbild „Offenbare dich mir!" und werden still, tun selbst nichts mehr, halten sich zurück, schauen, lauschen, spüren weitgehend gedankenleer in den besonnten Raum hinein, der sich auf ihre Bitte hin nun für sie öffnet.

Einmal von uns erschaffen, besitzt das Göttliche in sich selbst die Fähigkeit zur eigenen Vervollkommnung. An diesem ungehinderten Gotteswachstum können wir jenseits unserer eigenen Vorstellungen teilnehmen, es erschauen, erlauschen, erspüren, während es sich in dieser Stille vollzieht, im Geheimen. Das Göttliche wächst und wir beobachten es dabei. Es wird immer größer und wir werden immer kleiner. Während dieses intimen Prozesses erblüht übermenschliches Vertrauen in die innermenschliche Gottheit.

∞

Wer ganz allein auf sich selbst gestellt ist, wem die Notwendigkeit nicht in die Wiege gelegt wurde, für sich eine Gottheit zu erfinden, an sie zu glauben, sie aufzupeppen oder selbstständig wachsen zu lassen, der geht entweder sang- und klanglos im Weltgeschehen unter oder schwingt sich aus eigener Kraft auf, ein Ich-Gott zu werden.

∞

„Wenn dir ein Tag geschenkt werden würde, Jorge, an dem du noch ein einziges Mal bei völliger Gesundheit leben könntest, wie würdest du dir wünschen, diesen Tag zu gestalten?“, fragt Conchita.

Der Lebenswille erhebt sich und antwortet:

„An jenem Tag würde ich mit dir in das kleine Stehcafé gehen und gesalzene Churros mit heißer Schokolade frühstücken. Ich würde ohne Rollstuhl oder Krücken über den Strand wandern und mit dir sonnenbaden und im Meer schwimmen, mich auf den Rücken legen und mich tragen und treiben lassen und hätte den Wunsch, mich aufzusetzen und zum Horizont zu schauen und dann aufzustehen und über das Wasser zu wandeln vor lauter Lebendigkeit und Lebensfreude.

Ich würde mit dir auf der Terrasse des Hotels zu Mittag essen und sehr viel Geld dafür ausgeben. Anschließend würde ich mich von John verabschieden und ihm mein Schwert schenken und dann in unserem Haus einen Mittagsschlaf halten. Mit dir und Leila und Lucas würde ich hier unter dem Vordach Kaffee trinken und danach in die Berge fahren und auf dem Weg dorthin bei Miguel vorbeischauen und ihm sagen, dass nichts falsch an ihm ist, dass ich um seine Liebe weiß und um den Schmerz in seiner Familie. Ich würde Alba in die Arme nehmen und Antonia zuwinken, und später würde ich mit dir, Leila und Lucas von einem Gipfel über die Welt schauen. Wir würden uns an den Händen halten und den Abschied des Tages vom Leben betrachten und die aufkommende Nacht begrüßen. Und dann, noch bevor es vollkommen dunkel ist, würde ich mit dir und Leila in unser Bett gehen und euch beide lieben."

Conchita sitzt auf der Steinbank und schweigt.

„Ich habe letzte Nacht gebetet", offenbart sie nach langem Zögern. „Ich weiß, es war dumm von mir, aber ich habe meinen Herrn angefleht, dich noch nicht sterben zu lassen."

Sie wischt sich mit dem Handrücken über die Augen.

„Er sagte: ‚Dein Mann wird seinen Weg gehen, wie es ihm entspricht. Wünsche nichts anderes für ihn!' Dann wies er mit ausgestrecktem Arm zum Zigeunerviertel und ich erkannte eine schmale Gasse dort und sah eine blaugrüne Haustür vor einer Felswohnung."

Wieder schweigt Conchita lange.

„Wenn ich an jene Tür klopfen werde, wirst du für vierundzwanzig Stunden vollkommen gesund sein", sagt sie dann tonlos. „Ich weiß es. Aber was möchtest du?"

In mir tobt wilder Aufruhr. Zweifellos ist da eine gewisse Freude angesichts dieser unverhofften Möglichkeit, aber ich schäme mich viel zu sehr für das, was ich in den vergangenen Tagen und Nächten gewesen bin: ein Sterbender, schmerzverzerrt, furchtgeschüttelt, kotbeschmiert. Wie könnte ich mich noch einmal unbefangen in all meiner Lebendigkeit zeigen?

Ich brauche lange, um endlich meine Scham atmend zu umarmen. Niemand kann Teile seiner selbst zurücklassen und ohne sie aufbrechen zu neuen Ufern, wohin auch immer.

„Ich vertraue mich dir an“, sage ich schließlich nicht ohne Scheu. Conchita jubelt laut und küsst mich stürmisch. Meine Arme ruhen auf den Lehnen des Rollstuhls, aber in mir keimt die Freude, noch einmal leben zu dürfen, noch einmal meinen Körper willentlich zu bewegen, noch einmal Mensch zu sein.

∞

„Urmutter aller Wesen, Dinge und Ereignisse“, bete ich in meiner Kammer mit der Hand auf dem Herzen, „halte mich in deiner Liebe geborgen jetzt und immerdar, in der Stunde meines Todes und von Ewigkeit zu Ewigkeit!“

∞

„Übrigens machst du das nicht nur mit mir so, sondern auch mit allen anderen Menschen, denen du begegnest“, sprach N:gha einst. „Du glaubst, sie seien bereits auf dieser Erde gewesen, bevor du sie zum ersten Mal zu Gesicht bekamst, und sie würden weiter hierbleiben, nachdem ihr euch auf Nimmerwiedersehen voneinander verabschiedet habt. Das ist eine äußerst fantasielose Vorstellung von der Weltwirklichkeit. Sie lässt keinen Raum für Wunder.“

„Heißt das, dass alle Menschen, die ich kenne, nur innerhalb meiner Erfahrung existieren und sonst nicht vorhanden sind?“

„Das heißt, wie gesagt, dass deine Vorstellung von der Wirklichkeit äußerst fantasielos ist und keinen Raum für Wunder lässt“, beharrte er unnachgiebig.

∞

In dieser Nacht kann ich nicht schlafen. Lucas sitzt neben mir im Korbsessel und ist eingenickt. N:gha steht am Fußende meines Bettes und schaut mich an. Was habe ich in den zurückliegenden fünfunddreißig Jahren alles von ihm gelernt!

Dass ich keinem meiner Gedanken glauben muss. Dass ich in mich hineinschauen kann, hineinlauschen, hineinspüren in meine Seele, die Mitte des Universums, das Herz aller Dinge. Dass ich friedvoll und mit großer Achtsamkeit über diese Erde gehen kann wie über Wasser, möglichst ohne dunkle Spuren zu hinterlassen.

Ich empfinde eine überwältigende Dankbarkeit für das Werk, das N:gha an mir vollbracht hat ~ halte jedoch plötzlich inne. Ich habe ihn tatsächlich geliebt, obwohl er ein Lehrer war! Ein recht strenger und sehr gewöhnungsbedürftiger außerdem. Trotzdem verehre ich ihn heute noch und kann mich ganz selbstverständlich vor ihm verneigen. Ich tue es. Zögere dann. Denke an meinen ersten Klassenlehrer. Zögere erneut. Als Siebenjähriger hatte ich begonnen, den meisten meiner Lehrer mit Hass und Arroganz zu begegnen, und einen Schatten davon spüre ich noch immer über meinem Herzen liegen. Jensen hieß mein erster Klassenlehrer. Ich hatte ihn bewundert und geliebt und dann hatte er meinen Freund Joachim vor der gesamten Klasse mit einem Stock verprügelt.

Die Frage ist nicht, ob ich ihm das jetzt endlich verzeihen will.

Die Frage ist, ob ich diesen Schatten auf meinem Herzen mit in die Ewigkeit nehmen will.

Die Antwort fällt eindeutig aus. Ich atme tief durch und spreche mit Herrn Jensen. Verneige mich dann endlich auch vor ihm. Und vor Dr. Ohm, vor dem Direx und all den anderen, die mir einfallen. Denn ohne meine Lehrer wäre ich nicht der geworden, der ich bin.

∞

Die Ich-Behauptung *muss* aufgegeben werden!

Ich stehe „nach allen Seiten offen": das Schwert im spitzen Winkel zu Boden geneigt, in der gefährlichsten Kampfstellung sowohl für den Angreifenden als auch für den Angegriffenen, denn einer von beiden wird getötet werden.

Nicht mein Wille geschehe, sondern deiner! Wer immer du bist ~ hier hast du mich, mach mit mir, was du willst!

Die Bewegung erfolgt dermaßen natürlich und schnell, dass ein Beobachter sie nicht nachvollziehen, lediglich das Ergebnis zur Kenntnis nehmen könnte: Während sich die Schneide des Schwertes nach oben dreht, hebt sich die schilfscharfe Waffe rasant und durchtrennt auf ihrem Weg gen Himmel den Faden, an dem das Ich in die Welt hängt.

Der Büffel senkt ergeben den massigen Kopf und ich tue es ihm gleich.

Der Beobachter nähme ein freiwilliges Ich-Opfer zur Kenntnis.

∞

Als Conchita nach Mitternacht leise den Wohnraum verlässt und davonfährt, lege ich die Hand auf meine Brust, spüre zu der körperlichen Berührung hin und spreche die drei mystischen Worte in mein Herz hinein, die, wie N:gha mich gelehrt hat, das Tor zu dem besonnten Raum öffnen.

Später wird meine Gefährtin mir berichten, dass unmittelbar auf ihr Klopfen an jener blaugrünen Haustür eine alte Zigeunerin öffnete.

„Ich habe dich erwartet", sagte die Dunkelhäutige. „Wir können gehen."

„Setz ihn hoch!", befiehlt sie nun barsch, nachdem beide in meine Kammer getreten sind, und ich bin von ihrer Stimme und ihrem Tonfall unangenehm berührt. Conchita richtet mich in den Kissen auf; zwischen ihren Brüsten schimmert die Rosenquarzkette.

Die Fremde scheint halb so groß zu sein wie ich und doppelt so alt. Ich kann nicht umhin, ihr runzeliges Gesicht, ihre knotigen Finger und ihre schlampige Kleidung als hässlich zu empfinden. Gleichzeitig bin ich mir bewusst, dass hier ein Wunder seinen Verlauf nehmen will, und möchte es nicht durch meine oberflächliche Abneigung stören.

Die Alte schiebt Don Lucas, der sich bei ihrem Erscheinen aus dem Korbsessel erhoben hat, zu Seite.

„Geh mir aus dem Licht, Kollege“, zischt sie ihn an. „Was hier gebraucht wird, übersteigt deine hervorragenden Fähigkeiten bei Weitem!“

Die Alte spürt meine Geringschätzung, und mit zusammengekniffenen Augenwinkeln sagt sie zu mir:

„Warte, in wenigen Monaten wirst du hässlicher sein als ich!“ Conchita ist irritiert. Die Zigeunerin wendet den Kopf und erklärt:

„Wenn die Würmer unter der Erde sich um deinen Mann gekümmert haben, wird er hässlicher sein als ich.“

Wieselflink tritt sie zu mir, hebt mit spitzen Fingern mein Kinn und sieht mir in die Augen.

„Du wirst mir vertrauen müssen, falls ich dich für vierundzwanzig Stunden wieder ins Leben zurückholen soll. Meinst du, dass du mir vertrauen kannst?“ Ich habe Mühe mit meinem Widerwillen gegen sie. „Wir zwei werden nämlich auf eine Reise gehen“, fährt sie fort, „und die muss nicht angenehm verlaufen. Meinst du also, dass du mir vertrauen kannst?“

Ich halte dem undurchdringlichen Blick der Alten stand. Ihre Augen sind hart wie Fels.

„Mach mit mir, was du willst“, erwidere ich.

„Dein Mann hat Mut“, sagt sie zu Conchita, ohne den Blick von mir zu lassen, und fügt, mich meinend, hinzu: „Aber du brauchst mehr als Mut. Ich werde deinem Hund etwas Blut nehmen, um es dir zu geben. Leben für Leben, so ist das in der Natur.“

„Leben für Leben?“, frage ich, das Unerhörte kaum begreifend.

„Es ist der natürliche Lauf der Dinge.“

„Du willst ihn töten, damit ich vierundzwanzig Stunden leben kann?“

„Irgendetwas wird immer geopfert“, erklärt sie unwirsch. „Gibst du mir also den Hund?“ Und während ich bösartig grinse, fügt sie beschwichtigend hinzu: „Dein Frauchen hier wird nichts dagegen haben.“

„Conchita“, befehle ich laut und wütend, „schmeiß die verdammte Hexe raus!“

Natürlich bin ich einverstanden zu leben, aber genauso einverstanden bin ich zu sterben. Außerdem ist mir bewusst, sowieso in Kürze die Erde zu verlassen. Deshalb musste ich über den Vorschlag, Nano zu opfern, nicht nachdenken, sondern über ihn grinsen. Er war absurd.

Kaum habe ich meine Seelengefährtin aufgefordert, die Alte zu entfernen, da ergreift die Zigeunerin meine Hände, zieht mich hoch, dreht sich und legt sich meinen Körper mit einer geschickten und ungeahnt kraftvollen Bewegung über die Schulter.

„Mehr als Mut“, kichert sie dabei. Fest steht sie auf beiden Beinen, mein Kopf baumelt an ihrem schlaffen Bauch, meine Füße an ihren Waden. Ich atme den strengen Geruch der Alten.

„An die Arbeit!“, sagt sie zu Conchita. „Nimm den Topf, den ich mitgebracht habe, und die Lampe. Der Hund darf hierbleiben und der Meister mit den Nadeln auch.“

Sie stapft aus der Kammer, durch den Wohnraum, auf den Hangweg, als wiege ich nichts. Wie ein leerer Sack werde ich zum Plateau hochgetragen, ohne dass sie auch nur vermehrt atmet oder gar zu keuchen anfängt. Conchita hat Mühe, ihr zu folgen.

„Alterchen“, sagt die Hässliche unterwegs mit unverhohlenem Witz zu mir, „wir beide sind soeben gute Freunde geworden. Denn falls dir dein eigenes Leben mehr wert gewesen wäre als das deines Hundes, hätte ich dich auf der Stelle eigenhändig erwürgt!“

Das Blut hämmert in meinen Schläfen und drückt von innen gegen Ohren und Augen. Auf dem Plateau werde ich ostwärts getragen und erst nach vielen Minuten sanft zu Boden gelegt.

„Hier endet die Komödie“, sagt die Alte gelassen, während sie die Lampe entzündet, „und das Drama beginnt.“

Ihr Gesicht befindet sich dicht vor meinem. Ihre Augen sind jetzt hell und völlig durchlässig. Ich grüße ihre Seele und sie grüßt meine. Ich spüre die Gewissheit, mich bis jetzt richtig verhalten zu haben, und bin darüber sehr erleichtert.

„Liegst du bequem?“

Der Stein ist hart und nachtkühl, aber das ist in Ordnung. Ich nicke.

„Es wird dauern“, erklärt sie Conchita mit einer Stimme, aus der Spott und Überheblichkeit verschwunden sind. „Geh ein paar Schritte auf den Sonnenaufgang zu, wende dich nicht nach uns um, warte und bete für deinen Mann. Dann wird alles gut werden!“

Meine Gefährtin entfernt sich mit einem langen fragenden Blick auf mich. Ich versuche ein Lächeln und deute ein Nicken an.

„Du bist entschlossen zu leben?“, fragt die Zigeunerin kurz darauf und reibt sich sorgfältig die Hände.

„Ja“, antworte ich bestimmt, obwohl mein nackter Körper in der Morgenluft zu zittern beginnt.

„Ich muss dir nicht sagen, dass das Leben gefährlich ist. Gefährlich und segensreich zugleich. Bist du trotzdem entschlossen zu leben?“

„Ja“, antworte ich erneut. Das Zittern verstärkt sich.

„Was aus der Quelle kommt, um über die Erde zu gehen, ist das Leben selbst. Als solches bist du gleichzeitig Gefahr und Segen für diesen Planeten und für deine Mitgeschöpfe. Weißt du das und bist du dennoch entschlossen zu leben?“

„Ja“, antworte ich ein drittes Mal, „ich bin!“

„Dann soll es so sein.“

Sie beugt sich über mich und legt mir ihre knochigen Hände auf die Schlüsselbeine, murmelt Unverständliches. Wärme dringt in mich ein. Die Alte legt die Hände wie eine umgedrehte Schale auf meinen Bauchnabel. Das Murmeln wird zu einem Singsang. Wieder strömt Wärme in meinen Körper. Dann legt sie die Handflächen auf meine Füße und singt dabei mit lauter Stimme in einer mir unbekannten Sprache. Noch einmal flutet Wärme in mich hinein. Mein Körper beginnt zu pulsieren.

Jetzt dreht sie mich behutsam auf den Bauch, berührt nacheinander meine Schultern, Hüften und Fußsohlen mit ihren Händen. Mir wird sehr heiß. Sie wendet mich zurück auf den Rücken. Im flackernden Schein der Lampe sehe ich, wie sie sich eine dicke überlange Zigarre anzündet. Sie bläst den Rauch in die vier Windrichtungen, gen Himmel und zu Boden, dreht die Zigarre dann um, nimmt das brennende Ende in den zahnlosen Mund und bläst durch das Mundstück eine längliche Rauchschwade auf meine Stirn. Im ersten Augenblick riecht es unangenehm nach Qualm, dann köstlich wie Weihrauch. Meine Gedanken stehen still.

Sie bläst den Rauch gegen meine Handflächen, den Bauchnabel und die großen Zehen, zieht Rauchspuren über meine Arme und Beine, bläst Kreise über Brust und Unterleib. Dreht mich um und wiederholt die Prozedur an der Rückseite meines Körpers. Als sie mich zurückdreht, ist es mir, als hätte ich einen großen Teil meines Körpergewichts verloren. Ich höre ein weißes Rauschen, dann ein leises Singen mehrerer Stimmen, nehme eine besondere Art von Achtsamkeit in mir wahr, in der eher ein neugieriges Staunen mitschwingt als Verwunderung über das Geschehen.

Ich werde nun sehr leicht, noch viel leichter, noch sehr viel leichter, und das ist über alle Maßen angenehm. Zeit-Raum-Gebilde öffnen sich. Deutlich ist in ihnen der Gesang des Chors zu hören, eine klare lichtvolle Melodie, die nicht vergleichbar ist mit den Gesängen meines Volkes, die mich jedoch entzückt, sich entfaltet, auffächert. Wären es nicht deutlich Stimmen, würde ich das Gehörte für Orgelklang halten, so kraftvoll ist es, unwiderstehlich in mein Innerstes dringend. Das Herz pocht im Entzücken der Seele, und plötzlich weiß ich, wer da singt, erkenne ich den Chor, erkenne ich ohne jeden Zweifel den Chor der Allheit. Mein Herz überschlägt sich vor Freude und Sehnsucht in jener Präsenz, und ich wiedererkenne diese Präsenz, die ich stets als Gegenwart der spirituellen Macht empfunden habe, weiß unverrückbar, dass jene Macht, der ich mein Leben und mein Sterben versprochen habe, niemals etwas anderes ist als die Gegenwärtigkeit meiner engsten Verwandten, der gesamten Menschheit, des gesamten Lebens, das für mich singt. Mit leuchtender Bestimmtheit weiß ich, dass sich mein Dasein überhaupt erst durch die verheißungsvolle Nähe der Ganzheit erfüllen konnte, und ich eile, sie zu umarmen.

„Hiergeblieben!“, höre ich die Zigeunerin laut, aber unendlich fern mahnen.

Es ist nur ein kurzes Zögern, das mich erfasst und halten will, dann wende ich mich wieder dem Geliebten zu, das mir so nahesteht, wie ich nur mir selbst nahestehe, wende mich mit einem solch seligen Entzücken dem Einssein zu, dass mich nichts mehr halten kann. Da ist das Ende meines Weges, die Erfüllung meiner selbst ~ jetzt will ich endlich in der all-einenden Umarmung meinen Tod sterben dürfen!

Ein Reiz in meinen Lenden, der schon seit Längerem dort fast schmerzhaft pocht, wird deutlicher und immer deutlicher, lenkt mich ab, zieht lästig meine Aufmerksamkeit aus den lichten Höhen hinunter zwischen meine Beine und bringt gegen meinen Willen den Chor zum Verstummen. Wie aus tiefem Schlaf richte ich mich benommen auf meine Unterarme auf, um den Grund für diese unerwünschte Störung erkennen und beseitigen zu können, und sehe gerade noch, wie die Zigeunerin meinen Penis aus ihrem einfallenden Mund gleiten lässt und aus dem Griff ihrer knotigen Finger.

„Que cojones", sagt sie mit breitem Grinsen. „Ich wusste, wie man dich zurückholt!"

Angewidert schnellt mein Körper nach hinten und zieht schützend die Beine an. Die Alte lacht laut und wischt sich klebrigen Speichel aus den Mundwinkeln, rückt mir auf den Leib und drückt mich energisch nach hinten. Breitbeinig sitzt sie über meiner Brust, ich glaube, ihr kratziges Schamhaar zu fühlen. Sie tastet mit ihrer freien Hand nach dem Topf, lüftet den Deckel und greift ins Innere. Holt ein weißes Etwas hervor, das ich erst Sekunden später als Taube erkenne, die sie in ihrer Faust hält. Die Flügel hängen seitlich herab, der weiße Kopf ist hochgereckt.

Sie fährt mir mit dem zuckenden Tier über das Gesicht.

„Was willst du wirklich?", herrscht sie mich an.

„Vierundzwanzig Stunden leben", hauche ich atemlos in das Gefieder.

„Na also", grunzt sie zufrieden und wirft den Vogel in die Luft. Mit kräftigem Flügelschlag entfernt sich das Weiße.

Die Alte steigt von mir ab, glättet ihren Rock, und wieder hebe ich meinen Oberkörper, ziehe mich erneut von ihr zurück. Sie richtet sich vollends auf, sucht die Zigarre, drückt die Glut zwischen Daumen und Zeigefinger aus.

„Geh zu deiner Gefährtin", befiehlt sie und schlägt mir flüchtig mit der flachen Hand gegen die Brust. Erst da bemerke ich, dass ich eben meinen Körper aus eigener Kraft bewegt habe. Die Zigeunerin wendet sich um und eilt in Richtung Hangweg davon. Helle Morgenröte überzieht im Osten den Himmel. Ich stehe unsicher auf. Mein Körper fühlt sich schwach an, pulsiert jedoch bei jedem Atemzug angenehm lebendig. Ich trete zu Conchita, lege ihr von hinten meine Arme um die Schultern. Sie weint regungslos. Ihre Tränen fallen auf meine nackten Unterarme. Heftig pocht mein Herz, und strahlend erhebt sich die Sonne aus dem Meer, übergießt den neuen Tag mit Leben.

∞

Urgewaltig bricht die Nacht über mich herein. Meine Hände ruhen gefaltet auf meiner Brust. Unter dem Bett liegt N:ghas dunkelbrauner Lederkoffer, von dem ich mich damals nicht trennen konnte und wollte. Seit 35 Jahren begleitet er mich überallhin und ist inzwischen alt, abgeschabt und verbeult wie ich selbst. Auf dem Koffer liegt das Schwert. Gott sei Dank ist das Abschiedsritual bereits vollzogen, denn die Dunkelheit kommt jetzt so schnell und so umfassend, dass ich innerhalb weniger Minuten nichts mehr sehen kann. Dies also waren meine siebzig Jahre. Ein Sekundenbruchteil innerhalb des gesamten Zeit-Raum-Gebildes, für mich jedoch ein ganzes langes Leben. Das Lachen mit meiner Mutter. Wie mein Vater mir das Lassowerfen beibrachte. Der erste Kuss von Busi. Der langsame Walzer mit der ersten Geliebten. Wie Iris zu den anderen Betten hinüberging. Der Tag, an dem ich Prokura erhielt. Wasserskilaufen mit Robby. Der Mann, der mit mir innerhalb weniger Stunden seinen lebenslangen Jähzorn atmend bezähmte. N:ghas unverschämtes Grinsen hinter dem bekleckerten Pappbecher. Die Heilung Albas. Nanos Treue. Conchita.

Ich blicke *sanft* auf mich zurück.

Dann wende ich mich mit einem Lächeln von mir ab und gehe.

30 „Gott lebt in dir als du, deshalb vergiss dich nicht selbst!", hatte N:gah mich vor Monaten ermahnt.

Obwohl ich mit dem Vorgang mittlerweile bestens vertraut bin, errichte ich immer noch und immer wieder die scheinbare Wand zwischen mir und dem Geheimnis meines Herzens: Aufregungen im Verstand und im Körper lenken meinen Blick in die Welt, ziehen meine Aufmerksamkeit aus dem besonnten Raum und lassen mich vergessen, dass und wer ich bin. Wann werden meine äußeren Gewohnheiten und inneren Bewegungen mich endlich nicht mehr ablenken, damit sich mir meine Selbst-Wirklichkeit enthüllen kann?

∞

Einen Tag nach Heilig Abend habe ich meinen Wahlvater zum ersten Mal bei seinem Namen gerufen. Nicht weil ich eine Frage gehabt hätte, sondern weil ich mich nach ihm sehnte. Der Donner der beiden Felsbrocken wallte aus dem Bootshaus, wo ich auf dem Meditationskissen saß, hinaus ins Universum und ist noch nicht ganz verklungen, da steht N:gha schon auf der Plattform, blickt, die Arme waagerecht nach beiden Seiten ausgestreckt, die Handflächen mir zugewandt, durch die Scheibe, als frage er:

„Sohn, was ist los?"

Irgendetwas stimmt nicht mit mir. Ich registriere es, während ich den Gerufenen erstaunt anschaue. Mir ist sehr eigenartig im Körper und auch im Kopf. Zuerst denke ich, es wird die Überraschung sein, dass das mit dem Rufen geklappt hat, dann merke ich, dass ich mich nicht bewegen kann. Von früher weiß ich aus tiefen Meditationen, dass es Phasen gibt, in denen der Körper entweder übermäßig schwer erscheint oder federleicht, und das Bedürfnis, ihn zu bewegen, fehlt. Diesmal kann ich ihn nicht bewegen. Ich versuche, wenigstens die Augen zu schließen, aber auch das klappt nicht, schlimmer noch: Ich kann nicht einmal mit Bestimmtheit sagen, ob sie offen oder geschlossen sind.

Während ich allmählich Angst bekomme, winkt N:gha, als solle ich mich erheben und zu ihm raus auf die Plattform gehen, und ich nicke zustimmend ~ das ist nun absolut seltsam! Denn obwohl ich meinen Kopf definitiv nicht bewegen kann, habe ich den Eindruck, soeben genickt zu haben. Aha, denke ich, höchstwahrscheinlich befinde ich mich in einer Art Trance, wie ich sie ebenfalls gelegentlich erlebt habe. Alles deutet darauf hin, dass ich mich halb in meiner sichtbaren und halb in N:ghas unsichtbaren Welt befinde, seit er erschienen ist. Diese Vermutung beruhigt meinen aufgebrachten Verstand und ich entspanne mich innerlich. Im selben Augenblick sind mein Besucher und ich ganz woanders.

Eine halbe Autostunde südlich von Wismar liegt um den Schweriner See herum eine wunderschöne Landschaft mit sanften Hügeln, weiten Feldern und Wiesen, vereinzelten kleinen Wäldern. Sie erinnert mich an das Grasland meiner Träume. N:gha und ich haben im Spätsommer und Herbst einige Ausflüge in diese Gegend unternommen, um zu wandern, zu baden, nackt in der Sonne zu liegen. Nun befinden wir uns wieder dort auf einem der Hügel und schauen in die schneebedeckte Weite. Es ist windstill. Der Himmel ist vollgestopft mit riesigen grauen Wolken und legt einen grauen Schleier über alle Farben des winterlichen Landes.

N:gha steht barfuß in seiner hellen Leinenhose, die vielleicht auch aus hellem Wapitifell bestehen könnte, genau ist das nicht zu erkennen, und mit nacktem Oberkörper neben mir im Schnee. Die Enden des gelben Stirnbandes fallen auf seine muskulösen Schultern herab. Ohne mich erinnern zu können, dass ich sie angezogen habe, trage ich meine Bergschuhe, den Daunenmantel und die Wollmütze.

Ich spüre intensive Glückseligkeit. Ich bin glücklich, weil er wieder da ist und ich neben ihm stehe. Weil wir wieder gemeinsam schweigen. Weil wir wieder über unser Land schauen. Weil vielleicht irgendwo hinter einem der Hügel wieder das Zeltdorf liegt. Weil wir wieder zu Hause sind. Am Horizont ahne ich die grandiose Bergkette mit ihren tiefen Schluchten und endlosen Plateaus. Dorthin ziehen sich die jungen Männer zurück, um ihre erste Vision zu empfangen.

Nach einer langen, langen Weile wendet mein Wahlvater den Kopf zu mir, und auch ich blicke ihn an. Er nickt. Wortlos gehen wir an den Platz, wo in der vergangenen Nacht wohl Touristen oder junge Leute aus Wismar oder der näheren Umgebung gefeiert haben. Dort liegen vier vom Schnee befreite Baumstämme in einem engen Karee um die Reste einer heruntergebrannten Feuerstelle. Wir setzen uns gegenüber. Nach einer weiteren langen, langen Weile gemeinsamen Schweigens beginnt N:gha zu sprechen.

„*Wakañ' tañ'ka*", sagt er und benutzt die Unterwasserlaute unseres Volkes, „wurde von den englischen Missionaren, die uns christianisieren wollten, als *Holy Spirit ~ Heiliger Geist* übersetzt oder als *Great Spirit ~ Großer Geist.* Aber *wakañ* bedeutet *heilig* und zugleich auch *geheimnisvoll* und *tañ'ka* ist *groß*. Korrekt übersetzt heißt *wakañ' tañ'ka* also *das Große Heilige Geheimnis.*"

Ich nicke. Wieder schweigt N:gha lange, beugt sich dann vor, greift ein verkohltes Holzstück und beginnt, mit langsamen Bewegungen sein Gesicht zu schwärzen. Aufmerksam beobachte ich ihn dabei. Je weiter seine Arbeit voranschreitet, desto mulmiger wird mir. Er sieht zum Fürchten aus.

„*Wakañ' iña*' ist *Heilige Geheimnisvolle Mutter* und *wakañ' ate*' ist *Heiliger Geheimnisvoller Vater*."

Ich nicke erneut. Sein Aussehen ist gespenstisch und schockiert mich dermaßen, dass ich mich kaum auf seine Worte konzentrieren kann.

„*Wakañ' tañ'ka*", fährt er fort, „ist die Verschmelzung der beiden, ihr Kind, die Schöpfung. Und genau das bist du: die Einheit aus Urmutter und Urvater, das göttliche Kind, das Große Heilige Geheimnis des Lebens. Es wohnt als Sonne in deinem Herzen. *Wakañ' tañ'ka* bist du!"

Bei den letzten Worten ist seine Stimme scharf und machtvoll. Ich kann nicht mehr nicken. Vor mir sitzt der Mann, der mich schon immer unterrichtet hat, mein Wahlvater und Lehrer seit Anbeginn. Plötzlich lodert das Feuer hell auf, prasselt dann leise vor sich hin. Dünner Rauch steigt von Mutter Erde zu Vater Himmel. Von Zeit zu Zeit erfasst uns ein kurzer Windstoß, zerfleddert den Rauch und trägt ein wohlbekanntes Geräusch mit sich: Die Zeltbahnen hinter dem Hügel knirschen, wenn der Weltatem plötzlich gegen sie stößt, und die Geräusche unseres Dorfes dringen dann wie von ungefähr zu mir durch. Niemals wäre mir in den Sinn gekommen, dass N:gha einen Menschen töten könnte, doch nun hat er sein Gesicht vollständig schwarz gefärbt bis auf die Augen, und genau das tun die Krieger, wenn sie einem Feind das Leben genommen haben und ihre Tat am Feuer tanzen wollen.

Ich bin zutiefst verstört.

„Der Vater ist absolutes Bewusstsein, unbewegliches, ewig stillstehendes Jetzt. Die Mutter ist fließende Energie, ewige Bewegung, lebendige Schöpferkraft. Vater und Mutter sind zwei, Shiva und Shakti, aber der Vater drängt zur Mutter hin, will sich bewegen, will Schöpfer werden, und die Mutter drängt zum Vater hin, will zum Stillstand kommen, will Bewusstsein werden. Sie wollen sich zu einem Paar vereinen, aus zweien eins werden. Aber erst durch dich verschmelzen sie miteinander, werden zu *wakañ' tañ'ka*, dem einzigartigen Großen Heiligen Geheimnis. Erst durch dich und in dir sind sie nicht mehr voneinander zu trennen. Du bist das Neue, das Dritte, das göttliche Kind der beiden: Geschöpf. In dir wie in aller Schöpfung tanzen die beiden als *ein* Paar ~ aus der Ruhe fließt die Kraft, und auf die Kraft folgt die Ruhe, die ihrerseits zu neuer Kraft führt. Ohne Anfang, ohne Ende."

Er holt tief Luft.

„Urvater und Urmutter, unbewegtes absolutes Bewusstsein und lebendige Schöpferkraft, das ist *wakañ' tañ'ka*, das Große Heilige Geheimnis, die Sonne des Herzens, und *wakañ' tañ'ka* bist du."

„Warum hast du getötet?", frage ich, nun zutiefst entsetzt.

„Irgendwann wurde es notwendig."

„Du hast gesagt, dass du es dir schon in Kinderjahren für immer verboten hast."

„Mit einer Ausnahme: Ich habe *mich* getötet. Seitdem weiß ich, wer ich bin. Auch du wirst nicht umhinkommen, eines Tages freiwillig das Ich-Opfer zu wählen, um zu erkennen, dass du *wakañ' tañ'ka* bist."

∞

Heute weckt mich eine leise mahnende Stimme:

„Erschaffe Unsterblichkeit aus Sterblichem!"

∞

Tauwetter hat eingesetzt und allmählich schmelzen die Eisschollen. Der besonnte Raum offenbart seine Geheimnisse. Ich will nicht länger ~ ich liebe. Mein Leben muss kein Leben mehr werden! Alles ist gut. Manches scheint unvollständig zu sein, aber tatsächlich ist alles jederzeit bereits in sich erfüllt. Es gibt nichts, das noch werden müsste. Vollkommene Befreiung und gleichzeitig vollkommene Hingabe. Höchste Aufrichtung und tiefste Verbeugung. Das ist unfassbar! Das ist Gott!

∞

Beim Selbst-Gewahrsein ist meine Aufmerksamkeit anfangs ganz allgemein auf „mich" gerichtet. Bei der Herzschau richte ich sie speziell auf das Innere der Brust. Beim Selbst-Gewahrsein breitet sich das Bewusstsein nach kurzer Zeit um mich herum aus bis zur Unendlichkeit, bis ins Äußerste des Äußersten. Bei der Herzschau breitet sich das Bewusstsein ins Innerste des Innersten aus.

Wenn ich das verborgene Geheimnis meiner selbst finden will, muss ich ins Verborgene meiner selbst gehen und bereit sein, dort vollkommen zu verschwinden, selbst ein Verborgener zu werden.

∞

Der Wind schmeckt nach Frühling. Ich stehe auf verlorenem Posten, bin kein Jemand mehr und noch kein Niemand.

Eigentlich bindet mich überhaupt nichts an diese Welt, denke ich, und meine sofort, N:gha entgegnen zu hören:

„Auch Faden ist Fessel."

31 Die Freunde veranstalteten für mich eher ein Abschiedsfest als eine Trauerfeier. Allerdings ist mir kein klarer Eindruck von jener Zeremonie erhalten geblieben, denn ich habe nur sehr distanziert an ihr teilgenommen. Viel deutlicher war der nagende Zweifel, ob ich mein Testament noch rechtzeitig, also noch zu Lebzeiten gemacht hatte. Diese Frage tauchte wiederholt auf, und ich bin mir nicht darüber im Klaren, ob das vor oder nach meinem Tod geschah.

Alles in allem war ich ein wenig verwirrt über das Durcheinander. Die Ereignisse hier halten sich weder an einen logisch-kausalen noch an einen zeitlichen Ablauf, sondern vollziehen sich wie im Traum in Zeitsprüngen.

Auch der Tag und die Umstände meines Ablebens stehen für mich nicht genau fest. Angesichts meines jetzigen, durchaus zufriedenen Gemütszustandes möchte ich glauben, dass ich die Welt verließ, nachdem ich meine Liebe, meine Lust und meinen Samen an Conchita und Leila verschenkt hatte. Da ich mich jedoch nicht wirklich an den Augenblick meiner Exkarnation erinnern kann, ist es auch möglich, dass ich meinen Körper bereits zu einem früheren Zeitpunkt verlassen habe.

Jedenfalls scheint das alles sehr, sehr lange her zu sein.

Oder auch nicht.

Die Desorientierung in Bezug auf die Zeit empfand ich als sehr störend. Sie legte sich erst ein wenig, als ich meinte, höchstwahrscheinlich zu schlafen und nur zu träumen, mich in meinem eigenen Innenreich aufzuhalten. Ich hatte jedoch noch immer nicht erkannt, dass ich bereits gestorben war. Vielmehr nahm ich an, im Halbschatten vor Conchitas Haus eingedöst zu sein, während sie einen Krug mit Eiswasser holte. Auch die Beerdigung änderte nichts daran, denn ich war überzeugt, ihr nur als Zuschauer beizuwohnen, nicht als Betroffener.

Ich empfand mich selbst wie üblich als Person innerhalb meines Körpers. Auf einige wenige Ereignisse in der Schlucht reagierte ich emotional, wenn auch nur sehr verhalten, da ich mich noch immer auf meinen Atem als Regulativ verlassen konnte. Meistens betrachtete ich das, was dort nach meinem Tod geschah, distanziert und einfach nur wohlwollend. Ich ließ es gut sein, und da dies im Großen und Ganzen meiner bisherigen Lebensweise entsprach, kam ich nicht auf die Idee, dass sich die Umstände meiner Existenz gravierend geändert haben könnten. Ich registrierte nicht bewusst, dass ich ganz selbstverständlich mit meinem Rollstuhl durch Hauswände hindurchfuhr, ohne anzustoßen. Deshalb merkte ich auch nicht, dass ich mich nicht mehr in einem Körper und nicht mehr als Mensch auf der Erde befand.

Irgendwann ging ich mit Nano über das Plateau, und als ich mich anschließend wieder in den Rollstuhl setzen wollte, stellte ich mehr oder weniger zufällig fest, dass mich meine Beine soeben getragen hatten und ich das rote Gefährt offensichtlich nicht mehr brauchte. Nun stutzte ich endlich.

Wohl in diesem Augenblick erschien N:gha am Horizont und näherte sich mir langsam. Als er vor mir steht, fragt er:

„Siehst du das Meer?"

Das verblüfft mich vollends, denn tatsächlich dehnt sich zu meinen Füßen das Meer aus ~ genau dort, wo gerade noch das Plateau gewesen ist.

„Was du glaubst oder denkst, das ist hier sofort Wirklichkeit", erklärt er. „Insofern unterscheidet sich dieser Ort nicht wesentlich von der guten alten Erde."

„Dann ist dies nicht die Erde?"

„Nein."

„Wo sind wir?"

„In der unsichtbaren Welt. Aber was heißt unsichtbar? Du kannst sie sehen, folglich ist sie sichtbar. Sagen wir also: Wir befinden uns in anderen Zeit-Raum-Gebilden. Solche Reisen kennst du ja schon."

„Dann bin ich bereits gestorben?"

„Ja und nein. Du bist von einer Seinswirklichkeit in eine andere übergewechselt. Ich spreche nicht gerne von Sterben und Tod, denn ganz offensichtlich gibt es dich ja immer noch. Und von Wirklichkeiten kann auch nur eingeschränkt die Rede sein, denn in Wahrheit sind sie alle nur Vorstellungswelten, Bilder, illusionäre Erscheinungen."

Ich akzeptiere die Tatsache, die Erde verlassen zu haben, ohne jeden inneren Widerstand. Vielleicht wundere ich mich ein bisschen darüber, es nicht bereits selbst bemerkt zu haben. Aber es ist ein großartiges Gefühl, wieder über meinen gesunden Körper verfügen zu können, und ich empfinde deshalb Freude und Dankbarkeit. Lachend laufe ich mit Nano an einem türkis schillernden Sandstrand entlang, werde noch übermütiger und renne neben dem Puma über sanfte Grashügel. Später begebe ich mich an Orte auf dem blauen Planeten, die mir fremd sind, und schaue dem Treiben der Menschen dort zu. Aber das wird nach geschätzt einigen Monaten langweilig, denn kaum jemand reagiert auf meine Anwesenheit.

Interessant ist, dass ich auch anderen Inkarnationen meiner selbst begegnen kann, beispielsweise einem Ritter, der statt der Leiche seines Sohnes ein Schwert mit gefalteter Klinge gefunden hat. Und als ich mich unversehens am Rand eines Granattrichters befinde, rufe ich einem Sanitäter zu:

„Lauf weiter, Sohn!"

Das wiederum überrascht mich sehr.

„Ich dachte, *du* hättest mich damals zum Weiterlaufen aufgefordert!", sage ich zu N:gha, der aus dem Nichts aufgetaucht ist, als ich an ihn denke.

„Niemals war ich ein anderer als immer nur du selbst", antwortet er und lacht. Es wird wohl noch eine Weile dauern, bis ich dieses Rätsel endgültig lösen kann.

„Ich bin jetzt ich“, rekapituliere ich, „und ich war damals der Sanitäter. Und außerdem war ich die Stimme, die zu ihm sprach?“

„Selbstverständlich.“

„Und wann habe ich mich zum Weiterlaufen aufgefordert?“

„Jetzt. Gerade eben. Warum bist du so verblüfft? Schon als Kind hast du dich geweigert, eine lineare Abfolge von Vergangenheit, Gegenwart und Zukunft anzuerkennen. Und als Erwachsener hast du ständig Veränderungen in allen dir bekannten Zeit-Raum-Gebilden vorgenommen.“

„Ich habe *geglaubt*, in den Zeit-Raum-Gebilden umherspringen und Ereignisse verändern zu können. Aber ich habe nicht *gewusst*, dass das wirklich möglich ist!“

„Natürlich hast du es gewusst, sonst hättest du es nicht getan“, entgegnet N:gha auf seine manchmal etwas schroffe Art. Sofort nach seinen Worten bemerke ich ein Unwohlsein, das über mich hereinbricht und sich schnell steigert. Starke innere Unruhe kommt dazu und ich gerate in einen Sog. Ich blicke mich um und versuche, mich zu orientieren, die Ursache der Irritation zu finden, nehme jedoch nur Leere wahr. Jegliche Bilder meiner Umgebung sind gelöscht, sodass ich mich buchstäblich *nirgends* befinde. Mich umgibt von allen Seiten, von oben und unten nichts anderes als durchsichtiges Nichts. Darin scheine ich im Kreis zu laufen oder mich sehr schnell um mich selbst zu drehen. Dann erinnere ich mich, Ähnliches während gedankenleerer Übungen erlebt zu haben, entspanne mich atmend in das Geschehen hinein und bin bereit, es ohne Widerstand zu beobachten. Unversehens stehe ich hinter Don Lucas. Ich habe meine Hände auf die Rückenlehne des kostbaren Korbsessels gestützt, in dem der alte Freund vorgebeugt sitzt. Beide beobachten wir konzentriert den Mann, der unter dem Laken auf dem Bett liegt und mit dem Schmerz ringt.

Als ich begreife, dass mein Unwohlsein seines ist, verschwindet es sofort aus meinem Bewusstsein. Ich nehme den anderen, von dem ich weiß, dass ich es selbst bin, mit großer Intensität und grenzenlosem Wohlwollen wahr. Während ich seinen Körper betrachte, sehe ich den Schmerz wie flirrende Luft darin. Der Liegende ist wach. Lucas tupft ihm die Stirn mit einem feuchten Tuch ab. Ich fühle mich diesen beiden alten Männern zutiefst verbunden, dem Arzt und dem, der ich bin. Don Lucas zittert vor Zuneigung und Aufmerksamkeit. Den anderen durchwogt lichtvolle Energie, die kleine Unebenheiten jenes Körpers und jener Psyche durchleuchtet, verbrennt, auflöst. Der Sterbende scheint bereits in hohem Maß gereinigt. Er ist kristallen und sehr, sehr schön. Ich liebe ihn über alles, trete ans Fußende des Bettes, greife durch das Laken hindurch und massiere die Füße dessen, der ich bin.

„N:gha?", flüstert er.

Es verblüfft mich, dass er mich nicht erkennt, mich mit N:gha verwechselt, doch erlaube ich ihm nach kurzem Zögern, mir die Gestalt des Weisen mit dem gelben Stirnband überzustreifen, die er sehen will.

„Oh", entfährt es ihm, und er entspannt sich lächelnd. „N:gha!"

Für mich ist es eigenartig, von ihm verkannt zu werden, als jemand gesehen zu werden, der ich nicht bin. Es ist nicht störend, aber eigenartig. Warum, denke ich, braucht er ein anderes Bild, um sich selbst zu sehen? Immer und immer wieder hat er die Erfahrung gemacht, dass jenes Ich, welches er im Alltag für sich hielt, nur ein winziger Ausschnitt seines gesamten Seins ist. Er weiß, dass es andere Aspekte seiner selbst gibt, transpersonale, zeit-raum-lose, umfassende, die weit über seinen Körper und seine Person hinausragen. Warum erkennt er jetzt nicht, dass er selbst das ist, was ihn umgibt?

Für mich steht mit absoluter Sicherheit fest, dass immer ich zu ihm geeilt bin, immer ich ihm geantwortet habe, wenn er die göttliche Macht angerufen hat, ganz gleich, mit welchem Namen er sie genannt hat. Warum hält er mich und sich für zwei, obwohl wir doch immer eins sind, immer nur ein einziges Ich-Selbst?

Und plötzlich, während ich mich dies erstaunt frage, erlebe ich mich selbst als dieses Ein-Ich, als das große nicht-fragmentierte Sein, das ich bin, das ich in allen Zeit-Raum-Gebilden und auch im Zeit-Raum-Losen bin. Ich erlebe eine gewaltige Erweiterung meiner selbst in meine unterschiedlichen inkarnierten und nicht inkarnierten Ichs hinein. All diese Ichs, die ich war und bin und sein werde, strömen aus mir heraus und zu mir herein ~ *wañi'ktelo*, wie N:gha mir bei seinem Abschied zuraunte und ich ihm. Dieses Eine gebärt auf dieselbe Weise auch die Ichs all meiner Mitgeschöpfe, und in umfassendem Einheitsbewusstsein erkenne ich, dass es keine anderen gibt, weil ich selbst es bin, der in jedem Wesen „ich bin ich" fühlt.

„Don Lucas?", spricht leise der, der ich bin, den Freund an, der ich ebenfalls bin.

„Ja, Don Jorge, ich höre Sie. Sie haben im Schlaf gesprochen."

„Don Lucas, ich war niemals ein anderer!"

Tränen rinnen über die Wangen des Flüsternden, er ahnt die Wahrheit!

„Natürlich nicht", antwortet der Freund verwirrt.

„Es gibt keine zwei!"

„Vielleicht verstehe ich Sie nicht richtig, Don Jorge, aber ich werde immer Ihr Freund sein."

∞

Irgendetwas habe ich übersehen oder übersprungen oder nicht richtig mitgekriegt.

Jedenfalls liege ich plötzlich gefangen in einer schmalen langen Kiste, nicht unbequem, die Hände über der Brust gefaltet. Allerdings ist es kalt, und ich muss befürchten, dass es sich bei der Kiste um einen Sarg handelt. Als ich mich erfolglos gegen den Deckel stemme, schon mit dem Gedanken, dass er sicherlich von außen verschraubt ist, überfällt mich Panik. Davor hatte ich immer Angst: begraben zu werden und dann aus irgendeinem irrwitzigen Grund doch noch einmal zum Leben zu erwachen. Verzweifelt hämmere ich von innen mit den Fäusten gegen das Holz. Niemand reagiert. Ich besinne mich und atme tief durch, frage mich, wie schon hunderttausendmal in diesem Leben, ob es jetzt gerade ein Problem gibt, verneine die Frage, denn in diesem gegenwärtigen Augenblick ist noch alles relativ okay, und ich entspanne mich. Schlagartig verschwindet die Panik, nur das Adrenalin wirkt noch etwas im Körper nach.

Ich muss hier raus. Wenn ich Glück habe, liege ich noch nicht unter der Erde, dann wird jemand kommen und den Sarg zu Grabe tragen und ich werde mich bemerkbar machen. Mit absoluter Sicherheit liege ich noch nicht unter der Erde, denn ich hatte um eine Feuerbestattung gebeten. Scheiße, bei lebendigem Leib verbrennen! Der nächste Panikschub überschwemmt Psyche und Körper. Durchatmen. Habe ich jetzt schon ein Problem? Nein. Atmen, entspannen. Diesmal dauert es länger, bis das Adrenalin sich aufgelöst hat.

Ich weiß, dass der Sarg auf ein Laufband kommt, das ihn in den Ofen befördern wird. Wenn ich noch nicht in Warteposition auf dem Laufband liege, habe ich Glück, dann wird jemand den Sarg hochhieven und ich kann gegen das Holz hämmern. Es ist möglich, dass ich Pech habe und sich der Sarg in Kürze automatisch Richtung Ofen bewegen wird. Bei etlichen Hundert Grad (oder sind es Tausende?) zu verbrennen, ist wirklich nicht mein Ding! Wie hatte ich nur so blöd sein können, meine Asche in alle Winde verstreuen lassen zu wollen?

Andererseits ist es auch kein Vergnügen, in der Erde zu liegen, zu verhungern und zu verdursten, während die ersten Maden an den Fußsohlen nagen. Heilige Scheiße!

Wieder beschleicht mich Panik. Moment mal! Vielleicht bin ich eigentlich wirklich tot und hab's nur noch nicht bemerkt. Vielleicht denke ich nur, dass ich lebendig in einem Sarg liege, und kreiere damit die entsprechende Vorstellungswelt. Falls ich tatsächlich tot wäre, würde der Körper hier ohne mich in der Kiste liegen und das Feuer würde mir definitiv nicht wehtun können, denn es beträfe nur den Leib, nicht mich. Aufatmen, entspannen.

Wenn ich aber jetzt tatsächlich tot bin und nicht mehr in diesem Körper stecke, wo, um Himmels willen, bin ich denn dann?

Natürlich woanders!

∞

Woanders nehme ich zwei, drei Schritte Anlauf und springe in die Höhe. Für einen Augenblick verharre ich in einer lächerlichen Position mit angezogenen Beinen einen halben Meter über der Erde. Langsam sacke ich ab und begreife, dass ich mich viel zu sehr anstrenge. Sofort gebe ich jegliches Bemühen auf und schwebe plötzlich schwerelos in der Luft.

Ich blicke an mir herab. Ich sehe den Körper und weiß sofort, dass er nur eine Erinnerung an meine vergangene Inkarnation ist, ein Bild von mir, das ich immer noch mit mir herumtrage. Probeweise stelle ich mir vor, in einem anderen Leib zu stecken, mit dem einer Frau bekleidet zu sein, und sofort umhüllt mich ein solcher. Ich kann ihn sehen und spüren und experimentiere eine Zeit lang mit weiteren Körpern, die ich mir überstreife. Es ist jedes Mal erstaunlich, mich in ihnen zu befinden, doch schließlich erkenne ich, dass ich überhaupt keinen Körper brauche, um zu sein, denn ich existiere auch, während ich sie wechsle.

Schlagartig, schockartig erinnere ich mich, dass ich während der Einäscherung trotz allem Todesängste ausgestanden habe, denn irgendwie war ich wieder in meinen eigenen Körper hineingeschlüpft, und es war die absolute Katastrophe, mich nicht vor der Feuersbrunst retten zu können. Jetzt hatte ich wirklich ein Problem! Ich schrie aus Leibeskräften. Als die Flammen in das Sarginnere einbrachen und das Fleisch verbrannten, wurde die Panik schier unerträglich ~ bis nur noch Asche übrig war und ich bemerkte, dass es mich immer noch gab und ich zwar Angst, aber keine Schmerzen gehabt hatte.

Anfangs ist das vollkommen unverständlich. Erst nach und nach wird mir klar, dass ich *niemals* in jenem Körper gesteckt habe, der siebzig Jahre lang über die Erde gewandert und nun verbrannt worden ist. Ganz offensichtlich handelte es sich zu keinem Zeitpunkt um „meinen" Körper, und plötzlich erscheint mir völlig unverständlich, wieso ich lebenslang eine gedankliche Verbindung zwischen ihm und mir konstruiert hatte.

Im Laufe der Veränderungen sehe ich ein, dass die Überzeugung, wir Menschen befänden uns in einem Körper, nur eine hartnäckige Illusion darstellt. Es ist zwar so, dass Körper geboren werden, durch die Welt laufen und dabei allerlei komische Sachen tun ~ aber wir stecken keinesfalls in ihnen! Nur um uns selbst nicht zu verlieren, errichten wir eine gedankliche Verbindung zwischen einem jener Körper und uns und beziehen dann seine Lust und seinen Schmerz auf uns. Wenn ich das schon damals gewusst hätte, dann hätte ich selbstverständlich keine Angst vor dem Sterben gehabt. Dann hätte ich gewusst, dass der Tod des Körpers nicht das Geringste mit mir zu tun haben würde!

Während ich noch über diese Erkenntnisse staune, wird der Körper, der mich gerade umgibt, immer durchsichtiger, bis nur noch ein strahlender blauer Lichtpunkt übrig geblieben ist. Unvermittelt und bevor ich mich vollständig auflöse, fällt mir ein, dass ich meinen Eltern noch gar nicht begegnet bin, und im selben Augenblick stehen sie vor mir, mein Vater offensichtlich desinteressiert und als fühle er sich in eigenen Aktivitäten unterbrochen. Meine Mutter greift mit einer gewissen verschämten oder gekünstelten Freude nach meiner Hand, lässt sie jedoch sogleich wieder los, als merke sie, dass diese Geste eigentlich unangebracht ist. Ich empfinde ihnen gegenüber eine seltsame Distanz, und nun, da sie seit den Jahrzehnten ihres Ablebens der Pflicht enthoben sind, mich zu erziehen, wenden sie sich einander zu, ein wenig verwundert über die Begegnung mit dem fremdgewordenen einstigen Sohn, und ich lasse beide ihrer Wege gehen. Die Begrüßung mit meinen Großeltern mütterlicherseits fällt etwas herzlicher aus, aber sie scheinen ebenfalls nicht mit meinem Auftauchen gerechnet zu haben und mich auch nicht wirklich zu erkennen und entschwinden in das Nirgendwo, aus dem sie gekommen sind.

Als ich meinen anderen Großvater entdecke, stürze ich auf ihn zu, umarme ihn stürmisch und weine heftig vor unfassbarer Wiedersehensfreude. Er, der mir seinen Vornamen verliehen hatte, war der König und Heiler unserer Familie, der alle übrigen Mitglieder nach dem Krieg zusammenführte, ihnen Obdach und Arbeit gab, ein Leben in Sicherheit und Wohlstand schenkte. Als ich fünf Jahre alt war und die anderen durch seine Großzügigkeit reich geworden waren, verließen wir ihn. Später starb er alt und einsam an gebrochenem Herzen. Ich überschütte ihn jetzt mit Dankbarkeit und Liebe ~ bis ich plötzlich merke, dass ich ja kein Kind mehr bin, das seinen viel zu früh verstorbenen Opa herzt und küsst. Tatsächlich umarmen sich hier gerade zwei alte Männer, und einer von ihnen verwechselt sich selbst mit einem Dreizehnjährigen. Wir lösen die Umarmung, blicken uns an.

„Aber von deiner Liebe habe ich doch immer gewusst!", schmunzelt er. „Wozu jetzt so ein Aufheben machen?"

Wie erlöst springe ich kopfüber von der Plattform in die Ostsee, sitze anschließend mit Nano auf dem Plateau über der Schlucht und feile an meinem Schwert, bis mir einfällt, dass ich es ja eigentlich bereits zu Lebzeiten fertiggestellt hatte, dass es also jetzt nichts mehr zu feilen gibt, und ich halte inne, weiß gerade nicht, wohin mit mir selbst.

Da befinde ich mich in einem schummrigen Labyrinth und irre fasziniert durch spärlich beleuchtete Gänge und Räume, in deren Halbdunkel sich nackte oder kaum bekleidete Frauen und Männer ihrer Lust hingeben. Dieser Ort kommt mir vage bekannt vor, und ich lasse mich in ihn hineinziehen, genieße die aufgeladene Atmosphäre, den zwielichtigen Anblick der sich Tummelnden, mische mich zwischen die Kopulierenden, ergötze mich an fremden Berührungen und suche, von meinem Verlangen getrieben, immer neue Nischen auf, schwimme mit der Welle körperlicher Erregung, bis ich merke, dass sie sich nicht entlädt, sondern mehr und mehr anstaut, wie man auch im Traum zwar Ekstase, aber keinen entlastenden Orgasmus träumen kann. Die aufgeschaukelte Energie bedrängt mich immer mehr, wird zur Qual, da weiß ich plötzlich, wo ich bin: Dies sind die ineinander verschachtelten Räume mental-sexueller Lust ~ und mit diesem Wissen komme ich endlich wieder zu mir.

Das will ich nicht! Genau das will ich nicht! Ich will keinen Sex ohne Liebe!

Augenblicklich verschwinden das Labyrinth und seine Benutzer. Auf der Stelle setze ich mich mit gekreuzten Beinen zu

Boden und lasse das Erlebte nachschwingen. Entsetzt erkenne ich die unmittelbare Gestaltungsmacht der Gedanken. Schon zu Lebzeiten wusste ich seit Jahrzehnten, dass sich unsere Vorstellungen, Wünsche und Ängste im Außen materialisieren, dass Denken uns den Himmel bescheren oder die Hölle öffnen kann, aber noch nie ist dieser Vorgang mir dermaßen drastisch vor Augen geführt worden wie hier, wo zwischen Denken und Erscheinung des Gedachten keine Zeit vergeht. Was ich immer ahnte, ist tatsächlich Wirklichkeit in allen Vorstellungswelten, der irdischen und der jenseitigen: Bewusstsein und Energie sind die beiden Säulen der Manifestation. Wenn das unbewegte Bewusstsein in Bewegung gerät, entstehen die Welten, und wenn die Bewegung zur Ruhe kommt, lösen sich die Welten wieder auf.

Die Begegnung mit meinem vormals geliebten Großvater Georg und das Umherirren durch die mental-sexuellen Räume erlauben mir zu sehen, wie die Muster meiner Psyche, die sich während meines Erdenlebens gebildet haben, hier nach meiner Exkarnation noch fortbestehen und ihre eigenen Schöpfungen kreieren.

Aber ich weiß, dass *ich* der Schöpfer all meiner Erscheinungen bin ~ ich kann wählen, in welchen Vorstellungswelten ich mich aufhalten will! Wie auf der Erde so sollte es mir auch hier möglich sein, durch Einsicht und willentlichen Entschluss mein Verlangen auszuatmen, um mich von letzten egozentrischen Kräften zu befreien und einen wesentlichen Schritt in Richtung Ganzheit zu machen. Ich will zur Ruhe kommen, mich abwenden von den sinnleeren Verlockungen, die dem verführerischen Erdenleben aufs Haar gleichen. Ich will ins bewusste Selbst-Gewahrsein zurückkehren, an den stillen unbewegten Ort in mir, will mein Ich überschreiten, ichlos bewusst sein und richte die Aufmerksamkeit auf mich selbst, das Zentrum von allem, gleite vom halbpersönlichen Zeugen ins reine Bewusstsein, entschwinde.

∞

Es regnet Segen.

Es regnet von hier aus Segen.
Es regnet von hier aus Segen in die Welt.
Als ich es sehe, kann ich es nicht fassen.
Aber es ist so: Es regnet von hier aus Segen in die Welt!

∞

Kurz tauche ich in dem Café auf, wo Leila arbeitet. Zusammen mit einer anderen Frau, die ich nicht deutlich erkennen kann, lebt sie offensichtlich seit Jahren immer noch in Antonias Appartement am Strand. Wie durch ein Fenster beobachte ich die beiden, die einander liebevoll zugeneigt sind. In den frühen Morgenstunden, wenn er sich allein und unbeobachtet am Swimmingpool weiß, probiert John dort mithilfe einer Pranayama-Technik, über das Wasser zu gehen. Von Fehlschlägen lässt er sich nicht entmutigen. Ohne dass er es bemerkt, greife ich von hinten unter seine Achseln, stütze ihn und ermögliche ihm drei schnelle Schritte, ohne einzusinken. Conchita wohnt mit Don Lucas in dem großen schönen Haus des Arztes. Das schmiedeeiserne Tor haben sie entfernen lassen. Gelegentlich gehört die Samstagnacht noch immer ihr.

All die Menschen, auf die sich mein Blick derart zufällig richtet, liebe ich aus ganzem Herzen. Als ich das spüre, lege ich die Hand auf meine Brust, verschiebe die Aufmerksamkeit des Selbst-Gewahrseins sanft in den besonnten Raum meines Herzens, flüstere die drei Worte und versinke in meiner Seele, werde endlich, endlich wieder jener göttliche Funke, blau schimmernd, nach dem ich immer gesucht hatte, der mir jedoch nur scheinbar abhandengekommen war.

Eine Weile mag vergangen sein, da verschwindet auch er, und nun nehme ich mich zum ersten Mal ohne Körper oder sonstige Form wahr. Ich schwebe als glasklares durchsichtiges

Bewusstsein im weiten Raum des Herzens, das nicht länger mein Herz ist, sondern das eine große universelle Herz. Es ist mit meinem Erkennen plötzlich vollkommen entleert, enthält keinerlei Körper mehr und ist eigentlich auch kein Raum mehr, sondern nur noch Weite ohne jede Begrenzung. Ich empfinde mich zwar wie eh und je als mich selbst, kann mich jedoch nicht mehr leibhaftig spüren, meine Anwesenheit nicht mehr lokalisieren. Weil ich dabei meine Identität nicht verloren habe, ist das äußerst angenehm.

Auch die Vorstellung, ein blauer Lichtpunkt zu sein, ist dieselbe Illusion wie jede andere Art körperlicher Erscheinung. Wir können uns einfach unser Vorhandensein nicht körperlos vorstellen ~ obwohl es genau das ist: Unsere Anwesenheit dort auf der Erde oder hier in der unsichtbaren Welt dehnt sich ohne räumliche oder zeitliche Begrenzung über das gesamte Universum aus. Aufgeregt berichte ich N:gha davon.

„Was du mir jetzt erzählst, weiß ich seit Inkarnationen", entgegnet er, „und ich habe dich immer wieder daran erinnert. Dauernd hab ich dir erklärt, dass ich nicht der bin, für den du mich hältst. Du sahst mich nur deshalb als einen Lehrer, weil du dich für einen Schüler hieltest. Und weil du dich für einen jungen Mann mit Glatze hieltest, hieltest du mich für einen alten Mann mit Stirnband. Wer selbst glaubt, ein Körper zu sein oder einen zu haben, der sieht überall Körper. Fällt diese Vorstellung weg, so verschwinden mit ihr gleichzeitig auch alle anderen Formen."

„Sag mir endlich, wer du wirklich bist!"

„Ich bin du. Ich bin die Wahrheit. Ich bin in allen Wesen das Empfinden ‚ich bin ich'. Ich bin das dir innewohnende Wissen über dich selbst. Deshalb forderte ich dich auf, im beobachtenden Wahrnehmen des Herzens zu verbleiben, bis die Erkenntnis dieses einen Ich-Selbst erstrahlt. Und genau dazu fordere ich dich jetzt erneut auf."

∞

Es gibt nicht zwei Herzen: das kleine persönliche Herz und das große universelle Herz. Denn das Herz des Einzelnen *ist* das eine große kosmische Herz. Wer „sein" Herz findet, findet das Herz aller Wesen, Dinge und Ereignisse.

∞

Plötzlich fällt mir ein, dass Alba noch vor Abschluss der Pubertät beschlossen hatte, ihre Inkarnation eigenhändig abzubrechen, und hier erschienen war. In großer Vertrautheit miteinander hatten wir viele intensive Gespräche geführt, bevor sie erneut inkarnierte. Seitdem begleite ich sie von hier aus mit tiefer Zuneigung auf ihrem Weg über die Erde. Während ich diese Aufgabe erfülle, die mir eine Herzensangelegenheit ist, erscheint gelegentlich der eine oder andere Körper um mich herum, ohne dass ich dies selbst beabsichtige. Offensichtlich wirft Alba, die jetzt auf den Namen Gerlind hört, mir diese Kleider über. Ich weiß nicht, wie ich zu jenen Körperlichkeiten komme, und interessiere mich auch nicht dafür, da es sich jeweils nur um kurzlebige Erscheinungen handelt. Von ihnen wird das, was ich in Wirklichkeit bin, nicht im Geringsten berührt.

Auch Georg sehe ich gelegentlich, das Kind im Garten auf der Schaukel, den Jugendlichen in Neumünster, den Erwachsenen in München oder Wismar und den Alten in Spanien. Es ist sehr seltsam, immer deutlicher zu erkennen, dass ich nicht er bin und nicht er war. Ich hatte im Laufe seiner Erdenreise lediglich den Eindruck, mich in seinem Körper zu befinden und auf diese Weise siebzig Jahre lang an seinem Leben teilzunehmen. Inzwischen weiß ich, dass ich damals jenen Georg eigentlich nur genauso begleitet habe, wie ich jetzt Gerlind begleite: Ich schaue von hier aus.

„Wenn alles, was mir begegnet, von meinen eigenen Vorstellungen kreiert wird, heißt das etwa auch, dass die Menschen, die auf der Erde um mich waren, und die, denen ich hier begegne, meine eigenen Schöpfungen sind?“

„Klar doch“, antwortet N:gha und grinst. „Hab ich dir schon damals auf unserem blauen Planeten erklärt, als es um Friedfertigkeit ging. Es ist wie im Traum: Du träumst ‚andere‘ Menschen, Dinge, Ereignisse, die alle unabhängig von dir zu existieren scheinen, doch in Wirklichkeit gibt es nur dich, den Träumer, und alles, was du wahrnimmst, sind deine eigenen Schöpfungen. Es gibt keine ‚anderen‘!“

„Bitte erklär das nochmals mit anderen Worten…“

„Das Individuum ist die Gesamtheit aller Erscheinungen und als Erscheinung gleichzeitig ein Teil der Gesamtheit.“

„Das begreife, wer will“, seufze ich überfordert.

„Ich will!“

∞

Ich schaue von hier aus und sehe, wie Gerlind betet. Dabei erscheint in ihrer Vorstellung stets sofort ein Hirte oder Mönch in fellgrauem Umhang mit einem langen Wanderstock. Ich spüre den rauen Stoff an meinem Körper und den knorrigen Stab in meiner Hand. Als sie aufhört zu beten, bleibe ich noch bei ihr stehen, verliere jedoch allmählich meine Farben und Konturen als Hirte oder Mönch, genau in dem Maß, wie sie aufhört, an ihn zu denken, und beginnt, einzuschlafen, bis von mir lediglich ein sanftes undifferenziertes Leuchten übrig bleibt, mit nur noch ungefährer Ähnlichkeit zu einem menschlichen Körper.

In keinem einzigen Fall ist es anstrengend, Ereignisse für Gerlind zu arrangieren, um die sie bittet. Die Erfüllung ihrer Wünsche durch mich geschieht von selbst während des reinen Beobachtens. Auf dieselbe Weise führe ich Gerlind behutsam an die Manifestationen ihrer Ängste heran, damit sie erkennen kann, dass sie allesamt nur Illusionen sind. Wenn sie jetzt bereits wüsste, dass sie, nach einer von hier aus betrachtet kurzen Zeitspanne, den angenommenen Körper und die angenommene Persönlichkeit wieder ablegen und hier als reines Wahrnehmen, als bewusstes Sein verbleiben wird, dann würde sie ihr Erdenleben weitaus freudvoller gestalten und weitaus sorgenfreier absolvieren, als sie es tut.

Obwohl ich meine Begleitung Gerlinds mit großer Freude und Ernsthaftigkeit betreibe, habe ich irgendwie „zwischendurch" immer wieder genug „Zeit", mich ins Herz, in meine Seele zu versenken. Wie gewohnt, bitte ich stets zu Anfang die Urmutter um ihren Segen dafür, flüstere dann die drei Worte. Einmal jedoch halte ich plötzlich inne, weil eine schier unglaubliche Vermutung in mich hineinfällt:

„Wenn meine Vorstellungen alles erschaffen, was mir begegnet, heißt das womöglich, dass ich auch die unsichtbaren Begleiter sowie Gottvater und Gottmutter auf diese Weise manifestiere."

„Selbstverständlich." N:gha ist augenblicklich zur Stelle. „Bereits auf der guten alten Erde versuchte ich, dir zu erklären, dass wir die universellen Kräfte personifizieren. All die persönlichen Gottheiten erschaffen wir dadurch selbst."

„Dann erschaffen wir also auch die entsprechenden universellen oder göttlichen Kräfte."

„Nein. Die gehören von Anfang an bis in alle Ewigkeit zu uns. Jene Urgewalten sind unser göttliches Erbe, sozusagen die Grundausstattung jeder individuellen Seele. Allerdings dauert es ein wenig, bis wir lernen, bewussten Gebrauch von ihnen zu machen. Und im Zuge dessen erkennen wir nach und nach, dass wir *wakañ' tañ'ka* sind, das Große Heilige Geheimnis, die Einheit aller universellen Kräfte: das göttliche Kind."

∞

Im Folgenden saugt mich das Herz tiefer und tiefer in seinen besonnten Raum hinein, dessen Ausdehnung ich nach und nach als gigantisch erahne, ähnlich wie wir Menschen beim Anblick des Sternhimmels manchmal eine Ahnung von der Größe des uns umgebenden Kosmos spüren können. Hauptsächlich als unbewegtes Bewusstsein ohne leibhafte Begrenzung schwebe ich in den All-Zeit-Raum-Gebilden des Herzens, die trotz ihrer Ausmaße meist flüchtig wie Gedanken und kaum noch detailliert zu erkennen sind. Dabei ist das Einzige, was mich mit dem vormaligen Georg verbindet, das Gefühl, ich selbst zu sein, und irgendwann frage ich N:gha, ob dieses Empfinden eines Tages genauso verschwinden wird wie mein Körper seit Langem verschwunden ist.

„Wenn du es genau betrachtest, ist von jener Person Georg kaum noch etwas anderes übrig geblieben als universelles Herz-Bewusstsein", antwortet N:gha.

„Und Liebe", ergänze ich, mich an meine Begleitung Gerlinds erinnernd.

N:gha lacht.

„Ja", sagt er, „das ist der Grund dafür, warum du dich noch immer für ein persönliches Bewusstsein hältst! Deine Sehnsucht, zu lieben und geliebt zu werden, vermittelt dir ein Gefühl von Individualität und lässt dich gleichzeitig sofort andere Individuen vermuten oder wahrnehmen, die du lieben kannst und die dich zurücklieben."

„Dann ist auch die Liebe nur eine Illusion, die das Ego stärkt und aufgegeben werden muss, wenn wir unser wahres Selbst erkennen wollen?"

„Deine *Vorstellungen* von der Liebe und wie sie sich zu äußern oder zu beweisen hat, sind Illusionen, die du getrost aufgeben kannst. Liebe an sich ist eine der universellen Urgewalten, dein Geburtsrecht und Erbe, keinesfalls eine Illusion."

Da lasse ich auch noch diese vielleicht letzte Vorstellung los und mit ihr die zu Lebzeiten vermeintlich unerfüllte Verpflichtung.

Meine Wandlung nähert sich spürbar ihrem Abschluss, denn je mehr ich von mir loslasse, desto erfüllter werde ich.

∞

Wieder sehe ich, dass es von hier aus Segen in die Welt regnet. Lichttropfen benetzen jeden Menschen, jedes Tier, alle Pflanzen, Steine, Dinge. Ohne dieses flüssige Licht wäre die Erde ein Jammertal. Diesmal kann ich das Wunder begreifen und stürze auf die Knie. Tränen der Dankbarkeit und Liebe fließen aus mir heraus und fallen durch alle Zeit-Raum-Gebilde nach unten. Jemand fasst sanft meinen Arm, bedeutet mir, aufzustehen. Ich kann nicht erkennen, ob es N:gha ist, der wie damals leuchtet, als hätte er eine Leuchtstoffröhre verschluckt, oder ein anderes Lichtwesen, folge aber sofort der Weisung.

„Lass es nicht aus den Augen strömen, sondern aus dem Herzen, dann hat es mehr Kraft."

„Aber es sind Tränen!"

„Es sind Dankbarkeit und Liebe. Es ist das, was als Segen ankommt."

∞

Bei meiner wohl vorletzten Begegnung mit N:gha läuft er mir auf einer meiner Wanderungen durch das Omniversum des Herzens erneut über den Weg, und ich erkenne uns beide nur noch als pulsierende Lichtpunkte, kaum mehr voneinander unterscheidbar. Flackernd senden wir unser blaues Licht aus und er sprüht:

„Nun erinnerst du dich bald vollständig!"

Äonen oder Augenblicke danach oder davor, ganz zu Anfang von allem oder ganz am Ende, kann ich ihn nicht mehr von mir selbst unterscheiden, denn es gibt keine blauen Funken mehr und keine sonstigen Formen. Wissen spricht zu Wissen, Bewusstsein unterhält sich mit sich selbst, das universelle Herz, das Große Heilige Geheimnis offenbart:

„Wie herrlich all meine Manifestationen anzuschauen sind!"

„Wie herrlich, dass ich alles bin, was ich wahrnehme, und dass ich gleichzeitig nichts davon bin", fährt es fort.

„Wie herrlich, dass alle Wahrnehmungen ausschließlich in mir selbst stattfinden und dass ich dennoch stets jenseits von ihnen bin."

*„Wañi'ktelo ~ ich werde leben!"*

## 32

Eine überraschend kräftige Frühlingssonne lässt Dunst über der Ostsee aufsteigen, sodass die Grenze zwischen Meer und Himmel, Planet und Universum verschwindet. Unentwegt schwappen sanfte Wellen gegen die Pfähle des Bootshauses, dessen Eingangstür mit einem Vorhängeschloss versperrt ist. Nichts weist darauf hin, dass der längliche Holzbau jemals bewohnt war.

Der Pfad, der zur Steilküste führt, schimmert feucht. Große Flächen von Anemonenfeldern säumen ihn, wo der Mischwald beginnt. Zur anderen Seite wiegt sich das Schilf. Leises Rauschen und vielstimmiger Vogelsang erfüllen die warme Luft. Gelegentlich durchdringt Möwenschrei die Weite.

Einige Kilometer ostwärts wird vom schwarzen Brett einer Pension das veraltete Plakat abgenommen. Es wies noch immer auf Tanzveranstaltungen hin, die schon seit geraumer Zeit nicht mehr stattfinden. In der wolkenlosen Höhe summt gleichmäßig der Motor eines Flugzeuges, mit dem erste Gäste erste Rundflüge unternehmen.

Im Hafen hat ein Kutter festgemacht. Einheimische und Urlauber stehen an der Mole und schauen den beiden Fischern zu, die in gelbem Ölzeug und mit metallenen Kettenhandschuhen ihren Fang filetieren, abwiegen und zum Verkauf anbieten. Die Innereien werden über Bord geworfen, und jedes Mal machen sich pfeilschnelle Möwen lauthals die Beute streitig. Auf dem großen Parkplatz, wo zwei Stunden lang kostenlos Autos abgestellt werden können, gibt es noch einige freie Plätze.

Durch die Fußgängerzone im Stadtzentrum schlendern oder eilen die Menschen. Sie frequentieren Geschäfte oder Cafés, begeben sich zu Verabredungen oder kommen soeben vom Arzt, vom Rechtsanwalt, vom Rathaus. Sie unterhalten sich angeregt oder schweigen, lachen oder sind ernst. Vor der Bratwurstbude steht auf dem Kopfsteinpflaster, das niemandem gehört, ein Elternpaar mit zwei kleinen Kindern. Die Vier kauen genüsslich und wischen sich mit Papierservietten den Senf aus den Mundwinkeln.

Dasselbe Licht erhellt alle und alles. Ich bin zu Hause. Ich bin da, woher ich einst gekommen bin und wohin ich einst zurückkehren werde. Dort bin ich: *hier* ~ und bin in Wahrheit niemals irgendwo anders gewesen.

## 33

Flirrend bewegt sich die Hitze in der Schlucht. Ein schwarzes schmiedeeisernes Tor am Nordhang wirft senkrechten Schatten. Am Südhang liegt ein einzelnes Haus und leuchtet weiß. Unter dessen Vordach schauen zwei Menschen auf einen Toten.

„Es war seltsam“, berichtet die Frau dem Notarzt und wendet den Blick nicht von der Leiche. „Er kam vor etwa einer halben Stunde hier hoch und mein Hund bellte nicht. Normalerweise lässt er keine Fremden vorbei. Ich wunderte mich also über sein Erscheinen und fragte ihn, ob er etwas zu trinken haben wollte. Er setzte sich auf die Steinbank, und als ich gleich darauf mit dem Glaskrug wieder unter das Vordach trat, lag sein Kopf auf dem Tisch. Ich hielt eine Hand vor sein Gesicht und merkte, dass er nicht mehr atmete."

„Bei der Hitze", erklärt der Notarzt, „war es vermutlich ein Sekundentod."

Ihm gefällt die Frau, und deshalb möchte er das Gespräch fortsetzen, überlegt kurz.

„Ein schöner Hund", sagt er nun anerkennend. „Wie ist sein Name?"

„Mein Hund", antwortet die Frau, „heißt Chico."

www.lächeln-der-unendlichkeit.de